btw

Louise Candlish

Die Fremden
in meinem Haus

Thriller

Aus dem Englischen von
Beate Brammertz

btb

Die englische Originalausgabe erschien 2018 unter dem Titel
Our House bei Simon & Schuster, London.

Der Verlag behält sich die Verwertung der urheberrechtlich
geschützten Inhalte dieses Werkes für Zwecke des Text- und
Dataminings nach § 44 b UrhG ausdrücklich vor.
Jegliche unbefugte Nutzung ist hiermit ausgeschlossen.

Penguin Random House Verlagsgruppe FSC® N001967

1. Auflage
Deutsche Erstveröffentlichung September 2023
Copyright © 2018 by Louise Candlish
Copyright © der deutschsprachigen Ausgabe
2023 in der Penguin Random House Verlagsgruppe GmbH,
Neumarkter Str. 28, 81673 München
Umschlaggestaltung: semper smile, München
nach einem Entwurf von Pip Watkins/S&S Art Dept.
Satz: Uhl + Massopust, Aalen
Druck und Bindung: GGP Media GmbH, Pößneck
MA · Herstellung: sc
Printed in Germany
ISBN 978-3-442-77107-3

www.btb-verlag.de
www.facebook.com/penguinbuecher

*Für die unnachahmliche
und unglaubliche SJV*

1

Freitag, 13. Januar 2017

London, 12:30 Uhr

Sie muss sich irren, aber es sieht wirklich so aus, als würde jemand in ihr Haus einziehen.

Der Lieferwagen ist halb auf der Trinity Avenue geparkt, sein viereckiges Maul steht weit offen, während ein großes Möbelstück die geriffelte Metallzunge hinabrutscht. Fi sieht zu, blinzelt gegen das buttrige Sonnenlicht an – ungewöhnlich für diese Jahreszeit, ein echtes Geschenk –, als das Möbelstück von zwei Männern geschultert und durch das Tor und den Weg entlanggetragen wird.

Mein Tor. Mein Weg.

Nein, das ist unlogisch: Natürlich ist es nicht ihr Haus. Es muss das der Reeces sein, drei Türen weiter. Im Herbst hatten sie ihr Haus auf den Wohnungsmarkt geworfen, und niemand wusste genau, ob der Verkauf bereits über die Bühne gegangen war. Die Häuser auf dieser Seite der Trinity Avenue sehen alle vollkommen gleich aus – edwardianische Doppelhaushälften aus rotem Backstein, ihre Besitzer vereint in ihrer Vorliebe für schwarz gestrichene Eingangstüren und in der allgemeinen Übereinkunft, wie leicht man sich verzählen konnte.

Einmal, als Bram von einer seiner »kurzen Stippvisiten« im Two Brewers nach Hause getaumelt war, stand er vor der falschen Tür, und durch das geöffnete Schlafzimmerfenster hörte sie das wiederholte Kratzen und Schnaufen, während es ihrem betrunkenen Gatten nicht gelang, seinen Schlüssel ins Schloss von Nummer 87, Merles und Adrians Haus, zu stecken. Seine Beharrlichkeit und sein unerschütterlicher Glaube, dass, wenn er es nur lang genug versuchte, der Schlüssel *irgendwann* passen würde, waren erstaunlich.

»Aber sie sehen alle gleich aus«, hatte er am nächsten Morgen protestiert.

»Die Häuser vielleicht, aber selbst völlig besoffen kann man doch die Magnolie nicht übersehen«, hatte Fi lachend entgegnet. (Das war damals gewesen, als es sie noch amüsiert und nicht mit Traurigkeit oder, je nach Stimmungslage, Verachtung erfüllt hatte, wenn er betrunken war.)

Ihre Schritte werden nun zögerlicher: die Magnolie. Sie ist eine Landmarke, ihr Baum – ein herrlicher Anblick, sobald er in voller Blüte steht, und selbst dann schön, wenn er kahl ist, so wie jetzt, die äußeren Zweige mit einem künstlerischen Schwung in den Himmel gereckt. Und er steht definitiv im Vorgarten des Hauses mit dem Transporter.

Denk nach! Es muss eine Lieferung sein, etwas für Bram, das er vergessen hat zu erwähnen. Nicht mehr jedes Detail wird besprochen – sie haben beide akzeptiert, dass ihr neues Arrangement nicht perfekt ist. Jetzt beeilt sie sich wieder, die Finger als Sonnenblende über den Augen, und ist nah genug, um die Aufschrift an der Seite des Fahrzeugs zu lesen: UMZÜGE DELUXE. *Also doch* ein Umzug. Freunde von Bram bringen wohl etwas auf dem Weg zu ihrem neuen Domizil vorbei. Ginge es nach ihr, wäre es ein altes Klavier für die Jungs. *(Bitte, lieber Gott, kein Schlagzeug!)*

Augenblick mal. Die beiden Umzugshelfer sind wieder aufgetaucht, und jetzt werden weitere Gegenstände aus dem Wagen zum Haus getragen: ein Esszimmerstuhl; ein großes, rundes Metalltablett; eine Kiste mit dem Aufdruck *zerbrechlich*; ein kleiner, schmaler Wandschrank von der Größe eines Sargs. *Wem gehört dieses Zeug?* Wut bringt ihr Blut zum Kochen, als sie zur einzig möglichen Erklärung gelangt: Bram lässt hier jemanden wohnen. Zweifellos irgendeinen in Not geratenen Zechkumpan, der sonst auf der Straße landen würde. (»Du kannst so lange bleiben, wie du willst, wir haben genug Platz.«) Wann zum Teufel wollte er ihr das sagen? Es kommt nicht infrage, dass ein Fremder bei ihnen einzieht, egal wie vorübergehend, egal wie löblich Brams Absichten sein mögen. Die Kinder stehen an erster Stelle: Ist das nicht Sinn und Zweck des Ganzen?

In letzter Zeit, denkt sie besorgt, hatten sie den Sinn und Zweck aus den Augen verloren.

Sie ist jetzt fast da. Als sie an Nummer 87 vorbeigeht, sieht sie Merle am Fenster im ersten Stock, die Stirn in Falten gelegt, einen Arm gereckt, um Fis Aufmerksamkeit auf sich zu ziehen. Fi erwidert den Gruß mit einer kaum merklichen Handbewegung, während sie durch ihr Tor und über den gepflasterten Weg schreitet.

»Entschuldigung? Was soll das?« Doch in dem Durcheinander scheint niemand sie zu hören. Dann lauter, schärfer: »Was tun Sie hier mit all den Sachen? Wo ist Bram?«

Eine Frau, die sie nicht kennt, taucht aus dem Haus auf und stellt sich lächelnd auf die Türschwelle. »Hallo, kann ich Ihnen behilflich sein?«

Fi keucht auf, als wäre die Frau eine Geistererscheinung. *Das soll Brams Freund sein, der in der Patsche steckt?* Die Frau ist Fi zwar fremd, aber diesen Typ hat sie schon tausend Mal gesehen. Sie erinnert Fi an sich selbst – wenn auch eine jüngere Version, Mitte dreißig –, blond und aufgeweckt und fröhlich, die Sorte, die zupackt und Dinge in die Hand nimmt. Die Sorte, die, wie die Geschichte zeigte, einen Freigeist wie Bram zähmen kann. »Ich hoffe, ja. Ich bin Fi, Brams Frau. Was ist hier los? Sind Sie … eine Freundin von ihm?«

Die Frau tritt näher, entschlossen, höflich. »Tut mir leid, wessen Frau?«

»Von Bram. Ich meine Exfrau, natürlich.« Die Verbesserung bringt ihr einen eigentümlichen Blick ein, gefolgt von dem Vorschlag, dass sie zwei einen Schritt beiseitetreten und »den Männern« aus dem Weg gehen. Während ein riesiges, in Luftpolsterfolie eingewickeltes Gemälde vorbeigleitet, lässt Fi sich unter das Gerippe der Magnolie führen. »Wozu in aller Welt hat er sich hier nur breitschlagen lassen?«, will sie wissen. »Was auch immer es ist, ich weiß nichts davon.«

»Ich bin nicht sicher, was Sie meinen.« Die Stirn der Frau kräuselt sich leicht, während sie Fi mustert. Ihre Augen sind goldbraun und wirken ehrlich. »Sind Sie eine Nachbarin?«

»Nein, natürlich nicht.« Fi wird allmählich ungeduldig. »Ich wohne hier.«

Das Stirnrunzeln vertieft sich. »Das bezweifle ich. Wir ziehen gerade ein. Mein Mann wird gleich mit dem zweiten Umzugswagen hier sein. Wir sind die Vaughans.« Sie betont den Namen, als hätte Fi womöglich schon von ihnen gehört, und streckt sogar die Hand zu einer förmlichen Begrüßung aus. »Ich bin Lucy.«

Baff erstaunt müht sich Fi vergeblich ab, ihren Ohren zu trauen und die falschen Botschaften zu entschlüsseln, die sie an ihr Gehirn weiterleiten. »Sehen Sie, mir gehört nämlich dieses Haus, und ich schätze, ich wüsste es, wenn ich es vermietet hätte.«

Ein verwirrtes Hellrosa kriecht über Lucy Vaughans Gesicht. Sie senkt die Hand. »Wir *mieten* es nicht. Wir haben es *gekauft*.«

»Das ist nicht lustig!«

»Das soll es auch nicht sein!« Die Frau wirft einen Blick auf ihre Armbanduhr. »Offiziell sind wir seit zwölf Uhr die neuen

Besitzer, aber der Makler hat uns die Schlüssel schon etwas früher gegeben.«

»Wovon reden Sie denn? Welcher Makler? Kein Makler hat einen Schlüssel für mein Haus!« Fis Gesicht verkrampft sich vor widerstreitenden Gefühlen: Angst, Frustration, Wut, sogar eine dunkle, unfreiwillige Belustigung, denn das *muss* ein Scherz sein, trotz des schier unglaublichen Ausmaßes. Was sollte es *sonst* sein? »Ist das ein Witz?« Über der Schulter der Frau sucht sie nach Kameras, einem Handy, das ihre Überraschung zur Unterhaltung anderer filmt, findet jedoch nichts – nur eine Karawane großer Kartons, die an ihnen vorbeischweben. »Denn ich finde es nicht lustig. Sie müssen dafür sorgen, dass die Leute hier aufhören.«

»Ich habe nicht die Absicht, dafür zu sorgen, dass die Leute hier aufhören«, sagt Lucy Vaughan klar und entschieden, genau wie Fi normalerweise redet, wenn sie nicht von etwas wie *dem hier* überrumpelt wird. Ihr Mund zieht sich gereizt zusammen, bevor sie ihn jäh verwundert öffnet. »Augenblick mal, Fi, sagten Sie? Für Fiona?«

»Ja. Fiona Lawson.«

»Dann müssen Sie …« Lucy hält inne, als sie die fragenden Blicke der Umzugshelfer bemerkt, und senkt die Stimme. »Ich glaube, Sie sollten lieber reinkommen.«

Und im nächsten Moment wird Fi wie ein Gast durch ihre eigene Tür geführt, in ihr eigenes Haus. Sie betritt ihre geräumige Diele mit der hohen Decke und bleibt sprachlos stehen. Das ist nicht *ihre* Diele. Der Grundriss ist derselbe, ja, das silberblaue Farbkonzept ebenfalls, und die Treppe ist nicht verschoben worden. Aber der Raum ist vollkommen kahl, bis auf den letzten Gegenstand geplündert: der Konsolentisch und die antike Truhenbank, der Berg an Schuhen und Taschen, die Fotos an den Wänden. Und ihr geliebter Palisander-Spiegel, ein Erbstück ihrer

Großmutter – alles verschwunden! Sie berührt die Stelle, an der er hängen sollte, als erwarte sie, ihn im Putz versunken zu finden.

»Was haben Sie mit all unseren Sachen gemacht?«, will sie von Lucy wissen. Panik lässt ihre Stimme schrill klingen, und ein vorbeikommender Umzugshelfer wirft ihr einen strafenden Blick zu, als sei *sie* der bedrohliche Part.

»*Ich* habe gar nichts getan«, sagt Lucy. »*Sie* haben Ihre Sachen ausgeräumt. Gestern, schätze ich.«

»Ich habe nichts dergleichen getan. Ich muss nach oben«, sagt Fi und drängelt sich an ihr vorbei.

»Also …«, setzt Lucy an, doch es ist keine Bitte. Fi fragt nicht um Erlaubnis, ihr eigenes Haus besichtigen zu dürfen.

Nachdem sie nach oben gestürzt ist, immer zwei Stufen auf einmal nehmend, bleibt sie auf dem obersten Treppenabsatz stehen, die Hand auf dem gewundenen Mahagonigeländer, als erwarte sie, das Gebäude könne sich aufbäumen und unter ihr zusammenbrechen. Sie muss mit eigenen Augen sehen, dass sie im richtigen Haus ist, dass sie nicht den Verstand verloren hat. Gut, sämtliche Türen scheinen am richtigen Platz zu sein: zwei Bäder, eins vorne raus, das andere auf der Rückseite, zwei Schlafzimmer links und zwei rechts. Selbst als sie das Treppengeländer loslässt und einen Raum nach dem anderen betritt, rechnet sie immer noch damit, die Habseligkeiten ihrer Familie dort stehen zu sehen, wo sie sein sollten, wo sie immer gewesen sind.

Aber da ist nichts. Alles, was ihnen gehört, ist fort, kein einziges Möbelstück übrig, nur Abdrücke im Teppich, wo noch vor vierundzwanzig Stunden die Betten und Bücherregale und Kleiderschränke gestanden hatten. Auf dem Teppich in einem der Kinderzimmer ein knallgrüner Fleck von einem Glibberball, der während eines Kampfs bei einer Geburtstagsfeier aufgeplatzt war. In der Dusche der Jungs, unten in der Ecke, steht ein Duschgel, das mit Teebaumöl – sie erinnert sich, wie sie es bei Sainsbury's gekauft hat. Hinter den Wasserhähnen finden ihre Finger die Fliese, die erst kürzlich gesprungen ist (der Grund für die Zerstörung wurde nie gänzlich geklärt), und sie presst die Hand darauf, bis es wehtut, um sich zu vergewissern, dass sie immer noch aus Fleisch und Blut ist, ihre Nervenenden unversehrt sind.

Überall liegt der scharfe Zitronengeruch von Putzmitteln in der Luft.

Zurück im Erdgeschoss, weiß sie nicht, ob der Schmerz aus ihrem Innern herrührt oder aus den Wänden ihres entkernten Hauses.

Bei ihrem Näherkommen löst Lucy die Versammlung mit zwei Umzugshelfern auf, und Fi spürt, dass sie das Hilfsangebot abgelehnt hat – sich um *sie* zu kümmern, den Eindringling. »Mrs Lawson? Fiona?«

»Das ist unglaublich«, sagt Fi und wiederholt das Wort, das einzige, das passt. Nur ihre Fassungslosigkeit hält sie davon ab, zu hyperventilieren und hysterisch zu werden. »Ich verstehe das nicht. Können Sie mir bitte erklären, was um alles in der Welt hier los ist?«

»Das versuche ich doch schon die ganze Zeit. Vielleicht, wenn Sie sich die Beweise ansehen«, schlägt Lucy vor. »Kommen Sie in die Küche ... hier stehen wir nur im Weg.«

Auch die Küche ist leer, abgesehen von einem Tisch und Stühlen, die Fi nie zuvor gesehen hat, und einer geöffneten Schachtel mit Teeutensilien auf der Arbeitsfläche. Lucy ist taktvoll genug, hinter sich die Tür zu schließen, damit die Augen ihres Gasts nicht vom Anblick der anhaltenden Invasion auf der anderen Seite beleidigt werden.

Gast.

»Hier sind die E-Mails«, sagt Lucy und reicht Fi ihr Handy. »Sie sind von unserer Immobilienanwältin, Emma Gilchrist von Bennett, Stafford und Co.«

Fi nimmt das Handy und befiehlt ihren Augen, sich scharf zu stellen. Die erste E-Mail ist von vor einer Woche und scheint den Austausch der Verträge in der Trinity Avenue 91, Alder Rise, zwischen David und Lucy Vaughan und Abraham und Fiona Lawson zu bestätigen. Die zweite stammt von diesem Morgen und verkündet den Abschluss des Hausverkaufs.

»Sie sagten Bram, nicht wahr?«, fragt Lucy. »Deshalb hat es ein bisschen gedauert, bis der Groschen gefallen ist. Bram ist natürlich die Abkürzung von Abraham.« Sie hat auch einen echten Brief zur Hand, die Anmeldung bei British Gas, adressiert an die Vaughans in der Trinity Avenue. »Wir haben die Strom- und Gasversorgung auf online umgestellt, aber aus irgendeinem Grund haben sie uns die Unterlagen per Post geschickt.«

Fi reicht ihr das Handy zurück. »All das bedeutet gar nichts. Die Mails könnten gefälscht sein. Phishing oder so was.«

»Phishing?«

»Ja, vor ein paar Monaten hatten wir drüben bei Merle einen Vortrag über Internetkriminalität, und die Polizistin hat uns alles darüber erzählt. Gefälschte E-Mails und Rechnungen sehen heutzutage erschreckend echt aus. Selbst Experten sind sich nicht immer sicher.«

Lucy deutet ein verzweifeltes Lächeln an. »Sie sind echt, das schwöre ich. Es ist alles echt. Das Geld müsste jetzt auf Ihrem Konto sein.«

»Welches Geld?«

»Das Geld, das wir für dieses Haus bezahlt haben! Es tut mir leid, aber ich kann mich nicht ständig wiederholen, Mrs Lawson.«

»Das verlange ich auch gar nicht von Ihnen«, faucht Fi. »Ich *versichere* Ihnen, Sie müssen sich irren. Ich *versichere* Ihnen, es ist unmöglich, dass Sie ein Haus gekauft haben, das nie zum Verkauf gestanden hat.«

»Aber es hat zum Verkauf gestanden, ganz sicher. Sonst hätten wir es ja nicht kaufen können.«

Fi starrt Lucy völlig verwirrt an. Was sie sagt, was sie *tut*, ist purer Wahnsinn, und dennoch sieht sie nicht wie eine Wahnsinnige aus. Nein, Lucy sieht aus wie eine Frau, die der festen Überzeugung ist, dass die Person, mit der sie spricht, die Verrückte ist.

»Vielleicht sollten Sie Ihren Mann anrufen«, sagt Lucy schließlich.

Genf, 13:30 Uhr

Er liegt im Hotelzimmer auf dem Bett, seine Arme und Beine zucken leicht. Die Matratze ist von guter Qualität, entworfen, um Schlaflosigkeit, Leidenschaft und schlimmste Albträume zu absorbieren, aber sie versagt darin, eine innere Unruhe wie seine zu bekämpfen. Nicht einmal die zwei Antidepressiva, die er geschluckt hat, haben ihn beruhigt.

Vielleicht sind es die Flugzeuge, die ihn verrückt machen, die unbarmherzige Art, wie sie, eines nach dem anderen, knirschend vorbeirollen und unter ihrem eigenen Gewicht stöhnen. Doch es liegt wohl eher an der entsetzlichen Tat, die er begangen hat, an der Erkenntnis, die ihn jetzt mit aller Härte trifft, was er alles geopfert hat.

Denn jetzt ist es real. Die Schweizer Uhr hat geschlagen. Halb zwei hier, halb eins in London. Er ist jetzt auch körperlich, was er seit Wochen im Geiste ist: ein Flüchtiger, ein Mann, der selbstverschuldet auf der Straße sitzt. Ihm wird bewusst, dass er in seiner Trostlosigkeit auf Erlösung gehofft hatte, dass sich jedoch nun, da die Zeit gekommen ist, etwas noch Trostloseres eingeschlichen hat: Nichts. Nur dasselbe ekelhafte Gebräu an Emotionen, das er verspürt, seit er früh am Morgen das Haus verlassen hat, irgendwie erbittert fatalistisch und gleichzeitig auf Überleben getrimmt.

O Gott. Oh, Fi. Weiß sie es schon? Jemand wird es gewiss bemerkt haben? Jemand wird sie wegen der Neuigkeit angerufen haben. Womöglich ist sie schon auf dem Weg zum Haus.

Er stemmt sich hoch, lehnt sich mit dem Rücken gegen das Kopfteil und versucht, im Zimmer einen Anker zu finden. Der Sessel ist aus rotem Kunstleder, der Schreibtisch schwarzes Furnier. Ein Revival der 1980er-Ästhetik, irgendwie verstörend. Er schwingt die Beine über die Bettkante. Der Boden ist warm unter seinen nackten Füßen, Vinyl oder etwas anderes Künstliches. Fi würde wissen, was für ein Material es ist, sie liebt Innenarchitektur.

Bei dem Gedanken durchzuckt ihn ein Schmerz, eine neue Atemlosigkeit. Er steht auf, braucht unbedingt frische Luft – der Raum im fünften Stock wird von einer Zentralheizung gespeist –, aber hinter dem komplizierten Vorhangarrangement sind die Fenster abgeschlossen. Autos, weiß und schwarz und silbern, schießen über die Fahrbahnen zwischen Hotel und Flughafengebäude, dahinter erheben sich, trennend und beschützend zugleich, die Berge, ihre weißen Gipfel mit lichtblauem Schimmer. Wie ein Gefangener dreht er sich erneut zum Zimmer zurück und denkt unerwartet an seinen Vater. Seine Finger greifen nach dem Sessel, umklammern die Lehne. An den Namen dieses Hotels, das er wegen der Nähe zum Flughafen ausgewählt hat, kann er sich nicht erinnern, aber er weiß, dass es so seelenlos ist, wie er es verdient.

Denn er hat seine Seele verkauft. Nicht mehr und nicht weniger.

Aber es ist noch nicht so lange her, dass er vergessen hätte, wie es sich anfühlt, eine zu haben.

2

März 2017

Willkommen auf der Website von *Das Opfer*, dem vielgepriesenen Crime-Podcast und Gewinner des *National Documentary Podcast Listeners' Award*. In jeder Episode wird die wahre Geschichte eines Verbrechens aus Sicht des Opfers erzählt. *Das Opfer* ist keine behördliche Ermittlung, sondern ein privilegierter Einblick in das Leiden eines unschuldigen Menschen. Von Stalking über Identitätsdiebstahl und häusliche Gewalt bis hin zu Immobilienbetrug ist die Erfahrung eines jeden Opfers eine erschreckende Reise, zu der wir Sie einladen – und ein warnendes Beispiel unserer Zeit.

Die brandneue Folge »Fionas Geschichte« ist jetzt verfügbar! Hier auf der Website oder bei einer unserer vielen Podcast-Apps. Und nicht vergessen: Schreiben Sie uns beim Zuhören auf Twitter unter #OpferFiona Ihre Theorien!

Warnung: Nicht für Zuhörer unter 16 Jahren geeignet!

Staffel 2, Episode 3: »Fionas Geschichte« > 00:00:00

Mein Name ist Fiona Lawson, und ich bin dreiundvierzig Jahre alt. Ich darf Ihnen nicht verraten, wo ich wohne, nur, wo ich *früher* gewohnt habe, denn vor sechs Wochen hat mein Ehemann unser Haus ohne mein Wissen und ohne meine Einwilligung verkauft. Ich weiß, ich sollte das Wort »behaupten« benutzen, genau genommen bei jeder einzelnen meiner Aussagen. Wie wäre es also damit: Ich »behaupte«, dass das, was ich in diesem Interview sage, der Wahrheit entspricht. Ich meine, rechtsgültige Verträge lügen nicht, oder? Und seine Unterschrift wurde von Experten auf ihre Echtheit überprüft. Ja, die genauen Details des Verbrechens müssen noch aufgeklärt werden – einschließlich der Identität seiner Komplizin –, aber wie Sie sich gewiss vorstellen können, muss ich selbst noch mit dem zentralen Punkt klarkommen, nämlich dass ich kein Zuhause mehr habe.

Ich habe kein Zuhause mehr!

Sobald Sie meine Geschichte gehört haben, werden Sie natürlich denken, dass ich niemandem außer mir selbst die Schuld geben darf – genau wie Ihre Zuhörer das tun werden. Ich weiß, wie das abläuft. Sie werden jetzt alle auf Twitter gehen und schreiben, wie naiv ich bin. Und das verstehe ich. Ich habe mir die gesamte erste Staffel angehört und mir genau dasselbe gedacht. Der Grat zwischen einem Opfer und einem Dummkopf ist schmal.

»Das hätte jedem passieren können, Mrs Lawson«, hat mir die Polizistin an dem Tag gesagt, als ich es herausfand, aber sie war nur nett, weil ich weinte, und weil sie wusste, dass es mit einer Tasse Tee nicht getan wäre. (Mit Morphium vielleicht.)

Nein, das hätte nur jemandem wie mir passieren können, einer, die zu idealistisch, zu gutgläubig ist. Einer, die sich selbst etwas vormacht, bis sie glaubt, sie könne sogar das Wesen eines Menschen verändern. Einem schwachen Mann Stärke verleihen. Ja, ich weiß, das klingt abgedroschen.

Warum nehme ich an dieser Sendung teil? Jeder, der mich kennt, wird Ihnen versichern, dass ich ein öffentlichkeitsscheuer Mensch bin. Warum setze ich mich dann Spott oder Mitleid oder noch Schlimmerem aus? Nun, teilweise, weil ich andere warnen will, dass so etwas wirklich passieren kann. Immobilienbetrug ist im Kommen: In den Zeitungen wird jeden Tag darüber berichtet, die Polizei und die Immobilienanwälte unternehmen große Anstrengungen, um mit der Technologie Schritt zu halten. Hausbesitzer müssen auf der Hut sein. Die Versuche von professionellen Kriminellen – oder in meinem Fall Amateuren – kennen keine Grenzen.

Außerdem ist es eine laufende Ermittlung, und meine Geschichte könnte dem einen oder anderen Gedächtnis auf die Sprünge helfen oder jemanden ermutigen, der wichtige Informationen hat, sich bei der Polizei zu melden. Manchmal weiß man überhaupt nicht, was wichtig ist, bis man den gesamten Kontext kennt, deshalb stört sich die Polizei nicht an meinem Vorhaben – nun ja, sagen wir mal so, man hat es mir zumindest nicht ausdrücklich verboten. Wie Sie wahrscheinlich wissen, kann ich dank des Aussageverweigerungsrechts, das Ehegatten haben, bei einem Prozess nicht gezwungen werden, gegen Bram auszusagen. (Ich lach mich tot!) Wir sind zwar noch verheiratet, aber ich erachte ihn seit dem Tag, an dem ich ihn aus dem Haus geworfen habe, als meinen Exmann. Natürlich *darf* ich gegen ihn aussagen, aber wir lassen die Sache erst einmal auf uns zukommen, meint meine Anwältin.

Um ehrlich zu sein, beschleicht mich allmählich das Gefühl, dass sie glaubt, es werde nie zu einer Anklage kommen. Mich beschleicht allmählich das Gefühl, sie glaubt, dass er längst eine neue Identität, ein neues Zuhause, ein neues Leben hat – alles gekauft mit seinem neuen Reichtum.

Sie meint, die Anzahl der Menschen, die immer weniger Skrupel haben, einander zu betrügen, nehme zu.

Selbst bei Ehemännern und Ehefrauen.

Apropos: Denken Sie, es bestünde die reelle Chance, dass er das hier hören und zum Anlass nehmen könnte, sich bei mir zu melden? Nun, lassen Sie sich eins gesagt sein, lassen Sie *ihm* eins gesagt sein – und es ist mir egal, wie das vielleicht bei der Polizei ankommt.

Wage es bloß nicht, zurückzukommen, Bram. Ich schwöre, wenn du das tust, dann bringe ich dich um.

#OpferFiona

@rachelb72: Wo steckt nun der Ehemann? Hat er sich aus dem Staub gemacht?

@patharrisonuk @rachelb72: Er ist wohl mit dem Geld abgehauen. Wie viel das Haus wohl wert war?

@Tilly-McGovern @rachelb72 @patharrisonuk: Das war ihr EHEMANN? Wow. Die Welt ist ein dunkler Ort.

Bram Lawson, Auszug aus einem Word-Dokument, im März 2017 per E-Mail verschickt aus Lyon, Frankreich

Lassen Sie mich jeden Zweifel sofort ausräumen und seien Sie versichert, dass dies ein Abschiedsbrief ist. Wenn Sie das hier lesen, habe ich es längst getan. Bringen Sie die Nachricht den beiden bitte schonend bei. Ich mag ein Monster sein, aber ich bin immer noch ein Vater, und es gibt zwei Jungen, die es bedauern werden, mich verloren zu haben, und die mich in besserer Erinnerung behalten sollen.

Vielleicht ja auch ihre Mutter, diese ganz besondere Frau, deren Leben dank mir gerade ein Albtraum sein muss.

Und die ich – nur fürs Protokoll – immer noch liebe.

3

»Fionas Geschichte« > 00:03:10

Schrecklich, wenn nicht gar katastrophal, wie die Situation ist, passt es irgendwie, dass sie so ein Ende genommen hat, denn es hat sich alles immer ums Haus gedreht. Unsere Ehe, unsere Familie, unser *Leben*: Das alles schien nur zu Hause richtig Sinn zu ergeben. Wenn man uns herausriss – selbst bei einem der schicken Urlaube, die wir uns gegönnt haben, als die Kinder sehr klein waren und wir unter gewaltigem Schlafmangel litten – und der Lack allmählich Kratzer abbekam. Das Haus gab uns Sicherheit und beschützte uns, aber es definierte uns auch. Es hielt uns noch lang nach unserem Verfallsdatum auf Kurs.

Und seien wir mal ehrlich: Wir sind hier in London, und in den letzten Jahren hat uns das Haus mehr Vermögenszuwachs beschert, als Bram oder ich durch unsere Gehälter hätten beisteuern können. Er war damals der Hauptverdiener in unserer Familie, unser gütiger Ernährer. Freunden und Nachbarn ging es ähnlich, als hätte man uns unserer menschlichen Kraft beraubt und sie in Ziegel und Mörtel investiert. Alles, was am Monatsende übrig war, wurde nicht in Rentenfonds oder Privatschulen oder eherettende Wochenenden in Paris gesteckt, sondern ins Haus. *Du weißt, es wird sich auszahlen,* versicherten wir einander. Keine Frage.

Da fällt mir etwas ein, das ich ganz vergessen hatte. An jenem Tag – dem entsetzlichen Tag, als ich nach Hause kam und die

Vaughans in meinem Haus entdeckte – fragte Merle sie unverblümt, woran ich bis dahin keinen Gedanken verschwendet hatte: *»Wie viel haben Sie bezahlt?«*

Und obwohl meine Ehe, meine Familie, mein *Leben* zerstört waren, hielt ich mit Schluchzen inne, um der Antwort zu lauschen:

»Zwei Millionen«, sagte Lucy Vaughan in einem gebrochenen Flüsterton.

Und ich dachte: *Es ist mehr wert.*

Wir sind mehr wert.

Wir hatten es für ein Viertel davon gekauft – immer noch eine stattliche Summe, die uns damals schlaflose Nächte bereitet hatte. Doch sobald mein Blick auf die Trinity Avenue 91 fiel, konnte ich mir nicht vorstellen, irgendwo anders an Schlaflosigkeit zu leiden. Es war die gutbürgerliche Zuversicht der Backsteinfassade, mit ihren hellen Steinornamenten und dem Kalkanstrich, dem Blauregen, der sich um das schmiedeeiserne Geländer des schmalen Balkons über der Tür rankte. Eindrucksvoll, aber trotzdem nicht unnahbar. Solide, aber romantisch. Ganz zu schweigen von den Nachbarn mit derselben Sicht auf die Dinge wie wir. Nach langer Suche hatten wir dieses wunderbare Fleckchen Erde aufgestöbert, auf einen U-Bahnhof für diese Beschaulichkeit verzichtet, die man in den Vororten bekommt – dieses wohlige Gefühl, als sei die Luft mit Puderzucker bestäubt wie köstliches Konfekt.

Das Innere war eine andere Sache. Wenn ich jetzt an all die Renovierungsarbeiten denke, die wir im Lauf der Jahre vorgenommen haben, an die Energie, die das Haus schluckte, ganz zu schweigen das Geld, kann ich nicht glauben, dass wir das alles überhaupt auf uns genommen haben. Da waren, in keiner spezifischen Reihenfolge: die aufpolierte Küche, die aufgefrischten Bäder, der aufgepeppte Garten vorne und hinten, die restaurierte

Garderobe im Erdgeschoss, die reparierten Schiebefenster, das renovierte Parkett. Dann, als uns die »auf«- und »re«-Verben ausgingen, gab es einen Haufen mit »neu«: eine neue Verandatür von der Küche in den Garten, neue Küchenschränke und eine neue Arbeitsplatte, neue Einbauschränke in den Zimmern der Jungen, eine neue Glas-Trennwand zum Essbereich, ein neuer Zaun und ein neues Tor zur Straße, ein neues Spielhaus samt neuer Rutsche im Garten … So ging es immer weiter, eine unaufhörliche Abfolge an Erneuerungen, mit Bram und mir – nun ja, hauptsächlich mir – wie das Gremium einer gemeinnützigen Einrichtung, die ihr jährliches Budget zusammenkratzt, sämtliche Freizeit investiert, um Angebote einzuholen, Handwerker zu finden und zu beaufsichtigen, on- und offline nach Einrichtungsgegenständen und Einbauten und dem nötigen Werkzeug zu suchen, um alles einzurichten und einzubauen, Farben und Textilien aufeinander abzustimmen. Und das Tragische ist, dass ich mich niemals, kein einziges Mal, zufrieden zurückgelehnt und mir gesagt habe: »Es ist fertig!« Die Vorstellung vom perfekten Haus verführte mich wie der Wüstling in einem altmodischen Groschenroman.

Natürlich, wenn ich die Zeit zurückdrehen könnte, würde ich wahrscheinlich keinen Finger mehr krümmen. Ich würde mich auf die Menschen konzentrieren. Ich würde ihnen ein anderes Ziel geben, bevor sie sich selbst zerstören.

#OpferFiona

@ash-buckley: Wow, unglaublich, wie billig damals Häuser waren.

@loumacintyre78 @ash-buckley: Billig? 500.000? Nicht in Preston. Es gibt auch ein Leben außerhalb von London!

@richieschambers: Aufgepeppte Gärten? Farben abstimmen? Gibt es diese Frau wirklich?

Die früheren Eigentümer waren ein älteres Ehepaar, genau die Sorte, die wir in meiner Vorstellung einmal werden würden. Mäßig erfolgreich als Lehrer (sie hatten das Haus gekauft, als man noch keine Jobs in Unternehmen brauchte wie bei uns, oder später welche in der Finanzwelt wie bei den Vaughans, um sich ein nettes Einfamilienhaus leisten zu können) und voller Zuversicht, weil die Kindererziehung abgeschlossen war, wollten sie Eigenkapital freisetzen, um selbst frei zu sein. Sie wollten reisen, und ich stellte sie mir als wiedergeborene Nomaden vor, die eine Wüstendurchquerung unter den Sternen unternahmen.

»Es muss schwer sein, sich von einem Haus wie diesem zu verabschieden«, sagte ich zu Bram auf der Rückfahrt zu unserer Wohnung, nachdem wir zum Ausmessen für die Vorhänge hingefahren waren, was mit einer oder zwei Flaschen Wein geendet hatte. Höchstwahrscheinlich hatte er die Geschwindigkeitsbegrenzung und auch die Promillegrenze überschritten, aber damals, bevor die Jungs da waren, als nur unser eigenes Leben auf dem Spiel stand, störte es mich nicht. »Ich finde, sie wirkten etwas melancholisch«, fügte ich hinzu.

»Melancholisch? Sie werden sich den ganzen Weg zur Bank die Augen aus dem Kopf heulen«, sagte Bram.

Bram, Word-Dokument

Wie bin ich nur an diesen Punkt gelangt? Diese ausweglose Verzweiflung? Wirklich, es wäre für alle Beteiligten besser gewesen, hätte ich ihn viel früher erreicht. Selbst die Kurzfassung ist eine lange Geschichte (okay, das hier ist also ein bisschen mehr als ein kleiner »Abschiedsbrief« – es ist ein umfassendes Geständnis).

Bevor ich anfange, muss ich diese Frage stellen: War das Haus selbst verdammt? Hat es einfach jeden, der darin wohnt, mit in den Abgrund gezogen?

Das alte Ehepaar, von dem wir es kauften, hatte sich getrennt. Es war dem Immobilienmakler herausgerutscht, als er und ich nach einem Treffen mit dem Handwerker einen Abstecher ins Two Brewers machten. (»Lust, die Kneipe um die Ecke auszuprobieren?«, fragte er, und ich brauchte wohl keine zweite Einladung.)

»Das ist nicht die Art Information, die man potenziellen Käufern gern auf die Nase bindet«, gestand er. »Niemand will wissen, dass er in ein Haus einzieht, das Zeuge des Scheiterns einer Ehe war.«

»Hmm.« Ich nahm das Glas und hob es mir an die Lippen, wie ich es in Zukunft an diesem Tresen noch unzählige Male tun würde. Das Pale Ale war angenehm süffig, und das Pub hatte seinen alten Charme behalten, war im Gegensatz zu vielen anderen in der Nähe noch nicht zu einem Gastropub aufgehübscht worden.

»Sie wären überrascht, wie häufig Scheidungen bei Paaren vorkommen, deren Kinder das Nest verlassen«, fuhr er fort. »Das jüngste schwirrt zur Uni ab, und auf einmal haben er und die Göttergattin Zeit und stellen fest, dass sie sich hassen, und das schon seit Jahren.«

»Wirklich?« Ich war überrascht. »Ich dachte, es wäre nur die Generation unserer Eltern, die den Kindern zuliebe zusammenbleibt.«

»Stimmt nicht. Nicht in Gegenden wie dieser, mit Menschen wie denen. Hier geht es traditioneller zu, als Sie glauben.«

»Nun, es ist nur eine Scheidung. Könnte schlimmer sein. Es könnten Leichenteile sein, die im Abwasserrohr gefunden werden.«

»*Das* hätte ich Ihnen definitiv nicht erzählt«, erwiderte er lachend.

Fi habe ich nichts davon erzählt. In ihrer romantischen Vorstellung haute das ältere Ehepaar seine Pension auf den Kopf und ritt wie Lawrence von Arabien auf Kamelen durch die Wüste oder flog mit einem Heißluftballon über den Vesuv. Als hätten sie nicht bereits vierzig Jahre Schulferien hinter sich, um die Welt zu bereisen.

Zu dem Zeitpunkt hatten wir uns schon mindestens zwei Dutzend andere Häuser angesehen, und ich wollte keinesfalls riskieren, dass sie beim ersten, das unseren Vorstellungen entsprach, ihre Meinung mit der Begründung änderte, »Melancholie« sei eine Art ansteckende Krankheit. Wie Windpocken oder Tuberkulose.

»Fionas Geschichte« > 00:07:40

War mir bewusst, dass das Haus an Wert gewann? Natürlich, wir waren alle ständig auf Portalen wie *Rightmove* unterwegs. Aber ich hätte es *niemals* verkauft. Ganz im Gegenteil: Ich hegte die Hoffnung, es in der Lawson-Familie zu belassen, irgendeinen steuerlichen Trick zu finden, damit die Jungs *ihre* Kinder dort großziehen, und die Köpfe meiner Enkel nachts auf denselben Kissen liegen könnten, unter denselben Fenstern wie meine Söhne damals.

»Wie soll das funktionieren?«, fragte meine Freundin Merle. Sie wohnt zwei Türen weiter neben meinem Haus, die Straße runter – neben meinem *früheren* Haus, es fällt mir immer noch schwer, das zu sagen. »Ich meine, wie hoch ist die Wahrscheinlichkeit, dass ihre Frauen unter einem Dach zusammenleben wollen?«

Es verstand sich von selbst, dass die Frauen der Zukunft das Ruder in der Hand haben würden. In der Trinity Avenue, Alder Rise, würde das Matriarchat vorherrschen.

»Über die genauen Details habe ich noch nicht nachgedacht«, sagte ich. »Darf ich nicht einfach ein kleines Luftschloss bauen?«

»Mehr ist es auch nicht, Fi.« Merle bedachte mich mit ihrem sanften, geheimnisvollen Lächeln, das einem das Gefühl gab, *auserwählt* zu sein, als würde sie es nur ganz besonderen Menschen schenken. Von den Frauen in meinem Freundeskreis war sie diejenige, die sich am wenigsten um ihr Äußeres kümmerte – klein und athletisch, mit dunklen Augen, gelegentlich leicht verpeilt –, was sie zwangsläufig zu einer besonders attraktiven Frau machte. »Du weißt so gut wie ich, dass wir alle früher oder später verkaufen müssen, um unser Altenheim zu bezahlen und unsere Demenzpflege.«

Die Hälfte der Frauen in der Straße fürchtete, dement zu sein, aber in Wirklichkeit waren sie nur überlastet oder litten an generalisierter Angststörung. Das war der Grund, der Merle, Alison, Kirsty und mich zueinandergeführt hatte: Wir »pflegten« keine Neurosen. Wir behielten immer einen kühlen Kopf. (Wir hassten diese Redewendung »Keep calm and carry on«!)

Wenn ich mich jetzt höre, klingt es lächerlich: Wir »pflegten« keine Neurosen? Was ist mit denen, die durch gescheiterte Ehen, Verrat und Betrug ausgelöst werden? Für wen hielt ich mich damals?

Das haben Sie wahrscheinlich längst entschieden. Ich weiß, jeder wird ein Urteil über mich fällen. Glauben Sie mir, das habe ich auch. Aber was wäre der Sinn davon, das hier zu tun, wenn ich nicht ehrlich bin, mit all meinen Fehlern und Schwächen?

#OpferFiona

@PeteYIngram: Hmm. M.E. kann man den Verlust einer Luxusimmobilie nicht damit vergleichen, Opfer eines Gewaltverbrechens zu sein.

@IsabelRickey101 @PeteYIngram: Was denken Sie denn? Sie ist obdachlos!

@PeteYIngram @IsabelRickey101: Sie lebt nicht auf der Straße, oder? Sie hat immer noch ihren Job.

Womit verdiene ich meinen Lebensunterhalt? Ich arbeite vier Tage die Woche als Account-Managerin für ein großes Handelsunternehmen von Wohnaccessoires – seit Kurzem bin ich für unser neues Portfolio fair produzierter Teppiche zuständig, ebenso wie für wunderschöne, mit Spiralen gestaltete Dekoartikel von italienischen Glasherstellern.

Es ist eine tolle Firma, mit einem ganzheitlichen und zukunftsorientierten ethischen Konzept. Können Sie sich vorstellen, dass sie mir einen Teilzeitvertrag angeboten haben, damit ich Beruf und Kinder besser unter einen Hut bekomme? Und das bei einem Handelsunternehmen? Sie haben sich einer EU-Initiative verpflichtet, um berufstätige Mütter zu unterstützen, und ich war zur richtigen Zeit am richtigen Ort. Nun, Sie wissen, was man sagt, wenn so etwas passiert: niemals kündigen.

Es stimmt, ich hätte wahrscheinlich mehr verdient, wenn ich für einen dieser riesigen, halsabschneiderischen Großkonzerne gearbeitet hätte, aber mir war die Vereinbarkeit von Beruf und Privatleben schon immer wichtiger als das Gehalt. Ein paar von uns wollen anderen nicht den Hals abschneiden, nicht wahr? Ich weiß, es ist ein Klischee, aber ich liebe es, mit handgefertigten Produkten zu arbeiten, die ein Haus in ein Zuhause verwandeln.

Ja, selbst jetzt, wo ich kein eigenes mehr habe.

Bram, Word-Dokument

Ich habe seit fast zehn Jahren für einen Hersteller von Orthopädiebedarf in Croydon gearbeitet, als regionaler Vertriebsleiter für den Südosten. Ich war viel unterwegs, besonders in den ersten Jahren. Ich habe alle möglichen Stützvorrichtungen verkauft – für Knie, Ellbogen, was auch immer –, und Nackenkissen und Abdominalbandagen, aber im Grunde hätte es auch irgendetwas anderes sein können. Büroklammern, Hundefutter, Sonnenkollektoren, Reifen.

Es spielte damals keine Rolle, und es spielt auch jetzt keine.

4

»Fionas Geschichte« > 00:10:42

Ja, Bram und ich haben uns letzten Sommer getrennt. Soll ich Ihnen verraten, warum? Ich werde es Ihnen ganz genau sagen, und auch ganz genau, *wann*: Am 14. Juli 2016, um zwanzig Uhr dreißig. Genau zu diesem Zeitpunkt habe ich bemerkt, wie er im Spielhaus der Kinder hinten im Garten mit einer anderen Frau vögelte.

Ich weiß, ausgerechnet dort! In einer wunderschönen, abgelegenen, lichtdurchfluteten Oase voller Hortensien und Fuchsien und Rosen, eingebettet in ein schiefes Rechteck aus niedergetretenem Rasen und einem blau-weißen Fußballtor, dem Schauplatz zahlreicher Strafstöße. Ein Rückzugsort für *Kinder*.

Fast so unverzeihlich wie der Akt selbst.

Eigentlich war ich mit Kollegen im Pub verabredet, und Bram sollte auf die Jungs aufpassen, aber das Treffen war abgesagt worden, und anstatt vorher zu Hause anzurufen und der Familie Bescheid zu geben, wollte ich sie lieber überraschen ... Sie wissen, dieses Klischee, unverhofft zur Gute-Nacht-Geschichte hereinzuplatzen und ihre kleinen Gesichter zu sehen, die vor Freude aufleuchten. *Mami, du bist da!* Etwas Anerkennung einheimsen für etwas, das normalerweise als gegeben vorausgesetzt wird. Na gut, ich gebe zu, dass ich vielleicht auch überprüfen wollte, ob Bram sich an die Abendroutine hält. Aber nur, weil ich hoffte, dass dem auch so war.

Natürlich würde *er* argumentieren, dass ich ihn in Wirklichkeit nur dabei ertappen wollte, wie er die Sache vergeigt, und jetzt frage ich mich, ob da nicht vielleicht ein Körnchen Wahrheit drinsteckt. Vielleicht hat er gesündigt, weil er wusste, dass ich es erwartete, vielleicht war dieses gesamte Horrorszenario eine selbsterfüllende Prophezeiung.

(Opfer neigen dazu, sich selbst die Schuld zu geben. Ich schätze, das wissen Sie.)

Wie dem auch sei, das Haus lag still da, als ich die Tür aufsperrte – bei der Bahn hatte es mal wieder Verspätungen gegeben, und ich hatte die Insbettgehzeit der Kinder doch verpasst. Ich nahm an, dass Bram immer noch oben wäre, eingedöst beim Vorlesen von *James und der Riesenpfirsich* – es gab keinen Mann in Alder Rise, dem das nicht schon mal passiert war, eingelullt durch die eigene Stimme, betäubt durch den parallelen Erzählstrang von der Arbeit in seinem Kopf. Doch als ich auf Zehenspitzen hoch in den ersten Stock schlüpfte, um dort nachzusehen, fand ich die Jungen in den richtigen Betten in den richtigen Zimmern vor, die Verdunklungsrollos nach unten gezogen, die Nachtlichter angeschaltet auf ihren blau lackierten Nachttischen. Alles war, wie es sein sollte – abgesehen davon, dass jede Spur von ihrem Vater fehlte.

»Bram?«, flüsterte ich. Während ich von einem Zimmer ins andere schlich, spürte ich, wie sich meine Verärgerung auf eine unschöne, selbstgerechte Art zuspitzte. *Er hat sie allein gelassen*, dachte ich auf dem Weg zurück ins Erdgeschoss. *Er hat sie verdammt noch mal allein gelassen, einen Sieben- und einen Achtjährigen! Wahrscheinlich, um sich auf der Hauptstraße ein widerliches Abendessen zu holen, oder sogar für ein Bierchen im Two Brewers.* Doch dann dachte ich: *Nein, sei nicht unfair, das hat er noch nie getan. Er ist ein guter Vater, das weiß jeder. Es ist viel wahrscheinlicher, dass er sein Handy im Auto vergessen und kurz rausgesprungen ist, um es zu holen.* Dank der Nähe zur Hauptstraße und gleichzeitig dem Umstand, dass so viele Haushalte in der Trinity Avenue mindestens zwei Autos besaßen, war uns nur höchst selten ein Parkplatz vor dem eigenen Haus vergönnt, und es kam oft vor, dass wir die Straße runter parken mussten, jenseits der Kreuzung mit Wyndham Gardens. Höchstwahrscheinlich hatten wir uns auf dem Gehsteig um Sekunden verpasst: Er würde jeden Moment durch die Tür spazieren. Wenn wir den Vorgarten betonieren, würde uns dieses Theater erspart bleiben, würde er dann sagen und die Autoschlüssel in die Designerschale auf dem Konsolentisch im Gang werfen.

Doch er sagte es nicht, weil er nicht durch die Tür spazierte und weil weiterhin der Umstand im Raum stand, dass die Kinder ohne einen Erwachsenen, der auf sie aufpasste, im Haus wären, wenn meine Verabredung nicht abgesagt worden wäre.

Ja, natürlich war ich besorgt, dass ihm irgendetwas zugestoßen sein könnte, aber nur sehr kurz, denn als ich in die Küche kam, erspähte ich auf der Arbeitsplatte eine geöffnete Weißweinflasche. Die Kondenströpfchen deuteten darauf hin, dass sie erst vor Kurzem aus dem Kühlschrank geholt worden war – wenn ihn also Außerirdische entführt hatten, war er zumindest mit einem Glas Sancerre in der Hand verschwunden.

Die Küchentür war nicht abgesperrt, und ich trat hinaus in den windstillen Abend, wo alles grün und rosa und golden leuchtete. Obwohl ich im Garten keine menschliche Gegenwart wahrnahm, brachte mich eine unklare Eintrübung meiner Stimmung dazu, den Pfad zum Spielhaus am hinteren Ende des Gartens einzuschlagen. Es war erst ein paar Monate alt, ein süßes, kleines Ding mit einer Leiter zum Dach und einer Rutsche, die sich an der Seite hinabschlängelte, maßgefertigt und erbaut von Bram. Die Tür, normalerweise sperrangelweit offen, war geschlossen.

Aus den Gärten der angrenzenden Häuser hörte ich die typischen Geräusche eines Sommerabends – Ehemänner und Ehefrauen, die zum Essen an den Tisch riefen, eine letzte Ermahnung an die Kinder, zum Schlafen ins Haus zu kommen, Hunde und Füchse und Vögel und Katzen, die etwas an der Nähe des jeweils anderen auszusetzen hatten –, aber ich reihte mich nicht bei ihnen ein, indem ich Brams Namen rief, denn inzwischen war ich sicher, dass er im Spielhaus war.

Was hatte ich erwartet, als ich über den Fuß der Rutsche trat und durch das Fenster spähte? Eine Haschpfeife? Ein geöffnetes Laptop mit dem eingefrorenen Bild von etwas unsäglich Entsetzlichem? Ganz ehrlich, im Grunde erwartete ich, ihn heimlich eine Zigarette rauchen zu sehen, und beruhigte mich schon wieder, während ich den Plan fasste, den Rückzug anzutreten. Immerhin gab es schlimmere Vergehen, und ich war nicht seine Hausärztin.

Ein Augenblick verstrich, in der die Umrisse zu abstrakt waren, um sie genau zu bestimmen, aber es währte nur eine Sekunde, denn der Rhythmus war durchaus real, wenn nicht gar banal: ein Mann und eine Frau, die miteinander schliefen. Ein verheirateter Mann und eine Frau, die nicht seine Ehefrau war, schoben eine schnelle Nummer, denn Zeit war hier von essenzieller Bedeutung. Ja, *sie* war an diesem Abend fort, aber trotzdem waren die Kinder im Haus, und es durfte nicht passieren, dass sie aufwachten und allein waren. Und ihrer Mum am nächsten Morgen, noch atemlos vor Schreck, erzählten, ein regelrechter Wettstreit, wer die dramatischste Behauptung aufstellte: »Das *ganze* Haus war *total* leer!« – »Wir dachten, Daddy wäre *ermordet* worden!«

Mein Magen schien sich selbst zu zerfressen, als ich dort stand, überwältigt von einem unerwarteten Gefühl von Macht. Sollte ich die Tür aufreißen, wie er es verdiente, oder mich davonstehlen und den rechten Augenblick abpassen? (Aber weshalb? Um abzuwarten, ob er es noch einmal tun würde? Das hier war gewiss Beweis genug.) Dann erhaschte ich einen flüchtigen Blick auf sein Gesicht, die widerliche, wilde Fratze der Erregung, und ich wusste, dass mir keine andere Wahl blieb. Ich stieß die Tür auf und beobachtete, wie sie wie Tiere erschraken. Ein halbvolles Weinglas, das links neben der Tür stand, wackelte, fiel jedoch nicht um.

»Fi!«, formte er mit den Lippen tonlos, atemlos, benommen.

Sie müssen wissen, etwa ein Jahr zuvor hörte ich zufällig mit an, wie meine Schwester Polly mit einer Freundin über mich sprach: »In jeder anderen Hinsicht ist sie ein völlig normaler, intelligenter Mensch, aber wenn es um Bram geht, hat sie einen blinden Fleck. Sie verzeiht ihm einfach alles.« Und am liebsten wäre ich damals hineingestürmt und hätte sie angeschnauzt: »Ein Mal, Polly! Er hat es *ein Mal* getan!«

Nun, jetzt war es das zweite Mal. Und ich meine es ernst, wenn ich sage, es war eine Erleichterung, ihn beim Fremdgehen zu ertappen. Eine Erleichterung, die so mächtig war, dass sie fast an Freude grenzte.

»Bram«, erwiderte ich.

Bram, Word-Dokument

Ich werde mit der Sache im Spielhaus beginnen, mit der – da bin ich mir sicher – Fi anfangen würde, auch wenn es eine falsche Fährte ist, das versichere ich Ihnen. Doch es war der offizielle Katalysator, sozusagen unsere Ermordung des Erzherzogs Franz Ferdinand, und deshalb hat sie ihren angestammten Platz in dieser Geschichte – das akzeptiere ich.

Der Name meiner Komplizin spielt keine Rolle, und da ich bezweifle, dass ihr Ehemann von dem Seitensprung weiß, und weil er es nicht gutheißen würde, wenn sie mit mir und meinen Verbrechen in Verbindung gebracht wird, werde ich sie in diesem Dokument Constance nennen, nach Lady Chatterley. (Sie werden mir diesen kleinen Scherz hoffentlich nicht übelnehmen. Und nein, ich bin keiner großer Leser klassischer Literatur. Ich habe den Film einmal gesehen – es war Fis Wahl.)

»Ich dachte, ich schau mal kurz vorbei«, sagte sie an jenem Abend an der Tür, mit dem unverkennbaren Auftreten eines Menschen, der Waren feilbietet. Sie wirkte betrunken, aber es könnte sein, dass sie sich daran berauscht hat, die Sache initiiert zu haben – ein Aphrodisiakum an sich, wie Männer seit Jahrtausenden wissen. »Du hast mir angeboten, mir das Spielhaus von innen zu zeigen, weißt du noch?«

»Wirklich? Ich glaube nicht, dass es da viel zu sehen gibt«, sagte ich grinsend.

Sie fuchtelte mit ihrem iPhone herum. »Kann ich ein Foto machen, um es meinem Schreiner zu zeigen?«

»*Deinem* Schreiner?«, zog ich sie auf. »Nun, na klar, ja, aber du weißt, dass du diese Dinger zur Selbstmontage bei B&Q kaufen kannst? Ich habe nichts weiter getan, als es zusammenzuschrauben und dann die Rutsche zu bauen.«

»Aber die Rutsche ist das Beste dran«, rief sie. »Vielleicht probier ich sie aus – wenn mein Hintern nicht steckenbleibt.«

Was war das anderes als eine Einladung zum Hinsehen?

Sie trug ein weißes Baumwollkleid, das an den Schultern gerafft und unter den Brüsten mit einer Schleife zusammengebunden war, der Stoff so leicht, dass er sich bei jedem Schritt um ihre Oberschenkel schmiegte.

»Könnte ich vielleicht ein Glas Wein haben?«, fragte sie, als wir die Küche durchquerten.

Sie wissen, dass es nicht stimmt, dass Männer in Momenten

der sexuellen Versuchung zu niederen Tieren degenerieren und sämtliche rationalen Gedanken über Bord werfen. Es ist mehr ein schrittweises Schwachwerden. Zuerst, als das Kleid langsam nach oben glitt, dachte ich: *Denk nicht mal dran. Auf gar keinen Fall.* Dann, als ich den Wein öffnete: *Nun ja, irgendwann wäre es sowieso passiert.* Danach, als ich sie den Gartenweg hinabführte (das klingt schlimm): *Komm schon, zumindest nicht hier, nicht wenn deine Kinder oben schlafen.* Schließlich: *Okay, nur dieses eine Mal und dann nie wieder.*

Zu diesem Zeitpunkt waren wir bereits im Spielhaus, die Tür hinter uns geschlossen, und sie presste sich leidenschaftlich an mich: Ihr Körper war überhitzt, ihre Haare dampfig, ihr Gesicht glühte. Es war die Hitze, der ich nicht widerstehen konnte – nicht der Umstand, dass sie weich oder kess oder feucht war, auch nicht der Geruch nach Schweiß oder Chanel oder Wein. Heiße Haut und das spürbare Pochen des Blutes eines anderen Menschen haben eine solche Intensität, dass man reagiert, als würde man von einem Magneten angezogen.

Es sagt dir, dass das, was dir geboten wird, die Sache wert ist.

Es sagt dir, dass es mehr wert ist als alles, was du besitzt. Alles, was du liebst.

Okay, vielleicht werden *doch* sämtliche rationalen Gedanken über Bord geworfen.

»Fionas Geschichte« > 00:17:36

Nein, ihren Namen werde ich Ihnen nicht verraten. Es gilt Rücksicht auf andere zu nehmen, nicht wahr? Das öffentliche An-den-Pranger-Stellen betrifft nicht nur den Angeklagten allein. Menschen haben Familie, geliebte Angehörige, die ins Kreuzfeuer geraten würden. Und letztlich spielt es keine Rolle. Sie hätte eine Maske tragen können, und ich hätte dasselbe empfunden. Das stimmt wirklich. Ich habe sie mit keinem Wort direkt angesprochen. Ich habe ihnen Zeit gelassen, sich aus dem Spielhaus zu schleichen, und im Wohnzimmer auf ihn gewartet. Ich habe den Fernseher eingeschaltet, um dem schuldbewussten Geflüster ihrer Verabschiedung nicht lauschen zu müssen, doch sobald ich hörte, dass sich die Haustür schloss, stellte ich ihn wieder ab.

Ich hörte seine Stimme, noch bevor sich der Türknauf zum Wohnzimmer drehte: »Fi, ich ...«

Ich wirbelte herum und fiel ihm ins Wort: »Spar dir die Worte, Bram. Ich weiß, was ich gesehen habe, und ich habe keine Lust, es mit dir zu diskutieren. Das ist der Punkt, an dem es endet. Ich will, dass du ausziehst.«

»Was?« Er stand hilflos im Türrahmen und versuchte krampfhaft, den Schlag mit einem Lachen abzuwehren – zwei Drittel gespielte Tapferkeit, ein Drittel Angst. Seine Haare waren zerzaust und feucht an den Schläfen, und seine Haut war immer noch gerötet, hatte die sonderbare Verletzlichkeit eines Mannes, der beim Sex gestört worden war.

»Ich will die Trennung. Unsere Ehe ist vorbei.«

Ich konnte in seinem Gesicht ablesen: Er suchte verzweifelt nach der richtigen Reaktion, da mein Ton absoluter Entschlossenheit verstörender als jede Hysterie war, die er wohl erwartet hatte.

»Du dachtest, ich hätte die Jungs allein gelassen, nicht wahr?«, sagte er.

Ich kannte ihn in- und auswendig und wusste, dass seine Technik bei Konfrontationen nicht die war, seinen Standpunkt zu vertreten, sondern zu versuchen, meinen Blick darauf zu verändern, sodass das eigentliche Fehlverhalten unter den Teppich gekehrt wird.

»Du hast *wirklich* geglaubt, ich wäre einfach aus dem Haus gegangen und nicht hier, wenn sie mich brauchen?«

Das war selbst für ihn gewieft: Er stellte mich als die Schuldige hin, weil ich ihn zu Unrecht der Vernachlässigung beschuldigte. Wobei ich es nicht einmal laut ausgesprochen habe – ein Gedankenverbrechen. »Du *hast* das Haus verlassen«, zeigte ich auf.

»Aber nicht das Grundstück.«

»Nein, da hast du recht. Lass es uns ins rechte Licht rücken: Was du getan hast, war nichts anderes, als den Müll rauszutragen oder ein bisschen Unkraut zu jäten.«

Er hob die Augenbrauen, als hätte Sarkasmus keinen Platz in dieser Unterhaltung, als wäre *er* in der Position, den Moralapostel zu spielen. Doch seine Finger glitten an seine Lippen, wie immer, wenn er unsicher war.

»Geh und zieh zu deiner Mutter«, sagte ich kühl. »Wir können morgen reden und uns einen Weg überlegen, dass du die Jungen in den Schulferien sehen kannst.«

»In den Schulferien?« Er war erschüttert, als hätte er angenommen, jeglicher Rauswurf wäre nichts weiter als eine Auszeit, ein vorübergehendes Dampfablassen auf der Strafbank.

»Wenn es dir lieber ist, nehme ich sie und fahre zu meinen Eltern, aber ich denke, du wirst mir zustimmen, dass es weniger verstörend für sie wäre, wenn du gehst und wir bleiben.«

»Ja. Ja, natürlich.« Darauf bedacht, jetzt maximale Kooperation an den Tag zu legen, hastete er nach oben, um ein paar Dinge zusammenzusuchen. Es folgte eine kurze Pause in seiner Geschäftigkeit, bei der ich annahm, dass er sich an der Tür der Jungen herumdrückte und noch einmal nach ihnen sah, bevor er ging, und dieses Bild versetzte mir einen kleinen Stich.

»Fi?« Er war zurück im Türrahmen, eine Reisetasche zu seinen Füßen, doch ich stellte keinen Blickkontakt her.

»Ich will es nicht hören, Bram.«

»Nein, bitte«, flehte er mich an, »ich muss dir nur Eines sagen.«

Seufzend hob ich den Blick. Was könnte dieses Eine wohl sein? Ein Hypnosezauber, um mein Kurzzeitgedächtnis zu löschen?

»Was auch immer ich als Ehemann getan habe, dieser Mensch bin ich nicht als Vater. Ich werde alles tun, was du willst, damit die Jungs so wenig wie möglich leiden. Und ich in ihrem Leben bleiben kann.«

Ich nickte, nicht gänzlich ungerührt.

Dann verließ er das Haus. Er verschwand mit dem Gesichtsausdruck eines Mannes, der erkannt hat, dass der Felsvorsprung unter seinen Füßen abbröckelt und gleich völlig nachgeben wird.

#OpferFiona

@Emmashannock72: F***, wäre das mein Ehemann, würde ich ihn kastrieren!

@crime_addict: Sie hätte ihn an Ort und Stelle wie eine Weihnachtsgans rupfen sollen.

5

»Fionas Geschichte« > 00:21:25

Sie haben richtig gehört: Ich sagte »zweimal«. Er hat mich schon mal betrogen.

Was nicht bedeutet, dass wir niemals glücklich gewesen sind, denn das waren wir, das schwöre ich, viele Jahre lang. Am Anfang waren wir unzertrennlich, wir steckten uns nicht gegenseitig in eine Schublade, bis wir einander sicher waren. Da war eine physische Anziehungskraft, ja, aber auch eine mentale, eine echte Faszination von einer anderen Art Lebensstil. Ich war äußerlich ruhig, aber im Innern selbstbewusst, er war laut zur Welt, aber zu sich selbst, keine Ahnung … verloren, würde ich sagen, vielleicht sogar leer. Ich schätze, ich wollte ihn erfüllen. Bei unserer Heirat glaubte ich, mir wäre das Unmögliche gelungen, nämlich einen Mann zu binden, der sich niemals binden wollte – bis er mich traf, natürlich.

Okay, ich habe das Wichtige aus den Augen verloren und mich ablenken lassen, als das Haus nach meiner Aufmerksamkeit heischte, und dann waren da noch die Kinder, aber so geht es in dieser Lebensphase doch jedem. Ablenkungen gab es überall in der Trinity Avenue, man gewöhnte sich einfach daran, den Blick auf Unbedeutendes zu richten.

Dann, vor ein paar Jahren, schlief er bei einem Teambuilding-Event mit einer seiner Arbeitskolleginnen. Das Seminar beinhaltete eine Übernachtung in einem Hotel. Kostenlose Drinks, eine »Was in Vegas passiert, bleibt in Vegas«-Stimmung: das übliche Klischee. Ich sah Textnachrichten von ihr, die jedes Leugnen unmöglich machten, selbst für einen Mann wie Bram, der ein Meister der Ausreden ist.

Ich war mit den Jungs zu Hause, während dieses »Teambuilding« vonstattenging. Die beiden waren damals klein, vielleicht vier und fünf, und genauso anstrengend, wie man es sich vorstellt, selbst ohne meine eigene Arbeit und andere Verpflichtungen. Es war ein verabscheuungswürdiger Verrat, ja, aber verabscheuungswürdig auf eine vertraute, althergebrachte Art, und was auch immer die Menschen sagen mögen, es steckt ein gewisses Maß an Trost in dem Wissen, dass auch andere denselben Schmerz erlebt haben.

»Erzähl niemandem sonst, was er getan hat«, erinnerte ich mich an Alisons Worte, als ich ihr und Merle erklärte, dass ich die Entscheidung getroffen hatte, ihm zu verzeihen (nicht ganz das richtige Wort, aber der Einfachheit halber benutze ich es hier). »Es wird das Verhalten der Menschen dir gegenüber viel stärker verändern als ihm gegenüber.«

Es war ein Ratschlag, den ich glücklicherweise befolgt habe, denn selbst als ich mich mit meinen Sorgen an Polly wandte, wusste ich, dass es ein Fehler war. Sie, die Brams Charme von Anfang an ablehnend gegenüberstand, hatte jetzt den Beweis für ihre Intuition, den Beweis, der mit nichts zu entschuldigen war, selbst wenn ich genau das tat. Und genau wie Alison es vorausgesehen hatte, fand Polly den Fehler bei *mir*. »Du kannst dich doch nicht zu jemandem hingezogen fühlen, der so offensichtlich – nun ja, du *weißt schon* –, und dann erwarten, dass andere sich nicht auch zu ihm hingezogen fühlen«, sagte sie.

»So offensichtlich was?«

»Sexy, Fi. Und ruhelos, du weißt schon, auf diese coole Art.«
»Ist es das, was alle anderen von ihm denken?«
»Natürlich. Er ist dieser Typ Mann. Ein Draufgänger. Egal, wie sehr er sich bemüht, er lässt sich nicht gänzlich domestizieren.«
»Das sind dumme Klischees«, entgegnete ich.
Genau wie das Gespräch, das ich mit Bram selbst führte.
»Ich weiß nicht, ob ich dir jemals wieder vertrauen kann«, sagte ich zu ihm.
»Versuch es«, flehte er mich an. »Es wird nie wieder passieren, das musst du mir glauben.«
Versuchen, hoffen, glauben: tausendmal verlockender als die Alternative, wenn man zwei kleine Kinder hat. Und danach *war* er mir treu, da bin ich sicher – bis zu jenem Abend im vergangenen Juli.
War ich ihm treu? Sehr lustig. Natürlich war ich ihm treu. Ich verweise noch einmal auf die zwei kleinen Kinder. Selbst wenn ich das Verlangen nach einer Affäre gehabt hätte – was nicht der Fall war –, nun ja, dann hätte ich nicht die Zeit dafür gefunden.
Und nein, Polly ist nicht verheiratet.

Bram, Word-Dokument

Wenn es Ihnen noch nicht erzählt wurde, wird es bald passieren: Schon vorher gab es einen Ausrutscher. Ich werde nicht näher darauf eingehen, denn wie schon gesagt, es geht hier nicht um den Sex. Liebe und Treue sind nicht dasselbe, egal was Frauen behaupten. (Wiederum sehe ich keinen Grund, Namen zu nennen. Es war eine Kollegin bei einem Firmenevent, eine einmalige Sache. Kurz darauf hat sie die Firma verlassen.)
Warum habe ich die Frau betrogen, die ich liebe? Ich kann es

wohl am besten erklären, indem ich Ihnen beteuere, dass es keine Sucht oder auch nur ein sexuelles Verlangen war, sondern mehr eine Erinnerung an den Hunger nach Jahren des guten Essens. Der Glaube, ich wäre besser, wenn ich verzweifelt war, meine Sinne schärfer, die Lust intensiver. Die Nostalgie eines Egomanen.

Ich werde das nicht weiter ausführen. Höchstwahrscheinlich verdrehen Sie bereits die Augen. Diesen letzten Absatz werden Sie Ihrem Kollegen zeigen und sagen: »Alles klar, genug gehört.«

»Fionas Geschichte« > 00:24:41

Apropos, glauben Sie ja nicht, ich wusste nach der Affäre mit der Arbeitskollegin nicht, dass Polly ihn »Wham Bram Thank You Ma'am« nannte, nach dem Lied von Dean Martin.

Ziemlich clever, das muss ich gestehen.

Wie sie ihn nach dem Vorfall im Spielhaus nannte, ist zu anstößig fürs Radio.

Bram, Word-Dokument

Als die Kinder klein waren, nannten wir Fi, wenn sie das Kriegsbeil ausgrub, »Fee Fi Fo Fum«. Liebevoll gemeint, natürlich, aber meinerseits zunehmend weniger liebevoll, je mehr mir dämmerte, dass sie es neun von zehn Mal mit diesem Beil auf mich abgesehen hatte.

6

Freitag, 13. Januar 2017

London, 13:00 Uhr

Die Nummer, die Sie gewählt haben, ist nicht erreichbar.
»Kein Glück?«, fragt Lucy Vaughan.
»Nein.« Sie muss diese Frau mit ihren gefälschten E-Mails und falschen Fantasien darüber, dass ihr das Haus einer anderen gehörte, endlich loswerden. Soll sie lieber gleich die Polizei rufen? Oder abwarten, bis sie Bram erreicht hat, damit sie sich dieses ungeheuerlichen Überfalls gemeinsam erwehren können? Und nun, wo so viele Möbel der Vaughans bereits ausgeladen sind, haben sie da irgendwelche Hausbesetzerrechte? Sind sie streng genommen schon die rechtmäßigen Bewohner?

Auf die Fragen gibt es keine Antworten. Sie fühlen sich so irreal an wie die Bilder vor ihren Augen. Die ganze Geschichte wirkt wie eine Halluzination, der nicht zu trauen ist.

Sie versucht es erneut bei Bram. Ein drittes Mal.
Die Nummer, die Sie gewählt haben, ist nicht erreichbar.

Sie kann ihm nicht einmal eine Nachricht hinterlassen. »Wo zum Teufel steckt er?«

Lucy beobachtet sie, ihr eigenes Handy fest in der Hand. »Sie haben Kinder, nicht wahr? Könnte er bei ihnen sein?«

»Nein, sie sind in der Schule.« Woher weiß diese Lucy Dinge

von ihr, wo Fi von *ihrer* Existenz erst vor ein paar Minuten erfahren hat?

Mum, denkt sie. Sie wird sie bitten, die Jungs von der Schule abzuholen und zu sich zu nehmen. Sie können nicht hierherkommen, es wäre zu verstörend für sie, ihre Zimmer völlig leer vorzufinden, ihre kostbaren Habseligkeiten wie weggezaubert.

Wohin weggezaubert? Das Haus zu besitzen, mag die Wahnvorstellung dieser Fremden sein – Fi klammert sich weiterhin an die Idee eines Streichs –, aber es ist ganz offensichtlich, ohne jeden Zweifel, seines rechtmäßigen Inhalts beraubt worden. Jemand hat ihr gesamtes Hab und Gut weggeschafft.

Das ist der Moment, als es sie trifft – nicht so sehr ein Gedanke als ein jähes Aufblitzen, eine Woge der düsteren Vorahnung, die in Form von überwältigender, nackter Angst ihr Bewusstsein überschwemmt: Wenn ihre Möbel während ihrer zweitägigen Abwesenheit verschwinden konnten, könnten es auch ihre *Kinder*? »O mein Gott«, sagt sie. »Bitte, nein, bitte…« Mit zitternden Händen scrollt sie durch ihre Kontakte.

»Was ist los?«, fragt Lucy aufgeregt. »Was ist passiert? Wen rufen Sie an?«

»Die Schule meiner Kinder. Ich muss… Oh, Mrs Emery! Hier spricht Fi Lawson. Mein Sohn Harry ist in der dritten und Leo in der vierten Klasse.«

»Natürlich. Wie geht es Ihnen, Mrs…«, setzt die Schulsekretärin an, doch Fi unterbricht sie.

»Sie müssen für mich nach ihnen sehen – es ist dringend.«

»Nach ihnen sehen? Ich bin nicht sicher, ob ich Sie richtig verstehe.«

»Können Sie einfach nachprüfen, dass sie da sind, wo sie sein sollen? In ihren Klassenzimmern oder auf dem Schulhof, wo auch immer. Es ist wirklich wichtig.«

Mrs Emery zögert. »Nun, die vierte Klasse wird gerade beim Mittagessen sein, glaube ich …«

»Bitte!« Stärker als ein Wehklagen: ein Kreischen, eindringlich genug, um Lucy zusammenzucken zu lassen. »Es interessiert mich nicht, wo sie sind, schauen Sie einfach nach, ob sie da sind.«

Es folgt ein schockiertes Schweigen, dann: »Können Sie einen Moment dranbleiben …?«

Fi spitzt die Ohren, um im Hintergrund einem Wortwechsel zwischen Mrs Emery und einer Kollegin zu folgen, mindestens zehn qualvolle Sekunden eines halblauten Hin und Hers, und schließlich kommt Mrs Emery ans Telefon zurück. »Es tut mir leid, Mrs Lawson, aber mir wurde eben gesagt, dass Ihre Jungen tatsächlich nicht hier sind.«

»Was?« Augenblicklich setzt ein schreckliches Hämmern in ihrem Brustkorb ein, und ihr Magen droht sich zu entleeren.

»Sie sind heute nicht in der Schule.«

»Wo sind sie dann?«

»Nun, soweit wir wissen, bei ihrem Vater. Hören Sie, ich verbinde Sie mit der Direk…«

Fi zittert jetzt, die Krämpfe sind nicht mehr im Rhythmus mit ihrem peitschenden Herzen. Sie ist eine Maschine, die jegliche Kontrolle über ihre Funktionen verloren hat.

»Mrs Lawson? Hier spricht Sarah Bottomley. Ich kann Ihnen versichern, es gibt absolut nichts, worüber Sie sich Sorgen machen müssen.« Die resolute Direktorin der Alder-Rise-Grundschule, der Ordnung über alles geht, hat einen Hauch von Kränkung in der Stimme bei Fis Andeutung von *Unordnung*. »Ihr Ehemann hatte um Erlaubnis gebeten, die Jungen für einen Tag aus der Schule zu nehmen, und ich habe zugestimmt. Ihre Abwesenheit ist offiziell genehmigt.«

»Warum?«, schreit Fi. »Warum hat er sie von der Schule genommen? Und warum haben Sie dem zugestimmt?«

»Schüler werden aus allen möglichen Gründen von der Schule befreit. In diesem Fall hatte es etwas mit der Abholsituation zu tun, die sich als schwierig herausstellte, da keiner von Ihnen heute in London ist.«

Keiner von ihnen? Bram sollte hier sein, in diesem Haus, zwei Straßen entfernt von der Schule! »Nein, nein, das stimmt nicht. Ich war weg, aber Bram hat zu Hause gearbeitet.«

In dem Haus, das weiterhin mit den Habseligkeiten einer Fremden gefüllt wird.

»Ist es möglich, dass Sie irgendwie mit den Daten durcheinandergekommen sind?«, schlägt Mrs Bottomley vor. »Als ich vor ein paar Tagen mit Ihrem Ehemann gesprochen habe, hatte ich den Eindruck, Sie wüssten von der Sache.«

»Ich wusste nichts. *Nichts!*« Ihren Worten folgt ein grässliches animalisches Jaulen, und erst als Lucy ihr das Handy aus der Hand nimmt, erkennt Fi, dass sie zu hysterisch ist, um das Gespräch fortzuführen.

»Hallo?«, sagt Lucy. »Hier spricht eine Bekannte von Mrs Lawson. Natürlich, ja, wir kümmern uns darum und versuchen herauszufinden, wo der Vater der Jungen verblieben ist. Ich bin sicher, es ist nichts weiter als ein dummes Missverständnis, und den Kindern geht es gut. Mrs Lawson steht gerade etwas unter Schock. Ja, wir geben Ihnen Bescheid, sobald wir sie ausfindig gemacht haben.«

Als das Telefonat beendet ist, versucht Fi, ihr Handy wieder an sich zu reißen, aber Lucy entzieht es ihr. »Wäre es nicht besser, wenn ich für Sie Ihren Mann anrufe?«, fragt sie mit sanfter Stimme.

»Nein, wäre es nicht. Das geht Sie überhaupt nichts an«, faucht

Fi. »Sie sollten überhaupt nicht hier sein! Geben Sie mir mein Handy und verschwinden Sie aus meinem Haus!«

»Ich finde wirklich, Sie sollten sich hinsetzen und tief durchatmen.« Als Lucy einen Stuhl am Küchentisch für sie herauszieht, wirkt es wie ein Patienten-Krankenschwester-Verhältnis. »Ich mache Ihnen eine Tasse Tee.«

»Ich will keinen Tee, verdammt noch mal!« Das Telefon wieder in Händen, versucht Fi es erneut bei Bram – *Die Nummer, die Sie gewählt haben, ist nicht erreichbar* –, bevor sie es mit dem Display nach unten auf den Tisch legt. Etwas Schreckliches passiert gerade, denkt sie. *Weiß* sie. Spürt es tief in ihren Knochen. Diese Verwirrung mit dem Haus, diese dreiste Lucy, das ist alles nur ein kleiner Teil vom Ganzen: Etwas ist Bram und den Jungen zugestoßen. Etwas wirklich Schlimmes.

Und in diesem Augenblick wird ihr Albtraum zu etwas so Angsteinflößendem, dass es keinen Namen dafür gibt.

Genf, 14:00 Uhr

Längst hasst er das Zimmer. Hasst das Hotel. Hasst, was auch immer er von dieser Stadt gesehen und gehört hat. Ein Flugzeug nähert sich kreischend aus östlicher Richtung, ohrenbetäubender als die anderen, und er macht sich auf gesprungenes Glas gefasst. Vielleicht braucht es genau das, denkt er, um *seine eigene* Katastrophe winzig erscheinen zu lassen. Etwas – buchstäblich – so welterschütterndes wie ein Flugzeugunglück.

Es ist heute nicht das erste Mal, dass ihm dieser Gedanke kommt. Als sein eigenes Flugzeug am Morgen zum Landeanflug ansetzte, überkam ihn das unverhohlene Gefühl, dass es egal wäre, ob das Fahrgestell nicht ausfährt, ob der Bauch der Maschine auf dem Rollfeld aufgeschlitzt wird und ihn aus ihrer Wunde ausspuckt. Es hätte ihn nicht gestört, auf diese Art zu sterben. Abscheulich angesichts der zweihundert Mitreisenden, die er mit sich in den Tod reißen würde, *betete* er geradezu darum.

Natürlich war das Flugzeug geschmeidig gelandet, und sein Körper war der einzige, der vor unerträglicher Qual gekrümmt war. Er allein flehte die Götter um eine Schicksalswende an, die niemals gewährt werden würde.

Er hätte doch wissen müssen, dass eine Flucht nur ein Gefängnis mit einem anderen Namen war.

7

»Fionas Geschichte« > 00:24:56

Anfänglich war es eine sonderbare Trennung, fünf Wochen im Schwebezustand zwischen Mitte Juli und Ende August. Natürlich, hätte ich jetzt die Chance, dann würde ich diese Phase immer und immer wieder durchleben wollen, sie als das leicht störende Intermezzo zu schätzen wissen, das es gewesen war. Doch zu jenem Zeitpunkt fühlte es sich an wie eine trostlose Unendlichkeit, die es zu ertragen galt.

Nein, ich meine nicht die praktischen Auswirkungen unserer Trennung. Obwohl ich mitten in der Innenstadt arbeite, mit einem fünfundvierzigminütigen Arbeitsweg, der an schlechten Tagen auch gern doppelt so lang dauerte, und die Schulferien ihre übliche Problematik mit sich brachten, hatte ich für alles vorgesorgt. Meine Mutter half aus, und es gab Freundinnen in der Straße, mit denen ich mich bei der Kinderbetreuung abwechselte.

Nein, ich meine die emotionale Seite. Mein Ziel lautete, nicht zu zerbrechen, den Verstand nicht zu verlieren.

Bram wohnte bei seiner Mutter in Penge und harrte meiner nächsten Schritte, seine Abwesenheit vorübergehend vertuscht, zumindest was die Jungs anbelangte. »Er ist auf Geschäftsreise«, sagte ich dann. »Wir sehen ihn am Samstag.« Wenn sein samstäglicher Besuch anstand, zögerten wir ihn bis nach ihrer Bettgehzeit hinaus, und die Jungen merkten nicht, dass er das Haus verließ.

Am Morgen behauptete ich dann, er habe früh aufstehen müssen, um ins Büro zu fahren. Es half, dass die beiden zu beschäftigt waren, einander mit den Müslischalen auf den Kopf zu schlagen, um den Schwindel zu bemerken, aber dennoch war die Taktik auf lange Sicht nicht praktikabel.

Wir stornierten den Familienurlaub an der Algarve und blieben in Alder Rise, über das die gesamte Stadt herzufallen schien. Teilweise dank eines Artikels im Immobilienteil des *Standard* drückten sich Pärchen an den Schaufenstern von Immobilienmaklern die Nasen platt, um zu sehen, welche finanziellen Einbußen eine Zweizimmerwohnung, ein Reihenhaus, ein repräsentatives Domizil wie diejenigen in der Trinity Avenue mit sich brächten. Häuser in unserer Straße kamen selten auf den Markt, erklärten die Makler, obwohl sich das Gerücht hielt, dass die Reeces in Nummer 97 ihres hatten schätzen lassen.

Es war praktisch unmöglich, in unserem Teil der Trinity Avenue einen Parkplatz zu finden, und ich vergaß oft, wo ich das Auto tags zuvor gelassen hatte.

»Das ist der Preis, den wir zahlen müssen, da unsere Häuser so viel an Wert gewonnen haben«, sagte Alison. »Sich darüber zu beschweren, wäre ungehörig.«

(»Ungehörig« war ein typisches Alison-Wort.)

Sie war die Erste, die zu Besuch kam, als ich publik werden ließ, dass Bram ausgezogen war. Sie kam mit diesen steifen Hortensien vorbei, die an Lutscher erinnern und die man so hübsch trocknen kann. Sie sind ungebührlich teuer – in Alder Rise kann man sie nur im schicken Blumenladen auf der Hauptstraße kaufen.

»Oh, Fi«, seufzte sie und umarmte mich. »Willst du darüber reden?«

»Es gibt nichts zu reden«, erklärte ich.

Ihre meergrünen Augen tränen, wenn sie lacht – ständig muss

sie sich Make-up-Flecken wegwischen –, aber sie vor Kummer schimmern zu sehen, war damals häufiger der Fall. »Sag mal, müssen wir uns zwischen euch entscheiden?«

»Natürlich nicht.«

»Also kein ausgeklügelter Racheplan, hm? Zumindest ein kleiner?«

»Nicht bei jeder Geschichte geht es um Rache«, erwiderte ich.

»Das stimmt. Aber bei den meisten.«

Okay, ich gebe zu, es gab Zeiten, in denen ich mich an der Fantasie ergötzte, Bram könne eine ebenbürtige Gegnerin finden, eine Frau, die seine Gefühle ebenso unbarmherzig mit Füßen trat – allerdings auf eine Weise, die keinerlei Auswirkung auf das Wohlergehen der Jungen hatte –, doch ich erlag nie der Versuchung, selbst Vergeltung zu üben. Wahrscheinlich, weil ich nur zu gut wusste, dass Bram sich selbst sein schlimmster Feind war, ein Mann mit einer selbstzerstörerischen Ader. Wenn ich nur lang genug abwartete, würde er sich selbst an sich rächen.

»Weißt du was, ich erinnere mich an ein früheres Interview mit George Harrison«, sagte ich zu Alison. »Es war kurz nachdem seine Frau ihn für Eric Clapton verlassen hatte und man von ihm erwartet hätte, dass er kein gutes Haar an ihnen lässt, aber er war so besonnen und philosophisch. Er meinte, es sei ihm lieber, dass sie mit einem seiner Freunde zusammen ist als mit irgendeinem dahergelaufenen Kerl.«

Sie ließ sich meine Worte durch den Kopf gehen. »Wahrscheinlich war er zugedröhnt, Fi.«

Ich schnaubte leise – ein Geräusch, das in dieser unlustigen Zeit als Gelächter durchging. »Mein Punkt ist der: Ich gebe ihn frei. Wir geben einander frei. Was ich jetzt will, ist, die Jungs an erste Stelle zu setzen und einen Weg zu finden, in Harmonie zu leben. Wie in diesem Lied von Paul McCartney.«

»Du meinst ›Ebony and Ivory‹?« Ihre Augen weiteten sich. Sie fürchtete, eine Stepford-Ehefrau mit einer Vorliebe für die Beatles habe mir eine Gehirnwäsche verpasst. »Nun, ich bin mir nicht sicher, ob es *dafür* in der Geschichte der Scheidungen so viele Präzedenzfälle gibt, aber wenn es jemandem gelingt, dann euch.«

Wie meine Eltern hatte Alison Bram immer vergöttert und instinktiv gewusst, dass er trotz seines vielen Trinkens und seiner Lügen, trotz des kräftezehrenden Auf und Ab in unserer Beziehung im Kern ein guter Mensch war.

»Du bleibst im Haus wohnen?«, fragte sie.

»Natürlich.«

»Gut. Das ist das Wichtigste.«

Es waren drei Hortensien, eine für jeden verbliebenen Lawson, auch wenn ich nicht glaube, dass Alison dies beim Kaufen im Sinn hatte. Sie hatte sie gekauft, weil man laut Innendesignern immer alles in Dreiergruppen anordnen sollte. Es war die Regel der Asymmetrie, dieselbe Regel, wegen der Merle ständig darüber nachdachte, ein weiteres Kind zu bekommen. Ihr existierendes Duo passte weder zusammen noch bildete es einen Kontrast. (»Das Risiko eines dritten ist immer vorhanden«, hatte ihr Ehemann Adrian einmal gesagt, und wegen des Tonfalls blieb es bei mir hängen, als spräche er von einem Weltkrieg, und seine Grenzen würden vom Trident-Atomraketenabwehrsystem geschützt.)

»Nur damit du's weißt«, sagte Alison, als sie sich zum Gehen anschickte, »ich hätte dich gewählt.«

Es tut mir leid – klinge ich etwas zu heiter? War ich nicht stinksauer auf den Mistkerl? Natürlich war ich das. Ich habe ihn gehasst, wie man nur jemanden hassen kann, den man zutiefst liebt. Aber ich hätte es nicht ertragen, wenn er mich schwach macht. Es kostete mich viel Kraft, meine Wut unter Kontrolle zu halten, sie auf Eis zu legen, und ich war stolz auf diese Stärke.

Aber glauben Sie mir ruhig, das, was ich wegen des Seitensprungs gefühlt habe, ist nichts im Vergleich zu dem, was ich wegen des Hauses fühle. Das ist viel schlimmer. Das ist echte Trauer.

Bram, Word-Dokument

Ich erinnere mich kaum an etwas aus dieser Übergangszeit. Damals mutete alles sehr schmerzhaft an, aber andererseits hatte ich keinen Schimmer, wie dunkel und belastend Schmerz werden kann.

Es half auch nicht, dass ich bei meiner Mutter wohnte. Ich erinnere mich an ihre Versuche, mir Ratschläge zu erteilen, ihr Vertrauen in die Art christlicher Glaubenssätze, die in meiner Kindheit altmodisch (wenn nicht gar verrückt) gewirkt hatten und jetzt, im einundzwanzigsten Jahrhundert in South London, nichts weiter als irrelevantes Geschwätz waren. Es genügt wohl zu sagen, dass die Weisheit, die ich an den Tag gelegt hatte, meinem alttestamentarischen Namensvetter nicht gerecht wurde, und ich mich weigerte, es mit ihr – oder im Grunde mit sonst jemandem – zu besprechen.

In meiner Erinnerung zeigten sich die Jungen von meiner Abwesenheit überraschend unberührt, was mir fast schon einen Stich versetzte. Sie akzeptierten meine Wochenendgeschenke aus Chips und Jelly Beans, als wäre die Ehe ihrer Eltern nicht gerade gescheitert, als ließe die Freude, sich Pringles in weit aufgerissene Münder zu stopfen, jedes Übel verblassen, das ihnen das Universum bescheren könnte.

Was Fi betraf, schien sie das Wiedersehen nicht mit der Qual zu erfüllen, die ich verspürte – oder mit dem Zorn, den ich verdiente. An einem drückend heißen Sonntag Mitte August gingen wir sogar gemeinsam in den Park, wir alle vier. »Pistazie oder Salz-Karamell?«, fragte sie mich an der Ladentheke des Cafés, als spielte sie die Rolle der liebenswürdigen Gastgeberin für einen Austauschstudenten.

»Wähl du aus«, sagte ich, und da war ein kaum merkliches Heben ihrer Augenbraue. *Du hast gewählt*, las ich darin, *und deine Wahl war die falsche.*

Es war sonderbar: Die Zutaten, aus denen sie bestand, waren dieselben wie zuvor – blonde Haare, gerade abgeschnitten auf Höhe des Schlüsselbeins, riesige braune Hundeaugen mit geraden Wimpern, Kurven, die männliche Blicke auf sich zogen, was dennoch von ihr als übertrieben kleingeredet wurde –, doch der Geschmack war anders. Es wirkte, als habe sie einen Weg gefunden, ihre Verbitterung mit einer Schicht Zucker zu überziehen, ihren Groll gegen mich zu verschleiern.

Wir spazierten über das mitgenommene Gras zum Spielplatz. Der Park war mit Tagesausflüglern überfüllt, halbnackten Mittzwanzigern mit diesen coolen Sonnenbrillen mit blauen Gläsern, die Frauen besser als Männern stehen (oder vielleicht sind mir nur die Frauen aufgefallen). Es gab sogar eine Schlange an den Schaukeln.

»Woher kommen all die Leute?«, fragte ich. Immerhin war ich nicht *so* lang aus Alder Rise weg gewesen.

»Alison behauptet, das sei der Preis, den wir bezahlen müssen, weil unsere Häuser so viel an Wert gewonnen haben«, erwiderte Fi, und es gelang ihr irgendwie, ihre Worte wie ein Opfer klingen zu lassen, als sei es ihr größtes Problem, Immobilienmillionärin zu sein.

Was war mit *mir*? Am liebsten hätte ich geheult. Ich wohnte in Penge bei einer religiösen Fanatikerin und schlief auf einem aufblasbaren Gästebett mit dem Kopf an der Heizung! Bis zu diesem Moment hatte ich mich bemüht, Fi nicht unter Druck zu setzen oder Forderungen zu stellen, doch jetzt fiel die Angst von mir ab: »Apropos, wir müssen entscheiden, was wir mit dem Haus machen wollen. Ich kann nicht ewig bei meiner Mum bleiben. Sollten wir uns wirklich trennen, müssen wir darüber sprechen, wie wir unser Vermögen aufteilen.«

Jetzt lag Emotion in ihren Augen. Pures Entsetzen.

Ich stammelte ungerührt weiter, wollte sie verletzen und gleichzeitig dazu bringen, mich auf der Stelle zurückzunehmen und mir die Chance zu geben, ihr nie wieder wehzutun. »Hast du einen Immobilienanwalt eingeschaltet? Oder einen Makler? Oder wartest du darauf, dass *ich* das tue?«

»Nein.« Als zwei Schaukeln frei wurden, nahm sie den Jungen zwei halb gelutschte Eis aus den Händen und drängte sie, ihre Chance zu nutzen.

»Fi«, begann ich wieder, doch sie hielt protestierend eine tropfende Eistüte hoch.

»Bitte. Hör auf.«

»Aber wie lange soll ich noch …?«

»Noch eine Woche«, sagte sie. »Gib mir noch eine Woche, und ich überlege mir, wie die nächsten Schritte aussehen könnten.«

Nächste Schritte: Projektmanagement-Vokabular. Die nächsten Schritte wären, die Geschäftsziele zu bestimmen, die Bevollmächtigten festzustellen und einen Zeitrahmen festzulegen.

»Okay«, sagte ich.

»Und, Bram?«

»Ja?«

»Wir *trennen* uns ›wirklich‹. Ich will nur nichts übers Knie brechen. Ich will das Beste für *sie*.« Sie wandte sich ab, um den Jungen beim Schaukeln zuzusehen. In den folgenden Sekunden blinzelte sie kaum, als wäre es eine neue, hypnotische Zuschauersportart – bis ich erkannte, dass sie es einfach nicht ertrug, *mich* anzusehen.

Als ich an diesem Abend wieder bei meiner Mutter war, erinnere ich mich nun, gedacht zu haben, dass sich ein zum Tode Verurteilter genauso fühlen muss, während er auf Neuigkeiten zu seiner Begnadigung wartet.

Verurteilter? Ich wusste nicht, wie köstlich frei ich damals war.

»Fionas Geschichte« > 00:28:49

Tut mir leid wegen des kleinen Wutausbruchs – jetzt geht's schon wieder. Meine Gefühle fahren zurzeit Achterbahn, wie Sie sich gewiss vorstellen können.

Nun, was geschah als Nächstes? Es war Bram, der davon sprach, unser Vermögen aufzuteilen – dieser Schritt zwang mich zum Handeln. Für einen Familienausflug zum Park hatten wir an jenem Nachmittag Einigkeit an den Tag gelegt, und ich glaube, mein Schock hätte kaum größer sein können, als er mich fragte, was wir mit dem Haus machen wollen.

An jenem Abend stand ich eine Weile am Fenster und betrachtete die Magnolie, die für mich immer ein Quell des Trosts gewesen war. Sie hatte in diesem Jahr früh geblüht, und wir hatten uns alle schwärmerisch über ihre Schönheit ausgelassen; Passanten schossen Handyfotos, und die Jungen kletterten auf die unteren Äste, um die Blüten zu streicheln, ganz zärtlich, als wären es neugeborene Hamster, und gaben acht, keines der Blütenblätter abzureißen.

Diese Schönheit und Ruhe würde ich nirgendwo anders finden. Jeder weiß, dass der Immobilienmarkt die ablehnende Haltung gegenüber Trennungen und Scheidungen verschärft, und dass man in London und seinen Vororten nicht mehr erwarten darf, ein großes Haus zu verkaufen und im Gegenzug zwei kleinere zu erhalten. Meine Arbeit wird angemessen vergütet, aber ich müsste von Saudi Arabia Oil & Gas abgeworben werden, um auch nur die geringste Chance zu haben, Bram seine Hälfte der Trinity Avenue auszubezahlen.

Ich stellte mir vor oder versuchte zumindest, mir auszumalen, wie es sich anfühlen mochte, wenn sich diese kostbaren rosafarbenen Blüten im nächsten Frühjahr für jemand anderen öffneten. Nein, es war undenkbar. Es bräche mir mit einer Heftigkeit das Herz, wie es keinem ehebrecherischen Gatten gelingen könnte.

Ein »Zu verkaufen«-Schild an unserem Gartentor? Nur über meine Leiche.

#OpferFiona

@SharonHill50: Das ist ein bisschen übertrieben, oder? Ich verstehe nicht, wie Leute so besessen von ihren Häusern sein können.

@Rogermason @SharonHill50: Geld. Zumindest ist sie ehrlich.

8

»Fionas Geschichte« > 00:30:10

Ja, die Sorgerechtsregelung war entscheidend für das Verbrechen, das würde ich schon sagen, denn sie gewährte Bram Zugang zum Haus und zu den Dokumenten, die er brauchte, um es zu verkaufen – nicht nur die gemeinsamen Grundstücksunterlagen, sondern auch meine persönlichen Papiere. Nein, ich habe nie daran gedacht, sie nach der Trennung getrennt aufzubewahren, obwohl es nun natürlich das Erste wäre, was ich anderen Frauen in meiner Position ans Herz legen würde. Kleben Sie sich Ihren Ausweis am Körper fest, selbst wenn Sie zu Bett gehen!

Die Ironie ist kaum von der Hand zu weisen, denn die Lösung, die ich mir einfallen ließ, hatte eigentlich das Ziel vor Augen, dass ich das Haus *behalten* konnte. Nestmodell, so heißt dieses Konzept, und wie alle guten Ideen klang sie sofort, als ich davon hörte, richtig. Zum ersten Mal las ich im *Guardian* darüber, und dann online auf Elternportalen. Das aus den USA stammende Konzept ist längst über die experimentelle Phase hinausgewachsen und wird immer beliebter. Es funktioniert so, dass die Kinder die ganze Zeit über im Elternhaus bleiben und die beiden Elternteile abwechselnd bei ihnen sind. Die restliche Zeit verbringen sie in ihren jeweiligen Wohnungen, oder bei einem knappen Budget wie unserem in einer gemeinsamen. Einige Paare schaffen es sogar ohne einen zweiten Wohnsitz, indem sie stattdessen im Gästezimmer ihrer Eltern oder auf dem Sofa von Freunden schlafen.

Für Bram war es weniger ein Olivenzweig als vielmehr ein ganzer, sonnendurchfluteter apulischer Hain.

»Warum?«, fragte er mich und wagte es nicht, meiner Aufrichtigkeit zu glauben. »Warum erlaubst du mir das?«

»Es ist nicht für *dich*«, sagte ich zu ihm, »sondern für die Jungs. Ich will nicht, dass sie ihr Zuhause verlieren. Für sie soll sich so wenig wie möglich ändern. Du hast *mich* betrogen«, fügte ich unverblümt hinzu, »aber *sie* nicht.«

Natürlich hatte mir das Internet verraten, dass nicht jeder diese Interpretation teilt. Stattdessen beharren viele Frauen darauf, dass ein Mann, der die Mutter seiner Kinder betrügt, damit auch die Kinder hintergeht. Aber in dieser Hinsicht stimmte ich dem Internet nicht zu. Ehemann, Vater: Diese Rollen sind zwar miteinander verwoben, aber dennoch klar getrennt. »*Was auch immer ich als Ehemann getan habe, dieser Mensch bin ich nicht als Vater.*« Und das war er auch nicht. Wie gesagt, er war unglaublich, von anderen Eltern als derjenige bewundert, der wie ein Magnet Kinder um sich scharte, derjenige, der Hütten und Baumhäuser – und Spielhäuser – baute und Völkerballturniere und die Lawson-Olympiade auf die Beine stellte und eines Sonntags alle Kinder der Straße bei uns versammelte, damit sie halfen, einen abgestorbenen Baum mit Seilen niederzureißen, während die anderen Dads wahrscheinlich mit ihren Handys auf dem Sofa lagen, in der Hoffnung, keine Aufmerksamkeit zu erregen.

»Wenn Sie die Sache richtig angehen, gibt es für die Kinder kein besseres Konzept«, erklärte uns unsere Nestmodell-Beraterin.

Außer eine glückliche Ehe, dachte ich.

Ihr Name war Rowan, und sie war bestimmt und höflich und zeigte uns in gewissenhafter Akribie die Feinheiten auf, an die wir uns halten mussten, wenn unser neugestalteter Bund von Erfolg gekrönt sein sollte. »Das Nestmodell bietet genau das, was man von einem echten Vogelnest erwarten würde: Stärke, Sicherheit und Kontinuität für die Kleinen. Selbst mit dem allerbesten Willen der Welt kann es verunsichernd für sie sein, zwischen zwei Wohnungen hin- und herzupendeln, insbesondere wenn diese Wohnungen nicht im selben Viertel liegen. Dieses Modell hebt diesen Nachteil völlig auf. Im besten Fall werden sie kaum bemerken, dass sich irgendetwas verändert hat.«

Sie führte uns durch die praktischen Details – oder, wie sie scherzte, zeigte uns die Ästchen und Federn des Nestbaus. Es gäbe eine Probezeit, in der ich die Wochentage übernahm und Bram die meisten Wochenenden. Die Übergabe erfolgte freitags um neunzehn Uhr und um zwölf Uhr am Sonntag, sodass wir beide an jedem Wochenende Zeit mit den Jungen hatten. Er würde außerdem mittwochs am Abend zu Besuch kommen und die beiden ins Bett bringen. »Es klappt am besten, wenn sie im Elternhaus getrennte Schlafzimmer haben«, empfahl Rowan. »Das hilft, Grenzen zu ziehen.«

Über diesen Punkt hatte ich mir auch schon den Kopf zerbrochen und war dankbar, dass die Größe und die Raumaufteilung des Hauses sich für unseren neuen Zweck so perfekt eigneten. Es gäbe keine Entwurzelung der Jungen und keine Umbaukosten. »Das ist kein Problem. Wir haben vier Schlafzimmer, also können wir das Gästezimmer für einen von uns benutzen, und unten gibt es ein Arbeitszimmer, das zum neuen Gästezimmer umfunktioniert werden kann.«

»Sie haben großes Glück«, sagte Rowan. »Manche Paare müssen abwechselnd im selben Schlafzimmer schlafen. Sie wären überrascht, wie viele Streite ich über die Frage schlichten musste, wer die Betten frisch bezieht.«

»Du behältst unser Schlafzimmer«, sagte Bram zu mir, »immerhin wirst du mehr Nächte dort verbringen als ich.«

Unser Zimmer. Neue Schlafarrangements auszuarbeiten, war das eine, die Sprache hinsichtlich unseres Zuhauses, unseres Lebens anzupassen, etwas anderes.

»Der Trick ist, beide Orte als Ihr Zuhause zu erachten«, sagte Rowan. »Ihr Haus ist Ihr Haupthaus, die andere Wohnung ihr Zweitdomizil. Niemand hat einen größeren Anspruch als der andere auf eines von beidem, Sie sind gemeinsam Besitzer und gemeinsam Mieter. Vor allem sind Sie gemeinsam Eltern. Gleichberechtigt.«

Sie zeigte uns eine Tagebuch-App, die sie uns ans Herz legte. »Hier drinnen wird alles notiert: Wer im Haus ist, wer in der Wohnung, wer in der Arbeit, wer die Kinder von der Schule abholt. Die Vereine, die Verabredungen zum Spielen, die Geburtstagsfeiern: alles farblich gekennzeichnet.«

Was das Finanzielle betraf, bedurfte es erst einmal nur weniger Anpassungen. Bram und ich hatten ungefähr das gleiche Einkommen und steuerten denselben Betrag auf das gemeinsame Konto bei, von dem wir die Hypothek, die Nebenkosten und sämtliche Ausgaben für die Kinder bestritten. Dieser gebündelte Betrag musste nun erhöht werden, um die Miete für die zweite Immobilie in Alder Rise zu decken, höchstwahrscheinlich ein kleines Apartment oder ein Zimmer in einer WG, und würde fast unser gesamtes Gehalt auffressen. Aus diesem Grund schlug ich vor, dass die anderen Ausgaben, nämlich die für die Scheidungsanwälte, auf nach der Probezeit verschoben wurden.

»Das ergibt Sinn«, pflichtete Bram mir bei, und da war so viel unverhohlener Optimismus in seinem Tonfall, dass ich ihm einen Blick zuwarf.

»Du hast verstanden, dass wir uns getrennt haben?«, fragte ich und bemühte mich, die Schärfe aus meiner Stimme zu nehmen. »Die Scheidung *wird* stattfinden, nur nicht jetzt sofort. Soweit es mich betrifft, gibt es kein Zurück.«

»Natürlich«, sagte er.

Rowan betrachtete uns ruhig und nachdenklich. »In manchen Fällen wird ein klarer Bruch bevorzugt, was die Wohnsituation angeht. Die Wahl, die Sie getroffen haben, wird unausweichlich eine gewisse Verletzung der Privatsphäre mit sich bringen, denn es ist praktisch unmöglich, jedes Mal, wenn Sie den Wohnort wechseln, sämtliche Spuren von sich zu beseitigen. Sind Sie sicher, dass Sie das beide wollen? Fiona?«

Ich atmete so tief ein, bis selbst der letzte Winkel meiner Lunge gefüllt war, dann stellte ich mir die Gesichter der Jungen vor, ihre Lawson'schen Lockenköpfe, und nickte.

Bram stimmte mit einem Ernst zu, der für ihn untypisch war. »Jawohl«, sagte er, und sein Lächeln, unerwartet verlegen, erinnerte mich daran, warum ich mich damals in ihn verliebt hatte.

#OpferFiona

@LydiaHilluk: Hört sich ein bisschen hippiemäßig an, diese Idee mit dem Nestmodell.

@DYeagernews @LydiaHilluk: Das finde ich ganz und gar nicht – es ist zivilisiert, erwachsen. Hört sich an, als könnte es funktionieren.

@LydiaHilluk @DYeagernews: Nun, das hat es offensichtlich nicht, oder?

Bram, Word-Dokument

Sie kennen diese großartige Liedzeile aus »Heaven Knows I'm Miserable Now« von den Smiths über Caligula, der errötet? Nun, bei Fis Vorschlag wäre ein *Heiliger* rot geworden. Ganz ehrlich, kein Tag verging ohne einen neuen Artikel über geschiedene Väter, die ein tristes WG-Leben fristen müssen, ohne den Hauch einer Chance auf einen neuen Kredit, während sie noch den alten abbezahlen. Doch Fi ersparte mir dieses Schicksal – sie ersparte mir jedes Leid, das sie mir mit vollem Recht hätte zufügen können. Anstatt mich zu verbannen, schloss sie mich in ihr Leben ein, anstatt mich bis aufs letzte Hemd auszuziehen, hielt sie an unserer finanziellen Abmachung fest.

Sie tat, womit Eltern sich immer gern brüsten, es aber niemals auch nur halbwegs selbst beherzigen: die Kinder an erste Stelle setzen.

Wir entwarfen eine Vereinbarung – nicht bindend, jedoch wichtig für Fi – und unterschrieben sie. Natürlich reden wir hier von Fi, also war auch eine gefühlsduselige Therapie mit inbegriffen. Die Beraterin hatte eine tiefe, samtige Stimme, die fast verführerisch klang. »Gibt es etwas, das nicht verhandelbar ist?«, fragte sie uns. »Irgendwelche Tabus?«

»Keine neuen Partner im Haus«, sagte Fi wie aus der Pistole geschossen. »Nur in der Wohnung. Und kein Rasen, nicht mit den Kindern im Auto. Er hat bereits zwei Punkte wegen Geschwindigkeitsübertretung. Und kein Alkohol in ihrem Beisein.«

»Was für ein charmantes Bild du von mir zeichnest«, scherzte ich. Sie hatte nicht ganz unrecht, was meinen Fahrstil betraf, aber für mich war der einzige Unterschied zwischen meinem und ihrem Trinken lediglich, dass ihre Drinks eine hübschere Farbe aufwiesen. Sie mochte mintgrüne Mojitos und rubinrote Kir Royals, sonderbare Gin-Kreationen mit Rhabarber oder Blaubeere oder Weihnachtsgewürzen. Alle Frauen in der Trinity Avenue waren verrückt nach Gin.

Sind es wahrscheinlich immer noch, schätze ich.

»Und Sie, Bram?«, fragte Rowan. »Irgendwelche Bedingungen?«

»Keine Bedingungen. Was immer Fi will, ich bin mit an Bord.« Und ich meinte es ernst, ich war »authentisch«. Ich riss nicht einmal den kleinsten Witz über Rettungswesten.

»Sie ist eine besondere Frau, deine Fi«, sagte meine Mutter, als ich ihr die Neuigkeit überbrachte. In Fis Gegenwart und der ihrer Familie war sie immer etwas verunsichert gewesen, mit deren gutbürgerlichen Affinität für Dankeskarten und Theaterbesuche, ihren Urlauben in der Dordogne – oder wäre es gewiss gewesen, hätte Fi ihr nicht immer so viel freundliche Aufmerksamkeit geschenkt. Doch die Tatsache hielt sich hartnäckig, dass sie glaubte, ich hätte Glück gehabt. Ich hatte eine gute Partie gemacht – und jetzt machte ich sogar bei der Trennung eine gute Partie.

»Vermassle wenigstens *das* nicht, Bram«, warnte sie mich, ihr Blick eine Mischung aus Missbilligung und Nachsicht. »Du wirst vielleicht keine zweite Chance bekommen.«

Die unterschwellige Botschaft lautete: Gott wäre mir gnädig gestimmt – zumindest vorerst.

»Fionas Geschichte« > 00:36:18

Wir einigten uns auf Freitag, den zweiten September, als ersten Tag des neuen Plans. Es war das Wochenende vor Beginn des neuen Schuljahrs, was uns sehr wenig Zeit für die Suche nach unserem »Zweitwohnsitz« ließ. (In Gedanken nannte ich ihn so, in Anführungszeichen, als wäre er künstlich – ein Ort, mit dem ich im echten Leben unter keinen Umständen warm werden könnte.)

Doch das Vorhaben ging leichter über die Bühne als gedacht, nicht zuletzt dank Brams Angewohnheit, niemals Brücken hinter sich abzubrechen, zumindest nicht, was seine Zechkumpane anbelangte. Er traf sich immer mal wieder auf ein Bierchen mit dem Immobilienmakler, der uns das Haus in der Trinity Avenue verkauft hatte, und dieser Makler wusste von einem Apartment in einem Wohnblock, der vor ein paar Jahren westlich von Alder Rise hochgezogen worden war, ein netter zehnminütiger Spaziergang die Hauptstraße hinunter, auf der anderen Seite des Parks. Erworben als Kapitalanlage zur Vermietung, war die Wohnung seitdem von einem Mieter zum nächsten weitergereicht worden, offensichtlich zu klein für Menschen, um länger als das absolute Minimum darin zu leben.

Die Fassade war durchaus elegant. Entworfen in Anlehnung an das Art-déco-Gebäude auf der Hauptstraße, dem früheren Sitz der Kunstakademie, war es formschön und weiß verputzt, mit metallenen Fensterrahmen und geschwungenen Balkonen. »Baby Deco« nannten die Makler den Häuserblock. (In Alder Rise wird selbst die Architektur mit Familienmetaphern umschrieben.)

Bram kümmerte sich um alles: Er handelte die Miete aus, prüfte und unterschrieb den Vertrag, übernahm sogar einen Ausflug zu IKEA, um fehlende Küchenutensilien zu kaufen.

Bei einer gemeinsamen Besichtigung nahm ich die Gelegenheit wahr, ihn an meine Bedingung bezüglich anderer Frauen zu erinnern. »Hier kannst du tun und lassen, was du willst, aber das Haus ist tabu.«

»Verstanden«, sagte er. »Mein Crystal-Meth-Labor werde ich auch lieber hier einrichten, oder?«

»Sehr lustig.« Ich hielt seinem Blick stand. »Und das mit der Raserei meinte ich auch ernst. Ich will keine hässlichen Überraschungen.«

Bildete ich es mir nur ein, oder war da der Hauch von Heimlichtuerei in seinem Gesicht? Schwer zu sagen, selbst für mein erfahrenes Auge, aber irgendetwas nötigte mich, auf meinem Standpunkt zu beharren. »Ich meine es ernst, Bram: Keine Geheimnisse.«

»Keine Geheimnisse«, wiederholte er.

Ich hätte es mir schriftlich geben, es in die unterschriebene Vereinbarung aufnehmen müssen. Ich hätte es als Erinnerung täglich – *stündlich* – auf unsere neue gemeinsame Tagebuch-App hochladen müssen: *keine Geheimnisse.*

Und ja, trotz allem, was passiert ist, halte ich das Konzept *immer noch* für grandios – jedenfalls für Menschen, die nicht mit einem Verbrecher verheiratet sind.

Bram, Word-Dokument

Manchmal quäle ich mich mit dem Gedanken, wie das Nestmodell sich hätte entwickeln können, wäre es mir bloß gelungen, die Sünden der Vergangenheit geheim zu halten und zukünftige zu vermeiden. (»Bloß«!) Ich glaube, es hätte funktioniert – das glaube ich wirklich. Hinsichtlich der Zeit- und Aufgabenverteilung kam es unseren Stärken durchaus entgegen: Ich kümmerte mich um das wilde Gerangel am Wochenende, das nötige Dampfablassen (die Mütter in der Trinity Avenue sagten früher immer, Jungen bräuchten genauso viel Auslauf wie Labradorhunde), während Fi die schulischen Belange, die Wäsche und die gesunde Vollwerternährung übernahm. Okay, also im Grunde fast alles.

Damit will ich nicht sagen, dass sie mit Leo und Harry keinen

Spaß hatte. Sie war wahrscheinlich der einzige Mensch, der den überschäumenden Wettkampfgeist zwischen den beiden dämpfen und ihnen in Erinnerung rufen konnte, dass sie auch ein Team aus zwei Leuten sein könnten. Lautstark verlangten sie dann nach Quiz-Spielen, insbesondere über Hauptstädte, und kurz bevor es wegen Bukarest zu einer Prügelei kam, entschärfte sie den Konflikt mit einem schlechten Witz. Zum Beispiel: »Wer lebt im Dschungel und schummelt? Mogli.« Und die Jungen schauten sich dann in liebevoller Resignation an. »Oh, *Mum*. Sei doch mal *ernst*!«

(Ich schätze, sie hat die Witze im Voraus auswendig gelernt.)

Es bricht mir das Herz bei dem Gedanken, wie sehr sie dieses Modell jetzt verfluchen wird. Die Erkenntnis wird sie bis ins Mark treffen, dass die Katastrophe ohne die von ihr vorgeschlagenen logistischen Rahmenbedingungen, ohne das blinde Vertrauen in mich als einen Familienmenschen und gleichberechtigten Hauseigentümer nicht hätte passieren können.

Selbst als sie mir als Ehemann nicht mehr vertrauen konnte.

9

»Fionas Geschichte« > 00:38:35

Es ist schwer zu sagen, was die ersten Anzeichen des Betrugs waren, denn offensichtlich erkannte ich sie zum damaligen Zeitpunkt nicht als das, was sie waren. Das Auto war schon ein Streitpunkt gewesen, bevor wir uns trennten – das zumindest weiß ich.

Es war April oder Mai, als ich die Strafzettel für Geschwindigkeitsüberschreitung fand. Vielleicht bilde ich es mir im Nachhinein nur ein, aber in meiner Erinnerung hatte ich ein ungutes Gefühl, als wir sie besprachen – eine Ahnung, dass er mir mehr verheimlichte, als offen auf den Tisch kam. Vielleicht war das der Grund, weshalb ich das Rasen später bei der Beraterin zur Sprache brachte.

»Bram? Was ist das?« Ich hielt zwei Briefe von der Führerscheinstelle hoch, die ich, nachdem unsere Kaffeemaschine plötzlich den Geist aufgegeben hatte, zusammengefaltet zwischen den Seiten des Handbuchs fand: zwei verschiedene Mitteilungen, dass sein Führerschein mit drei Punkten belastet worden war. Seine Raserei war seit Langem ein Streitpunkt zwischen uns, doch er war bisher zumindest strafrechtlich immer mit einem blauen Auge davongekommen. Brams Fahrstil gründete nicht darauf, dass er glaubte, die Regeln würden nicht für ihn gelten, sondern es war ein Heidenspaß für ihn, sie zu beugen. »Sechs Punkte? Ich dachte, du hättest vor Kurzem dieses Aufbauseminar belegt?«

»Habe ich auch«, erwiderte er vorsichtig.

»Warum haben sie dir dann Punkte gegeben?«

»Weil das andere Strafzettel sind. Der Kurs war für den ersten.«

Stirnrunzelnd versuchte ich, die Situation zu verstehen. »Also waren es alles in allem *drei*? Ein Kurs, und dann noch mal zwei Verstöße mit je drei Punkten?«

»Jawohl. Man darf den Kurs nur einmal alle drei Jahre belegen.«

Wie jammerschade, dachte ich, wo Bram schon beim ersten Mal anscheinend nichts gelernt hatte. »Wo sind die Original-Strafzettel? Im Arbeitszimmer?«

»Warum?«

»Mich interessieren nur die Details, das ist alles.«

Auf dem Weg zum Aktenschrank schnitt er mir den Weg ab. »Ich hole sie.«

Mit äußerstem Widerwillen reichte er mir die Bußgeldbescheide, einen aus Surrey und einen von der Londoner Polizei. Der Vorfall in Surrey war offensichtlich während einer Dienstreise passiert: neun Meilen pro Stunde über der Höchstgrenze von siebzig auf einer A-Road, nicht gänzlich anders als das erste Vergehen vor eineinhalb Jahren, als er »zu spät dran gewesen war und nicht auf den Tacho gesehen hatte«. Der Londoner war beunruhigender: dreiundvierzig Meilen pro Stunde in einer Tempo-20-Zone zwischen dem Crystal Palace und Alder Rise. Bei dieser Geschwindigkeitsbegrenzung handelte es sich so gut wie sicher um eine Wohnstraße wie die Trinity Avenue, und dreiundvierzig war definitiv schnell genug, um einen Fußgänger zu töten, ein Kind wie eines von unseren.

Dann sah ich die Daten: eines von vor anderthalb Jahren, das andere von vor neun Monaten. »Wie kommt es, dass ich erst jetzt davon erfahre?«

Dumme Frage: weil ich zufällig über sie gestolpert bin. Offensichtlich hatte er geglaubt, sämtliche Spuren beseitigt zu haben. »Du darfst nur zwölf Punkte haben, bevor du den Führerschein verlierst, oder? Also nur noch zwei weitere Verstöße und ...«

Verärgert fiel er mir ins Wort. »Ich kenne die Tabelle, Fi. Komm schon, es gibt Millionen von Menschen mit Punkten im Führerschein, einschließlich des Großteils unserer Nachbarn in dieser Straße. Warum, glaubst du, hagelt es auf einmal Rekordzahlen an Parksündern? Es ist für die Behörden schlicht und ergreifend ein Bombengeschäft.«

»Es ist schlicht und ergreifend ein Abschreckungsmittel«, erwiderte ich, »mit dem Ziel, Menschenleben zu retten. Hast du es der Versicherung gemeldet?«

»Natürlich. Im Ernst, es ist keine große Sache.«

Nicht für ihn. »Bei dem ganz in der Nähe, da waren die Kinder nicht mit im Auto, oder?«

»Nein, ich war allein unterwegs.« Jetzt war er gekränkt und schaltete im Bruchteil einer Sekunde von Abwehr auf Angriff. »Enttäuschend, nicht wahr? Ich bin nicht ganz so verantwortungslos, wie du gehofft hast, hm?«

»Dreh den Spieß jetzt nicht um!«

Selbst zu diesem Zeitpunkt erkannte ich, dass der Wortwechsel ein perfektes Abbild dessen war, was in unserer Ehe schieflief. Nicht seine Verstöße per se – natürlich verlieren diese, verglichen mit dem, was noch folgte, an Bedeutung –, aber die Rolle, in die er mich anschließend drängte. Polizistin, Oberlehrerin, Spaßverderberin, Verräterin. Xanthippe.

Opfer.

»Von heute an solltest du lieber mich fahren lassen«, sagte ich. »Um die Wahrscheinlichkeit zu verringern, dass du rückfällig wirst.« O Gott, jetzt klang ich wie seine Bewährungshelferin.

»Nur zu«, erwiderte er verdrießlich.

Später, als ich zurück zum Aktenschrank ging, stellte ich fest, dass die Schublade mit der Aufschrift »Auto« leer war.

Bram, Word-Dokument

Wie schon gesagt, der Seitensprung war im Grunde eine falsche Fährte. Viel zerstörerischer waren auf lange Sicht gesehen die Strafzettel wegen Geschwindigkeitsübertretung, die ich ihr lieber vorenthielt – um ehrlich zu sein: Es war einfacher, ihr den Kummer zu ersparen. Das ist die Kehrseite der Medaille, eine brave Staatsbürgerin wie Fi zu sein: Es fällt ihr schwer, ihrem Gatten Zugeständnisse zu machen.

Ich dachte, ich hätte sämtliche belastenden Beweise konfisziert (ich hatte nie mitbekommen, dass Fi jemals in die Schublade »Auto« gesehen hätte), und so war ich völlig unvorbereitet, als sie mir aufgeregt die Briefe von der Führerscheinstelle unter die Nase hielt und wissen wollte, ob die Jungen bei mir im Auto gesessen hatten. (Nur fürs Protokoll: Hatten sie nicht, bei keinem einzigen Mal.)

»Ich würde das Leben unserer Kinder niemals aufs Spiel setzen«, versicherte ich ihr. »Das weißt du hoffentlich?«

»Warum dann das von anderen?«, fragte sie und sah mich voller Abscheu an. Der Blick hätte mich vorwarnen müssen, dass eine Trennung unmittelbar bevorstand, mit oder ohne den Unfug im Spielhaus, der noch folgen sollte.

»Nun, zumindest kenne ich jetzt die Wahrheit«, fügte sie hinzu.

Doch sie lag falsch. Sie wusste nicht mal die Hälfte. In Wahrheit hatte ich zu dem Zeitpunkt, als sie die Sache mit den zwei Strafzetteln herausfand, bereits zwei weitere à drei Punkte erhalten, und mit der letzten Geschwindigkeitsübertretung eine Vorladung vor Gericht.

In Wahrheit war ich zu tausend Pfund Strafe verurteilt worden und hatte ein einjähriges Fahrverbot auferlegt bekommen, das bis Februar 2017 galt.

Natürlich hätte sie jetzt, wo sie *tatsächlich* einen Teil der Beweise gefunden hatte, nichts davon abhalten können, meine Geschichte zu überprüfen, indem sie die Versicherung anrief und nachfragte, ob unsere Prämie gestiegen war. Doch ich hatte die Kfz-Versicherung bewusst auf meinen Namen angemeldet und den Zugriff mit einem Passwort gesichert. Selbst so fürchtete ich, sie könnte in den Kontoauszügen nachsehen und bemerken, dass die Prämie im Grunde gesunken, nicht gestiegen war, da sie nun die einzige Fahrerin unseres Audis war.

Die einzige *namentlich genannte* Fahrerin.

»Fionas Geschichte« > 00:42:52

Ich weiß, einige Hörer werden glauben, ich wäre wegen der Strafzettel zu hart mit ihm ins Gericht gegangen, und es stimmt, dass einer der anderen Väter in der Schule auch sechs Punkte hatte und viele andere drei. Selbst Merle war von der Polizei angehalten worden, weil sie in Herne Hill bei Rot über die Ampel gefahren war, sie war jedoch mit einer Verwarnung davongekommen. In unseren Kreisen herrschte die Ansicht, dass solche Verstöße quasi ein Ehrenabzeichen waren, als wären es Verbrechen ohne Opfer.

Von wegen.

Ich behaupte nicht, selbst ein Ausbund an Tugend zu sein, aber ganz ehrlich, ich bin noch nie zu schnell gefahren, zumindest nicht mehr als ein oder zwei Meilen pro Stunde. Ich meine, wir haben Fußgänger und Fahrradfahrer, auf die wir Rücksicht nehmen müssen, wir haben Kinder in unserer Obhut, alle zwei Minuten gibt es Ampeln und Zebrastreifen, und die meisten von uns haben eingebaute Temporegler im Auto: Wann ist die Situation jemals so eilig, dass man all das außer Acht lassen könnte? Und machen fünf Meilen, zehn Meilen, selbst zwanzig Meilen pro Stunde *wirklich* einen solchen Unterschied, was die Ankunftszeit betrifft? Ist es das *wirklich* wert, einen katastrophalen Ausgang zu riskieren?

Aber ich schätze, die meisten Raser machen sich keine Gedanken über die Folgen.

Die Folgen überlassen sie anderen Menschen.

Bram, Word-Dokument

Nein, die katastrophal falsche Entscheidung war nicht, das Fahrverbot zu verschweigen. Die katastrophal falsche Entscheidung war, es zu ignorieren. Das stimmt – ich gebe es unumwunden zu: Ich habe mich über den gerichtlich verfügten Führerscheinentzug hinweggesetzt und bin weiterhin Auto gefahren.

Hätte ich es nicht getan, befände ich mich jetzt nicht in dieser Lage.

Natürlich redete ich mir zuerst ein, es wäre nur die eine einzige Fahrt. Es war ein Samstagnachmittag, ein paar Wochen nach dem Gerichtstermin, und ich hatte Streit mit Fi wegen eines besonders hartnäckigen Katers, wo ich eigentlich in aller Frische meinen Wochenendhausmeisterpflichten hätte nachkommen müssen. Sie wollte, dass ich die Gartenabfälle zum Recyclinghof brachte, und dank Murphys Gesetz war es das erste Mal im ganzen Monat, dass wir direkt vor unserer Haustür einen Parkplatz ergattert hatten, weshalb ich das Zeug nicht einfach außer Sicht schleppen und im Müllcontainer eines Nachbarn abladen konnte.

Fi begleitete mich sogar zum Wagen, um mir weitere Instruktionen zu erteilen. »Fahr auf dem Rückweg kurz bei Sainsbury's vorbei und kauf Spülmaschinentabs und Milch. Oh, und bevor ich's vergesse! Leo braucht einen Mundschutz für den Sportunterricht am Montag. Sie fangen mit Hockey an. Kannst du bei dem Sportgeschäft an der South Circular vorbeischauen?«

Unter ihrem prüfenden Blick stieg ich in das Auto, das ich kraft Gesetzes nicht hätte bedienen dürfen, betätigte die Zündung und fuhr die Trinity Avenue bis zur Hauptstraße. Mehr durch das motorische Gedächtnis als mit bewussten Gedanken lenkte ich das Auto zum Wertstoffhof, dann zu Sainsbury's und anschließend zum Sportgeschäft. Mehrmals hielt ich erschrocken den Atem an, aber zu keinem Zeitpunkt fiel der Himmel auf mich herab.

Und so fuhr ich einfach immer weiter. Nur unbedingt erforderliche Fahrten, wie ich unbedingt hinzufügen möchte, unvermeidliche häusliche Pflichten oder Kundenbesuche, die unmöglich mit den öffentlichen Verkehrsmitteln erledigt werden konnten. Ich war nicht mehr so zaghaft gefahren, seit ich als Siebzehnjähriger im Fiesta meines Nachbarn das Fahren geübt hatte. Tempolimit: Check. Rote Ampel: Check. Kein Millimeter Stoßstange über dem markierten Parkplatz, kein Aufblitzen des Warnblinklichts, kein Fluchen eines einzigen Radfahrers.

Einmal erspähte ich hinter mir einen Streifenwagen, als ich in den Rückspiegel blickte, und ich hätte mir aus Angst fast in die Hose gemacht. Ich zog in Erwägung, an die Seite heranzufahren oder einfach in der Einfahrt eines Fremden zu parken und abzuwarten, bis die Luft rein war, doch bei der nächsten Ampel blinkte das Polizeiauto nach links, während ich weiter geradeaus fuhr, und ich war froh, die Nerven behalten zu haben.

Als das Nestmodell zur Sprache kam, wusste ich, dass ich nun auf keinen Fall mehr aufhören könnte. »Wie sollte das klappen, wenn wir beide nicht fahren können?«, hätte Fi gefragt. »Du weißt, wie die Wochenenden sind, mit den Schwimmkursen, den Verabredungen der Kinder und den Besuchen bei den Großeltern. Vielleicht sollten wir das Ganze lieber vergessen.«

Nein, ich hatte keine andere Wahl, als bis zum Ende des Fahrverbots durchzuhalten.

Genau so denken Kriminelle, das verstehe ich jetzt. Wir reden uns ein, dass andere Menschen uns in eine Ecke drängen und dass wir nur reagieren, funktionieren, überleben.

Und wir sind so überzeugend, dass wir es selbst glauben.

10

Freitag, 13. Januar 2017

London, 13:30 Uhr

»*Mord. Totschlag. Vergewaltigung. Kindsentführung. Das sind echte Verbrechen.*«

Wer war es, der das sagte? Alison oder Kirsty vielleicht. Wer auch immer es war, in Fis Erinnerung hatte es für Gelächter gesorgt.

Lucy berührt sie am Arm, behutsam, als erwarte sie, dass Fi aufspringt und ihren Stuhl durchs Fenster schleudert. »Sie müssen aufhören zu weinen. Ich weiß, das ist alles überwältigend, aber wir müssen Ruhe bewahren und Menschen anrufen, die vielleicht helfen können. Gibt es noch jemanden, den Ihr Mann in seine Pläne eingeweiht haben könnte? Oder den er gebeten haben könnte, sich um die Jungen zu kümmern? Ein Verwandter oder ein Babysitter?«

Ihre Mutter. Natürlich, sie hatte es bei ihr versuchen wollen, bevor sie in der Schule angerufen hatte! Sie schnappt sich wieder ihr Handy, scrollt nach der Nummer, fängt in dem Moment an zu reden, als das Klingeln endet und noch bevor ihre Mutter sie begrüßen kann: »Mum, Gott sei Dank! Ich bin's.«

»Fi? Weinst du etwa? Was ist …«

»Bram hat die Jungen heute aus der Schule genommen, und sein Handy ist aus. Sind sie bei dir?«

»Bram hat *was*? Nein, sie sind nicht bei mir, natürlich nicht.« Eine weitere sanfte, vernünftige Stimme, genau wie die von Lucy, genau wie die von Sarah Bottomley. »Bist du denn nicht mit deinem neuen Freund unterwegs?«

»Ich bin früher nach Hause gekommen. Bram ist verschwunden und hat die Kinder mitgenommen.«

»Mach dich nicht lächerlich. Warum sollte er das tun? Hast du es bei Tina versucht? Sie weiß vielleicht, wo sie stecken.«

Brams Mutter. Sie arbeitet noch in Vollzeit, ist aber immer bemüht, Schichten zu tauschen und auszuhelfen, wenn ihr früh genug Bescheid gegeben wird. Er hat »vor ein paar Tagen« mit der Schule gesprochen. Was auch immer er mit den Jungen vorhat, war im Voraus geplant, und es ist wahrscheinlicher, dass er seine Mutter eingeweiht hat anstatt die von Fi.

Hastig beendet sie das Gespräch und ruft Tina auf ihrem Handy an, wobei sie erneut in Tränen ausbricht, als die Verbindung steht: »Tina? Hast du irgendeine Idee, wo Bram ist?«

»Bist du das, Fi? Ja, er ist heute im Haus. Ich dachte, das wäre mit dir besprochen? Stimmt irgendwas nicht?«

Stimmt irgendwas nicht? Die Bestürzung, die ihre offensichtliche Unkenntnis auslöst, ist grausam. »Nutzlos«, will Fi schreien, »ihr seid alle nutzlos!« Es stellt sie vor eine Herkulesaufgabe, die Stimme ruhig zu halten. Sie will nicht, dass Lucy wieder einschreitet und für sie spricht. »Er ist nicht im Haus, Tina. *Ich* bin im Haus.«

»Du bist von deiner Reise schon zurück? Warum?«

»Das spielt keine Rolle, aber ich muss Bram dringend finden, also wenn du auch nur die leiseste Ahnung hast, wo er hingefahren sein könnte, *musst* du es mir sagen.« Als sie den Kampf verliert und wieder zu schluchzen beginnt, bemerkt sie Lucys besorgtes Stirnrunzeln. »Er hat die Jungs aus der Schule genommen, und ich weiß nicht, wo sie sind, und da ist …«

»Fi, beruhig dich«, fällt Tina ihr ins Wort. »Sie sind hier. Die Jungs sind hier.«

»Sag das noch mal.« Hatte sie über das Brüllen ihrer eigenen Angst, über das Rumpeln des Umzugsteams auf der anderen Seite der Tür richtig gehört?

»Sie sind bei mir, genau nebenan, und schauen fern. Ich sollte dich später anrufen, um dich zu fragen, ob ich sie dir morgen bringen soll.«

»Oh, Gott sei Dank! Sie bleiben über Nacht bei dir? Hat Bram das arrangiert?«

»Ja, falls das in Ordnung für dich ist?«

»Natürlich, ja, danke.«

Ihr entgeht nicht, wie Lucys Schultern vor Erleichterung nach unten sacken. Das wird nun doch nicht zu einer *jener* Geschichten, der allerschlimmsten, sondern kann wieder zu *dieser* werden, der über das Haus. Sie steht auf und greift nach dem Wasserkocher. Das Teekochen kann endlich in Angriff genommen werden.

Mit einem Blatt von Lucys Küchenrolle wischt Fi sich die Augen. Trotz ihrer Erleichterung bleibt sie starr vor Anspannung. »Warum sind sie nicht in der Schule, Tina? Ist bei ihnen alles okay?«

»Ihnen geht's gut. Bram dachte nur, es wäre leichter für sie, heute mal nicht zu gehen. Und ich bezweifle, dass er weit weg ist, also wenn ich du wäre, würde ich aus dem Haus verschwinden, bevor er dich sieht.«

Wovon zum Teufel redete sie da nur? »Tina, bitte, hör mir zu: Das hier ist eine echte Krise. Das Haus ist völlig ausgeräumt worden, und Brams Handy ist aus, und da ist eine Frau, die behauptet ...« Fi hält inne, kann es nicht wiederholen, so absurd, wie es klingt: *die behauptet, sie habe mein Haus gekauft.*

»Das weiß ich doch alles.« Tinas Geduld ist übertrieben, ein Zeichen ihrer Ungeduld. »Es soll doch eine Überraschung werden, Fi.«

»Was für eine Überraschung? Erklärst du mir bitte, was hier los ist?«

»Die Renovierung. Ist das denn nicht offensichtlich? Armer Bram, er wird so traurig sein, dass du aufgetaucht bist, bevor es fertig ist. Vielleicht solltest du zur Wohnung fahren und die Innenausstatter bitten, nicht zu verraten, dass du da gewesen bist? Du kannst auch gern herkommen. Soll ich den Jungs sagen, dass du früher nach Hause gekommen bist?«

»Nein, nein, tu das nicht.« Sie muss gegen diesen Schwall an Fragen ankämpfen, mehr Fragen, als sie beantworten kann, und einen klaren Gedanken fassen. »Du machst einfach mit dem weiter, was du vorhattest. Danke. Ich melde mich später noch mal. Grüß die Jungs schön von mir.«

Sie legt auf. »Sie behauptet, Sie seien hier, um zu renovieren«, sagt sie zu Lucy. »Es gibt keine andere Erklärung dafür, dass unsere Sachen weg sind. Wo haben Sie alles hingebracht? Warum wollen Sie es mir nicht verraten?«

Lucy lässt den Wasserkocher stehen und setzt sich wieder neben sie. Ihre Bewegungen und ihre Atemzüge sind behutsam, als wollte sie sich so unscheinbar wie möglich machen. »Ich renoviere nicht, Fi, ich denke, das sehen Sie selbst. Ich ziehe ein. Wie ich es verstanden habe, sind Sie und Ihre Familie gestern ausgezogen. Es hört sich an, als wären Sie gestern nicht in der Stadt gewesen, oder?«

»Ja. Eigentlich hätte ich noch gar nicht zurück sein sollen, aber ich brauchte meinen Laptop.« Das Geräusch, das sie ausstößt, soll Gelächter sein, aber es kommt falsch heraus, gebrochen. »Es ist wohl sinnlos, Sie zu fragen, wo der ist.«

Lucy lächelt nur, freundlich, ermutigend. »Sehen Sie, Ihre Kinder sind in Sicherheit, das ist doch das Wichtigste, nicht wahr? Lassen Sie uns einfach kurz durchatmen und nachdenken, wo Ihr Ehemann sein könnte. Wie wäre es, bei ihm im Büro anzurufen?«

»Ja.« Fi sieht zu Lucy, dieser Fremden in ihrer Küche, die jetzt ihre Gedanken und Handlungen lenkt, und sie fragt sich: *Was ist die Verbindung, Bram? Warum hast du Tina angelogen? Warum mich? Wo steckst du?*

Ihre Hände zittern, als sie ein weiteres Mal zum Handy greift. *Was hast du getan?*

Genf, 14:30 Uhr

Er kann keinen Moment länger in diesem Zimmer bleiben, sonst wird er sich mit aller Gewalt gegen das verschlossene Fenster werfen – immer und immer wieder, bis er auf dem Boden zusammensackt. Er wird rausgehen, eine Bar finden, sich ein Bier genehmigen. Morgen wird er weiterziehen. Er darf nicht riskieren, länger als eine Nacht hierzubleiben. Er wird zum Bahnhof gehen und sich die Abfahrtstafel ansehen und eine Wahl treffen. Nach Frankreich fahren, wie er sich im Vorhinein überlegt hat, nach Grenoble oder Lyon.

Gut, denkt er, ein Plan. Oder zumindest etwas Besseres als *das* hier, dieser erdrückende Schwebezustand.

Als er seine Geldbörse einsteckt, spürt er die Leere, die Abwesenheit eines Gegengewichts, den fehlenden Gegenstand, den er, so lange er sich erinnern kann, immer bei sich trug:

Die Hausschlüssel.

11

»Fionas Geschichte« > 00:42:57

Von den Jungs habe ich nicht viel erzählt, das weiß ich. Ich habe wohl gehofft, sie aus der Sache heraushalten zu können. Die Sache ist die: Ich habe ihnen die Neuigkeit über das Haus noch nicht erzählt. Meine letzte Lüge ist, dass es nach dem Starkregen, den wir hatten, überflutet ist, aber ich werde sie kaum noch viel länger anlügen können, vor allem, sobald *das* hier ausgestrahlt wird und die Leute zu tratschen anfangen. Auch in Grundschulen gibt es Gerüchteküchen, hingebungsvoll gespeist von den Eltern am Schultor, das ich seit Brams Verschwinden gemieden habe – meine Mum übernimmt das Bringen und Abholen von der Schule. Ich mache um Alder Rise einen ganz großen Bogen.

Sie heißen Leo und Harry und sind achtzehn Monate auseinander. Leo ist gerade neun geworden, und Harry wird im Juli acht. Sie haben beide Brams widerspenstige dunkle Haare und seinen blassen, weichen Mund, und wir glauben alle, dass sie auch nach ihm gehen werden, was ihre Größe betrifft. Da sie vom Alter so nah beieinander sind, folgt Harry Leos Fußstapfen, selbst wenn die Abdrücke noch frisch sind. Harrys Drittklasslehrerin war die von Leo ein Jahr zuvor. Beim Schwimmunterricht rückte Leo in dem Moment von den Delfinen zu den Stachelrochen auf, als Harry zu den Delfinen kam. Auf dem Papier scheinen sie identische Wege zu nehmen.

Von ihrem Charakter her könnten sie jedoch nicht unterschiedlicher sein.

Harry ist mutig. Er stellt mit Erwachsenen Blickkontakt her, und seine Stimme ist wie ein monotones Nebelhorn. Rein aus Prinzip sucht er niemals Trost oder Zuspruch. Er verletzt sich, rutscht auf einer nassen Treppe aus oder fällt bäuchlings von der Magnolie und beißt durch den Tränenschleier die Zähne zusammen, fest entschlossen, die ausgestreckten Arme, das aufmunternde Hilfsangebot auszuschlagen.

Leo ist derjenige, der nah am Wasser gebaut hat, der Schmuser, der Nachgiebige. Zwangsläufig glaube ich also manchmal, meine Bindung zu ihm sei die stärkere. Als Säugling hatte er auch ziemlich schlimme Allergien, die zu mehreren Besuchen in der Notaufnahme führten, bevor uns die richtigen Medikamente verschrieben wurden. Wir haben sie immer noch für den Fall eines Schubs parat.

Ich besprach die neue Wohnsituation mit ihm, während wir gemeinsam die Spülmaschine ausräumten. Harry war fürs Tischdecken zuständig, doch die Spülmaschine war Leos Reich.

»Was hältst du von unserem neuen Plan?«, fragte ich ihn.

»Der ist okay.«

»Du verstehst, wie es ablaufen wird?«

»M-hm, ich glaube schon.«

»Die Dinge werden sich gar nicht *schrecklich* verändern. Wir werden immer noch alle hier wohnen. Es wird nur so sein, dass Dad und ich uns abwechseln.«

Wie wichtig ist es, seine Eltern gemeinsam zu sehen? Hätten wir es nicht halbformell angekündigt, wie lange hätte es dann gedauert, bis die Jungen von allein bemerkten, dass wir nie zur selben Zeit am selben Ort waren? Gut möglich, dass es eine Weile gedauert hätte.

»Hast du eine Frage?« Ich sah, wie er nachdachte, sein Blick auf die letzten sauberen Besteckteile in seinen Händen gerichtet. Er ist kein Fragensteller, das ist Harry. Leo ist derjenige, der schweigend akzeptiert. »Irgendwas?«, hakte ich nach. »Irgendetwas, das für dich keinen Sinn ergibt?«

Ich konnte sehen, wie er versuchte, etwas über die Lippen zu bringen, während er auf die Handvoll Gabeln und Löffel starrte. Vielleicht wollte er es mir auch nur recht machen. Ich hatte nicht den blassesten Schimmer, ob er mich als das Opfer sah, das es zu unterstützen galt, oder die Anstifterin, die er hasste. Vielleicht keines von beidem.

Schließlich hellte sich sein Gesicht auf. »Warum haben wir so viele Löffel?«, fragte er.

Als ich in schallendes Gelächter ausbrach, war er so glücklich.

Oh, Leo! Mein Leo. Ich bete inständig, dass er von alldem hier keinen bleibenden Schaden davonträgt, obwohl schwer vorstellbar ist, dass das nicht der Fall ist.

Bram, Word-Dokument

Du meine Güte, Harry hat sich die Augen aus dem Kopf geheult, als ich mit ihm über das neue Arrangement sprach, und normalerweise weint er *nie*. Er ist der Stoiker in der Familie.

»Bist du und Mami immer noch verheiratet?«

»Ja, natürlich. Vorerst.«

»Warum könnt ihr dann nicht im selben Haus sein?«

»Es ist ein Friedensprozess, Kleiner. Wir *werden* zusammen im Haus sein, nur nicht lang genug, um uns zu streiten. Denn Streite sind für niemanden sehr angenehm, insbesondere für dich und Leo.«

»Werden wir immer noch zusammen in den Urlaub fahren?«

»Eine Zeit lang wahrscheinlich nicht. Wir werden nicht mehr so viel Geld übrig haben.«

»Mami hat gesagt, wir können in den Ferien immer noch zu Theos Haus in Kent fahren. Das tun wir doch immer.«

»Na also.«

Theo war Rogs und Alisons Sohn. Es war wohl unausweichlich, dass das Team Fi sich formierte – die Frauen, die Mütter – und deren Reihen sich um sie schlossen.

»Wirst du eine neue Frau heiraten?«, fragte Harry. »Wird sie auch ins Haus einziehen?«

»Auf keinen Fall«, erwiderte ich. »Mami ist meine Frau. Wir werden uns nicht scheiden lassen.«

Ich hätte das »noch« laut sagen müssen, anstatt es nur leise mit dem Mund zu formen, als er bereits wegsah. Es war falsch, ihm Hoffnungen zu machen, aber ich konnte nicht anders, da ich längst ahnte, dass das auch meine Hoffnung war.

Was, wenn es der Wahrheit entspricht, Sie vielleicht zu der Frage bewegen mag, warum ich meine Ehe überhaupt zerstört habe. Ich schätze, weil ich erst wusste, wie sehr ich sie wollte, nachdem ich sie zerstört hatte. Ich schätze, ich hegte wohl einen Todeswunsch.

Daher dieser Abschiedsbrief.

12

»Fionas Geschichte« > 00:46:21

Nun, zurück zum Nestmodell.

Die erste Übergabe am Freitag war unspektakulär, wenn nicht gar ernüchternd, insbesondere da das Hauptereignis im Grunde Bram war, der wieder einzog. Als hätten wir uns versöhnt, nicht getrennt. Der Anblick seiner Kleidung, gestapelt auf dem karierten Sessel im Gästezimmer, unterschied sich nicht so sehr von den vielen Malen, wenn er dort nach einer durchzechten Nacht geschlafen hatte, um mich mit seinem Schnarchen nicht zu stören.

»Können wir heute im Spielhaus übernachten?«, schlug Harry vor. Es war neuerdings ihre liebste Art, ein besonderes Ereignis zu feiern – manchmal entzündeten sie ein Lagerfeuer –, und ich sah den raschen Blick, den Bram in meine Richtung warf.

»Draußen ist es ein bisschen zu nass«, sagte ich. Seit Tagen regnete es ohne Unterlass, und die Kanalisation war längst übergelaufen, der Rasen ein feuchter Schwamm. Wasser floss die Rutsche hinab und sammelte sich an ihrem Ende, und wenn die Jungen nach dem Spielen im Freien die Schuhe auszogen, verursachten ihre Strümpfe auf dem Küchenboden ein lautes Schmatzen.

»Vielleicht können wir *hier drinnen* ein Zelt aufbauen?«, fragte Bram, und mein Abschied verlor sich in dem aufgeregten Kreischen, das seiner Ankündigung folgte. Doch das war Sinn und

Zweck dieses Modells, nicht wahr? Dass die Jungen kaum mitbekamen, wer da war und wer nicht. Kontinuität.

Ich spazierte gemächlich durch den Park zu Baby Deco. In der Abenddämmerung, mit den hell erleuchteten Fenstern, wirkte es verlockend, wie ein Konfekt, das sich weiß-golden gegen den leicht rosa gefärbten Himmel abhob. Doch als ich die Lobby betrat, war alles viel kleiner und schäbiger als in meiner Erinnerung von der Besichtigung. Der Aufzug war klaustrophobisch, der Gang schmal, und mich beschlich das sonderbare Gefühl, ein Eindringling zu sein, ohne Erlaubnis oder Sinn und Zweck. In der Luft hing der chemische Geruch nach kürzlich getrockneter Farbe, ganz anders als das Aroma der Trinity Avenue mit ihren dreckigen Turnschuhen und übrig gebliebener Bolognese.

Was das Apartment selbst betraf, war es so klein, dass es mehr wie ein Hotelzimmer denn wie eine Wohnung wirkte. Ohne den Kopf zu drehen, konnte man alles sehen, was es dort gab: ein Bett (ein Meter zwanzig, kein richtiges Doppelbett), einen Couchtisch, ein Regal, zwei praktische Sessel. Kein Essbereich, nur eine kurze Frühstückstheke mit zwei billigen Hockern, die Bram bei IKEA ausgesucht hatte.

In der Dusche gab es nur kaltes Wasser, und das Surren des Kühlschranks erwuchs sich im Lauf der Stunden zu einem Düsenjetmotor. Außer im Notfall hatten wir uns auf eine einzige Textnachricht jeden Abend geeinigt, sobald die Jungen im Bett waren. Mehr nicht.

Zumindest hatte ich keine Probleme, den Fernseher zu bedienen, denn das war unser altes Gerät, sein kleiner Bildschirm perfekt für diesen winzigen Raum. Mit einer alten Episode von *Modern Family* zur Ablenkung – die Parallele war unübersehbar – und einer Schüssel Ravioli im Schoß schob ich die angespannte Beklommenheit, die ich eben verspürt hatte, auf die vorübergehende Eintönigkeit zurück, die einen in diesen Serviced Apartments überkommt.

»Es wird eine Weile dauern, bis Sie sich daran gewöhnt haben«, hatte Rowan uns gewarnt. »Sie werden sich fragen, was zum Teufel Sie dort allein tun, wie um alles in der Welt Sie dort einen Tag ohne die Kinder verbringen sollen. Lassen Sie Ihren Gefühlen freien Lauf. Gehen Sie nicht zu hart mit sich ins Gericht, nur weil Sie es komisch finden. Das, was Sie fühlen, ist ganz normal.«

Hatte Bram sich in den letzten Nächten genauso gefühlt, ganz zu schweigen während des Monats der Verbannung bei seiner Mutter? Isoliert von seinem Rudel, ein Solopilot, zu einer Warteschleife gezwungen.

Meine Toilettenartikel stellte ich zu den wenigen Pflegemitteln, die bereits in der Dusche aufgereiht waren, und benutzte das Fach, das Bram mir frei gelassen hatte. Wie vereinbart hatte er seine Bettwäsche in die Waschmaschine gesteckt, und wie vereinbart hing ich sie zum Trocknen auf dem kleinen Wäscheständer neben der Küchenzeile auf.

Ja, *natürlich* fragte ich mich, ob es mir schwerfallen würde, auf diese Art weiterzuleben und penibel genau all die alltäglichen Dinge zu trennen, die wir so lang gemeinsam benutzt hatten – wir hatten beide einen für uns ausgewiesenen Schrankbereich für unsere Lebensmitteleinkäufe, wie Studenten! Es würde Zeiten geben, in denen es sich kleinkariert anfühlte, irgendwie unter unserer Würde, und dann wieder zutiefst und abgründig traurig. Doch an diesem ersten Abend gestattete ich mir nicht, mir darüber Gedanken zu machen. Und ganz gewiss gestattete ich mir nicht, auch nur eine Träne zu vergießen. Ich putzte mir die Zähne, wusch mir das Gesicht und schlüpfte in meinen Pyjama. Als ich zu Bett ging, schlief ich auf der Stelle ein, obwohl ich eigentlich erwartet hatte, die ganze Nacht wach zu liegen.

Am nächsten Tag rief ich die Jungs in der kurzen Pause zwischen ihrem Schwimmunterricht und der Geburtstagsfeier auf einem Stadtbauernhof, zu dem sie eingeladen waren, via FaceTime an. Die ganze Zeit über lagen sie sich in den Haaren, wer das Lama als sein Lieblingstier ausgewählt hatte, denn es war strengstens verboten, dasselbe zu haben. Am zweiten Abend besuchte ich meine Eltern in Kingston und redete mir ein, es sei zu spät, mit dem Zug zurück nach Alder Rise zu fahren, und ich könnte mir das Taxigeld sparen und dort übernachten.

Hätte mir damals jemand gesagt, dass ich in wenigen Monaten zurück zu Mum und Dad ziehen würde, hätte ich ihn für durchgeknallt gehalten.

Bram, Word-Dokument

Es überraschte mich selbst, dass ich die Wohnung vom ersten Moment an mochte, und nicht nur, weil sie ein Entkommen von meiner Mutter bot. Vielleicht war es das Wissen, dass ich schon bald wieder für das Wochenende zurück in meinem alten Zuhause sein würde, jedenfalls fühlte ich mich nie einsam. Ich genoss den stillen Empfang, den Umstand, dass diese Wohnung nichts von mir erwartete. Meines Wissens war die Adresse an niemanden weitergegeben worden, abgesehen von dem Versorgungsunternehmen, und es war 2016 ein gutes Gefühl, unerreichbar zu sein, völlig untergetaucht.

Es kam mir nicht ungelegen, dass der Wagen wieder in der Trinity Avenue stand und ich diesen speziellen Punkt meiner Verkommenheit aus meinem Bewusstsein verbannen konnte.

Ich benahm mich jetzt wie ein Musterschüler, fügte mich allem – allem, was Fi von mir verlangte. Okay, vielleicht später, als die Dinge wirklich den Bach runtergingen, erging ich mich in dem Wunschdenken, dass wir womöglich wieder zusammenkämen und dass sie mich ein für alle Mal vor mir selbst retten würde. Aber fürs Erste ergötzte ich mich allein an dem Wissen, dass die Wohnung etwas war, das nur wir zwei gemeinsam benutzten. Auch wenn es just der Ort war, der unsere Trennung zementierte, gefiel mir der Gedanke, dass wir die einzigen Menschen waren, die ihre Luft einatmeten. Zumindest am Anfang kam es mir wie etwas vor, von dem nur wir beide wussten.

»Fionas Geschichte« > 00:51:18

Das Haus hatte Schiebefenster aus dem letzten Jahrhundert, mit wunderschönen Unregelmäßigkeiten in den Originalscheiben. Die Wohnung hatte Fenster mit moderner Doppelverglasung, die, wenn ich mich recht erinnere, selbstreinigend waren – auch wenn mir das niemals aufgefallen wäre.

Das Haus hatte Friese und Stuckrosetten und geometrische Bodenfliesen in Rostrot und Beige und wunderschönem Kobaltblau. Die Wohnung hatte billige Sockelleisten und diesen Laminatboden, der bei künstlichem Licht orange glänzt.

Das Haus hatte hohe Verandatüren, die auf eine Steinterrasse mit verwitterten Gartenliegen aus Teakholz und Fächerahorn in Trögen führten. Die Wohnung hatte einen Balkon mit Blick auf eine belebte Zufahrtsstraße zum Park, die von Einheimischen wegen des ständigen Verkehrsstaus gehasst wurde.

Doch nichts davon spielte eine Rolle. Dies war nicht der rechte Moment für einen direkten Vergleich, sie war nur Mittel zum Zweck.

Einfach ein Dach über dem Kopf, wie Alison es formulierte.

Am zweiten Freitag lud ich Polly ein, mir Gesellschaft zu leisten. Ich war geschäftlich oben in Milton Keynes gewesen und hatte während der gesamten Heimfahrt voller Signalstörungen und Verspätungen von meinem ersten Glas Prosecco geträumt. (Prosecco war das Elixier der weiblichen Bevölkerung aus der Trinity Avenue – manche von uns vergossen Tränen, wenn die Zeitungen vor einem Engpass warnten.)

»Ich verstehe das nicht«, sagte sie, als wir uns vor dem Haus trafen. »Wie um alles in der Welt könnt ihr euch neben den Kosten für das Haus hier noch eine Wohnung leisten?«

»Nun, einer der Vorteile, so unendlich alt zu sein, ist der, keine so riesige Hypothek mehr zu haben. Zumindest im Vergleich zu den heutigen verrückten Maßstäben.« Das alte Gefühl von Benachteiligung seitens meiner Schwester, dass ich zu einer Zeit ein Haus gekauft hatte, als die Preise noch nicht völlig durch die Decke gegangen waren, war beigelegt worden, als unsere Eltern ihr mit der Anzahlung für ihre Wohnung in Guildford unter die Arme gegriffen hatten. Aber immer mal wieder versetzte sie mir einen neidischen Seitenhieb.

Als uns der Aufzug in den zweiten Stock brachte, kam mir in den Sinn, dass es keine Überwachungskamera gab. Was wäre, wenn man steckenblieb? Wer antwortete, wenn der Alarmknopf betätigt wurde? Es gab keinen Hausmeister oder Concierge, und ich hatte bisher mit keinem der Nachbarn ein einziges Wort gewechselt. Diejenigen, die ich gesehen hatte, waren Berufsanfänger ohne großes Interesse, sich mit einer alten Schachtel wie mir zu unterhalten.

Ich öffnete die Wohnungstür mit demselben Gefühl von Beklommenheit, das mich auch am vergangenen Wochenende beschlichen hatte, und ließ Polly vor mir hineinhuschen.

»Es ist wirklich süß, Fi. Augenblick mal, ihr habt sogar einen Balkon?«

»Ja, aber der bekommt nie Sonne ab, und die Straße ist so laut. Bram glaubt, sie mussten gesetzliche Auflagen erfüllen und ein paar Sozialwohnungen bauen, und das hier sei ein solches Haus.«

Sie stieß ein spöttisches Lachen aus. »Und dann haben sie das Apartment an ein Paar vermietet, das sich schon ein fettes Haus in der Trinity Avenue leisten kann? Hmm. Sozialer Wohnungsbau in Reinform.«

»Vielleicht hat Bram es ihnen nicht unter die Nase gerieben«, gestand ich ein. Dies war eine neue Situation, mit der ich nicht gerechnet hatte: Man war nicht ganz sicher, ob man es anpreisen oder sich dafür entschuldigen musste.

Sie hatte den Rest des Apartments in der kurzen Zeitspanne erkundet, die ich brauchte, um uns Drinks einzuschenken, und wir ließen uns in den zwei harten, niedrigen Sesseln nieder, als würden wir gleich für ein Interview gefilmt werden. Das Polster, ein fades Matschgrau, fühlte sich unter unseren Fingern rau an.

»Und, wie hält er sich?«, fragte Polly.

»Ziemlich gut. Im Grunde würde ich sagen, dass er fast, keine Ahnung ...«

»Was?«

»Na ja, fast unterwürfig ist.«

»*Unterwürfig?* Bram?« Sie lachte laut auf. »Nein, das kann ich nicht glauben. Das muss sein braver Zwilling sein, von dem er dir nie erzählt hat. Sie haben ihre Identitäten getauscht. Der echte Bram wird gerade auf einer Strandparty in Goa feiern. Oder zumindest im Pub um die Ecke.«

»Ich weiß, es hört sich verrückt an, aber es stimmt. Als er am Mittwoch ins Haus kam, wirkte er, keine Ahnung, irgendwie *dankbar*. Ich glaube, er weiß wirklich zu schätzen, wie besonders dieses Arrangement ist.«

»Das hoffe ich schwer!«, rief Polly. »Selbst ihm muss bewusst sein, wie haarscharf er dran vorbeigeschrammt ist, alles zu verlieren. Was ihm bei *jeder anderen* Frau auch passiert wäre.«

Selbst jetzt, wo ich mich von ihm getrennt hatte, wo Narbengewebe mein Herz in Stein verwandelte, wurde mir vorgeworfen, ihm gegenüber zu nachgiebig zu sein. (Ich konnte mir bildlich vorstellen, wie Polly ihren Freundinnen erzählte: »Hört euch das an, endlich hat sie ihn zum Teufel gejagt – ins Gästezimmer!«)

»Die Sache ist die, Fi: Dieses Nestmodell klingt auf dem Papier ganz wunderbar, es ist schrecklich in und liberal und all das – aber traust du ihm genug über den Weg, dass er seinen Teil leistet? Jeden Freitag und Samstag, die gesamte Verantwortung? Für dich wäre es doch kein Problem, das alleinige Sorgerecht zu bekommen, oder? Du könntest sieben Tage die Woche im Haus sein, und er hier. Warum kommst du ihm so entgegen?«

»Weil er für die Jungen der Mittelpunkt der Welt ist – in vielerlei Hinsicht ist er der bessere Elternteil. Er bringt sie zum Lachen und Kreischen und tobt wild mit ihnen herum.«

»*Das* soll der gute Elternteil sein? Ich glaube, ich ziehe die langweilige Sorte vor, die sie ruhig hält – oh, und sie vor den Nebenwirkungen von Seitensprüngen beschützt.«

Ich lächelte. »Nun, sie haben von beidem einen. Und die langweiligere Hälfte will, dass sie in ihrem Zuhause bleiben und jede Nacht in ihren eigenen Betten schlafen können, nicht auf Campingliegen an irgendeinem Ort wie diesem. Die will, dass sie das haben, was sie immer hatten: Fußball im Garten mit ihrem Dad, das Bauen von Hütten für den Hund, den wir wahrscheinlich niemals haben werden …«

»Hmm.« Das Wohlergehen ihrer Neffen hielt ihr Interesse nur bedingt wach. In ihrer aktuellen einjährigen Beziehung und ohne eigene Kinder konnte sie sich gewiss nicht vorstellen, jemals so töricht zu sein, sich in meiner misslichen Lage zu befinden. »Wie funktioniert das, wenn du oder Bram wieder jemand Neuen datet?«

»Es gibt natürlich keine Regel dagegen, aber wir haben uns darauf geeinigt, keine Dritten in die Trinity Avenue einzuladen.«

»Dritte?« Sie hob eine Augenbraue. »Auf Tinder heißen sie anders.«

»Nun, wie auch immer sie dort heißen, ich bin viel zu alt, um das herauszufinden, also wird es kein Thema sein.«

»Du bist erst Anfang vierzig, Fi.«

»Ich fühle mich wie Anfang hundert.«

»Genau das hat die Ehe mit Bram aus dir gemacht. *Er* wird keine Bedenken haben, Leute hierher mitzubringen.«

»Und ich werde keine Bedenken haben, dass er keine hat«, beharrte ich.

Meine Schwester ließ sich ihr Urteil durch den Kopf gehen, das, als es schließlich gefällt wurde, nur rein zufällig zu meinen Gunsten ausfiel. »Ich muss sagen, es ist wirklich eine perfekte Lösung. Du bekommst hier die besten Nächte: Freitag und Samstag. Die Erwachsenennächte. Du kannst ein Privatleben führen und es völlig von ihm und den Kindern getrennt halten. Einfach von *jedem*.«

Ich lachte. »Hast du mir gerade nicht zugehört? Es wird hier kein Privatleben geben.«

»Vielleicht nicht gleich am Anfang. Ich gebe dir einen Monat.«

Das ist Pollys Art: Sie glaubt mit hundertprozentiger Sicherheit zu wissen, was passieren wird, noch bevor es eintritt. Sie glaubt, sie hätte alles schon mal gesehen.

Aber selbst sie räumt jetzt ein, *das* hier niemals vorhergesehen zu haben.

#OpferFiona

@LorraineGB71: Etwas echt Schreckliches wird in dieser Wohnung geschehen.

@KatyEVBrown @LorraineGB71: Es gibt einen Grund, warum niemand länger als ein halbes Jahr bleibt … *bedrohliche Musik setzt ein*

13

Bram, Word-Dokument

Na schön, genug der einleitenden Worte. Lügen, Untreue, beste Absichten beim Nestmodell, Sie haben's kapiert: Ich war bereits ein verdammter Idiot, bevor wir überhaupt zum Hauptereignis kommen. Zu der Tragödie, die niemals hätte passieren dürfen. Das Grab, das ich mir selbst geschaufelt habe.

(Wenn ich es mir recht überlege, ist das vielleicht nicht die beste Metapher.)

Es war der dritte Freitag der neuen Sorgerechtsvereinbarung, und ich hatte eine Firmentagung in einem Landhaushotel in der Nähe von Gatwick. Ich war der Zweite auf der Programmliste mit einer Präsentation, zusammen mit einem anderen Verkaufsleiter, Tim, der praktischerweise den Vortrag geschrieben hatte. Es war eine komplizierte Anreise einschließlich Umsteigen in Clapham Junction und einer Taxifahrt am Ende, und als ich den ersten Zug aus Alder Rise verpasste, schon bevor das »Verspätet«-Zeichen für den nächsten aufblinkte, wusste ich, dass ich die Veranstaltung nicht rechtzeitig erreichen würde. Während ich dort auf dem überfüllten Bahnsteig stand, war es unmöglich, nicht an den Audi zu denken, der keine Minute von hier in der Trinity Avenue geparkt war, insbesondere da die Kalender-App keine Unternehmung anzeigte, die seine Nutzung nach der Schule erforderte. Und das Beste von allem: Fi war nicht zu Hause, wie sie es freitags normalerweise war, sondern in aller Frühe mit Alison zu einer Antiquitätenmesse in Richmond aufgebrochen, und das mit Alisons Volvo, was bedeutete, dass ich ins Haus schlüpfen und mir die Autoschlüssel schnappen könnte, ohne ihr in die Arme zu laufen.

Und so machte ich auf dem Absatz kehrt und nahm den Schleichweg hinter der Schule die Wyndham Gardens entlang zum Haus. Kurz erwog ich, Fi eine Nachricht zu schreiben, dass ich das Grundstück ohne vorherige Zustimmung betreten würde, aber ich konnte die halbe Minute nicht erübrigen, die mich das Tippen kosten würde.

Zum Glück unterließ ich es. Eine Nachricht, die meine Absicht bekundete, an diesem Tag Auto zu fahren, hätte mir das Genick gebrochen.

Ich drückte nur aufs Gaspedal, wenn ich mit absoluter Sicherheit wusste, dass es keine Kameras gab, und hatte den letzten Rest des Berufsverkehrs gegen mich, und so erreichte ich das Hotel in allerletzter Sekunde. Ich präsentierte gemeinsam mit Tim den Quatsch, den er sich aus den Fingern gesaugt hatte, und ließ dann die demoralisierende Langeweile über mich ergehen, die ein vollgepacktes Tagesprogramm mit strategischem Teambuilding zu bieten hatte.

(Korbflechten. Das ist mir gerade wieder eingefallen. Nach dem Mittagessen – bei dem ich mich zurückhielt und nur zwei Gläser Wein trank – kam der Workshop zum Korbflechten. Du lieber Gott!)

Jetzt im Schnelldurchlauf bis zur Rückfahrt. Ich war nicht nur erschöpft, sondern auch noch schrecklich nervös, einerseits wegen der Notwendigkeit, das Auto wieder zurückzubringen, und andererseits wegen der dunklen Wolken, die sich dank einer neuen Personalerin namens Saskia über mir zusammenbrauten.

Die vergangenen paar Wochen hatte sie mich mit E-Mails bezüglich neu anzupassender Arbeitsverträge nach der Fusion mit einem Wettbewerber Anfang des Jahres bombardiert. Diese Verträge sahen eine Offenlegungspflicht vor, unter anderem in Bezug auf jedwede Verkehrsdelikte. (Hatte ich erwähnt, dass ich mein Fahrverbot in der Arbeit bislang verheimlicht hatte? Selbst in diesem Stadium baute ich noch am laufenden Band Mist.) Ich hatte so lang wie möglich auf Zeit gespielt und während des Teambuildings jeglichen Blickkontakt mit Saskia vermieden, doch kurz bevor ich mich aus dem Staub machen konnte, tauchte sie wie aus dem Nichts an meiner Seite auf.

»Alle anderen im Vertrieb haben mir ihre Verträge zurückgeschickt«, sagte sie. »Ich brauche nur noch Ihren. Könnten Sie ihn mir am Montag vorbeibringen?«

Sie war jung und attraktiv und sich dessen bewusst, und aus irgendeinem Grund trug das zu meiner Anspannung bei.

»Wenn nicht, kann ich Ihnen gern einen neuen zukommen lassen und für Sie einen ruhigen Ort finden, damit Sie ihn während der Arbeitszeit durchlesen können?«, bot sie an.

»Na klar«, erwiderte ich. »Kein Problem.« Und ich ließ mich zurückfallen, damit sie nicht sah, wie ich zu meinem Wagen ging, den ich auf einem anderen Parkplatz als dem uns zugewiesenen abgestellt hatte, für den Fall, dass mein Fahrverbot publik wurde und jemand wie Saskia sich erinnerte, mich beim Wegfahren gesehen zu haben.

So kann ich nicht weitermachen, dachte ich. Diese ständigen Nur-für-alle-Fälle-Vorkehrungen. *Ich muss es den anderen erzählen. Ich muss es Fi erzählen.* Zweifelsohne würde sie die Lügen als ebenso ungeheuerlich wie das Fahrverbot erachten, also könnte ich es ihr vielleicht als ganz neue Entwicklung präsentieren? Ein sechsmonatiges Fahrverbot, das im August in Kraft getreten war, als wir keinen Kontakt hatten? Was wäre das Schlimmste, was sie tun könnte?

Nun, sie könnte das Nestmodell beenden, mit den Kindern in der Trinity Avenue bleiben und mich Vollzeit in die Wohnung verbannen. Vielleicht nicht einmal das. Sobald die Notwendigkeit zum Sparen weniger dringlich würde, würde ich auf die Straße gesetzt werden, ein weiterer trauriger Mistkerl, der bei Freunden oder seinen Eltern lebte. Penge. Kindermahlzeiten. Frömmigkeit.

Jetzt weiß ich natürlich, wie glücklich ich mich hätte schätzen können, diese Konsequenz zu tragen. Mit Fi hätte ich verhandeln können. Selbst wenn ihr Geduldsfaden gerissen wäre, war sie kein Monster. Außerdem schützte das Gesetz die Besuchsrechte von Vätern, und viel miesere Kerle als ich hatten regelmäßig Kontakt zu ihren Kindern.

Und so fuhr ich nach Hause, wobei ich geschickt die Hauptverkehrsstraßen mied, wie ich es beim Fahren ohne Führerschein gelernt hatte, und benutzte stattdessen die nicht mit Verkehrskameras ausgestatteten Parallelstraßen, lange Anliegerstraßen wie die Silver Road in Thornton Heath, in der ich mich befand, als ich von einem weißen Toyota ausgebremst wurde.

Ich begann, ihm mit der Lichthupe Beine zu machen. *Könnten Sie ihn mir am Montag vorbeibringen?*, schoss es mir durch den Kopf, und bei der Erinnerung an Saskias Stimme, tief und sirupartig, als wäre die Personalabteilung Psychotherapie, nicht Bürokratie, verlor ich die Geduld und scherte aus, um den Kerl zu überholen. Es hätte mich nicht ärgern dürfen – *natürlich* hätte es mich nicht ärgern dürfen –, aber wäre ich die Sorte Mensch, die sich normalerweise in Zurückhaltung übt, dann wäre ich überhaupt nicht in dieser Stimmung gewesen; ich wäre darüber, was ich zu Saskia oder Fi sagen würde, nicht so aufgewühlt gewesen; ich hätte meinen Führerschein nicht verloren; ich hätte nicht gesetzeswidrig hinter dem Steuer gesessen. Ich hätte mich nicht von meiner Frau entfremdet. Doch ich *war* diese Sorte Mensch: krank vor Selbstmitleid, angestachelt von dem dringlichen, kleinkarierten, kurzfristigen Bedürfnis, die Oberhand über einen Fremden zu gewinnen.

Offensichtlich war er vom gleichen Schlag, denn genau in dem Moment, als ich mich vordrängeln wollte, gab er Gas und zwang mich, gleichauf zu fahren und meinen Überholversuch zu beenden. Für ein oder zwei Sekunden fuhren wir nebeneinander her, unsere Wagen nur Zentimeter voneinander entfernt. Ich wusste, dass er mich finster anstarrte und wüst beschimpfte, und beeilte mich, ein höhnisches Grinsen aufzusetzen, bevor ich nach links blickte. Er war genau die Art Kerl, für den ich ihn gehalten hatte: hartes Kinn, harte Augen, fest gebaut, wie eine Waffe. Und nicht nur finster dreinblickend, sondern wutschnaubend. Der Adrenalinrausch, der mich überschwemmte, als ich seinem Zorn trotzte, war so überwältigend, dass sämtliche Vernunft in der Sturzwelle mitgerissen wurde. Als ich den Fuß in einem zweiten Überholversuch nach unten drückte, spürte ich, wie sämtliche Angst und Ohnmacht der vergangenen paar Monate mit einem Schwall freigesetzt wurden.

Dann, als wir die Kreuzung erreichten, bemerkte ich das Auto auf mich zukommen, änderte meine Meinung und bremste ab, durchaus bereit, meine Niederlage einzuräumen, mich brav hinter ihm einzureihen und den Anblick eines Fingers in Siegerpose zu erdulden. Doch so nahm die Sache nicht ihren Lauf. Zu meiner Verwunderung bremste er ebenfalls ab und vereitelte meinen Versuch, mich hinter ihn fallen zu lassen, und wir fuhren weiterhin nebeneinander her, so parallel, als wären die Autos miteinander verbunden. Jede Meile pro Stunde, die ich mein Tempo drosselte, tat er es mir gleich – wir fuhren dreißig, fünfundzwanzig, zwanzig –, und dennoch schien das sich uns nähernde Auto, ein unschuldiger kleiner Fiat 500 mit winziger Kühlerhaube, nicht langsamer zu werden, während sein Fahrer wahrscheinlich entweder darauf vertraute, dass wir die Sache rechtzeitig regelten, oder nicht voll konzentriert war, bis uns plötzlich keine Zeit mehr blieb. Einer von uns musste die Spur wechseln, andernfalls würden wir frontal zusammenstoßen. Der Fiat scherte in allerletzter Sekunde scharf nach links aus und schien sogar noch zu beschleunigen, anstatt zu bremsen, bevor er mit voller Geschwindigkeit und kreischenden Reifen von der Straße abkam und in eine Einfahrt mit einem parkenden Auto knallte.

Die Wucht schleuderte das parkende Auto gegen die Fassade des Hauses. Das Geräusch war entsetzlich. Nicht nur ein lautes Krachen, sondern ein metallisches Zermalmen, ohrenbetäubend selbst durch geschlossene Fenster – weiß der Himmel, wie es sich im Freien angehört haben mochte. *Jetzt* wechselte ich in die richtige Spur, wagte jedoch nicht, einen Blick über die Schulter auf den Trümmerhaufen zu werfen, bevor ich an den Straßenrand fuhr. Kurz vor mir wartete der Toyota im Leerlauf, und ich sah, dass der Typ sein Handy in der Hand hielt, höchstwahrscheinlich, um Hilfe zu rufen. Dann sah ich – ich konnte es kaum glauben –, wie die Bremslichter ausgingen und der Wagen davonbrauste.

Ich saß da, wie festgefroren vor Entsetzen, während mir Galle die Kehle hochkroch, das Flehen in meinen Ohren eine schrille, verzweifelte Version meiner eigenen Stimme:

Reiß dich zusammen. Kehr um.
Fahr zurück. Steig aus dem Scheißauto und hilf.
Ruf wenigstens *einen Krankenwagen!*
Sofort!

Meine Hände zappelten, stöberten in meinen Taschen, auf dem Armaturenbrett, im Seitenfach der Fahrertür voller Kaffeebecher und zerbrochenem Plastikspielzeug nach meinem Handy. Vielleicht lag es auf der Rückbank. Mein rechter Fuß drückte auf das Bremspedal, da begann mein Bein zu zucken. Ich zog die Handbremse, drehte mich nach hinten, um über meine linke Schulter zu greifen, doch der Sicherheitsgurt verhakte sich.

In diesem Moment erinnerte ich mich, wer ich war. Ich war ein Mann mit einem Fahrverbot, auf der Straße ohne Versicherung, gesetzeswidrig, wahrscheinlich über der Promillegrenze. Ein Mann mit Vorstrafen (dazu kommen wir später). Was eben passiert war, war in jeglicher Hinsicht Gefährdung des Straßenverkehrs, abgesehen von dem Personenschaden und der Sachbeschädigung. Wie man das Blatt auch drehte und wendete – ich müsste mit einer Haftstrafe rechnen. Schande. Gefängnis. Gewalt. Leo und Harry, die mir weggenommen wurden. Das Ende von allem.

Atme. Denk nach. Die Straße vor mir war leer, der Gehweg verwaist. Der Toyota war längst über alle Berge. Wie benommen, kaum fähig zu einem bewussten Gedanken, löste ich nun die Handbremse, drückte das Gaspedal durch und schoss los.

Wie durch ein Wunder konnte ich fünfzig Meter bis zur nächsten Kreuzung fahren, ohne dass mir jemand in der Gegenrichtung begegnete. Das einzige fahrende Auto, das ich ausmachte, war in meinem Rückspiegel. Der Fahrer war offensichtlich an die Unfallstelle gekommen und hatte zum Helfen angehalten, genau wie es jeder normale Bürger tun würde.

Als ich in den Seitenspiegel sah, bevor ich nach links abbog, erwartete ich Rauch oder einen anderen Hinweis auf Blutvergießen zu sehen, doch da war nichts. Nur dieselben Hausdächer, derselbe Himmel.

»Fionas Geschichte« > 00:57:22

Am dritten Freitag richtete ich es mir so ein, dass ich über Nacht bei Freunden in Brighton blieb. Obwohl ich keine offizielle Strategie verfolgte, versuchte ich erneut, Zeit allein in der Wohnung zu vermeiden – und das trotz meiner Abgeschlagenheit nach einem Ausflug mit Alison, ganz zu schweigen von dem schlechten Gewissen, das mich wegen all der unnötigen Ausgaben plagte.

Als Bram für die Sieben-Uhr-Übergabe das Haus betrat, war er in gedrückter Stimmung, und ich nahm an, dass auch er sich noch an dieses neue System anpassen musste und wie ich Probleme mit dem Feinschliff hatte, wo die Theorie mit der Praxis kollidierte.

»Es dauert ein bisschen, sich daran zu gewöhnen, hm?«, sagte ich. Zwar wollte ich mit ihm nicht allzu kumpelhaft umgehen, doch gleichzeitig wurde mir klar, dass er der einzige Mensch auf der Welt war, der genau wusste, wie ich mich fühlte.

»Hä?«

»*Das hier*. Das neue Wir.«

Bevor er etwas erwidern konnte, tauchten die Jungen aus ihren Zimmern auf, Harry zuerst, dann Leo, der sich jedoch mit ausgefahrenen Ellbogen an seinem Rivalen vorbeidrängen wollte und das Manöver falsch einschätzte, sodass sie in einem Durcheinander aus ausgefahrenen Ellbogen bei uns ankamen.

»Daddy, wir bleiben lang wach, nicht wahr? Nicht wahr?«

»Halt die Klappe, Harry«, fauchte Leo ihn an.

»Halt *du* die Klappe!«

»Ich hab's zuerst gesagt. Aber wir bleiben lang wach, nicht wahr?«

Ganz offensichtlich hatte es sich so eingespielt, dass Brams Abende Spaß bedeuteten, gefolgt von der Strenge der Schulabende, *meinen* Abenden. Dies war, so hatte Rowan uns gewarnt, eine unvermeidliche Folge dessen, wie wir die Woche aufgeteilt hatten, und ich durfte nicht vergessen, dass es kein Beliebtheitswettbewerb war. Bram und ich waren Verbündete, keine Gegner. Zwar kein Paar mehr, aber immer noch Partner.

»Nicht *zu* lang«, sagte ich zu den Jungs. »Aber das entscheidet Daddy, er ist verantwortlich. Alles okay bei dir, Bram?« Jetzt bemerkte ich die verräterische Blässe eines tödlichen Katers.

»Na klar. Du kennst diese Teambuilding-Tage, an deren Ende dir jeglicher Lebenswille abhandenkommt.«

Ich nickte, während mein Mitleid schwand. Mir war nicht bewusst gewesen, dass er bei einem Workshop gewesen war, aber wenn er dumm genug war, sich am Abend zuvor volllaufen zu lassen, was erwartete er dann? Allerdings war einer der Vorteile unserer Trennung, dass ich nicht mehr verpflichtet war, seinem Jammern über die Arbeit zuhören zu müssen (ebenso wenig wie er meinem, also sei's drum). Solange wir beide unseren finanziellen Verpflichtungen nachkamen und die Bedingungen und Vereinbarungen respektierten, hatten wir in dieser Hinsicht einen Freibrief. »Irgendetwas, das ich wegen der Wohnung wissen sollte?«

»Nein.« Er hatte sich wieder gesammelt. »Das Heißwasserproblem scheint sich gelöst zu haben. Es steht eine Milch im Kühlschrank, die sollte noch bis morgen in Ordnung sein.«

»Danke, aber ich werde erst im Lauf des morgigen Tages dort sein. Ich fahre heute Abend nach Brighton.«

Bram wirkte leicht erschrocken. »Fährst du mit dem Auto?«

»Nein, ich hatte angenommen, du bräuchtest es morgen zum Schwimmen, und Leo hat eine Party in Dulwich, schon vergessen? Ich nehme den Zug. Ich besuche Jane und Simon«, fügte ich hinzu, obwohl er nicht gefragt hatte. Wahrscheinlich stand es im Handy-Kalender, für den Fall, dass es ihn interessierte. »Gebt Mami einen Abschiedskuss«, sagte ich in dem Versuch, Harry und Leo zu mir zu locken, doch sie entwanden sich meiner Zuneigung.

»Nur Jungs erlaubt«, sagte Harry mit fröhlicher Kaltschnäuzigkeit.

#OpferFiona

@IngridF2015: Er hat offensichtlich ein Alkoholproblem, die arme #OpferFiona muss das jetzt wohl ausbaden.

@NJBurton @IngridF2015: Oder er ist einfach ein ganz normaler Mann und sie ein scheinheiliges Miststück?

@IngridF2015 @NJBurton: Wie bitte?!? Sie ist hier das Opfer. #OpferFiona, klingelt da was?

Bram, Word-Dokument

Während ich an diesem Abend mit den Jungen einen Anime-Film schaute, verkniff ich mir, mein Handy oder Laptop zu benutzen, um nach Berichten über den Unfall zu suchen, was eine quälende Warterei bis zu den Lokalnachrichten in *News at Ten* bedeutete.

Nichts. Durfte ich dann etwa hoffen, dass sämtliche durch den Unfall verursachten Verletzungen nicht ernst, ganz zu schweigen tödlich gewesen waren? Durfte ich mir dann etwa eine Gestalt ausmalen, die sich wankend vom Fahrersitz erhob, mitgenommen, aber unversehrt? Eine Gestalt, deren Fokus während des Vorfalls auf den unverantwortlichen Verkehrsrowdy im Toyota und nicht auf den rücksichtslos überholenden Audi gerichtet gewesen war? Immerhin war die ganze Angelegenheit innerhalb weniger Sekunden passiert, zu schnell und zu schrecklich, als dass einer von uns sich an sämtliche Details hätte erinnern können.

Andererseits erinnerte *ich* mich an sämtliche Details.

Ich erinnerte mich an die Marke des verunglückten Autos, das Modell, selbst das Jahr der Registrierung: 2013.

Ich erinnerte mich an den Umstand, dass auf den Vordersitzen nicht nur eine Person, sondern zwei gesessen hatten.

Ein Erwachsener und ein Kind.

14

Bram, Word-Dokument

Jenes Wochenende war zweifellos das grauenvollste in meinem gesamten Erwachsenendasein: Ich war eingesperrt in meinen eigenen Verstand, unfähig, an etwas anderes als an den Unfall zu denken. Am Samstagvormittag brachte ich Leo und Harry mit dem Bus zum Schwimmen und erwehrte mich ihres Gezeters mit der Behauptung, ich könne die Autoschlüssel nicht finden. Diesmal käme ich mit der Ausrede vielleicht noch ungeschoren davon, aber ich könnte mich nicht ewig davor drücken, sie zu chauffieren, ohne dass sie sich irgendwann bei Fi beschweren. Halb im Delirium überlegte ich mir, eine Krankheit vorzutäuschen, um nicht hinter dem Steuer sitzen zu müssen: Epilepsie, vielleicht, oder irgendein Augenleiden.

Zu meinem Glück (nun ja, der Begriff Glück ist natürlich relativ) war die Bücherei auf der anderen Straßenseite des Schwimmbads geöffnet, und nach dem Schwimmunterricht konnte ich die Jungs bei einer Vorlesestunde parken, während ich einen der öffentlichen Computer benutzte. Es dauerte nicht lang, um das zu finden, wonach ich suchte:

Mutter und Tochter nach Unfall in kritischem Zustand

Die beiden Opfer des Autounfalls gestern in der Silver Road in Thornton Heath kämpfen auf der Intensivstation des Croydon Hospital um ihr Leben. Beamte der Serious Collisions Investigation Unit suchen nach Zeugen, die zwischen 17.45 Uhr und 18.30 Uhr in der Gegend waren und Hinweise zur Tat geben können.

Die Besitzerin eines geparkten Peugeot, in den der Fiat der Opfer katapultiert wurde, kam aus dem Haus und sah noch einen dunklen Wagen – möglicherweise einen VW oder Audi – aus der Straße wegfahren, doch sie war zu weit weg, um das Modell oder das Kennzeichen zu erkennen. Ihr eigenes Auto erlitt bei dem Unfall einen Totalschaden. »Das ist nichts im Vergleich zu dem, was die arme Familie gerade durchmacht«, sagte Lisa Singh, eine Hausärztin, die vor einigen Jahren erfolglos eine Petition für Geschwindigkeitskontrollen in der Silver Road eingereicht hatte. »Im morgendlichen Stoßverkehr ist das hier ein Schleichweg«, fügte sie hinzu.

Ein Sprecher der Metropolitan Police sagte: »Das dunkle Auto hat sich von der Unfallstelle entfernt, und wir arbeiten auf Hochdruck daran, den Halter des Fahrzeugs ausfindig zu machen.«

Mein erster Gedanke: *Ein dunkler VW oder Audi* – ich war gesehen worden und würde im Gefängnis landen. Mein Leben war vorbei. Es kostete mich übermenschliche Kraft, den Drang niederzukämpfen, vor panischer Angst nicht laut loszubrüllen, und mich zu überzeugen, dass es keine klare Identifizierung, nur eine grobe Beschreibung gab. Wie viele Hunderttausend dunkle VWs und Audis musste es auf britischen Straßen geben? Schwarz war, das wusste ich, eine der beliebtesten Farben.

Dann (und beschämenderweise erst dann): »... *kämpfen um ihr Leben*« –, was bedeutete das? Ich betete, dass es eine gängige Übertreibung in Lokalblättern war und es in Wirklichkeit eher um schwere Prellungen und ein oder zwei gebrochene Rippen ging.

Zurück zu: Wie ärgerlich, dass der Toyota mit keiner Silbe Erwähnung fand – Augenblick mal, war das nicht gleichzeitig eine *gute* Nachricht? Würde dieser andere Typ gefasst werden, dann könnte er nicht nur das Modell meines Autos genau bestimmen, sondern auch noch eine Personenbeschreibung von mir liefern. Es war viel besser, wenn er außen vor blieb.

Dann: Was war mit Kameras? Na großartig, es gab also keine in der Silver Road, aber von den Medien wurde uns weisgemacht, dass sie praktisch an jeder Ecke aufgestellt und wir unter ständiger Beobachtung der Behörden waren, ganz zu schweigen von den unbeabsichtigten Aufnahmen durch unsere Mitmenschen. Nachdem ich vom Tatort geflüchtet war, war ich im Zickzackkurs durch weitere Wohnstraßen gefahren, bevor ich mich schließlich zurück auf den Weg nach Alder Rise begeben hatte, und ich war ziemlich sicher, dass ich weder an Geschäften noch öffentlichen Gebäuden mit möglichen Überwachungskameras vorbeigekommen war. Gab es welche an Bushaltestellen? Und was war mit Privathäusern? Könnte die Polizei Satellitenbilder abrufen?

Nein, das war albern. Allmählich wurde ich paranoid.

Dann dachte ich an die Spurensicherung. Könnte es etwas an meinem Wagen geben, winzige Farbsplitter oder Staub von dem demolierten Fiat, die mich belasteten? Wenn ich das Auto zur Waschanlage brächte, wäre das ein Schuldeingeständnis? Wurden Autowaschanlagen videoüberwacht? Wahrscheinlich ja. Wenn ich es selbst mit dem Gartenschlauch abspritzte, würden die Nachbarn sich daran erinnern, es vielleicht sogar als ungewöhnlich einstufen (»Nun, ein paar Männer waren natürlich draußen und haben am Wochenende ihre Wagen gewaschen, aber *er* hat das davor noch nie getan.«) Polizisten suchen nach Anomalien, oder? Nach Abweichungen von der Routine.

All das innerhalb weniger Minuten. Ich erkannte, wie leicht es passieren könnte, dass ich den Verstand verlor.

»Fionas Geschichte« > 01:00:14

An den Sonntag des Wochenendes erinnere ich mich gut, aber nicht wegen irgendetwas in Bezug auf Bram. Nachdem ich am Samstagabend aus Brighton zurückgekehrt und mit einem Buch gleich ins Bett gegangen war, schaffte ich zum ersten Mal seit Jahren den morgendlichen Pilateskurs im Fitnessstudio auf der anderen Seite der Hauptstraße. Mit Sportbeutel und Wasserflasche bewaffnet, kam ich mir wie eine Schauspielerin vor, die in der Rolle einer kinderlosen Frau ihr Leben selbst bestimmt. Ich stellte mir vor, wie ich mich am Montag mit jüngeren Kolleginnen über den Kurs unterhalten würde, Kolleginnen wie Clara, deren Lächeln gelegentlich verflog, wenn ich von den Wochenendaktivitäten mit den Jungen erzählte.

Auf dem Weg nach draußen sah ich eine bekannte Gestalt durch die Glaswand, die den Empfangsbereich von einem der Fitnessräume abtrennte: Merle. Eine Yogastunde hatte gerade begonnen, und sie war ein bisschen spät dran und suchte mit den Augen den Saal nach einem freien Platz für ihre Matte ab. Ich hielt sie für die selbstbewussteste Frau in meinem Bekanntenkreis, und dennoch sah sie in diesem Moment so … so *wehrlos* aus.

Noch vor nicht allzu langer Zeit hatten wir uns genüsslich über die Yoga-Bunnys und Fitnessfreaks aus Alder Rise lustig gemacht. Hatten die denn nichts Besseres zu tun?, hatten wir uns gefragt. Hatte Emmeline Pankhurst sich auch nur im Geringsten um *Muskeltonus* geschert?

Und das war aus uns geworden: Doch nicht so immun gegen das Virus der Unsicherheit, das Frauen mittleren Alters befällt, wie wir glauben wollten.

Ja, das war wahrscheinlich die größte Erleuchtung jener Zeit: *Wir werden alt – ob uns das nun gefällt oder nicht!*

Im Ernst: So viel zum Thema Nabelschau.

Bram, Word-Dokument

Als Fi am Sonntag um Punkt zwölf nach Hause kam, um mich von den Jungen zu befreien, brachte ich kaum den Mund auf, bevor ich geradewegs zum Bahnhof eilte, um einen Zug nach Croydon zu nehmen. Ich fand ein heruntergekommenes, halb vergessenes Internetcafé in der Geschäftsstraße und brachte rasch die weiteren Einzelheiten in Erfahrung, die an diesem Morgen über den Zustand der zwei Menschen in dem Fiat veröffentlicht worden waren.

Es war viel schlimmer, als ich im Stillen gehofft hatte: Beide hatten sich Verletzungen an Kopf, Brust und Becken zugezogen, und eine von ihnen hatte dem Bericht zufolge sogar einen Herzstillstand erlitten. Keine der beiden hatte bisher das Bewusstsein wiedererlangt.

Ihre Namen waren nicht veröffentlicht worden, wofür ich dankbar war. Namenlos, gesichtslos waren sie irgendwie weniger menschlich für mich, nicht so sehr Opfer aus Fleisch und Blut als vielmehr Symbole eines allgemeineren Unrechts. Was den Täter anbelangte, war nichts Neues ans Licht gekommen, und er – es wurde ausnahmslos im männlichen Singular gesprochen – war »noch nicht dingfest gemacht worden«.

Ich schlug die Adresse des Krankenhauses nach – nicht weit weg vom Bahnhof West Croydon – und schlenderte in die Richtung, ohne genau zu wissen, warum ich es tat. (Um Heilkräfte durch die Mauern zu schicken? Um anonyme Entschuldigungen zu flüstern?) Doch als ich mich dem Haupteingang näherte, erspähte ich eine Überwachungskamera neben der Tür und machte auf dem Absatz kehrt.

Stattdessen nahm ich den Bus in Richtung Norden, der durch die Silver Road fuhr, und stellte mit trostloser Freude fest, einen Sitzplatz auf der rechten Seite mit Blick auf die Unfallstelle ergattert zu haben. Der Fiat und der Peugeot waren beide weggeräumt worden, doch die Einfahrt war noch mit einem Flatterband abgesperrt. Der Torpfosten war umgefahren, das Gebüsch plattgedrückt und zwei Erkerfenster mit Brettern vernagelt, die wohl durch den Aufprall zerbrochen waren. Eine Polizeitafel erhob sich in der Nähe – ZEUGENAUFRUF. EIN SCHWERER VERKEHRSUNFALL EREIGNETE SICH HIER AM FREITAG, 16.09., ZWISCHEN 18.00 UND 18.15 Uhr – mit einer Telefonnummer.

Es war 18.05 gewesen, dachte ich. Ich hatte auf die Anzeige am Armaturenbrett geblickt, als ich vom Unfallort geflohen war.

Neben dem Gebüsch lagen mehrere Blumengebinde, die meisten noch in ihren durchsichtigen Supermarktverpackungen, als sollten sie vor demselben Täter geschützt werden, der die Menschen verletzt hatte.

Es war nicht zu übersehen, dass jeder Strauß behutsam niedergelegt worden war.

15

Freitag, 13. Januar 2017

London, 13:45 Uhr

Zwei Tage Urlaub, erklärt Brams Boss Neil. Es sei nicht ideal, so kurz nach Silvester, aber um ehrlich zu sein, war er nicht mehr der Alte seit ... nun ja, seit die Eheprobleme angefangen haben. Wie dem auch sei, sie haben ihn seit Mittwochnachmittag nicht mehr gesehen und erwarten ihn erst am Montag zurück.

»Ich dachte, er hilft seiner Mutter, Sachen einzulagern?«, sagt er von seinem Handy aus, die Stimme laut und fröhlich. Im Hintergrund kann sie das freitägliche Mittagspausengelächter in einem Restaurant oder einer Bar hören.

»Nein, er ist definitiv nicht bei ihr«, erwidert Fi. Sie erzählt ihm nichts von dem Renovierungstrick, den Bram bei Tina benutzt hatte. Die Idee mit dem Lagerhaus kann kein Zufall sein, allerdings: wenn nicht Tinas Sachen, dann gewiss ihre?

»Moment mal«, sagt Neil und stößt ein leises Pfeifen aus. »Er hat sich nicht selbst in eine Entzugsklinik eingewiesen, oder?«

»Natürlich nicht!« Selbst durch den Nebel des Schocks bringt seine Mutmaßung Fi aus der Fassung.

»Gut, denn das wäre verdammt noch mal länger als zwei Tage. Er wird schon wieder auftauchen, Fi. Du kennst ihn doch am besten.«

Aber was, wenn nicht?, denkt sie und legt auf. Was, wenn sie ihn nicht kennt? Nicht mehr?

»Sie haben ihn auch nicht gesehen«, erklärt sie Lucy Vaughan, die in dem Versuch, Fi mit Tee auf Kurs zu bringen, zurück bei ihrem Wasserkocher ist. Durch die subtile Änderung in ihrem Benehmen seit der Angelegenheit mit der Schule spürt Fi, dass ihr Gegenüber fürchtet, sie könne es mit jemandem zu tun haben, der nicht ganz bei Verstand ist. Keine Amnesie, sondern eine *Psychose*. Sie will sie bei Laune halten und redet ihr so gut es geht nach dem Mund, bis Verstärkung in Form ihres Mannes kommt, der mit dem zweiten Lieferwagen unterwegs ist. Zweifellos bereut sie es längst, die Umzugsleute für einen Kaffee zur Hauptstraße geschickt zu haben, während sie warten.

Im Grunde hat sich Fi wieder besser unter Kontrolle. Das muss so sein, denn sie beginnt allmählich, Details zu bemerken, wie den Umstand, dass Lucy einen Wasserkocher aus Edelstahl hat, während ihrer schwarz ist, und weiße Kaffeebecher, während ihre graugrün sind, einen Esstisch mit Eichenplatte anstatt des Tischs mit Stahlplatte im Industrial Design, den Alison zusammen mit ihr ausgesucht hatte. Alles Gegenstände, die sich, wie der Rest ihrer Trinity-Avenue-Realität, in Luft aufgelöst haben.

»Wann haben Sie Bram das letzte Mal gesehen?«, fragt Lucy, gießt dampfendes Wasser in die Becher und lässt die ausgewrungenen Teebeutel in eine Sainsbury's-Plastiktüte fallen, ihren behelfsmäßigen Mülleimer für den Umzugstag.

»Am Sonntag«, erwidert Fi. »Aber ich habe gestern und am Mittwoch mit ihm telefoniert.«

Die Kluft zwischen den harmlosen Vereinbarungen der vergangenen paar Tage und den namenlosen Geheimnissen von heute fühlt sich bereits unüberwindbar an. Bram verschwand am Mittwoch nach der Mittagspause aus der Arbeit, um die Jungen von der Schule abzuholen und Fi einen frühen Start in ihre zweitägige Auszeit zu ermöglichen, die ihr außerdem eine gemächliche Rückkehr am heutigen Abend und eine weitere Übernachtung in der Wohnung beschert hat. Sie sollte die Kinder erst am Samstagvormittag von Bram übernehmen, eine Abweichung von ihrer normalen Nestmodellroutine, doch in der folgenden Woche wäre der reguläre Rhythmus wieder aufgenommen worden. Hätte sie wegen ihres Laptops nicht kurz vorbeigeschaut oder ihn in der Wohnung gelassen und nicht hier, dann hätte sie nicht geahnt, dass die Jungen bei ihrer Großmutter sind. Sie hätte nicht geahnt, dass die Vaughans in ihrem Haus sind. Noch nicht. Sie hätte sich in einem Zustand gnädiger Unwissenheit befunden.

Lucy packt eine Milchtüte aus und gibt in jeden Becher einen Schuss. »Hier, bitte schön!« Sie reicht Fi ihren Tee mit einer Miene, als wäre es ein Vertrauensvorschuss ihrerseits, dass sie annimmt, Fi würde ihn ihr nicht ins Gesicht kippen. »Keine Sorge, ich bin sicher, er wird sich bald melden, und wir können dieses Missverständnis aus der Welt räumen.«

Sie benutzt weiterhin dieses Wort – »Missverständnis« –, als wäre es eine lächerliche Verwechslung, wie damals, als Merles *Biscuiteers*-Lieferung versehentlich bei Alison gelandet war, und die Osborne-Kinder sie aufaßen, ohne auf der Karte nachzusehen. Leicht aufgelöst, rasch vergessen.

Fi starrt an Lucy vorbei, hinaus in den Garten. Der zumindest ist noch genau so, wie sie ihn zurückgelassen hat, jede Pflanze treu an ihrem angestammten Platz. Das Fußballtor. Die Schaukel. Die Rutsche, die sich vom Dach des Spielhauses zu dem Stück Rasen schlängelt, der sich längst in Matsch aufgelöst hat.

»Eigentlich wollte ich das Spielhaus mit einem Vorschlaghammer zertrümmern«, sagt sie, »sobald die Kinder aus ihm herausgewachsen sind.«

Lucy versucht, einen Ausdruck des Schocks zu verbergen, und fährt sich mit der Zunge über die trockenen Lippen. Als wollte sie weiteren gewalttätigen Impulsen Einhalt gebieten, unterbreitet sie hastig einen hilfreichen Vorschlag: »Sollten wir nicht in der Schule anrufen und sie wissen lassen, dass die Jungen gefunden worden sind? Sie haben ihnen wahrscheinlich einen ziemlichen Schrecken eingejagt.«

»O ja, das sollte ich tun ...« Jäh aus ihren Tagträumen gerissen, kann Fi ihr Handy nicht sofort finden und kippt den Inhalt ihrer Handtasche auf den Tisch, bevor ihr einfällt, dass das Telefon in ihrer Hosentasche steckt. Nachdem sie erneut die Nummer der Schule gewählt hat, landet sie beim Anrufbeantworter und hinterlässt Mrs Emery eine verworrene Entschuldigung.

Beim Auflegen bemerkt Fi, dass Lucys Blick auf die Gegenstände geheftet ist, die aus ihrer Handtasche gekullert sind, insbesondere eine dünne, aus ihrer Verpackung gerutschte Pillendose. Lucys Gesichtsausdruck ist der eines Menschen, dessen schlimmste Befürchtungen sich gerade bestätigen.

»Die gehören nicht mir«, erklärt Fi und stopft alles zurück in ihre Tasche, nur das Handy bleibt vor ihr auf dem Tisch liegen.

»Okay.« Mitleid blitzt in Lucys Augen auf, gefolgt von wieder aufgeflammtem Argwohn. Vielleicht befürchtet sie, Fi könne eine Persönlichkeitsstörung haben, irgendwie den Namen des früheren Besitzers ermittelt haben und in einem dissoziativen Zustand hier aufgetaucht sein. »Ich will nicht neugierig erscheinen, aber sind die Medikamente neu? Hat der Arzt Sie wegen der Nebenwirkungen gewarnt? Vielleicht ein kurzfristiger Gedächtnisverlust oder etwas ...«

»Ich habe Ihnen doch gerade gesagt, dass sie nicht mir gehören!« Fi spürt, wie ihre Miene ihr entgleist und sie sich abmüht, sie wieder unter Kontrolle zu bekommen. Sie kann ihren Gefühlen nicht länger trauen, ebenso wenig wie der Art, auf die sie sich äußern.

Lucy nickt. »Mein Fehler. Oh!« Beim Läuten der Türklingel flutet Erleichterung ihr Gesicht, und sie springt vor Freude regelrecht auf. »Sie sind da!«

Sie hastet zur Tür, und im nächsten Moment hört Fi zwei neue Stimmen: eine männlich, die vielleicht zu einem der Umzugshelfer oder Lucys Ehemann gehört, die andere augenblicklich erkennbar als Merles.

Merle! Sie war am Fenster und hat sie beobachtet. Sie muss bis zur Ankunft des zweiten Umzugswagens gewartet haben und dann zu dem Entschluss gekommen sein, dass ein Einschreiten nicht länger aufgeschoben werden kann. Sie wäre auf Fis Seite, nicht wahr? Sie würde die Angelegenheit genauso wie Fi sehen und wissen, dass Lucy diejenige ist, die sich täuscht, nicht sie.

Lucy kehrt als Erste zurück, nun frischen Mutes. »Na schön. Jetzt, wo David hier ist, schlage ich vor, dass wir beide versuchen sollten, unsere Immobilienanwälte zu erreichen.«

Bevor Fi protestierend anmerken kann, dass sie keinen hat, weil sie *ihr Haus nicht verkauft hat*, stürzt Merle herein und beansprucht den Raum für sich, indem sie Lucy regelrecht gegen die Arbeitsplatte drückt.

»Hast du diesen Leuten erlaubt, hier einzuziehen, Fi?« Aufgebracht vor Entrüstung und mit wehendem scharlachrotem Oberteil gleicht Merle einem Guru. Ihre Energie wirkt magisch und transformativ.

»Nein«, sagt Fi, deren Stimmung sich schlagartig gebessert hat, »definitiv nicht. Ich kenne die Leute nicht und weiß nicht, warum ihre Sachen hier sind. Das geschieht alles völlig gegen meinen Willen.«

Als Lucy zum Widerspruch ansetzt, bringt Merle sie mit erhobener Handfläche, wenige Zentimeter vor ihrer Nase, zum Schweigen. »In diesem Fall ist das hier rechtswidrige Hausbesetzung und Nötigung«, erklärt Merle. (Früher hat sie beim Wohnungsamt gearbeitet, was man immer im Hinterkopf behalten sollte.) »Und ich zeige Sie an!«

Genf, 14:45 Uhr

Er ist hungrig, obwohl es ein oder zwei Minuten dauert, bis er das Gefühl wiedererkennt, denn es kommt ohne Dringlichkeit oder Erwartungshaltung. Es ist schlicht eine Variation der neuen Konstante: Peinigende Qual. Kummer. Verlust.

Aber man muss essen, selbst wenn es einen an all die Male erinnert, als man Würstchen an ausgehungerte Jungen verteilt und sie zum Brokkoli überredet hat, obwohl man im Stillen der Meinung war, dass es Teufelszeugs ist. Oder es erinnert dich vielleicht an ein Gesicht, das dir an einem Tisch im La Mouette, dem besten Restaurant in Alder Rise, gegenübersaß, damals, als dich dieses Gesicht noch anlächelte, damals, als die Frau, zu der dieses Lächeln gehörte, immer noch an dich glaubte. Interesse an deiner Geschichte hatte, deine Schwächen verteidigte. Als ihr alle zusammen in dem Haus gewohnt habt, das diese Frau liebte und in das beide Jungen nach der Entbindungsstation nach Hause kamen.

Hör auf, denkt er. *Du hast kein Recht, sentimental zu sein. Oder in Selbstmitleid zu zerfließen.*

Er verlässt die Bar, die erste, auf die er gestoßen war, nachdem er das Hotel verlassen hatte, und folgt den Schildern zum nächsten Restaurant. Dann findet er sich in einem Aufzug wieder, der ihn ein Gebäude hinaufbringt, und seine Gedanken gleiten zu Saskia und Neil und der Kündigung per E-Mail, die ihnen automatisch am Montagmorgen um neun Uhr geschickt wird. Mit der Bitte, sie mögen sein restliches Gehalt an Fi überweisen – wozu auch immer es gut sein mag.

Die Fenster des Restaurants im obersten Stockwerk zeigen zum Flughafen, und von seinem Tisch aus hat er freie Sicht auf die landenden Flugzeuge, die auf der Rollbahn wie das von einem launischen Kind gelenkte Spielzeug aufsetzen. Jeder in seiner Nähe hat den entrückten Gesichtsausdruck von Menschen auf der Durchreise: zu früh, um einzuchecken, oder bei der Ankunft zu erschöpft, um etwas aus dem Tag zu machen. Genauso gut kann man auch zu Mittag essen.

Er bestellt etwas mit Kartoffeln und Käse. Ein typisches Schweizer Gericht. Das Glas Rotwein hilft genauso wenig gegen die Anspannung wie vorhin das Bier, aber zumindest ist ihm der Akt des Trinkens vertraut. Wahrscheinlich sollte er für jede letzte Minute seiner geliehenen Zeit dankbar sein. Dankbar, dass sie bei der Grenzkontrolle am Flughafen, als er bei der Passkontrolle befragt wurde, nicht ihr Ende fand. Irgendwie hatte seine Verkörperung des alten Bram, des Familienurlaubers und gelegentlichen Geschäftsreisenden beide zufriedengestellt: den Beamten aus Fleisch und Blut und den Körperscanner, der ankommende Passagiere auf Drogen und Waffen scannt (aber nicht, wie befürchtet, auf Schuld), und er war einfach durchgewinkt worden.

Es war verrückt, aber selbst nachdem er sein Gepäck geholt und den Zoll passiert hatte und draußen unter all den Menschen war, erwartete er immer noch, angesprochen und gebeten zu werden, einen Schritt zur Seite zu treten.

Gefragt zu werden, ob der Name in seinem Pass auch wirklich seiner ist.

16

»Fionas Geschichte« > 01:01:36

Habe ich zu Brams Verschwinden andere Theorien in Erwägung gezogen? Glauben Sie mir, ich habe alles bedacht. Selbst die Polizei gesteht ein, dass seine fortdauernde Abwesenheit Umständen geschuldet sein könnte, die nichts mit dem Hausbetrug zu tun haben, dass er nie auf der Flucht vor dem Gesetz war. Er könnte bei einer Kneipenschlägerei umgekommen sein, und sein Leichnam wurde versteckt, oder er ist nach einem Saufgelage in den Fluss gefallen – bei den Temperaturen im Januar würde man in der Themse keine fünf Minuten überleben. Wir reden hier von jemandem mit einem hitzigen Temperament. Wir reden hier von einem starken Trinker.

Ich weiß, es klingt schrecklich, aber als die Polizei mich fragte, wie Bram war, wie er *wirklich* war, was ihn antrieb, war das Erste, was mir in den Sinn kam, der Alkohol. Ich kann mich an keinen Tag erinnern, an dem er nicht getrunken hat. Allerdings war das in der Trinity Avenue nichts Besonderes. Es gab Männer – und Frauen –, die von der Arbeit nach Hause kamen und innerhalb einer Stunde eine Flasche Wein inhalierten. Früher dachte ich, es sei reine Glückssache, dass ihre gewählte Droge sozial akzeptiert war. Doch dann erkannte ich, dass es ihre gewählte Droge war, *weil* sie sozial akzeptiert war.

(Ich sage »ihre«, aber ich meine »unsere«: Es ist nicht so, als würde ich selbst völlig ohne Alkohol leben.)

Einer von Brams kleinen Ticks war, dass er Limetten nicht ausstehen konnte. Er witzelte, es sei eine Allergie, und Leo habe seine Allergien von ihm geerbt, doch in Wirklichkeit hatte es etwas mit einem epischen Tequila-Saufgelage in seiner Studentenzeit zu tun. Er machte sich über Mocktails lustig, er machte sich über alkoholfreies Bier lustig, er machte sich über den »Dry January« lustig, er machte sich über alles lustig, was keinen Alkohol enthält.

Mir ist bewusst, dass ich die Vergangenheit benutze, was ich eigentlich nicht tun sollte. Doch Sie verstehen gewiss, warum ich so sicher bin, falls er tot ist, dass er nicht nüchtern gestorben ist?

Ich weiß jetzt, dass der September eine bedeutsame Zeit für Bram und seine Verfehlungen war, doch meine eigenen Sorgen in puncto Kriminalität bezogen sich auf die Woge an Ereignissen, die unvermittelt über die Trinity Avenue hinwegfegte.

Als Erstes kehrte einer der Mieter der Wohnungen an der Ecke zu Wyndham Gardens aus dem Urlaub zurück und musste feststellen, dass sein Zuhause von Leuten geplündert worden war, die es in seiner Abwesenheit über eine Airbnb-Website gemietet hatten. Obwohl wir die Sache mit gierigem Interesse verfolgten, kamen wir einhellig überein, dass er es wahrscheinlich von vornherein nicht hätte untervermieten dürfen.

Unser tieferes Mitgefühl galt kurz darauf Matt und Kirsty Roper, als bei ihnen am helllichten Tag eingebrochen wurde. Kirsty war eine von uns, ihr Schicksal eines, das uns alle hätte treffen können: Die Hintertür nur eingeklinkt, während die Familie einen kurzen Abstecher ins Gartencenter machte, die Alarmanlage nicht eingeschaltet – sie waren nur zwanzig Minuten weg! –, ein Stonehenge aus Laptops und anderen technischen Geräten, die verführerisch auf dem Küchentisch zurückgelassen worden waren, ein kläffender Cockerspaniel, den die Nachbarn im Lauf der Zeit zu ignorieren gelernt hatten – es war ein vollendeter Sturm der Elemente, der über jeden von uns hätte hereinbrechen können.

»Die Polizei glaubt, er muss das Haus beobachtet haben«, erzählte uns Kirsty. »In gewisser Weise ist das der beunruhigendste Part.«

Aufgewühlt von dem Drama, gründeten ihr Sohn Ben, Merles Robbie und mein Leo ein Detektivbüro und trafen sich in unserem Spielhaus, um Hypothesen aufzustellen. Ich steuerte Kekse und Saft bei, ohne ein einziges Mal aufzuzeigen, dass ihr Treffpunkt selbst einmal eine Art Tatort gewesen war.

Vergeblich warteten wir darauf, dass die Schuldigen gefasst wurden, doch schon bald berichtete uns Kirsty, die Polizei habe entschieden, ihre Ermittlungen einzustellen. »Sie haben nicht genügend Personal. Echte Verbrechen haben eine höhere Priorität.«

»Einbrüche gelten nicht als echte Verbrechen?«, fragte ich.

»Du weißt, was sie meint«, sagte Alison. »Mord. Totschlag. Vergewaltigung. Kindsentführung. Das, was auf *Crimewatch* oder bei *Das Opfer* kommt.«

Obwohl ich natürlich wusste, was sie meinte, halte ich Einbrüche und unbefugtes Betreten für zutiefst beunruhigende Vergehen. Die Vorstellung, dass Verbrecher auf leisen Sohlen durch das Haus schleichen, die Habseligkeiten der Jungen berühren und sehen, wie wir unser Leben miteinander teilen (oder auch nicht, zumindest im Fall von Brams und meinen getrennten Schlafzimmern): Das ist weniger ein Eingriff in die Intimsphäre als vielmehr in die Seele.

Bram, Word-Dokument

Wenn ich nur meinen Job behalten kann, dachte ich am Montagmorgen im Aufzug auf dem Weg hoch zur Personalabteilung und dann, dass er meinetwegen so hoch fahren könnte, wie er wollte. *Liebend gern bleibe ich stunden-, tagelang, ewiglich in dieser kleinen verspiegelten Box zwischen zwei Orten, zwischen sämtlichen Problemen.* Wenn ich nur irgendwie all das vor Fi verheimlichen kann, dachte ich, *wenn diese armen Leute in dem Auto durchkommen und die Polizei ihre Ermittlungen aus Mangel an Beweisen einstellt, dann werde ich nie wieder sündigen. Ich werde ein Missionar, ich werde keusch leben, ich werde ...*

»Bram?«, sagte Saskia.

Ich zuckte erschrocken zusammen. Ich hatte nicht gemerkt, dass ich den Aufzug verlassen, den Flur hinabgegangen und ihren Schreibtisch erreicht hatte.

»Wollen Sie zu mir?«, schoss sie mit ausdruckslosem Pokerface hinterher. Wahrscheinlich fragte sie sich gerade, ob ich ein einfältiger Dummkopf war, nur eingestellt wegen irgendeiner Minderheitenquote.

»Ja, tut mir leid. Ich habe hier Ihren Vertrag«, erklärte ich.

»Es ist *Ihr* Vertrag, aber vielen Dank.« Als sie ihn entgegennahm, bedachte sie mich mit einem kurzen Lächeln, förmlich, aber erfreut.

Ich räusperte mich und besann mich auf die einstudierten Worte. »Wie Sie sehen werden, gibt es persönliche Informationen, die ich offengelegt habe, und ich würde gern in einem persönlichen Gespräch mit Ihnen darüber reden. Könnten wir ...?«

»Natürlich.« Mit einer Professionalität, die nicht gänzlich ihre menschliche Neugierde verbarg, führte sie mich aus dem Großraumbüro zu einem Konferenzzimmer in der Nähe und schloss taktvoll die Tür. Wir setzten uns einander gegenüber, der Vertrag und Saskias Notizbuch auf dem Tisch zwischen uns. »Dann raus mit der Sprache!«

»Nun, es ist der Punkt zu Verkehrsdelikten ... Die Sache ist die, Saskia: Ich habe ein Fahrverbot erhalten.«

Erhalten. Es schien nicht das passende Wort zu sein. Man erhält eine Auszeichnung oder ein Lob, etwas Erstrebenswertes, wohingegen dies etwas so Unerwünschtes war, dass die Person, der ich mich gerade anvertraute, sich gezwungen sah, sich schriftliche Notizen zu machen.

»Ich verstehe. Nun, angesichts Ihrer Funktion als Vertriebsleiter könnte das ein Problem darstellen. Wann ist es passiert?«, fragte sie.

»Im Februar.« Die Wahrheit.

»Im Februar? Das war vor sieben Monaten!«

»Ich weiß, und es tut mir wirklich leid, dass ich nicht sofort damit herausgerückt bin. Um ganz ehrlich zu sein, ich habe noch nicht mal meiner Frau davon erzählt. Ich habe den Umstand vertuscht, dass ich nicht fahren darf.« Vielleicht war es die Erleichterung über die Offenheit, oder einfach nur die Vertrautheit des Zimmers, die tröstliche Wärme ihres Körpers, aber ich wurde redseliger, als ich eigentlich geplant hatte. »Da war dieses eine Mal – es war schrecklich. Sie stand am Fenster unseres Hauses und erwartete, dass ich mit dem Auto wegfahre. Ich schloss also die Fahrertür auf, stieg ein und saß einfach da, spielte mit der Heizung herum, bis sie sich weggedreht hatte. Dann stieg ich wieder aus und habe den Bus genommen.«

Im Grunde war diese Beichte gar keine so schlechte Idee. Es war die Art Geschichte, an die man sich womöglich erinnert, wenn man vor Gericht in den Zeugenstand gerufen wird. (»Ist

Mr Lawson Ihres Wissens weiterhin Auto gefahren?« – »Nein. Aber ich weiß, dass er es seiner Frau vorgespielt hat.«)

Ich schluckte. »Ich war wie einer dieser Typen, die entlassen worden waren, aber weiterhin Hemd und Krawatte anziehen und jeden Morgen das Haus verlassen, um angeblich zur Arbeit zu gehen.«

Dieser Nachtrag war womöglich ein bedauerlicher Fehler: Er könnte sie auf falsche Gedanken bringen.

»Oh.« Saskia blinzelte, und ich bemerkte, dass ihre Wimpern kräftig getuscht waren. Da meine Sinne abgelenkt waren, dauerte es einen Moment, bis der Groschen fiel, doch die Zeichen waren eindeutig: das aufwendige Augen-Make-up, die enganliegende Bluse mit dem Anhänger, der den Eingang zum verhüllten Dekolleté betonte; unter dem Tisch herauslugende High Heels, zwei Zentimeter zu hoch, um bequem zu sein. Nichts davon war unangemessen, aber es enthielt eine herausfordernde Botschaft für all jene, die sie erhalten wollten: *Ich bin Profi, aber nichtsdestotrotz eine Frau. Nichtsdestotrotz Single.*

»Ich sollte wohl sagen, meine zukünftige Exfrau«, fügte ich hinzu und griff nach dem Strohhalm. »Nicht, dass es einen Grund gäbe, es Sie wissen zu lassen, aber wir haben uns getrennt. Es war alles ein echter Albtraum, und ich denke … ich denke, ich habe nicht noch etwas gebraucht, was ich falsch gemacht habe.«

Es war ein echter Verrat, unverhohlen anzudeuten, dass Fi mich ungerecht behandelt hatte, wo sie in Wirklichkeit großzügiger als jede andere betrogene Ehefrau war, von der ich jemals gehört hatte. Aber mir blieb keine andere Wahl, und zu meiner Erleichterung sah Saskia mich nun mit einem aufkeimenden Anflug von Mitleid an.

»Hört sich an, als wäre Ihr Leben gerade ein bisschen durcheinander. Ich muss in den Akten nachsehen, aber Sie haben keinen Firmenwagen, nicht wahr?«

»Nein, ich benutze meinen eigenen.«

Dies war der eine winzige Sonnenstrahl an meinem Gewitterhimmel: Bei meiner Einstellung hatte ich anstatt der üblichen Vergünstigungen das höhere Gehalt gewählt. Der Audi war Privatbesitz und auf Fi und mich in der Trinity Avenue angemeldet. Sollte die Polizei irgendwann vor der Tür stehen, müssten sie meinen Arbeitgeber nicht involvieren.

»*Benutzte*«, korrigierte ich mich. »Selbstverständlich habe ich seit Februar keine Benzinrechnung mehr eingereicht.« Ich hatte in den sauren Apfel gebissen und fürs Benzin bar gezahlt, damit Fi keine Fragen wegen möglicher Abbuchungen von unserem gemeinsamen Konto stellen würde.

»Wie sind Sie zu Ihren Terminen gekommen? Sie können U-Bahn-Tickets und Taxibelege einreichen, vorausgesetzt, dass Neil sie abzeichnet. Oder hat er einen Fahrer für Sie besorgt?«

Ich schwieg, und sie unterdrückte ein Grinsen.

»Sie haben es ihm nicht gesagt, nicht wahr?«

»Nein. Sie sind die Erste, der ich mich anvertraue.« Ich warf ihr diesen Blick zu, der bedeutete: *Sie sind die Erste, weil Sie etwas Besonderes sind*. Ich ließ den Moment wirken, spähte nur ganz kurz zu dem Anhänger an ihrem Brustbein. Sexuelle Belästigung jeglicher Art einer Personalchefin grenzt nach den Maßstäben der allermeisten Menschen an Wahnsinn, aber meine Maßstäbe hatten längst keinerlei Bezug mehr zu denen der allermeisten Menschen.

»Sie müssen es ihm sagen«, erklärte sie schließlich. »Wollen Sie, dass ich dabei bin?«

»Nein, das schaffe ich schon. Er ist heute nicht da, also mache ich es morgen.«

Nachdem Saskia mit ihren Notizen fertig war, schob sie den Kugelschreiber behutsam auf das Notizbuch. »Es liegt in seinem Ermessen, ob dies Auswirkungen auf Ihre Zukunft hier haben wird. Im Vertrieb ist es unabdingbar, einen gültigen Führerschein zu besitzen.«

»Ich weiß.« Ich seufzte. Ein weiterer Blick, eindringlicher als der erste. »Aber ich bin froh, endlich reinen Tisch gemacht zu haben.«

Ich gewöhnte mich an diesen Ausdruck, benutzte ihn von nun an regelmäßig, beim Reden und in Gedanken. Es fühlte sich immer verlogener an.

»Fionas Geschichte« > 01:05:34

Nur wenige Tage nach dem Einbruch bei den Ropers wurde eine weitere Trinity-Avenue-Bewohnerin, eine ältere, kürzlich verwitwete Frau, Opfer eines Betrugsdelikts, der Merle genug Kopfzerbrechen bereitete, dass sie direkt zum Telefonhörer griff und eine Kontaktbeamtin von der Polizei zu sich nach Hause bestellte, die einen Vortrag halten würde – und mir genug, dass ich Bram bei der Arbeit anrief. »Hast du gehört, was Carys zugestoßen ist?«

»Wem?«, fragte er.

»Du weißt schon, der Dame in Nummer fünfundsechzig. Die Klavierunterricht gibt. Sie hatte eine neue EC-Karte beantragt, und ihr Anruf bei der Bank wurde von Betrügern abgefangen. Sie haben sie zurückgerufen und dazu gebracht, dass sie ihnen die PIN verrät, und dann haben sie einen Kurier zu ihr nach Hause geschickt, um die alte Karte abzuholen. Als Carys die Abzocke endlich durchschaute, war ihr Konto fast leergeräumt. Anscheinend *mehrere tausend Pfund!*«

Es folgte ein Zögern, bevor er etwas sagte. »Banken schicken niemals Kuriere, um alte EC-Karten abzuholen.«

»*Wir* wissen das, ja. Es zeigt doch nur, wie überzeugend sie gewesen sein müssen. Alison meint, selbst die Kurierfahrer wussten nicht, dass sie in eine Betrugsmasche verwickelt waren – sie sind einfach für einen normalen Auftrag gebucht worden. Die arme Carys war völlig durch den Wind. Ich habe deswegen bereits Mum und Dad angerufen, und du solltest dasselbe bei deiner Mum machen.«

Eine weitere Pause, dann: »Warum?«

Allmählich ging er mir auf die Nerven. »Weil diese Betrüger es offensichtlich auf ältere Menschen abgesehen haben! Du weißt schon, sie sind vertrauensseliger als wir, nicht so selbstsicher, Zweifel zu äußern, wenn sich Abläufe plötzlich ändern.«

»Stimmt.«

Ich runzelte die Stirn. »Dich scheint das nicht sonderlich zu interessieren, Bram. Ich finde, wir sollten alle wirklich wachsam sein, wenn in Alder Rise Kriminelle ihr Unwesen treiben.«

Er stieß ein müdes Seufzen aus. »Komm schon, Fi, Carys war nur ein bisschen leichtgläubig. Jeder weiß, dass man PINs oder Passwörter niemals am Telefon preisgibt. Lass uns nicht gleich den Teufel an die Wand malen.«

Ein Anflug von Entrüstung stieg in mir auf. Obwohl er niemals ein sonderlich großes Gemeinschaftsgefühl an den Tag gelegt hatte – außer wenn Alkohol im Spiel war –, war ich mir immer sicher gewesen, dass er zumindest meine Bemühungen respektierte. Doch die Art, wie er das Unglück der armen Carys abtat, war flapsig, fast schon arrogant. »Diese Sorte Verbrechen ist anscheinend auf dem Vormarsch. Wir haben von der Polizei ein Merkblatt bekommen.«

»Die Polizei war bei uns?« Er klang erschrocken.

»Nein, es steckte im Briefschlitz der Tür. Dort steht alles über die neuesten Betrugsmaschen drin, wie sie funktionieren und wie man sich schützen kann.«

»Hört sich in meinen Ohren mehr nach einem Katalog an. Wenn wir bisher nicht gewusst haben, wie wir die Nachbarschaft abzocken können, dann jetzt.«

»Bram!« Es war schon eine Weile her, seit er das letzte Mal so geringschätzig gewesen war. Seit unserer neuen Regelung war er, wie ich auch Polly erklärt hatte, widerspruchslos gefügig gewesen. »Wie kannst du das so ins Lächerliche ziehen? Die Opfer sind unsere Nachbarn, ganz normale, hart arbeitende Menschen wie wir.«

»Tut mir leid, Fi. Ich bin ein bisschen abgelenkt, gerade auf dem Sprung zu einer Besprechung mit Neil. Natürlich müssen wir alle die Augen aufhalten. Wir könnten in der Hand eines ukrainischen Verbrechersyndikats sein. Oder eines nigerianischen. Keine Ahnung, wer heutzutage unsere Unterweltfeinde sind.«

Ich hatte genug davon. Auf mich wartete ebenfalls Arbeit. »Wie dem auch sei, der Grund für meinen Anruf ist, dass es morgen Abend um acht einen Vortrag von einer Kontaktbeamtin gibt, weshalb ich mich gefragt habe, ob du ein bisschen länger bei den Jungs bleiben könntest, während ich ihn mir anhöre?«

»Na klar.«

Ich beendete das Gespräch. Er war mit den Gedanken woanders – so viel war offensichtlich –, und ich vermutete, dass es etwas mit seinem Privatleben zu tun hatte. Vielleicht, dachte ich, sollte ich am Freitagabend mal ganz zwanglos die Wohnung nach weiblichen Spuren absuchen. Auf gar keinen Fall würde ich ihn direkt fragen, denn in dieser Richtung lag die aufgewühlte See emotionaler Komplikationen, vielleicht sogar die Versuchung, wieder gegen den Strom zurückzuschwimmen.

Ja, natürlich wünschte ich mir jetzt, ihn gefragt zu haben. Ich wünschte, ich hätte auf einer Antwort bestanden.

#OpferFiona
  @val_shilling: Grrr, heute krieg ich wohl nichts anderes mehr auf die Reihe, hm?

Bram, Word-Dokument

»Herrgott noch mal, Bram«, blaffte Neil mich an, »wie zum Teufel ist das passiert?«

Ich riss mich zusammen und setzte die von mir erwartete zerknirschte Miene auf anstatt der gehetzten Grimasse, die mir wenige Sekunden zuvor von der Glaswand seines Büros entgegengeblickt hatte.

»War es in einer dieser neuen Zwanziger-Zonen? Ich dachte, dort dürfen noch keine Bußgelder verhängt werden?«

»Nein, es war außerhalb der Stadt, meistens jedenfalls.«

»›Meistens‹? Hier spricht also ein Serientäter.«

Seine Antwort grenzte an Bewunderung, was mich an etwas erinnerte, das die Fahrlehrerin bei dem Punkteabbauseminar gesagt hatte: »Wären Sie auch so offenherzig, es Ihren Kumpels zu erzählen, wenn Sie wegen Trunkenheit am Steuer anstatt Geschwindigkeitsübertretung erwischt worden wären? Nein? Und trotzdem ist es genauso lebensgefährlich.« Und sie hatte meinen Blick gesucht, ausgerechnet meinen.

»Nun, wie ist es, nicht fahren zu dürfen?«, fragte er.

»Man gewöhnt sich dran – es ist schon eine Weile her. Es tut mir wirklich leid, dass ich es dir nicht früher erzählt habe. Ich muss unbedingt wissen, ob es ein Problem ist. Arbeitstechnisch, meine ich.«

»Streng genommen, ja, ein Riesenproblem. Aber da *du* es bist ...«

So unangemessen, wie Saskia sich angemessen verhalten hatte, lachte Neil jetzt. »Blödmann! Wir werden einfach einen der Praktikanten abstellen, der dich herumfahren soll. Bis wann?«

»Mitte Februar. Das wäre toll, Neil, vielen Dank. Nur an den Tagen, wenn die Wege zwischen den Kunden zu ungünstig liegen. Für die Fahrt zur Arbeit und zurück nach Hause nehme ich gern die Bahn.«

»Gern? Du machst Witze, oder? Ich würde in keinen dieser Pendlerzüge steigen, selbst wenn ich dafür bezahlt werde. Eher würde ich auf *Rollschuhen* herfahren.«

»Sie sind ein Albtraum«, stimmte ich ihm zu. »Ständig verspätet. Letzte Woche wäre ich fast zu spät zur Konferenz gekommen.«

Ein weiterer Samen, der ausgebracht war. Aber ich hätte mir nicht die Mühe geben müssen, denn er war viel zu sehr damit beschäftigt, »Breaking the Law« zu singen, um es zu bemerken. Nie zuvor war ich dankbarer gewesen, einen solchen Clown als meinen direkten Vorgesetzten zu haben. Heutzutage gab es nicht mehr viele David Brents wie in *The Office* in der Arbeitswelt.

»Fünf Punkte, wenn du den Namen der Band weißt«, forderte er mich heraus.

»AC/DC?«

»Judas Priest.« Er genoss seinen Sieg in vollen Zügen. »Und, was hat Fee-Fi-Fo-Fum gesagt? Wegen dem Führerscheinentzug?«

Er hatte sie mehrmals getroffen: Familienfeiern, Abendessen mit seiner Frau Rebecca, Geburtstage im Two Brewers. Einmal, als Fi ein wenig gestresst gewesen war, hatte sie uns beim Rauchen erwischt und mich angezischt, als wäre ich ein jugendlicher Straftäter. Ich hatte die Empörung in Neils Gesicht gesehen, bevor er sich für ein Lachen entschieden hatte.

»Ich habe es ihr noch gar nicht erzählt«, erwiderte ich.

Er stieß einen Pfiff aus. »Nun, dann viel Glück. Ich schätze, das wird Auswirkungen auf dein neues Hühnerstallarrangement haben, hm?«

»Nicht Hühnerstall. Nestmodell.«

»Entschuldigung, Nestmodell. Hatte angenommen, es würde dir ein wenig die Flügel stutzen.« Er gackerte herzhaft. Über seine eigenen Witze lachte er immer am lautesten. »Die werden wieder nachwachsen. Du weißt, dass sie mit Rebecca in Kontakt ist? Zieht die Frauen auf ihre Seite. Sie hat ihr den Link zu diesem Podcast geschickt, und jetzt twittern sie beim Hören gemeinsam. Wie heißt er gleich noch mal?«

»*Das Opfer*?«

»Genau der.«

Das Opfer war eine billige, sensationslüsterne Sendung, von der Fi und ihre Clique regelrecht besessen waren. In jeder Episode gab ein neues Opfer – ausnahmslos Frauen – ihren ungefilterten Bericht einer schrecklichen Ungerechtigkeit zum Besten, in dem sicheren Wissen, dass keine Gegenargumente geliefert wurden, keine investigative Recherche, nichts, was ihrer Version der Dinge widersprechen würde. Stattdessen waren die Zuhörerinnen eingeladen, ihre eigenen Schlüsse zu ziehen. »Das hätte auch ich sein können«, sagte Fi als eine Art Erklärung (sie lauschte dem Podcast gern, während sie die Schuluniformen der Jungen bügelte).

»Dauert *Stunden*«, sagte Neil. »Eine Frau, die über einen Mann herzieht. Es ist nie eine Frau gegen eine andere Frau, nicht wahr? Und was, wenn es nicht wahr ist, sondern nur etwas, das sich jemand aus den Fingern gesaugt hat? Ist das nicht Verleumdung?«

»Hmm, ja«, erwiderte ich, ohne ihm länger zuzuhören. Warum gab es keine weiteren Neuigkeiten über *meine* Opfer? Wie lang konnten Menschen bewusstlos bleiben, bevor ihre Chance auf Genesung schwand? Wäre es weniger verheerend für mich, wenn Mutter und Kind starben, da dann das Risiko gleich null wäre, dass sie mich identifizieren könnten, oder wenn sie wieder gesund wurden, und sich die Schwere der Tatvorwürfe gegen mich reduzierte, sollte ich tatsächlich identifiziert werden? (Vorausgesetzt, der Fahrer des Toyota hatte sich nicht bei der Polizei gemeldet – und wenn er es bis jetzt nicht getan hat, dann hatte er sich gewiss entschieden, es ganz bleiben zu lassen.)

Streichen Sie das – ich weiß, wie sich das anhört –, *natürlich* wollte ich, dass sie überleben. Wenn ich geglaubt hätte, mein Leben wäre aus irgendeinem Grund mehr wert als ihres, dann würde ich das hier jetzt nicht schreiben, sondern wäre irgendwo weit weg, wo es kein Auslieferungsabkommen gibt.

Gestrandet in der Wildnis, wo nur die Verdammten ihr Glück finden.

»Fionas Geschichte« > 01:09:04

Zu meiner Überraschung stand Bram bei meiner Rückkehr von dem Nachbarschaftstreffen bei Merle am Mittwochabend im Vorgarten unter der tropfenden Magnolie. Auf den Pflastersteinen hatte sich eine große Regenpfütze gebildet, und er schien nicht wahrzunehmen, dass einer seiner Füße eingesunken war.

»Warum bist du hier draußen in der Dunkelheit? Hältst du Ausschau nach Einbrechern? Ich schätze, wir sind recht sicher mit einer Polizeibeamtin auf dem Grundstück zwei Türen weiter.« Da bemerkte ich, dass er rauchte, was meine Frage beantwortete.

»Das Treffen lief okay?«, fragte er.

»Ja, wirklich gut. Sie haben uns diese speziellen UV-Stifte gegeben, mit denen wir unsere Wertgegenstände markieren sollen, damit sie, sollten sie gestohlen und wiedergefunden werden, zu uns zurückgebracht werden können. Das überlasse ich den

Jungs – sie werden es lieben. Und wir werden Schilder mit der Aufschrift ›Achtung: Aufmerksame Nachbarschaft‹ oder was in der Art bekommen.«

»Hört sich nützlich an.« Sein Tonfall klang mechanisch.

»Ich wusste gar nicht, dass du wieder rauchst.«

Er gab keine Antwort, was sein gutes Recht war. Er war mir keine Rechenschaft mehr schuldig, und noch dazu war er im Freien. Die Jungen waren oben in ihren Betten, ihre Lungen in Sicherheit.

»Danke, dass du länger geblieben bist. Kommst du noch kurz mit rein?«

»Nein, ich rauche die hier nur rasch zu Ende und mach mich dann auf den Weg.« Beim Geräusch von Merle und ein paar anderen Nachbarinnen, die aus dem Haus traten, um sich am Tor von der Polizeibeamtin zu verabschieden, schreckte er hoch.

»Du wirkst ein bisschen angespannt«, sagte ich. »Schlechtes Gewissen?« Als unsere Augen sich trafen, hielt ich meine Miene bewusst ausdruckslos. »Als du in deiner Jugend mit dem Gesetz in Konflikt geraten bist, meinte ich. Was sonst?«

Über sein Gesicht huschte eine Emotion, die ich nicht deuten konnte. »Oh. Verstehe.«

Es war durchtrieben, diese Geschichte jetzt auszugraben: Eine Vorstrafe, weil er vor fast dreißig Jahren als Teenager wegen des Besitzes von Cannabis verhaftet worden war. Er hatte Pech gehabt, gerade achtzehn geworden und deshalb unter das Erwachsenenstrafrecht gefallen zu sein.

Er blickte weg, trat die Zigarette aus und schob sie in die tiefste Stelle der Pfütze, als wollte er jeglichen Beweis vernichten. Natürlich interpretierte ich das als Symbol für seinen Wunsch, weit größere Sünden als eine heimliche Zigarette auszumerzen.

»Dann geh ich mal«, sagte er. Er sah wirklich erbärmlich aus.

Nicht ins Wanken geraten, ermahnte ich mich. *Denk ans Spielhaus. Er hat keine Sekunde daran gedacht, wie erbärmlich du dich fühlen würdest, oder?*

Ich bemerkte, dass er an unserem Tor nach links abbog und nicht, wie die Polizeibeamtin vor ihm, nach rechts auf dem direktesten Weg zur Hauptstraße und zum Park. Doch im nächsten Moment hatte ich es schon wieder vergessen.

17

»Fionas Geschichte« > 01:11:33

Waren die Frauen der Trinity Avenue Kontrollfreaks? Ist das eine ernst gemeinte Frage? Weil wir als Gemeinschaft an einem Strang zogen, um Verbrechen zu verhindern?

Nein, nein, ich weiß, Sie meinen das nicht als Beleidigung. Lassen Sie mich Ihre Frage so beantworten: Wenn ein Kontrollfreak jeden Morgen aufsteht, um sich anzuziehen und ihren Kindern Frühstück zu machen – sich selbst ebenfalls, wenn sie wirklich in Topform ist –, sie zur Schule bringt und anschließend direkt zum Bahnhof hastet, um sich in den Pendlerzug nach Victoria zu quetschen und dann in eine U-Bahn zum West End; wenn sie nach einem Acht-Stunden-Tag nach Hause kommt und sich um die Hausaufgaben der Kinder und das Bade- und Zubettgeh-Ritual kümmert – für den ersten Teil manchmal immer noch in ihrer Jacke –, dann nahtlos dazu übergeht, das Abendessen zuzubereiten, während sie, ihr E-Mail-Programm am iPad auf der Küchenzeile geöffnet, gleichzeitig die Spülmaschine ausräumt und wieder belädt, oder wenn ab und an eine Freundin auf einen Sprung für ein Glas Wein vorbeischaut, weil es zu kompliziert ist, sich zu einer anderen Zeit auszutauschen, obwohl sie sich tapfer für Lesegruppen und Bürgerversammlungen und, ja, für Vorträge von Kontaktbeamten anmeldet; wenn sie den Abend ausklingen lässt, indem sie den Kindern ihre Lunchboxen für den nächsten

Tag packt und den Müll trennt und die Waschmaschine anschaltet und online Lebensmittel oder Geburtstagsgeschenke bestellt oder was auch sonst immer an diesem Tag noch getan oder repariert werden muss; wenn sie mit dem Gedanken zu Bett geht, dass ihre größte Leistung des Tages war, die Kinder nicht angeschrien, sich mit ihren Kollegen nicht gestritten oder sich von ihrem Mann getrennt zu haben ...

Wenn Kontrollfreaks das tun, dann ja – dann war ich eine.

Bram, Word-Dokument

Rog Osborne und ich rissen gern Witze, dass es in der Trinity Avenue wie bei den Pink Ladies und den T-Birds zuging, alles strikt nach Geschlechtern getrennt. (Die Kinder blieben natürlich bei den Frauen, außer den Pink Ladies passte etwas anderes in den Kram.)

Fi war durch und durch Sandy: blond und gesund und fleißig. Auf eine süße, altmodische Art moralisch. Sämtliche Aufgaben bewältigte sie spielend leicht. Ich hingegen hatte als ihr Danny versagt, lange bevor wir uns trennten, lange bevor ich meinen eigenen augenöffnenden »*Grease*-Moment« hinter dem Steuer hatte und uns alle ins Fegefeuer stürzte.

»Fionas Geschichte« > 01:13:01

Es ist nicht so, als hätte ich Polly angelogen – ich hatte wirklich nie die Absicht, mich auf jemand Neuen einzulassen. Ich war ein gebranntes Kind, hatte wichtigere Dinge, über die ich nachdenken musste, und weiß der Himmel was sonst noch. Aber wie sich herausstellte, sind hehre Absichten wechselhafter, als man denken mag, und obwohl es der Wahrheit entsprach, dass ich keine Lust auf den Sündenpfuhl des Online-Datings hatte, verspürte ich doch gelegentlich sexuelles Verlangen – immerhin bin ich auch nur eine Frau, habe ein Herz und andere Körperteile.

Ich lernte Toby auf die altmodische Art kennen, in der Bar in unserem Restaurant um die Ecke, dem La Mouette, wo mich Alison einlud, mit ihr auf meine neue Freitagabend-Verfügbarkeit anzustoßen. Wir waren beide überrascht, dass es seit unserem letzten Besuch hier viel lebhafter zuging und sie nun einen Türsteher brauchten.

Weder mir noch dem Mann, der neben mir am Tresen wartete, gelang es, die Aufmerksamkeit des Barkeepers auf uns zu ziehen.

»Ich habe früher selbst ab und an hinter der Bar gearbeitet«, sagte er zu mir, »vielleicht sollte ich ihm meine Hilfe anbieten.«

»Wären Sie eine Frau über vierzig, hätten Sie sich längst ans Warten gewöhnt«, erwiderte ich. Meine Worte waren nicht als Flirt gedacht, doch er grinste mich zustimmend an.

»Diese Bar ist verrückt.« Er hatte graue Augen und dunkle Brauen, vom Typ her unkompliziert, ungefähr so viele Jahre jünger als ich, wie Bram älter war (es war unmöglich, keine Vergleiche anzustellen, sosehr ich es auch versuchte), und mein Eindruck war, dass mein Gegenüber keine Angst hatte, direkt zu sein, wenn es darauf ankam.

»Nicht so schlimm wie im Two Brewers«, erklärte ich, und dann, bei seinem fragenden Stirnrunzeln: »Das Pub am anderen Ende der Hauptstraße. Sie wohnen wohl nicht hier in der Gegend?«

»Nein, Alder Rise ist ein bisschen zu schick für meinen Geschmack.«

»Schick? Bei Ihnen klingt es fast wie Beverly Hills.« So tief verankert war mein Smalltalk, dass ich fast weitergemacht hätte, als hätte ich ihn nicht sagen gehört, dass er nicht von hier war: *So, wie die Immobilienpreise stiegen, könnte es genauso gut Beverly Hills sein. Ist es nicht schrecklich, dass wir plötzlich alle Millionäre sind? Die Menschen verstehen nicht, wie gefangen wir uns fühlen! Noch dazu gibt es auf einmal so viele Verbrechen. Wird das Auswirkungen auf die Häuserpreise haben, was denken Sie?*

Doch ich fing mich gerade noch einmal, und er überging das Thema Immobilien gänzlich und fragte stattdessen: »Mit Ihrem Mann hier, oder?«

»Nein. Wir lassen uns scheiden.« Ich war gewöhn-dich-lieber-dran-beschwingt. »Und Sie?«

»Hab ich längst hinter mir. Ist schon ein paar Jahre her.«

So weit, so abgekürzt. Aber die Art, wie er mich ansah, war eindringlich und kompromisslos. (Sah Bram andere Frauen neuerdings auf dieselbe Weise an? Vielleicht sogar schon davor …? *Hör auf!*)

»Wo steckt er denn jetzt?«, fragte er. »Ihr Ex?«

»Immer noch in der Gegend. Im Grunde teilen wir uns ein Haus. Wir haben zwei Söhne.«

»Sie haben sich also getrennt, wohnen aber noch zusammen? Wie funktioniert das?«

Ich zuckte mit den Schultern. »Es ist ein ungewöhnliches Konzept. Ich gehe lieber nicht ins Detail.«

»Doch, das interessiert mich.«

»Das müssen Sie nicht sagen. Die Kinder anderer Leute, gibt es denn etwas *weniger* Interessantes? Oh, zwei Mojitos, bitte!« Als ich mich vom Barkeeper wieder abwandte, hatte mein neuer Freund sein Handy gezückt.

»Warum rufe ich Sie nicht irgendwann mal an.« Das war keine Frage. Und in gewisser Hinsicht war das der Grund, der bei mir den jähen Schwindel der Begierde entfachte – diese Selbstsicherheit, die er ausstrahlte.

Ich gab ihm meine Nummer. »Fi«, fügte ich hinzu.

»Toby.«

Es war nicht merkwürdig. Es fühlte sich natürlich an, weshalb ich auch nicht dagegen ankämpfte.

Als ich mit den Cocktails zu unserem Tisch zurückkehrte, lachte Alison.

»Nun, du hast wirklich einen Typ Mann«, sagte sie.

»Wir haben uns nur unterhalten, Al.«

»Aber er hat deine Nummer!«

»Das werde ich weder bestätigen noch dementieren«, erwiderte ich. »Und du könntest nicht falscher liegen, was meinen Typ Mann betrifft. Dieser Typ ist easy und unkompliziert.«

»So ist jeder, wenn du gerade mal zwei Minuten mit ihm gesprochen hast«, sagte sie. »Bram war es früher wahrscheinlich auch mal.«

»Bram war *nie* unkompliziert«, widersprach ich. »Apropos, neulich Abend hat er sich irgendwie komisch aufgeführt. Siehst du an seinen Tagen im Haus viel von ihm?«

»Nein.« Sie verzog das Gesicht. »Du weißt, wie die Wochenenden sind.«

Bemerkungen wie diese versetzten mir einen Stich: Ich war an den Wochenenden nicht mehr zu Hause, zumindest nicht bis Sonntagnachmittag, da wir uns entschieden hatten, die Dinge anders als andere Menschen zu regeln. Ja, unsere Freunde unterstützten uns, aber das Ganze hatte etwas von einem Theaterstück, als würden sie uns vom Park aus zusehen und halb mit unserem Scheitern rechnen.

»Startschwierigkeiten mit dem Nestmodell?«, vermutete sie wie aufs Stichwort.

»Ich glaube nicht, dass es damit zu tun hat. Ich weiß nicht, was es war.«

Wir sahen uns an, und ich spürte, was als Nächstes folgen würde.

»Okay, hör mal, wir haben noch überhaupt nicht richtig besprochen, wie das funktionieren soll.«

Während ich ihr zusah, wie sie ihren Cocktail mit dem Strohhalm umrührte, hoffte ich insgeheim, dass Bram, wenn er dran war, nicht trank.

Hör auf, über ihn nachzudenken!

»Zum Beispiel: Kann ich euch beide zur selben Feier einladen? Ich meine, ich wäre nicht so unsensibel«, fügte sie hastig hinzu, »aber was ist mit Dingen, zu denen ich euch beide schon eingeladen habe?«

»Alison«, sagte ich. »Das habe ich dir doch schon erklärt ... Du musst keine Seite wählen. Du kannst einladen, wen auch immer zu willst, zu was auch immer du willst, und ich werde allen Beteiligten mit größtmöglicher Höflichkeit begegnen.«

»Es tut mir leid, aber *niemand* ist so versöhnlich«, sagte sie.

»Ich bin nicht versöhnlich, ich gebe nur mein Bestes, den Einfluss zu kontrollieren, den Ereignisse auf mich haben. Wenn ich Veränderungen in meinem Leben vornehmen muss, dann werde ich verdammt noch mal nicht zulassen, dass jemand anderer als ich diese Entscheidungen trifft.«

Meine Augen glitten zu Toby, der immer noch allein an der Bar stand, nun aber im Besitz eines Getränks. Vielleicht war er zu früh dran für eine Verabredung zum Essen – dann aber war es ihre Wahl gewesen, immerhin war er fremd in Alder Rise. Ein Online-Date, zweifellos. Als spürte er mein Interesse, drehte er sich langsam um, doch sein wandernder Blick bemerkte mich nicht, bevor er sich wieder auf sein Getränk senkte.

Bram, Word-Dokument

Am Sonntagmorgen war ich mit den Kindern auf dem Wochenmarkt, da sah ich Wendy zum ersten Mal. Es war neun Tage nach dem Vorfall in der Silver Road, und weder meine häufigen Online-Checks in einem Internetcafé noch die vielen Lokalblätter, die im Zug zurückgelassen werden, hatten weitere Neuigkeiten über die Opfer preisgegeben. Ich funktionierte weiterhin in einem Zustand höchster Anspannung. Während ich die Marktstände mit Käse und Honig und Wildschweinburgern betrachtete, kam es mir vor, als hätte ich nie zuvor ein solches Spektakel gesehen, als sei ich meiner Zugehörigkeit zur Mittelschicht beraubt worden. Meiner Staatsangehörigkeit.

An diesem Tag habe ich kein Auge auf sie geworfen. Ich war in einem anderen Modus (dem Vater-Modus, bei dem ich versuchte, mich normal aufzuführen, mich normal zu fühlen, während ich verstohlene Blicke hinter mich auf den Streifenwagen am Bordstein warf), aber mir fiel auf, dass ich ihr auffiel. Fi pflegte früher zu sagen, ein Großteil der Anziehungskraft bestünde schlicht und ergreifend darin, darauf aufmerksam gemacht zu werden, dass die andere Person an einem Interesse hat und dass wir uns tief in unserem Innersten kaum von unserem Teenager-Ich weiterentwickelt haben, geschmeichelt vom ersten Kopf, der sich in unsere Richtung dreht. Mit anderen Worten: Wir nehmen jeden, der uns nimmt. Was natürlich stimmt. Diese Frau war interessiert, und wäre sie mir zwei Wochen zuvor über den Weg gelaufen, dann wäre ich vielleicht auch interessiert gewesen.

Als ich nach zehn Minuten in der Schlange für hausgemachte Fudges mit Knisterbrause im Innern wieder hinsah, war sie verschwunden. Anschließend ging es nur noch darum, welche Explosion im Mund am gewaltigsten war und ob ein Stück für

Rocky aufgehoben werden sollte, den Hund der Osbornes, oder ob das Tierquälerei sei, und wenn es Tierquälerei war, bedeutete das dann nicht, dass es auch Menschenquälerei sei, denn Mrs Carver hatte in der dritten Klasse gesagt, dass Menschen ebenfalls Tiere seien, und vielleicht sollten sie die Polizei rufen und Dad verhaften lassen.

»Du musst die 999 wählen«, sagte Harry.

»Nein, 101, wenn es kein Notfall ist«, verbesserte Leo ihn in einem Tonfall moralischer Überlegenheit, den er bei seinem Bruder häufig anschlug.

»Aber es *ist* ein Notfall. Jemand könnte daran *ersticken*!« Jetzt begann Harry im Sprechgesang zu rufen – »Dad kommt ins Gefängnis, Dad kommt ins Gefängnis!« –, laut genug, dass Leute sich nach uns umdrehten.

»Mach keine Witze über so etwas«, sagte ich, und es gelang mir ganz passabel, das Ganze lustig zu finden, anstatt mich über den nächsten Mülleimer zu beugen und mein Frühstück zu erbrechen.

»Fionas Geschichte« > 01:18:44

Im Grunde hat es mich nicht interessiert, ob Toby mich anrufen würde oder nicht. Das Gefühl, dass ich womöglich mit ihm schlafen wollte, reichte mir völlig, ein Gefühl, das nur von dem Frohlocken über das Wissen übertroffen wurde, dass ich frei war, tun und lassen zu können, was ich wollte. Ich musste Bram nicht mehr lieben und achten und ehren und ihm treu sein, bis der Tod uns schied.

Laut Polly war ich durch meine Ehe institutionalisiert worden. Ich hatte unter einer Art Stockholm-Syndrom gelitten.

Doch jetzt war ich eine freie Frau – zumindest *glaubte* ich das.

#OpferFiona

@Tracey_Harrisuk: LOL Stockholm-Syndrom!

@crimeaddict @Tracey_Harrisuk: Sie ist nicht frei, wenn sie vor dem Gesetz immer noch verheiratet sind #Nur_so_am_Rand

Bram, Word-Dokument

Der Dienstag brachte mein sporadisches Treffen mit Rog Osborne im Two Brewers, und ich hastete vom Bahnhof direkt ins Pub, obwohl wir erst in einer Stunde verabredet waren. Allmählich wurde es offensichtlich, dass ich mit der niederdrückenden Last von Schuld und Ungewissheit besser klarkam, wenn ich Zeit allein vermied und meine freien Stunden mit einem Drink in der Hand verbrachte.

Rog schaffte ungefähr die Hälfte an Pints, die ich bestellte, bevor er das Ende des Abends mit der Begründung einläutete, er sei fortgeschrittenen Alters und/oder stehe unter der Fuchtel seiner Frau, und er leerte gerade sein letztes Bier, als ich kurz an ihm vorbeiblickte und sie wieder sah: die Frau vom Markt. Wie schon gesagt, ich hatte ein wenig getrunken und begann, Schlüsse zu ziehen: die Wohnung gehörte heute mir und, Herrgott noch mal, es war elf Tage her seit dem Grauen, und es kostete mich so viel Kraft, bei der Arbeit und bei den Kindern und selbst hier mit Rog den Anschein von Normalität zu wahren, dass ich glaubte, etwas zu verdienen, das mich auf andere Gedanken brachte. (Selbst *ich* würde das Wort »Belohnung« nicht verwenden.)

Sie trug eine Skinny-Jeans und ein sehr enges, rosafarbenes Top. Man konnte den Abdruck ihres BHs sehen, wo der Träger in die Haut schnitt, und die dunklen Flecken unter ihren Armen – es war schwülwarm für Ende September, eher wie Spätsommer. Ihr

Eyeliner war verlaufen, und vielleicht auch ihr Lippenstift. Selbst im Ruhezustand trafen sich ihre Lippen nicht wirklich.

»Was?«, sagte ich, als ich bemerkte, wie Rog mich beäugte.

»Ich sage nichts, mein Freund.« Er zwinkerte mir zu. »Womit ich meine, dass ich Alison nichts sagen werde.«

»Du kannst sagen, was auch immer du willst. Ich bin ein freier Mensch.«

»Bist du das?«

»Yep. Wir dürfen beide andere Leute treffen – das haben wir vereinbart. Nur nicht im Haus.«

»Was dir, Moment mal, fünf Nächte die Woche zum Weiberaufreißen gibt?«

»Du glaubst, das ist so einfach?«

Salvenartiges Gelächter von einer Gruppe Frauen am Tisch neben dem Fenster ersparte mir eine Antwort. Die Frau, auf die ich ein Auge geworfen hatte, gehörte nicht zu diesem Grüppchen – sie war jünger, vielleicht Anfang, Mitte dreißig.

»Oh«, erinnerte sich Rog, »Alison meinte, der Mütter-Buchclub trifft sich hier. Nicht ihrer, die Konkurrenzveranstaltung. Man möchte meinen, sie könnten so etwas zumindest in ihrer Küche machen.«

»Ich weiß. Ist denn heutzutage nichts mehr heilig?«

Es war ein Running Gag unter uns entmannten Ehemännern (und zukünftigen Exmännern): gespielter Chauvinismus der alten Schule. Als Rog sich zum Gehen anschickte und ich meinte, ich würde noch für einen Absacker hierbleiben, grinste er mich in derselben Manier an, als befänden wir uns in den 1950ern, und Jungs seien nun mal Jungs.

Ich durchquerte das Pub zur Theke und kaufte der Frau, ohne sie zu fragen, noch ein Glas von dem Weißwein, den sie gerade trank. Dann suchte ich ihren Blick und hielt ihn gefangen, forsch, aber respektvoll. Zwölf Jahre eheliche Treue (ungeachtet dieser zwei Ausrutscher), und es fühlte sich an, als wäre ich wieder ein Junggeselle von Anfang dreißig. Vielleicht *war* es so einfach – natürlich nur, solange ich nicht über das Grauen nachdachte.

Sie sagte, ihr Name sei Wendy und sie wohne in Beckenham, sei an diesem Abend nach Alder Rise gekommen, um einer Freundin beim Streichen der Küche ihrer neuen Wohnung in der Engleby Close zu helfen.

»Ist sie nicht mitgekommen?«

»Doch. Aber sie ist schon nach Hause gegangen. Es war ein anstrengender Tag.«

»Sie sind also nicht müde?«

»Noch nicht.« Sie gab sich nicht die geringste Mühe, ihr Verlangen zu verbergen, und beugte sich beim Reden näher zu mir. »Waren das Ihre Jungs kürzlich auf dem Wochenmarkt?«

»Ja. Leo und Harry, zwei echte Frechdachse.«

»Ich fand sie ganz süß.«

Sie hatte einen Südlondoner Akzent, mit einem Hauch von »f« bei ihrer Aussprache des »th«, und eine angenehm rauchige Stimme.

»Haben Sie Kinder?«

Sie schob ihren Stuhl ein Stück zurück. »Nein.«

Keine Reaktion meinerseits. Wie dem auch sei, sie war genauso erpicht darauf, die Sache ins Rollen zu bringen, dass wir nach einer halben Stunde Smalltalk das Pub verließen. Auf der Straße hakte sie sich bei mir ein, die erste körperliche Berührung zwischen uns, und es war eine Erleichterung, dass ich selbst im Würgegriff meiner Situation noch wie ein normaler Mensch reagierte.

In jener Nacht war der Mond nicht zu sehen, daran erinnere ich mich.

Als wir die Trinity Avenue erreichten, zog sie an meinem Arm, um in die Straße einzubiegen.

»Warum willst du da lang?«, fragte ich.

»Ich dachte, du hättest gesagt, das wäre deine Straße?«

»Nein, ich wohne in dem Apartmentblock auf der anderen Seite des Parks. In dem weißen Gebäude.«

»Oh, okay.« Sie drängte sich näher an mich, ihr Mund an meinem Ohr. »Dann nach Ihnen, Sir.«

»Wir können durch den Park gehen ... wenn du keine Angst hast, ich könnte dich belästigen.«

Fi würde sagen, ich sollte heutzutage sehr aufpassen, wenn ich solche Witze riss, aber Wendy schien sich nicht daran zu stören. Mir kam der ferne Gedanke, dass ich mir jetzt andere Frauen auswählen durfte, dass es nicht der Typ Alder Rise sein müsste, mit ihren gebildeten, anspruchsvollen, postfeministischen Empfindlichkeiten. Na schön, präfeministisch wäre wohl zu viel verlangt. (Nur ein Scherz!) Der Gedanke ließ einen Schwall Optimismus in mir aufsteigen, einen Moment lang ganz generell, bevor er sich auf den Teil begrenzte, dass ich womöglich mit dieser Sache an jenem Tag davonkommen würde. Innerhalb weniger Stunden hatte ich das »Grauen« erst zu einer »Situation« und dann zu »dieser Sache an jenem Tag« herabgestuft, und das hatte ich diesem letzten Pint oder auch zweien zu verdanken. Und Wendy.

»Tolles Gebäude«, sagte sie, als wir Baby Deco erreichten.

»Erwarte nicht zu viel«, erwiderte ich. »Es ist nur ein kleines Apartment. Ein bisschen wie eine Hausmeisterwohnung.«

»Wow, bei dir klingt es wie das letzte Loch.«

Wir hatten kaum die Tür hinter uns geschlossen, als wir auch schon übereinander herfielen und uns mit unerwarteter Leidenschaft küssten. Sie zerrte an meiner Kleidung und hauchte mir stöhnend zu, was ich mit ihr anstellen sollte, und mir kam kurzzeitig der unflätige Gedanke, dass Frauen anscheinend umso besser dieses Böse-Mädchen-Ding draufhaben, je unattraktiver sie sind, was auch funktionierte – richtig gut funktionierte –, und mir fiel gerade noch rechtzeitig ein, den Roman, den Fi auf dem Nachtisch neben dem Bett liegen gelassen und den ich nachts zuvor durchgeblättert hatte, aus meinem Blickfeld zu schieben, während ich mir vorstellte, wie ihr genau dieselben Sätze durch den Kopf gegangen waren und sie zum Stirnrunzeln gebracht hatten. Die Vorstellung, dass ich das getan hatte, war jetzt unsäglich quälend.

Ja, das hier war lang überfällig.

»Was ist los?«, murmelte Wendy.

»Warum?«

»Du wirkst ein bisschen abgelenkt.«

»Tut mir leid. Lass mich dir zeigen, wie hart ich mich konzentrieren kann.«

Sie lachte. Ich konnte sehen, wie zufrieden sie mit meiner schlagfertigen Antwort war (wenn man es denn so nennen mochte) und dass sie etwas Unvergessliches aus dieser Begegnung machen wollte – und ich spielte mit, denn ich konnte ihr schlecht erklären, dass *ich* nichts weiter wollte, als zu vergessen.

18

»Fionas Geschichte« > 01:19:13

Alison schrieb mir am Mittwochmorgen eine Nachricht, die sie sich vermutlich gut überlegt hatte:

- *Soll ich dir erzählen, wenn ich etwas über Bram gehört habe?*
- *Was für Sachen?*
- *Private.*

Ich zögerte nicht.

- Raus mit der Sprache.
- *Sicher?*
- Ja.
- *Okay. Er hat gestern Abend jemanden mit nach Hause genommen, das glaubt jedenfalls Rog. Eine Frau im Pub, die wir nicht kennen.*

Ich wartete auf das Messer, das sich durch meine Rippe bohren würde, doch es kam nicht, oder zumindest traf es auf Knochen und prallte ab.

- Interessant.
- *Sag ihm nichts, sonst weiß er, woher du es hast.*

Ich dachte an den Mann im La Mouette.

- Du würdest R nicht erzählen, wenn ich jemanden mit nach Hause nehme, oder?
- *Natürlich nicht. Ich bin keine Doppelagentin.*
- Das würde ich dir auch nicht raten, Mata Hari.
- *Die war im Grunde eine Dreifachagentin, zumindest laut den Franzosen.*

So wie ich Alison normalerweise sah, einem Kind Rotze von der Nase wischend oder einem Hund antibiotische Tropfen in die Ohren träufelnd, konnte ich leicht vergessen, wie klug sie war. Ihr Master in Geschichte in Durham, ihre drei Tage die Woche als Dozentin.

- *Sag, wenn du solche Sachen lieber nicht hören willst.*
- Nein, ich will es wissen. Danke.

Alison war eine gute Freundin. Die beste. Wenn ich jetzt über meine Situation nachdenke, erkenne ich, dass ich ohne sie nicht überlebt hätte. Ohne sie und Merle.

Bram, Word-Dokument

Am Morgen, nachdem wir noch einmal Sex hatten, schlüpfte Wendy rasch in ihre Kleidung und nahm mein Angebot auf einen Kaffee an. Sie trank ihn im Stehen, ihr Handy in der anderen Hand – ich ging davon aus, dass sie den Fahrplan checkte. Dies nährte meine Hoffnung, sie würde vor mir das Haus verlassen und so jegliche unangenehme Situation auf ein Minimum reduzieren, dass wir gemeinsam durch Alder Rise spazierten oder sogar zufällig Fi am Bahnhof begegneten. Sie und ich nahmen nämlich auf gegenüberliegenden Bahnsteigen den Zug, und ich konnte mir ihr Gesicht lebhaft vorstellen, wenn sie diese Frau jenseits der Gleise sah, die sich flüsternd und kichernd an mich drückte, unsere Intimität offen zur Schau stellte.

Ich rief mir in Erinnerung, dass ich ein freier Mensch war, genauso, wie ich Rog gesagt hatte.

Frei, solange ich nicht über die Sache nachdachte (immer noch die »Sache«, noch nicht wieder das »Grauen«). Während ich dort an der Küchenarbeitsplatte neben Wendy lehnte, traf mich ein Geistesblitz von solcher Schlichtheit, dass ich kaum glauben konnte, dass er mir nicht schon früher gekommen war: *Denk einfach nicht darüber nach*. Kein Leugnen, sondern vielmehr eine Weigerung. Selektive Amnesie.

»Du siehst auf einmal so glücklich aus«, sagte Wendy amüsiert. Als ich meine benutzte Tasse in die Spüle stellte, fügte sie sehr beiläufig an: »Du hast keine Ahnung, oder?«

»Keine Ahnung wovon?«, fragte ich.

»Dass ich dich gesehen habe.«

»Was, auf dem Markt? Natürlich weiß ich das. Wir haben doch gestern Abend darüber gesprochen, schon vergessen? Wie sich unsere Augen über den selbstgemachten Scotch Eggs getroffen haben.« Ich wunderte mich über meine eigene Heiterkeit.

»Nicht dort«, sagte sie und beobachtete mich eindringlich. »In der Silver Road.«

Mir wurde jäh eiskalt, als wäre ich im Dezember über Bord in den Atlantik gestoßen worden. »Was hast du gerade gesagt?«

»Ich sagte, in der Silver Road.« Ihr Blick über dem Rand ihrer Kaffeetasse war verschlagen und emotionslos. »Ich habe den Unfall gesehen, Bram.«

»Welchen Unfall?« Es war ein echtes Wunder, dass meine Worte immer noch verständlich waren, während sich meine inneren Organe zusammenballten.

»Komm schon, lass den Scheiß. Sie liegen immer noch auf der Intensivstation. Ich bin sicher, du verfolgst die Nachrichten und hast von den polizeilichen Ermittlungen gehört.« Dann, im selben Plauderton, so beiläufig, dass es geradezu bedrohlich klang: »Da war sogar ein Detective, als ich einen kurzen Abstecher ins Krankenhaus gemacht habe, aber ich glaube nicht, dass sie befragt werden konnten. Beide hängen am Beatmungsgerät«, fügte sie hinzu, und die Unaufrichtigkeit in ihrem Stirnrunzeln war offenkundig. Sie grenzte regelrecht an Frohlocken.

Während ich mich nur sehr langsam von dem Schock erholte, klang ich töricht, als ich sie fragte: »Ich dachte, du wohnst in Beckenham?«

»Das tue ich auch. Ich war bei meiner Cousine zu Besuch. Sie wohnt auf halber Höhe der Silver Road. Ihr Wohnzimmerfenster geht direkt zur Straße raus, also hatte ich einen erstklassigen Logenplatz.«

Da war das Gefühl von Piranhas, die in meinen atlantischen Untiefen übereinander herfielen. Nur mit allerletzter Gewalt schaffte ich es, mich nicht zu krümmen und in die Knie zu gehen. »Und du hast angenommen, eine Art Zwischenfall beobachtet zu haben?«

Sie kicherte. »Nette Formulierung. Na schön, ich habe ›angenommen‹, ein schrecklich lautes Beschleunigen gehört zu haben, und habe aus dem Fenster geschaut und ›angenommen‹, zwei Autos gesehen zu haben, die sich ein Rennen liefern, und dann einen Fiat, der in einen geparkten Wagen rast und in ein Haus knallt. Dann habe ich ›angenommen‹, dich in einem Audi habe wegfahren zu sehen. Ein schwarzer A3. Das ganze Nummernschild konnte ich mir nicht merken, aber ich habe die ersten paar Buchstaben.« Sie drehte sich um, um mich von der Seite zu betrachten. »Du bist ein gut aussehender Typ, Bram. Ich bin ziemlich sicher, dass ich dein Profil bei einer Gegenüberstellung wiedererkennen würde.«

Stille senkte sich zwischen uns, während der ich mich abmühte, meine eigenen Gedanken über das Hämmern meines Herzens zu hören. »Es ist unmöglich, dass du jemanden aus der Ferne, so wie du es eben beschrieben hast, wiedererkennen könntest«, sagte ich schließlich, aber ich saß wirklich und wahrhaftig in der Falle. War sie mir an jenem Abend bis nach Hause gefolgt? Hatte sie sich mein Gesicht eingeprägt, als ich aus dem Auto gestiegen und zur Haustür gehuscht war? Fotos geschossen wie eine Stalkerin? Ganz offensichtlich war unser Treffen im Pub kein Zufall gewesen. Die Freundin in der Engleby Close, bei der sie angeblich gewesen war – existierte die überhaupt? »Deine Cousine in der Silver Road – hat sie es auch beobachtet?«

»Nein, sie war in einem anderen Zimmer. Keine Sorge, ich habe ihr nicht erzählt, dass ich dich gesehen habe.«

Keine Sorge? »Warum bist du im Krankenhaus gewesen?«

»Reines Interesse. Du weißt, wie das ist ... man wird regelrecht angezogen.«

So wie es mir ergangen war. »Hast du ... Hast du mit dem Detective dort gesprochen?«

Wenn ja, dann hatte es eine Verzögerung bei meiner Verhaftung gegeben, höchstwahrscheinlich weil der Wagen auf die Trinity Avenue zugelassen war. Die Polizei hatte vielleicht dort geklingelt, als niemand zu Hause war. Auf einmal hatte ich das sehr deutliche Bild vor Augen, wie ich floh, die Wohnung jetzt sofort überstürzt verließ und nach Heathrow hastete.

Als sie den Kopf schüttelte, entspannte ich mich einen kurzen Moment und beschwor den alten Draufgänger Bram herauf. »Nun, Wendy, dann hört es sich für mich so an, als hätten wir uns desselben Vergehens schuldig gemacht. Keiner von uns hat etwas zur Anzeige gebracht, von dem wir wissen, dass wir es wohl lieber hätten tun sollen.«

Unvermittelt wurden ihre Gesichtszüge härter. »Oh, ich glaube nicht, dass wir uns desselben Vergehens schuldig gemacht haben, Bram. Es war nicht *mein* gefährliches Rasen, aufgrund dessen zwei Menschen auf lebenserhaltende Maßnahmen angewiesen sind.«

Ihre Worte prasselten so brutal wie ein Steinschlag auf mich herab, und dennoch war sie sehr gelassen, fast schon unnatürlich ruhig. Wenn sie wirklich glaubte, ich wäre zu einem Amoklauf wie eben beschrieben fähig, warum fürchtete sie sich dann nicht, ich könnte mich hier auf sie stürzen? Sie muss jemandem die Adresse geschrieben haben, dachte ich.

Ich spürte, wie wilde, immer brennendere Wut meine Angst ersetzte, einen gefährlichen Anstieg meiner Körpertemperatur. »Da du dir so sicher zu sein scheinst, was passiert ist, warum suchst du dann nicht den anderen Fahrer, den Scheißkerl, der den Unfall *wirklich* verursacht hat?«

»Oh, jetzt mach mal halblang«, erwiderte sie. »*Du* warst derjenige auf der falschen Straßenseite.«

»Nur weil er mich nicht wieder hinter sich hat einscheren lassen! Wäre der Fiat nicht ausgewichen, dann wären wir frontal zusammengeprallt und jetzt alle tot!«

»Du hättest ihn nicht überholen sollen. Du bist mit überhöhter Geschwindigkeit gefahren, als du an ihm vorbeiziehen wolltest – *das* kannst du nicht abstreiten.«

Ich schwieg.

»Du *hast* den Unfall also verursacht? Komm schon, Bram. Ich habe es gesehen.«

»Natürlich habe ich das, verdammt noch mal! Ich habe dir aber gesagt, dass ich keine Wahl hatte. *Seinet*wegen.« Es war ein Schuldeingeständnis, und ich beeilte mich, es mit einem Anflug überzogener Aggression zu kaschieren: »Ich würde gern wissen, warum du ihn nicht suchst und mit diesem Scheiß überfällst, zehn Minuten nachdem du aus seinem Bett gestiegen bist?«

»Vielleicht werde ich das noch tun«, erwiderte sie in aller Liebenswürdigkeit und stellte ihre Kaffeetasse ab.

Werde, fiel mir auf, nicht *schon getan*. Es war schön und gut, die Behauptung aufzustellen, dass der Toyotafahrer und ich gleichermaßen schuldig sind, aber ich war derjenige, dessen Auto in den Zeitungsberichten mehr oder weniger identifiziert worden war.

Es war offensichtlich, dass sie mich auf einen Erpressungsversuch vorbereitete.

Sie trat um mich herum und griff nach ihrer Jacke, ein billiges Jeansteil, das sie nachts zuvor auf einen Sessel geschleudert hatte. Ich erinnerte mich an das schmerzhafte Saugen ihres Mundes auf meinem. »Deshalb dachte ich, wir kämen vielleicht ins Geschäft«, sagte sie.

Genau wie ich vermutet hatte. »Nun, es tut mir leid, dich enttäuschen zu müssen, Wendy, aber ich habe kein Geld, mit dem ich Geschäfte machen könnte. Im Ernst, ich bin pleite. Ich kann dir meinen letzten Kontoauszug zeigen, wenn du willst.«

Sie schüttelte den Kopf, ein grimmiges Lächeln auf den Lippen. »Komm schon ... du besitzt dieses große Haus in der Trinity Avenue.«

Da erinnerte ich mich, wie sie mich am Vorabend in die Richtung gezogen hatte. Sie musste mir am Tag des Unfalls gefolgt sein.

Ich hatte es nicht hinterfragt, sondern nur daran gedacht, sie ins Bett zu bekommen. In dem Glauben, sie sei genau die richtige, unverbindliche Gesellschaft, die ich in dieser Nacht bräuchte.

Ungerührt fuhr sie fort: »Und du kannst dir auch noch diese Wohnung leisten. Das sind zwei Immobilien in dieser Luxusgegend. Du bist ganz sicher flüssig.«

»Bin ich nicht, das musst du mir glauben. Ich lebe in Scheidung.« Was streng genommen nicht stimmte – noch nicht –, aber spielte das eine Rolle?

»Selbst wenn.« In einer plötzlichen Bewegung legte sie ihre warmen Finger auf mein Handgelenk, und ich zuckte erschrocken zusammen.

»Fass mich nicht an!«

»Hey, sei doch nicht so!« Sie zog ihre Hand zurück, strich sich stattdessen die Haare glatt und berührte ihren Mund, als hätte sie alle Zeit der Welt, um meinen Launen mit Nachsicht zu begegnen. »Da wir eine Weile miteinander zu tun haben werden, könnten wir doch auch ein wenig Spaß dabei haben. Ich habe die letzte Nacht wirklich genossen. Ich dachte, du auch.«

Ich war sprachlos. Wenn sie es von Anfang an allein auf Geld abgesehen hatte, verstand ich nicht, warum sie mit mir hatte schlafen müssen. Es gab keinen Grund, mich in eine Sexfalle zu locken, sie hätte mir ihre feige Nachricht genauso gut im Pub überbringen können. »Ich will, dass du jetzt verschwindest, Wendy. Ist das überhaupt dein richtiger Name?«

»Wow, du bist vielleicht paranoid!«

»Wie ist der Name der Firma, für die du arbeitest? Du meintest, es sei eine Gebäudereinigung? In welcher Abteilung bist du?«

»Warum?« Sie lachte. »Willst du dich bei meinem Chef beschweren?«

Sie wusste ganz genau, dass ich mich bei niemandem beschweren konnte. Ich konnte keiner Menschenseele auch nur ein Sterbenswörtchen über diese dreckige kleine Episode erzählen.

»Wirst du ihm sagen, dass ich ein Verbrechen nicht angezeigt habe?«, verhöhnte sie mich. »Vielleicht habe ich erst erkannt, wie ernst die Sache ist, als ich in der Zeitung davon gelesen habe? Vielleicht ist meine Erinnerung an die Fahrerflucht erst wieder geweckt worden, als ich dich vergangene Nacht im Pub gesehen habe?«

»Es war keine Fahrerflucht«, fauchte ich.

»So gut wie. Oder besser gesagt, so *schlimm*.«

»Nein, es war ein Unfall, das ist alles.«

Das ist alles. Die Worte erschreckten uns beide, und es folgte eine Pause, ein Moment ungeteilter Ehrlichkeit, vielleicht sogar Schmach.

»Wer auch immer du bist«, sagte ich, »und was auch immer du irrtümlich glaubst gesehen zu haben, du hast den falschen Mann. Nimm bitte nie wieder Kontakt zu mir auf.«

Jegliches Selbstvertrauen, das ich aus dieser mitreißenden, kleinen Rede gewonnen oder zum Ausdruck gebracht hatte, währte nicht lang, denn der Blick, den sie mir im Gehen zuwarf, war voll übertriebenem Bedauern. »Tut mir leid, Bram, so einfach kommst du aus der Nummer nicht raus.«

19

»Fionas Geschichte« > 01:20:33

Stimmte es mich nostalgisch, von seinem Verhältnis mit einer neuen Frau zu hören, weil es mich daran erinnerte, wie es am Anfang zwischen *uns* gewesen war?

Sie müssen entschuldigen, aber darüber würde ich jetzt lieber nicht nachdenken, über dieses »Vorher«. Vor den Jungen, vor dem Haus, vor unserem Leben in Alder Rise. Der Teil, bei dem man sich verliebt und angeblich sein Herz verliert, obwohl niemand wirklich irgendetwas *verliert*, nicht wahr? In Wirklichkeit ist es doch so: Die eine Hälfte von uns sucht, wühlt, *packt zu*, die andere bleibt einfach wie erstarrt stehen und ergibt sich.

Ich behaupte das als die Realistin, die ich bin, doch dann steigt ein Bild in mir hoch, bevor ich es zurückhalten kann, ein Bild, das sich jeglichem Zynismus widersetzt und mir einreden will, dass wir die Ausnahme waren: wir zwei in einer überfüllten Bar im West End – unser erstes Date –, zu fasziniert voneinander, als dass unsere Blicke zu den Hunderten anderer Gesichter gewandert wären; oder die Luftaufnahme eines Autos, das durch die smaragdgrüne Landschaft Englands rast – unser erster gemeinsamer Urlaub –, zu schnell und dennoch nie schnell genug. Bitte ersparen Sie es mir, auf die Ironie hinzuweisen, auf den Umstand, dass es der Rausch der Geschwindigkeit war, dem ich verfiel, dass seine Wirkung auf mich einer Kollision gleichkam.

Es gibt ein weiteres Bild aus den Anfängen, ein schmerzhafteres: eine Frauengestalt, Räder schlagend am kalifornischen Strand, ihre langen Haare berühren den Sand. Eine Frischvermählte, die Hochzeit kein Jahr nach dem ersten Kennenlernen, kommt wieder zum Stehen und bemerkt, wie ihr Ehemann sein Hemd aufknöpft, den Blick starr aufs Meer gerichtet, als wollte er schwimmen und immer weiter schwimmen, wobei er sein Eheversprechen wie seine Kleidung hinter sich am Ufer zurücklässt.

Im Grunde war es verrückt, jemals auch nur angenommen zu haben, dass eine Frau und Kinder für einen Mann wie Bram etwas anderes als Ketten bedeuten könnten.

Bram, Word-Dokument

Heute Nachmittag stand ich kurz davor. Ich hätte es fast getan, obwohl ich mit meiner Geschichte kaum angefangen habe, und ich hatte mir geschworen, sie von vorn bis hinten zu erzählen, bevor ich handle. Aber man vergisst, wie Musik einen aus heiterem Himmel packen kann, denn die Radiosender lieben ihre nostalgischen Oldies, und es besteht immer die Gefahr von Liedern, die Erinnerungen wecken, die man nicht geweckt haben will. »Unsere« Lieder, wo es kein »unser« mehr gibt. Und sie haben dieses Lied gespielt, »Big Sur«, ein Hit, als Fi und ich uns kennenlernten. Vielleicht wurde es auf unserer Hochzeit gespielt, ich erinnere mich nicht, aber wir verbrachten unsere Flitterwochen in Kalifornien und fuhren zum Big Sur, um die weltbekannte Küste mit eigenen Augen zu sehen. Als ich das Lied hörte, konnte ich mich so klar und deutlich am Rand der Klippen sehen, mit dem Pazifik, der monströs und heulend unter uns lag, um eine Million Mal den Schmerz der Vergangenheit zu überspülen. Und ich dachte mir, wenn schon alles völlig bedeutungslos ist, warum sich überhaupt die Mühe geben, meinen Bericht zu hinterlassen? Warum nicht in mein erbärmliches, kleines Zimmer zurückgehen und mein Leben hier und jetzt beenden, um meine Version der Geschehnisse mit ins Grab zu nehmen? Während ich hier sitze, spüre ich, wie meine Zehen in meinen Schuhen zucken, ich spüre, wie meine Fußballen nach vorne wippen.

Spring, Bram.

20

Freitag, 13. Januar 2017

London, 14:00 Uhr

Lucy Vaughans Gatte David ist ein kräftiger, blasser Mann von ungefähr vierzig, dessen Führungsstärke sich in dem Moment zeigt, als er das Haus betritt, mit einer Aura des *Besitzanspruchs*. Kaum hat er Merle davon abgebracht, die Polizei zu holen, tätigt er die Anrufe, von denen er offenkundig der Meinung ist, Lucy hätte sie in der Sekunde tätigen müssen, als klar wurde, dass Vorwürfe einer rechtlichen – und möglicherweise finanziellen – Katastrophe im Raum standen. Sollte es ihn ärgern, dass weder seine Anwältin noch der Immobilienmakler unverzüglich zu sprechen sind, lässt er es sich nicht anmerken. Kollegen von beiden stimmen in die »seltsame Missverständnis«-Theorie ein, berichtet er, und versprechen schnellstmögliche Rückrufe.

»Nun, das sind sonderbare Umstände, unter denen wir uns kennenlernen«, sagt er zu Fi. Obwohl seine Worte selbstbewusst klingen, beäugt er Fi voll Ratlosigkeit, fast Argwohn.

»Ja«, erwidert sie ernst. Es ist erstaunlich, wie Merles Gegenwart ihr den Rücken stärkt.

»Mrs Lawson hat sich jetzt ein bisschen beruhigt«, erklärt ihm Lucy, als wollte sie Fis schlechte Manieren entschuldigen. »Es gab einen Schreckensmoment wegen des Verbleibs ihrer

Söhne, aber wir haben eben herausgefunden, dass es ihnen gutgeht.«

Das also ist die Arbeitshypothese: Es ist Fis Interpretation der Ereignisse, die falsch ist, es sind nicht die Ereignisse selbst. Sie ist nicht auf dem Laufenden, was die Vereinbarungen betrifft, sie ist verwirrt. So wie es sich bei den Jungen herausgestellt hat, wird es auch mit dem Haus sein – und Bram ist nicht hier, um sie zu unterstützen.

Doch Merle ist da. »Bram hätte Fi Bescheid geben müssen, dass er die Jungs aus der Schule nimmt«, sagt sie. »*Jede* Mutter würde bei so etwas einen Nervenzusammenbruch kriegen.« Sie wirft Lucy einen strengen Blick zu, als sollte sie sich gründlich schämen. »Ich schätze, Sie haben keine Kinder?«

»Noch nicht«, sagt Lucy.

»Glauben Sie mir, es gibt nichts Schrecklicheres als den Gedanken, sie könnten verschwunden sein. Nun gut, ich bin sicher, Fi ist sehr dankbar für Ihre Hilfe beim Aufspüren der Jungen, aber wie es scheint, haben wir es hier mit einem weiteren Rätsel zu tun?« Sie glüht förmlich vor Intensität, war noch nie charismatischer als jetzt, und Lucy blickt sie gebannt an. »Sie verstehen gewiss, dass Fi Ihren Anspruch in Bezug auf das Haus anficht und möchte, dass Sie jetzt gehen. Mein Vorschlag ist, dass Sie genau das tun, während wir Bram und sämtliche Unterlagen suchen, die beweisen, dass er und Fi die rechtmäßigen Besitzer sind, und dann können wir ein Treffen anberaumen, um alles offiziell zu besprechen ... vielleicht am Montag im Büro Ihres Anwalts? Was Ihre ...«

»Augenblick mal«, fällt David ihr scharf ins Wort und bricht den Bann. »Wir gehen nirgends hin. Dieses Haus wurde uns verkauft, da ging alles mit rechten Dingen zu.«

»Ich schätze, Sie werden erkennen, dass dem nicht so ist«, erwidert Merle.

»Und dennoch haben wir sämtliche Nachweise, dass der Abschluss heute Morgen stattgefunden hat.« Er wedelt mit seinem Handy und beginnt, nach den relevanten E-Mails zu scrollen, genau wie Lucy zuvor.

»Die müssen fingiert sein«, sagt Merle, genau wie Fi vorhin. »Klicken Sie auf keinen Link, ja? Es könnten Trojaner sein.«

»Trojaner? Wovon zum Teufel reden Sie da nur? Hören Sie ...« Als David ihr sein Handy reicht, prüft Merle den Bildschirm voller Skepsis, bevor sie es an Fi weiterreicht. Zwei der Nachrichten sind die von Bennett, Stafford & Co., die Lucy ihr bereits gezeigt hat, und eine dritte stammt von einem weiteren Immobilienanwalt, Graham Jenson von Dixon Boyle & Co. im Crystal Palace, der den Zahlungseingang auf Emma Gilchrists Mandantenkonto bestätigt. Die E-Mail ist auf den 13. Januar datiert und wurde kurz vor elf verschickt.

»Dixon Boyle ist die Anwaltskanzlei der Lawsons«, erklärt David Merle, und ein Brennen lodert in Fis Brust auf.

Merle hingegen bleibt vollkommen ruhig. »Die Lawsons in Anführungszeichen«, berichtigt sie ihn. »Und ich sehe keinen Beweis für die Besitzübertragung.« Ihr Auftreten ist professionell, als würde das Treffen für offizielle Zwecke mitgeschnitten werden und dabei jede Behauptung von David, die sie nicht widerlegen kann, als Tatsache ins Protokoll aufgenommen.

»Das läuft alles digital«, sagt David. »Vielleicht wäre es hilfreich, wenn Sie sich Ihren Kontostand ansehen?«, schlägt er Fi vor.

»Wenn sie nichts von dem Verkauf weiß, wird sie wohl kaum das Geld erhalten haben«, zeigt Merle auf, fast schon verächtlich.

»Natürlich, aber nur für alle Fälle. Wir würden wissen, dass die Transaktion definitiv stattgefunden hat, selbst wenn sie es ...« Er zögert.

Vergessen hat, meint er. Dieser akute Anfall von Amnesie,

unter dem sie leidet. Aber wenn sie eine ungewöhnlich hohe Einzahlung zwischen den Abbuchungen für Zugtickets und Lebensmitteleinkäufen und Schuhen für die Schule sieht, wird es ihr wie Schuppen von den Augen fallen: *O ja, ich habe das Zuhause meiner Kinder* doch *verkauft*.

Ein iPad wird herbeigezaubert, die Website ihrer Bank gefunden, und ihr bleibt nichts weiter zu tun, als sich an ihre Kontonummer und die PIN zu erinnern. Schließlich, während David sich immer näher an sie heranpirscht, überwindet sie das Sicherheitsverfahren.

»Ist es da?«

»Nein.« Ihr eigenes Konto und das gemeinsame mit Bram sind beide unberührt.

»Er hat auch selbst ein Konto, oder?«, beharrt David.

»Ja, aber für das kenne ich die PIN nicht. Und sein Handy ist außer Betrieb.«

Merle nimmt einen neuen Anlauf, das Kommando an sich zu reißen. »Wie ich schon seit meinem Eintreffen sage, müssen wir die Polizei alarmieren. Wenn Brams Handy nicht erreichbar ist, muss etwas passiert sein.«

»Ein Handy kann aus den unterschiedlichsten Gründen ausgeschaltet sein«, entgegnet David.

»Ja.« Merles Blick wandert zwischen den Vaughans und Fi hin und her. »Aber da *Mrs* Lawson nichts von alledem weiß, halten Sie es dann nicht für möglich, dass es *Mr* Lawson ähnlich ergeht? Vielleicht ist seine Identität von Gangstern gestohlen worden, Fi. Vielleicht war er ihnen irgendwie auf der Spur und sie haben, keine Ahnung, Rache geübt.«

»Gangster?«, wiederholt Fi, und ein noch tieferer, neuer Schock überfällt sie. »Rache?«

»Ja, er könnte entführt worden sein oder so was. Vielleicht

wusste er, dass er in Gefahr schwebt, und deshalb hat er es so eingefädelt, dass die Jungs bei seiner Mutter sind, während du weg bist? Vielleicht hat er die Polizei bereits verständigt, und du bist in einer Art Schutzprogramm, ohne es zu wissen?«

»Das klingt alles ein bisschen sehr melodramatisch«, erwidert David. »Man kann nicht einfach herumspazieren und sich als jemand anderer ausgeben, um dessen Immobilien zu verkaufen. Man braucht Personalausweise, Geburtsurkunden, hieb- und stichfeste Beweise, dass man der Eigentümer ist. Überweisungen dieser Größenordnung werden wegen Geldwäsche überprüft – es gibt alle möglichen Hürden zu überwinden. Ich weiß das, weil wir das gerade hinter uns haben.«

»Trotzdem fällt mir keine bessere Erklärung ein«, sagt Merle. »Ihnen etwa?«

Es folgt ein tiefes Schweigen im Raum, ein kollektives Luftanhalten. Fi spürt, wie sich ihr Gesicht verkrampft, während sie sich abmüht, nicht in Tränen auszubrechen.

»Wenn Sie recht haben, dann ist es entsetzlich«, sagt Lucy schließlich.

»Es *ist* entsetzlich«, stimmt Merle ihr zu. Sie dreht sich zu Fi mit einer Miene, die besagt, dass es allein Fi ist, die zählt, auch wenn die Vaughans womöglich einen interessanten Beitrag leisten können. »Wenn du meine Meinung hören willst, Fi, sollten wir bei der Polizei einen Identitätsdiebstahl melden.«

Fi nickt.

»Wir müssen Bram als vermisst melden. Als vermisst und in Gefahr.«

Genf, 15:00 Uhr

Als er das Restaurant verlässt – der Wein hat nicht geholfen, sein aufgewühltes Nervenkostüm zu beruhigen –, erschrickt er beim Anblick eines Mannes, der neben dem Aufzug steht, den Kopf fragend zur Seite geneigt, während er Bram beim Näherkommen mustert. Er ist Anfang dreißig, hochgewachsen, mit rauer Haut, bekleidet mit einem dunkelgrauen Anzug und gut polierten Schuhen. Ein Geschäftsreisender ... oder ein Polizeibeamter in Zivil? Ein besorgter Mitbürger, der einen Interpol-Aufruf mit Brams Foto gesehen hat?

Bram zieht in Erwägung, durch die Tür zum Treppenhaus zu stürzen, widersteht jedoch dem Impuls. *Nein, beruhig dich. Verhalt dich normal.* Interpol-Aufruf? Es gibt einen Selbsterhaltungstrieb, und dann gibt es Größenwahn. Nicht viel anders als die Vertriebskarriere, die er hinter sich gelassen hat, ist sein Überleben eine Frage von geschickten Täuschungsmanövern, und die Person, die er am meisten täuschen muss, ist er selbst.

Und doch, als der Aufzug völlig normal funktioniert, kein Wort zwischen den Insassen gesprochen wird und Bram sicher im Erdgeschoss landet, fühlt sich die Erleichterung, die ihn flutet, unermesslich an.

Und doch, als er auf dem Weg zurück in sein Hotel in eine Apotheke schlüpft und die Gänge nach einer guten Schere absucht, wirft er mehr als einmal einen Blick über die Schulter, bevor er seine Wahl trifft und bezahlt.

21

Bram, Word-Dokument

Die folgenden vierundzwanzig Stunden hörte ich nichts von Wendy, und ich fragte mich, ob ich mir das, was sie gesagt hatte, vielleicht nur eingebildet hatte. Was *ich* gesagt hatte. Vielleicht war sie gegangen, bevor ich aufgewacht war, und ich hatte dieses Gespräch an der Küchenzeile mit einer Geistererscheinung geführt – Gott weiß, dass zwischen Macbeth und mir zahllose Menschen vor Schuldgefühlen derart in den Wahnsinn getrieben worden waren, dass sie ihrem Gewissen eine Stimme verliehen und sie fälschlicherweise für Vergeltung hielten.

Noch besser: Vielleicht hatte ich sie gar nie kennengelernt – sie existierte überhaupt nicht! Aber nein, das war natürlich nichts als ein frommer Wunsch. Am Morgen hatte ich eine Textnachricht von Rog mit der Frage: *Gute Nacht gehabt?* erhalten, zusammen mit dem »Du Glückspilz«-Subtext eines zwinkernden Emojis. Zweifellos hatte er Alison erzählt, dass ich eine Frau aufgerissen hatte. Und die hatte es definitiv gleich Fi gesteckt. Aber Fi war ausnahmsweise einmal das kleinste meiner Probleme.

Nichts passiert, schrieb ich zurück. Ohne Emoji.

Ich machte einen großen Bogen um das Auto – inzwischen konnte ich es nicht einmal mehr ansehen –, und als ich den Zug zur Arbeit und wieder nach Hause nahm, beschimpfte ich mich im Stillen wüst, am Morgen des Teambuilding-Events nicht auf dem Bahnsteig geblieben zu sein und die bittere Pille der Zugverspätung in Kauf genommen zu haben. Was wäre ein Zuspätkommen, selbst ein Nichterscheinen oder Jobverlust, im Vergleich zu diesem infernalischen Elend?

Dann, am Freitagabend, kam eine Textnachricht von ihr. Ich konnte mich nicht erinnern, dass ich ihr meine Handynummer gegeben hatte, aber anscheinend war dem so. Andererseits war es auch nicht schwer, sie sich zu beschaffen, entweder indem sie in meinem Büro angerufen oder bei mir herumgeschnüffelt hatte, während ich schlief. Die Nachricht war ein Link zu einem Zeitungsbericht auf einer Croydoner Nachrichtenwebsite:

Belohnung für Hinweise auf den Unfallfahrer
in der Silver Road

Eine Belohnung von £ 10.000 wurde vom Ehemann des Silver-Road-Unfallopfers für sachdienliche Informationen ausgesetzt. Seine zweiundvierzigjährige Frau erholt sich derzeit von den lebensbedrohlichen Verletzungen, die sie bei dem Unfall am Freitag, dem 16. September, erlitten hat. Die zehnjährige Tochter wurde ebenfalls schwer verletzt.

Die Polizei arbeitet auf Hochtouren daran, den Unfallverursacher zu identifizieren, und hofft auf Hinweise von Autofahrern oder Fußgängern, die sich gegen 18 Uhr, dem Zeitpunkt des Unfalls, in der Gegend aufgehalten haben.

Ein Sprecher der Opferfamilie sagte: »Zwei Unschuldige mussten aufgrund einer kaltblütigen und feigen Tat schreckliche Verletzungen erleiden. Wir werden alles in unserer Macht Stehende tun, um der Polizei zu helfen, diesen Verbrecher zu finden.«

Eine Belohnung von zehntausend Pfund. O Gott. Da war ein Kopfgeld auf mich ausgesetzt.

Oder – genehmige dir ein Bier, eine Zigarette, *denk nach* – war es möglich, dass die Ankündigung einer Belohnung eine *nützliche* Entwicklung war? Würde sie nicht unzuverlässige Zeugen und Scharlatane auf die Bildfläche locken, die beide kostbare Zeit der Polizei vergeudeten?

Als ich den Artikel ein zweites Mal las und jedes einzelne Wort nach einer neuen Bedeutung absuchte, drehte sich mir auf einmal der Magen. Es war nicht das Geld – eine Summe, angesichts der Wendy gewiss erwartete, dass *ihre* Vergütung durch mich viel höher ausfallen würde –, sondern ein kleines Wort, das sich im ersten Absatz versteckt hatte.

»Erholt sich.«

Es klang, als sei die Fahrerin des Fiats bei Bewusstsein und auf dem Weg der Besserung. Es klang, als sei ihr Zustand jetzt stabil genug, dass sie von der Polizei befragt werden konnte.

Ich antwortete Wendy nicht. Ich hätte ihr auch nicht geantwortet, wenn meine Hände nicht völlig unkontrolliert gezittert hätten.

»Fionas Geschichte« > 01:21:40

Na gut, es dauerte nur ein paar Tage, bis der Typ vom La Mouette sich bei mir meldete und mich für den nächsten Freitag auf einen Drink einlud. Ich schlug eine Bar in Balham vor, die einen Katzensprung von uns beiden entfernt war, aber weit genug von meiner Nachbarschaft, um Tratsch zu vermeiden. Nicht, dass Bram sich darüber den Kopf zerbrochen hätte, wo er schamlos jemanden in der beliebtesten Bar in Alder Rise abgeschleppt hatte. Aber an mich legte ich andere Maßstäbe an.

Ja, es war überraschend einfach, wieder ins Spiel zu kommen. Toby hatte eine unglaublich angenehme Art. Ich erzählte ihm von meinem Job in der Möbelbranche, und er sprach über seine Arbeit als Datenanalyst für eine vom Verkehrsministerium beauftragte Expertenkommission.

»Es ist keine Studie über unverbesserliche Raser, oder?«, lachte ich. »Wenn ja, dann solltest du vielleicht meinen Exmann interviewen. Er hatte in den letzten eineinhalb Jahren drei Strafzettel.«

Toby grinste mich an. »Wir sind genau am Gegenteil interessiert: Warum das durchschnittliche Tempo bei einer Fahrt durch die Londoner Innenstadt so dramatisch gesunken ist. Wusstest du, dass es jetzt schon in Richtung acht Meilen die Stunde geht? Alle sind sich einig, dass die City-Maut keine Wirkung mehr zeigt, weshalb wir mit einem großen Ingenieurbüro zusammenarbeiten, um eine neue Strategie zu finden.«

»Es liegt wohl an all den weißen Lieferwagen, oder?« Aus der Arbeit wusste ich, dass die Menschen selbst für die billigsten, kleinsten Dinge eine Lieferung am selben oder spätestens nächsten Tag erwarten.

»Teilweise.« Er beschrieb die Beobachtungen, die sein Team über Lastkraftwagen und Taxis, Radwege und Bauprojekte zusammentrug, bevor er sich dafür entschuldigte, mich zu langweilen. »Manchmal glaube ich, Gespräche über die Arbeit sollten gesetzlich verboten werden.«

Ich hob mein Weinglas. »Darauf stoße ich an.« Es stimmte, ich war nicht auf der Suche nach jemandem, mit dem ich meine Arbeitssorgen besprechen wollte. Ich war nicht auf der Suche nach jemandem, mit ich mein *Leben* verbringen wollte. Dies hier war körperliche Anziehung, das lebhafte Gespräch war ein wunderbarer Pluspunkt. »Mich interessiert nur eins: *Ich* stehe nicht unter Beobachtung, oder?«

»Nein«, sagte er. »Zumindest nicht so, wie du meinst.«

In dieser Nacht schliefen wir miteinander. Meine Wohnung lag näher als seine, deshalb war es nur natürlich, dass unsere Wahl darauf fiel. Außerdem bin ich nicht vollkommen unvernünftig, ich würde niemals in die Wohnung eines Fremden mitgehen.

»Ich mag dich wirklich, Fi«, sagte er, bevor er nach Hause ging. »Das sollten wir wiederholen.«

»Okay«, erwiderte ich. Vielleicht vereinfache ich die Sache jetzt, aber ganz ehrlich, es war wirklich so unkompliziert. »Ich rufe dich an«, sagte ich zu ihm, denn auf gar keinen Fall wollte ich zurück in die passive Rolle aus meinen Zwanzigern verfallen. Ich würde die Zügel in die Hand nehmen, wenn es denn welche gibt, und ich würde entscheiden, ob dem so war. Womit ich mich sofort wieder als altmodisch outete, wie Polly aufzeigte, als wir das nächste Mal telefonierten.

»›Schwer zu kriegen‹ ist als Konzept längst *out*. Jeder ist *leicht* zu haben.«

»Wie sieht das Protokoll dann aus?«, fragte ich.

»Das Protokoll lautet, dass es *kein* Protokoll gibt. Du musst in deinen Kopf bekommen, dass es nicht mehr so wie damals ist, als du und Bram ausgegangen seid. Das waren unschuldige Zeiten. Die Menschen gehen jetzt anders miteinander um.«

»Okay«, sagte ich, »weil es damals keine Telekommunikation gab, nur Brieftauben und berittene Kuriere.«

»Sie war nicht existent – zumindest nicht so, dass du irgendwelche nützlichen Informationen herausbekommen hättest. Apropos, ich an deiner Stelle würde Bram nicht von deinem Stauexperten erzählen. Wenn er glaubt, du wärst an jemand Neuem interessiert, wird er wieder anfangen, dich zu umgarnen.«

»Dafür ist es zu spät.« Kurz darauf beendete ich das Gespräch. Mit einem weiteren Rufmord an Bram wäre nichts gewonnen. Er war der Vater meiner Kinder, und deshalb würde ich ihn, wie es das Klischee will, immer respektieren. Aus diesem Grund müsste ich auch seine Tauglichkeit in Bezug auf diese Aufgabe im Auge behalten. Auf meinem Heimweg vom Bahnhof hatte ich ihn ein oder zwei Abende zuvor allein am geschlossenen Parktor gesehen – ein blauer Rauchfaden stieg von einer Zigarette in seiner Hand hoch –, und ich war tief getroffen. Es war nicht so sehr das Rauchen, sondern die Einsamkeit, die Art, wie er dastand: hilflos, verunsichert, als wäre er von der anschwellenden Flut überrascht worden.

Herzen haben ein motorisches Gedächtnis, genau wie jeder andere Muskel, und ich muss gestehen, dass sich meines bei Brams Anblick schmerzhaft zusammenzog.

Ich rief Alison an. »Könntest du mir einen Gefallen tun? Falls du dieses Wochenende Zeit hast, schau doch bitte bei uns vorbei, ja? Geh mit Bram und den Jungs in den Park oder lad dich auf eine Tasse Tee ein. Finde raus, ob bei ihm alles in Ordnung ist – ich meine nicht wegen dieser Frau, von der du mir erzählt hast, nur ganz allgemein. Er scheint ein bisschen down zu sein. Ich muss wissen, dass er um der Jungs willen den Kopf nicht hängen lässt, aber ich bin mir nicht sicher, ob ich das immer noch richtig beurteilen kann.«

»Ich kümmere mich drum«, sagte Alison.

#OpferFiona

@natashaBwrite: Sie ist ganz schön passiv-aggressiv zu ihrem Ex – ihre Freundin zu bitten, ihn an ihrer Stelle zu fragen!

@jesswhitehall68 @natashaBwrite: Bin mir auch nicht sicher, ob ich dieser Alison über den Weg traue.

@richieschambers @jesswhitehall68 @natashaBwrite: Kann der Romeo bitte etwas wegen dem neuen Verkehrssystem in Elephant & Castle tun? #Todesfalle

22

Bram, Word-Dokument

Am Samstagnachmittag klingelte es an der Haustür, und vom Flur aus sah ich durch das Buntglasfenster zwei hochgewachsene, dunkel gekleidete Gestalten. *Das war's*, dachte ich, und Angst peitschte so heftig durch mich hindurch, dass ich das Gleichgewicht verlor, als ich die Hand ausstreckte, um die Tür zu öffnen, und ungelenk gegen den Türrahmen knallte. Ich war nicht bereit, zu erklären, zu verstehen, zu büßen. Ich war ein nervliches Wrack.

»Bram, was machst du denn für ein Gesicht! Wen hast du denn erwartet? Einen Auftragskiller der Mafia?« Alison und Roger lachten gackernd über meinen Gesichtsausdruck. »Wir haben uns gefragt, ob du und die Jungs heute mit zur Hundeschau in den Park kommen wollt?«

Da ich starr war vor Erleichterung, kam meine Antwort mit Verzögerung. »Oh, okay. Ist die heute?«

»Ja. Rocky ist in der Kategorie ›Hübschester Hund‹. Komm schon ... das darf man nicht verpassen!«

Früher hätte mich die Aussicht, dem arthritischen Labrador der Osbornes zuzusehen, wie er auf der Bühne herumtorkelt und, ohne Medaille, den Rückzug in die Arme einer Meute heulender Kinder antritt, nicht gerade vom Hocker gehauen, doch dieses Mal nahm ich das Angebot dankbar an und rief Leo und Harry zu, Jacken und Turnschuhe anzuziehen. Käme die Polizei am

Wochenende überhaupt zu Leuten nach Hause? Nun, wenn sie es täten, würden sie mich nicht antreffen, und ich hätte mir eine weitere Nacht, einen weiteren Tag mit meinen Jungen erschlichen.

Auf der Straße musste ich das Gesicht abwenden und mich bewusst sammeln, bevor ich mich auf meine Begleiter einlassen konnte. Neben ihrer sorglosen Gemütsverfassung, ihrer schlichten Freude an *Hunden*, fühlte ich mich wie ein Marsmensch.

»Alles in Ordnung bei dir?«, fragte Alison auf dem kurzen Spaziergang, während die Kinder vor uns her tobten. »Du siehst ein bisschen gestresst aus.«

»Mir geht's gut. Habe in der Arbeit nur viel um die Ohren«, erwiderte ich.

»Nun, denk an etwas anderes. Das ist *le weekend* … und die hübschesten Weibchen von ganz Alder Rise warten auf uns.«

Ebenso wie ein Menschengewühl, das Woodstock in nichts nachstand. Ein bekannter Schauspieler war in unsere Gegend gezogen, erklärte Alison, und nun einer der Juroren. Rog war beim Tierarzt mit ihm ins Gespräch gekommen, und jetzt hegte sie die Hoffnung, sich privat mit ihm anzufreunden. Durch das Gedränge konnte ich ihn nicht ausmachen, während sonst jeder, dem ich jemals in meinem Leben begegnet war, anwesend zu sein schien: die gesamte Trinity Avenue, bekannte Gesichter aus der Schule der Jungen, aus dem Pub, selbst vom Bahnsteig. Für die Jahreszeit war es wieder viel zu warm, die Luft eine widerliche Suppe aus Hundeatem und dem Frittierfett eines fahrenden Churros-Stands. Auf der Bühne wurden Welpen zur Schau gestellt, und während das Publikum nach vorne drängte, ließ ich mich leicht zurückfallen, Harrys Hand in meiner, als hätte ich jäh eine Phobie gegen Menschenmengen entwickelt. Der Schmerz, der das Verlangen nach einem Drink in mir auslöste, kam einer Blinddarmentzündung gleich.

»Hallo, Bram«, sagte eine Stimme hinter mir.

Ich erkannte sie nicht. In Erwartung eines weiteren Gesichts aus der Nachbarschaft bereitete ich mich auf die freundschaftlichen Sticheleien und das Schulterklopfen vor, das von einem hiesigen Dad erwartet wurde, und dennoch reagierte mein Körper, noch während ich mich umdrehte, anders. Haut, Muskeln, innere Organe: Sie alle schrumpften zusammen, als wollten sie sich vor einem brutalen Angriff schützen.

Es war *er*. Der Toyotafahrer. Zu dem Zeitpunkt hatte ich nur ein paar flüchtige Blicke auf sein Profil ergattert, aber es gab keinen Zweifel – ich erkannte sein kantiges Gesicht, die markante Nase und die eng anliegenden Ohren, die kurz geschorenen Haare. Seine Augen waren von undefinierbarer Farbe, und dennoch war die Energie, die sie ausströmten, schneidend, fast habgierig.

»Woher kennen Sie meinen Namen?«, fragte ich.

Er schob die Unterlippe vor, ein mimisches Schulterzucken. »Wie ich gehört habe, hatten Sie Besuch von einer gemeinsamen Freundin.«

»Was?«

»Sie haben mich schon richtig verstanden.«

»Daddy? Ich kann nichts sehen!« Über dem Brüllen des Moderators beschwerte sich Harry, dass wir uns näher ans Podium vordrängeln sollten. Leo hatte ich längst aus den Augen verloren.

»Sie warten hier ... ja?« Ich hob den Zeigefinger in Richtung von Totenkopfgesicht – *eine Minute* – und steuerte Harry näher zu den Osbornes. Nachdem ich mich vergewissert hatte, dass Leo in Reichweite war, bat ich Alison, beide fünf Minuten im Auge zu behalten.

»Hier entlang.« Ich führte Totenkopfgesicht um den ausgefransten Rand der Menschenmenge zu dem Café und blieb an der hinteren Tür zu den Toiletten stehen.

Beim Schild fürs Herrenklo rollte er mit den Augen. »Interessanter Ort, den Sie ausgesucht haben, Bram. Hätte nicht gedacht, dass Sie einer von der Sorte sind.«

Er war durch und durch das Ekelpaket, für das ich ihn gehalten hatte, wobei ich darum gebetet hatte, es niemals herausfinden zu müssen.

»Was tun Sie hier?«, fragte ich. »Wie haben Sie mich gefunden?«

Er hob die Schultern, genervt von meinen Fragen. »Ich habe von Ihrem Besuch gesprochen. Am Dienstagabend, nicht wahr?«

»Wenn Sie Wendy meinen, dann ja, wir sind uns über den Weg gelaufen.«

Du hast keine Ahnung, oder?
Sei doch nicht so ...

»Sie hat Ihnen erzählt, dass sie gesehen hat, was passiert ist?« In seiner Stimme lag ein Hauch von Frohlocken. Er genoss das hier, dieser sadistische Drecksskerl, die Macht, mir in meiner Nachbarschaft aufzulauern, wo ich mich in Sicherheit gewiegt hatte. Woher wusste er, dass ich in Alder Rise wohnte? Höchstwahrscheinlich von Wendy. Hatte er in meiner Straße auf der Lauer gelegen, oder war er einfach am Bahnhof aufgetaucht und der Menschenmenge gefolgt?

Ich funkelte ihn an. »Offensichtlich, und da sie an dem Abend nicht uns beiden gefolgt sein kann, muss sie sich unsere Autonummern aufgeschrieben haben. Fragen Sie mich nicht, wie sie es geschafft hat, dadurch an unsere Personalien zu kommen, denn ich habe nicht den blassesten Schimmer.«

»Ein Kinderspiel, wenn man bereit ist, das nötige Geld auf den Tisch zu blättern«, sagte er verächtlich. »Für solche Informationen kann man online bezahlen.«

»Wirklich?«

»Ja. Noch nie vom Darknet gehört, Bram? Ich hätte angenommen, es könnte sich in solch schwierigen Zeiten für Sie als recht nützlich erweisen.«

Babygeschrei setzte ein, hallte von den Mauern auf der Rückseite der Häuser in der Alder Rise Road wider und schwoll zu diesem Befehlston an, der so überhaupt nicht zu den winzigen Körpern von Säuglingen passte. Harry war genauso gewesen: Vor Wut plärrend, wenn es Fi oder mir nicht gelang, schnell genug aufzutauchen.

»Sie will offensichtlich Geld«, sagte ich mit leiser Stimme, als ein Gast an uns vorbeiging und uns neugierig beäugte. »Mehr als 10.000 Pfund, denke ich.« Es war eine absurde Summe, jetzt, wo ich es laut aussprach. Diese ganze Situation konnte nicht real sein. »Ich habe ihr gesagt, wohin sie sich verziehen soll, und ich schlage vor, Sie tun dasselbe.« Mir fiel auf, dass ich immer barscher sprach und Konsonanten verwischte, eine Reaktion auf sein brutales Auftreten.

Ob nun unbeeindruckt von dem Inhalt oder der Vortragsweise, lauschte er mit unverhohlenem Spott. »Oh, das glaube ich nicht. Im Grunde vertrete ich einen kooperativeren Standpunkt.«

»Wovon zum Teufel reden Sie da?«

»Sie wird nicht weggehen, Bram, und je früher Sie der Tatsache ins Auge sehen, desto besser. Es wäre sinnvoller, wenn wir zusammenhalten.«

Ein warnender Puls begann in meinem Hals zu pochen. »Ich halte mit niemandem zusammen«, sagte ich. »Sie können tun, was immer Sie wollen, um sie davon abzuhalten, zur Polizei zu gehen, aber ich lasse mich in nichts hineinziehen.«

»Ich bin mir nicht sicher, ob das funktionieren wird.« Es folgte eine Pause. Zähneknirschen, erbittertes Starren. Applaus erhob sich von der fernen Bühne und ebbte wieder ab, dann sagte der Kerl in die jähe Stille: »Wir wissen von dem Fahrverbot.«

»Was?«

»Ihr Führerscheinentzug. An jenem Tag hatten Sie erst sieben Monate Ihres zwölfmonatigen Fahrverbots hinter sich, nicht wahr? Ein bisschen zu übereifrig, wieder zurück auf die Straße zu kommen, hm?«

»Aber wie …?« Ich schnappte nach Luft, unfähig, die Frage zu beenden. Woher um alles in der Welt konnte er den Status meines Führerscheins kennen? Arbeitete er für die Führerscheinstelle? Oder für die Polizei? Oder war es so, wie er eben gesagt hatte – man konnte alles online herausfinden, wenn man bereit war, dafür zu bezahlen? »Vergessen Sie's. Ich habe kein Interesse daran, das zu besprechen«, sagte ich. »Ich muss jetzt zurück.«

Da verdrehte er tatsächlich die Augen. »Wissen Sie was? Ich habe keine Zeit für Ihr Leugnen. Sie sollten sich ein bisschen klarer machen, in was für Schwierigkeiten Sie hier stecken.« Als die Verkündung eines Gewinners und tosender Applaus die Luft erfüllten, griff er in seine Tasche und zog ein Handy heraus. »Wenn Sie allein sind, werfen Sie einen Blick auf das hier und setzen sich dann mit mir in Verbindung. Benutzen Sie nicht Ihr eigenes Handy, ja?«

»Falsch. Ich schaue mir überhaupt nichts an.« Aber der Versuch, den angebotenen Gegenstand, ein schmutziges altes Samsung-Handy, nicht anzunehmen, erwies sich als schwierig, wollte ich nicht in ein Handgemenge verwickelt werden und die Aufmerksamkeit auf uns ziehen, und am Ende steckte ich es ein, jedoch nicht, ohne ihm finstere Blicke zuzuwerfen.

»Nicht wegwerfen«, sagte er, als könnte er meine Gedanken lesen. »Was dort drauf ist, werden Sie garantiert sehen wollen.«

»Ich muss los«, sagte ich und versuchte, mich an ihm vorbeizudrängeln.

Er trat beiseite. »Natürlich. Gehen Sie lieber wieder zu Ihren Kindern. Man weiß nie, welches Gesindel sich hier herumdrückt.«

»Fionas Geschichte« > 01:25:19

Als Alison anrief, konnte sie mir nur wenig über Brams psychische Verfassung berichten.

»Er war ein bisschen ruhig, aber nicht komisch. Oh, ganz am Anfang ist er eine Weile verschwunden, aber es hat schreckliches Chaos geherrscht, überall Hunde und Kinder, also kann es auch sein, dass er uns einfach nicht gefunden hat.«

Ich runzelte die Stirn. »Verschwunden?« Unvermittelt drängte sich mir eine Rückblende auf, vom leeren Haus, der geöffneten Weinflasche, dem beschlagenen Fenster des Spielhauses.

»Es war keine große Sache. Leo und Harry waren die ganze Zeit bei mir.«

Ich hob die Augenbrauen und stellte mir Alison vor, die dasselbe Verhalten an den Tag legte: Es gab keinen Vater in Alder Rise, der das Angebot einer Frau ablehnen würde, ein Auge auf seine Kinder zu haben, während er seine E-Mails checkt oder zockt oder einfach nur ins Leere starrt. Merle sagte einmal: »Warum fällt es Männern so leicht, Hilfe anzunehmen, und uns Frauen so schwer? Wir müssen das umkehren.«

Und das müssten wir wirklich. »Wie lang war er weg?«, fragte ich.

»Keine Ahnung. Vielleicht zwanzig Minuten? Die Welpen waren fertig und die ›Besten Tricks‹ in vollem Gange. Natürlich alles Collies. Ich dachte schon allmählich, er wäre nach Hause gegangen, aber dann ist er wieder aufgetaucht und hat allen Kindern Churros gekauft, was sehr süß von ihm war.«

»Wahrscheinlich ist er auf ein Pint ins Pub geschlüpft.« Ich schnalzte mit der Zunge. »Hat er nach Alkohol gerochen? Oh, antworte nicht … das geht mich nichts an. Es tut mir leid, Al … Ich will dich nicht wie eine Privatdetektivin ausnutzen.«

»Nur zu. Ich finde das lustig.«

»Wie hat sich Rocky geschlagen? War er wieder bei ›Schönster wedelnder Schwanz‹?«

»›Hübschester Hund‹. Und ich kann nicht glauben, dass ich dir die Neuigkeit noch gar nicht erzählt habe: Er wurde Dritter! Es war die letzte Kategorie des Tages, und unser neuer Promi hat die Medaille überreicht!«

»Gut gemacht, Rocky. Meinen Glückwunsch!«

»Im Ernst, es ist das Aufregendste, was dieses Jahr in diesem Haushalt passiert ist«, sagte Alison. »Heute Abend gibt es Champagner, vielleicht sogar etwas eheliche Zweisamkeit.«

Bram war vergessen, und ich brach in schallendes Gelächter aus.

Oh, mein alter Freund Lachen, ich vermisse dich!

Bram, Word-Dokument

Ich wartete, bis die Jungen im Bett waren, bevor ich das Handy anschaltete. Es war kein Modell, mit dem ich vertraut war, offensichtlich mehrere Jahre alt und, obwohl vollständig aufgeladen, dauerte es eine Ewigkeit, bis es hochfuhr und der Startbildschirm angezeigt wurde.

Mich erwartete eine einzige Nachricht von einer Nummer, die ich weder kannte noch der ich einen Namen zuordnen konnte, und sie enthielt einen Link zu einem Zeitungsartikel:

Autofahrern ohne Fahrerlaubnis drohen härtere Gefängnisstrafen

Autofahrer ohne Führerschein, die dennoch fahren und bei einem Unfall andere Verkehrsteilnehmer verletzen oder töten, müssen nun mit einem deutlich höheren Strafmaß als bisher rechnen, nachdem Opferinitiativen jahrelang Kampagnen führten, um ein rechtliches Schlupfloch zu stopfen.

Wenn ein Fahrer ohne Fahrerlaubnis einen schweren Unfall verursacht, erwarten ihn oder sie nun vier Jahre Haft, während sie früher teilweise mit einem Bußgeld davonkamen. Das Höchstmaß für einen Unfall mit Todesfolge wurde von zwei auf zehn Jahre angehoben.

»Autofahrer, denen der Führerschein entzogen wurde, sollten aus gutem Grund nicht auf unseren Straßen sein«, erklärte gestern der Justizminister. »All jene, die sich über ein von einem Gericht auferlegtes Fahrverbot hinwegsetzen und dabei unschuldige Leben zerstören, müssen mit ernsthaften Konsequenzen rechnen.«

Das Hämmern meines Herzens erfüllte meinen Brustkorb, während meine Lunge schmerzhaft versuchte, sich zu füllen. Genau in dem Moment, als ich den Artikel zu Ende gelesen hatte, kam das Bild an. Es war ein Foto meines schwarzen Audis, mit meinem verschwommenen Kopf hinter der Frontscheibe. Das Nummernschild war selbst bei maximaler Vergrößerung kaum lesbar, aber gewiss zu entziffern auf dem Gerät, das Wendy benutzt hatte. Dank moderner Software wäre es für die Forensiker der Polizei ein Kinderspiel, die Buchstaben und Zahlen oder den Ort, an dem es aufgenommen war, zu identifizieren. Unstrittig war jedoch das *Wann*: Datum und Zeitpunkt waren auf das Foto gedruckt.

Es war keine große Überraschung, nun, wo ich damit konfrontiert war. Wie der Rest der Welt hatte Wendy ihr Handy in der Hand gehabt, allzeit bereit, etwas Interessantes festzuhalten.

Obwohl mein gesunder Menschenverstand mir riet, einfach nicht zu reagieren, so wie ich es getan hatte, als sie mir geschrieben hatte, befahl eine Art Überlebensinstinkt – oder war es ein Todestrieb? – meinem Finger, eine Antwort zu tippen:

- Haben Sie das sonst noch jemandem gezeigt?
- *Warum sollte ich das tun? Wir sind Kumpel, Bram.*
- Wir sind keine Kumpel. Ich kenne nicht mal Ihren Namen.
- *Dachte schon, Sie würden nie fragen. Mike.*
- Mike Wer?

Keine Antwort.

- Nun, Mike, Sie sollten sich im Klaren sein, dass sie auch ein Foto von Ihrem Toyota hat. Zulassung 2009, nicht wahr?

Das wird ihn aus dem Konzept bringen, dachte ich, bis seine nächste Nachricht kam:

- *Jetzt, wo Sie es erwähnen: Der Toyota ist nicht mehr in meinem Besitz. Wohl geklaut worden.*

Übelkeit stieg in meiner Speiseröhre auf.

- Wann ist das passiert?
- *Dreimal dürfen Sie raten, Bram.*

Vier Jahre, dachte ich. Und das war nur der Anfang – dieser Dreckskerl wusste nicht mal die Hälfte.

Die Polizei hingegen würde es auf jeden Fall wissen.

Würde Fi die Jungen zum Besuchen bringen? Würde sie zulassen, dass sie mich jemals wiedersehen?

Vier Jahre! Ich würde keine vier *Tage* überleben.

23

»Fionas Geschichte« > 01:27:12

Bevor ich Ihnen vom Auto erzähle, müssen Sie etwas verstehen. Sie müssen verstehen, dass nichts von all den Dingen den Anschein machte, als stünden sie in irgendeinem Zusammenhang miteinander. Ein Unglück kommt selten allein. Es bedeutet nicht, dass man dahinter ein größeres Böses vermutet – das würde einen zu einem dieser verschwörungstheoretischen Spinner oder zumindest zu einem unglaublichen Egozentriker machen. Als Bram mir also erzählte, dass der Wagen gestohlen worden war, dachte ich einfach, der Wagen sei gestohlen worden.

Ich war diejenige, der auffiel, dass das Auto verschwunden war. Es war der Dienstag nach dem Wochenende der Hundeschau, und ich war gerade von der Arbeit nach Hause gekommen. Ich musste Harry von einem Spielkameraden auf der anderen Seite des Alder Rise abholen, konnte den Audi auf der Trinity Avenue aber nirgends entdecken. Ich rief Bram an, der auf dem Heimweg vom Büro war und kurz vor Eintreffen am Bahnhof Alder Rise.

»Hast du das Auto seit dem Wochenende benutzt? Wo hast du es geparkt?«

»Ich bin seit einer Ewigkeit nicht mehr gefahren. Wann hast du es zuletzt benutzt?«

Ich ließ die letzten Tage Revue passieren. »Am Sonntagnachmittag habe ich bei Sainsbury's getankt. Dann habe ich an der Hauptstraße geparkt.«

»Dann muss es immer noch dort stehen.«

»Tut es nicht. Ich bin die Straße zweimal auf und ab gegangen und kann es nicht finden.«

»Ich komme vorbei und helfe dir beim Suchen«, bot Bram an.

»Nein, mach dir nicht die Mühe.« Ich wich Vorschlägen aus, sich außerhalb der vereinbarten Zeiten zu treffen. »Ich leihe mir Mums Auto – sie ist hier bei Leo. Ich suche später noch mal richtig, wenn ich mehr Zeit habe.«

Doch er kam mir zuvor und rief mich eine Stunde später an: »Du hast recht, das Auto ist nirgendwo in der Trinity Avenue oder einer der anderen Straßen.«

»Nun, ich habe es definitiv an der Ecke geparkt, direkt beim Blumenladen.«

»Dann muss es wohl gestohlen worden sein«, erklärte er.

»Im Ernst? Wie soll das ohne den Schlüssel gehen?«

Bei dem Treffen in Merles Haus hatte die Kontaktbeamtin davor gewarnt, wie mühelos Diebe Autos mit einem Keyless-System stehlen können, aber unseres war so alt, dass es noch einen herkömmlichen Zündschlüssel hatte.

»Keine Ahnung«, sagte Bram. »Das werde ich die Polizei fragen. Hast du beide Schlüssel da?«

Ich schaute nach. »Es liegt nur einer in der Schale.«

»Was ist mit dem anderen? Schau doch bitte mal in deiner Tasche nach.«

Ich kramte in meiner Handtasche, der Laptoptasche und jeder Jackentasche, die infrage kam, doch der Autoschlüssel war unauffindbar.

»Okay«, erwiderte Bram, »ich werde sagen, dass wir ihn verlegt haben.«

»Von allen Autos auf der Straße muss es ausgerechnet unseres sein! Warum haben sie nicht den Range Rover der Youngs genommen? Brauchst du mich für die Polizei?«

»Nein, das schaffe ich allein«, entgegnete er. »Ich kümmere mich auch um die Versicherung und gebe dir Bescheid, wann wir einen Ersatzwagen bekommen.«

»Danke.« Ganz gewiss würde ich nicht darauf bestehen, diese langweiligen Aufgaben zu übernehmen. Trotz der kooperativen Natur des Nestmodells führte ich innerlich immer noch Buch, wer was tat, und da das Auto einer der wenigen Bereiche war, für die Bram allein zuständig war, würde ich ihm den nicht streitig machen.

Ich Närrin.

Der Ersatzwagen, der uns von der Versicherung gestellt wurde, traf am Donnerstagmorgen ein. Ich schnaubte verärgert, als sich herausstellte, dass der Papierkram von Bram unterschrieben werden musste, da die Versicherungspolice nur auf seinen Namen lief, doch letztlich fingen wir ihn auf dem Weg zum Bahnhof ab, und es war keine große Sache.

Bram, Word-Dokument

Tage verstrichen ohne jeden weiteren Kontakt von meinem Peiniger – oder besser gesagt, von meinen Peinigern. Nachdem Wendy ihren Hut in den Ring zu Mike geworfen hatte, schien sie ihm die Führung der Erpresserkampagne zu überlassen. Doch ich wusste es bereits besser und gab mich keinen falschen Hoffnungen hin.

Was das Handy betraf, das er mir gegeben hatte, behandelte ich es wie eine Granate. Wenn ich in der Trinity Avenue war, bewahrte ich es in einer abgeschlossenen Schublade auf, und sobald ich die Wohnung erreichte, stopfte ich es in einen Küchenschrank hinter einen Stapel Dosen, als erwartete ich jeden Moment einen bewaffneten Überfall. Als könnte mich ein einfacher Schließmechanismus oder eine Mauer aus Dosenlinsen retten.

Bei der nächsten Nachricht, die am frühen Donnerstagmorgen eintraf, war ich mir vollkommen sicher, dass sie eine neue Zahl verkünden würde: entweder niedriger, weil sie erkannt hatten, dass ich tatsächlich kein Geld besaß, oder höher, weil es das war, was in Filmen passierte, wenn das Eröffnungsgebot respektlos behandelt wurde.

Stattdessen gab es einen weiteren Link, diesmal zur Website einer überregionalen Boulevardzeitung:

– *Schauen Sie sich das mal an …*

Der Artikel hatte nichts mit Verkehrssünden oder dem Silver-Road-Unfall zu tun, sondern handelte von einem Ehepaar aus West London, dessen Haus ohne ihr Wissen von Betrügern verkauft worden war – der russischen Mafia oder Ähnlichem –, eine ausgeklügelte Masche, die Identitätsdiebstahl und einen grob fahrlässigen Anwalt beinhaltete. Ein Mann und eine Frau von Mitte sechzig waren vor einem viktorianischen Reihenhaus abgebildet, mit der Bildunterschrift: »DIE MORRIS' SIND NUR DESHALB NOCH BESITZER IHRES GELIEBTEN HAUSES, WEIL DAS GRUNDBUCHAMT VERDACHT SCHÖPFTE.«

Mike musste bei dem Handy die Lesebestätigung aktiviert haben, denn seine nächste Nachricht kam rücksichtsvolle fünfzehn Minuten, nachdem ich die erste geöffnet hatte:

– *Interessant, finden Sie nicht?*
– Nicht sonderlich. Was hat das mit irgendetwas zu tun?

- *Treffen wir uns um 18:30 im Swan, dann erleuchte ich Sie.*

»*Dann erleuchte ich Sie*« – selbstgefälliger Mistkerl. Das Swan war das Pub, das meinem Büro am nächsten war. Ich hätte nicht so überrascht sein dürfen, dass er meinen Arbeitsplatz kannte. Immerhin schien ich auch sonst ein offenes Buch für ihn zu sein.

Den ganzen Tag lang wiederholte ich im Stillen den Schwur, nicht hinzugehen. Ich fragte sogar Nick aus der EDV, ob er den Sechs-Uhr-fünfunddreißig-Zug nehmen würde, mit dem wir in letzter Zeit ein paar Mal zusammen gefahren waren. Was er auch tat. (Ich hatte angefangen, ein Netzwerk aus Informanten bezüglich meiner Nutzung des öffentlichen Nahverkehrs aufzubauen. Zu wenig, zu spät, ich weiß.) Dann, um zwanzig nach sechs, mit der Unvermeidlichkeit eines Sonnenuntergangs, schrieb ich ihm eine Ausrede und hastete ins Pub.

Ich bestellte beim Barkeeper eine Cola. Ein Pint Bier wäre mir lieber gewesen, aber den Teufel würde ich tun, um auch nur den geringsten Anschein einer Männerfreundschaft aufkommen zu lassen. Der Tag, an dem ich mit Mike ein Bier trinken würde, wäre der Tag, an dem ich nach einer Lobotomie aus dem Krankenhaus entlassen wurde. Es war bestürzend, wie tief mein Hass auf ihn war, wie ausufernd und kompliziert, als gäbe es zwischen uns ein ganzes Leben der Feindschaft, nicht erst ein paar Tage.

Die Cola, bei Zimmertemperatur serviert, war so süß, dass ich innerlich krampfte.

»Sie haben den Artikel gelesen?« Mike war an meiner Seite. Diesmal keine Begrüßung, als wäre es die zusätzliche Sekunde, die es ihn gekostet hätte, nicht wert. Er hatte die verquollenen

Augen des Verkaterten (Trinker erkennen einander) und einen heftigen Rasierbrand. Anhand seiner Kleidung – Jeans, unscheinbares graues Hemd – war nicht abzulesen, ob er den ganzen Tag in einem Büro oder bewusstlos zu Hause auf dem Boden verbracht hatte.

»Ich habe ihn überflogen«, murmelte ich.

»Bram, mein Freund, wie schade, dass Sie die Sache nicht ernster nehmen.«

Allmählich gewöhnte ich mich an seine Rolle, zu der es offensichtlich gehörte, Betroffenheit über meine Unzulänglichkeiten auszudrücken, als wäre ich ein Auszubildender, der wider besseres Wissen eingestellt worden und, siehe da, den Anforderungen nicht gewachsen war.

»Niemand könnte das ernst nehmen«, sagte ich, und Angst und Abscheu bewahrten mich davor, die Rückschlüsse zu ziehen, von denen ich glaubte, sie würden von mir erwartet werden. »Das ist doch nur reißerischer Mist, der die Ängste von Hausbesitzern schürt. Haben Sie selbst Wohneigentum, Mike? Wo wohnen Sie? Ich glaube nicht, dass Sie mir das erzählt haben.«

Natürlich überging er die Fragen und nahm sich die Zeit, ein Pint zu bestellen. Zum Barkeeper war er höflich, geradezu unterwürfig. »Es passiert öfter, als Sie denken«, sagte er, als er sich wieder zu mir zurückdrehte. »Bei all diesen billigen Online-Rechtsdiensten gibt es im gesamten Hauskaufprozess kaum persönliche Treffen. Da können einem schon mal Dinge durch die Maschen gehen.«

»Oh, hören Sie auf«, sagte ich. »So etwas passiert nur alle Jubeljahre, sonst wäre es keine Neuigkeit. Diese Leute sind professionelle Verbrecher.«

Wiederum überging er meinen Einwand völlig. »Wie viel ist Ihr Haus wert, Bram?«

»Was? Keine Ahnung.« Ich hielt meinen Blick und meinen Tonfall vollkommen ausdruckslos, verriet ihm nichts.

»Zwei Millionen, was glauben Sie? Zweieinhalb?«

»Wie schon gesagt, keine Ahnung. Es gehört nicht mal mir.«

»Scheiße, Mann. Ich weiß, dass es Ihres ist. Sie besitzen es fünfzig-fünfzig mit Ihrer Frau, Fiona Claire Lawson, geboren am achtzehnten Januar 1974.«

Diese Information hatte er sich höchstwahrscheinlich auf demselben Weg beschafft wie alle anderen.

»Meine Exfrau in spe«, korrigierte ich ihn. »Wir lassen uns scheiden, und ihr wird das Haus zugesprochen. Das ist längst vereinbart.«

Es folgte eine lange Pause. Glaubte er mir?

»Dann sollten wir uns wohl lieber beeilen«, erklärte er fröhlich.

Obwohl ich seine Worte fast erwartet hatte, raubten sie mir den Atem, und die Verachtung in meiner Reaktion war reines Theater: »Womit beeilen, Sie Arschloch?«

Die Beleidigung prallte an ihm ab. »Natürlich mit dem Hausverkauf. Wie ist der Zeitrahmen für die Scheidung?«

»Das geht Sie nichts an. Nichts von alledem geht Sie etwas an. Und wenn Sie glauben, ich würde mein Haus verkaufen, sind Sie verrückt.« Meine erhobene Stimme zog Blicke auf sich, und er wartete, bis die Energie wieder abebbte, bevor er weiterredete.

»Wie viel müssen Sie noch für Ihre Hypothek abbezahlen, Bram?«

Ich funkelte ihn an. »Was, das haben Sie noch nicht selbst herausgefunden?«

»Das könnte ich, aber es ginge so viel schneller, wenn Sie es mir einfach erzählen. Sagen wir, eine halbe Million. Mehr? Nein. Weniger? Eher Richtung vierhunderttausend? Gut. Na also, wenn das Grundstück zwei Millionen wert ist, sind das nach Abzug der

Steuern mehr als eineinhalb Millionen. In Ihrer Straße wird im Moment ein Haus zum Verkauf angeboten ... wussten Sie das?«

Nein. Fi wüsste es natürlich.

»Zwei Komma vier, Startgebot. Übrigens nur ein paar Häuser neben Ihrem. Und die haben keinen so hübschen kleinen Baum im Vorgarten, aber es ist dennoch ein sehr begehrtes Heim für eine Familie. Großer Wintergarten. Verchromte Armaturen im Badezimmer. Netter, kleiner Keller, der zu einem Hobbyraum umgebaut werden könnte. Im Moment benutzen sie ihn als Waschküche.«

Ich starrte ihn mit offenem Mund an. »Wollen Sie damit sagen, Sie waren dort?«

»Jeder kann eine Besichtigung vereinbaren, wenn ein Haus zum Verkauf steht, Bram. Immobilienmakler sind die letzte Bastion des Egalitarismus, hm?«

Seine Großspurigkeit war nicht zu ertragen, sein stolzes Feixen, als er ein Wort mit mehr als drei Silben benutzte. Bei der Vorstellung, wie er an unserem Gartentor vorbeigeschlendert war – an unserem hübschen kleinen Baum – und durch eines unserer Nachbarn ein Haus wie unseres betreten hatte, wahrscheinlich mit Kindern wie unseren, brannte heiße, flüssige Wut ganz tief in mir. Hatte er die Besichtigung auf den Samstag gelegt, um mir dann die Trinity Avenue hoch zum Park zu folgen? Mit heißem Atem beugte ich mich vor. »Halten Sie sich von meiner Familie fern ... verstanden?«

»Beruhigen Sie sich«, sagte Mike, die Handinnenfläche zwischen uns gehoben. »Niemand hat etwas von Ihrer Familie gesagt.«

Noch nicht, lautete die unterschwellige Botschaft.

»Hören Sie«, knurrte ich, »Sie scheinen nicht zu verstehen. Diese Hauspreise sind bedeutungslos. Das ist Spielgeld, wie Monopoly. Es ist das Zuhause von Menschen, nicht mehr und nicht weniger.«

»Ein wertvolles Zuhause. Leicht zu verkaufen, um dann irgendwo hinzuziehen, wo es billiger ist. In Ihrem Alter könnten Sie noch mal von vorne anfangen, mit zwei anständigen Gehältern wie Ihren.«

»Wir sind getrennt ... hören Sie denn kein einziges Wort, das ich sage?« Ich stellte das Colaglas ab, bevor es in meiner Umklammerung noch zersplitterte. »Was für einer armseligen Wahnvorstellung sind Sie hier aufgesessen? Dass Sie das, was diese Verbrecher getan haben, kopieren und mir mein Haus direkt unter der Nase wegstehlen können?«

»*Jetzt* kapiert er endlich.«

Es war lächerlich. Er konnte nicht erwarten, dass ich ihn ernst nahm. Er war ein Fantast, geisteskrank. »Sie haben selbst gesagt, dass es uns gemeinsam gehört. Wie wollen Sie das umgehen, hm? Außer Sie haben auch diskriminierende Fotos von meiner Frau. Nun, die würde ich gern sehen, denn sie ist vollkommen, hundert Prozent sauber.«

»Wunderbar, dann wird sie nicht vermuten, dass etwas im Gange ist.«

»Bis Sie sie bitten, einen Stapel rechtsgültiger Verträge zu unterzeichnen«, schnaubte ich verächtlich.

Er sog die Luft ein und nahm sich einen Moment Zeit, seine Worte zu wählen, und genau da erkannte ich, was er plante. Unter anderen Umständen wäre ich über die Geschwindigkeit meiner Schlussfolgerung beeindruckt gewesen, aber stattdessen war ich nur angewidert.

»Wendy«, sagte ich.

Er feixte. »Von dem, was ich von Ihrer Frau in den sozialen Medien mitbekommen habe, sehen sich die beiden gar nicht mal so unähnlich. Ist wohl Ihr Typ, hm, Kumpel? Wenn Sie mich fragen, ein bisschen klischeehaft, die gut gebaute Blondine.«

Die Muskeln in meiner Kehle und in meinem Magen verkrampften sich, als das Gefühl von Seekrankheit in mir aufstieg. »Es ist keine Frage des Aussehens. Sie reden hier von schwerem Betrug. Diebstahl. Sie reden davon, lebenslänglich ins Gefängnis zu kommen. Im Ernst, Sie sind beide Riesenidioten, wenn Sie glauben, das könnte funktionieren.« Riesenidioten, die eine überraschend schnelle und vertrauensvolle Freundschaft geschlossen hatten ...

Etwas lauerte in seiner Miene – etwas Verstohlenes, Selbstgefälliges – und brachte mich dazu, eine weitere jähe Schlussfolgerung zu ziehen: Wendy hatte davon gesprochen, mein Gesicht im Profil identifizieren zu können. Und doch war das Bild, das sie mir geschickt hatten, nicht von der Seite aufgenommen worden. Sondern von vorne, und zwar aus beträchtlicher Entfernung. *Er* hatte es geschossen, nicht sie.

Mein Puls begann wild zu pochen. »Sie hat an dem Tag überhaupt nichts gesehen, nicht wahr? *Sie* haben das Foto gemacht. Ich habe Sie damals gesehen, wie Sie Ihr Handy gezückt haben – jetzt erinnere ich mich. Ich dachte, Sie wollten Hilfe rufen. Warum haben Sie es geschossen? Das verstehe ich nicht. Sie hatten keine Ahnung, wer ich bin.«

Er zuckte mit den Schultern. »Wollte mich nur absichern für den Fall, dass Sie sich entschließen, mir den schwarzen Peter zuzuschieben.«

Doch das hatte ich nicht. Stattdessen war ich geflüchtet, in der Meinung, ihm niemals wieder zu begegnen, und ohne zu ahnen, dass er Nachforschungen nach mir anstellen und beschließen könnte, auf eine Goldader gestoßen zu sein.

»Wendy ist überhaupt nicht dort gewesen, nicht wahr? Sie hat sich die ganze Sache, dass sie am Fenster war, einfach ausgedacht. Sie haben ihr ganz genau eingetrichtert, was sie mir sagen soll.«

»Bravo, Sherlock!«

Mein Gesicht glühte nun vor Wut. Ich spürte die Hitze unter der Haut. »Sie stecken unter einer Decke, Sie beide. Von Anfang an.«

»Nein, nein, wir *drei*, Bram«, sagte er, als wollte er mir, indem er mich mit einschloss, großzügigerweise einen Gefallen tun.

»Wer ist sie? Ihre Frau? Ihre Freundin? Sie hat mit mir geschlafen ... wussten Sie das?«

Sein Gesichtsausdruck wurde unangenehm lasziv. »Was zwei mündige Erwachsene in den eigenen vier Wänden tun, geht mich nichts an. Wahrscheinlich hatte sie Bock auf 'ne schnelle Nummer und in der Lasterhöhle von Alder Rise ihre Chance gewittert.«

Sie musste mir vom Bahnhof ins Pub gefolgt sein. Was zum Teufel ging hier nur vor?

»Warum der ganze Aufwand?«, wollte ich wissen. »Warum sind Sie nicht einfach direkt auf mich zugekommen? Warum haben Sie sie als Ihren Spähtrupp vorgeschickt?«

Er gluckste. »Spähtrupp ... das gefällt mir. Um Ihre Frage zu beantworten: Wir dachten, sie wäre besser als ich geeignet, Ihnen Honig ums Maul zu schmieren. Wie schon gesagt, wir sehen das Projekt als eine Art flotten Dreier an – entschuldigen Sie die Zweideutigkeit.«

Wiederum war die latente Durchtriebenheit in seinem Auftreten ein so deutlicher Fingerzeig wie die Worte, die er gewählt hatte: »*Honig ums Maul zu schmieren ...*«

Wendy musste unsere Unterhaltung über den Unfall aufgenommen haben. Ich erinnerte mich an mein Eingeständnis – »*Wäre der Fiat nicht ausgewichen, dann wären wir frontal zusammengeprallt und jetzt alle tot!*« – »*Du hast den Unfall also verursacht?*« –

»*Natürlich habe ich das, verdammt noch mal!*« – und spürte, wie mir der Rest an Selbstkontrolle entglitt. Nahm er *das hier* etwa auch auf?

»Sie sind beide gestört«, sagte ich mit einem Knurren auf den Lippen. »Kommen Sie ja nie wieder in meine Nähe ... verstanden? Suchen Sie sich ein anderes Haus, das Sie stehlen können. Es wird mir eine Freude sein, Ihren Prozess in der *Daily Mail* zu verfolgen.«

Mit diesen Worten ließ ich das Handy, das er mir gegeben hatte, auf den Boden fallen und trampelte darauf herum. Während andere Gäste, so früh am Abend nicht an lautstarke Auseinandersetzungen gewöhnt, die Stirn runzelten, besaß Mike die Frechheit, mich amüsiert anzusehen.

»Ruhig Blut, Bram. Sie wollen doch nicht bei einem sinnlosen Gewaltakt beobachtet werden, oder? Wenn die Polizei anfängt herumzuschnüffeln, bleiben solche Dinge in Erinnerung haften – Sie wissen, was ich meine?« Er drehte sich zum Barkeeper um und sagte: »Mein Kumpel Bram hier hat gerade schlechte Neuigkeiten erhalten. Ich räume das gleich weg. Keine Sorge.«

Ich klaubte die kaputten Teile selbst auf. Es war mir nicht entgangen, dass er meinen Namen benutzt hatte, und noch dazu übertrieben laut. »Hauen Sie ab, Mike«, zischte ich.

»Ich gehe nirgendwo hin«, sagte er und hob sein Glas in meine Richtung, während ich das Pub verließ.

Und ich wusste, er meinte es auch genauso. Selbst als ich die kaputten Plastikteile in einen Mülleimer auf der Straße warf, selbst als ich die SIM-Karte durch das Gitter in den nächsten Gully schob, immer noch bebend vor Wut, wusste ich, dass es keinen Unterschied machte.

Ich wusste, er würde wiederkommen.

24

»Fionas Geschichte« > 01:31:00

Selbst als ein Detective zu uns nach Hause kam, um uns wegen des Autos zu befragen, schöpfte ich keinen Verdacht. Sie wissen, wie das ist: Man konzentriert sich allein auf die kurzfristigen Unannehmlichkeiten und geht davon aus, prompten Service zu erhalten. Es war der Freitag derselben Woche, in der das Auto gestohlen worden war.

»Sie brauchen meinen Mann«, sagte ich an der Tür. »Er hat die Anzeige erstattet.«

»Trotzdem würde ich gern ein paar Einzelheiten mit Ihnen klären, falls das in Ordnung ist.«

»Natürlich. Das ging überraschend schnell. Arbeiten Sie zufällig mit Yvonne Edwards zusammen? Sie ist die Kontaktbeamtin, die mit uns wegen der Kriminalität in der Nachbarschaft gesprochen hat. Sie hat uns sehr geholfen.«

»Nein, ich komme von der Serious Collisions Investigation Unit aus Catford.«

Ich starrte ihn verwirrt an. Er war in Zivil, und von dieser Abteilung der Polizei hatte ich noch nie gehört. Während ich ihn ins Haus führte, schalt ich mich, seinen Dienstausweis nicht genauer unter die Lupe genommen zu haben. In der Zeitung hatte ich von unschuldigen Dorfbewohnern in Leicestershire gelesen, die von einem Betrüger in Uniform hereingelegt und beraubt worden waren. Als wir uns an den Küchentisch setzten, ging ich in Gedanken meinen Fluchtweg durch.

»Nun, das Fahrzeug wurde am Dienstag als gestohlen gemeldet, aber Ihr Ehemann konnte nicht genau sagen, wann Sie es das letzte Mal gesehen haben. Könnte es schon mehrere Tage zuvor gewesen sein? Oder sogar Wochen?«

»Wochen?«, wiederholte ich überrascht. »Nein, ich habe es am Sonntag zuletzt benutzt. Ich habe es gegen sechzehn Uhr in der Nähe der Kreuzung an der Hauptstraße geparkt, und keiner von uns hat es seitdem gesehen.«

»Also letzten Sonntag, zweiter Oktober?«

»Ja.«

Es folgte eine Pause, in der seine Aufmerksamkeit fast unmerklich zunahm. »Und erinnern Sie sich, wer es am Freitag, dem 16. September, gefahren hat?«

Ich starrte ihn ausdruckslos an. »Nein, nicht auf Anhieb.«

»Führen Sie ein Tagebuch oder einen Kalender, der Ihrem Gedächtnis auf die Sprünge helfen könnte?«

In dieser Hinsicht war er genau an der richtigen Adresse: Ich glich meinen Dienstplan mit dem Küchenkalender und der Nestmodell-App ab. »Freitag, der sechzehnte, hier haben wir's. Keiner von uns hat den Wagen benutzt. Er wird den ganzen Tag in der Straße geparkt gewesen sein. Bram hatte außerhalb der Stadt eine Vertriebstagung, und ich war fast den ganzen Tag mit einer Freundin auf einer Antiquitätenmesse in Richmond.«

»Keiner von Ihnen ist mit dem Auto zu diesen Terminen gefahren?«

»Nein. Nun, ich bin mit einer Freundin in ihrem Auto gefahren. Bram hat den Zug zu seiner Konferenz genommen.«

»Haben Sie gesehen, wie er zum Bahnhof gegangen ist?«

»Nein, nicht mit eigenen Augen. Wir sind nicht mehr zusammen. Wir leben getrennt. Er war in der Wohnung.« Ich gab ihm die Adresse und betonte die Nähe zum Haus und zum Bahnhof. »Aber ich weiß, dass er weit vor acht losfährt, und nachdem ich die Kinder zur Schule gebracht hatte, war der Wagen definitiv noch da. Ich erinnere mich, weil meine Freundin und ich überlegten, welches Auto wir nehmen sollten. Ich habe ihr den Kofferraum des Audis gezeigt, und wir entschieden, wie geplant mit ihrem Volvo zu fahren.«

»Wann haben Sie sich auf den Weg gemacht?«

»Gegen Viertel nach acht. Wir haben unsere Kinder zum Frühstücksclub in der Schule abgesetzt, um so früh wie möglich aufbrechen zu können.« Ich war mir nicht sicher, wem ich so eifrig helfen wollte, ihm oder Bram, und fügte hinzu: »Wenn Sie sich vergewissern wollen, dass Bram mit dem Zug gefahren ist, können Sie immer noch die Überwachungskameras am Bahnhof überprüfen. Ich wette, die haben da welche.«

Seine Mundwinkel hoben sich, was eine kleine Vertiefung in seine linke Wange bohrte. Ein Detective mit einem Grübchen, dachte ich. »Wie ich sehe, kennen Sie sich hervorragend mit der Vorgehensweise der Polizei aus, Mrs Lawson«, sagte er.

Ich lächelte. »Tut mir leid. Ich schaue mir im Fernsehen gern Krimis an.«

»Okay, Sie sind also um Viertel nach acht losgefahren. Und wann sind Sie zurückgekommen?«

»Rechtzeitig, um die Kinder von der Schule abzuholen. Um halb vier.«

Schritt für Schritt ging ich mit ihm den Ablauf des restlichen Nachmittags zwischen Schulschluss und der Übergabe an Bram um neunzehn Uhr durch, wie er sich wohl höchstwahrscheinlich zugetragen hatte, auch wenn mir die Feinheiten meiner Hausarbeit entfallen waren. »Pasta oder Würstchen … ich fürchte, da muss ich passen«, erklärte ich ironisch.

»Hatte jemand bei Ihnen geklingelt?«

Um zu bezeugen, dass ich hier gewesen war, meinte er in Wirklichkeit. Ich dachte angestrengt nach. »Ich glaube, meine Freundin Kirsty hat vorbeigeschaut. Ja, genau … unsere Kinder hatten ihre Sportbeutel verwechselt, weshalb wir sie zurückgetauscht haben. Ich erinnere mich, dass ich den Ofen kurz allein lassen musste, um die Tür zu öffnen. Also waren es *Würstchen*.«

Das Grübchen erschien ein zweites Mal. »Und was war später, nachdem Ihr Mann gekommen war? Könnten Sie Ihr Auto dann benutzt haben?«

»Nein, ich bin mit dem Zug nach Brighton gefahren und habe dort übernachtet. Ich weiß allerdings, dass ich den Wagen am Sonntag benutzt habe, weil ich mit den Kindern zum Mittagessen zu meinen Eltern gefahren bin.«

»Volles Wochenende.«

»Ja, das war es.« Ich blickte auf und versuchte, seinen Ausdruck zu entschlüsseln. »Warum stellen Sie mir all diese Fragen? Was ist an dem Freitag passiert?«

»Es gab einen Unfall in Thornton Heath, den wir untersuchen. Vielleicht haben Sie in den Lokalblättern darüber gelesen.«

»Ich glaube nicht«, gab ich zu. »Aber seitdem habe ich das Auto noch ein paarmal benutzt, also kann es in keinen Unfall verwickelt gewesen sein. Oh, Augenblick mal, geht es hier um den fehlenden Schlüssel?«

»Fehlender Schlüssel!« Da war ein Aufflackern neuer Energie. »Hausschlüssel?«

»Nein, Autoschlüssel. Wir konnten nur einen finden – ich dachte, Bram hätte das bei der Anzeige angegeben. Manchmal kann es hier ein bisschen chaotisch zugehen. Wir wechseln uns nämlich ab, hier bei den Kindern. Wir sind nie zur selben Zeit im Haus.« Ich begegnete seinem überraschten Blick mit einer kurzen Belehrung über die Sorgerechtsregelungen beim Nestmodell.

»Okay, was den zweiten Autoschlüssel angeht: Könnte der schon länger fehlen?«

»Vielleicht. Gut möglich.« Ein Gedanke traf mich. »Sie glauben nicht, dass jemand eingebrochen ist und ihn gestohlen hat? Wir hatten in der Straße kürzlich einen Einbruch.« Bei dem Vortrag hatte die Kontaktbeamtin diesen Trend erwähnt, erinnerte ich mich jetzt. Alison hatte den Vorschlag unterbreitet, den Autoschlüssel immer ganz offen liegen zu lassen, im Grunde gegen die eigene Intuition, damit Einbrecher auf der Suche nach versteckten Schlüsseln nicht das gesamte Haus auf den Kopf stellen, doch die Beamtin hatte davor gewarnt, sie so aufzubewahren, dass sie durchs Fenster zu sehen waren.

»Haben Sie irgendwelche Spuren eines gewaltsamen Eindringens bemerkt?«, fragte der Detective.

»Nein«, räumte ich ein. »Aber ich weiß, dass Diebe mit Drähten und Haken durch den Briefkasten kommen können, nicht wahr?«

»Das ist möglich.« Er zögerte. »Andererseits könnten Sie den Schlüssel auch einfach nur verlegt haben.«

Ich stimmte zu, dass dies die wahrscheinlichere Alternative war, und er fragte, ob mir im Lauf der vergangenen paar Wochen Kratzer oder andere Beschädigungen am Auto aufgefallen waren.

»Nein, es hat wie immer ausgesehen. Es gab vom Parken ein paar Spuren an den Reifen – Sie wissen schon, vom Bordstein –, aber die sind schon seit einer Ewigkeit da.«

Kaum war er gegangen, googelte ich »Thornton Heath, Autounfall« und grenzte die Suche auf Nachrichten ein. Hier war es: ein Unfall in der Silver Road am Freitag, dem sechzehnten, gegen achtzehn Uhr. Ein dunkler VW oder Audi war in der Nähe des Tatorts gesehen worden.

Als ich mir den Namen des Beamten ins Gedächtnis rief, stellte sich heraus, dass er tatsächlich ein Detective in der Serious Collisions Investigation Unit war, die Fälle im südöstlichen Stadtgebiet samt der angrenzenden Vororte bearbeitete. Sie suchten wohl die Besitzer eines jeden dunklen VWs oder Audis auf, der in South London als gestohlen gemeldet worden war, selbst jene, die nach dem Unfall verschwunden waren, so wie unseres. Das erschien mir eine äußerst ineffiziente Vorgehensweise zu sein, aber was wusste ich schon?

Die Antwort können Sie sich ruhig sparen.

#OpferFiona

@crime_addict: Wo ist jetzt das Auto? Ist der Ehemann vielleicht in den Unfall verwickelt?

@rachelb72 @crime_addict: Muss so sein, deshalb hat er auch einen auf Lord Lucan gemacht.

@crime_addict @rachelb72: Warum gibt es dann keine Unfallschäden am Auto? Hat er sie reparieren lassen?

@rachelb72 @crime_addict: Oder vielleicht, wenn sie es schließlich finden, entdecken sie seinen verwesten Leichnam im Kofferraum ...

Bram, Word-Dokument

Bei der Übergabe am Freitag sagte Fi: »Wusstest du, dass uns die Polizei im Verdacht hatte, wir könnten in einen Autounfall unten in Thornton Heath vor ein paar Wochen verwickelt gewesen sein?«

Ich überspielte eine jähe Schockstarre. »Wirklich? Wann haben sie das gesagt?«

»Ein Detective ist heute Morgen vorbeigekommen. Natürlich habe ich gleich im Kalender nachgesehen und ihm erklärt, dass an diesem Tag keiner von uns das Auto benutzt hat, aber ich schätze, es gibt ein Ausschlussverfahren, dem sie folgen müssen, oder?«

»Ja.« Ich schluckte.

»Ich habe mich gefragt, ob jemand vielleicht den Schlüssel gestohlen hat, bevor sie sich den Wagen geholt haben«, fuhr sie nachdenklich fort. »Aber die Polizei meinte, das wäre unwahrscheinlich, da es keine Anzeichen eines Einbruchs gab. Trotzdem hätten wir vorsichtiger sein müssen, Bram.«

Obwohl mich die Neuigkeit völlig aus der Fassung brachte, erkannte ich die glückliche Fügung, dass sie es gewesen war, die sich vollkommen ahnungslos den Fragen der Polizei gestellt hatte. Hätten meine eigenen Antworten so natürlich, so unschuldig geklungen? Wie entsetzt Fi wäre, wenn ich ihr die Wahrheit über den Audi erzählen würde. Dass ich ernsthaft darüber nachgedacht hatte, ein dunkles Stück Kanal oder selbst die Themse zu finden, dann die Handbremse zu lösen und ihn ins Wasser rollen zu lassen, doch dann hatte ich entschieden, ihn lieber zwischen lauter anderen Autos zu verstecken.

Entgegen meiner Angaben bei der Versicherung und der Polizei hatte ich unseren Wagen spätnachts am Sonntag das letzte Mal gesehen, ihn sogar das letzte Mal zu diesem Zeitpunkt gefahren. Anschließend hatte ich ihn in einer Seitenstraße in Streatham, in der es keine Parklizenz gibt, stehengelassen. Den Autoschlüssel hatte ich im nächstbesten Gully versenkt. Mit etwas Glück würde die Batterie den Geist aufgeben und das Auto dort jahrelang unbemerkt sein Dasein fristen.

»Ich schätze, wir werden niemals herausfinden, was passiert ist.« Ich seufzte. »Aber wir sollten uns deshalb keine grauen Haare wachsen lassen. Immerhin gewöhnen wir uns noch eine völlig neue Lebensart an. Woher sollen wir wissen, wo sich die Autoschlüssel zu jedem x-beliebigen Zeitpunkt befinden?«

»Du hast recht.« Die Art, wie sie mich ansah – dankbar für die Solidarität, das gemeinsame Interesse an dieser Unannehmlichkeit –, schmeichelte mir nicht nur, sondern beruhigte mich auch.

»Im Großen und Ganzen sind wir doch sehr auf Sicherheit bedacht«, sagte ich. »Insbesondere nach dem, was den Ropers widerfahren ist. Und der armen alten Carys.«

Sie wirkte erfreut, dass ich mir Carys' Unglück gemerkt hatte.

Ich ließ mir die Sache mit meinem Fahrverbot durch den Kopf gehen: Wenn der Beamte, mit dem sie gesprochen hatte, davon wusste, dann hatte er es nicht für nötig befunden, es ihr unter die Nase zu reiben. Sie musste ihm gleich am Anfang erklärt haben, dass wir getrennt leben, und er hatte Diplomatie walten lassen. »Sag der Polizei, sie sollen mich anrufen, wenn es noch weitere Fragen gibt«, riet ich ihr.

Ich legte mir bereits Antworten für die Fortsetzung der Befragung zurecht. »Der sechzehnte? Oh, das war der Tag der Konferenz. Die fand in einem Hotel in der Nähe von Gatwick statt – den Namen müsste ich nachschlagen.« – »Sind Sie mit dem Auto hingefahren?« – »Nein, ich habe den Zug genommen. Er kam verspätet, jetzt, wo ich darüber nachdenke. Ich habe es in letzter Sekunde zum ersten Vortrag geschafft.« Gewiss würden sie nicht so weit gehen, die Videoaufnahmen des Bahnhofs zu überprüfen? Wenn doch, so war die Menschentraube an jenem Morgen rasch angewachsen, und womöglich könnte ich auf dem Bahnsteig nur schwer identifiziert werden, was schade war. Andererseits war ich, als ich den Bahnhof wieder verlassen hatte, Teil der Masse gewesen – und mit etwas Glück ebenfalls in ihr untergegangen.

Aber was, wenn sie auch am anderen Ende Nachforschungen anstellten? Es gäbe keine Bilder von mir, wie ich durch irgendeinen Bahnhof der Gatwick-Linie hastete. »Wo sind Sie ausgestiegen, Mr Lawson?«, würden sie fragen. Ich müsste den Bahnhof googeln, kam mir, und mir die Ausgänge ansehen. Oder war es natürlicher, vage zu bleiben – wer erinnert sich schon an solches Zeug? Was war mit der Videoüberwachung im Hotel? Hatten Überwachungskameras in der Nähe des Unfallorts den Audi aufgezeichnet? Und die Polizei verfügt über automatische Kennzeichenerkennung, nicht wahr? O Gott, könnte die auch nachträglich angewendet werden?

Mir fiel auf, dass ich unvermittelt blinzelte, immer und immer wieder, ein nervöser Tick, den ich nur schwer kontrollieren konnte.

»Ist mit deinen Augen alles in Ordnung, Bram?«, fragte Fi.

»Alles gut, nur ein Staubkorn.« Ich riss mich zusammen. »Weißt du ... Nein, jetzt ist vielleicht nicht der richtige Zeitpunkt ...«

»Wofür? Sag schon!«

»Nur ein Vorschlag, aber ich habe im *Guardian* einen Artikel über Familien gelesen, die ohne Auto leben, und hatte mich gefragt, ob das etwas wäre, was wir auch tun könnten. Die Jungs mit ins Boot holen, an ihr Öko-Gewissen appellieren.«

Sie wirkte baff überrascht, wie es jeder vernünftige Mensch wäre, wenn er hörte, dass Bram Lawson, der jede einzelne Folge von *Top Gear* auswendig kannte und den nur bedingt Gewissensbisse wegen seines CO_2-Fußabdrucks plagten, so redete.

»Ist das dein Ernst?«, fragte sie. »Du bist immer gefahren. Ich kann mir dich ohne Auto überhaupt nicht vorstellen.«

»Wir alle müssen ab und an neue Dinge ausprobieren«, erwiderte ich.

25

»Fionas Geschichte« > 01:36:31

Toby schrieb mir am Samstagvormittag eine Nachricht:

- *Lass mich raten – du hast mich gegoogelt und herausgefunden, dass ich nicht existiere? Du hältst mich für einen Serienmörder mit einer falschen Identität?*

Ich lächelte.

- Nicht ganz.
- *Ich bin nur ein Social-Media-Verweigerer.*
  Du kannst von Glück reden, dass du diese Nachricht bekommst.
- Du kannst von Glück reden, dass ich antworte.

Es folgte einvernehmliches Schweigen, während dessen mir das Hämmern meines eigenen Herzens immer deutlicher bewusst wurde. Es war kein Zufall, dass er bis zum Wochenende gewartet hatte, um sich bei mir zu melden. Ich hatte ihm mein ungewöhnliches Wohnarrangement erklärt und dass dies meine Zeit in der Wohnung wäre.

- Später Zeit?

fragte ich, bevor er es konnte.

- *Stehe zu deinen Diensten.*

Bram, Word-Dokument

Wild entschlossen, Mike aus meinem Bewusstsein zu verbannen, wurde mein Plan doch wieder durchkreuzt, als am Montag nach unserem Treffen im Swan ein Ersatzhandy, diesmal ein Sony, persönlich in meinem Büro abgegeben wurde. Zusammen mit einem Ladegerät, allerdings ohne Verpackung, ohne Briefumschlag, ohne Nachricht.

»Der Typ meinte, er hätte gesehen, wie Sie es gerade eben im Pub beim Aufladen vergessen haben«, erklärte mir Nerina vom Empfang. »Er muss Ihnen hierher gefolgt sein. War das nicht nett von ihm? Ich liebe solche guten Taten, Sie nicht?«

»Doch«, stimmte ich ihr zu. Was ich nicht mag, sind psychotische Stalker, dachte ich. (Eine kleine Meckerei am Rande: Es war nett von ihm, den Eindruck zu erwecken, ich wäre an einem Montagmittag im Pub gewesen anstatt bei einem Meeting mit einer in der Nähe gelegenen Bereitschaftspraxis, die in meinem Kalender notiert und pflichtgemäß absolviert worden war.) Widerstrebend nahm ich das Handy entgegen, und fast wie als Reaktion auf meine Berührung ploppte eine Textnachricht auf dem Display auf:

- *Oh-oh, sieht so aus, als würde jemand sein Gedächtnis wiederfinden ...*

Ich las den Artikel an Ort und Stelle, beim Empfang, meine Tasche mit Mustern neben mir.

Verkehrsrowdy laut Opfer für Silver-Road-Unfall verantwortlich

Ein Opfer des Silver-Road-Verkehrsunfalls am 16. September erklärte der Polizei, die Kollision sei durch ein rücksichtsloses Überholmanöver verursacht worden.

»Das Opfer erinnert sich, dass ein schwarzer Wagen mit Schrägheck an einem dritten Auto vorbeipreschte, das sich an die Geschwindigkeitsbegrenzung hielt, und sich bei dem Manöver verschätzt und daraufhin ihren Fiat von der Straße abgedrängt hat. Bei dem Unfall haben sie und ihre Tochter sich schwere Verletzungen zugezogen«, sagte Detective Sergeant Joanne McGowan.

Bis jetzt konnten die Opfer aufgrund ihrer Verfassung noch nicht von der Polizei vernommen werden. Ihre Tochter wird weiterhin auf der Intensivstation des Croydon Hospital behandelt und soll bereits mehrmals operiert worden sein.

»Wir möchten dringend mit dem Fahrer des dritten Wagens sprechen, bei dem es sich um einen weißen Mittelklassewagen handeln soll, um gemeinsam die Identität des Rasers aufzudecken«, fuhr DS McGowan fort.

Die Aussage des Opfers stützt die der Besitzerin des Hauses, vor dem sich der Unfall ereignet hatte. Sie hatte einen schwarzen VW oder Audi gesehen, der kurz darauf aus der Silver Road abbog.

Der Ehemann des Opfers hat eine Belohnung von £ 10.000 für Hinweise ausgelobt, die zu einem Durchbruch in der Ermittlung führen.

Leise fluchend ignorierte ich Nerinas neugierigen Blick. Es spottete jeder Beschreibung: Die Polizei hätte Mikes Version Wort für Wort nachplappern können, so gut diente es seiner Sache. Der Dreckskerl hatte mich nicht überholen lassen – *das* hatte den Unfall verursacht. Aber nein, im offiziellen Bericht war ich rücksichtslos und er frei von jeder Schuld. Und wie groß war die Wahrscheinlichkeit, dass die Marke seines Autos unbemerkt blieb, wo meine nun stadtbekannt war? Ein weißes Fahrzeug: War das *alles*, was sie bemerkt hatte?

Erneut tröstete ich mich mit dem Gedanken, dass es in meinem Interesse lag, wenn er der Aufmerksamkeit der Polizei entging. Denn dank der Beweise, die er gegen mich gesammelt hatte, wäre er in ihrem Verhörraum noch gefährlicher als mit seiner Schikane jetzt. Noch viel schlimmer war nur der Umstand, dass der Wagen jetzt nicht mehr dunkel war, sondern definitiv schwarz – und ein Schrägheck hatte.

– *Irgendwelche Ideen?*

hakte er mit der nächsten Textnachricht nach.

Ich antwortete nicht sofort. Bevor ich am frühen Nachmittag für einen Kundenbesuch nach Surrey fuhr, wäre noch genug Zeit, um in der Nähe ein Geschäft zu finden und ein unregistriertes Prepaid-Handy zu kaufen. Ich wusste es jetzt besser, als leichtgläubig darauf zu vertrauen, dass jedes Handy, das von Mike kam, ohne eingebauten Abhörmechanismus ausgestattet war, der gegen mich eingesetzt wurde. Ich würde es später in der Wohnung wegwerfen.

Auf dem Weg zum Kunden schrieb ich ihm eine Nachricht. In einer Woche voller externer Meetings war mir ein neuer Praktikant als Chauffeur zugewiesen worden, was sich als weniger praktisch als erwartet herausstellte, da er mir auch wie ein Schatten zu den Besprechungen selbst folgte und mich zwang, ein Maß an Professionalität an den Tag zu legen, von dem ich ziemlich sicher war, es nie wieder in meinem ganzen Leben erreichen zu können. (Was spielte es für eine Rolle, ob ein Krankenhaus oder eine Arztpraxis ihre Bestellungen an Halskrausen fortsetzte? Sie verdoppelte oder stornierte? Auch in dieser Hinsicht ging es den Bach hinunter.)

- Ich könnte etwas Bargeld auftreiben.
- *Sind Sie's, Bram?*
- Ja.
- *Ich würde es vorziehen, wenn Sie das Handy benutzen, das ich Ihnen gegeben habe.*
- Nun, ich ziehe es vor, das hier zu benutzen.

Ich freute mich diebisch, ihn herausgefordert zu haben, und genoss die Pause, die nun folgte.

»Haben Sie denn kein iPhone?«, fragte Rich, der Praktikant, vom Fahrersitz aus, als ihm mein billiges Prepaid-Handy einer fragwürdigen Marke auffiel. Er war jung und bemerkte nicht meinen nervlichen Zustand, nur mein uncooles Handy.

»Schon, für die Arbeit. Das hier ist für meine Arbeit beim MI5«, erwiderte ich. Es spottete jeder Beschreibung, dass ich jetzt im Besitz dreier Mobiltelefone war, wie ein Drogenhändler oder Polygamist.

»Ja, klar.« Rich lachte, und ich widerstand dem Drang, ihn über den Wert des Lebens und der Menschen darin zu belehren, und ihn davor zu warnen, dieselben Fehler wie ich zu begehen, denn wenn er es doch täte, erwartete ihn nichts weniger als die Hölle auf Erden.

Da meldete sich Mike zurück:

- *Wie viel Bargeld? Bin nicht an Kleingeld interessiert.*
- Kein Kleingeld. 15.000, mehr als die Belohnung.

Fünfzig Prozent mehr. Gewiss würde ihn das zufriedenstellen.

- *Lassen Sie uns reden. Ich komme heute Abend in die Trinity Avenue.*
- *Nein! Wie gesagt, ich wohne zur Miete in einem mickrigen Apartment.*

Ich fügte die Adresse der Wohnung an, ein unnötiges Entgegenkommen, da er jedes noch so kleine Detail meiner Lebensumstände zu kennen schien.

- *Ich bin um 20.00 Uhr da. Versuchen Sie nicht, mich übers Ohr zu hauen.*

Das war seine Verabschiedung. Kein Hauch von Ironie.

Das Kundenmeeting war die reinste Qual. Während der gesamten Präsentation der neuen Produkte kreisten meine Gedanken um dieselben Satzfragmente: »*lebensbedrohliche Verletzungen ... mehrmals operiert ... Identität des Rasers ...*« Der Kunde, dessen emotionale Intelligenz kaum höher als die des Praktikanten war, bemerkte nur, dass ich etwas blass war.

»Erde an Bram! Alles in Ordnung?«

Erschrocken erkannte ich, dass ich in kleinkindhafter Nervosität an meinen Fingernägeln kaute, und ließ die Hand sofort sinken. »Tut mir leid, ja klar, alles in Ordnung. Ich habe nur gerade ein paar Dinge um die Ohren.«

»Ah, ja, ich habe von Ihren häuslichen Problemen gehört«, sagte er. »Passiert in den besten Familien.«

Kürzlich hatte er mir erzählt, dass seine Frau ihn verlassen hatte, um mit einem Kollegen zusammenzuziehen, was ihn zu einem Junggesellendasein mit Netflix, Fertiggerichten und Pornos verdammte.

»Für wen hat sie Sie sitzengelassen?«, erkundigte er sich freundlich.

»Für niemanden«, sagte ich. »Da gibt es niemanden.«

Zum Glück entschied er in diesem Fall, mich beim Wort zu nehmen. Für ihn waren wir verwandte Seelen, gottverlassen – von der *Frau* verlassen.

Er hatte nicht den blassesten Schimmer.

26

Bram, Word-Dokument

Ich habe kein Problem damit, hier einzugestehen, dass ich in Erwägung zog, ihm den Kopf einzuschlagen, sobald er durch die Tür tritt. Oder ihm ein Messer zwischen die Rippen zu rammen und zuzusehen, wie er auf dem Boden zusammensackt, gleich einer Puppe ohne Gelenke. Und dann? Wenn man es einmal gründlich durchdenkt, wenn man plant, jemanden umzubringen, dann erkennt man schnell, dass es keine idiotensichere Mordmethode gibt, bei all den Überwachungskameras und Handys, die jeden deiner Schritte verraten, ganz zu schweigen von DNA-Spuren und der Forensik.

Nein, natürlich würde ich den Dreckskerl nicht umbringen. Ich konnte nur hoffen, ihn – und diese habgierige Schlampe Wendy, wo auch immer sie stecken mochte – zu bezahlen, damit sie aus meinem Leben verschwanden.

Ich hielt vom Balkon aus nach ihm Ausschau. Die Fahrzeuge von Alder Rise krochen eines nach dem anderen auf die Ampeln an der östlichen Parkseite zu – blondierte Mütter, die zu dieser späten Stunde ihren Nachwuchs vom Sportverein oder vom Musikunterricht nach Hause chauffierten; die allabendlichen Ocado-Lieferungen an Avocados und Sauvignon Blanc –, und ich verspürte die körperlichen Krämpfe von Kummer. Ich vermisste Fi und die Jungen auf dieselbe Art, wie man einen Sinn vermisst, etwa das Sehen oder Tasten. Ich vermisste das *Autofahren*. Hinter dem Lenkrad zu sitzen war, wie ich jetzt erkannte, eine echte Leidenschaft von mir gewesen. Ich hatte andere gern nach Hause gefahren, hatte freiwillig Haushaltspflichten übernommen, war mit den Jungen kreuz und quer herumgedüst. Die Kindersitze einzubauen, die Fi den letzten Nerv kosteten, die Gurte festzuziehen, den Jungen durchs Haar zu zausen, bevor ich ihre Türen zuknallte und in den Fahrersitz glitt. Dann fühlte ich mich so entspannt, schien alles unter Kontrolle zu haben – abgesehen von den Malen, wenn ich von anderen Autofahrern oder Fahrradfahrern oder Fußgängern bis aufs Blut gereizt wurde, aber das ist in London kaum anders zu erwarten, nicht wahr? Alle Fahrer haben ihre gelegentlichen Aussetzer.

Nur, dass *meiner* schreckliche Konsequenzen nach sich zog.

Konsequenzen, die noch schlimmer zu werden drohten.

Ein schmutziger weißer Toyota hielt und fuhr rückwärts in die einzige freie Parklücke in der Nähe. Die Türen des Fahrers und des Beifahrers öffneten sich gleichzeitig, und ich beobachtete, wie Mike und Wendy ausstiegen. Er stand da, sein Blick auf Baby Deco gerichtet, auf mich – ich widersetzte mich dem Instinkt, mich zu ducken und aus seinem Sichtfeld zu verschwinden, machte aber auch keine grüßende Geste –, während sie etwas auf ihrem Handy nachsah, und die beiden dann gemeinsam zur Haustür schritten.

Ich wartete im Flur auf sie, längst rasend vor Wut.

»Was zum Teufel soll das?«, zischte ich, sobald sie aus dem Aufzug getreten waren, und meine unverhohlene Feindseligkeit entlockte meiner Nachbarin, die just in diesem Moment ihr Apartment verließ, ein verwirrtes Stirnrunzeln. (Murphys Gesetz: Das einzige Mal, dass ich auf meinem Stockwerk einer anderen Menschenseele begegnete, musste genau in der Sekunde sein, als diese zwei kamen.)

Mike hatte die Unverfrorenheit, einen beleidigten Gesichtsausdruck aufzusetzen. »Was? Sie wussten, ich würde kommen ... Was ist das Problem? Es stört Sie doch nicht, dass ich Wendy mitgebracht habe? Ich dachte, Sie wollten Ihre Freundschaft vielleicht wieder auffrischen.«

Ich schob sie in die Wohnung und schloss hinter ihnen die Tür. »Ich meine das Auto! Der Toyota. Ich dachte, Sie hätten gesagt, Sie wären ihn losgeworden.«

Mike runzelte die Stirn. »Warum sollte ich das tun?«

»Sie meinten, Kleinkriminelle hätten ihn geklaut!« Keine dreißig Sekunden, und schon war ich in die Defensive gedrängt und redete genau in dem wilden Geschrei, das ich unter allen Umständen hatte vermeiden wollen.

Wendy, die bis jetzt kein Wort von sich gegeben hatte, sagte im Plauderton: »Wäre *ich* die Polizei und jemand hätte erklärt, er habe einen Toyota an einem Tatort gesehen, wären die Ersten, die ich überprüfen würde, diejenigen, die kürzlich als gestohlen gemeldet worden waren. Ich würde glauben, das wäre ein bisschen ein zu großer Zufall.«

»Sie sind nicht losgezogen und haben den Audi verschwinden lassen, oder, Bram?«, fragte Mike mit wenig überzeugender Besorgnis. »Das wäre ein Fehler.«

Nun, wo er es sagte, war es offensichtlich. Ich war reingelegt worden. Ich hatte auf seine Nachricht über Kleinkriminelle genauso reagiert, wie er gehofft hatte, nämlich indem ich mein eigenes Fahrzeug unbedachterweise selbst belastete und ihm noch mehr Druckmittel in die Hand gab, als er sowieso schon hatte. Der A3 wäre eine Nadel im VW/Audi-Heuhaufen gewesen, hätte ich die Polizei nicht mit der Nase darauf gestoßen, indem ich ihn als vermisst meldete. Wie viele andere waren im letzten Monat gestohlen worden? Selbst im gesamten Südosten konnten es nicht mehr sein als was, zehn, zwanzig? So wenige, dass jedem Besitzer die nötige Aufmerksamkeit geschenkt werden konnte, schon bevor man das neue Detail hinzufügte, dass es sich um ein Schrägheck handelte. Schon bevor man besagten Fahrer mit der Datenbank für Verkehrsvergehen abglich …

Ich war ein Idiot! In diesem Tempo würde ich im Gefängnis landen und hätte mir selbst die größte Grube gegraben.

»Allerdings«, sagte Mike freundlich, »hat die andere Fahrerin keinen Toyota erwähnt, also ist es von rein theoretischem Interesse.« Er machte eine Pause, um sich den Satz auf der Zunge zergehen zu lassen, bevor er den Blick wohlwollend durch die Wohnung gleiten ließ. »Keine schlechte, kleine Behausung, oder, mein Freund? Kompakt. Natürlich kein Vergleich zum eigentlichen Haus, aber was sein muss, muss sein. Das passiert eben, wenn die Ehefrau herausfindet, dass man ein unartiger Junge gewesen ist, hm?«

Was? Woher zum Teufel wusste er das? Reine Vermutung, schätzte ich, beruhend auf meiner gegenwärtigen Lage, beruhend auf meiner Bereitwilligkeit, mit Wendy ins Bett zu steigen.

»Sie wissen überhaupt nichts über meine Frau«, sagte ich verbittert. »Sie waren nie in meinem Haus und werden es auch nie sein.«

Er feixte. »Da ist wohl heute jemand mit dem linken Fuß aufgestanden, hm? Ich werde nicht fragen, aus welchem Bett.«

»Leider nicht aus meinem«, sagte Wendy mit einem schrecklich affektierten Lächeln.

Ohne Einladung nahmen sie in den zwei Sesseln Platz, ihre Köpfe in symmetrischen Winkeln zu mir gedreht, als würden sie von einem einzigen Gehirn gelenkt. Die Vorhänge waren zugezogen, und das Licht der Lampe erzeugte eine grässliche Intimität zwischen uns dreien.

»Sie wollen uns wohl nichts zu trinken anbieten?«, fragte Mike.

»Habe nichts da«, erwiderte ich und lehnte mich gegen einen Barhocker, zu angespannt, um mich richtig hinzusetzen.

»Nicht gerade der gastfreundliche Typ, oder?«, sagte Mike zu Wendy.

»Letztes Mal hatte er ausreichend Erfrischungen im Haus«, erklärte sie, als sei sie wegen der Unstimmigkeit verwirrt.

»Da wette ich drauf.«

Ich hasste sie beide. Ich wollte sie in ihrem Toyota einsperren und eine Bombe darunter zünden. »Nun, was läuft da zwischen Ihnen beiden?«, wollte ich wissen. »Offensichtlich kennen Sie sich ja schon länger.«

»Das ist irrelevant«, sagte Mike, und sein freundlicher Tonfall stand im deutlichen Widerspruch zu meiner Streitlust. »Dann erzählen Sie uns mal von dem Geld. Ein Konto, das Sie vergessen haben?«

»Das Geld von der Autoversicherung«, erwiderte ich. »Aber es wird noch ein oder zwei Wochen dauern, bevor sie zahlen … Sie müssen sicher sein, dass der Wagen tatsächlich gestohlen wurde.«

Mir kam in den Sinn, dass der Versicherungsprüfer womöglich zur Serious Collisions Unit verwiesen worden war, was wiederum dafür gesorgt haben mochte, die Detectives an ein Fahrzeug zu erinnern, das sie nach diesem ersten Gespräch mit Fi so gut wie ausgeschlossen hatten. Es war gewiss nur eine Frage der Zeit, bevor sie zurückkehrten, dieses Mal, um *mich* zu befragen. Immerhin war ich die Triebfeder hinter der Anzeige, selbst wenn Fi angegeben hatte, als Letzte den Wagen gefahren zu haben. Vielleicht schon morgen? Sie mussten längst von der zweiten Adresse wissen. Womöglich kämen sie vor der Arbeit und würden mich zu einem Streifenwagen begleiten, während die Alder-Rise-Mütter, die ihre Kinder mit dem Auto zur Schule brachten, vorbeifuhren ... Wen würde ich anrufen? Fi? Meine Mutter? Warum hatte ich nicht daran gedacht, mir einen Anwalt zu nehmen?

»Ich hatte den Eindruck gewonnen, Sie hätten das Geld parat«, sagte Mike stirnrunzelnd. »Fünfzehntausend werden übrigens nicht ausreichen. Zwanzig wären besser, und die sollten Sie lieber schnellstmöglich auftreiben, denn wir brauchen das Geld für neue Papiere.«

Ich fuhr jäh zusammen. »Welche Papiere?«

Er gab sich den Anschein von übertriebener Hilfsbereitschaft, von dem ich jetzt wusste, dass es sein Markenzeichen war – als würde er einem betagten Touristen, der nach dem Weg fragte, zuvorkommend die Richtung weisen. »Nun, als Allererstes brauchen wir neue Pässe, und da sprechen wir Minimum von fünftausend pro Stück, für die Sorte, die einen außer Landes bringt. Außerdem werden wir Hilfe mit dem Bankkonto brauchen, wahrscheinlich im Nahen Osten, vielleicht in Dubai, außerhalb der Tentakel des Britischen Finanzamts.«

Ich federte auf meinem Hocker auf und ab. »Was zum Teufel ...? Wer braucht einen neuen Pass? Wer muss außer Landes?«

»Nun, Sie natürlich, zum einen. Wenn der Verkauf durch ist, wird Ihre Ex nicht einfach davonspazieren, oder? Sie wird ausrasten. Sie wird die Polizei einschalten, herausfinden wollen, was mit ihrem Anteil passiert ist, und die Chancen stehen nicht schlecht, dass die Leute vom Grenzschutz benachrichtigt werden, vielleicht sogar Interpol. Mit Ihrem eigenen Pass werden Sie nicht reisen können, und neue können nicht einfach über Nacht herbeigezaubert werden. Das sind echte Kunstwerke, Bram.«

Wie benommen starrte ich ihn an. »*Wenn der Verkauf durch ist? Interpol?*« Die Einsicht, dass das angebotene Geld seinen wahnwitzigen Appetit nicht gestillt hatte, drang in mich durch meinen offenen Mund, eine Monsterkakerlake, die meine Atemwege versperrte. Schließlich gelang mir ein Krächzen: »Kommen Sie, Mike. Vergessen Sie diese Hausfantasie. Ich werde versuchen, zwanzigtausend für Sie aufzutreiben. Nehmen Sie das Geld und verschwinden Sie. Es ist eine anständige Abfindung.«

Sein Ausdruck blieb stoisch. »Es ist keine Fantasie. Das ist ein Plan, und es ist Zeit, in die Gänge zu kommen. Das Erste, was wir von Ihnen brauchen, ist ein Blick auf Mrs Lawsons Passfoto, damit Wendy hier sich ein bisschen ans Umstylen machen kann.«

Bei diesen Worten setzte Wendy ein übertrieben bescheidenes Gesicht auf, als wäre ihr die Aussicht auf eine Beförderung eröffnet worden.

»Schießen Sie einfach ein Foto von der entsprechenden Seite, wenn Sie das nächste Mal im Haus sind, okay, und schicken es mir über das neue Handy. Und auch ein Foto von ihrer Unterschrift, bitte.«

»Augenblick mal. Wovon, verdammt noch mal, reden Sie da, ›Umstyling‹?«, fragte ich.

»Sie wird natürlich Fiona Lawson spielen. Das habe ich Ihnen doch schon *letztes* Mal gesagt«, erklärte Mike. »Mitdenken!«

Ich lachte, und mein verrücktes Gackern strafte meine Gewissheit Lügen, dass dem hier *sofort* Einhalt geboten werden musste. »Hören Sie, das ist schon *viel* zu weit gegangen.« Ich sprang auf. »Sie lassen mir keine andere Wahl, als zur Polizei zu gehen. Das hätte ich gleich tun sollen.«

»Warum haben Sie es dann nicht getan?« Mike erhob sich ebenfalls, trat einen Schritt auf mich zu. Im Licht der Lampe wirkte sein knochiges Gesicht wie ein Totenschädel. »Na los, erzählen Sie's uns. Wir sind ganz Ohr. Es war nicht nur das Fahrverbot, nicht wahr? Ein gut aussehender Kerl wie Sie hätte einen Richter gewiss überzeugen können, bei der Mindeststrafe zu bleiben.«

»Ich habe nicht die leiseste Ahnung, wovon Sie reden«, sagte ich. Meine Besorgnis war auf ein völlig neues Level katapultiert.

Sein Gesicht nahm den Ausdruck gespielter Überraschung an. »Ihre Verurteilung wegen Körperverletzung natürlich. Die können Sie doch nicht *vergessen* haben.«

Eiseskälte durchzuckte mich, wie eine Schneewehe, die auf meinen Oberkörper stürzte.

»Eine Bewährungsstrafe, nicht wahr? Vor wann, vier Jahren? Im Gegenzug zu einem Schuldbekenntnis, nehme ich an. Eine hübsche Litanei an Strafanzeigen, die Sie da angesammelt haben, Brammy Boy. Wenn Sie mich fragen, wäre das Dümmste, was Sie tun könnten, zur Polizei zu gehen. Weiß Ihr Chef eigentlich Bescheid? Und Ihre Frau?«

Ich schwieg.

Er stieß einen Pfiff aus. »Verdammt viele Geheimnisse, die Sie da für sich behalten haben, Bram. Aber vor der Polizei können Sie die nicht geheim halten, nicht wahr? Das alles zählt als Beweis für einen schlechten Charakter, wenn die Zeit kommt.«

Wenn die Zeit kommt?

Das Blut brüllte in meinem Schädel. »Raus hier!«, rief ich. »Der Deal ist geplatzt. Kein Geld, nichts.«

Mike erwiderte nichts, sondern blickte einfach nur zu Wendy, die ihr Handy hervorholte und zu wählen begann. Ich schwankte, ohnmächtig vor Wut, als sie auf die Freisprechfunktion drückte und das Telefon auf den Couchtisch zwischen Mike und sie legte.

Eine Stimme erscholl: »Croydon Hospital.«

»Die Intensivstation, bitte«, sagte Wendy mit ernster Stimme.

»Was soll das?«, zischte ich und stürzte vor. »Warum rufst du im Krankenhaus an?«

Ihr Blick ausdruckslos auf mich gerichtet, redete sie weiter laut ins Telefon. »Oh, hallo. Ich möchte mich nach dem Zustand der kleinen Ellie Rutherford erkundigen, dem Opfer des Silver-Road-Unfalls. Wie geht es ihr?«

»Hör auf!«, keuchte ich. Mein Puls hämmerte gefährlich.

»Aber Sie haben doch gerade gesagt, Sie wollten Schadensbegrenzung betreiben«, murmelte Mike, seine Stimme nah an meinem Ohr, als wäre er wegen meines Protests aufrichtig verwirrt.

»Was?« Wendy redete gleichzeitig. »Nein, nein, ich bin keine Familienangehörige, nur eine besorgte Mitbürgerin. Ich glaube, ich habe den Unfall gesehen, verstehen Sie, und ich bin nicht sicher, an wen ich mich wenden soll.«

»Kann ich Ihren Namen notieren?«, fragte die Krankenhausmitarbeiterin. »Und bitte eine Kontaktnummer.«

»Tut mir leid, können Sie das bitte wiederholen?« Wendy nahm das Handy, bedeckte das Mikrofon und wandte sich mit der gekünstelten Stimme eines inneren Zwiespalts an mich: »Sie will, dass ich einen Namen und eine Telefonnummer hinterlasse, um sie an die Polizei weiterzugeben. Soll ich? Es ist dein Anruf.«

»Nein!« Ich sank auf die Knie. »Bitte leg auf!«

Zwei Augenpaare ruhten unverwandt auf mir, bis Wendy schließlich zu Mike sah und auf ein Signal wartete.

Sie gab das Mundstück wieder frei. »Kein Name. Richten Sie bitte meine besten Wünsche für ihre Genesung aus.«

Mit diesen Worten beendete sie das Gespräch.

»Das war abscheulich«, sagte ich mit zugeschnürter Kehle. »Zu behaupten, Informationen zu haben, und dann ...« Meine Stimme brach.

»Herrjemine«, sagte Wendy zu Mike. »Ich bin sicher, Karen Rutherford wäre tief berührt.«

»Woher kennen Sie ihre Namen? Die standen nicht in der Zeitung.« Ganz abgesehen vom Stress dieser letzten miesen Nummer war es mir nicht recht, die Namen der Opfer zu kennen: Karen und Ellie – sie könnten eine Mutter und eine Tochter am Schultor der Jungen sein. Ich wünschte, ich könnte sie aus meinem Gedächtnis streichen.

»Inoffizielle Kanäle, mein Freund«, sagte Mike.

Dieselben Kanäle, die er benutzt hatte, um meine Finanzen, die Vorstrafe wegen Körperverletzung und Gott weiß was in Erfahrung zu bringen.

»Bram, ich denke, Sie müssen langsam einsehen, wie ernst die Lage ist«, fuhr er fort, sein Auftreten auf einmal sanft, väterlich. »Wie schon gesagt, wir sind so weit, den Prozess in Gang zu bringen, und es gibt viel zu tun, während wir auf das Geld warten.«

»Ja, das haben Sie schon gesagt. Die verrückte und auf keinen Fall zurückverfolgbare Tat, ein Haus zu stehlen, indem Sie sich als mich und meine Frau ausgeben.«

»Oh, es gibt überhaupt keinen Grund, dass sich irgendjemand für *Sie* ausgeben müsste«, erklärte Mike kichernd. »Selbst wenn ich das nötige schauspielerische Talent hätte, könnte ich nicht hoffen, mich mit Ihrem Hollywood-Aussehen zu messen. Ihrem allmählich schwindenden Hollywood-Aussehen. Nein, Sie können sich selbst spielen, mein Freund.«

»Bekommen Sie doch mal Ihren eigenen Plan auf die Reihe«, fauchte ich. »Gerade eben haben Sie gesagt, ich bräuchte einen neuen Pass. Was denn jetzt?«

»Nun, für den Verkauf werden Sie sich selbst spielen, aber sobald das über die Bühne gebracht ist, werden Sie, wie schon gesagt, ein bisschen in Erklärungsnot geraten und wahrscheinlich lieber mit einer hübschen neuen Identität weiterleben wollen.«

»Nur über meine Leiche.«

»Interessante Wortwahl. Nur solange es Ihre und nicht die der kleinen Ellie ist. Wie ich höre, hängt ihr Leben am seidenen Faden, das arme Ding, ständig fängt sie sich neue Infektionen ein.«

Ich starrte ihn mit offenem Mund an. »Sie sind böse.«

Sein Achselzucken war so ungezwungen, dass es nur eine Schulter erforderte. »Nicht böse, nur praktisch veranlagt. Sie müssen verstehen, dass Sie das Foto oder die Sprachaufnahme erst in die Finger bekommen, nachdem der Hausverkauf durch ist. In der Zwischenzeit besteht immer die Möglichkeit, dass sich die Erinnerung des Opfers bessert, insbesondere wenn Wendy sie anruft.«

Während ich bei der Bestätigung, dass Wendy unsere Unterhaltung am Morgen danach tatsächlich aufgenommen hatte, zusammensackte, fuhr Mike ungerührt fort: »Wie Sie sehen, drängt die Zeit wirklich. Je schneller wir arbeiten, desto schneller können Sie fliehen. Wenn ich es recht verstehe, könnten wir die Angelegenheit in unter drei Monaten über die Bühne bringen, sollten wir das Haus jetzt zum Verkauf anbieten.«

»Drei Monate?« Ich lachte verbittert. »Bis dahin werde ich längst verhaftet sein, mit oder ohne den Tipp ihrer Handlangerin.«

»Darauf wollte ich sowieso noch hinaus«, sagte Mike. »Falls die Polizei tatsächlich bei Ihnen vorbeischaut, werde ich Ihnen, solange Sie schön kooperieren, mit einem Alibi für den Abend des Unfalls aushelfen. Wir sind im Half Moon am Clapham Junction ins Gespräch gekommen … Wie wäre es damit? Ich schätze, es müsste in der Nähe eines Bahnhofs sein, hm? Da Sie nicht Auto fahren dürfen.«

Ich spürte, dass ich ihm am liebsten mit der rechten Faust einen Kinnhaken versetzt hätte, und musste mir die Hand gewaltsam an die Seite pressen. »Scheiß auf Ihr Alibi, und verschwinden Sie von hier! Ich werde Sie nicht noch mal bitten.«

Zum ersten Mal grenzte sein Verhalten an Verärgerung. »Wissen Sie was? Allmählich finde ich Ihre reflexartigen Wutausbrüche ein wenig nervig. Unterstehen Sie sich, ein weiteres Handy zu zerstören, ja? Wenn doch, werden wir Sie wohl auf Ihrem

Arbeitstelefon kontaktieren müssen. Noch besser, eine Nachricht bei Ihrem Boss hinterlassen. Neil Weeks, nicht wahr? Ich schätze, es würde ihn *brennend* interessieren, auf was Sie sich da eingelassen haben. Ich wäre nicht überrascht, wenn er sich wegen Ihrer Arbeitsleistung in letzter Zeit schon Sorgen macht. Die Verkaufszahlen in diesem Quartal sind etwas runtergegangen, hm?« Seine Hand fiel auf meine Schulter, knochige Finger umklammerten mich. »Deshalb würde ich vorschlagen, dass Sie sich die Sache noch mal gründlich durch den Kopf gehen lassen. Ich weiß, Sie werden die richtige Entscheidung treffen.«

Wendy war langsamer beim Aufstehen und nutzte den Moment, um das Zimmer genauer in Augenschein zu nehmen. Ihr Blick blieb auf dem Bett hängen, und als Mike es bemerkte, fragte er: »Soll ich schon mal vorgehen, damit ihr zwei ein bisschen Zeit zu zweit habt?«

Erinnerungsblitze an nackte Haut und lautes Stöhnen, die Namen, die ich ihr ins Ohr hatte flüstern sollen. Oberschenkel, die sich spreizten und mich dann fest umschlossen.

»Nein, danke«, sagte ich.

»Schade.« Sie war jetzt direkt neben mir und berührte mit ihren Fingerspitzen meinen Arm, bevor sie Mike aus der Wohnung folgte.

»Vergessen Sie die zwanzigtausend nicht, Bram«, rief Mike.

Ich sah zu, wie sie verschwanden, genau auf dieselbe Weise, wie ich ihr Kommen beobachtet hatte. Angesichts der Vertrautheit, mit der die beiden miteinander umgingen, war ich sicher, dass sie sich seit vielen Jahren kannten. War ich ein Opfer in einer Reihe von vielen, oder war dies ihr erster Versuch als Trickbetrüger? Zweifellos konnte es sich nur um ein Gelegenheitsverbrechen handeln: Zuerst, am Tatort, hatte Mike zum Selbstschutz ein Foto geschossen, und dann, sobald meine Vermögenswerte und Verbindlichkeiten auf dem Tisch lagen, hatte er Wendy ins Two Brewers geschickt, um mir ein Schuldeingeständnis zu entlocken, das ich in meiner Dummheit ablegen würde. Wenn sie bei ihrem Auftrag Lust hatte, mit mir zu schlafen, dann nur zu. Für die beiden war Sex billig, leicht zu geben und leicht zu nehmen. Was *zählte*, war Besitz. Ein Haus in der Trinity Avenue. Eine Gelegenheit, die man sich nicht entgehen lassen durfte.

Aber egal, welche Maßstäbe man anlegte, es war ein leichtsinniger Plan. Was wussten sie schon von gefälschten Pässen und Bankkonten in Dubai? Wie hätten sie denn ihr Leben bestreiten wollen, bevor ich ihnen erneut einen Batzen Bargeld angeboten hatte? Sie waren Amateure. Clowns.

Der Umstand, dass sie mich so locker in die Tasche steckten, bedeutete nur, dass ich sogar noch dümmer war als sie.

Im Ernst: Ich hätte damals auf der Stelle vom Balkon springen sollen.

27

Freitag, 13. Januar 2017

London, 14:30 Uhr

»Die Polizei ist auf dem Weg«, verkündet Merle, und Fi wird still, ist nur noch darauf konzentriert, nicht zu zittern. In der Küche, in der sie gekocht und mit ihrer Familie Tausende Mahlzeiten gegessen hat, führt sie nicht länger das Kommando, aber ihr ist es lieber, dass Merle jetzt den Ton angibt anstatt die beiden Vaughans.

Die Aussicht auf die Ankunft der Behörden hatte David Vaughan nicht davon abgehalten, seine eigenen Nachforschungen fortzusetzen, und er beendet gerade, ungläubig den Kopf schüttelnd, ein Telefonat mit den Anwälten der Lawsons (die Lawsons in Anführungszeichen). »Der Typ, mit dem wir reden müssen, hat sein Handy während eines Krankenhaustermins ausgeschaltet. Er wird erst am Nachmittag wieder im Büro sein.«

Merle hebt eine Augenbraue. »Hoffentlich lässt er sich die Augen machen. Nein, sein ganzes *Gehirn*.«

Die abwesenden Anwälte werden nicht nur zum fehlenden Glied in der Kette, sondern auch zum Sündenbock der Gruppe.

»Nun, wie es aussieht, haben wir es hier mit Betrug zu tun«, fährt Merle fort. »Das wird Bram umbringen. Er ist nicht so stark wie du, Fi.«

»Augenblick mal«, sagt David. Er kann Merles Art, zu reden,

als sei Fis Position automatisch immer die richtige, nicht auf sich sitzen lassen. Er wendet sich direkt an Fi: »Wenn Sie sich so sicher sind, dass Ihr Ehemann von alldem hier nichts weiß, wer war dann der Typ, den wir getroffen haben? Derjenige, der mit dem Immobilienmakler hier war? Ich bin sicher, dass er uns als der Eigentümer vorgestellt wurde. Wenn er ein Betrüger war, wo hat dann der echte Mr Lawson gesteckt? Gefesselt und geknebelt im Spielhaus?«

»Was?«, sagt Fi erschrocken.

»Wie sieht er denn aus? Ich mein's ernst. Haben Sie ein Foto von ihm auf Ihrem Handy?«

»Sekunde!« Merle kommt einer unbedachten Kooperation von Fi zuvor: »*Sie* beschreiben *uns*, wie der Mann aussieht, den Sie getroffen haben«, befiehlt sie David. In diesem Raum herrscht wenig Vertrauen: Das Einzige, was sie gemeinsam haben, ist der Streitgegenstand.

»Er war gut aussehend, Mitte bis Ende vierzig, ungefähr eins neunzig groß, dunkles lockiges Haar, an den Schläfen ergraut«, sagt Lucy. »Er wirkte etwas angespannt, wenn Sie mich fragen … Sie wissen schon, er ist nervös auf und ab geschritten. Zum Rauchen ist er rausgegangen, nicht wahr, David? Sein Blick, wenn er einen angesehen hat, war ziemlich eindringlich.«

Fi starrt sie vollkommen entsetzt an. Ihre Beobachtung war scharfsinnig (Frauen neigen dazu, jedes Detail an Bram wahrzunehmen), aber wie zum Teufel hatte Lucy sie sich so pointiert bilden können?

»Das klingt ganz nach ihm«, räumt Merle ein.

Angestachelt von neuer Angst, tippt Fi auf ihrem Handy herum, auf der Suche nach einem Foto. Sie hat noch ein paar von Bram mit den Jungen.

»Das ist er definitiv«, kommen die Vaughans überein.

»Das verstehe ich nicht«, sagt Lucy zu David im Flüsterton. »Denkst du, ihr Ehemann hat sie reingelegt?«

»Bram würde niemals etwas so Gemeines tun«, erklärt Merle im Brustton der Überzeugung. »Nicht wahr, Fi?«

Doch der Schock hat eine weitere Woge über sie hinweggespült, weshalb es ihr unmöglich ist, dem Wortwechsel rational zu folgen.

»Wann genau haben Sie ihn gesehen?«, fragt Merle die Vaughans.

»Bei einer der Besichtigungen. Das war allerdings das einzige Mal«, sagt David. »Die nächsten beiden Male war der Makler allein hier. Also ja, nur beim *Open House*.«

»*Open House*?« Bei diesen zwei Worten sträuben sich Fi die Härchen auf den Armen. Eine Erinnerung, eine Verbindung *ihrerseits*, in *ihrer* Erfahrung, zwischen der unbescholtenen Vergangenheit und der trügerischen Gegenwart.

Lucy dreht sich zu ihr, ihr Gedächtnis wachgerüttelt. »Das stimmt! Sie seien auf Dienstreise, war seine Erklärung. Jetzt erinnere ich mich. So, wie er es sagte, hatte ich angenommen, Sie seien immer noch verheiratet.«

Das sind wir auch, denkt Fi. Wie tief auch immer Brams Schiff gesunken sein mag, sie geht gesetzlich und finanziell gemeinsam mit ihm unter.

Merle hingegen klammert sich immer noch am Bug fest. »Tut mir leid, aber es kann auf gar keinen Fall ein *Open House* stattgefunden haben, ohne dass ich es bemerkt hätte. Ich wohne zwei Türen weiter.«

»Nun, das hat es aber«, erwidert David aufgebracht. »An einem Samstag im Oktober.«

»Samstag, der neunundzwanzigste«, fügt Lucy hinzu. Für sie hat das Datum einen sentimentalen Wert, das spürt Fi. Der Tag, an dem sie zum ersten Mal ihr Traumhaus, ihr Haus für die Ewigkeit gesehen hatte.

Als Fi Merles Blick findet, bemerkt sie die Saat des Zweifels in der Antwort ihrer Freundin. »Kent«, sagt sie. »Schulferien.«

Fi dreht sich zu David um, seine Silhouette ist durch den Anflug neuer Tränen verschwommen. »Sie wollen damit also sagen, Bram wäre dabei gewesen? Er hätte aktiv versucht, mein Zuhause zu verkaufen?«

»Ich will damit sagen, er *hat* es verkauft«, erwidert David. »Weshalb es nicht sonderlich wahrscheinlich ist, dass er entführt wurde, nicht wahr? Vermutlich ist er freiwillig abgehauen.«

Als Fi schluchzt, ihr Gesicht mit den Händen verdeckt, und Merle ihr über die herabhängenden Schultern streichelt, klingelt es an der Haustür.

»Mal sehen, was die Polizei davon hält«, sagt Merle.

Genf, 15:30 Uhr

Im Hotelbadezimmer hört er auf seinem Handy Nick Cave und fängt an, sich die Haare zu schneiden. Die Locken fallen in dicken Strähnen herab, nur das Dunkle ist auf dem weißen Porzellan zu sehen, das Grau kaum zu erkennen. Das Licht, die Musik, seine Anspannung: Gemeinsam schaffen sie eine künstliche, fast feierliche Atmosphäre, als wäre er ein Schauspieler, der einen Gesetzlosen verkörpert, und dies ist die Szene, in der er sein Aussehen verändern, zu jemand anderem werden muss. Er ist ein bekannter Posträuber oder vielleicht Jesse James.

Nein, Samson, denkt er. *Der* ist eine erbaulichere Bezugsgröße. Ein Mann, gesegnet mit übermenschlicher Kraft. Die Jungen liebten die Bibelgeschichten für Kinder, die ihnen Grandma

Tina geschenkt hatte. Vor allem Harry genoss die Gewalt in Samsons Geschichte: das Zerreißen des Löwen, das Aus-den-Angeln-Heben der Tore mit bloßen Händen, das Erschlagen einer ganzen Armee. (Bram erinnert sich, dass er nach einer anfänglichen Verwirrung erklären musste, dass diese »Angeln« nichts mit »Fischen« zu tun hatten.)

Nachdem er einen kurzen, verzweifelten Moment darüber nachgedacht hatte, verriet er seiner Mutter mit keiner Silbe, dass er verschwinden wollte. Er selbst mochte an keinen Gott glauben, aber er glaubte daran, dass ihr Glaube sie stärken würde. Und Fi würde den Kontakt nicht einfach abbrechen. Sie ist sehr penibel, was die Rechte von Großeltern betrifft. Wenn überhaupt, werden sie enger zusammenrücken, sobald die Polizei ihnen das Ausmaß seiner Verbrechen offenbart. Dann werden sie ihren Feldzug gegen einen gemeinsamen Feind planen.

Wofür er jetzt noch beten kann, ist, dass sie sich in Leos und Harrys Gegenwart mit ihren Anschuldigungen zurückhalten und zulassen, dass die beiden die beste Seite von ihm in Erinnerung bewahren – was auch immer die war.

Mit den Fingern klaubt er die geschorenen Haare zusammen und wirft sie zum Herunterspülen in die Toilette. Als er einen Schritt zurücktritt und sich im Spiegel betrachtet, ist er beunruhigt. Obwohl er sich verändert hat, ist es nicht zu seinem Vorteil: Er sieht jünger aus, markanter, die Angst in seinen Augen deutlicher zu sehen und einprägsamer. Er erinnert sich wieder an den Mann am Aufzug vor dem Restaurant und weiß jetzt, dass er seinem Instinkt trauen muss, dass der das *Einzige* ist, dem er überhaupt noch trauen kann. Jemand – wenn nicht dieser Mann, dann ein anderer – ist in Genf, beobachtet ihn, wartet den rechten Augenblick ab, um ... was? Ihn zurück zu Mike zu zwingen? Ihn zu verhaften? Ihn zu *töten*?

Sofort überkommt ihn der Drang, sich in Bewegung zu setzen, und er packt die wenigen Habseligkeiten zusammen, die er aus seinem Rucksack geholt hatte, und verlässt das Zimmer.

Die Rezeptionistin, die gerade ihre Schicht begonnen hat, kann nicht wissen, dass sich sein Äußeres verändert hat, und lässt kein Wort über seine verfrühte Abreise fallen, da er das Zimmer bei der Ankunft bar bezahlt hat.

Als er das Hotel verlässt, versucht er, nicht an Samsons Ende zu denken, wie dieser den Tempel zum Einstürzen brachte und dabei nicht nur sich selbst, sondern jeden tötete, der sich im Innern befand.

28

Bram, Word-Dokument

Erkennen Sie allmählich, wie entsetzlich es aussieht, wenn man es schwarz auf weiß liest? Wie gefangen ich mich gefühlt habe, wie eingeschüchtert? Das – aufgezeichnete – Schuldeingeständnis für den Unfall in der Silver Road, der Führerscheinentzug, die Bewährungsstrafe wegen Körperverletzung, ganz zu schweigen von der Verhaftung wegen Drogenbesitzes … Der letzte Punkt war natürlich ein alter Hut, aber was spielte das für eine Rolle? Wie Mike schon gesagt hatte: Es spräche Bände, sollte die Zeit kommen.

Es würde gegen mich sprechen.

Zu meiner Verteidigung kann ich nur vorbringen, dass dies meine einzigen Straftaten in achtundvierzig Jahren waren, und ich glaube, es gibt sehr wenige Menschen, die nicht zumindest eines meiner Vergehen selbst begangen haben, und bei denen das Gesetz einfach nicht ins Spiel kam. Im Ernst: Haben Sie nie das Tempolimit überschritten? Haben Sie niemals Drogen ausprobiert oder sich mit jemandem vor einem Pub angelegt? Ich habe nicht gefragt, ob Sie bei einem dieser Dinge erwischt worden sind – sondern nur, ob Sie es getan haben.

Nun, ich bin bei all den Dingen erwischt worden. Was bedeutete, dass es, wenn die »große Sache« auf den Tisch käme, keinen Strafverteidiger im Land geben würde, der überzeugend genug sein und geltend machen könnte, dass die Silver Road ein einmaliger Ausrutscher sei. Nicht, wenn mein Vorstrafenregister beweist, dass ich jemand bin, der immer am falschen Ort zur falschen Zeit war.

Und das Falsche tat.

Okay, also der Streit vor dem Pub – der hatte es ziemlich in sich gehabt. Ich habe nicht *angefangen*, aber ich habe ihn definitiv beendet: Der Typ musste ins Krankenhaus eingeliefert werden, war wochenlang arbeitsunfähig. Ich hatte Glück, dass das Urteil zur Bewährung ausgesprochen wurde und es mir wie durch ein Wunder gelang, das Gerichtsverfahren vor Fi verheimlichen zu können. Auf die verzwickte Logistik *davon* werde ich nicht näher eingehen. (Hilfreich war, dass wir gerade das Haus renovierten und die Jungs noch nicht in der Schule waren, weshalb die drei im Haus von Fis Eltern Unterschlupf suchten und mich mir selbst überließen.) Genauso wenig werde ich erklären, was wohl passiert wäre, wenn meine Reue das Gericht nicht überzeugt und ich eingebuchtet worden wäre. (»Fi? Ich rufe dich von einem Münztelefon aus dem Gefängnis an. Ich muss dir etwas erzählen …«)

»Im Gegenzug zu einem Schuldbekenntnis, nicht wahr?«, hatte Mike an jenem Abend in der Wohnung gesagt, sein Blick voyeuristisch, als wäre er in der Lage, in meine Seele zu spähen und meinen Schmerz abzuwägen. Und sein Instinkt war messerscharf – das muss man ihm lassen. Ich hätte mich noch zu viel Schlimmerem schuldig bekannt, wenn es bedeutet hätte, dass ich einer Haftstrafe entging. Ich will nicht behaupten, das Gefängnis wäre eine Phobie, denn das würde es zu etwas Irrationalem machen, das nur in meinem Kopf existiert.

Wo es doch in Wirklichkeit real war. So real, dass ich alles getan, jeden geopfert hätte, um es zu verhindern.

»Fionas Geschichte« > 01:37:11

Ich hoffe wirklich, ich erwecke nicht den Anschein, als habe ich zugelassen, dass mich eine neue Beziehung davon, was im Rückblick direkt vor meinen Augen stattfand, ablenkte. Aber ich bin mir sicher, Sie verstehen, dass es eine aufregende Zeit war. Wir wissen alle, dass der Anfang das Beste ist – wer würde einer Frau das missgönnen? Insbesondere einer, deren unschöne Trennung ihr Herz für alles außer für einen Neubeginn verschlossen hat.

Selbst der Neubeginn war vor einem gewissen Maß an Absonderlichkeit nicht gefeit. Es war vielleicht das dritte Wochenende, nachdem wir zusammengekommen waren, und das erste Mal, dass Toby die ganze Nacht in der Wohnung verbrachte, als mich völlig unerwartet eine Kampf-oder-Flucht-Reaktion befiel. Als ich ihn beim Erwachen im Bett neben mir vorfand, erkannte ich ihn nur mit Verzögerung wieder, ebenso wie ich das Bett und die vier Wände um uns herum nur mit Verzögerung wiedererkannte. *Warum bin ich nicht zu Hause bei meiner Familie?*, dachte ich. *Was für ein krankes Konzept ist das hier?* Selbst als mein Verstand wieder funktionierte, war ich überzeugt, nie wieder mit ihm schlafen zu können. Nicht hier, mit Brams Kleidung im Schrank, seinem Rasiergel im Bad, der Luft, in der noch der Atem aus *seiner* Lunge hing. Es war fast so, als wäre er hier im Zimmer mit uns und würde uns beobachten.

Als wir aufgestanden und ich Toby durch den Park zum Bahnhof begleitet hatte, war ich natürlich wieder völlig ich selbst, und ihm war die ganze Episode überhaupt nicht aufgefallen.

»Spielen Kinder heutzutage denn überhaupt nicht mehr mit Kastanien?«, fragte er. »Oder sind sie alle drinnen und viel zu sehr damit beschäftigt, andere in den sozialen Netzwerken zu mobben oder selbstverletzendes Verhalten zu zeigen?«

»Nicht *alle*«, entgegnete ich lachend. »Manche wagen sich ab und an auch noch in die echte Welt.« Doch als die stacheligen Früchte vor unsere Füße rollten, flitzten keine Kinder herbei, um sie aufzusammeln, wie sie es zu meiner Zeit getan hätten, die größten Kastanien geputzt und konkurrierend auf eine Schnur aufgefädelt. (Polly und ich hatten, wie ich mich jetzt erinnere, mit ziemlicher Brutalität abwechselnd auf die der jeweils anderen eingeschlagen.) Es war vielleicht der schönste Monat des Jahres, wenn die leuchtenden Farben des Herbstes noch nicht gänzlich zu Asche verglüht waren. *Leo und Harry sollten hier sein*, dachte ich. »Vielleicht besuchen sie einen Matheclub, von dem ich nichts weiß. Morgen Nachmittag werde ich meine zwei hierher prügeln. Zwangsverordneter Spaß im Freien.«

»Klingt gut.« Toby hatte zwei fast erwachsene Kinder, Charlie und Jess, die er alle paar Wochen sah. Die Beziehung zu seiner Exfrau war angespannt, und sie war in die Midlands gezogen, um näher bei ihren Eltern zu sein.

»Du kannst selbst nicht viel älter als ein Teenager gewesen sein, als du deine Kinder bekommen hast«, sagte ich zu ihm. Er war Ende dreißig, fast zehn Jahre jünger als Bram. »Ich kann mir nicht vorstellen, nicht über Leo und Harry zu reden, so wie du kaum von deinen zweien erzählst.« Als ich mich selbst hörte, entschuldigte ich mich lachend. »Das hört sich schlimm an. Was ich meine, ist, dass ich beeindruckt bin, wie du loslassen kannst.«

Toby betrachtete den Pfad vor uns. »Nur weil ich nicht über sie rede, heißt das nicht, dass ich nicht an sie denke«, erklärte er mit sanfter Stimme.

»Ich weiß, natürlich. Damit wollte ich nicht andeuten, dass du kein fantastischer Vater bist.«

»Da wäre ich mir nicht so sicher«, erwiderte er lächelnd. »Man tut nur sein Bestes, oder?«

»Das stimmt.«

Ich erinnere mich, wie ich mir dachte: *Bram würde mehr um sein Recht kämpfen, im Leben der Kinder zu sein.* Dann: *Hör auf mit den Vergleichen!*

(Vergleiche sind das Ende des Glücks: Das ist eine von Merles Lieblingsweisheiten. Und so wahr!)

Wie dem auch sei, genau in diesem Moment bemerkte ich Bram und die Jungen. Unter einer großen, alten Rosskastanie am Tor zur Alder Rise Road. Die Haare der Jungen waren feucht vom Schwimmen – Bram hatte die Angewohnheit, Mützen zu vergessen. Der Wind frischte auf, und mit einem Mal ergoss sich ein Schauer aus stachligen Projektilen über ihnen, als die Früchte vom Baum fielen, was Harry vor Aufregung jauchzen und die Hände in die Höhe werfen ließ, um eine aufzufangen. Leo, der ewig Vorsichtige, trat einen Schritt beiseite, doch Bram schob ihn zurück, und obwohl er protestierend schrie, leuchtete sein Gesicht vor Begeisterung.

Sie sahen mich nicht, und ich machte Toby nicht auf sie aufmerksam – er ging sowieso einen Schritt vor mir und checkte sein Handy –, sondern behielt die Entdeckung für mich.

Selbst jetzt denke ich noch manchmal an diesen Tag zurück, wie die drei dort zusammen waren, und das Gefühl, das mich beschlich, sie von der anderen Parkseite zu beobachten. Das Bild hinterließ eine sonderbare Melancholie in mir, die ich damals nicht erklären konnte, obwohl ich heute glaube, dass sie direkt mit dem Gefühl zusammenhing, das ich im Bett gehabt hatte. Es war der Tag, an dem ich die letzte, tief verborgene, unterbewusste Hoffnung losließ, dass Bram und ich uns womöglich wieder versöhnen könnten.

#OpferFiona

@SarahTMellor: Die Frau liebt ihren Ex immer noch #Siehtdocheinblinder

@ash-buckley @SarahTMellor: Nicht vergessen: Am Anfang hat sie gesagt, sie will ihn umbringen.

Bram, Word-Dokument

Es war ein Samstagmorgen im Oktober, als ich mit den Jungen zum Park ging – ein Tag, an den ich jetzt oft denken muss. Es war – vor den Medikamenten – wahrscheinlich das letzte Mal, dass es mir gelang, zeitweise den Kopf freizubekommen und im Moment zu leben. Früher habe ich die Phrase »im Moment leben« gehasst – sie klang ein wenig zu *achtsam* für meinen Geschmack –, aber sie beschreibt es ziemlich genau. Als hätte ich keine Vergangenheit und keine Zukunft, sondern wäre mit zwei ausgelassenen kleinen Jungen, die Kastanien im Fallen auffingen, in die Ecke des Alder Rise teleportiert worden. Ich erzählte ihnen von dem Schild mit der Aufschrift ACHTUNG, HERABFALLENDE KASTANIEN, das jemand vor ein paar Jahren an einen Baum genagelt hatte, und Leo sagte: »Wäre es nicht lustig, wenn dem, der das Schild aufgehängt hat, eine auf den Kopf gefallen wäre?«, und Harry fügte hinzu: »Ja, und er *gestorben* wäre.«

Oh, es war alles ein großer Spaß, bis wir nach Hause kamen und sie ihre Lieblingskastanien auffädelten, und innerhalb weniger Sekunden traf Harry seinen Bruder damit am Auge, und Leo musste mit einem Beutel gefrorener Erbsen im Gesicht dasitzen, und ich verpflichtete die beiden zur Verschwiegenheit, denn Fi wäre genau die Sorte Mensch, die eine Warntafel wegen Kastanien für eine gute Idee halten würde.

Ich entschuldigte mich mehrfach bei ihnen – daran erinnere ich mich jetzt –, und sie wiederholten nur andauernd: »Das ist doch nicht *deine* Schuld, Dad«, teils, weil sie sich *immer* gegenseitig die Schuld gaben (es war ihre Standardreaktion), und teils, weil sie nicht wussten, wofür ich mich in Wirklichkeit bei ihnen entschuldigte.

Vielleicht wusste ich es selbst nicht, nicht wirklich. Erst am nächsten Morgen.

Ich kann den Moment genau bestimmen, an dem meine Fingerspitzen von der Felswand abrutschten und einen so extremen Höhenverlust verursachten, dass ich fast das Bewusstsein verlor: Zehn Uhr dreißig am Sonntag, dem sechzehnten Oktober, als ich am Küchentisch Pokémon-Monopoly mit den Jungen spielte, während ich auf dem Handy die Lokalnachrichten überflog.

Polizei jagt Mörder nach grauenvollem Mutter-und-Tochter-Autounfall

Das junge Opfer eines Verkehrsunfalls, der vergangenen Monat in Thornton Heath von einem mutmaßlichen Verkehrsrowdy verursacht wurde, erlag ihren Verletzungen im Krankenhaus. Die zehnjährige Ellie Rutherford, die am Abend des 16. September auf dem Beifahrersitz im Fiat 500 ihrer Mutter saß, verlor nach mehreren Operationen am gestrigen Tag den Kampf um ihr Leben.

Karen Rutherford liegt weiterhin im Croydon Hospital, wo sie sich von ihren eigenen Verletzungen erholt. Weder sie noch ihr Ehemann standen für einen Kommentar zur Verfügung. Ein Polizeisprecher sagte: »Das ist eine schrecklich traurige Nachricht, und wir wollen Ellies Familie versichern, dass wir alles in unserer Macht Stehende tun werden, um den Täter vor Gericht zu bringen. Unser

Interesse gilt insbesondere einer Frau, die im Croydon Hospital angerufen und erklärt hat, den Vorfall beobachtet zu haben. Wir weisen darauf hin, dass jede Information, die sie uns geben kann, streng vertraulich behandelt wird.«

Blumen sind zum stillen Gedenken vor dem Haus der Familie und am Unfallort in der Silver Road niedergelegt worden.

Die Worte werden bis zu meinem letzten Atemzug in meine Seele gebrannt sein. Ein Kind war nicht mehr lebensgefährlich verletzt, sondern tot. *Ein Kind war tot ...*

»Leg das Handy weg, Dad«, sagte Leo und imitierte Fis Stimme. »Du musst dich aufs Spiel konzentrieren.«

Ein Kind war tot!

»Daddy? Kaufen wir jetzt Nidoqueen?«, fragte Harry.

»Entscheide du«, erwiderte ich und klang selbst in meinen Ohren wie ein Geist meiner selbst. »Haben wir genügend Bargeld?«

»Sie ist *echt* teuer, dreihundertfünfzig Pokédollars«, sagte Leo stichelnd. »Kannst du überhaupt so weit zählen?«

»Natürlich kann ich das!« Als Harry begann, das Geld auf seine schludrige Art zu zählen, spürte ich, wie meine Ungeduld wuchs, und fürchtete den Zorn, den ich entfesseln könnte: Vor meinem geistigen Auge sah ich, wie ich den Tisch umwarf, wie ein Monster brüllte und mich durch die Glasplatte warf. Es ängstigte mich, dass die Gewalt, die ich für Mike, Wendy, *mich selbst* verspürte, an den zwei Menschen ausgelassen werden könnte, die ich am allermeisten beschützen wollte.

Ein Kind war tot. Die Anklage würde von schwerer Körperverletzung auf fahrlässige Tötung oder gefährliches Fahren mit Todesfolge angehoben werden – ich hatte keine Ahnung, was der Fachausdruck für dieses Vergehen war.

Nicht vier Jahre im Gefängnis, sondern zehn. Vielleicht mehr.

»Gebt mir einen Moment, Jungs, okay, während ich kurz aufs Klo gehe? Leo, hilfst du Harry bitte beim Zählen?«

»Aber er ist nicht in meinem Team!«, jaulte Leo.

»Tu es einfach!«, donnerte ich.

Trotz der unnachgiebigen Gegensätzlichkeit der beiden war der Schock auf ihren Gesichtern identisch, als ich aus dem Zimmer stürzte und mich unten auf der Toilette übergab.

»Fionas Geschichte« > 01:41:20

Bei meiner Rückkehr in die Trinity Avenue an jenem Sonntag war Harry der Erste, den ich sah, als ich die Tür aufsperrte. Obwohl er sich längst an das Kommen und Gehen seiner getrennt lebenden Eltern gewöhnt hatte, stürzte er immer in den Flur, um die neuesten Neuigkeiten zu verkünden.

»Leo hat sich am Auge verletzt!«

»Wirklich? Wie?«

»Total aus Versehen ... es war nicht *meine* Schuld. Und wir haben jetzt alles mit dem speziellen Polizeistift beschriftet!«

»Gut gemacht! Habt ihr sämtliche Handys und iPads und solche Dinge markiert?«

»Ja, jedes Einzelne. Oh, und Daddy hat schon wieder gekotzt«, erinnerte er sich, als Bram aus dem Badezimmer trat.

»Wirklich?«, sagte ich. *Wieder?* »Geht's dir gut, Bram?«

»Alles in Ordnung«, sagte er. »Wohl eine kleine Lebensmittelvergiftung. Wie war dein Wochenende, Fi?«

»Es war gut. Ich ... Ich habe einen Freund getroffen.« Unsere Blicke verwoben sich, und ich stellte überrascht fest, dass ich errötete. Brams Reaktion war, milde gesagt, sonderbar: Eine Gesichtsseite verzerrte sich, als verpasste ihm ein unsichtbarer Gegner einen Kinnhaken. Es sah im Grunde genau so aus, wie eine rachsüchtigere Exfrau es sich in ihren kühnsten Träumen erhofft hätte: ihr auf Gedeih und Verderb ausgeliefert, am Boden zerstört.

Hypothetisch – denn ich war nicht diese Frau – fühlte es sich nicht auch nur annähernd so befriedigend an, wie ich erwartet hätte.

»Lass mich mal einen Blick auf Leos Auge werfen«, sagte ich.

29

Bram, Word-Dokument

Ich war bereit für meinen nächsten Zug, schon bevor die unausweichliche Provokation am Montagmorgen folgte:

- *Ich schätze, Sie haben die jüngsten Nachrichten mitbekommen? Jetzt sieht die Sache ganz anders aus.*

Wäre ich wirklich paranoid, hätte ich geglaubt, er hätte das arme Kind aus reinem Eigennutz sterben lassen. Ich konnte es nicht ertragen, ihn wiederzusehen, weshalb ich ihn stattdessen anrief.

»Schön, von Ihnen zu hören, Bram«, sagte Mike. »Endlich scheinen Sie zur Raison gekommen zu sein, hm?«

»Ich habe Ihre Nachricht erhalten«, sagte ich kühl. »Ihr Mitgefühl ist überwältigend.«

Er gluckste. »Mein Geschäftsprinzip basiert nicht auf Mitgefühl. Das sollten Sie inzwischen gelernt haben.«

»Dann sind Sie ein Soziopath.«

Er seufzte. »Müssen wir jedes Mal das gleiche Programm abspulen? Rufen Sie *wirklich* allein aus diesem Grund an?«

Ich riss mich zusammen. »Ich rufe an, weil ich ein Angebot für Sie habe.«

»Oh, ja? Dann sollten wir ...«

»Nein, ich habe kein Interesse an einem weiteren Treffen. Ich sage es Ihnen jetzt, übers Telefon. Entweder Sie akzeptieren es, oder Sie lassen es bleiben.«

Bei seinem verächtlich-amüsierten Schnauben hätte ich ihn am liebsten aufgespürt und ihm mein Handy ins Gesicht gerammt.

»Dann mal los. Ich bin ganz Ohr.«

Ich sog Luft in die Lunge, tief genug, um meine Worte ohne Pause auszuspucken: »Sie tun, was Sie nicht lassen können. Wenn Sie tatsächlich so verrückt sind, Pässe oder was auch sonst immer von mir zu stehlen, dann werde ich Sie nicht aufhalten. Aber ich will nichts damit zu tun haben. Sie begehen das Verbrechen, und falls es Ihnen wie durch ein Wunder gelingen sollte, machen Sie mit dem Geld, was immer Sie damit anstellen, wohin auch immer sie damit verschwinden wollen. Egal, was Sie tun, ich stelle mich dumm. Ich habe Sie nie getroffen, nie Ihren Namen gehört.«

»*Pässe von mir stehlen ... Ich werde Sie nicht aufhalten*« – das war das Angebot, tief vergraben in meiner Rede, und ich wusste, er würde es auf der Stelle verstehen. »*Nehmen Sie sich, was Sie wollen.*« Verlangen Sie aber nicht von mir, dass ich ein aktiver Teil der Verschwörung werde.

Während der vierundzwanzig Stunden, seit ich vom Tod der kleinen Ellie Rutherford gelesen hatte, kam mir dieses Szenario – absurd, töricht, geradezu niederträchtig – wie eine vergleichsweise vorteilhafte Alternative vor. Ich wäre das Opfer, genau wie Fi. Wir würden das Haus verlieren, doch wir würden es gemeinsam verlieren. Wir hätten noch einander. Es könnte unser Making-of sein – unser *Re*making-of. Ich stellte mir vor, wie ich sie tröstete, ihr erklärte, dass wir das gemeinsam durchstehen würden, dass materielle Dinge nichts im Vergleich zu Gesundheit, Familie und Liebe seien. Es würde Jahre dauern, aber im Lauf der Zeit würde ich das arme Mädchen und die Familie, die sie zurückgelassen hatte, vergessen. Vielleicht würde ich sogar einen Weg finden, Buße zu tun.

»Das wär's?«, fragte Mike.

Ein weiterer langer Atemzug, und ich fuhr hastig fort: »Im Gegenzug brauche ich das Foto vom Unfall und diese Aufnahme, die Wendy angeblich gemacht hat. Ich brauche Ihr Wort, dass es nichts gibt, was uns in Verbindung bringen oder mich in die Sache verwickeln könnte.« Selbst während ich redete, erkannte ich, wie brüchig jedwedes Versprechen seinerseits wäre: Er und Wendy waren *Erpresser*. Natürlich würden sie Kopien behalten, mit oder ohne mein Einverständnis. Eine neue Woge der Angst folgte: Da war auch eine Textnachricht, die ich übersehen hatte. Diejenige, die ich nach unserer gemeinsamen Nacht von Wendy erhalten hatte – mit dem Link zum Zeitungsausschnitt über die Belohnung, bevor Mike auf der Bildfläche erschienen war –, war auf mein »offiziell« registriertes Handy verschickt worden, mein Arbeitshandy. Ich hatte sie natürlich gelöscht, aber konnten Textnachrichten und ihre Anhänge nicht von der Polizei wiederhergestellt werden? Selbst wenn diese Narren glaubten, ihren Teil der Abmachung gehalten zu haben, selbst wenn Mike mir im Fall einer Verhaftung überzeugend ein Alibi verschaffte, würde mich dann die Technologie verraten?

Nachdem es sich fast schon wie Euphorie angefühlt hatte, als mir diese Lösung gekommen war, stürzte ich jetzt im freien Fall und mit kreischender Seele durch ihre Löcher.

»Hmm.« Mikes Stimme kroch in mein Ohr, klebrig, boshaft. »Ich glaube wirklich nicht, dass Sie in der Position sind, Forderungen zu stellen, Bram, selbst wenn Sie sich der Illusion hingegeben haben, dass das, was Sie hier machen, tatsächlich ein Angebot ist.«

»Aber ich verstehe nicht, warum Sie mich brauchen«, sagte ich jammernd, in die Rolle des flehenden Kleinkinds gedrängt. »Sie können das auch ohne mich durchziehen.«

»Oh, das können wir nicht«, sagte Mike. »Ich dachte, das hätten wir letztes Mal besprochen: Sie sind unique.« Eine Pause, während er still genoss, ein solch außergewöhnliches Fremdwort benutzt zu haben. »Warum unterbreite ich *Ihnen* kein Angebot: Hören Sie mit diesem Scheiß auf, und wir können es zwischen den Erwachsenen belassen.«

Ich schluckte. Meine Kehle war rau vom Erbrechen, was mir nun mehrmals täglich passierte – im Grunde jedes Mal, wenn ich versuchte, etwas zu essen. »Was soll das bedeuten?«

»Das bedeutet, dass wir dann die Kinder nicht in die Sache mit hineinziehen müssen. Wie wäre es damit?«

»*Was?*« Mein Magen zog sich zusammen.

»Leo und Harry, nicht wahr? Sie lieben Hunde, würde ich wetten.«

Natürlich, er hatte sie bei der Hundeschau gesehen, wenn auch nur flüchtig. Der Gedanke, dass er nah genug gewesen war, um sie zu berühren, spülte einen Schwall Galle in meinen Mund.

»Ich bin sicher, Sie wollen sie in Sicherheit wissen, Bram, nicht wahr? Das wäre mir auch lieber, und wie schon gesagt, so lautet mein Angebot.«

»Das ist kein Angebot. Es ist eine Drohung, und das wissen Sie.«

»Interpretieren Sie es, wie Sie wollen. Ich versuche hier nur, nett zu sein. Und jetzt muss ich Sie wohl daran erinnern, was Sie als Erstes tun werden.«

»Nein, ich muss wissen ...«

»Sie halten jetzt verdammt noch mal das Maul, Bram, okay? Bis heute Abend besorgen Sie mir die Fotos vom Passbild Ihrer Frau samt ihrer Unterschrift. Verstanden? Wenn ich sie nicht bekomme, gehen die Beweise von der Silver Road morgen um Punkt neun Uhr zur Polizei. Ich schätze, Sie werden dann vor dem Mittagessen verhaftet sein ... was glauben Sie? Und mit Ihnen in einer Zelle haben die beiden Jungs nur noch ihre Mum, die sich um sie kümmert. Hoffen wir, dass sie dem gewachsen ist, hm?«

Er legte auf, und mir blieb nichts weiter übrig, als in eine tote Leitung zu fluchen, dass ich ihn umbringen würde, wenn er Fi und die Kinder noch ein einziges Mal erwähnte.

»Fionas Geschichte« > 01:42:33

Als Bram mich an dem Montagabend fragte, ob er wegen ein paar Dokumenten, die er für den Versicherungsanspruch bräuchte, reinkommen dürfte, rief ich ihm in Erinnerung, dass die Mappe leer war. »Du hast alle Unterlagen vor Monaten rausgenommen.«

»Stimmt, aber ich kann den Original-Versicherungsschein nicht finden, als ich letztes Jahr in eine andere Kategorie gewechselt bin. Ich muss ihn wohl bei den Versicherungen fürs Haus abgelegt haben. Es dauert höchstens eine Minute.«

»Wann, glaubst du, werden sie bezahlen?«, fragte ich ihn, als er aus dem Arbeitszimmer wieder auftauchte. Es war jetzt zwei Wochen her, seit wir den Audi als gestohlen gemeldet hatten, und die Erstattung war noch nicht gekommen. Auch von dem Polizeibeamten, der hier auf der Türschwelle aufgetaucht war, hatte ich nichts mehr gehört. »Ist es wie bei Vermissten ... eine gewisse Zeit muss verstrichen sein, bevor sie für tot erklärt werden können?«

Er wirkte so plötzlich so unerklärlich traurig, dass ich ihm eine Hand auf den Arm legte. Normalerweise achtete ich darauf, jeden Körperkontakt zu vermeiden, aber dies war ein fast mütterlicher Instinkt. »Ich weiß, du hast dieses Auto geliebt. Leo ist auch aufgewühlt. Aber wir besorgen uns ein neues oder versuchen es, wie du vorgeschlagen hast, eine Weile ohne. Wir könnten die Versicherungssumme für etwas anderes benutzen. Du weißt, dass ich das Haus gern neu streichen lassen würde. Es ist Jahre her, seit wir den ersten Stock renoviert haben. Was auch immer passiert, ich brauche den Mietwagen unbedingt für die Fahrt nach Kent«, fügte ich hinzu. Es war ein langes Wochenende in Alisons Ferienhaus an der Küste, eine jetzt fünfjährige Ende-Oktober-Tradition für Mütter und Kinder.

»Ich hätte nicht geglaubt, dass du dieses Jahr mitfahren würdest«, sagte Bram.

»Warum nicht?«

Er rang sichtlich nach einer Antwort, bevor er schließlich sagte: »Keine Ahnung, Fi. Das ist ganz allein deine Entscheidung.«

Nun, nicht *ganz allein*, dachte ich. Beim Nestmodell ging es ums Geben und Nehmen, und ich brauchte seine Mitarbeit, genau wie er meine. »Wenn wir weg sind, kannst du ruhig entscheiden, wo du wohnen möchtest«, sagte ich zu ihm. »Ich weiß nicht, ob du dann lieber im Haus oder in der Wohnung bist. Das haben wir mit Rowan nicht besprochen, oder?« Es war offensichtlich, dass er sich nicht erinnern konnte, wer Rowan war. »Unsere Nestmodell-Beraterin. Wirst du am Samstag mit Rog und den anderen zum Rugby gehen?«

Traditionell begingen die Ehemänner dasselbe Wochenende, indem sie nach Twickenham fuhren oder, wenn da gerade kein Spiel war, in den Crystal Palace zum Fußball. In den vergangenen Jahren war Bram immer dabei gewesen, hatte die Zechtour angeführt und die Einzelheiten der Geschichten zensiert (normalerweise bekam ich die ausgeschmückten Details via Merle oder Alison).

»Wahrscheinlich bleibe ich zu Hause«, sagte er, wobei er seiner neuen Gewohnheit treu blieb, mit einer halbminütigen Verzögerung zu antworten. »Vielleicht lade ich ein paar Leute von der Arbeit ein. Ein paar Kollegen mit ihren Frauen.«

»Gute Idee. Neulich hast du etwas gestresst gewirkt.« Ich dachte an das letzte Mal, als ich ihn gesehen und sein Gesicht unkontrolliert gezuckt hatte. »Und mir ist klar, dass du zwei Nächte mit den Jungs verpasst, wir können also gerne welche während der Woche tauschen, wenn du möchtest. Wann würde es dir passen?«

Die Art, wie er mich nun ansah, war so trostlos – genauso gut hätte er ein Mann sein können, bei dem gerade eine unheilbare Krankheit diagnostiziert worden war.

»Lieber früher als später«, sagte er.

Bram, Word-Dokument

Ihr Pass war genau dort, wo er sein sollte, zusammen mit denen vom Rest der Familie in der Schublade des Aktenschranks in der Trinity Avenue, wo sie, wie ich vermutete, seit der Rückkehr aus unserem letzten Familienurlaub lagen. Eine Woche an Ostern zu den heißen Vulkanstränden von Lanzarote: Genauso gut hätte es eine Reise mit dem U-Boot zum Grund des Marianengrabens sein können, so fantastisch erschien sie mir jetzt.

Die Schublade war mit »WICHTIGE DOKUMENTE« beschriftet, und wäre mir noch ein Rest an Humor geblieben, hätte ich Fi darauf hingewiesen, wie hilfreich dies für den Tsunami an Kriminellen war, der über Alder Rise hinwegfegte. Doch den hatte ich nicht mehr – nur noch das kranke, humorlose Wissen, dass ich der schlimmste Verbrecher von allen war.

Der Feind in den eigenen vier Wänden.

Ich schickte Mike die Fotos rechtzeitig vor dem vereinbarten Termin und erhielt postwendend Antwort.

– *Schon besser, Bram. Als Nächstes rufen Sie diesen Makler an und vereinbaren einen Termin, um das Haus schätzen zu lassen.*

Er hängte die Daten eines selbstständigen Maklers einer Zweigstelle von Challoner's Property in Battersea an.

– Sind die eingeweiht?
– *NEIN. Sie, ich, Wendy. NIEMAND SONST. Verstanden?*
– Ja.

Der Gedanke, ein normaler Mensch, ein Dritter, würde in diesen Wahnsinn hineingezogen werden, ließ es mir schwindlig werden. Was, wenn dieser Makler Verdacht schöpfte und, um sich abzusichern, zurück zum Haus kam, wenn Fi sich gerade dort aufhielt?
    Genau in dem Moment, als ich das Handy ausschalten wollte, ploppte eine letzte Nachricht auf.

– *Vermasseln Sie das nicht. Andernfalls wissen Sie ja, wer dafür bezahlen wird.*

30

Bram, Word-Dokument

Verhalt dich natürlich. Normal. Sei einfach du selbst.
Ich öffnete die Tür und setzte ein Lächeln wie für einen neuen Kunden auf. »Hallo, ich bin Bram. Sie müssen Rav sein?«
»Challoner's Property. Das ist ein wunderschönes Haus, Bram.«
»Ja. Ja, ist es. Treten Sie ein und schauen Sie sich in Ruhe um.«
Mike hatte seine Hausaufgabe gemacht und *Wheeler's* in Battersea gefunden, einen der führenden Marktspezialisten für Käufer, die der hohen Preise wegen aus den innerstädtischen Vierteln gedrängt wurden und offen dafür waren, in die nächstgelegenen Gebiete zu ziehen, in Nachbarschaften wie etwa Alder Rise.

Ich hatte die Schätzung auf einen Mittwochvormittag gelegt, bei dem unser gemeinsamer Kalender anzeigte, dass Fi in aller Früh für eine Handelsmesse nach Birmingham aufgebrochen war, und ich problemlos Homeoffice anmelden konnte. Ich war nicht besorgt, dass Nachbarn meine Anwesenheit Fi petzen könnten – die meisten, die uns gut genug kannten, um über unsere Sorgerechtsregelung unterrichtet worden zu sein, waren in der Arbeit, und selbst wenn die eine oder andere zu Hause war (es wäre definitiv eine »sie«), würde sie wohl kaum wissen, dass ich ohne Fis Einverständnis hier war oder dass es sich bei meinem Gast um einen Immobilienmakler handelte.

Das Haus zu betreten, hatte sich dennoch genau wie das Vergehen angefühlt, das es war, selbst bevor ich rasch durch die Zimmer gehuscht, Kleidungsstücke vom Boden aufgehoben und – auf Mikes Anweisung hin – sämtliche Fotografien mit Fi entfernt hatte. Zumindest hatte er nicht darauf bestanden, dass stattdessen Bilder von Wendy aufgestellt wurden oder, noch schlimmer, sie bei dem Treffen an meiner Seite wäre. »Sie kommen auch allein gut zurecht«, erklärte er großzügig, mit der unterschwelligen Botschaft: »Ich werde es als Erster erfahren, sollte dem nicht so sein.«

Wenn Rav meine gedrückte Stimmung während des Rundgangs gespürt hatte, interpretierte er sie wohl als eine Zurückhaltung der profaneren Art. »Wie sicher sind Sie und Ihre Frau, dass Sie verkaufen wollen?«

»Oh, zu hundert Prozent. So schnell wie möglich. Das ist auch der Grund, weshalb wir einen realistischen Preis ansetzen wollen. Und wir wollen, dass es vollkommen diskret gehandhabt wird. Deshalb beauftragen wir exklusiv Ihr Maklerbüro. Wir wollen nicht, dass die Nachbarn vom Verkauf erfahren, also darf es keine Einzelheiten in Ihrem Schaufenster oder online geben. Außerdem geht es nicht, dass Leute abends während der Woche herkommen. Die Jungs gehen in der Schulzeit sehr früh zu Bett.«

»Verstanden.« Offensichtlich war Rav, der diese letzte Bitte auf seine zuvorkommende, aufmerksame Weise notierte, schon schwierigeren Verkäufern als mir begegnet. »Ich würde ein *Open House* vorschlagen. Um alle Interessenten auf einen Schlag unterzubringen. Jeder, der einen weiteren Besichtigungstermin will, kann dann zu einem Ihnen passenden Zeitpunkt vorbeikommen oder vielleicht, wenn Sie in der Arbeit sind?«

Ich nannte ihm den Tag, der für uns am besten passte, der Samstag in einer Woche, der neunundzwanzigste Oktober.

»Das ist das letzte Wochenende der Herbstferien«, sagte er.

»Nicht gerade ideal ... einige meiner Kandidaten werden auf der Rückfahrt vom Urlaub sein und nicht kommen können.«

Es hatte mich wie der Schlag getroffen, als Fi damit anfing, über Reisepläne in den Ferien zu sprechen, als hielte die Welt eine Zukunft bereit, die man mit Freude herbeisehnte, während ich von einem Tag auf den nächsten lebte – atmete –, meine einzige Emotion in Bezug auf ein Morgen der blanke Horror. Doch aus Sicht eines Betrügers war der Zeitpunkt hilfreich: Die Hälfte der Straße wäre im Urlaub oder bei Verwandtenbesuchen, einschließlich die, die mit Fi in Alisons Ferienhaus in Kent wären.

Zugegeben, die Ehemänner blieben zurück, aber meiner Erfahrung nach bekamen Männer sehr wenig mit.

»Es gibt leider keinen anderen Tag, der uns passt«, erklärte ich Rav.

»Dann bleibt es dabei. Es wird trotzdem noch genügend Interesse geben. Viele Menschen haben kleinere Kinder, die noch nicht eingeschult sind, weshalb die Herbstferien kein Problem für sie darstellen. Sie sind natürlich auf den Sprengel der Alder Rise Grundschule aus.«

»Natürlich«, pflichtete ich ihm bei.

Ich dachte nicht an meine eigenen Jungs und ob sie weiterhin auf die ausgezeichnete staatliche Grundschule mit den Meerschweinchen und der Hilfslehrkraft gehen würden, die sich eine Träne nicht verkneifen konnte, wenn ihre Klasse beim Jahresabschlusskonzert den Eltern vorsang. Ich dachte nicht an sie, während wir die Provision besprachen, und als an Ort und Stelle eine Vereinbarung getroffen wurde, unterschrieb ich. Ich redete mir ein, dass die Justiz, Recht und Ordnung, die Moral, *irgendetwas* einschreiten würde, um dem Wahnsinn, in den ich hineingezogen wurde, ein Ende zu setzen. Um Mike zu stoppen, der meinen Kopf unter Wasser drückte, bis meine Lunge platzte.

»Sobald ich zurück im Büro bin, werde ich meine Kandidaten anrufen«, sagte Rav.

Kandidaten, wie er immer wieder betonte. Kandidaten für *unser* Leben.

Nachdem er fort war, warf ich die zuvor aufgesammelte Kleidung auf den Boden der Kinderzimmer zurück und stellte die Fotografien an ihre angestammten Plätze.

Mike lungerte vor meinem Bürogebäude herum, als ich genau vor der Mittagspause eintraf.

»Wie viel?«, wollte er wissen.

»Wir haben uns auf zwei Komma zwei geeinigt.«

»Die Nachbarn unterbieten. Gut gemacht. Sie nehmen jedes Angebot über zwei Millionen an.«

»Ja, Sir.«

Er rührte sich nicht. Eine meiner Kolleginnen kam an uns vorbei, ein Lunchpaket von dem Imbiss nebenan in der Hand. »Hi, Bram!«, rief sie.

Na toll! Sie kannte meinen Namen, obwohl ich ihren vergessen hatte. Und sie hatte mich mit Mike gesehen. Obwohl er eine schwarze Wollmütze bis tief in die Stirn gezogen hatte, waren seine knochigen Gesichtszüge und seine stämmige Statur markant. (»Ja, das war *definitiv* der Mann, den ich mit Bram gesehen habe. Ehrlich gesagt hatte ich das Gefühl, als hätten die beiden irgendwas ausgefressen.«)

»Hören Sie, Mike, Sie müssen verschwinden. Wir dürfen nicht zusammen gesehen werden. Können Sie mich das nächste Mal auf die übliche Weise kontaktieren?«

Er bedachte mich mit einem langen Blick, der bedeutete: *Sie* erteilen keine Befehle – nur *ich*.

»Stellen Sie nur sicher, dass Sie diesen Makler im Griff haben, okay?«, sagte er schließlich. »Und wir brauchen bis Ende nächster Woche das Geld vom Auto ... Ich treffe mich mit jemandem.«

»Mit wem?«

»Vertrauen Sie mir. Es ist besser, wenn Sie das nicht wissen.«

Ihm vertrauen? Na klar.

»Wenn der Scheck bis dahin nicht eingetrudelt ist, müssen Sie einen anderen Weg finden, um an das Bargeld zu kommen«, fügte er hinzu. Er stand da, die Hände in den Taschen, seine Körpersprache unerträglich entspannt. »Immer noch nichts von der Polizei gehört?«

»Nein. Nicht, seit sie mit meiner Frau gesprochen haben.«

»Sie können ruhig ihren Namen aussprechen, Bram. Fi, so heißt sie doch?«

»*Ich* darf ihren Namen aussprechen, aber es wäre mir lieber, wenn *Sie* es nicht täten.«

»Oh, nun ja, wie Sie wollen«, höhnte er.

Ich ignorierte es. »Hören Sie, das Alibi, das Sie erwähnt haben?«

»Yep. Half Moon, Clapham Junction.«

»Ich brauche Ihren vollen Namen und eine Telefonnummer, nur für alle Fälle.«

»Sagen Sie einfach Mike. Ich hänge oft da ab. Die Bedienungen werden die Polizei zu mir schicken. Wir sind keine Freunde, haben keine Nummern ausgetauscht, nichts Schwules – wir haben uns einfach unterhalten, ein langes Pläuschchen geführt.«

Obwohl seine Instinkte richtig waren, trieb es mich zur Weißglut, weiterhin seinen vollen Namen verwehrt zu bekommen. Meine Online-Recherche zu seiner und Wendys Identität hatte lächerliche Ergebnisse erzielt: Man tippe »Mike, South London« bei Google ein. Und bei den Reinigungsfirmen, die ich in und um Beckenham gefunden hatte, gab es keine Festangestellte mit dem

Namen Wendy. »Kein langes Pläuschchen. Ich musste wegen der Jungs um sieben zurück in Alder Rise sein.«

»Na schön. Wir hatten zwei Pint zwischen halb sechs und halb sieben. Wie ist das? Wir haben uns über Fußball unterhalten. Nichts zu Tiefsinniges. Es kann wohl kaum erwartet werden, dass man sich an Details erinnert. Ich kenne dort einen der Barkeeper – für ein paar Pfund wird er für uns bürgen.«

»Apropos Geld«, sagte ich, »falls wir das hier durchziehen, und es vorüber ist, was ist dann mein Anteil?«

Er lachte und stieß dampfende Atemwolken in die kalte Luft. »Ich habe mich schon gewundert, wann die Frage kommt.«

»Nun, dann raus mit der Antwort.«

Sein Gesicht schob sich näher an meines, ein bedrohliches Blitzen in seinen Augen. »Mein Freund, Ihr Anteil ist die Freiheit. Sonst würden Sie wohl zehn Jahre kriegen, *Minimum*. Und wir wissen alle, dass man da drinnen Fischfutter ist, wenn man ein Kind auf dem Gewissen hat. Stellen Sie sich zehn Jahre vor, in denen Sie verprügelt und in den Arsch gefickt werden und was die sonst noch für Sie auf Lager haben, einen mittelalten Kindsmörder in einer Zelle mit einem zwanzigjährigen Psychopathen. Oder sind es heutzutage drei pro Zelle? Ganz, wie Sie wollen.«

Mit hämmerndem Herzen sog ich scharf die Luft ein.

»Da hab ich wohl einen empfindlichen Nerv getroffen, oder?«, zog er mich auf. »Denken Sie nur an all die Nerven, die dort drinnen getroffen werden, hm? Die werden vor Ihrer Zelle Schlange stehen.«

Ich begann, vor ihm zurückzuweichen, als wäre er der Fürst der Finsternis höchstpersönlich.

»Keine Sorge wegen Geld«, rief er. »Wenn alles über die Bühne gebracht wurde, werden wir Ihnen eine kleine Aufmerksamkeit zukommen lassen. Nennen wir es eine Art Finderlohn.«

»Fionas Geschichte« > 01:46:26

Nein, ich hatte Toby Bram nicht vorgestellt. Ich hatte ihn niemandem vorgestellt. Ich wollte ihn bei den immer abwechselnd stattfindenden Dinnerpartys der Trinity Avenue nicht vorführen, und er seinerseits hatte kein Interesse an den sozialen Strukturen von Alder Rise.

»Warum lädt er dich nie zu sich nach Hause ein?«, fragte Polly.

»Wenn ich richtig zwischen den Zeilen lese: Er glaubt nicht, dass ich von seiner Wohnung sonderlich beeindruckt wäre«, sagte ich. »Nach seiner Scheidung hat er sich wohnlich verkleinert, also ist es wohl ziemlich bescheiden.«

»Er ist nicht verheiratet, oder?«

»Nun, sollte er es sein, kann ich mich kaum beschweren, immerhin bin ich es auch noch.«

»Du lebst *getrennt*«, verbesserte sie mich. »Hat Alison ihn kennengelernt?«

»Niemand. Es ist nichts Ernstes, Polly.«

»Trotzdem, nicht zu wissen, wo er wohnt? Vielleicht solltest du seine Frau fragen«, sagte sie mit gedehnter Stimme.

Es wäre nicht das letzte Mal, dass sie die Verheiratete-Mann-Theorie ins Spiel brachte – und zugegebenermaßen, Brams zwei Affären gaben ihr guten Grund, mein Urteilsvermögen in puncto Männer infrage zu stellen –, doch ich ignorierte lieber das Dröhnen der Alarmglocken. Ich wollte meine Zeit nicht darauf verwenden, Fehler zu finden oder mich auf das Schlimmste vorzubereiten. Vielleicht passt eine solche Einstellung nicht in unsere zynische Welt, aber ich werde mich nicht dafür entschuldigen, es zumindest versucht zu haben.

Außerdem war es stressig in der Arbeit, und danach ging es mit Volldampf auf die Herbstferien und unser Wochenende in Kent zu, für das ein gewisses Maß an Planung vonnöten war. Dank unseres abgesagten Sommerurlaubs war Harry wegen der Reise so aufgeregt, dass er den Großteil der Woche davor nicht schlafen konnte. Es half auch nicht, dass an einem Abend ein Polizeihelikopter stundenlang über Alder Rise kreiste. Das ist South London: So etwas passiert hier manchmal.

»Da gibt es nichts, weswegen man sich Sorgen machen müsste«, sagte ich, als er zu mir ins Bett kletterte. »Es ist nur die Polizei, die Verbrecher jagt.«

»Wie können sie die in der Dunkelheit fangen?«, fragte er.

Ich erzählte ihm von einem Zeitungsartikel, den ich über Wärmebildkameras an Polizeihubschraubern gelesen hatte. Man wähnte sich in seinem Versteck unter Büschen in Sicherheit, aber hoch oben glühte man hellweiß auf den Bildschirmen auf.

»Es ist genau wie mit euren UV-Stiften. Sie benutzen spezielles Licht, um Dinge zu sehen, die wir nicht erkennen können.«

»Sie sind klüger als die Bösen«, sagte Harry.

»Viel klüger«, stimmte ich ihm zu.

So ironisch, wie es jetzt klingen mag, dachte ich mir jedoch im Stillen, während ich dort im Bett lag und dem unbarmherzigen Stakkato der Rotorblätter lauschte, wie grässlich es sein muss, auf der Flucht zu sein vor dem Gesetz mit all seinen modernen Technologien des einundzwanzigsten Jahrhunderts. Es gab keinen Ort, an dem die Polizei einen nicht finden konnte, sobald sie einem auf den Fersen war. Ganz kurz dachte ich sogar: *Armer Kerl*.

Nun, ich nahm einfach an, dass es sich um einen Mann handelte.

Bram, Word-Dokument

Es gab einen Zeitungsbericht – und nur einen –, den ich nicht Wort für Wort auswendig lernen musste, da ich einen Ausdruck behielt. Sie werden ihn zwischen meinen letzten Habseligkeiten im Hotelzimmer finden.

Eltern trauern um ihren »Besonderen Sonnenschein«

Die Beerdigung des Opfers im tragischen Silver-Road-Unfall, Ellie Rutherford, fand heute in der St. Luke's Church in Norwood mit der Mutter des Mädchens statt, die aus dem Krankenhaus entlassen worden war, um sich von ihrer geliebten Tochter zu verabschieden.

Viele Trauergäste trugen Gelb, Ellies Lieblingsfarbe, und gelbweiße Blumengestecke schmückten ihren Sarg. Tim Rutherford, der bei dem Gottesdienst eine Rede hielt, beschrieb seine Tochter als »unseren besonderen Sonnenschein«, ein Kind, das gern Geschichten schrieb und stolz darauf war, im letzten Jahr der Grundschule zur Klassensprecherin gewählt worden zu sein. »Zehn Jahre ist alt genug, um zu erkennen, zu was für einer wunderbaren Erwachsenen sie geworden wäre«, sagte er.

Ellie starb vor einer Woche nach einem Unfall im September, als das Auto ihrer Mutter von einem Wagen mit überhöhter Geschwindigkeit von der Straße gedrängt worden war. Während Verwandte und Verbände von Verkehrsopfern nach einer Personalaufstockung bei der polizeilichen Untersuchung verlangen, sagte der Onkel des Mädchens, Justin Rutherford: »Man würde annehmen, dass sie längst einen Verdächtigen verhaftet haben. Die ganze Familie ist verzweifelt, weil sie weiß, dass dieser Kriminelle immer noch auf unseren Straßen ist und das Leben anderer Kinder gefährdet.«

Detective Inspector Gevin Reynolds sagte: »Polizeiarbeit ist oft ein mühsamer Prozess im Ausschlussverfahren. Aber wir sind zuversichtlich, den verantwortlichen Fahrer aufzuspüren und den genauen Hergang dieses tödlichen Unfalls rekonstruieren zu können. Unsere Gedanken sind heute bei Ellies Familie«, fügte er hinzu.

Während ich das hier niederschreibe, kann ich nur annehmen, dass die Rutherfords inzwischen meinen Namen kennen. Ganz gewiss, wenn sie das hier lesen. Ich kann nur annehmen, dass sie hoffen, dass ich in der Hölle verrotte.

31

»Fionas Geschichte« > 01:49:06

Wir waren zu viert bei diesem Herbstferienwochenende – Alison, Merle, Kirsty und ich – jede mit zwei Kindern, also zusammen ein volles Dutzend. Als ich am Donnerstag ankam, das Licht über dem Ärmelkanal nur noch ein schmaler Silberstreifen, machten Leo und Harry sich nicht einmal die Mühe, ihre Jacken auszuziehen, sondern stürzten sich schreiend in das Knäuel aus Kindern und Hunden in dem weitläufigen Garten, der an den Strand grenzte. Sie würden den Großteil der Zeit draußen verbringen, doch wir zogen die rote Linie beim Camping: Der Wind an der Küste konnte nachts beißend kalt werden.

Ich fand die anderen Frauen im Wohnzimmer vor, mit einer geöffneten Flasche Wein vor dem Feuer. Obwohl dies unser fünftes Jahr war, war es das erste seit dem Scheitern meiner Ehe, und ich konnte im Zimmer das Echo eines feierlichen Schwurs hören, das Thema unter keinen Umständen anzusprechen. Von mir aus, dachte ich. An diesem Wochenende sollten sämtliche Horrorgeschichten allein auf das Konto von Halloween gehen.

»Hallo, alle zusammen!« Ich zog mein Mitbringsel hervor: handgemachter Gin vom Wochenmarkt.

Alison sprang auf, um mich mit einer Umarmung zu begrüßen. »O mein Gott, dieses Zeug ist schwarzgebrannt – wir werden alle blind. Gläser her, Mädels!«

»Ich kümmere mich darum«, bot Merle an, nahm mir die Flasche aus der Hand und eilte in die Küche.

»Du zitterst. Komm aufs Sofa neben das Feuer«, sagte Alison. »Wir haben Daisy die Verantwortung für die Kinder übertragen. Elf ist alt genug, um einen Mord zu melden, oder?«

Ich lachte. Es war so schrecklich einfach, sich in dem lichterfüllten Raum, dessen Steinmauern die Elemente abhielten, wohlzufühlen, und die Gin Tonics, die Merle verteilte, lösten jede Anspannung aus der realen Welt.

»Bitte, können wir dieses Wochenende nicht über Schulanmeldungen sprechen«, sagte Kirsty. Eine Aufforderung, keine Bitte. »Sonst kriege ich einen Schreikrampf.«

»Von mir aus gern«, erwiderte Alison. »Ginge es nach mir, würden Kinder für immer in der Grundschule bleiben, und es käme ihnen niemals in den Sinn, dass wir nicht immer bei allem recht haben.«

»Das ist das Glück, Jungs zu haben«, sagte ich. »Wie ich das verstehe, glauben sie das *ewig*.«

»Oh, und auch Häuserpreise«, fügte Merle an. »Mein Sättigungspunkt ist erreicht.«

Alisons Augen wurden groß. »*Das* wird hart werden, aber wir können es auf jeden Fall versuchen. Darf ich zuerst allerdings schnell fragen, ob sonst noch jemand von dem Haus in der Alder Rise Road gehört hat, das gerade die Drei-Millionen-Marke geknackt hat?«

»Drei Millionen? Ist das dein Ernst?«

Ein vertrauter Schauder der Genugtuung erfasste uns: Das Einzige, was besser war, als Millionärin zu sein, war, Millionärin zu sein, ohne auch nur einen Finger dafür gekrümmt zu haben.

(Falls das selbstgefällig und anmaßend klingen sollte, dann vergessen Sie bitte nicht, warum ich jetzt hier zu Ihnen spreche. Auf *meinem* Bankkonto liegen keine Millionen, das kann ich Ihnen versichern.)

»War das ein Makler, den ich neulich bei dir gesehen habe?«, fragte mich Kirsty.

»Nein, du musst die Reeces meinen«, sagte ich. »Ich glaube, die haben ihren Makler gewechselt.«

»Das Haus ist schon eine Weile auf dem Markt, nicht wahr?«, erwiderte Alison. »Ich frage mich, was das Problem ist.«

»Sophie Reece hat mir verraten, dass sie drei niedrige Angebote ausgeschlagen hätten«, sagte Merle. »Sie bestehen auf zwei Komma drei Millionen.«

»Wohin ziehen Sophie und Martin?«

»Nur auf die andere Seite des Parks«, sagte ich. »Eine Gartenwohnung. Sie wollen sich verkleinern.«

»Verkleinern« war eines der gefürchtetsten Wörter im Alder-Rise-Lexikon: es assoziierte, wie es mit Scheidung, ausgezogenen Kindern und finanziellen Problemen war – vielleicht sogar alles drei auf einmal.

»Früher oder später ist das unser aller Schicksal«, sagte Merle, »und so wie ich das sehe, sollte man, wenn die Zeit kommt, dagegen nicht ankämpfen.«

Genauso gut hätte sie vom Tod reden können.

»Nun, ich kann das nicht akzeptieren«, erklärte Alison.

»Lustig, ich schon. Das zeigt wohl, dass ich älter bin als du.«

Natürlich sah Merle so blendend aus, dass sie diese Bemerkungen ohne einen Hauch von Selbstzweifel machen konnte. Früher mochten mich genug Zweifel für uns beide geplagt haben, aber heute, mit meinem Pilates und der Generalüberholung, die damit einherging, mit jemand Neuem zu schlafen, sah es anders aus.

»Ich stimme Merle zu. Ich träume auch davon, mich zu verkleinern«, sagte Kirsty. »Oder zumindest das Haus behalten, aber mit weniger Zeug drin.«

»Vielleicht war das der Grund, warum ausgerechnet bei dir eingebrochen wurde.« Alison lachte. »Sie haben deine innere Minimalistin gespürt.«

»Nun, sie werden es nicht wagen, das noch mal zu tun, nicht mit den hübschen gelben ›Aufmerksame Nachbarn‹-Schildern von der Polizei, die jetzt überall hängen«, sagte ich.

»Die sind ein echter Schandfleck«, sagte Merle. »Aber sie scheinen definitiv zu funktionieren, denn seitdem ist nichts mehr passiert.«

»Fis Auto«, rief Alison ihr ins Gedächtnis. »Wie lang ist das jetzt her?«

»Fast einen Monat«, beschwerte ich mich. »Wir warten immer noch auf das Geld von der Versicherung.«

»Die sitzen halt am längeren Hebel«, sagte Kirsty. »Ich habe euch erzählt, dass wir nichts bekommen werden, oder?«

»Und Carys meinte, ihr Sohn liegt wegen des Betrugs immer noch mit der Bank im Clinch«, sagte Alison. »Laut Polizei ist das Geld unauffindbar, also ist es allein Ermessenssache der Bank, ob sie sich bereit erklärt, es ihr zu ersetzen.«

»Ich wette, das werden sie nicht!«

»Fast ist der Punkt erreicht, wo es wahrscheinlicher ist, dass sie die Kriminellen ausbezahlen anstatt die Opfer«, sagte Alison. »Sie glauben wohl, ihnen steht das unantastbare Menschenrecht zu, sich nicht schuldig fühlen zu müssen.«

Und so ging es in einem fort weiter. Für den zufälligen Zuhörer war es die alte Leier, das beiläufige Geplänkel von Freundinnen, die zusehends betrunkener werden, aber ich kam nicht umhin, einen neuen, winzigen Riss zwischen den anderen und mir zu bemerken. Ich war jetzt anders, Single, oder quasi Single – und eine

Frau, die gedemütigt und betrogen worden war. Wenn sie mich über Toby ausfragen würden – was zwangsläufig bald passieren würde –, dann mit diesem köstlichen Wohlgefühl, das echte Angst maskiert: Angst um ihre eigenen Königreiche, die genauso zerfallen könnten. *Das hätte auch mich treffen können.*

Verstehen Sie mich nicht falsch. Ich will nicht zu kritisch sein. Alle drei sind großartige Freundinnen. Es ist nur so, dass ich nicht mehr dazugehöre, und jetzt verstehe ich, dass es ein Prozess war, der nicht begann, als mir mein Haus gestohlen wurde, sondern als mein Vertrauen in meinen Ehemann verloren ging.

»Also, darf ich zusammenfassen«, sagte Alison, »wir reden nicht über Schule, wir reden nicht über Immobilien, wir reden nicht übers Älterwerden …«

»Was bleibt uns dann noch?«, kicherte Kirsty. »Männer?«

Na also, dachte ich.

»Noch Gin?« Alisons Blick glitt über die Oberflächen des Raums, ein Suchscheinwerfer, der leere Gläser ortete. »Nun, Fi, gib uns ein Update zum Verkehrsexperten …«

In die Gläser schwappte der Rest des Gins. Es würde nicht lang dauern, bis die Flaschen sich anhäuften und wir Witze darüber rissen, wie es auf einen Mitarbeiter vom Jugendamt wirken mochte, der zufällig bei uns vorbeischaute. Vielleicht, wenn die Kinder wieder im Haus waren, auf ihr Abendessen warteten und sich dabei die Zeit vertrieben – so wie sie es in einem anderen Jahr getan hatten –, indem sie die leeren Flaschen nebeneinander aufreihten und über die Öffnungen bliesen. Musik aus dem Untergang ihrer Mütter machten.

#OpferFiona

@alanaP: Hört sich an, als wäre sie dieselbe Schnapsdrossel wie ihr Ex.

@NJBurton @alanaP: Frage mich, was er zu Hause anstellt?

@alanaP @NJBurton: Big Party, sobald die Katze aus dem Haus ist. Ist jemandem aufgefallen, dass sie Witze über Kinder gerissen haben, die ermordet werden?

@NJBurton @alanaP: Nicht! Die Sache mit dem Haus ist schlimm genug, da muss nicht auch noch jemand sterben.

Bram, Word-Dokument

Das Überleben, so temporär, wie auch immer es sein mochte, verdankte sehr viel meinem Schubladendenken, und allmählich wurde ich sehr geschickt darin, jegliche Ritzen und Ecken dieser Schubladen zu versiegeln. Die Alternative wäre, den Verstand zu verlieren, mich selbst in die Psychiatrie oder auf die Waterloo Bridge zu begeben, je nachdem, was zufällig näher lag. Selbst als Rav mit einer Kollegin von Challoner's kam, um das *Open House* vorzubereiten, stellte ich mir meinen eigenen Körper vor, der in die Tiefe stürzte, beobachtete seinen unaufhaltsamen Fall in den Fluss, den gierigen Schlund des Wassers. Und die Zuschauer dieses Selbstmords – riefen die Leute überhaupt noch die Polizei, oder filmten sie den Tod einfach auf ihren Handys und stellten ihn ins Internet?

»Es hat viel Interesse gegeben«, sagte Rav, und ich heuchelte Enthusiasmus, während er mehrere Besichtigungen verkündete, und noch ein paar, die er noch bestätigen musste.

»Sie wissen alle, dass sie nicht mit anderen Maklern sprechen dürfen, ja?« Meine jüngste Angst: Ein Interessent, der sich das Haus der Reeces angesehen hatte und den niedriger veranschlagten Preis als Aufhänger nahm, um mit ihnen zu verhandeln. Sophie Reece würde vorbeikommen, um die Situation mit Fi zu besprechen. »Ich schätze, da musst du etwas in den falschen Hals bekommen haben«, würde Fi sagen, die Augenbraue amüsiert in die Höhe gezogen, eine Eigenart, die ich früher so süß gefunden hatte. Sie hasste Zwistigkeiten zwischen Nachbarn und gab sich redlich Mühe, für Frieden zu sorgen. »Glaub mir, ich denke, davon wüsste ich«, würde sie sagen, und Sophie würde ihr zustimmen, es müsse ein Missverständnis vorliegen.

Was sich als noch nützlicher herausstellte, war der Umstand, dass die Reeces ein zweites Haus in Frankreich besaßen und ausnahmslos alle Schulferien dort verbrachten. Sofern ich nicht Riesenpech hätte, wären sie genau zum richtigen Zeitpunkt nicht in der Straße.

»Ihre Frau wird heute nicht hier sein?«

»Nein, sie ist für ein langes Wochenende mit den Kindern weggefahren. Nur Frauen und Kinder.« Die Vorstellung, dass diese Frauengruppe sich drei Tage betrank und die Welt verbesserte, war beunruhigend – aber andererseits war es wohl kaum das Beunruhigendste, das mir durch den Kopf ging. Würden sie auch nur den kleinsten Verdacht hegen, was ich hier gerade anstellte, eine eheliche Gräueltat, so entsetzlich, dass ihnen selbst ein Seitensprung wie eine Wohltat vorkäme …

»Dann haben Sie wohl den Kürzeren gezogen, hm?«, sagte Ravs Assistentin. Mit geübter Hand arrangierte sie auf der Konsole im Gang ein atemberaubendes Gesteck aus Lilien, deren grüne Stiele wie Geweihstangen verzweigt waren, die pinken Münder bereit, jeden zu verführen, der das Haus betrat.

Wie Rav versprochen hatte, gab es mehrere Interessenten – zu viele, um sich einzeln an sie zu erinnern, aber nicht genug, um einen Stau hervorzurufen. Ich hielt mich im Hintergrund, meine gesamte Konzentration darauf gerichtet, nicht zu rauchen, und warf jedem, der sich mir näherte, ein gespenstisches Lächeln zu.

»Sie besitzen ein *fantastisches* Haus«, sagten sie, einer nach dem anderen. »Liegen Sie definitiv im Sprengel der Alder-Rise-Grundschule?«

»Ja, *und* dem des Two Brewers«, erwiderte ich dann, aber der Witz kam nicht sonderlich gut an, wahrscheinlich, weil ich so glaubwürdig einen Mann verkörperte, der dringend auf Entzug müsste.

Schließlich, als die letzten Kandidaten des Tages ihre Runde drehten, erlaubte ich mir eine Zigarette hinten im Garten und setzte mich auf eine Kante des Spielhauses. Der Boden bildete durch die erste Kälte allmählich eine harte Kruste, und sich kräuselnde goldene Blätter warteten darauf, von den Kindern weggekickt und zertreten zu werden. An jenem Abend im Juli, als meine Glückssträhne endgültig endete, war es weich unter den Füßen gewesen. Die Natur hatte keine nützliche Warnung ausgestoßen, während Fi den Gartenweg in unsere Richtung geschlichen war.

Oh, Fi! Was ihr bevorstand, verdiente keine Frau weniger als sie.

»Das ist sehr gut gelaufen«, sagte Rav, als die Haustür sich schloss. »Ich bin überzeugt, dass wir nach dem Wochenende Anfragen für eine zweite Besichtigung bekommen werden, wenn nicht gar ein erstes Angebot.«

Ich holte uns Bier aus dem Kühlschrank. Das Spielchen zu spielen war mit Alkohol leichter – selbst dieses Spielchen. »Wie können die sich einen solchen Preis leisten?«, fragte ich. »Sie können nicht *alle* fette Jobs im Bankensektor haben.«

»Sie verkaufen eine Wohnung oder ein Häuschen in Battersea oder Clapham oder Brixton. Vielleicht sogar zwei. Aber Sie suchen einen Käufer, der nicht selbst erst noch verkaufen muss – ich weiß.«

»Ja, wir würden es vorziehen, nicht in der Schwebe zu sein, sollte ihr Verkauf doch noch platzen. Wir müssen die Sache rasch über die Bühne bringen.«

»Das wird unsere höchste Priorität sein. Häufig ist auch eine Erbschaft im Spiel. Warten wir also ab, ob wir nicht einen von denen finden.«

Was mich – mal wieder – an Fi denken ließ und ihre Entschlossenheit, das Haus an Leo und Harry zu vererben, und für einen Moment kam mir der Umstand, dass ich hier mit dem erklärten Ziel stand, ihnen das Haus unter den Füßen wegzureißen und zu verkaufen, als wissenschaftlich unmöglich vor, völlig losgelöst von der Realität. Irgendein karmisches Gesetz würde dem Einhalt gebieten: Niemand würde ein Angebot abgeben, egal, wie tief der Preis läge, und dann hätte ich getan, was Mike von mir verlangt hatte, ohne echten Schaden anzurichten. Er und Wendy würden aus meinem Leben verschwinden und das eines anderen armen Mistkerls zerstören.

Ja, genau.

Am Ende war es die unheimliche Vertrautheit der Interessenten, die mir am meisten missfiel: Die Frau, die gesellschaftliche Ambitionen hatte, der Ehemann, der vorsichtiger oder zumindest geschickter darin war, sein Bestreben zu verheimlichen. Er bildete sich vielleicht etwas auf sein Verhandlungs-Pokerface ein, genau wie ich vor all den Jahren. »Ich handle sie noch runter«, hatte ich Fi über das in Scheidung lebende Lehrerpärchen gesagt, und schon bald hatten wir, uns für siegreiche Helden haltend, mit Champagner gefeiert.

Nein, ich hätte vorgezogen, wenn es eine Millionärstochter aus Peking oder ein Lottogewinner aus Burnley gewesen wäre. Nicht Fi und ich in einem früheren Leben.

32

»Fionas Geschichte« > 01:55:30

Die Halloweenparty am Samstagabend war traditionell der krönende Abschluss des Wochenendtrips. Der Brauch verlangte eine große Schüssel mit Dosenlitschis und eine andere mit Spaghetti in Tomatensoße, damit die Kinder mit verbundenen Augen abwechselnd die Hände in die »Augäpfel« beziehungsweise »Gehirne« tauchten. Dann, sobald die Sicht wieder hergestellt und die Gesichter geschminkt waren, tanzten sie kreischend unter Spinnweben und Lichterketten, aßen Kuchen mit grellgrüner Glasur – Schleim – und tranken Kirschsaft – Vampirblut – durch spiralförmige Strohhalme.

Es waren die Kinder, die in Kostümen steckten, doch als ich am Ende des Abends in den Spiegel sah, bemerkte ich auch eine Veränderung an mir selbst. Entgegen den Gesetzen von Halloween sah ich *weniger* schaurig aus, menschlicher. *Ich habe es überlebt*, dachte ich. *Ich fühle mich gut.*

Dann: Liegt es daran, dass Ehebruch nicht das schlimmste Verbrechen auf der Welt war, nicht einmal bei Weitem? Menschen brachten dort draußen andere um, missbrauchten die Schwächeren und stahlen von den Älteren; es gab zerbombte Städte und ertrunkene Flüchtlinge. Warum dann nicht Bram vergeben – ein zweites Mal?

Weil es ein drittes und viertes und fünftes Mal geben würde, deshalb nicht. Ich löschte das Licht im Bad und mit ihm die Gedanken.

»Oh, Ali, hier ist es so wunderschön«, schwärmte Merle gerade, als ich wieder nach unten kam. Kirsty überwachte das Zubettgehen, die Kinder in Reihen auf Aufblasbetten unter dem Dach. Bingo, Kirstys Cockerspaniel, und Alisons Labrador Rocky waren vor Erschöpfung auf dem Teppich im Wohnzimmer eingeschlafen, wobei niemand vollkommen sicher war, was die beiden während des Festes alles gefressen hatten.

»Wir haben alle geholfen, es schön zu machen«, sagte Alison und begutachtete die Trümmerhaufen über den Rand ihres Proseccoglases.

»Nicht die Party, das ganze Haus. Ich wünschte, ich hätte dein Auge.«

Merle war nie die passionierte Innenarchitektin gewesen, nicht wie Alison mit ihren abgestimmten, schicken Wandfarben und frühmorgendlichen Streifzügen über den New Covent Garden Market für ihre Blumen. Ich erinnere mich, Merle einmal beobachtet zu haben, wie sie sich die Fingernägel mit der Küchenschere schnitt und die Kuppen einfach auf den Boden wischte. Sie verließ nun die Küche mit einer Handvoll Gin Tonics und schaltete das Licht mit der Nase aus. Sie war spontan, lustig, voller Lebensfreude, um die ich sie immer beneidet hatte.

Was ich immer noch tue.

Als sie einen tiefen Schluck ihres Getränks kippte, als würde sie ihren Durst mit einer Cola löschen, fiel mir auf, dass die Flüssigkeit in ihrer Sektflöte stärker sprudelte als unsere, die Bläschen platzten wild an der Oberfläche. »Du trinkst gar nicht, Merle?«

Sie verzog das Gesicht: Das Spiel war aus. Ich spürte, dass sie es verneint hätte, hätte eine der anderen gefragt. »Sprudelwasser mit Holunderblütensirup«, gestand sie ein.

»Nur das eine Glas oder schon die ganze Zeit über?«

Sie zuckte mit den Schultern.

»Du Schlange!«, keuchte Alison. »Ich kann nicht glauben, dass du unser Wochenende unterwandert hast. Was ist los?«

»Nichts Bestimmtes«, sagte Merle. »Nur ein bisschen *sober in October* – nüchtern im Oktober ist das neue Yoga.«

»Warum? Diese Wohltätigkeitssache?«

»Nicht ganz. Vielleicht hat mir einfach der Reim gefallen?«

Alison schnaubte verächtlich. Das war selbst für Merle zu albern, und sie wusste, dass wir es wussten.

»Ich werde das Trinken *niemals* aufgeben«, sagte ich. Ich hatte den Urinstinkt, sie vor weiteren Befragungen zu beschützen. »Und es interessiert mich nicht, ob Shakespeare es im jambischen Pentameter geschrieben hätte ...«

»Oh, aber du steckst in einer neuen Beziehung«, erwiderte Alison. »Das ist immer eine berauschende Zeit – im weitesten Sinne des Wortes.«

Ich kicherte. »Meiner Erfahrung nach sind es die alten Beziehungen, die uns zum Trinken bringen.«

Alisons Blick kehrte zu Merle zurück, die an ihr vorbei zur trüben schwarzen Welt hinter dem Fenster starrte.

»Nun, zumindest ist der Monat fast vorbei«, sagte Alison mit einem Seufzen.

Bram, Word-Dokument

Nachdem Rav und seine Helfershelferin verschwunden waren, goss ich mir ein so großes Glas Wodka ein, dass es selbst ein Nutztier umgehauen hätte, und sprang unter die Dusche, um das Gift des Tages abzuspülen. Die Anbiederung und die Habgier. Den kalten Schweiß. Die *Anspannung*. Ich hatte etwas arrangiert, von dem ich wusste, dass es bestenfalls eine Ablenkung, schlimmstenfalls die Einladung einer weiteren Variablen, einer weiteren Komplikation, einer weiteren Gelegenheit zur Reue in meinem Freakshow-Dasein war.

Es klingelte an der Tür. Im Garderobenspiegel sah ich einigermaßen menschlich aus, zumindest wenn man nicht zu genau hinschaute.

»Was für ein wunderschönes Haus, Bram!«, rief mein Gast. Sie trug Schwarz – zum Sex, nicht aus Trauer, aber was mich anging, hätte es auch das Letztere sein können.

»Lustig, du bist nicht die Erste, die das heute sagt«, erwiderte ich. Ich spürte, dass etwas Sonderbares mit meinem Gesicht vonstattenging, nicht so schlimm wie damals, in Fis Gegenwart, als ich dachte, ich bekäme einen Schlaganfall, aber schlimm genug, dass es meinem Gast auffiel.

»Was ist los? Du wirkst aufgebracht. Ist irgendwas los?«

»Nein, nichts.« Ich setzte ein Lächeln auf, das breiteste, das ich zustande brachte. »Bloß ein anstrengender Tag. Komm rein und lass mich dir einen großen Drink einschenken.«

»Ich mag Männer mit einem Plan«, sagte Saskia.

»Die Uhr wird heute Nacht zurückgestellt«, sagte sie später im Bett, und es war unausweichlich, dass ich mir wünschte, ich könnte sie viel weiter als nur eine Stunde zurückdrehen. Dass sie uns zurück in den September brächte und alles ungeschehen machte, was passiert war. Vielleicht sogar noch weiter in die Vergangenheit. Wie viel weiter? Womöglich, als ich vor vielen Jahren mit dem jungen Ding aus der Arbeit geschlafen hatte. War das der Moment gewesen, mit dem alles seinen Anfang genommen hatte?

Ihr Name war Jodie. Sie war jung, erst dreiundzwanzig oder

so. Ich erinnere mich an das Gefühl, das mich am nächsten Tag auf der Fahrt nach Hause beschlichen hatte. Nicht Schuld – zumindest keine *echte* Schuld, wie ich sie jetzt kannte –, eher das Bedürfnis, meine eigene Schmach anzuerkennen. Das Verstreichen einer Ära.

»Wenn du die Wahl hättest, wie weit würdest du die Zeit zurückdrehen?«, fragte ich Saskia. »Ich meine nicht Stunden – ich meine Monate oder sogar Jahre. Wo würdest du anhalten?«

»Gar nicht«, entgegnete sie. »Für mich gibt es keine Reue. Ganz ehrlich, das ist eine meiner Lebensphilosophien. Schau mich nicht so an!«

»Wie schaue ich denn?«

»Als würdest du plötzlich erkennen, dass ich eine Außerirdische bin.«

»Du bist keine Außerirdische«, sagte ich. »Ich bin einer.«

Ich küsste sie wieder – nicht nur, weil sie aus diesem Grund hier war, sondern auch, um das Gespräch zu beenden, das allmählich rührselig wurde und mich zu verraten drohte. Sie musste eine neue Facette der Sehnsucht gespürt haben, denn sie löste sich aus meiner Umarmung und sagte: »Was ist das hier, Bram?«

»Was meinst du?«

»Das hier. Der heutige Abend.«

O Gott. Jetzt schon. »Was willst du, dass es ist?«, fragte ich.

Sie seufzte, als ihr dämmerte, dass ich diesen Satz bereits viele Male zuvor gesagt hatte, dass er die einzige Antwort war, die sie jemals von mir erwarten könnte. Zumindest hatte sie gewusst, worauf sie sich in dieser Nacht einließ: einen bald geschiedenen, notorischen Fremdgeher mit einem Vorstrafenregister. Die öffentliche Version meiner selbst, auf die ich jetzt fast wehmütig blicke.

Im Ernst: Es war erstaunlich, dass ich überhaupt so lang durchgehalten hatte.

33

Freitag, 13. Januar 2017

London, 15:00 Uhr

Die beiden Polizeibeamten, Elaine Bird und Adam Miah, sind gekommen, und sämtliche Sitzplätze am Küchentisch der Vaughans sind nun besetzt, alle ihre Umzugsteetassen in Gebrauch. Lucy hat Fi wegen der Zentralheizung um Rat gefragt, denn allmählich zieht es ein wenig (anscheinend ist sogar von Schnee heute Nacht die Rede), und es wäre Fi ungehobelt vorgekommen, ihr nicht zu zeigen, wie sie funktioniert.

Die Umzugshelfer sind längst fort, die Lieferwagen in einem Konvoi davongefahren. David war nicht so durcheinander gewesen, ihr Trinkgeld zu vergessen, und Fi stellt sie sich in einem Pub vor, wo sie es ausgeben und sich unterhalten: »Die war aber komisch, nicht wahr? Wer war diese Frau? Die, die sie nicht losgeworden sind?«

Der offizielle Stand der Dinge lautet: Bram gilt nicht als vermisst oder, besser gesagt: Ein Erwachsener hat das Recht, einfach zu verschwinden, und es gibt noch keinen triftigen Grund zu glauben, dass diese spezielle Person nicht heil und gesund und genau dort ist, wo sie sein will. Immerhin hat noch niemand an seinem zweiten Wohnsitz nachgesehen (er wird nicht dort sein und sich eine Folge von *Game of Thrones* reinziehen – Fis

Beteuerungen sind vergeblich), oder er könnte bei einem anderen Familienmitglied sein.

»Er hat nur seine Mutter«, sagt Fi. »Ich habe bei ihr angerufen, und er ist nicht dort.«

»Dann vielleicht ein Freund oder Arbeitskollege? Und Sie sollten in den umliegenden Krankenhäusern anrufen.«

David Vaughan erklärt, er würde sich freiwillig melden, Bram ins Krankenhaus zu bringen, wenn er nicht bereits dort sein sollte, doch er schätzt sein Publikum falsch ein, und der Witz wird übergangen.

»Sollten Sie bis Montag immer noch nichts von ihm gehört haben«, sagt PC Bird zu Fi, »und Sie einen triftigen Grund anbringen können, weshalb Sie glauben, ihm könnte etwas zugestoßen sein, dann melden Sie sich wieder bei uns.«

Dieselbe Zurückhaltung wird bei der Problematik des Hausverkaufs geübt. Wie bei Bram ist der Geldbetrag aus dem Verkauf streng genommen nicht verloren oder auch nur ein Streitfall, jedenfalls nicht, bis die Einzahlungen auf *seinem* Konto überprüft wurden. Kein Betrug hat stattgefunden, zumindest nicht, bis er von Action Fraud erfasst und zur Untersuchung an Falcon weitergeleitet wurde, der Abteilung der Metropolitan Police für Betrugsfälle und Internetkriminalität. Sollte währenddessen der Verdacht im Raum stehen, dass einer der Anwälte seiner Sorgfaltspflicht nicht nachgekommen ist, kann der Geschädigte in Erwägung ziehen, die Rechtsanwaltskammer zu kontaktieren. (Das ist Fi nun: eine Geschädigte.)

»Immobilienbetrug ist tatsächlich auf dem Vormarsch«, erklärt PC Miah. »Wahrscheinlich haben Sie in letzter Zeit in den Nachrichten davon gehört, oder? Wir haben erst kürzlich eine Presseerklärung herausgegeben, die Immobilienmakler und -anwälte mahnt, wachsamer zu sein, insbesondere wenn Bankverbindungen per E-Mail verschickt werden – eine Möglichkeit, die Betrüger gern nutzen, um Daten abzufangen. Typischerweise passiert das, wenn ein Mieter im Haus wohnt und nie den Besitzer kennengelernt hat, weshalb es dann weniger wahrscheinlich ist, dass er bei Besuchen von Maklern und Kaufinteressenten hellhörig wird.«

»Hier liegt die Sache aber anders«, zeigt David auf. »Der Betrug hier ist mit der Unterstützung von einem der Besitzer durchgezogen worden.«

»Das wissen wir noch nicht mit Sicherheit«, widerspricht Fi. »Wie Merle gesagt hat, könnte Bram vielleicht unter Zwang gehandelt haben.«

»Aus diesem Grund haben wir Sie gerufen«, erklärt Merle den Beamten. »Zwischen diesem Immobilienbetrug und Brams Verschwinden besteht offensichtlich eine Verbindung. Wir sind besorgt, dass er womöglich das Opfer von professionellen Kriminellen geworden ist.«

»Das haben wir doch schon durch«, sagt David. »Wir haben den Typen beim *Open House* getroffen. Niemand hat ihm eine Waffe an den Kopf gehalten. Sämtliche Dokumente und Formulare wurden von ihm persönlich unterzeichnet. Es wird nicht sonderlich schwer sein, seine Unterschrift zu verifizieren, oder?«, fragt er PC Miah.

»Falls wir entscheiden, Nachforschungen anzustellen, nein.«

»Er muss auch unseren Sachverständigen reingelassen haben«, sagt Lucy. »Er ist im Dezember gekommen – das Datum kann ich nachschauen.«

»Ich bin sicher, sobald Sie von Ihren Anwälten hören, können sie Licht in die Angelegenheit bringen«, erklärt PC Bird, und auf Fi macht es den Anschein, als würden sie und ihr Kollege einen Streit wegen Falschparkens oder lauter Musik schlichten und nicht auf die Anzeige eines Kapitalverbrechens eingehen.

»Aber wenn nicht«, beharrt David, »dann können Sie ja wohl nicht erwarten, dass wir monatelang eine Untersuchung abwarten? Wir müssen wissen, wer das Recht hat, jetzt in diesem Haus zu wohnen. Heute und morgen und in der nahen Zukunft.«

»Natürlich Fi«, ruft Merle.

»Dann geben Sie uns die zwei Millionen zurück«, faucht David. Lucy wirft ihm einen Blick zu, der sagt: *Reiß dich zusammen. Wenn sich das alles hier geklärt hat, wird sie unsere Nachbarin sein. Wir werden sie zu Grillfeiern und Weihnachtsdrinks einladen wollen. Ihre Kinder könnten bei unseren babysitten.*

Fi schaut in die Runde und verspürt das perverse Bedürfnis, einfach loszulachen. Nicht nur leise zu kichern, sondern laut zu prusten. Es ist surreal, völlig absurd. Fakt ist, dass sie keine Fakten haben. Bram wird vermisst, die Anwälte sind nicht erreichbar. Kein Wunder, dass die Beamten wie auf glühenden Kohlen sitzen und freundlich einen erneuten Anruf am Montag vorschlagen, »wenn wir mehr wissen«.

Lucy und Merle bringen sie gemeinsam nach draußen, ein verunsichertes Doppel an Hausherrinnen, und kaum hat sich die Tür hinter den Beamten geschlossen, klingelt Davids Telefon. »Endlich, Rav!«, ruft er und verlässt das Zimmer.

»Rav ist der Makler«, erklärt Lucy und blickt zu Fi und Merle.

»Ich verstehe immer noch nicht, wie ein Makler den Verkauf durchziehen konnte«, sagt Merle. »Ich habe das Haus auf keiner einzigen Immobilienseite gesehen. Und ich schaue regelmäßig nach.«

»Es ist von der Private-Sales-Abteilung abgewickelt worden«, erwidert Lucy. »Wir standen bei einem anderen Makler auf der Liste, und Rav hat uns aus heiterem Himmel angerufen, weil eine neue Immobilie in der Trinity Avenue aufgetaucht ist.«

Ich hatte die Chance, das zu stoppen, denkt Fi. Sie benutzt die

Toilette im Erdgeschoss, und ihre Finger berühren den glatten Rand des Waschbeckens, die schimmernden Rundungen der Wasserhähne. Die Klopapierrolle ist mit Welpen bedruckt – Harrys Wahl –, aber die Seife und das Handtuch für die Hände gehören den Vaughans. Anschließend trödelt sie im Flur, der voller Kisten und Klappstühle ist, und streicht mit den Händen über die mit Kalkfarbe gestrichenen Wände, das polierte Treppengeländer. Das Licht ist, abgesehen von der Küche, in allen Zimmern gelöscht. Wenn jetzt jemand am Haus vorbeikäme, würde er nicht bemerken, dass es den Besitzer gewechselt hat. Dass eine Familie durch eine andere ersetzt wurde. In diesem Augenblick kommt ihr ein sonderbarer Gedanke: Bedeutet das Haus ihr noch so viel wie früher? Hat sie nicht längst angefangen, es als umkämpftes Territorium zu sehen? Hatte sie nicht unterbewusst geahnt, dass das Nestmodell letztlich in sich zusammenbrechen würde und jemand, wenn nicht gar alle, Gefahr liefen, verletzt zu werden? Vielleicht war die Katastrophe nur früher eingetreten als erwartet.

In der Küche, ihrem Besprechungsraum, herrscht zwischen Merle und Lucy ein vorübergehender Waffenstillstand, ein Sammeln von Kräften, während sie auf die Neuigkeiten von Davids Telefonat warten. Lucy hat Kekse hervorgeholt und isst einen in nervösem Tempo. Fi bemerkt, wie sie Merles Kleidung beäugt und erwägt, eine Bemerkung fallen zu lassen, entscheidet sich dann aber dagegen. Sie nimmt sich auch einen Keks, kaut, schmeckt nichts.

In der Stille bimmelt Merles Handy ständig mit unzähligen Updates. (Alison hat Robbie und Daisy für sie von der Schule abgeholt und nimmt sie zu sich nach Hause zum Abendessen. Adrian ist mit alten Unifreunden im Skiurlaub.) Im Gegensatz dazu hat Fis Telefon seit ihrer Ankunft kein einziges Mal geläutet. Die einzige eingehende Kommunikation waren Textnachrichten von ihrer Mutter, die sich nach den Jungen erkundigte, und eine von Clara aus der Arbeit, die ihr versichert, die Unterlagen für die Präsentation seien nun doch gefunden worden, und es sei nicht nötig, dass sie sich die Mühe macht, sie nochmals zu schicken. (»Tut mir leid, dich bei deinem romantischen Kurzurlaub zu stören!«) Um was auch immer es bei der Präsentation gegangen war, Fis Gehirn hatte es längst ausradiert, Claras Worte sind für sie so unverständlich, als stammten sie aus einer längst vergessenen Sprache.

Als David zurückkehrt, sieht er zum ersten Mal mitgenommen aus. »Das gerät allmählich außer Kontrolle.«

»Was, war es das denn nicht schon vorher?«, fragt Merle und springt sofort wieder auf, kampfbereit.

»Was meinst du?«, fragt Lucy. »Was ist passiert?«

»Rav sagt, Mrs Lawson hätte ihn panisch angerufen. Sie behauptet, das Geld wäre nicht auf ihrem Konto angekommen. Obwohl wir alle Bestätigungen von beiden Anwälten hatten, dass der Abschluss stattgefunden hat – deswegen hat er uns ja heute Morgen die Schlüssel übergeben.«

Fi hält die Luft an.

»Sie hat mit Graham Jenson gesprochen, also wissen wir zumindest, dass er wieder erreichbar ist, aber er pocht darauf, dass alles wie vereinbart abgelaufen ist und sie einfach nur weiterhin auf ihr Konto schauen muss. Allem Anschein nach kann sie ihren Ehemann nicht erreichen ...«

»Bram ist nicht ihr Ehemann«, berichtigt ihn Merle. »Können wir uns alle bitte darauf einigen? Wer auch immer diese Frau ist, sie hat absolut keinen Anspruch auf dieses Haus.«

»Ich verstehe das nicht«, sagt Lucy. »Was bedeutet das in Bezug auf das Geld?«

David dreht die Handflächen nach oben. »Nun, es bedeutet,

dass es bei der Überweisung entweder einen technischen Fehler gab und sich die Angelegenheit, wie Jenson meint, jede Sekunde lösen wird ...«

»Oder?«, hakt Merle nach.

»Oder – und das scheint die wahrscheinlichere Alternative zu sein, da wir die Bestätigung der Bank vor Stunden erhalten haben – das Geld ist auf ein falsches Konto überwiesen worden. Und das bedeutet sogar noch mehr Schwierigkeiten.«

Fi stößt einen erstickten Laut aus.

»Fi?«, fragt Merle. »Geht's dir gut?«

Fi bekommt keine Luft. *Mrs Lawson*, hatte David gesagt. *Sie* hat den Makler angerufen. *Sie* kann ihren Ehemann nicht erreichen. *Sie* muss ihr Konto prüfen.

Was auch immer Bram getan hat, er hat es mit einer anderen Person getan. Mit einer Frau.

Schließlich atmet sie aus.

Natürlich mit einer Frau.

Genf, 16:00 Uhr

Obwohl der Bahnhof für Züge nach Frankreich sieben Kilometer vom Hotel entfernt liegt, entscheidet er sich, zu Fuß zu gehen. So kann er sich durch Menschenmengen schlängeln, sich darin verstecken und Haken schlagen, sämtliche mögliche Verfolger abschütteln. Und sich mit etwas Glück etwas verausgaben.

Instinktiv greift er nach seinem Handy, um den Weg nachzuschlagen, bevor er sich in Erinnerung ruft, dass er offline ist und jegliches digitale Medium ausgeschaltet hat, das die Behörden womöglich auf seine Spur bringen könnte. Was er jedoch besitzt, ist ein klassischer Faltplan. Er ist nicht als freier und unbeschwerter

Tourist gekommen, zufrieden damit, sich einfach treiben zu lassen. Durch seine Recherche weiß er – tatsächlich ist es einer der Gründe, weshalb er Genf als seinen Startpunkt gewählt hat –, dass Pässe hier an Bahnhöfen nicht kontrolliert werden, da sämtliche Länder, die an die Schweiz angrenzen, im Schengenraum liegen.

Länder wie Frankreich. Städte wie Lyon, wo er noch nie war, die er jedoch als groß genug erachtet, dass er darin untertauchen und problemlos in Bars Essen und Getränke bekommen kann, ohne aufzufallen. Es ist nicht das, was man »der Polizei ein Schnippchen schlagen« nennen würde, aber es ist ein geeigneter Versuch, sie etwas in die Irre zu führen: Falls ein aufmerksamer Beobachter in Gatwick sein Fahndungsfoto erkannt hat, falls seine Spur bis nach Genf verfolgt werden könnte, würde die Suche hier ins Stocken geraten, während er heimlich *dorthin* verschwindet. Es könnte ihm ein paar Wochen Zeit verschaffen.

»Versteck«, »Fahndungsfoto«, »Spuren«: Das sind die Art Wörter, die er früher mit seinen Söhnen bei ihren ausgeklügelten Fallen im Garten benutzt hatte – Räuber und Gendarm, Spione und Doppelagenten –, aber jetzt haftet dem Ganzen nichts Lustiges an.

Er ist sich ziemlich sicher, seine Verfolger abgeschüttelt zu haben – falls es denn jemals welche gegeben hatte.

Schon bald trifft die Kälte des Genfer Sees seinen frisch rasierten Schädel, und der Umstand, dass er den körperlichen Schmerz am Spätnachmittag im tiefsten Winter überhaupt registriert, fühlt sich perverserweise wie ein Fortschritt an.

34

»Fionas Geschichte« > 01:59:07

Hat damals sonst niemand Bram irgendwelcher krimineller Machenschaften verdächtigt, auch wenn ich es nicht getan habe? Es stimmt, meine Mutter hat uns bei der Kinderbetreuung geholfen und war wohl öfter in der Trinity Avenue als jeder andere.

Aber sie ganz gewiss nicht, nein. Ich würde sogar so weit gehen, dass sie nicht nur blind für jegliche Gesetzeswidrigkeiten war, sondern auch noch insgeheim auf eine Versöhnung zwischen uns hoffte. Natürlich war es nicht so, dass sie sich wünschte, ihre Tochter gedemütigt zu sehen. Es war schlicht so, dass sie nicht das Wissen über alle Fakten hatte und dass sie seine zweite Untreue als das ansah, als was ich seine erste gesehen hatte: unentschuldbar, aber womöglich, ganz vielleicht, verzeihlich.

»Auf mich macht es den Anschein, als würde er sich ganz schön ins Zeug legen, um dir alles recht zu machen«, sagte sie. »Die Lilien, die er dir gekauft hat, waren wunderschön.«

Das war unbestreitbar. Nach dem Wochenende in Kent hatte er einen riesigen, atemberaubenden Blumenstrauß für mich zurückgelassen, wobei er sogar meine Lieblingsvase benutzt hatte. Das letzte Mal, dass er mir Blumen geschenkt hat ... Nun, ich konnte mich gar nicht erinnern – auf jeden Fall vor dem Betrug. Danach wäre er zu sehr Gefahr gelaufen, dass es ihm als leere Geste angekreidet worden wäre.

(Wahrscheinlich denken Sie sich gerade: »Herrgott, der arme Mann kann nicht gewinnen, egal, was er macht«, aber ich fürchte, wir wissen bereits, dass er einen Weg gefunden hat.)

»Er denkt offensichtlich viel an dich«, fügte meine Mum hinzu. *Er liebt dich immer noch*, lautete die unterschwellige Botschaft.

Ich sage das nicht, um sie zu kritisieren. Niemand könnte einem Elternteil dankbarer sein als ich meiner Mutter. Ich möchte Ihnen nur verdeutlichen, dass jeder Einzelne von uns auf die eine oder andere Art für Brams Charme empfänglich war. (Alison behauptete sogar immer, das schließe Polly mit ein. Sie verdächtigte sie, ihn nur deshalb nicht zu mögen, weil sie fürchtete, sich sonst zu ihm hingezogen zu fühlen.)

Verstehen Sie mich nicht falsch. Ich will damit nicht sagen, dass er das Charisma eines Psychopathen hatte oder etwas in der Art. Er hat seine Kraft nicht für etwas Böses eingesetzt.

Es war wohl eher so, dass seine Kraft dem Bösen nicht gewachsen war, das ihm zufällig begegnete.

Ich muss mich jetzt stählen, denn ich weiß, dass mehr als jede andere Szene, die ich beschrieben habe, die nächste dafür sorgen wird, dass Sie an meiner Intelligenz zweifeln werden. Ich meine, *Jetzt wirklich?*, werden Sie denken, *wie um alles in der Welt* kann es sein, dass Sie keinen Verdacht schöpften?

Es war ein paar Tage, nachdem wir aus Kent zurückgekehrt waren, die erste Novemberwoche, als es am Abend, kurz vor Harrys Badezeit, an der Haustür klingelte.

Ein Pärchen von Mitte vierzig stand auf der Türschwelle, mit guten Manieren und hoffnungsvollen Gesichtern. »Es tut uns schrecklich leid, Sie am Abend zu stören – es ist ein bisschen unverfroren, aber ...«, begann die Frau, und ich dachte sofort an eine Betrugsmasche, ein augenscheinlich respektables Paar mit einer Autopanne, das zwanzig Pfund für ein Taxi brauchte. »Wir haben das *Open House* verpasst und uns gefragt, ob wir uns jetzt vielleicht ganz kurz umschauen könnten? Wir sind seit *Monaten* in dieser Gegend auf der Suche.«

»*Open House*?«, fragte ich.

»Ja.« Sie tauschten verwirrte Blicke aus. »Das ist doch das Haus, das zum Verkauf steht, nicht wahr? Über Challoner's Property?«

Ah, keine Betrugsmasche, eine echte Verwechslung. Also doch Menschen wie wir. »Nein, Sie müssen Nummer 97 meinen«, erklärte ich ihnen. »Ich weiß nicht, über welchen Makler die verkaufen.«

Als das Pärchen sich entschuldigend verabschiedete, fühlte ich mich töricht, voreilige Schlüsse gezogen zu haben. Bis zur jüngsten Serie an Verbrechen in der Straße hatte ich mir etwas darauf eingebildet, bei Fremden im Zweifel immer nur das Beste anzunehmen.

Wenige Minuten später war Harry in der Badewanne, und Leo machte unten im Erdgeschoss, auf der Brüstung balancierend, seine Lesehausaufgabe, und es herrschte der übliche Trubel und Lärm, weshalb ich, obwohl es erneut an der Tür klingelte, mir nicht die Mühe machte, noch einmal runterzugehen.

Später, als ich mich an den Vorfall erinnerte und ihn Merle erzählte, sagte sie: »Red keinen Unsinn. Es gibt tausend mögliche Folgen für jede unserer Handlungen. Sagen wir mal, du hättest Harry in der Badewanne gelassen und wärst an der Tür in ein Gespräch verwickelt worden. Was, wenn er sich den Kopf angeschlagen und unter Wasser gerutscht wäre? Leo hätte es vielleicht nicht bemerkt, er wäre dir vielleicht nach unten gefolgt oder in sein Zimmer geschlüpft. Das wäre viel, viel schlimmer gewesen.«

»Du hast recht«, erwiderte ich.

Und ehrlich gesagt, schaute ich ein oder zwei Tage später auf der Website von Challoner's nach, und es gab keinen Treffer für die Trinity Avenue. Auf *Rightmove* war das Haus der Reeces immer noch gelistet, jetzt mit einem *Reserviert*-Banner über dem Foto.

Der einzige andere Treffer für die Trinity Avenue war eine der Wohnungen im Apartmenthaus an der Ecke zu Wyndham Gardens. Ich erinnere mich, wie ich mich verwundert gefragt habe, ob es dieselbe war, in die wenige Wochen zuvor eingebrochen worden war, und was aus den Mietern werden würde, wenn ihnen die Kündigung ins Haus flatterte. Ein Einbruch und eine Eigenbedarfskündigung innerhalb weniger Monate.

Bei dem Gedanken rief ich mir in Erinnerung, was für ein Glückspilz ich war.

#OpferFiona

@LuluReading: Tut mir leid, aber diese #OpferFiona *ist* echt eine Dumpfbacke. Bei dem Ferienwochenende hat die Freundin doch auch einen Makler erwähnt.

@val_shilling @LuluReading: Das ist so unfair, die Nachbarn haben doch verkauft! #jedermachtfehler

@IsabelRickey @val_shilling @LuluReading: Da stimme ich zu. Ich finde es mutig, dass sie das alles jetzt zugibt.

Bram, Word-Dokument

Ich konnte es nicht länger hinauszögern, Fi die Nachricht wegen des Autos beizubringen.

»Unser Versicherungsanspruch wurde abgelehnt«, erklärte ich ihr bei unserer nächsten freitäglichen Übergabe.

»Was?« Ihr Gesicht rötete sich vor Schock. »Warum?«

»Da haben sie sich nicht hundert Prozent klar ausgedrückt –

du weißt, wie die sind –, aber anscheinend hat es etwas mit den Schlüsseln zu tun. Weil wir nicht genau sagen konnten, wo sie waren, behaupten sie, wir hätten fahrlässig gehandelt.«

»Das ist unglaublich! Wir dachten, wir bekämen ... wie viel? Zwanzigtausend? Selbst zehn wären schon mal *etwas* gewesen. Und was jetzt? Wir sollen den Betrag einfach selbst herzaubern, nachdem wir jahrelang Beiträge gezahlt haben?«

»Oder ohne eins auskommen.« Ich hätte mich nicht erbärmlicher fühlen können. Mit ihrem Einwand damals, es könnte eine Mindestfrist geben, bevor der Schadensachverständige die Auszahlung freigab – in unserem Fall achtundzwanzig Tage –, hatte sie recht behalten. Die Police war auf meinen Namen abgeschlossen, der Scheck an mich geschickt worden.

»Dieser blöde Schlüssel. Wenn wir das gewusst hätten, dann hätten wir unsere Geschichten besser aufeinander abgestimmt«, wetterte sie weiter. »Ich wette, sie haben mit dem Detective gesprochen, der mich befragt hat. Bei mir muss es geklungen haben, als hätten wir nicht den blassesten Schimmer, wer ihn hatte und wann. Als würden wir ihn einfach dem erstbesten Kriminellen in die Hand drücken.« In ihrem Blick verwandelte sich Besorgnis zu tiefer Entschlossenheit. »Lass uns zur Ombudsstelle gehen, ja?«

»Um ehrlich zu sein, Fi, glaube ich nicht, dass wir viel ausrichten können.«

»Du willst es nicht mal versuchen?«

»Eher nicht. Es steht alles im Kleingedruckten – uns fehlen die schlagenden Argumente. Und vergiss nicht, es besteht immer noch die Chance, dass der Wagen doch noch auftaucht.«

Fi nickte, immer noch aufgebracht. »Wann müssen wir den Ersatzwagen zurückgeben?«

»Morgen. Tut mir leid. Ich komme vorbei und kümmere mich um alles.«

»Schon so bald? Das ist echt ein blödes Timing, wo Weihnachten vor der Tür steht ... das Geld wird auch langsam knapp. Und alles wird in der Dunkelheit und Kälte noch viel nerviger werden, wenn man sich mit den Jungs im Schlepptau in überfüllte Busse quetschen muss.«

»Das wird sie nicht stören«, entgegnete ich. »Kinder akzeptieren alles, wenn ihre Eltern sagen, dass es normal ist. Das Wichtigste ist doch, dass sie zwei Elternteile haben, die sie lieben und für sie da sind. Es geht nicht nur um Geld oder Geschenke oder neue Autos.« Obwohl es überhaupt nicht nach mir klang, nutzte ich den Umstand aus, dass es genau das war, was Fi in einer solchen Situation sagen würde.

»Das stimmt«, sagte sie und klammerte sich an einem Gefühl von Demut fest. »Wir haben ein Dach über dem Kopf. Wir sind gesund.«

Ich wollte ihr zustimmen, bekam allerdings keinen verständlichen Ton heraus.

Sie warf mir einen besorgten Blick zu. »Wie lang liegt dir das jetzt schon im Magen, Bram? Hattest du Angst, es mir zu erzählen?«

»Ein bisschen.«

»Hast du mir deshalb die Blumen gekauft? Es gibt überhaupt keinen Grund, so etwas vor mir zu verheimlichen. Was die Kinder und das Haus betrifft, sind wir immer noch ein Team, schon vergessen?«

Die felsenfeste Loyalität in ihrem Gesichtsausdruck war fast unerträglich. Ein grässliches kaleidoskopisches Bild von Mike, von Wendy, von Rav, von den Pärchen, die sich ihr geliebtes zukünftiges Zuhause angesehen hatten, blitzte vor meinem geistigen Auge auf.

»Es tut mir leid«, sagte ich wieder. »Es tut mir wirklich leid.«

- *Noch kein Angebot, nehme ich an?*
- Nein. Aber drei zweite Besichtigungen am Samstag.
- *Warum nicht früher?*
- Nicht meine Tage im Haus, zu riskant. Ich habe keine Kontrolle über Fis Terminkalender.
- *Stellen Sie einfach sicher, dass das Haus von seiner Schokoladenseite präsentiert wird, ja?*
- Oh, eigentlich wollte ich sämtliche Hunde aus der Nachbarschaft einladen, damit sie gegen die Wände pinkeln.
- *Sie sind ein witziger Mann, Bram. Ich wette, Sie bringen Leo und Harry auch oft zum Lachen, hm?*

Ich schaltete das Handy aus. Das war jetzt meine Strategie, wann immer er die Jungen erwähnte.

35

Bram, Word-Dokument

Allmählich hasste ich meine Zeit in der Wohnung, verband sie mit alkoholgeschwängerter, von Ängsten erfüllter Einsamkeit und hässlichen, unabwendbaren Treffen – nicht alle nur mit Mike und Wendy. Da war auch eines, ein paar Tage nach dem *Open House*, vor dem ich mich lieber gedrückt hätte.

Als es gegen acht Uhr abends an der Tür klingelte, dachte ich natürlich, es sei die Polizei.

Das war's, Bram. Du wusstest, es würde irgendwann passieren.

Es folgte ein entsetzlicher Moment des Gefühls, in die Kindheit zurückversetzt zu sein – eine Woge dieses halb verhassten, halb erleichterten Gefühls, das einen flutet, wenn einem ein Elternteil bei einer Unwahrheit auf die Schliche kommt. *Wenigstens muss ich nicht mehr lügen*, denkt man dann. *Wenigstens muss ich mich nicht mehr verstecken.*

Bevor ich an die Tür ging, drehte ich die Lautstärke der Musik herunter, wobei ich mich zu sehr selbst bemitleidete, um die Aufgabe zu vollenden und sie ganz auszuschalten. Ich weiß, es wird verrückt klingen, aber ich hatte längst die Playlists zusammengestellt, die ich mitnehmen wollte, wenn ich untertauchen müsste. Ja, ich weiß, ich hätte meine Zeit lieber nutzen sollen, Mike und Wendy mit einem atemberaubenden Twist das Handwerk zu legen, aber ich hatte gemerkt, dass kleine Tätigkeiten, bei denen man nicht nachdenken muss, insbesondere solche, bei denen ich in der Vergangenheit versinken konnte, der einzige Weg waren, meinen Verstand von einem Tag zum nächsten zu retten.

»Hallo«, sagte ich in die Gegensprechanlage. »Wer ist da?«

»Bram?« Die Stimme war weiblich, leise und empört.

Eine Polizeibeamtin, die mich verhaften wollte, würde mich nicht Bram nennen, folgerte ich. Es musste Wendy sein, sie und Mike, die gekommen waren, um mir wegen der zweiten Besichtigung des Hauses am Samstag zuzusetzen. Ein *klitzekleines* bisschen besser als die Polizei.

»Bram? Was ist los? Lass mich rein!«

Nicht Wendy, erkannte ich. Saskia? Das Ausbleiben jeglicher weiteren Nachrichten oder Besuche an meinem Schreibtisch seit unserem gemeinsamen Wochenende hatte mich in der Annahme bestärkt, dass sie das einzig Vernünftige getan und die Sache beendet hatte.

Dann registrierte ich, wer es in Wirklichkeit war. »Ah. Komm hoch.«

Ich wartete an der Tür, erschöpft und verwirrt. »Constance« vom Spielhaus. Ihre Ankunft erinnerte mich daran, dass ich auf eine Voicemail von ihr nicht reagiert hatte – wann war das gewesen? Letzte Woche, vielleicht. Zugegeben, für mich war sie ein kleiner Fisch im Vergleich zu dem Haifischbecken, in dem ich schwamm – unsere damalige Begegnung, so katastrophal sie zu jenem Zeitpunkt gewesen sein mochte, wirkte jetzt fast entzückend sündhaft angesichts der Ereignisse, die seitdem geschehen waren.

»Tut mir leid, dass ich dich nicht gleich erkannt habe«, sagte ich an der Tür, als sie aus dem Aufzug trat. »Ich dachte, du seist jemand anderes.«

»Wie viele von uns gibt es denn? Behalt es für dich – es interessiert mich nicht.« Es gab natürlich weder einen Kuss noch eine Berührung. Das hätte ich auch nicht erwartet, aber genauso wenig den Schwall Feindseligkeit, der von ihr ausging. Mein Gehirn war zu angeschlagen, um jegliche Reaktion, egal welche, wahrzunehmen. Wenn meine Nacht mit Saskia mir irgendetwas gezeigt hatte, dann, dass Trost und Gleichgültigkeit für mich längst ein und dasselbe waren.

»Wir müssen reden.« Als sie in meinem Stirnrunzeln Widerwillen erkannte, fauchte sie: »Falls du etwas Zeit für mich erübrigen könntest?«

»Natürlich.« Ich schaltete die Musik auf Pause, wünschte dann augenblicklich, es nicht getan zu haben. Heutzutage war Stille für mich selbst im größtmöglichen Idealfall unerträglich und fühlte sich schrecklich entblößend an. Es wäre zu kräftezehrend, sich auf das hier zu konzentrieren.

»Was war das für ein Lied, das da gerade gelaufen ist?«, fragte sie.

»Portishead. Erinnerst du dich, ›Sour Times‹?«

»Wie passend.« Ihre Haare waren fest nach hinten gebunden, ihre Haut schimmerte leicht kränklich, als würde sie direkt vor meinen Augen von Fieber geschüttelt werden. »Wäre es in Ordnung, wenn ich mich setze?«

»Entschuldige. Dort drüben.« Ich räumte einen der Sessel von dem Durcheinander aus Kleidung frei, die ich von der chemischen Reinigung geholt hatte. »Willst du etwas trinken?«

»Ein Wasser, bitte.«

Ich holte mir ein Bier, reichte ihr ein Glas Wasser und wartete ab. Mir entging nicht, dass sie dasselbe Kleid trug, das sie an jenem Abend im Spielhaus getragen hatte, diesmal mit einer blickdichten schwarzen Strumpfhose und hohen Stiefeletten. Ich kannte sie nicht gut genug, um zu wissen, ob das eine absichtliche

Anspielung war – alles, was ich wusste, war: Es wäre etwas Gutes, wenn ich nie wieder etwas mit irgendeiner Frau zu tun hätte. Für mich *und* für sie.

»Na schön«, sagte sie. »Ich komme ohne Umschweife zur Sache. Ich bin schwanger, Bram.«

Ich starrte sie entsetzt an.

»Es ist nicht deins.« Sie hob das Kinn, kicherte freudlos. »Darum geht es hier nicht – keine Sorge.«

»Oh. Okay.« Mein Schädel tat schrecklich weh. Ich versuchte, mich zu erinnern, ob es irgendwo in der Wohnung Ibuprofen gab. »Worum geht es *dann*?«

Mit zitternder Hand nahm sie einen Schluck Wasser. »Es geht darum, dass es bald zu sehen sein wird, und ich es nicht gebrauchen kann, dass du eins und eins zusammenzählst und auf drei kommst. Oder irgendjemand sonst.«

Sie meinte wohl ihren Ehemann.

»Er weiß das von uns immer noch nicht?«, fragte ich.

»Nein. Es war ein Fehler, ein einmaliger Ausrutscher in geistiger Verwirrtheit. Wenn man es ihm jetzt erzählen würde, wäre niemandem gedient.« Sie beäugte die vier Wände, ihre Miene von Trostlosigkeit gezeichnet. »Das muss ich *dir* wohl kaum erklären.«

In dieser letzten Bemerkung hallte ein anklagender Unterton wider, der mich an Fi erinnerte, und ich spürte, wie Verärgerung in mir aufstieg. Am liebsten hätte ich sie angefaucht: »Ist das *wirklich* dein größtes Problem? Wie wäre es damit, erpresst zu werden? Wie wäre es damit, eine Mord-durch-gefährliches-Fahren-Anklage am Hals zu haben? Wie wäre es damit, deinen Partner und deine Kinder und alles, was du liebst, zu verlieren …?«

Aber vielleicht fürchtete sie genau das – wenn ich es mir in den Kopf setzte, die Vaterschaft des neuen Babys anzuzweifeln. Für sie stellte ich eine Bedrohung dar. Ich war ihr Mike.

»Also kann ich darauf zählen, dass du es für dich behältst?«, fragte sie.

»Ich habe es so lang für mich behalten. Es gibt keinen Grund, etwas daran zu ändern.«

»Auch, wenn es Fragen geben sollte?«

Da erst verstand ich es und sah ihr prüfender ins Gesicht. Außer vielleicht ihren Ehemann könnte sie damit nur Fi meinen. Wollte sie etwa sagen …? Es folgte eine Stille, ein gedehnter Moment, der seine eigene Energie verströmte. Ihr Blick traf mich mit einem erneuten Flehen.

»Wann ist der errechnete Geburtstermin?«, fragte ich leise.

»Im Mai. Beleidige mich nicht, indem du die Monate zählst.«

Natürlich zählte ich in stiller Folter. Es war nur ein Monat später. Aber ich konnte den Gedanken nicht zulassen, dass ein anderer Mann mein Kind großzog, ohne von der wahren Vaterschaft oder der Existenz von zwei Halbbrüdern zu wissen. Ich konnte nicht zulassen, dass es wahr wäre. Und so grässlich, wie es klingen mag, erscheint es jetzt völlig bedeutungslos. Ein Kind ist durch meine Hand gestorben, und es gab keinen Platz in meinem Kopf, um über ein ungeborenes nachzudenken.

»Nun, dann herzlichen Glückwunsch«, sagte ich endlich und beobachtete, wie sich die Anspannung in ihrer Brust löste. Ich verspürte den Drang, ihr heißes Gesicht zu berühren, ihre rastlosen Hände in meine zu nehmen. »Das sind tolle Neuigkeiten.«

»Danke.« Sie stand auf, ließ den Blick erneut durch das triste, klaustrophobische Zimmer schweifen. »Du musst dich wieder in den Griff bekommen, Bram. Dir geht's ganz offensichtlich nicht gut.«

»Wirklich? Wow, das habe ich ja gar nicht bemerkt.«

Wie Fi reagierte sie gereizt auf Sarkasmus und erteilte mir sogar noch Ratschläge, während sie zur Tür eilte. »Im Ernst, du willst doch nicht einer dieser bedauerlichen, alternden Kater werden, die das Mausen nicht lassen können, oder? Irgendwann ist das Maß an Vergebung ausgeschöpft, und dann bist du nichts weiter als ein einsamer, alter Mann, der Unverzeihliches getan hat.«

Diese letzten Worte klangen wie auswendig gelernt, doch es bedeutete nicht, dass sie falsch klangen. Es bedeutete nicht, dass sie mich nicht verletzten. Ich schloss die Augen, unfähig, mein Gegenüber noch länger zu ertragen, und als ich sie wieder öffnete, war sie fort, und die Tür fiel hinter ihr ins Schloss.

»Danke für den Ratschlag«, sagte ich.

»Fionas Geschichte« > 02:05:03

Bei allem, was in der Trinity Avenue vor sich ging – nicht nur der Einbruch bei den Ropers, unser Autodiebstahl und dass überall gelbe Polizeischilder hingen, sondern auch die Beziehung zu Bram, die sich allmählich zuspitzte –, war mir die Wohnung zu einer Art Zufluchtsort geworden.

Dort war Zeit zum Atmen, zur Entspannung. Ich hatte mir angewöhnt, eine Duftkerze zu entzünden, sobald ich durch die Tür kam, und Klassik FM oder eine der Dokumentationen über Kunst einzuschalten, bei denen ich jede Hoffnung aufgegeben hatte, sie mir ansehen zu können, während die Kinder um mich herumwuselten und sich schreiend über Pokémon oder den FC Chelsea in den Haaren lagen, oder was gerade der Stein des Anstoßes gewesen war. Außer bei Besuch verordnete ich mir ein Alkoholverbot, brühte mir stattdessen einen Kräutertee auf und gönnte mir ein Stück Schokolade mit dem gewissen Etwas, zum Beispiel einer Prise Kardamom oder Meersalz oder Lavendel. Vielleicht ist »Zufluchtsort« nicht das richtige Wort. Vielleicht war es mehr eine Art Retreat.

Ein- oder zweimal ertappte ich mich bei dem Gedanken, ich sollte die Jungs zum Übernachten herbringen, aber natürlich war ich nur *hier*, damit sie *dort* sein konnten.

36

Bram, Word-Dokument

Und dann kam schließlich die Polizei. Nicht zur Wohnung, sondern in mein Büro in Croydon. Ein Detective erschien am folgenden Dienstagmorgen – Gott sei Dank in Zivil und nicht in Uniform. Ich schlug mich ganz gut. Das vermute ich zumindest, denn es dauerte eine Weile, bis die Sache weiterverfolgt wurde.

Für unser Gespräch wählte ich einen kleinen, fensterlosen Besprechungsraum gleich neben dem Empfang. Auf dem Tisch lag eine Auswahl unserer neuen halbstarren Halskragen mit verstellbaren Klettverschlüssen, und ich schob sie ohne einen weiteren Kommentar beiseite. *Keine Witzeleien. Bring ihn nicht gegen dich auf.*

»Nun, Mr Lawson, Sie sind zusammen mit Mrs Fiona Lawson der Miteigentümer eines schwarzen Audi A3?«, fragte er und las das Autokennzeichen vor. Er war Mitte vierzig, mit hellem Haar und einem Stiernacken, der seine Erfahrung mit menschlicher Fehlbarkeit beunruhigend clever herunterspielte, während er in meinem Gesicht nach Anzeichen von Lügen suchte.

Hör auf, so zu denken – beantworte einfach seine Fragen!

»Ja ... zumindest war ich das. Er ist Anfang Oktober gestohlen worden. Geht es um die Versicherung?«

Lass ihn in dem Glauben, das wäre deine einzige Sorge.

»Nein, das hat nichts damit zu tun«, erwiderte er.

»Oh, Augenblick mal. Sind Sie der Beamte, der vor ein paar Wochen mit Fi gesprochen hat?«

»Ganz genau.«

»Sie hat etwas in der Art gesagt, dass die Schlüssel womöglich gestohlen worden sein könnten? Ich muss gestehen, ich halte es für viel wahrscheinlicher, dass sie irgendwo in den Untiefen des Sofas verschwunden sind.«

»Sollten Sie sie dort finden, geben Sie mir Bescheid.« Sein Verhalten war freundlich, als wäre er hier, um sich die Zeit mit etwas Smalltalk zu vertreiben.

»Natürlich. Die Sache ist die: Der Versicherungsanspruch ist bereits geregelt«, sagte ich. »Ich war nicht sicher, ob die sich mit Ihnen in Verbindung setzen.« *Nicht als Frage formulieren. Es kümmert dich nicht, da sie den Betrag schon ausbezahlt haben.*

Obwohl der Beamte darauf nicht reagierte, war ich ziemlich sicher, dass dieses Gespräch nicht in einer Verhaftung enden würde.

»Erinnern Sie sich, wo Sie am Freitag, den sechzehnten September, waren, Mr Lawson?«

Mein Puls beschleunigte sich. »Ja, das war der Tag meiner Vertriebstagung.« Es wäre töricht, so zu tun, als könnte ich mich nicht erinnern, da ich bereits angedeutet hatte, die Einzelheiten von Fis Befragung mit ihr besprochen zu haben.

»Sie hat hier stattgefunden?«

»Nein, die ist immer außer Haus. Dieses Jahr war sie in einem Hotel in der Nähe von Gatwick.«

»Wann war sie zu Ende?«

»Schätzungsweise gegen fünf, vielleicht ein bisschen früher.«

»Zu diesem Zeitpunkt sind Sie also losgefahren?«

Zweifle das nicht noch einmal an – beantworte einfach jede Frage, wie sie kommt.

»Ja. Einige Kollegen sind noch für einen Drink geblieben, aber ich musste nach Hause.«

»Sie sind in dem Audi selbst gefahren, oder?«

»Im Grunde nicht.« Ich klang etwas kleinlaut, zögerte kurz, als wäre es mir peinlich, die Wahrheit zuzugeben. »Zu der Zeit bin ich überhaupt nicht Auto gefahren.«

»Warum das?«

Ich seufzte. »Wenn Sie wegen dem Auto ermitteln, dann wissen Sie es wahrscheinlich längst?«

»Was weiß ich, Mr Lawson?«

»Ich habe ein Fahrverbot seit Februar. Ich wurde mehrmals wegen Geschwindigkeitsübertretung angehalten. Deshalb ist meine Frau seitdem die Einzige, die fährt.«

Er zeigte keine Reaktion, was mich ermutigte weiterzureden.

»Sie hat das nicht erwähnt, als Sie mit ihr gesprochen haben, oder? Das liegt daran, dass sie nichts davon wusste. Hoffentlich immer noch nichts weiß.« Ich zögerte, als bräuchte ich einen Moment, um mit meiner eigenen Schmach zurechtzukommen. »Wir leben getrennt, müssen Sie wissen, und ich habe gemerkt, dass es nicht immer hilfreich ist, ihr alles zu erzählen, was ich falsch gemacht habe. Und falls Sie noch einmal mit ihr reden sollten, wäre ich Ihnen dankbar, wenn Sie das für sich behalten könnten.«

Es war wohl kaum zu erwarten, dass sich ein Polizeibeamter bereit erklären würde, für eine eheliche List mit mir gemeinsame Sache zu machen, aber ich glaubte einen Hauch von Mitgefühl zu spüren.

»Ich denke nicht, dass ich noch einmal mit ihr reden muss«, sagte er, und am liebsten hätte ich die Faust siegreich in die Luft gereckt. Das hier war also reine Routine, Teil des akribisch genauen, polizeilichen Vorgehens, Verdächtige auszuschließen. *Bring die Sache hinter dich, und du wirst von der Liste gestrichen!*

»Nun, wie *sind* Sie an dem Freitag dann nach Hause gekommen, Mr Lawson?«

»Mit dem Zug. Der Bahnhof liegt direkt neben dem Tagungsort.« *Das stimmte.*

»Welcher Bahnhof?«

»An den Namen erinnere ich mich nicht – ein oder zwei Haltestellen vor dem Flughafen. Aber das Hotel hieß irgendwas mit Blackthorn. Ich kann es nachschlagen, wenn Sie wollen.«

Er bat mich nicht, es zu tun, was ich als Hinweis erachtete, dass er nicht vorhatte, kostbare Zeit auf diese Richtung der Untersuchung zu verschwenden.

»Sie sind also vor fünf weggefahren und waren wann zu Hause – gegen sechs?«

»Nein, ich musste in Clapham Junction umsteigen, deshalb habe ich mir dort zwei Pints genehmigt. Um ehrlich zu sein, habe ich einen Drink gebraucht – es war ein anstrengender Tag. Ich musste um sieben zu Hause sein und habe den Anschlusszug gegen zwanzig vor genommen. Es sind nur ein paar Haltestellen bis Alder Rise.«

»In welchem Pub waren Sie?«

Das lief jetzt weniger gut. Hätte er geschluckt, dass ich den Zug genommen habe, warum bohrte er dann wegen des Pubs nach? Vielleicht weil es ein belangloses Detail war, das *ich* zur Sprache gebracht hatte. Warum hatte ich unbedingt anmerken müssen, dass ich Alkohol brauchte? *Hör auf, nach dem Warum zu fragen – beantworte einfach die verdammten Fragen!* »Das genau neben dem Bahnhof. Ist es das Half Moon, vielleicht?«

»Haben Sie dort jemanden getroffen, den Sie kannten? Oder mit jemandem gesprochen?«

Ich verengte die Augen, als würde ich angestrengt nachdenken. »Wie gesagt, ich war allein, und es ist nicht meine Stammkneipe. Wahrscheinlich habe ich den *Standard* durchgeblättert.

Oh, stimmt, ich habe mich eine Weile mit einem Typen an der Bar unterhalten. Man schien ihn dort zu kennen.« *Gib keine weiteren Details preis – zu offensichtlich!* »Dann musste ich nach Hause. Ich übernehme die Kinder um sieben.«

Das hast du schon gesagt. Beruhig dich!

»Als Sie nach Hause kamen, erinnern Sie sich, ob das Auto in der Straße geparkt gewesen war?«

»Nein. Ich meine, das bedeutet nicht, dass ich es *nicht* gesehen habe. Es ist nur so, ich bin schon tausend Mal vom Bahnhof nach Hause gegangen ... da kann ich mich nicht an jedes einzelne Mal erinnern. Ich weiß nur, dass ich ein bisschen spät dran war, weshalb ich wahrscheinlich nicht sonderlich groß achtgegeben, sondern mich nur beeilt habe. Tut mir leid, ich weiß, das ist nicht sehr nützlich.«

Er nickte. »Okay, na gut, vielleicht haben *wir* dann etwas Nützlicheres für Sie, sobald Ihr Auto gefunden wird.«

Etwas Nützliches für mich? Oder für *ihn*? Ich hörte das Prepaid-Handy in meiner Tasche bimmeln und spürte das pawlowsche Öffnen meiner Poren, als ich zu schwitzen begann. Meine Gedanken kreisten wie wild: *Ich darf nicht zulassen, dass sie das Auto finden! Vielleicht sollte ich es holen, aus London schaffen. Wo steckt der zweite Schlüssel? Hat Fi den immer noch?*

Dann: *Nein, nein, wenn du das tust, könntest du angehalten werden. Denk dran, die Polizei arbeitet mit der automatischen Nummernschilderfassung – ganz London ist mit diesen Geräten vollgebaut. Vielleicht ...*

»Ihr Telefon läutet«, sagte der Detective im Aufstehen. »Sie können ruhig rangehen.«

Ich riss mich zusammen. »Nein, ist schon in Ordnung. Ich bringe Sie nach draußen.«

Und das war's. Abgesehen von meiner überflüssigen Erwähnung des Pubs und dieser kleinen Panikattacke ganz zum Schluss war es so gut gelaufen, wie ich gehofft hatte.

Ich wartete eine geschlagene halbe Stunde, bevor ich einen Blick auf das Handy warf und Neuigkeiten von Rav vorfand: Es gab zwei Angebote für das Haus.

»Fionas Geschichte« > 02:07:21

Sie haben gefragt, wann genau es war, dass ich mir wirklich Sorgen um Bram machte. Nun, das war Anfang November, zeitgleich mit einem erschütternden Vorfall, der mit Toby zu tun hatte und von dem ich Ihnen gleich erzählen werde. Ich erinnere mich, wie ich mir dachte, dass ich absolut keine Ahnung mehr hatte, was Bram als Nächstes tun würde, dass ich meinen natürlichen Instinkt verloren hatte, den ich früher immer für all seine Aktionen und *R*eaktionen gehabt hatte. Für *ihn*.

Toby steckte bis zum Hals in Arbeit und hatte seine Kinder am vergangenen Wochenende gesehen, weshalb ich, als er sagte, er habe nur Anfang der Woche Zeit, die Entscheidung traf, die Nestmodell-Regel wegen dritter Personen in der Trinity Avenue großzügiger zu handhaben – okay, zu brechen –, und ihn am Dienstag zum Abendessen einlud. Ich bat ihn, um halb neun zu kommen, damit die Jungen bereits schliefen. Ich war noch nicht bereit für eine Vorstellungsrunde.

»Hübsches Haus«, sagte er, während er mir in die Küche folgte, und als ich seinen Mantel nahm und ihm ein Glas Wein reichte, fühlte ich mich durch seine Gegenwart aufgekratzter als üblich, als wäre ich der verbotene Gast und nicht er.

»Danke. Es ist schade, dass du den Garten nicht richtig sehen kannst.«

Mit dem Weinglas in der Hand glitt er zum Küchenfenster und spähte hinaus. Am Ende des Gartens zeichnete eine Lichterkette wie der Zuckerguss auf einem Lebkuchenhaus das Dach und den Türrahmen des Spielhauses nach.

»Ist das dort das berühmte Spielhaus?«, fragte er. »Sieht ziemlich unschuldig aus.«

»Tut es auch.« Es überraschte mich manchmal, wie viel ich ihm von meiner Trennung mit Bram erzählt hatte. Die Traumata der Ehe, wie die der Kindheit, sind wohl immerwährende Bezugspunkte. Sie sammeln sich in deinem Innersten an, verschmelzen mit deinem Körpergewebe.

»Willst du es ihm heimzahlen?«, fragte er.

»Was meinst du?«

»Du, ich, das Ende des Gartens …?«

»Ist das dein Ernst?« Mir wurde aufrichtig übel bei dieser Idee. Nicht aufgrund der Unannehmlichkeiten, die Freiluftsex im November mit sich brächten, sondern wegen des Gedankens an Leo und Harry im ersten Stock, die auf den Schutz ihrer Mutter vertrauten, während diese sich wie eine notgeile Frau in ihr Spielhaus schlich … Was Bram in jener Nacht im Juli getan hatte, war und blieb unerhört, egal welcher gegenteilige Impuls mich an jenem Abend in Kent auch immer geritten hatte, egal worauf auch immer meine Mutter hoffte, was ich eines Tages entschuldigen könnte.

»Da draußen ist es ein bisschen zu feucht. Ich denke, ich bleibe lieber hier im Warmen und genehmige mir noch eins von dem hier«, sagte ich und hob mein Glas, und Toby akzeptierte meine Bedenken mit einem entspannten Lachen. Aber interessant, dass er einen derart verwegenen Charakterzug in sich trug, wo ich ihn für einen leicht spießigen, sicherheitsbewussten Menschen wie mich gehalten hatte.

Wie dem auch sei, kurz danach, genau in dem Moment, als ich das Abendessen servierte, klingelte es an der Tür.

Bram, Word-Dokument

Obwohl ich Saskia ins Haus eingeladen hatte, lautete meine Begründung, es war in Abwesenheit der Jungen geschehen, und ich hätte deshalb streng genommen nicht gegen die Regeln des Nestmodells verstoßen. Was allerdings tatsächlich dagegen verstieß, war meine Entscheidung, an einem von *Fis* Abenden in die Trinity Avenue zu kommen.

Der Drang war seit der Polizeibefragung am Vormittag immer stärker geworden, und meine Zerstreutheit so offensichtlich, dass Neil mich früher von der Arbeit nach Hause geschickt hatte. »Klär das«, sagte er, nicht ohne einen Anflug von Mitgefühl.

Und dann war da die Nachricht von Rav gewesen. Trotz Mikes ständiger Nachrichten, in denen er auf Neuigkeiten drängte, hatte ich entschieden, ihm noch nichts von den Angeboten für das Haus zu erzählen. Stattdessen schlug meine Unruhe in Besessenheit um, mich kopfüber ins Leere zu stürzen – oder zumindest über den Vorsprung zu hangeln –, denn mein Gedankengang war: Wenn ich es nur schaffen könnte, sein widerliches Gesicht aus meinem Kopf und sein giftiges Flüstern aus meinem Ohr zu bekommen, und mich stattdessen auf Fi konzentrierte, dass es mir dann gelingen könnte, zu gestehen und das Richtige zu tun, bevor das Falsche vollständig von mir Besitz ergriff.

»Fionas Geschichte« > 02:09:56

Die Klingel schrillte bereits ein zweites Mal, als ich die Tür erreichte. Ich erwartete, von einem übereifrigen Vertreter oder dem hiesigen Stadtrat auf Wahlkampftour begrüßt zu werden. »Es ist ein bisschen spät«, würde ich nachsichtig sagen, leicht vorwurfsvoll, aber gleichzeitig mitfühlend, denn jeder muss irgendwie seinen Lebensunterhalt verdienen (mein Haupteinwand war, dass die Türklingel die Kinder weckte).

Was ich jedoch vorfand, war der einzige Mann, der einen eigenen Schlüssel besaß. »Bram!«

»Tut mir leid, ich weiß, ich sollte an einem Dienstag nicht kommen. Ich ...«

»Das stimmt«, fiel ich ihm ins Wort, »solltest du nicht. Es ist sowieso zu spät, um die Jungs zu sehen. Sie schlafen schon. Es ist fast halb zehn.«

»Ich weiß, aber ich musste dich sehen.«

Er sprühte von einer Art Energie, die ich nicht einordnen konnte, obwohl meine Vermutung lautete, dass er getrunken hatte. »Ist etwas nicht in Ordnung?«, fragte ich, ohne meine Ungeduld zu verhehlen.

»Ich muss nur mit dir reden, Fi. Kann ich reinkommen?«

Ich spürte, wie Verbitterung durch meine Adern schoss, genauso, wie ich es aus der Zeit kannte, in der wir noch zusammen gewesen waren. (Vielleicht schwang auch ein Hauch Erleichterung mit, dass er nicht selbst aufgesperrt und mich im Spielhaus in einer grausigen Wiederholung seiner eigenen Sünde erwischt hatte.) »Ehrlich gesagt ist der Zeitpunkt nicht der beste – ich habe Besuch.«

»Oh. Kannst du sie nicht schnell loswerden? Es ist wichtig.«

Bevor mich Erleichterung über die fehlerhafte Annahme des Geschlechts erfasste – ich wollte nicht zugeben müssen, dass ich gegen einen Punkt unserer Nestmodell-Vereinbarung verstoßen hatte –, wurde mir die Angelegenheit aus den Händen genommen, denn Toby war mir zur Tür gefolgt, offensichtlich in dem Bestreben, mich zu beschützen.

»Ist hier alles in Ordnung, Fi?«

Im selben Atemzug, bevor ich sie einander vorstellen konnte – was ich zwar lieber noch hinausgeschoben, wenn nicht gar völlig vermieden hätte –, konnte ich nur sprachlos und mit offenem Mund zusehen, wie Bram sich an mir vorbeidrängte, was mich zum Stolpern brachte, und sich mit voller Wucht auf Toby stürzte. Die beiden krachten heftig gegen das Treppengeländer, Tobys Hinterkopf knallte gegen die gedrechselten Stäbe.

»Raus aus meinem Haus!«, schrie Bram und unternahm den erfolglosen Versuch, Toby zur Haustür zu schieben. Obwohl er groß ist, wirkte er wie ein Terrier im Vergleich zu Toby, dem Mastiff.

»Nur mit der Ruhe, Kumpel«, stöhnte Toby. »Lassen Sie mich los, dann können wir über das hier reden.«

»Bram!« Ich hastete auf sie zu und krallte mich wütend in seiner Jacke fest. »Was *tust* du da?«

Seine Augen jagten mir Angst ein: hervorstehend, starr, mit wilder Intensität auf den armen Toby gerichtet. »Halten Sie sich von ihr fern, oder ich bring Sie um!«

Ich konnte nicht glauben, was er da von sich gab. »Hör auf, Bram! *Hör sofort auf!*«

Zwangsläufig tauchten die Jungs, geweckt von dem Tumult, am oberen Treppenabsatz auf. »Daddy!«, schrie Harry.

»Daddy geht jetzt«, rief ich nach oben. »*Nicht wahr*, Bram?« Erneut versuchte ich, ihn von Toby wegzuzerren, was darin gipfelte, dass sich einer meiner Fingernägel nach hinten bog und ich einen Schmerzensschrei ausstieß.

»Mami? Ist alles gut?« Leo stürmte die Treppe hinunter, und ich wandte mich von den Männern ab, um ihn auf halbem Weg abzufangen.

»Du gehst zurück ins Bett, Süßer. Ich komme gleich zu euch hoch.«

»Ist jemand eingebrochen?«, fragte Harry seinen Bruder, und als Leo ihm antwortete, konnte ich die Besorgnis in seiner Stimme hören.

»Nichts dergleichen«, rief ich, doch mein Ton war schrill, verzweifelt, offenbarte meine eigene Panik.

Endlich ließ Bram Toby los, der, leise fluchend und sich den Kopf reibend, in der Küche verschwand.

»Warte draußen«, befahl ich Bram und hastete nach oben, um die Jungen ins Bett zu bringen.

Sämtliche Lichter brannten in Leos Zimmer, in dem die beiden Zuflucht gesucht hatten, ihre Gesichter blass vor Angst. »Mit wem hat Daddy gekämpft? Wird die Polizei kommen?«, fragten sie.

Ich drückte sie fest an mich. »Nein, es war nur eine kleine Meinungsverschiedenheit mit einem Freund. Versucht, die Sache zu vergessen, und schlaft wieder ein.«

»Denk dran, die Tür abzusperren, Mum«, sagte Leo, als ich das Zimmer verließ, und ich hätte weinen können über sein naives Vertrauen in eine abgeschlossene Tür, in *mich*.

Tut mir leid, ich rede mich allmählich in Rage. Ich kann nicht genug betonen, dass dies genau das war, was ich um jeden Preis hatte vermeiden wollen: Eine Szene zwischen den zerstrittenen Eheleuten, die die Kinder aufschreckt und verängstigt und sie darüber verunsichert, wer im Haus ist und wem die entscheidende Loyalität gilt.

Tief durchatmen. Wie dem auch sei, als ich zu Bram in den Vorgarten trat, war ich auf hundertachtzig. Er schritt auf den

Pflastersteinen auf und ab, Zigarettenrauch kräuselte sich durch die nackten Äste der Magnolie. Halb zehn an einem Dienstag im November war in der Trinity Avenue praktisch mitten in der Nacht, und in jedem zur Straße gerichteten Fenster waren die Vorhänge zugezogen. Es kam mir vor, als habe sich sämtliches Drama und jeglicher Groll der gesamten Nachbarschaft in *meinem* Haus angesammelt. »Was zum Teufel tust du hier?« Ich redete durch zusammengepresste Zähne. »Bist du betrunken?«

Er funkelte mich an, offensichtlich ebenso wütend wie ich. »Natürlich nicht. Wir hatten ausgemacht, keine Dates, nicht hier.«

»Woher willst du wissen, wer er ist? Dass er nicht nur ein Freund ist?«

»Ist er es denn?«

Ich zögerte. »Ich gehe mit ihm aus, ja, aber das bedeutet nicht, dass das, was du gerade getan hast, nicht völlig daneben war.«

Er sog an seiner Zigarette, die Spitze leuchtete hell auf. »Die Jungs sind hier.«

»Sie haben *geschlafen*. Jedenfalls, bis du hier reingeplatzt bist. Du bist handgreiflich geworden, Bram. Du hast Glück, dass er sich nicht richtig gewehrt hat!« Ich strich mir die Haare aus dem Gesicht und von der Kehle. Die eisige Luft brannte auf meiner Haut. Ich seufzte schwer. »Aber du hast recht. Wir haben eine Vereinbarung getroffen, und ich habe sie gebrochen. Es tut mir leid. Es war nur so, dass er es an keinem anderen Tag geschafft hat. Es wird eine Ausnahme bleiben. Es ist nur ein Abendessen – das ist alles. Er bleibt nicht über Nacht.«

»Er wird *nie* in diesem Haus übernachten«, fauchte Bram mit einer Schärfe, die ich in all unseren gemeinsamen Jahren nicht erlebt hatte. »Bevor das passiert, brenne ich es lieber bis auf die Grundmauern nieder.«

»Bram, hör auf. Du jagst mir Angst ein.« Wir standen uns

direkt gegenüber, beide schwer atmend. Seine Augen waren wie die eines wilden Tiers. Ich versuchte es erneut. »Wenn wir mit unserem Arrangement weitermachen wollen, muss ich wissen, ob du ein vernünftiges, zivilisiertes Mitglied dieser Familie sein kannst.« Doch ich hätte wissen müssen, dass diese Bemerkung genau das Gegenteil hervorrufen würde.

»Ich bin kein *Mitglied*. Ich bin verdammt noch mal ihr Vater!«

»Schrei nicht so!«, zischte ich. »Die Nachbarn können dich hören.«

Er warf den Zigarettenstummel ins Blumenbeet. »Es interessiert mich einen Scheiß, wer mich hören kann. Ich will, dass sich dieser Mann von meinen Kindern fernhält.«

»Von *unseren* Kindern. Und ich habe sie ihm noch nicht mal vorgestellt! Wenn du nicht diese Szene gemacht hättest, dann hätten sie überhaupt nicht gewusst, dass er hier ist. Das ist nicht Tobys Schuld.« Ich bereute, ihm seinen Namen offenbart zu haben, denn Bram stürzte sich sofort darauf.

»Toby, so heißt er also? Wie ist sein Nachname?«

Ich antwortete nicht. Trotz meines aufgewühlten Zustands hatte ich die Geistesgegenwart, den Umstand in Betracht zu ziehen, dass Bram es sich in den Kopf setzen könnte, Toby irgendwann in der Zukunft nachzustellen und ihn zu bedrohen. Ich malte mir aus, wie Toby mich anrufen und mir sagen würde: »Es tut mir leid, so klappt das nicht. Ich mag dich, aber mir wird diese Art von Schikane zu viel.«

Es war genau das, wovor Polly mich gewarnt hatte: Bram hatte mich nicht genug gewollt, um mir treu zu sein, und dennoch ertrug er den Gedanken nicht, dass jemand anderer seinen Platz einnahm. Dieses Neidhammel-Verhalten war, wie ich wusste, typisch bei Scheidungen. Mein Fehler war gewesen, zu glauben, wir seien die Ausnahme von der Regel.

»Ich schätze, du triffst dich auch mit anderen Frauen?« Ich schlang die Arme um mich, als ich zu zittern begann. Die Kälte betäubte wenigstens den Schmerz in meinem Finger.

»Mit niemandem im Speziellen«, murmelte er, und ich bemerkte zu meinem Entsetzen, dass er den Tränen nahe war.

Fühlte ich mich geschmeichelt, weil er sich wegen seiner Gefühle für mich in ein Häufchen Elend verwandelt hatte? Vielleicht. Doch der Vorfall an sich war wichtiger, denke ich, denn er zeigte, wie instabil er geworden war, wie unberechenbar. Und – es tut mir leid, das sagen zu müssen – wie schnell sein Verhalten in Aggression umschlug.

»Okay, du hast mein Wort, dass ich ihn von jetzt an nur noch in der Wohnung sehen werde.«

»In der Wohnung«, wiederholte er stumpf.

»Ja, wohin auch du jetzt gehen wirst, in Ordnung?« Zu meiner Erleichterung begann er, kopfnickend zum Tor zurückzuweichen. »Mach keine Dummheiten«, warnte ich ihn, worauf er mitten in der Bewegung innehielt und mich anstarrte.

»Das habe ich schon«, sagte er, und natürlich nahm ich an, er meinte die körperliche Attacke auf Toby. Er wirkte so todunglücklich, dass ich einen Schritt auf ihn zuging, während meine Wut sich ein wenig legte.

»Dann stell keine *weiteren* Dummheiten an. Ich rede morgen mit den Jungs, und wir sehen dich wie gewöhnlich nach der Arbeit, okay?«

Nein, ich fand nicht heraus, was er an diesem Abend mit mir hatte besprechen wollen. Wenn überhaupt irgendetwas durch diese völlig gestörte Szene deutlich geworden war, dann, dass ich nicht mehr die richtige Ansprechpartnerin war, es sich anzuhören.

In der Küche stand Toby mit seinem Glas in der Hand da, unsere Thunfischsteaks waren auf ihren Tellern kalt geworden. Auf seiner linken Wange war nun eine Rötung zu sehen, die zu einem blauen Fleck erwachsen würde.

»Geht's dir gut?« Er war gefasst, höflich, das völlige Gegenteil von dem Grobian, den ich gerade weggeschickt hatte.

»Und *dir*? Du hast dir ganz schön heftig den Kopf gestoßen. Und dein Gesicht erst! Brauchst du Eis? Es tut mir so, so schrecklich leid, Toby. Ich kann nicht glauben, was gerade passiert ist.«

Er zog mich an sich. »Du musst dich nicht entschuldigen, Fi.«

Sein Körper glühte, er war noch nicht vom Kampfmodus heruntergefahren.

»Ich tue es aber trotzdem. Ich schäme mich unsäglich.«

Er trat einen Schritt zurück und betrachtete mich mit ungewöhnlich forschem Blick. »Bist du sicher ... bist du sicher, dass du über ihn hinweg bist? Er scheint ganz offensichtlich nicht zu wollen, dass du es bist, oder? Es ist eine komplizierte Sache, ich weiß. Ihr wohnt noch zusammen, auch wenn ihr nicht mehr zusammen wohnt – ihr seid verheiratet, auch wenn ihr nicht mehr verheiratet seid ...«

Zum ersten Mal fühlte ich mich dem Ganzen nicht gewachsen. Zu überwältigt war ich von den Erfahrungen, die sich in diesem vergangenen halben Jahr angesammelt hatten, als wären sie ineinander verkeilt auf mir gestapelt, ihr Gewicht eine tödliche Last. Würde Bram mir dieses Leben doch unerträglich schwermachen? Hatte ich einen schrecklichen Fehler begangen, »immer noch zusammen zu wohnen, auch wenn wir nicht mehr zusammen wohnten«?

Ich verspürte eine heftige Enge in der Kehle und erinnerte mich an das Gefühl, das mich überkommen hatte, als ich neben einem Mann erwacht war, der nicht mein Ehemann war, in einem Bett, das sich als neu und getrennt von meiner Ehe hätte anfühlen müssen, das ich aber in Wirklichkeit mit Bram teilte.

»Ich bin sicher«, sagte ich. »Er ist es auch ... er hat es nur noch nicht erkannt. Sobald er selbst jemanden kennenlernt, wird es ihn nicht mehr kümmern, mit wem ich zusammen bin.«

»Ich dachte, du hättest gesagt, er würde bereits herumvögeln.«

Bei dem Wort zuckte ich zusammen. »Ich meine eine Frau, an der er *wirklich* interessiert ist, die er besonders findet.«

»Ich würde bezweifeln, ob er überhaupt in der Lage ist, das zu erkennen«, erwiderte Toby mit einem gewissen Unterton in der Stimme, und ich fragte mich, was als Nächstes folgen würde. Doch ich war diejenige, die das Schweigen brach.

»Nun, er sollte zumindest in der Lage sein, zu erkennen, wie besonders seine Kinder sind. Ich werde morgen mit ihm reden und klarstellen, dass sich so etwas nicht wiederholen darf.«

»Falls du meinen Ratschlag willst: Ich würde die Sache nicht unnötig aufbauschen«, sagte Toby. »Es war doch vor allem männliches Brunftgehabe ... ich bin nicht verletzt. Er wird selbst zu dem Schluss kommen, dass er übers Ziel hinausgeschossen ist.«

»Das ist sehr verständnisvoll von dir.« Ich bezweifelte, dass er so großherzig wäre, sobald er Zeit und Ruhe hätte, über alles nachzudenken.

»Jeder hat sein Päckchen zu tragen«, sagte er mit einem Achselzucken.

»Ich hatte gerade dasselbe gedacht«, entgegnete ich. »Das Problem ist, dass einige von uns die maximale Gewichtsbegrenzung überschritten haben.«

Lächelnd rieb er sich über die geprellte Wange. »Umso interessanter, es auszupacken.«

»Was, selbst wenn du erkennst, dass es doppelte Böden und versteckte Fächer gibt?«

Er lachte. »Gerade dann.«

»Gut, denn wir können diese Metapher nicht noch weiter ausreizen.«

Es war sehr süß von ihm, so zu tun, als wäre der Abend nicht katastrophal in die Hose gegangen. Mit zwei Jungen in den Zimmern über unseren Köpfen, die ihn für einen Einbrecher hielten, einem eifersüchtigen Ex, der vor der Tür einen Riesenaufstand machte: Viele andere Männer wären in der Situation einfach abgehauen.

#OpferFiona

@Tilly-McGovern: Bleib bei Toby, Mädchen!

@IsabelRickey101: Bram ist wie einer dieser Typen, der seine ganze Familie umbringt und dann als gebrochener Held bezeichnet wird.

@mackenziejane @IsabelRickey101: Ich weiß. »Ich brenne das Haus bis auf die Grundmauern nieder.« Bei so was läuft es mir eiskalt den Rücken runter.

Bram, Word-Dokument

Am nächsten Morgen – mein Kopf war ein einziger pochender Schmerz – taumelte ich ins Bad und spritzte mir Wasser ins Gesicht. Nachdem ich die Trinity Avenue verlassen hatte, war ich direkt ins Two Brewers gestürzt, wo ich trank, bis jedes einzelne Bild des Abends ausgelöscht war. Ich hatte Roger und die anderen Jungs verpasst, aber das war mir nur recht. Ich war nicht in der Stimmung für Scherze mit Männern, deren Leben mich an das erinnerten, was meines einmal gewesen war – an alles, was ich weggeworfen hatte.

Als ich einen Blick auf mein Spiegelbild erhaschte, schreckte ich vor der Kreatur zurück, die mir dort entgegenstarrte. Ich war schlimm gealtert, seit ich das letzte Mal hineingesehen hatte: Die Haut war aufgedunsen und von den purpurnen Äderchen eines Alkoholikers durchzogen, die Lider waren geschwollen, und ich blinzelte unkontrolliert. Eine allgemeine Vernachlässigung begann sich allmählich in einem wachsenden Bart und zu langen Haaren zu zeigen. Ich sah aus wie der alte, obdachlose Mann, der im Park geschlafen hatte, bis ihn die sogenannten »Freunde des Alder Rise« vertrieben hatten.

(Wahrscheinlich war er inzwischen längst tot.)

Nur fürs Protokoll: Ich bin nicht stolz darauf, ihn angegriffen zu haben. Ganz abgesehen von allem anderen war es ein weiterer gewalttätiger Vorfall vor Zeugen, der früher oder später auf mich zurückfallen würde. Aber was soll ich sagen? Entweder Sie kennen das Gefühl überwältigender, grenzenloser Wut – oder eben nicht. Dieses heftige Aufflammen wie bei einer Gehirnerschütterung, gefolgt von übermenschlicher Energie, die von keiner anderen Emotion übertroffen wird, nicht einmal von Lust. Manch einer beschreibt es als »rotsehen«, aber es ist nicht rot – es ist weiß. Es benebelt einem den Verstand, macht einen blind für jegliche Konsequenzen und hält einen in dieser Stimmung gefangen – und dann wirft es einen zurück auf den Boden der Tatsachen.

Und erst da erkennt man, dass jeder, der einen vielleicht einmal unterstützt hat, längst aus Angst geflohen ist.

Ich suchte mich nach Verletzungen ab, und da ich, abgesehen von den kleinen Blutergüssen von unserem Gerangel im Gang, keine fand, folgerte ich, dass es keinen alkoholbedingten Blackout meinerseits gegeben hatte, in dem ich zurück zum Haus geschlichen war und ihn umgebracht hatte.

Denn ich wollte ihn töten: Das erkläre ich hier ganz offiziell. Ich hasste ihn aus den Tiefen meines schwarzen Herzens.

Als ich mich von meinem eigenen gruseligen Spiegelbild wegdrehte, schwor ich, einen Termin bei meinem Hausarzt auszumachen und mir Medikamente verschreiben zu lassen. Anxiolytika, Antipsychotika, Antinervenzusammenbruch.

Auf der Küchenarbeitsplatte, neben dem Kaffeebecher, den ich in der vergangenen Nacht als Aschenbecher benutzt hatte, summte mein Prepaid-Handy. Er wusste jetzt, wie er diese Nummer richtig einsetzen konnte, den einzigen Bereich, über den ich hatte bestimmen können, auch wenn mir das rein gar nichts gebracht hatte. Ich öffnete die Nachricht mit einem neuen Gefühl von Kapitulation:

- *Nur zufällig vorbeigekommen, oder? Ein Wort zu ihr über uns, und sie wird dafür bezahlen. Verstanden?*

Ich verstand. Ich hatte nicht den blassesten Schimmer, ob ich den Mumm gehabt hätte, Fi am Abend zuvor alles zu gestehen, aber er hatte großes, großes Glück gehabt, bei meinem Auftauchen dort gewesen zu sein. Der Dreckskerl hatte sich einen Weg in ihr Herz erschlichen, und den Umstand zu verheimlichen, dass er mich bereits kannte, kam echter Folter gleich. Er hatte mich völlig in der Hand. Sein Plan lautete, nicht nur mein Haus zu stehlen, sondern sich auch noch meine Frau zu schnappen.

Er hatte mein Leben übernommen.

Mike. *Toby*. Arschloch.

37

Freitag, 13. Januar 2017

London, 16:15 Uhr

»Das ist völlig verkorkst«, seufzt David Vaughan verzweifelt. Allmählich wirkt er gereizt. Das würde jedem Menschen so gehen, wenn er lang genug einer solchen Anspannung ausgesetzt ist. Es ist russisches Roulette in den Vororten, mit Immobilienanwälten, die die Waffen halten. »Diese andere Frau behauptet, sie wäre Fiona Lawson und hätte die Erlöse von dem Verkauf noch nicht erhalten, die rechtmäßig ihr gehören. *Sie* behaupten, Sie wären Fiona Lawson und hätten das Haus überhaupt nie verkauft.«

»Ich ›behaupte‹ nicht, Fiona Lawson zu sein, ich *bin* Fiona Lawson. Hier … Hier ist mein Führerschein. Reicht der, um Sie zu überzeugen?« Dieser Mann mag ihr Haus für sich beanspruchen, aber er wird ihr nicht auch noch ihre Identität rauben. Die Vaughans begutachten beide den Führerschein, doch in ihrem Verhalten ihr gegenüber tritt keine nennenswerte Veränderung ein.

»Wäre es vielleicht irgendwie möglich, über den Makler die Telefonnummer von dieser falschen Mrs Lawson zu bekommen?«, erkundigt sich Merle.

»Ich habe nachgefragt, aber Rav meint, er habe bisher immer nur die von *Mr* Lawson gehabt, die, wie ich vermute, dieselbe Nummer ist wie die, die Sie von ihm haben.«

»Brams Handy ist schon den ganzen Nachmittag nicht zu erreichen«, erwidert Fi.

Doch als sie die Nummern vergleichen, stellt sich heraus, dass es *nicht* Brams offizielles Telefon ist – dasjenige, das sein Arbeitgeber stellt und über das Fi ihn im Alltag erreicht. Bei dieser Entdeckung rauscht ihr das Blut durch den Kopf, aber als sie die unbekannte Nummer anruft, klingelt es einfach durch.

»Sie haben doch nicht etwa geglaubt, er würde tatsächlich rangehen?«, fragt David. »Sie muss es den ganzen Tag lang probiert haben.«

Sie. Wer ist diese Rivalin, diese Betrügerin, mit der Bram das Vermögen der Lawsons teilen will? Ist es ein Fall von Bigamie? Hat er eine zweite Frau geheiratet, und ihr gemeinsamer Plan lautete, das Haus zu stehlen, das ihr zuerst gehörte? (Vielleicht hat er sogar Kinder mit ihr, Halbgeschwister von Leo und Harry.) Oder ist es das andere Extrem, und sie ist nichts weiter als eine Schauspielerin, die er für den Verkauf engagiert hat? Die »Mrs Lawson«, die den Anwalt angerufen hat, könnte jede sein. Die Vaughans haben sie nie kennengelernt, rechtlich gesehen müssen sich Käufer und Verkäufer nicht zur selben Zeit im selben Raum aufhalten. Vielleicht hat er einfach Fis Ausweis fotokopiert und ihn online übermittelt. Die Polizeibeamten haben offen bestätigt, wie gesichtslos Eigentumsübertragungen geworden sind, wie Kriminelle unbehelligt durch Schlupflöcher rutschen können.

Und falls er keine neue Beziehung – keine neue *Liebe* – finanzieren will, warum dann? Warum braucht Bram einen solchen Geldbetrag? Was könnte es wert sein, sowohl die Sicherheit seiner Kinder als auch seine eigene Beziehung zu ihnen zu opfern? Riesige Schuldenberge durch eine Spielsucht? Drogen?

Sie massiert sich die Schläfen, ohne dass der Schmerz nachlassen würde. Wie viel leichter ist es, sich ihn als Opfer vorzustellen, genau wie sie. Betrogen oder bedroht oder einer Gehirnwäsche unterzogen.

»Also sitzen wir es einfach aus, oder?«, sagt Merle. »Weil wir weiterhin nicht wissen, wer das Recht hat, zu bleiben, und wer gehen muss?«

»Laut Rav«, entgegnet David, »gibt es einen einfachen Weg, um herauszufinden, wer der rechtmäßige Eigentümer des Hauses ist und demzufolge das Wohnrecht hat: das Grundbuchamt. Es gibt zwar keine notariellen Urkunden mehr, aber wenn das Haus auf uns registriert ist, dann gehört es uns. Falls es aus irgendeinem Grund nicht überschrieben wurde, dann sind die Namen der Lawsons immer noch eingetragen, und sie bleiben die Besitzer. Emma wird uns das sagen können.«

Die Anwältin der Vaughans, Emma Gilchrist, ist schließlich von ihrem Auswärtstermin zurück, und ein Kollege unterrichtet sie genau in diesem Moment von der Krise in Alder Rise.

»Keine Sorge«, beruhigt David seine Frau. »Emma hätte niemals zwei Millionen Pfund ausbezahlt, ohne dass der Verkauf notariell beglaubigt worden wäre.«

»Wirklich?«, fragt Merle. »Es wäre in dieser Situation nicht der einzige katastrophale Fehler, nicht wahr? Hören Sie, ich bin es leid, auf die Anwälte zu warten. Können wir nicht selbst im Grundbuch nachsehen?«

»Es dauert anscheinend ein paar Tage, bis es online erscheint«, sagt David. »Wir brauchen Emma oder diesen Graham Jenson, um den genauen Stand der Dinge zu erfahren. Und das hier könnte jetzt Emma sein ...«

Sein Handy klingelt, und er zieht es wie eine Schusswaffe aus der Tasche. Die anderen versteifen sich alle gleichzeitig auf ihren Stühlen, starren ihn elektrisiert an. »Emma, endlich!«, ruft David. »Wir haben hier eine sehr beunruhigende Situation und brauchen

Sie, damit Sie die Angelegenheit so schnell wie möglich klären ...«
Als sein Blick den von Fi findet, sieht er unerwartet verlegen weg und öffnet die Küchentür, um den Rest des Telefonats im Garten fortzuführen. Eisige Luft strömt wie eine Drohung ins Zimmer, während er den Pfad zum Spielhaus hinabschreitet.

Jetzt entscheidet es sich also, denkt Fi. *Meine Zukunft, die von Leo und Harry – alles hängt jetzt davon ab.*

Genf, 17:15 Uhr

Als er den Bahnhof Cornavin erreicht, tut ihm alles weh, die Hüften, die Knie und die Füße, selbst die Schultern brennen. Sein Verstand hingegen ist wie betäubt: Die Straßen der Stadt haben ihn mit dem köstlichen Balsam der Anonymität besänftigt, und als er innehält, um das rege Treiben in der Bahnhofshalle zu betrachten, ist es fast, als hätte er vergessen, weshalb er überhaupt hier ist.

Eine Gruppe junger Frauen kommt an ihm vorbei, die Gesichter zu einer Gestalt in ihrer Mitte gewandt, und während er sie beobachtet, trifft ihn das Wissen, dass Fi die Sache meistern wird. Sie wird *ihre* Frauen um sich haben.

Das Wissen ist rein, schmerzlos, absolut.

Früher empfand er die Art, wie die Frauen der Trinity Avenue miteinander reden, immer als anstrengend. Selbst wenn man nicht hören konnte, was sie sagten, konnte man von ihrer Körpersprache, ihrer Mimik ablesen, dass alles so schrecklich ernst war. Sie führten sich auf, als besprächen sie Genozide oder die ökonomische Apokalypse, und dann stellte sich heraus, dass es nur um die kleine Emily ging, die eine schlechte Mathenote bekommen, oder Felix, der es nicht in die erste Mannschaft beim Fußball geschafft hatte. Die Handlung eines Fernsehfilms oder eine Gräueltat bei *Das Opfer*.

Dann, wenn wirklich schlimme Dinge passierten, etwa ein plötzlicher Todesfall in der Familie oder eine Kündigung, und man eine Massenhysterie erwartet hätte, waren sie ein SWAT-Team, perfekt organisiert und lösungsorientiert.

»Die beiden sind schon eine Nummer«, sagte Rog einmal an der Bar des Two Brewers über ihre beiden Ehefrauen. »Erinnerst du dich an den alten Sketch aus der ›Two Ronnies‹-Show mit Diana Dors, über Frauen, die die Weltherrschaft an sich reißen? Eigentlich sollte es eine Dystopie sein.«

»Hört sich nicht wirklich politisch korrekt an«, sagte Bram.

»Oh, kein bisschen. Das wäre heutzutage definitiv nicht erlaubt«, pflichtete Rog ihm mit gespieltem Bedauern bei.

Wie sonderbar, dass er sich in diesem Moment daran erinnert, unter der Abfahrtstafel des Bahnhofs in Genf. Aber er ist froh, denn es lässt ihn glauben, dass die Dinge in London doch nicht so grauenhaft sein werden, selbst heute, am Tag der Offenbarung. Denn ab jetzt trägt Fi die Verantwortung und nicht mehr er. Sobald Gras über die Sache gewachsen ist, sind die Jungen ohne ihn besser dran.

Zum ersten Mal, seit er aus der Trinity Avenue fort ist, fühlt er etwas, das eher an Ruhe als an Aufruhr grenzt.

Und es gibt einen Zug nach Lyon, Abfahrt 17 Uhr 29.

38

»Fionas Geschichte« > 02:22:12

Es mag Sie überraschen, aber es hat Momente gegeben, an denen ich Mitleid mit ihm hatte. Wirklich.

Verstehen Sie mich nicht falsch. Ich entschuldige nicht, was er getan hat. In der Tat finde ich es abscheulich: Er hat mich bestohlen, er hat die Kinder ihrer Zukunft beraubt. Es ist nur so, dass ein Teil von mir nachvollziehen kann, wie die Situation sich schlussendlich so zuspitzen konnte. Sie wissen, was ich meine: eine Eskalation der Ereignisse, eine Eigendynamik, die nicht mehr aufzuhalten war. Ein Gefühl von kosmischer Unvermeidbarkeit. Geteiltes Leid ist halbes Leid – das kennen wir alle –, aber ist es nicht auch so, dass ein Problem, das geheim gehalten wird, tausend Mal schlimmer wird?

Und genau das ist passiert, davon bin ich überzeugt – zumindest in meinen ruhigeren Momenten. Er hat alles verheimlicht. Hätte er sich jemandem, *irgendjemandem* anvertraut, dann hätte man ihn von seinem Handeln abbringen können. Stattdessen wird er jetzt wegen Betrugs gesucht, und vielleicht sogar wegen etwas noch Schlimmerem, vielleicht sogar …

Nein, ich werde es nicht laut sagen. Ich werde es nicht sagen – *außer* es wird in einem Gerichtssaal bewiesen.

Nein, ganz ehrlich, ich darf keine Erklärung abgeben. Sonst könnte ich selbst Schwierigkeiten mit der Polizei bekommen.

Was ich allerdings sagen werde, ist, dass Bram nicht die Frohnatur war, für die andere ihn gehalten haben. Er hatte seine depressiven Momente, öfter als die meisten von uns, was daher rührte, dass sein Vater so jung verstorben ist. Das soll keine Kritik an seiner Mutter sein – sie ist eine wunderbare Frau –, aber es ist nicht leicht, ein trauerndes Kind großzuziehen, wenn man selbst trauert.

Worauf ich eigentlich hinauswill, ist, dass es manchmal schwer ist, den Unterschied zwischen Schwäche und Stärke zu erkennen. Zwischen Held und Schurke.

Finden Sie nicht auch?

Das Timing war nicht auf Brams Seite – das gebe ich unverhohlen zu. Im Grunde hätte es nicht grausamer sein können.

Obwohl ich eigentlich geplant hatte, Tobys Ratschlag zu befolgen und meine eigene Empörung über den Angriff zu zügeln, hatte es zu dem Zeitpunkt, als Bram am folgenden Abend für seinen üblichen Mittwochabendbesuch bei Leo und Harry erschien, eine Entwicklung gegeben, die er nicht hätte vorhersehen können. Ich wartete ab, bis er die beiden ins Bett gebracht hatte und nach unten kam, um ihn ins Wohnzimmer zu führen und die Tür zu schließen – ich wollte nicht, dass die Jungen auch nur ein einziges Wort von unserem Gespräch mitbekamen. Als wir uns aufs Sofa setzten, war der Raum vom Kaminofen in ein sanftes Glühen gehüllt, und ich dachte daran, dass Pärchen überall in der Straße gerade dasselbe taten, allerdings herzlich wenige eine Auseinandersetzung wie unsere vor sich hatten.

»Wegen dem, was gestern Abend passiert ist«, fing er an. Wie Toby vorausgesagt hatte, war er verlegen, voller Reue. »Es tut mir ...«

»Ich weiß.« Ich tat seine Entschuldigung mit einem Achselzucken ab. »Toby will nicht, dass die Situation eskaliert. Du hast großes Glück ... er hätte zur Polizei gehen können. Aber er versteht, warum du so ausgetickt bist.«

Bram starrte mich an, offensichtlich überwältigt von der Neuigkeit. »Was hat er gesagt?«

»Nur dass er den Wert dessen zu schätzen weiß, was du achtlos weggeworfen hast.« Eine gute Gattin, eine attraktive Frau. Ich hielt inne, genoss seine Verwirrung. »Außerdem geht dich das, was er und ich tun oder sagen, nichts an – das war doch unsere Vereinbarung.«

»Ooo–kaaay.« Er verlängerte die Vokale, verschaffte sich damit ein oder zwei Sekunden, während er versuchte vorherzusagen, was nun folgen mochte, wenn schon keine nachträgliche Analyse des gestrigen Verbrechens.

Ich zog einen geöffneten Briefumschlag aus der Tasche meiner Strickjacke. »Das ist heute mit der Post gekommen, Bram.«

Er nahm ihn mir aus der Hand. »Er ist an mich adressiert.«

»Ich weiß, aber ich dachte, er könnte etwas mit der Versicherungssache zu tun haben, mit etwas Glück ein Widerruf ihrer Entscheidung, weshalb ich ihn in deinem Namen geöffnet habe.« In Wirklichkeit handelte es sich bei dem Dokument um einen Antrag der Führerscheinstelle mit der Aufforderung an Bram, seinen Führerschein neu zu beantragen, nachdem er im Februar eingezogen worden war. »Ein Fahrverbot, Bram? Vor *Monaten*, als wir noch zusammen waren. Du warst vor Gericht und hast kein Wort darüber fallen lassen!«

»Es ist eine Straftat, die Post eines anderen zu öffnen«, sagte er säuerlich.

»Es ist eine Straftat, ohne Führerschein Auto zu fahren!«

»Was?« Stirnrunzelnd betrachtete er das Dokument. »Das steht hier nicht.« Der Hauch eines Achselzuckens, alles, was er von dem berühmten Bram'schen Bluffen und Prahlen noch aufbieten konnte.

»Nein, aber *ich* sage es. Streite es ja nicht ab. Seitdem bist du regelmäßig gefahren – ich habe es mit eigenen Augen gesehen. Herrgott noch mal, Bram, ein Führerscheinentzug ist schlimm genug, insbesondere in deiner Branche – du hattest Glück, deinen Job nicht zu verlieren –, aber wärst du in den letzten Monaten in einen Unfall verwickelt gewesen, dann hättest du ernsthafte Probleme bekommen. Was hast du dir nur dabei gedacht? Wie bist du in diese Situationen geraten? Warum kannst du nicht einfach Regeln befolgen wie andere Leute auch?«

Meine Stimme war schrill geworden, und ich hasste meinen selbstgerechten Tonfall. Nie zuvor habe ich mich mehr wie eine Erziehungsberechtigte gefühlt als in diesem Moment: *seine* Erziehungsberechtigte. »Und?« Ich wollte es aus seinem Mund hören. Ich wollte sein Geständnis hören.

Nachdem wir zuvor vermieden hatten, einander in die Augen zu schauen, hatte ich nun wieder Kontakt zu ihm, und er verengte die Augen, als würde er mir nicht mehr vertrauen (*er* vertraute *mir* nicht mehr!). »Na schön, ich habe also ein paar kleine Spritztouren gemacht, obwohl ich das nicht hätte tun dürfen, aber nicht so viele, wie du denkst. Und dann wurde der Wagen gestohlen und ...«

»Und dir ist dank eines Fremden, der sogar über noch mehr kriminelle Energie als du verfügt, jede weitere Versuchung erspart geblieben«, beendete ich den Satz für ihn. »Okay. Bei diesen ›paar kleinen Spritztouren‹, waren da die Jungen mit im Auto?«

»Vielleicht ein- oder zweimal, nur der kurze Weg zum Schwimmen oder so, aber sie waren nie in Gefahr ... das schwöre ich.«

Am liebsten hätte ich den Idioten geohrfeigt. »Du hattest sie bei einer Straftat dabei, Bram. Natürlich waren sie in Gefahr! Ehrlich gesagt, weiß ich nicht, wie es jetzt weitergehen soll. Es war ein großer Schritt für mich, das zu vergessen, was vor unserer Trennung passiert ist, und als ich es tat, war es in gutem Glauben, du würdest mir jeden weiteren Kummer ersparen. Doch du hast nicht nur einen Freund von mir körperlich angegriffen, sondern mich auch noch die ganze Zeit über belogen!«

Ein Zittern setzte um seinen Mund ein. Das Geräusch in seiner Kehle klang nicht menschlich, als er – erneut – Entschuldigungen hervorbrachte. »Ich weiß, du hast recht, aber ich wollte meine Möglichkeiten nicht aufs Spiel setzen, bei den Kindern zu sein. Bitte, Fi, es tut mir leid. Wirklich. Ich weiß, ich habe alles vermasselt, und du denkst wahrscheinlich, das Nestmodell funktioniert nicht ...«

»Wie soll ich denn etwas anderes denken, wenn einer von uns ein Lügner ist?«

»Aber für Leo und Harry ist es gut, nicht wahr? Das musst du zugeben. Sie sind viel glücklicher, als sie es wären, hätten wir uns getrennt.«

Wir erstarrten beide, beide gleichermaßen erschrocken.

»Wir *haben* uns getrennt«, sagte ich schließlich.

Er schüttelte den Kopf. »Ich weiß. Ein freudscher Versprecher.«

»Ist das der Grund, weshalb die Versicherung nicht gezahlt hat?«, wollte ich wissen. »Weil du ihnen den Führerscheinentzug verschwiegen hast?«

»Ich habe es ihnen gesagt. Natürlich habe ich das.«

»Okay, also hast du wie gewöhnlich nur *mich* hintergangen.«

Zu meinem Entsetzen begann sein Gesicht zu krampfen, auf diese grässliche zuckende Art wie kürzlich schon einmal, und diesmal schluchzte er herzzerreißend, während er immer und immer wieder beteuerte, wie leid es ihm täte.

»Bitte, Fi, gib mir noch eine Chance. Zumindest bis zum Ende der Versuchsphase, auf die wir uns im Sommer geeinigt haben. *Bitte!*«

Ich wartete, bis seine Tränen versiegt waren, und untersagte mir, Leo in ihm zu sehen, doch es war zu spät. Er war der Vater der Jungen. Sie waren in seinem Gesicht, seiner Stimme, seinen Schwächen. Ich konnte ihn nicht verbannen, ohne *sie* zu verbannen.

»Eine letzte Chance, Bram. Ich ... Ich kann nur nicht zulassen, dass ich deinetwegen wie eine Närrin dastehe. Wieder. Wieder und immer wieder.«

»Ich verspreche es«, sagte er.

Was, wie wir jetzt wissen, nicht die Schallwellen wert war, die die Worte erzeugten.

Bram, Word-Dokument

Ich glaube felsenfest: Hätte Fi nachgebohrt, dann wäre ich zusammengebrochen. Wenn sie hätte wissen wollen, warum ich auf ihren neuen Freund so reagiert habe, dann hätte ich mich vielleicht geöffnet, und die Geheimnisse, abscheulich und unangenehm, wie sie waren, wären schwallartig aus mir herausgeplatzt.

Doch wo sie damals allein auf den Seitensprung fixiert gewesen war und das verbotene Fahren nicht mitbekommen hatte, war sie jetzt auf das Fahren fixiert und bekam den Betrug nicht mit. Ein Brief der Führerscheinstelle war gekommen, der die Details meines Fahrverbots offenlegte, und es folgte die vorhersehbare Auseinandersetzung. Vor meinem geistigen Auge kann ich jetzt ihr Gesicht sehen, ihren heiligen Zorn, als sie mich ausschimpfte: »*Wärst du in den letzten Monaten in einen Unfall verwickelt gewesen, dann hättest du ernsthafte Probleme bekommen ...*«

Ich schätze, das weiß ich!

»Warum?«, fragte ich Mike, nachdem ich mich ausreichend beruhigt hatte, um ihn anzurufen. »Warum treffen Sie sich mit ihr? Geht es nur darum, mir zu beweisen, dass Sie es können?«

»Bram«, sagte er und verwandelte meinen Namen in ein Seufzen. »Sie scheinen zu glauben, ich hätte endlos Zeit, um mich zu amüsieren. Es gibt hier eine Deadline, schon vergessen? Die Polizei mag ein bisschen auf der Leitung stehen, aber es sind keine Vollidioten. Irgendwann werden sie Ihnen auf die Schliche kommen.«

»Das sind sie schon«, gestand ich ein. »Einer hat mich am Dienstag befragt.«

»Wirklich? Wegen dem Unfall?«

»Nein, nicht direkt. Nur, wer das Auto zuletzt gesehen hat. Dasselbe Thema, das sie vor Wochen mit Fi durchgegangen sind, weshalb ich glaube, dass es etwas Neues gibt, wenn sie mich noch mal überprüfen müssen.«

»Hat er gefragt, wo Sie am sechzehnten September waren?«

»Ja. Ich musste das Alibi benutzen. Ich sagte, ich wäre in dem Pub am Bahnhof Clapham Junction gewesen, so wie wir es besprochen haben.«

»Das wird klappen. Keine Sorge. Selbst wenn sie die Kameras checken: Dort ist freitags der Teufel los, und man verschwindet leicht in der Masse. Sie müssen nur die Nerven behalten, Bram. Was Ihre bessere Hälfte angeht: Keine Sorge, ich habe nicht die Absicht, vor ihr auf das Knie zu sinken. Aber jemand muss dafür sorgen, dass sie nicht da ist, wenn die Zeit kommt, nicht wahr? Und es werden nicht *Sie* sein, der sie auf einen romantischen Wochenendtrip einlädt.«

Sie schliefen also wirklich miteinander. (Als hätten da jemals Zweifel bestanden. Sex war wichtig für Fi.)

»Ich weiß, es ist ein harter Schlag für Ihr männliches Ego, aber es ist nichts Persönliches, also blasen Sie deshalb nicht gleich Trübsal, ja? Sie müssen aufhören, mit diesen nervigen Wutanfällen Aufmerksamkeit auf sich zu ziehen.«

Nervig? Als wäre ich ein Kleinkind, das sich über das Wort »Nein« aufregt.

»Halten Sie sich einfach von meinen Kindern fern«, sagte ich. »Versprechen Sie mir das!«

»Indianerehrenwort«, verhöhnte er mich. »Können wir jetzt bitte zum geschäftlichen Teil übergehen? Nach den zweiten Besichtigungen muss es Angebote gegeben haben. Bei dem Preis hätte ich angenommen, dass sie Ihnen die Bude einrennen.«

Ich atmete aus, ein Geräusch, das beschämend nah an ein Wimmern erinnerte.

»Denken Sie nicht mal dran, mich noch länger hinzuhalten, Bram. Ein Wort von mir, und Mrs Lawson wird den Makler selbst anrufen.«

»Sie ist nicht Mrs Lawson!«

»Verflucht noch mal, bringen Sie mich einfach auf den neuesten Stand der Dinge, ja?«

Ich schwöre, es war, als zöge er an einer Schnur an meinem Rücken, und als er sie wieder losließ, platzten die Worte aus mir heraus. »Es gibt zwei Angebote. Das höhere kommt von einem Ehepaar, das selbst darauf wartet, das eigene Haus zu verkaufen. Das niedrigere ist von einem Pärchen, das ihres bereits verkauft hat, wo es also keine Verzögerungen geben wird – sie stehen in den Startlöchern.«

Ich hatte sie bei der öffentlichen Besichtigung gesehen, hatte Rav erklärt, obwohl ich ihre Gesichter unter der kultivierten Auswahl an Retortenpärchen nicht verorten konnte. David und Lucy Vaughan, die von einem Stadthaus in East Dulwich aufstiegen und nach dem Tod wohlhabender Großeltern in den Genuss eines Geldsegens gekommen waren. Jünger als Fi und ich und im Alter, in dem man eine Familie gründet.

»Wie viel?«, wollte Mike wissen.

»Zwei Millionen. Das ist alles, was sie zahlen können – mehr bekommen sie nicht von ihrer Bank. Rav empfiehlt, das höhere Angebot anzunehmen und diesen Leuten einen angemessenen Zeitrahmen einzuräumen, damit sie erst noch den Verkauf ihres Hauses über die Bühne bringen können.«

»Dafür haben wir keine Zeit«, sagte Mike. »Zwei Millionen müssen reichen.«

Als wäre es Taschengeld. Als müsste der Teufel in der Not auch Fliegen fressen.

»Sie wollen also, dass ich annehme?«, fragte ich.

»Ganz genau.«

Ich hätte das Wetter nicht besser auswählen können, damit es wie die Faust aufs Auge zu meinem Seelenzustand passte, als ich durch Alder Rise zur Arztpraxis im Norden der Hauptstraße spazierte. Der Himmel hing so erdrückend niedrig, dass er fast die Hausdächer berührte, während unter meinen Füßen die Blätter zu Staub zerbröselten.

Ich hatte einen Notfalltermin bei einem Arzt in einer psychotherapeutischen Gemeinschaftspraxis ausgemacht, Dr. Pearson.

»Ich kann so nicht weitermachen«, erklärte ich ihm wahrheitsgemäß.

Ich musste ihm zugutehalten, dass er sein Bestes gab, um der Sache auf den Grund zu gehen, aber ich kratzte nur an der Oberfläche: Ich schaffe das nicht mehr; ich habe ständig das Gefühl, Panikattacken zu bekommen; alles bricht auseinander; ich könnte die ganze Zeit weinen.

»Ich werde Ihnen ein Rezept für ein Antidepressivum ausstellen«, sagte er. »Wir fangen mit einem Monat an, und falls es Ihnen hilft, werden wir die Behandlung im neuen Jahr fortführen. Aber Medikamente sind nur ein Teil der Behandlung, und ich lege Ihnen sehr ans Herz, auch mit einem Therapeuten zu sprechen.«

Ich nuschelte eine unverbindliche Antwort und fügte ihn bereits zu meiner Liste an Menschen hinzu, die ich in meinem Leben nie wiedersehen würde.

»Ich kann Sie über den NHS überweisen. Aber falls Sie lieber früher starten wollen, können Sie sich eine Privatpraxis suchen.«

»Ich nehme mir privat einen«, sagte ich, damit er endlich Ruhe gab, und er drückte mir eine Liste mit den Websites der örtlichen Therapeuten in die Hand. Ich malte mir aus, wie mir wegen meiner schlechten Lebensgewohnheiten und meines falschen Stressmanagements von einer alten Schachtel von über fünfzig mit ernstem Gesichtsausdruck auf den Zahn gefühlt wurde. »Hör gut zu, du blöde Kuh«, würde ich dann sagen, »ich habe den Tod eines Kindes auf dem Gewissen. Ich habe jemanden umgebracht, und jetzt werde ich erpresst, damit ich bei einem arglistigen Betrug mitmache, und sollte ich nicht kooperieren, komme ich zehn Jahre ins Gefängnis. Der Erpresser vögelt mit meiner Frau und bedroht meine Kinder, und ich schwelge in der Fantasievorstellung, ihn umzubringen, aber sollte ich das tun, müsste ich auch seine Komplizin töten, mit der ich, nur nebenbei bemerkt, ebenfalls geschlafen habe, und selbst dann schnappt mich die Polizei vielleicht doch noch, denn dort draußen könnte es weitere Zeugen geben, ganz zu schweigen von dem überlebenden Unfallopfer, die möglicherweise eine posttraumatische Belastungsstörung hat, die sie daran hindert, sich richtig an den Vorfall zu erinnern, aber die könnte sich nach einer Weile ebenfalls legen …«

Nein, es war klüger, meine Probleme für mich zu behalten.

39

Bram, Word-Dokument

Seit dem Unfall hatte ich im Fernsehen nichts mehr von der Sache gehört, weder in den überregionalen noch in den lokalen Nachrichten. Wer auch immer dort das Sagen hatte, erachtete es als nicht wichtig genug, um es weiterhin in den Fokus der Öffentlichkeit zu stellen. Ich sah sie mir trotzdem an, Abend für Abend (wenn ich nicht im Pub war), aus dem einzigen verabscheuungswürdigen Grund, dass ich mich bei schlechten Nachrichten besser fühlte. Kriegsgräuel, die Bluttat eines Serienmörders, eine bandenmäßige Messerstecherei: Bei jeder konnte ich mir einreden, dass *mein* Verbrechen gar nicht so schlimm sei.

Krank, ich weiß.

Dann, eines Abends Ende November, als ich mich mit einer Flasche Wein und den tragischen Bildern von einem Zugunglück in Indien tröstete, bei denen ich mir dachte, was spielte es schon für eine Rolle, dass ich vor zweieinhalb Monaten einen schrecklichen Fehler begangen hatte, wenn es sieben Milliarden andere Menschen gibt, die genauso am Arsch sind wie ich, begannen die Hauptnachrichten des Lokalsenders, und mir gefror vor Entsetzen das Blut in den Adern:

Heute Abend sprechen wir mit dem Bürgermeister über die
Sicherheitsbedenken wegen der Bauarbeiten an einem neuen

> Gebäude an der South Bank, das die Umgebung deutlich an Höhe überragt ... Außerdem haken wir nach, wie es sein kann, dass es zwei Monate nach dem schrecklichen Raserunfall in South London, bei dem die zehnjährige Ellie Rutherford ums Leben kam, noch immer keine Verhaftung gibt, nachdem härtere Strafen für gefährdendes Verhalten im Straßenverkehr angekündigt wurden.

In atemlosem Entsetzen wartete ich, dass der Bericht über den Wolkenkratzer – quälend detailliert – endlich endete. Dann, nach zehn Sekunden mit einem Studiosprecher füllte eine lange Einstellung der Silver Road den Bildschirm, und ein Off-Kommentar fasste die bekannten Tatsachen über den Unfall mithilfe von Archivmaterial zum Verkehr in Thornton Heath und dem Eingang des Croydon Hospitals zusammen. Als Nächstes kam eine Abfolge an Bildern von der Beerdigung – Kinder in gelber Kleidung, Blumengestecke in Form von Schmetterlingen – gefolgt von einem Video der Familie Rutherford, die in einem schön eingerichteten Wohnzimmer zusammensaß, ein großer Farn im Fenster und mit Büchern vollgestopfte Regale. Ellies Teenagerbruder half seiner Mutter aus dem Sessel und stützte sie, während sie schmerzgepeinigt zum Kaminsims humpelte, um sich eine gerahmte Schulfotografie von Ellie anzusehen. Dann schwenkte die Kamera zu einem klappbaren Rollstuhl und einem kleinen Haufen hübsch eingepackter Geschenke auf einem Beistelltisch. »Diese Woche ist Ellies Geburtstag. Sie wäre elf geworden«, erklärte der Hintergrundkommentator.

Schließlich gab es einen Aufruf von Tim Rutherford, der bewundernswert, fast schon übernatürlich gefasst wirkte: »Wir wollen nicht sagen, dass die Polizei keine harte Arbeit leistet, denn wir wissen, dass sie das tut. Wir möchten Sie nur bitten, dass jeder,

der das hier sieht, sich diesen Abend in Erinnerung ruft. Schauen Sie in Ihre Kalender und überprüfen Sie, wo Sie an diesem Tag nach der Arbeit gewesen sind. Es war ein Freitag, Mitte September, also noch hell. Vielleicht waren Sie auf dem Heimweg vom Büro oder haben sich noch auf ein Bier mit jemandem getroffen. Womöglich haben Sie den Unfall zwar nicht selbst gesehen, aber vielleicht haben Sie einen schwarzen Audi oder VW mit Schrägheck bemerkt, der mit überhöhter Geschwindigkeit in der Gegend herumgefahren ist. Vielleicht ist Ihnen aufgefallen, ob ein Mann oder eine Frau am Steuer saß, wie alt er oder sie war, welche Kleidung er oder sie getragen hat. Ein winziges Detail könnte der Durchbruch sein, den die Polizei braucht.«

Und das war's. Obwohl der Schock durchaus ausreichte, um mich zum Zittern zu bringen, bestätigte das Interview dennoch mein Bauchgefühl, dass die Polizei nicht genug in der Hand hatte – wenn überhaupt irgendetwas –, um Anklage gegen mich zu erheben, und ich konnte nur annehmen, dass jegliche Anschuldigungen, die sie zusammenschusterten, entweder den mutmaßlichen Dieb unseres Autos betrafen oder jemanden, der mit einem ganz anderen Fahrzeug in Verbindung stand.

Niemand würde sich an etwas Neues von einem stinknormalen Abend vor zweieinhalb Monaten erinnern, oder? Wäre es wirklich möglich, dass ich meinen Kopf unentdeckt aus der Schlinge ziehen könnte? Oder war das menschliche Gehirn doch die unberechenbare Waffe, von der die Rutherfords hofften, dass dem so sei? (»Augenblick mal. Da war *tatsächlich* ein Auto – ich dachte schon, er würde meinen Seitenspiegel abfahren. *Definitiv* ein Audi. Der Fahrer hatte Locken ...«)

Nachdem ich den Fernseher ausgeschaltet hatte, stellte ich fest, dass das Öffnen einer zweiten Flasche Wein half, meinen Optimismus wiederzufinden. (Der Umstand, dass es strengstens verboten war, Alkohol mit meinen neuen Medikamenten zu mischen, hielt mich keineswegs davon ab.)

Beim Aufwachen am nächsten Morgen gelang es mir jedoch nicht, das Bild der kleinen Ellie aus meinen Gedanken zu vertreiben, das Foto von ihr in ihrem flaschengrünen Schulpullover. Sie erinnerte mich an die Mädchen in Leos Klasse, nicht eine von den coolen – den beliebten –, sondern klug, freundlich, wahrscheinlich ein bisschen schüchtern, außer sie war mit ihren Freundinnen zusammen, dann wurde sie mutiger, selbstbewusster.

Genauso ein liebes Kind wie Ihres oder meins.

»Fionas Geschichte« > 02:30:15

Nein, ich muss gestehen, dass ich mir keine weiteren Gedanken über den Verkehrsunfall in der Silver Road gemacht hatte. Zu meiner Verteidigung muss ich allerdings anmerken, dass der Polizeibeamte, der mich zu Hause wegen des Autos befragt hatte, nie wieder mit mir Kontakt aufnahm, und dass ich seitdem höchstwahrscheinlich über unzählige andere Unfälle gelesen hatte, unzählige andere Unglücke. Letztes Jahr waren die wohl nicht gerade Mangelware, nicht wahr?

Kein einziges Mal hat Bram mir gegenüber die Rutherfords erwähnt, nein. Erst nachdem sich die Sache im neuen Jahr zuspitzte, habe ich zum ersten Mal ihren Namen gehört.

40

Bram, Word-Dokument

Es war verrückt, wie weit der Prozess des Hausverkaufs voranschreiten konnte, ohne dass Wendy oder ich persönlich mit einem Immobilienanwalt sprechen mussten. Graham Jenson von Dixon Boyle & Co. im Crystal Palace war, wie ich vermutete, von Mike natürlich aufgrund seines fehlenden Rufs für hervorragende Leistungen ausgewählt worden. (Tatsächlich schnitt Jenson auf entsprechenden Websites in puncto Kundenzufriedenheit nicht sonderlich gut ab.) Wie Rav war er nicht in unsere Verschwörung eingeweiht, und wiederum sollte ich einfach verfahren, als würde der Verkauf normal über die Bühne gehen. Ich richtete eine neue E-Mail-Adresse im Namen von A & F Lawson ein, teilte meinen Gebietern das Passwort mit und gab meine Prepaid-Handy-Nummer an Jenson und seine Assistentin weiter.

Bis Anfang Dezember hatte ich die erforderlichen Papiere und Identitätsnachweise zusammengetragen, sämtliche Fragebögen ausgefüllt und den Betrag für die Ablösung der Hypothek angesetzt, der bei Verkaufsabschluss automatisch abgeführt werden sollte. Dokumente wanderten zwischen dem Aktenschrank in der Trinity Avenue und mir hin und her, während ich entsprechend der Modalitäten unseres Nestmodells kam und ging. (In dem unwahrscheinlichen Fall, dass Fi etwas nachlesen wollte, das ich einem der Ordner entnommen hatte, wusste ich, dass sie schlicht annehmen würde, es sei falsch abgelegt worden.) Um zu vermeiden, dass Unterlagen per Post in die Trinity Avenue geschickt wurden – ich hatte ja schon schmerzlich erfahren, dass Fi keinerlei Bedenken hatte, meine Briefe zu öffnen; nun ja, *diese* wären auch an sie adressiert –, vereinbarten wir, dass Wendy sie persönlich am Empfang der Anwaltskanzlei abholen sollte. Sie würde dabei ihre eingeübte Fiona-Lawson-Unterschrift benutzen, wann immer sie erforderlich war. Dann händigte sie mir die Unterlagen in der Wohnung aus und wartete ab, bis ich die erforderliche Information anfügte oder meine Vollmacht gab, bevor sie alles zurück zum Anwalt brachte. Die wenigen Dokumente, bei denen unsere Unterschriften beglaubigt werden mussten, wurden an Mike weitergeleitet, der jegliche gefälschten Namen und erfundenen Berufe anfügte, die ihm in den Kram passten. In der Zwischenzeit teilte Wendy Jenson die Bankverbindung mit, von dem die abschließende Zahlung an das Offshore-Konto transferiert werden sollte, das Mike via seiner sagenumwobenen Dark-Web-Kontakte eröffnet hatte.

Was alles gleichzeitig wahnsinnig riskant und wahnsinnig leicht war – erheblich leichter, als es gewesen wäre, wäre nicht einer der Mitverschwörer ein fünfzigprozentiger Eigentümer der Immobilie. Das war die Genialität des Plans – das musste man Mike lassen.

Obwohl sich die Nachfragen der Käufer auf ein Minimum beschränkten, verlangte ihr Hypothekengläubiger eine Grundstücksbewertung vor Ort, ein nicht verhandelbares Detail, das nur unter der Woche stattfinden konnte. Auch wenn dies seinen eigenen Stress mit sich brachte, war es im Vergleich zur öffentlichen Besichtigung ein Kinderspiel: Ich arbeitete an diesem Tag im Homeoffice und vereinbarte mit dem Sachverständigen einen Termin zur Mittagszeit, damit er längst weg wäre, bevor Fi oder ihre Mutter nach der Schule mit den Jungen zurückkehrten. In der Straße war nichts los, aber ich hatte eine Ausrede wegen Dachreparaturen parat, sollte jemand Fragen stellen.

Bis Mitte Dezember waren die Vertragsentwürfe aufgesetzt und an die Anwältin der Käufer geschickt worden.

Gute Arbeit, amigo, schrieb Mike, und es folgte ein verwirrender Moment, in dem ich vollkommen neben mir stand und tatsächlich Freude über sein seltenes Lob empfand. Dann kehrte der Horror zurück, unendlich beklemmender und in den Wahnsinn treibender als jemals zuvor.

Anscheinend hatten die Medikamente ihre volle Wirkung noch nicht entfaltet.

»Fionas Geschichte« > 02:30:45

Ich weiß, es hört sich an, als hätte ich ein Zugeständnis nach dem anderen gemacht, aber Sie dürfen nicht vergessen, dass ich hier gegen den alltäglichen Wahnsinn zu kämpfen hatte. Ich war nicht in der Position, einen strikt ethischen Standpunkt einzunehmen. Was ich einnahm, war ein strikt mütterlicher, und in dieser Hinsicht bereue ich nichts.

Denn Bram hatte insofern recht, dass Leo und Harry glücklich waren. Sie waren *wirklich* glücklich. Ich habe sogar gesehen, dass sie lieb zueinander waren, wie richtige Brüder in einem Buch – ich meine, vielleicht nicht ganz so wie die Weasley-Zwillinge aus *Harry Potter*, aber *lieb* für ihre Verhältnisse.

Anfang Dezember gab es einen Kälteeinbruch, und die Trinity Avenue war ein Bilderbuch aus raureifbedeckten Sträuchern und schimmerndem Nebel. Weihnachten lag in der Luft, schon immer meine liebste Jahreszeit. Sobald die Kinder von der Schule nach Hause kamen, blieben sie lieber drinnen und tauschten den Garten für das Wohnzimmer mit seinem Kaminofen und den Höhlen aus Schafsfellen ein. Wenn ich sie zusammengekuschelt dasitzen sah, mit rosigen Wangen und schläfrigen Augen, war ich aufs Neue von der Schönheit des Nestmodells überzeugt. Diese halb bezeugte Auseinandersetzung mit Toby war höchstwahrscheinlich nichts im Vergleich zu den Streitigkeiten, die Bram und ich ihnen zugemutet hätten, wären wir zusammengeblieben.

Beim Elternsprechtag in der Schule, für den Bram und ich uns beide Zeit freigeschaufelt hatten, berichteten weder Leos noch Harrys Lehrerinnen von irgendwelchen Anzeichen von der Sorte besorgniserregendem oder störendem Verhalten, das sich nach der Trennung der Eltern oft bei Kindern zeigt.

»Was auch immer Sie zu Hause tun, machen Sie so weiter«, sagte Harrys Lehrerin Mrs Carver. »Er ist ein wirklich schlaues Kerlchen.«

Optimistisch gestimmt, kamen Bram und ich überein, gemeinsam zum Weihnachtskonzert in der Schule zu gehen.

Bram, Word-Dokument

Selbst als ich im Geheimen plante, ihnen ihre Zukunft zu stehlen, räumte ich den Jungen ansonsten die oberste Priorität ein. Zum allerersten Mal in ihrem Leben besuchte ich jede einzelne Schulveranstaltung der Vorweihnachtszeit, sogar Harrys Weihnachtsbasteln, bei dem man unangemeldet vorbeischauen konnte und von dem sämtliche Eltern für ihre weiteren Verpflichtungen mit Glitzer an den Ohrläppchen aufbrachen. Meine Arbeit spielte längst keine Rolle mehr – schon bald würde ich weg sein –, und wann immer möglich, delegierte ich oder sagte ab oder schob die Verantwortung anderen zu. Dreimal im Dezember meldete ich mich krank oder ging früher aus dem Büro, da ich mich elend fühlte (keine glatte Lüge, denn das Gefühl von Übelkeit war nie weit weg).

»Ich glaube, da stimmt was nicht mit mir«, erklärte ich Neil (wiederum keine glatte Lüge). »Vielleicht eine Art Virus.«

»Solange es wirklich das ist und du mich nicht verarschst«, sagte er, was gleichbedeutend mit einer ersten Warnung war. Die Situation wurde durch meine Entscheidung, die Weihnachtsfeier im Büro zugunsten des Weihnachtskonzerts in der Schule in der letzten Woche vor den Ferien ausfallen zu lassen, nicht besser.

»Schlappschwanz«, nannte mich Neil, eine Verunglimpfung, von der wir beide wussten, dass Keith Richards seinen Bandkollegen Ronnie Wood damit aufgezogen hatte, als dieser sich freiwillig in den Entzug begab.

Wäre Drogensucht doch nur mein größtes Problem, dachte ich betrübt, oder die Auswirkungen von Rock-'n'-Roll-Exzessen.

Das Weihnachtskonzert hätte mir fast den Rest gegeben. »It Came Upon a Midnight Clear« war Fis Lieblingslied, und zufälligerweise sangen die Kinder es ganz zum Schluss, ihre süßen, hoffnungsvollen Stimmen fast unerträglich. Näher war ich einem Zusammenbruch in der Öffentlichkeit noch nie gekommen.

»Absolut fantastisch«, sagte Fi, als die Klassen anschließend im Gänsemarsch den Mittelgang hinabströmten. »Hast du das gefilmt, Bram?«

»Nur das letzte Lied«, sagte ich. »Das war doch erlaubt, oder? Alle anderen Väter haben es auch gemacht.«

»Ja, ich denke schon. Außerdem bin ich kein Blockwart.«

In ihren Worten lag eine unterschwellige Botschaft, dachte ich, oder wollte es zumindest glauben. Im Grunde bedeutete es, dass sie nicht mehr mit Krieg drohte, sondern wieder zum Friedensprozess übergehen wollte.

Wir warteten, bis sich die Kirchenbank leerte, bevor wir uns nach draußen schoben. Zu meiner Rechten hing ein Fresko, das den Prozess irgendeines Märtyrers darstellte, und während all meiner Jahre als Sohn einer gottesfürchtigen Mutter hatte ich in einer Kirche niemals eine solche Verbindung verspürt wie zu diesem Zeitpunkt.

»In deiner unermesslichen Großzügigkeit«, sagte ich zu Fi, »darf ich dich da um einen Gefallen bitten?« Nur ein Mensch, der nichts mehr zu verlieren hat, spricht einen Wunsch aus, dessen Erfüllung nie unwahrscheinlicher gewesen war. »Es ist der letzte, um den ich dich jemals bitten werde«, fügte ich hinzu.

Sie verdrehte die Augen. »Es gibt keinen Grund, es zu übertreiben, Bram ... du bist nicht unheilbar krank. Worum geht's?«

»Könnte ich die Jungen Weihnachten bekommen? Es würde ... Es würde mir sehr viel bedeuten.«

Da es das letzte Mal sein könnte. Das letzte Mal sein *wird*. Um diese Zeit nächstes Jahr werde ich vor Gericht stehen wie unser Freund, der Heilige, oder im Gefängnis sitzen oder, wie ein Terrorist, in einem Erdloch. Damals hatte ich mein weiteres Vorgehen noch nicht geplant – die Idee war mir später in einem fast heiligen Moment der Offenbarung gekommen –, aber ich ging davon aus, dass ich würde weiterleben wollen, egal wie erbärmlich mein Leben dann sein würde.

Fi antwortete nicht sofort. Ich konnte ihre natürliche Reaktion sehen, die in ihr Wellen schlug und im nächsten Augenblick als Ablehnung aus ihr herausplatzen würde – meine vergangenen und gegenwärtigen Verbrechen lagen ihr auf der Zunge. Doch dann schluckte sie sie hinunter, erinnerte sich an ihr erneutes Bekenntnis zu unserer gemeinsamen Sache. Vielleicht lag es auch am Anblick all der anderen Eltern mit ihren identischen Immernoch-verheiratet-Lächeln und ihrer in Kaschmirschals gehüllten Zusammengehörigkeit, aber auf einmal sagte sie etwas völlig Unerwartetes.

»Hör mal, warum haben wir sie nicht *beide*? Im Haus, wie bei jedem anderen Weihnachten, das wir bisher gefeiert haben?«

»Was?« Ich spürte, wie ich errötete. »Meinst du das ernst?«

»Ja. Für sie wäre es das Schönste, wenn wir alle zusammen sind. Es fällt diesmal auf ein Wochenende, warum bleiben wir dann nicht einfach beide am Weihnachtsabend und dem ersten Weihnachtsfeiertag im Haus? Am zweiten hatte ich gehofft, sie zu meinen Eltern mitzunehmen, also könntest du mit ihnen deine Mutter vielleicht am Heiligabend tagsüber besuchen. Klingt das fair?«

Euphorie durchströmte mich. »Ja, mehr als fair. Ich danke dir.« Das Einzige, was besser war, als mein letztes Weihnachten mit meinen Söhnen zu verbringen, wäre, es mit meiner Frau und meinen Söhnen zu verbringen.

»Lass uns gemeinsam zu Kirsty und Matt gehen«, sagte sie. »Du weißt, dass sie jetzt im Anschluss zu einem kleinen Umtrunk eingeladen haben?«

Ein weiteres riesiges Zugeständnis: Es war ein ungeschriebenes Gesetz, dass sie als der betrogene Teil bei unserer Trennung – als die *Frau* – das Vetorecht für Einladungen zu Feiern von Nachbarn besaß.

»Harry hat den Text zu ›We Three Kings‹ vergessen«, beschwerte sich Leo, als die zwei uns von ihren Lehrerinnen wieder übergeben wurden. »Es war *so* offensichtlich!«

»Nicht für uns«, erwiderte Fi. »Wir konnten eure Stimmen wirklich heraushören, nicht wahr, Dad?«

»Absolut«, sagte ich, während ich Harry mit seinen Handschuhen half. Die Kuppe seines linken Daumens schaute durch ein Loch heraus, und ich behielt diese Hand in meiner, verdeckte es.

»Ich hab den Text *nicht* vergessen«, murrte er, als wir hinaus auf die Straße traten, und ich wartete mit unverhältnismäßiger Anspannung, dass er seine Hand fortreißen würde. Doch das tat er nicht – er ließ sie die ganze Zeit über in meiner.

Während wir die Hauptstraße entlangspazierten, gingen wir, wo der Bürgersteig breit genug war, alle vier nebeneinander, so wie wir es häufig getan hatten, als die Jungen noch klein gewesen waren.

Sie in der Mitte, wir beide außen.

»Fionas Geschichte« > 02:32:16

»Wir haben uns entschieden, Weihnachten zusammen zu feiern, der Jungs wegen«, erzählte ich Polly.

»Das ist nicht dein Ernst«, sagte sie. »Wessen verrückte Idee war das? Deine oder seine?«

»Meine. Er sah wirklich schrecklich aus, Pol.« Er hatte tatsächlich an einen Todeskandidaten erinnert, dem eine kurze Gnadenfrist gewährt worden war. (Und sein Entsetzen, als er fürchtete, das Konzert ohne Erlaubnis gefilmt zu haben: Der alte Bram hätte eine so kleine Rebellion in vollen Zügen genossen.) Die Intensität seiner Dankbarkeit und die Melancholie, die ihr zugrunde zu liegen schien, hatten mich in Verlegenheit gebracht, als glaubte er wirklich, keine weiteren Festtage mehr erleben zu dürfen. »Und du weißt, wie Weihnachten bei seiner Mum wäre.«

»Was, eine ernst gemeinte religiöse Feier? Wie schrecklich!« Polly warf mir einen warnenden Blick zu. »Ich hoffe nur, dein

Weihnachtsgeschenk an ihn ist ein Brief von deinem Scheidungsanwalt.«

Alison war weniger streng. »Ich finde das sehr nett von dir«, sagte sie. »Du bist ein so guter Mensch, Fi. Ich weiß, wie verlockend die Aussicht sein muss, ihn zu bestrafen, indem du ihn ausschließt.«

»Ich bin nicht sicher, ob ich ihn bestrafen muss«, erwiderte ich. »Er scheint das selbst zur Genüge zu tun.«

#OpferFiona

@tillybuxton: #OpferFiona ist ihr eigener schlimmster Feind, oder? Aber ich schätze, es ist irgendwie unfair, dem Opfer die Schuld zu geben.

@femiblog2016 @tillybuxton: S. unfair, aber auch s. verbreitet. Es heißt Gerechter-Welt-Glaube: Man bekommt, was man verdient.

@IanHopeuk @femiblog2016 @tillybuxton: Das glaube ich keine Sekunde #DasLebenIstScheiße

Bram, Word-Dokument

Wie schon gesagt, in diesen letzten paar Wochen widmete ich mich ganz meiner Familie. Keine Weihnachtsfeiern, keine Drinks nach der Arbeit. Die Dienstagabende im Two Brewers waren längst auf der Strecke geblieben, und ich traf die Väter aus der Trinity Avenue nur einmal im Dezember auf ein Bierchen, an jenem Abend nach dem Weihnachtskonzert bei Kirsty und Matt. Ich musste auf der Hut sein, was ich jetzt sagte. Ich musste mich von der Meute fernhalten.

Im Gegensatz dazu fühlte ich mich unserer Gegend enger verbunden als jemals zuvor und wusste jedes noch so kleine Detail von Alder Rise zu schätzen, als käme ich direkt aus den Slums – ich stand im Park und schloss die Augen und spürte Freiheit auf meinem Gesicht, unverfälscht und rein und irgendwie *beschützend*. Vielleicht war es auch nur die Erleichterung, dem Haus, das ich gerade stehlen wollte, und der Wohnung, dem Hauptquartier, in dem der Komplott geschmiedet wurde, zu entkommen. Dem Lockruf der technischen Geräte, auf denen ich im Internet nach Artikeln über das brutale Leben in Gefängnissen stöberte.

Ich erinnere mich, dass das Wetter ständig zwischen bitterkalt und tröstlich mild hin- und herwechselte, ein Gefühl von Bestrafung und Gnadenfrist. Es gab Zeiten, in denen mir dieser Umstand sonderbaren Trost spendete – wenn man das Gute nicht als selbstverständlich erachtet, dann auch nicht das Schlechte. *Wenn dich Triumph und Sturz nicht mehr gefährden / Weil beide du als Schwindler kennst, als Schein (...) mein Sohn: Du bist ein Mann!*

Dieses Gedicht mussten wir in der Schule auswendig lernen.

Sie haben uns nicht gesagt, dass die schlimmsten Stürze diejenigen sind, die wir selbst zu verantworten haben.

41

Bram, Word-Dokument

»Warum tust du das, Wendy?«

»Was?« Völlig überrascht stieß sie ein halb verlegenes Lachen aus und umklammerte das Taschentuch in ihrer Hand ein wenig fester.

»Ich meine es ernst. Warum lässt du dich so von ihm einspannen?«

Normalerweise beschränkte ich bei ihren Besuchen in der Wohnung jegliche soziale Interaktion auf ein Minimum, grunzte meine Erwiderungen auf ihre Flirtversuche und vermied jeden Augenkontakt aus Furcht vor dem unsäglichen Hass, den sie in mir auslöste. Als Handlangerin gab sie sich gern mädchenhaft, fast etwas einfältig, aber in diesem Fall wäre ich ein Narr, würde ich den früheren Beweis ihrer Verschlagenheit vergessen: die absolute Gefühlskälte, als sie unter meinen Augen das Krankenhaus anrief, um mein Nervenkostüm auszutesten. Die Boshaftigkeit, wie sie nach unserer gemeinsamen Nacht mit mir gespielt hatte.

Doch bei ihrem letzten Besuch vor Weihnachten war ich sonderbarerweise in der Stimmung, sie in ein Gespräch zu verwickeln. Vielleicht lag es daran, dass sie erkältet war, alle zehn Sekunden erbärmlich schniefte und sich mit den Fingerknöcheln die verquollenen Augen massierte, oder vielleicht dämpften die

Pillen auch endlich meine Wut, aber ich ertappte mich dabei, wie ich fast Mitleid mit der Frau hatte.

Sie zog jetzt eine Schnute, ihr Gesichtsausdruck wirkte gereizt. »Was soll das denn heißen?«

»Du weißt schon, sich an den Rockzipfel eines anderen zu hängen. Ihm blind zu vertrauen, wenn er behauptet, alles wird funktionieren. Was zum Teufel weiß *er* schon? Er ist ein Amateur, so wie wir.«

Ein Schulterzucken. Ich spürte jedoch, dass ich einen Nerv getroffen hatte, denn ihr falsches Kichern kam verzögert.

»Diese ganze Idee war seine, nicht wahr?«, hakte ich nach. »Habt ihr schon früher bei Gaunereien gemeinsame Sache gemacht? Wahrscheinlich nur Bagatelldelikte, oder? Nicht wie das hier. Das ist echt Hardcore. Ein Plan, der einen langen Atem erfordert.«

Die Leere in ihrem Blick bestätigte mir, dass meine Vermutungen korrekt waren. Ich ließ sie auf das Formular für die baurechtlichen Bestimmungen warten, das die Anwältin der Vaughans angefordert hatte (und das genau dort abgeheftet gewesen war, wo ich es erwartet hatte, im Aktenordner in der Trinity Avenue mit der Aufschrift *Umbauten*), und fuhr fort: »Wie kommt es, dass du ihm so vorbehaltlos vertraust? Seid ihr zwei verheiratet? Seid ihr zusammen? Du weißt, dass er mit meiner Ehefrau vögelt, oder?«

Da glaubte ich, eine negative Botschaft in ihren Augen zu lesen. Irgendwie war sie ihm hörig. Hatte er auch gegen sie etwas in der Hand?

»Stört es dich nicht, dass ihr mein Leben und das meiner Kinder zerstört?«

Sie schüttelte den Kopf. »Nein, das tust du schon selbst, nicht ich.«

»Das stimmt. Also bist du ein Monster, so wie er. Du übernimmst keinerlei Verantwortung für dein Handeln. Wie bewundernswert.«

Sie starrte mich an. Zwischen der dümmlichen Fassade, die sie sorgfältig gepflegt hatte, und der vielschichtigen Intelligenz, von der ihr klar sein musste, dass ich sie durchschaut hatte, focht sie sichtlich einen inneren Kampf aus. »Deine Denkweise, Bram, ist so langweilig.«

Langweilig? Tut mir leid, Süße. Ich werde versuchen, etwas unterhaltsamer zu sein bei meinen Bemühungen, mich selbst aus den stinkenden Eingeweiden der Hölle zu befreien. »Ich will nur nachvollziehen, warum du dich auf Erpressung und Betrug einlässt. Das sind wirklich schwere Vergehen. Okay, ich und meine Familie sind dir also scheißegal, aber du musst doch das Risiko erkennen, das du persönlich eingehst. Das ist nicht dasselbe, als würdest du jemandem hundert Pfund aus dem Geldbeutel klauen. Du hast gesagt, du hättest einen anständigen Job – verdienst du nicht genug, um klarzukommen? Du könntest befördert werden, eine Gehaltserhöhung erhalten. Auf mich machst du einen ziemlich schlauen Eindruck – natürlich abgesehen davon, dass du bei *dem hier* mitmachst.«

Sie ließ die Standpauke schweigend über sich ergehen, hustete mich nur ein paarmal an, ein natürliches Abwehrmittel. Ihre Nasenlöcher waren wund vom Schnäuzen. Zweifellos fragte sie sich, warum ich nicht dieselbe Recherche über sie und Mike angestellt hatte wie sie über mich. Einen Privatdetektiv engagierte, der ihnen auf Schritt und Tritt folgte – oder sogar die Dienste desselben Unterweltgesindels in Anspruch nahm, die sie benutzten. In Wahrheit hatte ich es hundertmal in Erwägung gezogen, doch jedes Mal hatte ich mich der Illusion hingegeben, dass mein Martyrium enden würde, bevor ich selbst handeln müsste. In Wahrheit war ich ein Feigling.

Bis jetzt, zumindest.

»Hast du Angst vor ihm, Wendy? Ist es das? Er ist einschüchternd, ich weiß – ein Schrank. Glaub mir, ich habe am eigenen Leib erlebt, wie kräftig er ist – zweifellos hat er dir von unserem kleinen Gerangel im Haus erzählt. Aber es gibt Wege, dich zu schützen, verstehst du? Wenn wir ihm beide erklären, dass wir raus aus der Sache sind, können wir einem Schläger wie ihm gemeinsam die Stirn bieten, denkst du nicht?«

Doch noch bevor ich den Satz beendet hatte, erkannte ich, dass ich einen Fehler gemacht hatte. Sie versteifte sich vor Empörung, ihre Zähne schnappten wie eine Falle zu. »Er *ist kein* Schläger«, zischte sie durch zusammengebissene Zähne. »Das ist mein Bruder, über den du hier herziehst.«

»Dein Bruder?«, rief ich. Es war die eine Möglichkeit, die ich nicht in Betracht gezogen hatte. »Ihr seht euch überhaupt nicht ähnlich.«

»Wir sind keine Zwillinge, verdammt noch mal.« Mit neu entfachter Streitlust zeigte sie auf das Dokument in meiner Hand. »Gibst du mir das jetzt einfach? Ich muss wieder zurück.«

Zum Anwalt oder zu Mike? Ihrem Bruder. Herrje! Würde sie ihm erzählen, was ich gesagt habe? Und wenn ja, würde es ihn kümmern? Was könnte er jetzt tun, was er nicht schon getan hatte?

Ein Bild drängte sich mir auf. Nachdem Wendy fort war, schrieb ich Fi mit zitternden Fingern:

- Hab eben von einer versuchten Entführung im Crystal Palace gelesen, ein Typ von Ende dreißig in einem weißen Wagen, der Kindern vor einer Schule aufgelauert hat.
- *Keine Sorge. Die Jungen wissen, wie sie reagieren müssen. Ich werde es aber morgen in der Schule ansprechen. Danke für die Warnung.*
- Gern geschehen.

»Fionas Geschichte« > 02:33:36

Am Mittwochabend vor Weihnachten holte Bram die Trittleiter heraus und fädelte Lichterketten in die Magnolie, während ich hundert silberne Weihnachtskugeln an die tieferen Äste hing. Das tun wir jedes Jahr – ich meine, das *haben* wir jedes Jahr getan –, und auch wenn ich es sage, es sieht immer wunderschön aus. (Menschen bleiben stehen, um es zu filmen, Hand aufs Herz.) Im Idealfall hätte der dekorative Frost des Schnees, der uns am Anfang des Monats beschert worden war, alles wie Puderzucker bestäubt, aber die zweite Dezemberhälfte war ungewöhnlich mild, ein falscher Frühling, der sogar die Narzissen zum Austreiben brachte.

Die Lichter des Spielhauses hatten wir das ganze Jahr über hängen gelassen. Bram hatte das Haus vergangenen Heiligabend gebaut, während ich die Jungen ins Westend schleppte, um uns im Theater *Der Schneemann* anzusehen. Nachdem sie ins Bett gegangen waren, hatten wir Lichterketten in Eiszapfenform angebracht und kleine, kunstvoll mit Schafsfell drapierte Stühle wie bei einer Mini-Berghütte auf die Veranda gestellt. Es war immer noch dunkel, als sie am Weihnachtsmorgen erwachten, und wir lockten sie für die große Überraschung ans Fenster.

»Das ist *unerträglich* süß«, sagte Merle, als sie und Adrian am zweiten Weihnachtsfeiertag für Drinks zu Besuch kamen und wir ihnen unsere neueste Attraktion zeigten. »Ich wünschte fast, du hättest mir das nicht gezeigt.«

»Du bist lustig«, sagte ich und tätschelte ihr den Arm.

Bram, Word-Dokument

»Das hätte ich fast vergessen«, sagte Fi an meinem letzten Mittwochabend vor Weihnachten in der Trinity Avenue, nachdem wir den Magnolienbaum auf die traditionelle Weise aufgemotzt hatten. (Es mag keinen offiziellen Preis gegeben haben, aber glauben Sie mir, in der Straße herrschte ein knallharter Wettbewerb um die beste Dekoration – und niemand verstand das besser als die Frau, die im Bereich Wohnaccessoires arbeitete.) »Das ist heute für dich angekommen. Persönlich eingeworfen.«

Sie reichte mir einen weißen Briefumschlag mit meinem Namen in schludrigen Großbuchstaben vorne drauf. Die Lasche war nicht zugeklebt, nur nach innen gesteckt. Er konnte nichts mit dem Hausverkauf zu tun haben, dachte ich. Mike würde gewiss kein solches Risiko eingehen, oder?

»Ich habe nicht reingeschaut«, fügte Fi hinzu, als sie mein Gesicht sah.

»Danke.«

Ich öffnete ihn auf dem Weg zurück zur Wohnung. Er war natürlich von ihm, als Vergeltung für die Vorschläge, die ich Wendy unterbreitet hatte. Es waren zwei Blätter, das erste ein Ausdruck von einer Nachrichten-Website, noch dazu des *Telegraph*. (Ich stellte mir vor, wie er sich selbst auf die Schulter klopfte. »Ich bin kein Proll. Ich lese Qualitätszeitungen, wussten Sie das nicht?«)

Gefährliches Verhalten im Straßenverkehr laut Studie erblich

Bei jungen Fahrern, die bei ihren Eltern überhöhte Geschwindigkeit oder Trunkenheit am Steuer miterleben, ist die Wahrscheinlichkeit dreimal höher, dass sie später dasselbe Delikt begehen, heißt es in einer Studie, die heute veröffentlicht wurde …

Das zweite war ein einseitiger Ausdruck von einer Behörden-Website, eine eng beschriebene Liste an Namen, darunter auch der meines Vaters. Meine Sicht verschwamm: Der Schock dieser Zurschaustellung seines Wissens entsetzte mich sogar noch mehr als bei den früheren Gelegenheiten. Woher konnte er das nur wissen – und warum schickte er es mir? Was ging hier vor sich? Gewiss konnte das, was mein Vater vor vielen Jahrzehnten getan hatte, keinen Bezug auf irgendeine Anklage *meiner* Straftaten haben – oder? Wäre es vor Gericht als Hintergrundinformation zugelassen?

Nicht zum ersten Mal kam mir in den Sinn, dass er womöglich bei der Polizei arbeitete und sich nur als Betrüger ausgab. Aber würden seine bisherigen Taten nicht als Anstiftung zu einer Straftat gewertet werden? Das war keine legitime Praxis – jeder wusste das. Nein, welchem anderen Zweck könnte es dienen, mich auf diese Art zu provozieren und einzuschüchtern, wenn nicht aus finanziellen Gründen?

In Wirklichkeit war es ein Anlegen von Daumenschrauben, die Ansage, dass ich mich ruhig weiter wehren und Wendy bis zum Sankt-Nimmerleins-Tag Honig ums Maul schmieren könnte, aber er hatte nicht die Absicht, mich aus seinem Netz zu lassen.

Den Ausdruck des *Telegraph* warf ich in den Abfalleimer neben dem Tor zum Park, doch das zweite Blatt Papier behielt ich, legte es gefaltet in meine Geldbörse. Ich konnte es nicht einfach in den Müll schmeißen und am nächsten Tag auf dem Bürgersteig sehen, von einem nach Nahrung suchenden Fuchs oder vielleicht dem Wind wieder herausgefischt.

»Fionas Geschichte« > 02:35:10

Weihnachten war ein großer Kompromiss, ja. Hatte mein Mitleid für ihn irgendetwas mit seinem Vater zu tun? All die Weihnachten, die Bram ohne ihn verbracht hatte? Die Freude, die er bei unseren immer empfunden hatte?

Ich weiß es nicht. Vielleicht. Es war immer da gewesen in meinen Gefühlen für ihn, eine Komplexität, eine Nuance, die es zu berücksichtigen galt.

Eigentlich wollte ich es nicht erwähnen, aber jetzt, wo wir so weit gekommen sind, halte ich die Information für relevant, dass Brams Vater eine Gefängnisstrafe wegen Trunkenheit am Steuer verbüßt hatte. Er hatte einen Fußgänger angefahren, einen älteren Herrn – nein, er war nicht schwer verletzt gewesen, aber es war Mitte der 1970er Jahre, und die Gesellschaft verstand allmählich, wie oft bei tödlichen Verkehrsunfällen Alkohol im Spiel war. Als Teil einer landesweiten Abschreckungsmaßnahme wurde an Brams Vater ein Exempel statuiert, und er bekam eine Gefängnisstrafe.

Gespräche über Gefängnisse oder sich Fernsehberichte über überfüllte Haftanstalten und Gewalt unter Insassen anzusehen war vielleicht das Einzige, was Bram wirklich aus der Fassung brachte – so kam es mir zumindest vor. Ich erinnere mich, wie wir einmal mit den Jungs das Clink Prison Museum besuchten – Sie wissen schon, der mittelalterliche Kerker am Fluss. Man kann sich dort die ehemaligen Zellen und Folterinstrumente ansehen, solche Dinge – die Jungs haben es geliebt. Wie dem auch sei, Bram konnte nicht mit rein. Im Ernst, er musste draußen warten. Es wird Carcerophobie genannt, hat mir mal jemand erzählt.

Sein Vater verstarb kurz danach, weshalb es gut möglich ist, dass seine Gefängnisgeschichten das Letzte waren, an das Bram sich bei ihm erinnert. Welch ein trauriger Gedanke!

Weshalb ich Ihnen das mitteile? Weil alles in einem größeren Kontext gesehen werden muss: Bram lernte, Gesetze zu übertreten, von klein auf auf der Rückbank. (Im Grunde durften kleine Kinder damals auf dem Beifahrersitz fahren und mussten sich nicht einmal anschnallen. Bram spielte gerade mit seinen Actionfiguren, als sein Vater von der Polizei angehalten wurde.)

Ich erinnere mich, dass er mir kurz nach unserem Kennenlernen von der Gefängnisstrafe seines Vaters erzählte und mich fragte: »Bist du sicher, dass du mit jemandem zusammen sein willst, der aus einer kriminellen Familie stammt?«

»Oh, ich denke, wir stammen alle aus einer kriminellen Familie, wenn man nur weit genug in die Vergangenheit zurückgeht«, erwiderte ich.

»Gute Antwort«, sagte er und war genauso zufrieden mit mir wie ich mit mir selbst. Damals wollte ich ihn nicht *trotz* seiner Ecken und Kanten, sondern *wegen ihnen*.

Aber unser Geschmack ändert sich mit der Zeit, nicht wahr? Zumindest bei ein paar von uns.

#OpferFiona

@deadheadmel: Will #OpferFiona damit sagen, dass Bram den Autounfall verursacht hat und betrunken war?

@lexie1981 @deadheadmel: Hört sich ganz so an. Gefängnis ist gar nicht mal so übel, oder? Schauen die nicht den ganzen Tag fern und rauchen Gras?

@deadheadmel @lexie1981: Klingt definitiv besser als *mein* Tag LOL.

42

Bram, Word-Dokument

Und dann, endlich, *endlich* entfalteten die Medikamente ihre Wirkung – o mein Gott, der wunderbare, stimmungsaufhellende Neurotransmitter Serotonin, ein wahrer Freund –, und das keine Sekunde zu früh. Es kam mir wie ein Weihnachtswunder vor. Verschwunden waren die ständigen Qualen, das cartoonhafte Hämmern meines Herzens, das so heftig war, dass sich das Hemd auf meiner Brust bewegte, sobald es an der Tür klingelte. Der bohrende Schmerz der Panik, wenn ich meine Möglichkeiten abwog. (Für ein Verbrechen sühnen? Oder bei einem zweiten mitmachen in der Hoffnung – ohne jede Garantie –, dass das erste unentdeckt blieb?)

Nein, jetzt war ich ruhig, optimistisch, kurzfristig wieder in Höchstform, mein Leben in klar abgetrennte Bereiche zu teilen.

Vielen Dank, Weihnachtsmann.

Vielen Dank für die Stunden, in denen ich einen Lego Star Wars Clone Turbo Tank baute; »Retro«-Pokémon-Spiele auf dem Nintendo zockte und unbeschwert genug war, um zu witzeln, ich sei mindestens so steinalt wie die Spiele selbst; eine bunte Mischung an Süßigkeiten aß, wie damals die vom Kiosk, aus einem Glas von der Größe von Harrys Oberkörper. Danke, dass Fi die ganze Zeit lächelte – selbst in meine Richtung, denn ich machte es ihr nicht nur als Vater ihrer Söhne recht, sondern auch als eigenständige Person.

»Es ist, als würde Richard Curtis bei uns Regie führen«, sagte ich, als wir alle vier in der Küche versammelt waren, um Rosenkohl zu putzen, den Truthahn zu beträufeln und die Bratensoße zuzubereiten, obwohl wir alle wussten, dass Fi das Kommando innehatte, dass dieses Stück Vergangenheit ihr Weihnachtsgeschenk an mich war.

»Ja«, stimmte sie zu. »Entweder das, oder wir sind das Fußballspiel England gegen Deutschland im Ersten Weltkrieg. Du weißt schon, der Weihnachtsfrieden an der Front.«

Ich lachte (ich hatte schon lange nicht mehr gelacht). »Ein Kriegsvergleich, hmm. Steht es so schlimm zwischen uns?«

Ich interpretierte ihr Schweigen als ein Nein.

Ich wartete, bis die Jungs am Abend fest eingeschlafen waren, bevor ich ihr mein Geschenk überreichte.

»Wir haben gesagt, keine Geschenke«, schimpfte sie, aber sie nahm die Worte »Autoversicherung« oder »Lügen« nicht in den Mund – hatte es den ganzen Tag nicht getan – und das war ein Ausdruck der Gnade ohnegleichen.

»Es war nicht teuer«, sagte ich.

»Nun, in dem Fall ...« Mit dem Fingernagel glitt sie unter die Lasche des Umschlags und holte die Karte heraus. »Eine Patenschaft für einen Baum in den Royal Parks of London? Was für eine zauberhafte Idee!«

»Nun, ich weiß doch, wie sehr du Magnolien liebst.«

Und vermissen wirst, sobald ich ...

Hör auf! Verbann den Gedanken in sein Grab und wende dich wieder der Welt der Lebenden zu. Starr, wenn es nicht anders geht, direkt ins grelle Licht – was immer nötig ist, um das Bild von Fi auszuradieren, wie sie ihren geliebten Baum von der anderen Seite des Gartenzauns bewundert, während die neuen Bewohner sie vom Fenster aus beobachten ...

Ich sagte, hör auf!

»Vielen Dank, Bram.« Sie wollte mir schon einen Kuss auf die Wange geben, dann erinnerte sie sich jedoch, dass es mit mir jetzt anders war. Ich war kein Ehemann mehr, aber auch kein Freund.

Ich wollte fragen, was *er* ihr geschenkt hatte. Unterwäsche, schätzte ich. Etwas, das teuer aussah, aber in Wirklichkeit billig war. Ein Imitat oder etwas Gestohlenes. Etwas, das seine Schwester für ihn ausgesucht hatte. Könnte doch nur jemand den beiden eine Elektroschocktherapie verpassen, ihren boshaften Plan löschen, die Erinnerungen an jeglichen Kontakt mit mir ausradieren: Welch ein Geschenk das wäre!

»Wie traurig du bist«, sagte Fi zärtlich, und dann, in jäher Verwunderung: »Augenblick mal, ist das deine Masche?«

Ich blinzelte, richtete meine Aufmerksamkeit wieder auf sie. Ihre Haut war gerötet, ihre Körperhaltung schlaff von den Mühen des Tages – und dem Alkohol. Sie hatte viel getrunken, und glauben Sie mir, wenn das jemand erkannte, dann ich. »Welche Masche?«

»Du. Ich wette, du bist überhaupt kein Raubtier.«

»Ich weiß nicht, wovon du redest«, sagte ich.

»Von Frauen, Bram. Es interessiert mich wirklich. Jetzt, wo du tun und lassen kannst, was du willst – *mit wem* du willst –, musst du ihnen da nachlaufen? Oder siehst du einfach schrecklich traurig und ansprechend aus, als wärst *du* die Beute?«

Ich gab keine Antwort, doch die Frage schwebte zwischen uns, während ihr Gesicht näher kam.

»Was tust du da?«, wollte ich wissen, aber es war kein Protest. *Lass sie beweisen, dass sie recht hat*, dachte ich. Unsere Münder berührten sich. Sie kannten einander – die Form und den Geschmack des jeweils anderen, die Art, wie die Muskeln und Nerven reagierten. Meiner Meinung nach war eine Wiederentdeckung viel süßer als die ursprüngliche Entdeckung: Wenn man nicht abgelenkt ist durch das Neue, fällt einem mehr auf. Warum reisen Menschen sonst immer an denselben Urlaubsort oder heiraten ein zweites Mal dieselbe Frau oder ziehen zurück in die Straße ihrer Kindheit, wo sie sich jede andere im ganzen Land aussuchen könnten?

»Du bist sehr betrunken«, zeigte ich sanft auf.

»Danke für die Info«, sagte sie.

Nein, es ist nicht nur das Gefühl, nach Hause zu kommen. Es ist die Erkenntnis, dass das, was oder wo oder wen man liebt, immer nur geliehen ist. Es gibt kein immerwährendes Eigentumsrecht, für niemanden von uns.

»Fionas Geschichte« > 02:36:52

Weihnachten *en famille*. Unser letztes – zumindest nehme ich jetzt an, dass es das war.

Lange Rede, kurzer Sinn, ich hatte viel zu viel getrunken, und wir haben miteinander geschlafen. Wie enttäuschend – ich weiß.

#OpferFiona
   @KatyEVBrown: Nun, *das* habe ich mir gleich gedacht #SexmitdemEx

Bram, Word-Dokument

Wie sich herausstellte, hatte mich das Weihnachtswunder weder meiner Körperfunktionen noch meines hormongefluteten postkoitalen Optimismus beraubt. Diese Sache mit Mike und Wendy –

die könnte ich gewiss aus dem Weg räumen, nicht wahr? Morgen, ja, morgen würde ich mich darum kümmern und auf diese Zeit als eine Laune des Schicksals, einen Bruch im Raum-Zeit-Kontinuum, ein Grauen zurückblicken, das von einem Bram in einem Paralleluniversum erlebt worden war, einer unglückseligen, trostlosen Version meiner selbst.

»Woran denkst du gerade?«, wollte Fi wissen. Keine Frage, die ich in der Regel gern hörte, doch in jener Nacht, mit ihr, in dem Bett, das einst unseres gewesen war und nun ihres, war es genau das, was ich von ihr hören wollte.

»Willst du das wirklich wissen?«

»Oje, vielleicht lieber nicht, aber raus damit … sag es mir trotzdem.« Sie war vollkommen entspannt, völlig schutzlos, ihr Herz … offen?

»Ich denke: Gibt es wirklich keine Chance mehr?«

»Keine Chance wofür?«

»Für uns«, sagte ich lächelnd. Und ich dachte auf eine schlichte, fast versonnene Art: Wenn sie jetzt ja sagte, würde ich ihr auf der Stelle alles beichten, denn es würde bedeuten, dass sie mich liebte, komme, was wolle, und wenn man jemanden *so sehr* liebt, tut man alles in seiner Macht Stehende, um ihn zu retten. Doch wenn sie sagte: »Nein, auf keinen Fall«, dann wäre nichts verloren, was nicht schon längst verloren war.

»*Uns?*« Ihr plötzlicher Abscheu schockierte mich. Sie wich geradezu körperlich vor mir zurück, setzte sich auf, ihre Schultern angespannt vor Entrüstung. »Du lebst in einer Traumwelt, oder?«

Ich richtete mich ebenfalls auf, spürte einen Schwall Demütigung über mir zusammenbrechen, völlige Hoffnungslosigkeit. »Ich lebe in keiner Traumwelt. Wenn du's genau wissen willst, es ist die Hölle.«

»Wenn ich's *genau* wissen will? Was erwartest du, das ich sage,

Bram? Du Ärmster, es gefällt dir nicht, allein zu sein und dass deine Ehe am Arsch ist, weil du lieber mit anderen Frauen gevögelt hast? Wenn dein Leben die Hölle ist, bist *du* dafür verantwortlich, niemand sonst!«

Mit diesen Worten griff sie nach dem nächstbesten Kleidungsstück und bedeckte sich, entzog mir nicht nur den Anblick ihres Körpers, sondern schien es obendrein zu bedauern, dass sie es überhaupt so weit hatte kommen lassen.

»Fionas Geschichte« > 02:37:08

Am nächsten Morgen hatte ich entschieden, dass es unausweichlich war. Ein notwendiger Appell.

»Hör mal, ich will nicht, dass Toby von dem hier erfährt«, erklärte ich. Die Frau bittet den Ehemann, ihrem neuen Freund nicht zu erzählen, dass sie mit ihm geschlafen hat: Ich war mir nicht sicher, ob es billig oder edelmütig war. Aber ich konnte mit fast hundertprozentiger Sicherheit sagen, dass ein Gespräch dieser Art nirgendwo anders in der Trinity Avenue am Morgen des zweiten Weihnachtsfeiertags stattfand.

»Du triffst ihn immer noch?«, fragte er. »Ich dachte, es wäre nichts Ernstes.«

»Es *ist* nichts Ernstes. Aber es geht dich auch nichts an.«

Ich war erleichtert, als er zur vereinbarten Uhrzeit das Haus verließ, rechtzeitig, damit ich die Jungs für unseren Besuch bei meinen Eltern fertig machen konnte.

Während das Taxi durch die gespenstisch leeren Straßen von South London fuhr, hallte der Gedanke von diesem Fußballspiel im Ersten Weltkrieg in meinem Kopf nach. Wie diese armen Männer die Leichen aus dem Niemandsland räumten, um spielen zu können, und dann, am nächsten Tag, fing das Grauen von vorne an, als hätte es nie eine Pause gegeben.

#OpferFiona

@themattporter: Bin mir nicht sicher, ob #OpferFiona tatsächlich im Schützengraben an der Westfront liegt, aber zumindest hat sie wohl endlich einen Schlussstrich gezogen.

@LorraineGB71 @themattporter: Lawson vs. Lawson ist noch nicht vorbei, schon vergessen?

Bram, Word-Dokument

Am Morgen des zweiten Weihnachtsfeiertags gab sie mir einen Abschiedskuss, und ich konnte ihre Distanziertheit auf ihrer Haut riechen. Es war, als würde man Blumen auf ein Grab legen, wenn die Trauer nicht mehr frisch ist.

Ein stilles Gedenken an mich.

43

Freitag, 13. Januar 2017

London, 17:00 Uhr

Die Küchentür fliegt auf, und David baut sich zu seiner vollen Größe auf, bevor er die Ankündigung macht: »Im Grundbuch steht unser Name. Das Eigentumsrecht ist überschrieben worden. Das Haus gehört definitiv uns.«

Zugegeben, er klingt weniger frohlockend, als ihm zustehen könnte. Keine Triumphgeste.

Als Lucy einen Dankesschrei ausstößt, drückt Merles Gesicht sämtliche Verzweiflung aus, die Fis eigenes zeigen müsste – oder sollte, wäre sie nicht zu erschöpft für jedwede Reaktion. Die anderen drei rücken ihre Mimik zurecht und blicken sie mit unterschiedlichen Abstufungen desselben Gefühls an: Mitleid.

»Ich kann das nicht glauben«, flüstert Fi, als teste sie aus, ob die Neuigkeit sie nicht nur ihres Grundstücks, sondern womöglich auch ihrer Stimme beraubt hat. Ihr kommt der Gedanke, dass selbst ein Urteil, das gegen einen gefällt wird, der Hölle des Nichtwissens vorzuziehen ist – obwohl sie sich sicher ist, dass sie am nächsten Tag anders darüber denken wird, wenn sich der erste Schock gelegt hat und sie das wahre Ausmaß erkennt.

David fährt fort, sie auf den neuesten Stand der Dinge zu bringen: »Emma wird jetzt Dixon Boyle anrufen und eruieren, wo das Geld steckt, aber es ist ein unwiderlegbarer Fakt, dass der geforderte Betrag heute Morgen das Treuhand-Anderkonto verlassen hat und die Zahlung bestätigt wurde, als er kurz vor zwölf von ihrem abgebucht wurde. Wenn jemand einen Zahlendreher drin hatte, als sie es den Lawsons schickten, wird das natürlich nachverfolgt und richtiggestellt werden – realistischerweise am Montag.« Er sieht Fi nicht ohne Mitgefühl an. »Im Grunde könnte das Ihre Chance sein, Widerspruch einzulegen und sie dazu zu bringen, das Geld einzufrieren, während Sie die Situation klären. Oder falls es dafür schon zu spät sein sollte, schlägt Emma vor, Sie sollten erneut mit der Polizei sprechen und sich einen Anwalt besorgen, der Ihnen mit einer Betrugsklage gegen Ihren Ehemann – oder wer auch immer der Schuldige sein mag – helfen und versuchen kann, Sie auf diese Weise zu entschädigen. Es tut uns allen wirklich sehr leid, dass Sie diese Tortur durchmachen müssen.«

Da Fi nach Worten ringt, blickt er für eine Antwort zu Merle.

»Es ist nicht das Geld«, sagt Merle in einem neuen Tonfall, nicht mehr feindlich, sondern auf Augenhöhe, von einem Anwohner zum anderen. »Es ist das Haus. Ich bin sicher, dass Sie das verstehen. Das hier ist Fis Haus, das Zuhause ihrer Kinder, und das seit langer Zeit.«

»Es tut mir leid – das tut es wirklich –, aber es gehört nicht mehr ihr«, sagt David.

Stille.

»Wir müssen jetzt gehen«, sagt Fi wie benommen zu Merle.

»Sie meinten, da wäre eine Wohnung?«, sagt Lucy. »Können Sie heute Nacht dort schlafen?«

»Wir gehen zu mir rüber«, erwidert Merle. »Wir müssen in der Nähe sein für den Fall, dass noch etwas passiert.«

»Vielleicht sollten wir uns am Montagmorgen noch einmal

treffen, wie Sie vorgeschlagen haben, und versuchen, uns einen Reim aus all dem zu machen. Was auch immer wir tun können, um Ihnen zu helfen, dieses Rätsel zu lösen, werden wir tun, nicht wahr, David?«

»Natürlich«, pflichtet er ihr bei.

Es ist schon gelöst, denkt Fi, während sie ihre Handtasche nimmt. Dann erinnert sie sich an ihre Reisetasche auf dem Boden vor dem Herd, der einzige greifbare Beweis, dass ihr Leben davor überhaupt stattgefunden hatte.

Als Merle und sie gehen, kommt es ihr vor, als habe sich die Stimmung im Haus verändert, als akzeptierte es bereits den Umstand von neuen Besitzern. Die Vaughans werden bald mit dem Auspacken beginnen und es wie ihr eigenes behandeln – dieses Durcheinander aus Komplikationen mag den Übergang verzögern, ihn aber nicht aufhalten. Sie verbietet sich jeden Gedanken an Leo und Harry, dass sie womöglich nie wieder streitend, lärmend, darum bettelnd, länger aufbleiben zu dürfen, die Treppe hinabstürzen werden. Dass ihnen das Recht verwehrt wurde, sich von ihren Zimmern zu verabschieden, von ihrem ersten Zuhause. Sie verbietet sich diese Gedanken, ist sich jedoch des Instinkts bewusst, der unter der Oberfläche lauert und ihr zuflüstert, dass sie *irgendwann* kommen werden. Adrenalin wird den Damm brechen und sie mit hämmernden Fäusten zurück zu dieser Tür treiben.

Ihr kommt in den Sinn, dass die Vaughans sie nicht um die Schlüssel gebeten haben, und sie fragt sich, ob sie die Schlösser austauschen werden aus Angst, sie könnte sich in den kommenden Tagen selbst Zutritt verschaffen. (Sie könnte vielleicht im Spielhaus übernachten und den Kreis schließen, der an jenem Abend im Juli begann.)

Sie kann sich nicht durchringen, die Tür hinter sich zu schließen, sondern zieht sie nur am Rand des Riegels leicht zu sich heran, wie sie es im Lauf der Jahre schon Tausende Male getan hatte, und es bleibt Merle überlassen, es für sie zu tun.

»Gib nicht auf«, sagt Merle, und ihre Augen blitzen entschlossen. »Es ist noch nicht vorbei.«

Zwischen Genf und Lyon, 18:00 Uhr

Der Zug rast durch die Dunkelheit, fährt von einem Land in ein anderes, keines davon ist seins. Es ist zu dunkel, um irgendetwas entlang der Strecke zu sehen, selbst wenn er wollte, doch er spürt die veränderten Geräusche und den Druckausgleich, als der Tunnel durch die Alpen beginnt. Er vermeidet jeden Augenkontakt mit den anderen Reisenden, den Familien und Skifahrern und der schweigsamen Mehrheit, deren Reisegründe er nur erahnen kann.

Sein Handy, SIM-frei und streng genommen das Eigentum seines (früheren) Arbeitgebers, spielt eine Diashow an Fotos und Videos seiner Jungen ab. Er sieht sich den Film an, den er beim Weihnachtskonzert gedreht hat, doch der Klang ihrer eifrigen Stimmen, der Anblick ihrer arglosen Gesichter ist zu schmerzhaft, und er muss ihn schließen.

Dann eben Musik – ohne Bilder. Er drückt auf ZUFALLSWIEDERGABE, und das erste Lied, das ausgespuckt wird, ist ein Oldie, »Comin' Home Baby« von Mel Tormé. Er hat so wenige sentimentale Lieder zwischen all dem Progressive Rock und dem Folk aus den Achtzigern und Neunzigern und den Lieblingsliedern aus seiner Jugend, dass es grausam erscheint, dass ausgerechnet dieses abgespielt wird. Es hätte von Mike höchstpersönlich ausgewählt sein können, um ihn zu quälen.

Ich hasse dich, denkt er. *Ich hasse dich mit solcher Inbrunst, dass ich jetzt erkenne, noch nie zuvor in meinem Leben jemanden gehasst zu haben. Nur dich.*

Selbst jetzt, wenn er eine Möglichkeit sähe, es zu tun, ohne die Dinge für Fi noch schlimmer zu machen, als sie es sowieso schon sind, würde er aus diesem Zug steigen, nach Hause fliegen und ihn umbringen.

44

Bram, Word-Dokument

Neues Jahr, neue Vereinbarungen, die es angesichts der Durchführung eines schweren Betrugs zu treffen galt.

Wendy und ich trafen unseren Anwalt zum ersten und letzten Mal am Freitag, dem sechsten Januar, um die Verträge zu unterschreiben, bevor sie an die Gegenpartei weitergeleitet wurden. Wir saßen nebeneinander an seinem Schreibtisch in dem kleinen, schäbigen Büro über einem Käseladen im Crystal Palace. Graham Jenson mit seinen wässrigen Augen und der niedergedrückten Körperhaltung machte den Anschein, als habe er seine Lebensmitte mit einem sehr viel grausameren Erleben von Niederlagen erfahren, als er es sich erhofft hatte, was meine eigene Stimmung zu einem unangenehmen Grad widerspiegelte. Unter anderen Umständen hätten wir uns vielleicht über ein paar Pint unsere Lebensgeschichten erzählt und um die Aufmerksamkeit seiner flotten Praktikantin Rachel gebuhlt.

Stattdessen legte ich zwei Pässe auf den Schreibtisch: meinen und Fis.

»Wir können von Glück reden, dass sie als Nachweis keinen Führerschein verlangen«, sagte Wendy in einem vielsagenden Flüstern zu mir. Ihre Finger huschen über den Tisch zu meinem Pass, und während sie ihn auf die Seite mit dem Foto umdreht, berührt sie meinen Arm, als erinnerte sie sich voll Zärtlichkeit an diese jüngere Version ihres Ehemanns. In ihrer Interpretation unseres perversen Rollenspiels waren wir nicht getrennt, sondern sehr wohl noch zusammen.

Was »ihr« Foto betraf, musste ich es nicht an ihr Gesicht halten, um zu wissen, dass sie genug getan hatte. Wenn auch deutlich weniger attraktiv und mindestens fünf Kilo schwerer als Fi, war ihre Gesichtsform ähnlich genug, um als sie durchzugehen. Sie hatten beide dunkle Augen und blonde Haare – Wendy hatte sich ihre gefärbt, um Fis gedeckteren Farbton nachzuahmen, und sich einen Pony schneiden lassen, um ihre dünneren, höher liegenden Augenbrauen zu verdecken. Fi hatte ein süßes spitzes Kinn, aber es war kein vorherrschendes Merkmal und nichts, was einem zufälligen Beobachter – etwa einem staatlich vereidigten Immobilienanwalt mit der Befugnis, Millionen von Pfund abzuwickeln – aufgefallen wäre. (Sie sollten Bluttests verbindlich vorschreiben, dachte ich, oder Fingerabdrücke.) In unserem Fall wurde nur der oberflächlichste Vergleich zwischen der Pass-Fi und der Fake-Fi angestellt, das Abheften von Fotokopien offensichtlich als Einhaltung der gebührenden Sorgfaltspflicht erachtet.

Ich steckte die Pässe wieder ein. Beide würden bei nächstbester Gelegenheit im Ordner in der Trinity Avenue landen.

»Na schön, ich schätze, wir haben es fast geschafft«, sagte Jenson zu uns. Der Papierkram war erledigt, sämtliche Rückfragen waren beantwortet, die vielen Überprüfungen der Verkäufer vonstattengegangen. Wendy überprüfte mehrmals die Angaben des Bankkontos, auf das die Restsumme bei Abschluss des Kaufvertrags überwiesen werden würde, sobald die Hypothek getilgt und die Maklergebühren und das Honorar des Anwalts automatisch abgeführt waren. (So wie ich die Betrugsmasche von meiner eigenen Recherche verstanden hatte, würde das Geld wenige Minuten auf einem in Großbritannien gemeldeten Konto bleiben, bevor es zu einer nicht zurückverfolgbaren Offshore-Bank überwiesen wurde.) Wir bestätigten, dass Challoner's sich darum kümmern würde, den Energieversorger zu wechseln, wobei sie die strikte Anweisung hatten, dass sämtliche Endabrechnungen digital und, wie die übrige Korrespondenz, an »unseren gemeinsamen« geheimen E-Mail-Account geschickt werden sollte.

»Dann lassen Sie uns die Verträge unterschreiben«, sagte Jenson, und ich wusste, dass es nur meiner Einbildung geschuldet war, doch bei ihm klang es wie ein Todesurteil.

»Wie aufregend!«, sagte Wendy mit einem leichten Zittern des Frohlockens zu mir.

»Hmm.« Als ich Augenkontakt mit ihr aufnahm, stellte ich mir Fis Abscheu anstelle von Wendys gespielter Hingabe vor, die gesamte Zurücknahme jeglichen Vertrauensbonus, den ich womöglich noch bei ihr genossen hatte, das letzte Fünkchen Hochachtung für mich.

Mit meiner Unterschrift verhökere ich unser Haus! Hier und jetzt, in diesem Augenblick tue ich genau das.

Unvermittelt traf mich ein Moment der grotesken Wahrheit: Wie konnte ich jemals nur so kurzsichtig gewesen sein? Hätte ich mich sofort nach dem Silver-Road-Vorfall gestellt, wäre ich ins Gefängnis gekommen, aber das Verbrechen – und die Bestrafung – hätten zumindest an diesem Punkt geendet. Stattdessen war es immer größer geworden und hatte entsetzliche Auswüchse angenommen. Genau so funktionieren menschliche Katastrophen: Man fängt an, einen Fehler zu kaschieren, und endet schließlich hier, als Täter Hunderter weiterer Fehler. Um ein paar Jahre in einer Zelle zu vermeiden, opfert man sein ganzes Leben – zumindest solange man gewillt ist, diesen Mist von einem Dasein zu ertragen.

Hau ab, befahl ich mir. *Hau ab, bevor du irgendetwas unter-*

schreibst, vor dem Austausch der Verträge. Ich würde den gefälschten Ausweis nicht erhalten, der an den Verkaufsabschluss geknüpft war, aber es gab nichts, was mich davon abhielt, meinen richtigen zu benutzen oder irgendwo in Großbritannien unterzutauchen – immerhin war ich nicht auf Kaution auf freiem Fuß.

Tu es jetzt. Verschwinde!

Dann würde Mike sich aber an Leo und Harry rächen, oder? Könnte ich die Polizei vorwarnen? Sie irgendwie schützen lassen?

Nein, die Polizei hätte ein viel größeres Interesse an *mir*.

»Du bist dran mit unterschreiben, Babe.« Wendy zeigte auf die freie Stelle neben ihrer Unterschrift, eine beeindruckende Kopie von Fis, die sie im Lauf der vergangenen paar Wochen perfektioniert hatte. »Du zitterst ja«, fügte sie zärtlich hinzu. »Das sind wohl noch die Nachwirkungen der Grippe. Über Weihnachten und Silvester war er völlig ausgeknockt«, erklärte sie Jenson.

»Mir geht's gut«, protestierte ich. Verrückt, in Anbetracht des Ausmaßes ihres Diebstahls, aber ich widersprach ebenso heftig dem Lügengespinst, mit dem sie eine Vertrautheit unseres Lebens als Pärchen heraufbeschwor.

Ich unterschrieb.

Das träge Auftreten und die Unzulänglichkeit unseres Rechtsvertreters zeigten sich deutlich in seinen gelangweilten Glückwünschen. »Ein bisschen zu früh, um darauf anzustoßen«, fügte er mit sichtlicher Betroffenheit an.

»Vielen Dank«, erwiderte Wendy und ahmte seinen nicht gerade überschwänglichen Tonfall nach. »Wir freuen uns darauf, von Ihnen zu hören, sobald die Verträge gegengezeichnet wurden.« Sie war sehr gut. Entspannt, höflich, aber irgendwie nichtssagend. Unscheinbar. Nicht die Frau, die an der Bar im Two Brewers meine Aufmerksamkeit erregt hatte.

»Kopf hoch«, munterte sie mich auf, als wir die Straße erreichten. »Hier, lass mich dir rasch einen Kuss geben, nur für den Fall, dass uns Wie-auch-immer-sein-Name-ist vom Fenster aus beobachtet. Auch wenn er das nicht tun wird. Er ist nicht gerade die hellste Leuchte auf der Torte, findest du nicht auch?«

»Das ist der Grund, weshalb Mike ihn ausgesucht hat«, murmelte ich. »Tu nicht so, als wüsstest du das nicht.«

»Es gibt keinen Grund, gleich so grantig zu sein«, erwiderte Wendy.

Kein Grund, grantig zu sein? Meinte diese Frau das ernst? Als sie den Kopf hob, um mich auf den Mund zu küssen, presste ich die Lippen zusammen. Der Verkehr bremste beim Umschalten der Ampel ab, der Nieselregen verwandelte das Dröhnen in eine Art ersticktes Seufzen.

»Spielverderber«, sagte sie. »Wenn ich jetzt deine Ehefrau bin, sollte ich wohl meine ehelichten Rechte einfordern, oder? Deine Wohnung ist doch nur einen Katzensprung von hier entfernt.«

»Wir haben gerade gemeinsam ein Haus gestohlen«, sagte ich erbittert. »Nicht geheiratet.« Flüchtig kehrten meine Gedanken zum Weihnachtsabend zurück.

Schubs die diebische Elster vor einen Bus, dachte ich. So, wie der Verkehr an der Ampel Gas gab und knapp neben uns am Bürgersteig vorbeipreschte, mit Fahrern, die blind hinter beschlagenen Windschutzscheiben saßen, und Fahrgästen, die stur auf ihre Handys starrten, wäre es ein Kinderspiel.

Na gut, dann würde ich eben für zwei Tote anstelle von einem angeklagt werden, aber was spielte das noch für eine Rolle?

Es gab ein letztes Treffen mit Mike, eine surreale Angelegenheit, die so freundschaftlich anfing, dass die Illusion von gemischten Gefühlen in mir aufstieg – als wären wir Partner, die ein Geschäft abwickelten, für das wir einmal beide gleichermaßen gebrannt hatten.

»Was ist mit Fi?«, fragte ich. »Sie sagten, Sie würden mit ihr wegfahren, aber sie hat noch nichts gesagt.«

»Alles unter Dach und Fach«, erwiderte er. »Ich bin von Mittwochnachmittag bis Freitagabend mit ihr unterwegs. Sobald das Geld da ist, spätestens am frühen Freitagnachmittag, wird Wendy Ihnen Ihren Krempel in die Wohnung bringen. Dann können Sie sich aus dem Staub machen.«

Ausnahmsweise einmal war Mikes saloppe Sprache tröstlich.

»Krempel«, nicht »illegaler Pass und die Beweise der Erpressung«, die seit drei Monaten wie eine Schlinge über mir baumelten. »Sich aus dem Staub machen«, nicht »um mein Leben rennen«. Ich nahm an, Wendy und er würden sich am Freitagabend Richtung Dubai aus dem Staub machen, um ihren Gewinn zu verprassen, und sich gerade in Heathrow die Gurte anlegen, wenn Fi heimkam und Fremde in ihrem Zuhause vorfand, die nun dort wohnten.

»Wohin fahren Sie mit ihr?«

»Da muss ich einen Blick in die Kaffeekasse werfen«, sagte er, »mal sehen, was wir uns leisten können.«

Die Kaffeekasse, die ich bereitgestellt hatte.

Ich hatte längst meinen eigenen Topf aufgemacht und den Rest meiner Ersparnisse eingezahlt. Von jetzt bis zu meinem letzten Tag würde ich jeden Penny von meinem eigenen Konto abheben, minus dem Anteil, der am Ende des Monats auf unser gemeinsames Sparkonto überwiesen wurde. Das gemeinsame Konto würde ich nicht anrühren – offensichtlich keine noble Geste angesichts dessen, was ich mir tatsächlich nehmen würde, aber dennoch eine Geste, so unbedeutend, wie sie auch sein mochte.

»Und ist für Donnerstag«, fragte Mike, »alles vorbereitet, damit

Sie sich den Tag Arbeit freinehmen und das Haus ausräumen können?«

»Ja. Aber wir müssen damit rechnen, dass Fi eine Textnachricht von Nachbarn bekommt, die sie vorwarnen, dass hier etwas im Gange ist. Ich werde es gewiss nicht schaffen, ein riesiges Haus zu leeren, ohne dass es jemandem auffällt.«

»Guter Einwand. Binden Sie einfach allen neugierigen Nachbarn auf die Nase, dass Sie sie mit einer Renovierung überraschen wollen, und falls sie mit ihr sprechen, sollen sie die Klappe halten. Könnte das funktionieren?«

Ja, das könnte klappen. Diejenigen in der Straße, die von der Trennung wussten, wussten auch, dass wir einen freundschaftlichen Umgang pflegten. Sie wussten auch, dass ich der schuldige Part war – es wäre also kein allzu ungewöhnlicher Schritt von mir, den Versuch zu wagen, sie mit einer großen symbolischen Geste zurückzugewinnen. »Was, wenn Fi sich so kurzfristig nicht freinehmen kann, so bald nach Weihnachten?«

»Dann werde ich sie überreden, einfach blauzumachen. Sollte kein Problem sein.«

Ich versteifte mich. Er war auf so widerliche Art überzeugt von seinen Überredungskünsten, dass er mir mein Haus stehlen und gleichzeitig meine Frau ablenken konnte, indem er mit ihr in einem Hotel abstieg und mit ihr vögelte.

»Oh, Bram«, sagte er, als er meine niedergeschlagene Stimmung spürte und noch genüsslich darauf herumtrampelte. »Wer hätte gedacht, dass Sie als derselbe Loser wie Ihr Vater enden würden?«

Mit einem Mal war jegliche Illusion von Kameradschaft wie weggeblasen, und ich packte ihn am Kragen, meine Fingerknöchel an seiner Kehle. Wäre ich der Stärkere gewesen, dann hätte ich seinen Kopf in die Hände genommen und ihn gegen die Wand geschlagen. Aber das war ich nicht, und er hielt mich am ausgestreckten Arm, bis ich losließ und taumelnd zurückwich. »Warum haben Sie die Liste beim Haus eingeworfen?«, zischte ich.

»Was? Sie war doch an Sie adressiert, oder?«

»Dachten Sie, Fi würde das nicht mitbekommen? Natürlich weiß sie davon – sie weiß alles über mich.«

»Nicht alles, Bram. Nicht die Vorstrafe wegen Körperverletzung, hm? Und nicht das von *uns*. Das hoffe ich zumindest.« Er gluckste, ehrlich amüsiert. Er war ein mieses Schwein, durch und durch. Fast so grausam wie das, was er gerade tat, war die Einsicht, dass nichts von alledem, kein einziger Penny vom Haus, kein einziger Moment mit Fi persönlicher Natur war.

Es hätte jeder sein können.

»Fionas Geschichte« > 02:38:27

Neues Jahr, neues Level bei Toby. Er lud mich für ein paar Tage in ein schickes Hotel in Winchester ein. Den Ausdruck »romantischer Kurzurlaub« werde ich nicht benutzen, nicht heute. Ich weiß, der Zug ist längst abgefahren, dass ich mir irgendetwas auf meine Menschenkenntnis einbilden könnte. Lassen Sie mich wenigstens anfügen, dass ich nicht überstürzt zugesagt habe. Ich hatte Zweifel: Unsere regelmäßigen Samstage waren das Eine, aber zwei Nächte fort von zu Hause etwas Anderes. Ich wandte mich sogar an Polly um Rat, denn ich baute unbewusst darauf, dass sie es mir ausreden würde.

»Fahr«, sagte sie. »Ist doch nichts dabei.«

»Auf einmal schlägst du einen anderen Ton an?«, fragte ich.

»Es ist nur ein Urlaub! Ich an deiner Stelle würde ihn gut nutzen.«

»Ihn nutzen?«

»Ja. Um die Wahrheit herauszufinden. Schau in seinem Geldbeutel nach, in seinem Handy.«

»Wonach, Polly?«

»Nach Fotos seiner Ehefrau, Fi.«

Ich stöhnte. »Vielleicht sollte ich mich auch verkabeln lassen?«

»Du kannst doch nichts verlieren. Wenn du herausfindest, dass er nicht verheiratet ist, toll. Wenn du herausfindest, dass er es ist – und ich meine, wirklich mit ihr zusammenlebt, kein Nestmodell oder irgendein neumodischer Schnickschnack – nun, dann ist es doch besser, es zu wissen.«

»Vielleicht solltest du an meiner Stelle fahren.« Ich lachte.

Später erinnerte sie mich an meine Worte. »Bram hätte das alles nie tun können, wenn du die ganze Zeit über im Haus gewesen wärst«, sagte sie. »Er hat die Sorgerechtsregelung gegen dich verwendet.«

»Im Nachhinein ist man immer schlauer«, erwiderte ich.

War ich gerade dabei, mich in Toby zu verlieben? Ich glaube nicht, nein. Oh, keine Ahnung. Vielleicht ein bisschen, während des kleinen Miniurlaubs. Aber was spielt das schon für eine Rolle? Abgesehen davon, mit Ihnen über ihn zu reden, habe ich mein Bestes gegeben, nicht mehr an ihn zu denken.

Was die Arbeit betraf, war das Timing perfekt, insofern, dass eine Präsentation, an der ich mit Clara arbeitete, an unser Designbüro geschickt werden musste, und da das Feedback Anfang der folgenden Woche zu erwarten war, gab es für mich eine natürliche Pause.

»Ich müsste mich um die Betreuung der Jungs kümmern«, sagte ich zu Toby. »Sonst kann ich nicht mitkommen.«

»Dein Ex könnte einspringen, oder? So wie ich das sehe, hat er seine anfängliche Ablehnung uns gegenüber aufgegeben.«

»So könnte man es auch sagen.«

Selbst wenn Bram keine Zeit hätte, wusste ich, dass eine der Großmütter oder Nachbarinnen einspringen würde, doch er stimmte anstandslos zu, überglücklich, der Familie den Vorrang vor der Arbeit zu geben, und jedes noch so kleine Detail ihrer Betreuung zu übernehmen. Trotzdem fragte ich bei Alison an, nur für alle Fälle.

»Du hast mir gar nicht erzählt, wie Weihnachten lief«, sagte sie, als ich kurz auf einen Kaffee bei ihr vorbeischaute. »Mit Bram.«

»Es war schön. Um ehrlich zu sein, versuche ich immer noch zu vergessen, *wie* schön es war.«

»Alles klar. Aber sonst hat sich nichts geändert?«

Ich zögerte, während ich den glänzenden Stein ihrer Kücheninsel bewunderte, die erlesenen Rosen in der bauchigen Vase, die ich vor vielen Jahren aus unserer recycelten Keramiklinie ausgewählt hatte.

Sie stieß ein reumütiges Seufzen aus und fuhr sich mit gespreizten Fingern durch das blonde Haar, das wie meines mit Strähnchen durchzogen war, um das Grau zu vertuschen. »Ich sage nicht, dass ich mir Hoffnungen gemacht habe, aber, du weißt schon, als ihr nach dem Weihnachtskonzert zusammen bei Kirsty aufgetaucht seid …«

»Ich weiß. Wie in alten Zeiten.« Ich blickte auf. »Aber nein, es hat sich nichts geändert. Es ist zu spät.«

Wir verfielen in Schweigen, fast ein stilles Gedenken.

Apropos, wo ich schon vom Verlieben spreche, es ist fast so schwer, genau zu bestimmen, wann man sich *entliebt* hat, nicht wahr? Ich bin der festen Überzeugung: Nur weil das passiert, gibt es einem nicht das Recht, zu bestreiten, dass die Liebe jemals da war.

Ich mag vieles sein, aber ich bin keine Revisionistin.

#OpferFiona

@DYeagernews: Wie wahr! Allmählich fange ich an zu hoffen, dass die beiden wieder zusammenkommen … #Bram&Fi

@crime_addict @DYeagernews: Das ist nicht Ihr Ernst, oder? Sie sind ja genauso schlimm wie sie!

Bram, Word-Dokument

Der Anwalt teilte uns in einer E-Mail mit, dass die Verträge ausgetauscht waren. Die zehnprozentige Anzahlung der Käufer – zweihunderttausend Pfund, eine Summe, bei der mir die Medikamente halfen, sie mir in Pokédollars vorzustellen – war eingetroffen, und die abschließenden Unterlagen waren an ihre Anwältin geschickt worden. Der Abschluss war auf den folgenden Freitag, den dreizehnten Januar, festgelegt worden (es war viel zu spät, um auf das schlechte Omen dieses Datums hinzuweisen), das Guthaben – minus der Hypothekenschuld, den Gebühren des Maklers, den Anwaltskosten und anderen Auslagen – war pünktlich um ein Uhr mittags zu erwarten. Fast eine Million sechshunderttausend Pfund.

Am Samstag, dem siebten Januar, traf Rav die Vaughans für eine letzte Begutachtung am Haus, doch ich entschied mich, nicht anwesend zu sein, sondern brachte die Jungs gleich nach dem Schwimmunterricht zum Mittagessen zum Pizza Express.

»Es ist nicht real«, war mein neues Mantra.

Am nächsten Tag, meinem allerletzten Sonntagmorgen im Haus, trat Sophie Reece genau in dem Moment an den Gartenzaun, als ich die Jungs nach einer Radtour im Park zurück ins Haus scheuchte.

»Alles in Ordnung?«, fragte ich und kam einen Schritt auf sie zu.

»Ja, alles gut. Außer dass ich gestern fast die Polizei gerufen hätte!«

Warum zum Teufel das denn?

»Warum?«

»Da standen ein paar Leute direkt vor eurem Fenster, und ich wusste, dass ihr beim Schwimmen seid. Sie sahen völlig normal aus, aber Einbrecher sind heutzutage so verschlagen, nicht wahr? Haben Werkzeug dabei, als würden sie Installationsarbeiten durchführen, oder geben vor, wegen dem Ausmessen der Vorhänge zu kommen, solches Zeug.«

Ich lächelte sie an. »Das muss mein Freund Rav gewesen sein. Er ist Raumausstatter. Nächste Woche wird er ein paar Arbeiten für mich erledigen, also wirst du vielleicht auch einen Teil seines Teams zu Gesicht bekommen. Er war mit ein paar Klienten hier, um mit ihnen seine Pläne durchzugehen.«

»Ah, alles klar. Wie gut, dass ich es dann sein gelassen habe. Es heißt immer nur, man könne nicht vorsichtig genug sein, aber im Grunde kann man es schon, nicht wahr? Er ist ziemlich gut gekleidet für einen Raumausstatter«, fügte sie hinzu.

»Ja, nicht wahr?« Jahrzehnte im Vertrieb hatten mich gelehrt, dass es keinen effizienteren Weg gab, ungewollte Nachfragen im Keim zu ersticken, als einfach zuzustimmen. »Er ist mehr eine Art Designer – die eigenen Hände macht er sich nicht mehr schmutzig. Apropos, es sollte eine Überraschung für Fi werden, ich wäre dir also wirklich dankbar, wenn ...«

Sie riss die Augen auf, wie es Frauen häufig tun, wenn ihnen ein Geheimnis anvertraut wird. »Oh! Natürlich. Ich habe sie schon seit einer Ewigkeit nicht mehr gesehen. Du weißt, wie das ist.«

»Jeder ist so schrecklich beschäftigt«, stimmte ich ihr zu.

Jetzt musste ich nichts mehr weiter tun, als den Lagerraum zu mieten, den Umzugsservice zu bestellen und die Habseligkeiten eines ganzen Lebens zu packen, ohne dass meine Familienmitglieder oder Arbeitskollegen davon Wind bekamen.

Obwohl ich so diskret wie möglich vorging, hörte Neil zufällig mit, wie ich einen Anruf annahm, und drückte sich an meinem Schreibtisch herum, bis ich auflegte. »Was ist los? Du ziehst doch nicht etwa um, oder?«

»Nein, nein, ich helfe nur meiner Mutter. Sie will ein paar Sachen einlagern.«

Würde die Polizei ihn vielleicht befragen, überlegte ich mir, und herausfinden, dass es keine derartige Vereinbarung gegeben hatte? Es spielte keine Rolle. Er könnte ihnen erzählen, was auch immer er gehört hatte, Wort für Wort. Zu dem Zeitpunkt wäre ich längst über alle Berge.

»Genauso gut könnte sie es gleich wegwerfen«, sagte er. »Ich weiß, das hört sich hart an, aber anscheinend macht sich der Großteil der Menschen, die Zeug einlagern, nicht die Mühe, es jemals wieder abzuholen. Ich bin überrascht, dass sie es nicht spendet, als gute Christin, die sie ist.«

»Es ist nur Schnickschnack«, erwiderte ich vage. »Niemand würde das haben wollen.«

»Ist das der Grund, warum du dir Donnerstag und Freitag freinimmst?«

»Teilweise.«

Seine Augen verengten sich zu Schlitzen. »Aber sonst ist alles gut? Ich meine, gesundheitlich.«

»Ja, alles in Ordnung. Abgesehen von der Wahnvorstellung vom ewigen Leben, natürlich.«

»Nicht sie, du Idiot. *Du*. Und ich meine nicht dein mysteriöses Virus.«

Was er meinte, war wohl der Alkohol. Meine hängenden Wangen und blutunterlaufenen Augen, die nachmittägliche Bierfahne.

»Nein, mir geht's schon viel besser«, sagte ich.

Er hatte ein wachsames Auge auf mich – so viel war offensichtlich –, und nicht nur als profitgieriger Verkaufsleiter, sondern auch als Freund. Der Umstand, dass ich ihn in beiden Bereichen enttäuschen würde, war aus irgendeinem Grund schlimmer, weil ich wusste, dass er es mir nicht nachtragen würde. Vielleicht fände er sogar einen Weg, mir zu verzeihen.

45

»Fionas Geschichte« > 02:41:48

Es ist eine Ironie des Elterndaseins, dass es tausend Mal leichter ist, mit jemandem, der nicht der eigene Ehemann ist, ein Wochenende allein zu planen, als wenn man mit ihm verheiratet ist. Damals hätte eine Reise mit Bram, die sich über drei Schultage erstreckte, nach churchillianischer Verschlagenheit oder einer Armee an Helfern verlangt, aber heutzutage, wo er mein Ex ist, musste ich nichts weiter tun, als ein fünfminütiges Gespräch zu führen, und ich war frei wie ein Vogel.

Am Mittwochmorgen, nachdem ich die Kinder zur Schule gebracht hatte, machte ich einen kurzen Abstecher zur Wohnung, um ein Paar Stiefel zu holen, die ich am Wochenende dort vergessen hatte und für Winchester brauchte, wobei ich mit meiner Annahme korrekt lag, dass Bram bereits auf dem Weg zur Arbeit war. Im Vergleich zu den strikten Regeln, was das Auftauchen in der Trinity Avenue an Tagen betraf, die einem nicht »gehörten«, gab es lächerlich wenige, wenn überhaupt irgendwelche für Baby Deco. Warum sollten wir dorthin wollen, außer man war des Hauses verwiesen? So lautete der ursprüngliche Gedanke, und dennoch war das winzige Apartment allmählich zu einem zweiten Zuhause geworden.

Als ich aufsperrte, schlug mir sogleich ein Schwall abgestandener Zigarettengestank entgegen. Bram rauchte offensichtlich immer noch und musste sich ziemlich ins Zeug gelegt haben, um beim Wohnungswechsel jedes Mal ausreichend zu lüften, da ich den Geruch bei meiner freitäglichen Ankunft nie bemerkt hatte. Die Badezimmertür stand offen, Wasser hatte sich nach dem Duschen auf dem Fliesenboden gesammelt, und getragene Kleidung lag verstreut vor dem ungemachten Bett. Auf dem kleinen Tisch im Zimmer fiel mir eine grün-weiße Papiertüte von der Apotheke auf der Hauptstraße ins Auge.

Ich hätte nicht hineinschauen dürfen – das müssen Sie mir nicht sagen, es war zugleich eine Verletzung seiner Privatsphäre als auch pure Heuchelei –, aber ich habe es getan. In der Tüte befand sich ein halbes Dutzend identischer Schachteln eines verschreibungspflichtigen Medikaments, und ich holte eine heraus, um sie mir genauer anzusehen. Mir war der Name des Medikaments – Sertralin –, von dem Bram dem Rezept nach täglich fünfzig Milligramm einnehmen sollte, nicht geläufig, und natürlich hatte ich mir zu dem Zeitpunkt, als ich nach meinem Handy griff, bereits erfolgreich eingeredet, er sei ernstlich krank. Die Lügen, die er mir aufgetischt hatte, seine übermäßige Verzweiflung, als ich ihn damit konfrontierte: Hatte er mich die ganze Zeit über vor etwas viel, viel Schlimmerem als seinem eigenen Versagen beschützt?

Und die Bemerkung, die ich bei dem Konzert hatte fallen lassen, dass er sich aufführte, als sei er todkrank! Wie hatte ich nur so gefühllos sein können?

Ich googelte »Sertralin« mit dem Hintergedanken, dass ich diesen Kurztrip mit Toby absagen und auf Bram warten würde, bis er wie geplant die Jungs abholte, falls ich recht behielt. Wir würden besprechen, wie wir die Situation regeln, sie gemeinsam durchstehen könnten.

Da erschienen die Suchergebnisse: Es war ein Selektiver Serotonin-Wiederaufnahmehemmer, ein Antidepressivum, das bei Angstzuständen und Panikattacken eingesetzt wird.

Einen Moment lang saß ich reglos auf dem Bett. Angstzustände und Panikattacken, verursacht wodurch? Weil ich ihn verlassen hatte? Ich muss gestehen, dass dieser Gedanke eher Traurigkeit als Schuldgefühle in mir auslöste. Immerhin hatte er sich die Sache selbst eingebrockt, wie ich ihm an Heiligabend so grausam unter die Nase gerieben hatte, und er konnte von Glück reden, dass ihm sein Ausraster mit Toby verziehen worden war. Doch er war immer noch ein Mensch, und wir alle begehen Fehler, wir alle verletzen andere.

Ich entschied, dass das kein Grund war, den Mini-Urlaub abzusagen, aber ich würde am Samstag wie geplant mit ihm sprechen. Ich würde geschickt herausfinden, ob es irgendetwas gäbe, was ich tun könnte, um ihm etwas Last von den Schultern zu nehmen.

Inzwischen war ich spät dran. Ich stellte die Tüte von der Apotheke genau dorthin auf den Tisch zurück, wo ich sie gefunden hatte, sammelte meine Sachen zusammen und eilte zur Tür.

Bram, Word-Dokument

Am letzten Mittwoch, dem Tag, bevor ich das Haus ausräumen würde und – ohne das Wissen meiner Kollegen – mein letzter Tag in der Arbeit, bekam ich auf dem Handy einen Anruf von einer unbekannten Nummer.

»Könnte ich bitte mit Mr Abraham Lawson sprechen?«

Es war früher Vormittag, und ich saß an meinem Schreibtisch. Ich hatte keinen Kater, zumindest keinen offensichtlichen, und mein Gehirn funktionierte einwandfrei. *Abraham*, dachte ich. Niemand benutzte heutzutage meinen vollen Namen, was bedeutete, dass es jemand Offizielles sein musste. Die Polizei – definitiv. Eine Frau, also nicht der Detective, der mich in der Wohnung besucht hatte …

»Hallo?«

Sag was, Bram!

»Tut mir leid, er ist diese Woche nicht in der Arbeit«, sagte ich in meiner normalen Stimme, ungezwungen, höflich. »Mit wem spreche ich denn?«

»Detective Sergeant Joanne McGowan von der Serious Collisions Investigation Unit aus Catford. Ist das nicht sein Handy, das ich angerufen habe?«

»Es ist sein Arbeitshandy«, erwiderte ich. »In unserer Firma gibt man sein Handy ab, wenn man im Urlaub ist.« Eine Lüge – welche Firma würde so etwas im Jahr 2017 verlangen? »Ich kann seinem Team aber Bescheid geben und ihnen sagen, dass jemand Sie anrufen soll, wenn sie eine andere Nummer von ihm haben.«

Gib ihr nicht die Festnetznummer im Haus: Fi könnte noch dort sein!

»Wir haben seine Festnetznummer, aber im Moment geht niemand ran.«

»Ich schätze, sie sind nicht zu Hause«, sagte ich mit höflichem Mitgefühl, das die Abfolge von Panik und Erleichterung Lügen strafte, die ihre letzten Bemerkungen hervorgerufen hatte. »Vielleicht das Handy seiner Frau?«

Guter Schachzug, Bram. Wenn sie glaubt, Fi wäre mit dir weggefahren, wird sie vielleicht jeglichen Plan aufschieben, sie ebenfalls anzurufen.

»Vielen Dank. Ihre Nummer haben wir bereits. Wie lang wird Mr Lawson weg sein?«

»Ich glaube, jemand meinte, er wäre am Montag zurück.«

»Ist er in Großbritannien, wissen Sie das?«

»Äh, in Schottland, glaube ich?« Es war am besten, kein Ziel anzugeben, bei dem sie sogleich die Passagierlisten der Fluglinien überprüfen würden.

»Vielen Dank.« Sie legte auf.

Ich blieb ruhig. Sie wussten nichts, redete ich mir ein. Allerhöchstens hatten sie das Auto gefunden und ein paar zusätzliche Fragen an mich – so wenige, dass sie sie mir am Telefon stellten. Selbst im Worst-Case-Szenario würden sie mir bis Montag Zeit einräumen. Sie würden abwarten, bis ich von den Äußeren Hebriden zurück war, bevor sie die Handschellen um meine wettergegerbten Handgelenke zuschnappen ließen.

»Warum packst du alles in Kartons?«, fragte mich Harry am Donnerstagmorgen, als er und Leo zum Frühstück nach unten kamen. Ich hatte sie früh geweckt, um sie auf das Vorhaben vorzubereiten.

»Das wollte ich euch gerade verraten, aber nur, wenn ihr ein Geheimnis für euch behalten könnt.«

Sie gaben mir ihr Wort.

»Ich bereite eine Überraschung für eure Mama vor.«

Wenn ich befürchtet hatte, dies würde einer der schrecklichsten Momente meines Lebens werden, bei dem ich meine zwei Opferlämmer mit einer List dazu brachte, Freude über die Aussicht auf die drohende Schlachtbank zu äußern, hätte ich mir keine Sorgen machen müssen.

»Sie mag keine Überraschungen«, erwiderte Leo und schüttete sich Shreddies in eine Schüssel. »Ich würde das nicht tun, Dad.«

»Sie hasst Überraschungen«, pflichtete Harry ihm bei. »Außer wenn wir ihr einen Kuchen mit Karamellglasur backen.«

»Die hier wird ihr gefallen. Ich lasse das Haus renovieren.«

»Wann?«

»Heute und morgen. Deshalb werdet ihr zwei Tage bei Oma

Tina schlafen und – jetzt kommt das Beste – morgen schulfrei haben!«

Jetzt waren sie glücklich, oder zumindest Leo war es.

»Hat Mrs Carver gesagt, dass das in Ordnung geht?«, fragte Harry. Für einen solchen Wildfang war er sonderbar versessen auf eine offizielle Erlaubnis.

»Ja. Ich habe mit Mrs Bottomley gesprochen, und alle haben zugestimmt. Wenn ich euch also heute von der Schule abhole, fahren wir mit dem Bus gleich weiter zu Oma. Auf dem Weg rufen wir Mami an, aber nicht vergessen, kein Wort wegen der Überraschung. Oder dass ihr den Freitag freibekommt. Ich will nicht, dass sie sich Sorgen macht.«

Vor einer knappen Woche hatte ich meine Mutter eingeweiht, um von ihr (unwissentlich) die nächsten paar Tage gedeckt zu werden. Mit meiner Renovierungsidee von ganzem Herzen einverstanden, hatte sie angeboten, die Kinder am Freitag zur Schule zu bringen, damit die Jungs keinen Unterricht verpassten, aber ich hatte sie mit faulen Ausreden abgespeist. Ich konnte das Risiko nicht eingehen, dass sie beim Haus vorbeischaute und Fremde beim Einzug vorfand. Nicht mit den Jungen. So sollten sie es nicht erfahren.

Nach dem Frühstück schlug ich Leo und Harry vor, drei Lieblingsspielzeuge auszusuchen, die sie mit zu ihrer Oma nehmen wollten. »Ich bringe sie nach der Schule mit euren Schlafanzügen und ein bisschen Wechselklamotten für euren freien Tag morgen mit.«

Obwohl es eine ungewöhnliche Bitte war, gingen sie ans Werk, ohne ihren Vater zu bemerken, der ihnen bedrückt vom Türrahmen aus zusah.

»Ich brauche mehr als drei«, beschwerte sich Leo.

»Ich hab nur zwei«, rief Harry.

Weshalb ich vorschlug, Leo könnte Harry seinen abgeben. Natürlich protestierte Harry und wollte nun doch ein weiteres Spielzeug mitnehmen. Leo nannte ihn einen selbstsüchtigen Arsch, und ich unterband den Streit durch den Vorschlag, sofort zur Schule aufzubrechen und auf dem Weg einen Abstecher zur Bäckerei zu machen, um auf der Hauptstraße Schokocroissants zu kaufen.

Ignorier einfach, wie trostlos und verkommen und todunglücklich du dich fühlst, ermahnte ich mich.

Es ist nicht real.

Als passionierte Meisterin im Ausmisten hatte Fi das Haus im Lauf der Jahre regelmäßig entrümpelt, aber es war dennoch eine Herkulesaufgabe, all unsere Habseligkeiten einzupacken. Selbst mit zwei professionellen Umzugshelfern, die mir unter die Arme griffen, dauerte es den gesamten Tag, um die Möbel und Kisten in den Lagerraum in Beckenham zu bringen, den ich kurzfristig angemietet hatte, und den Rest unserer Kleidung und persönlichen Gegenstände in die Wohnung zu fahren.

Es regnete – natürlich –, als weinten die Götter aus Protest über meine Boshaftigkeit. Entweder das, oder sie halfen, mir die Nachbarn vom Leib zu halten. Sehr wenige kamen in dem Wolkenbruch heraus, um mich auszuquetschen, was hier los sei, und diejenigen, die es dennoch taten, schluckten meine Ausrede, in Gedanken schon in ihrem eigenen trockenen Flur.

Nur eine Begegnung am frühen Nachmittag mit Alison brachte mein Nervenkostüm gefährlich ins Wanken.

»Nicht bei der Arbeit?«, fragte ich sie und versuchte, mir das Entsetzen über ihr Auftauchen nicht anmerken zu lassen. Rocky war an ihrer Seite – dem klitschnassen Regenmantel und den Gummistiefeln nach zu urteilen, war sie gerade mit ihm Gassi gegangen –, und anstatt sein Frauchen in Richtung ihrer Haustür zu zerren, machte er es sich gehorsam zwischen uns bequem, als erwartete er ein langes Pläuschchen.

»Ich arbeite nur Montag bis Mittwoch, schon vergessen?«, sagte sie. »Oder zumindest werde ich nur für diese Tage *bezahlt*.«

Natürlich. Manchmal holt sie die Jungs für uns am Donnerstag ab, und Fi revanchiert sich freitags.

»Was zum Teufel ist hier nur los? Machst du dich etwa klammheimlich aus dem Staub?«

Ich schluckte schwer. »Ich lasse ein paar Renovierungsarbeiten durchführen.«

»Renovierungsarbeiten? Weiß Fi davon?«

Ich tätschelte Rockys feuchte Ohren und schickte ein Stoßgebet gen Himmel, dass ich nicht annähernd so erschrocken aussah, wie ich mich fühlte. »Nein, das ist doch Sinn und Zweck des Ganzen. Es ist eine Überraschung.«

»Sieht nach einem echten Stück Arbeit aus«, sagte Alison mit Blick an ihrer tropfenden Kapuze vorbei zu meinem Umzugswagen. »Warum musst du die Möbel wegbringen?«

»Weil ich alles auf einmal erledigen will – wir können sie nicht von einem Zimmer ins nächste tragen.«

»Könnt ihr sie nicht in der Mitte der Zimmer zusammenschieben und mit Planen abdecken? So machen wir das immer. Wohin kommt alles?«

»Nur in eine Lagerhalle drüben in Beckenham.«

»Wow. Da hast du aber ganz schön was vor! Wann kommt Fi aus Winchester zurück?«

»Morgen am späten Abend, aber sie kommt erst Samstagvormittag ins Haus. Wir haben einen echt straffen Zeitplan.«

Sie verengte die Augen, zog den Mund schief. »Das ist nicht straff, Bram – das ist unmöglich. Etwas in dieser Größenordnung dauert *Wochen*. Wie konntest du die Farben ohne ihre Vorgaben aussuchen? Ich hoffe, du hast kräftige Blau- und Grüntöne ausgewählt. Kein langweiliges Graubeige.«

Wäre es normal, einfach weiterhin solche Fragen zu beantworten, oder natürlicher, der Befragung einen Riegel vorzuschieben? »Alison, du wärst perfekt für die Gestapo gewesen ... Hat dir das schon mal jemand gesagt?«

Sie lachte. »Tut mir leid. Wahrscheinlich hätte ich nur gern, dass Fi nicht lockerlässt, wenn Rog eine solche Nummer abziehen würde.«

Wenn sie wüsste, was das hier in Wirklichkeit war!

»Sie wollte seit einer Ewigkeit renovieren«, sagte ich, »wie du wahrscheinlich nur zu gut weißt, und ein früherer Kollege von mir hat ein neues Geschäft eröffnet und mir einen Hammerpreis gemacht. Er ist jetzt mit seinem Team drinnen und legt schon mal los.«

Bei meinem offenkundigen Enthusiasmus legte sich eine Spur Nachsicht auf ihr Gesicht, und sie berührte meinen Arm mit ihrem durchnässten Handschuh. Sie glaubte wohl, ich wollte Fi zurückgewinnen, hatte vielleicht von Weihnachten gehört. »Bram, ich hoffe, damit beuge ich mich jetzt nicht zu weit aus dem Fenster, aber du weißt, dass sie im Moment mit jemand anderem weggefahren ist.«

»Ja. M...« Ich konnte mich gerade noch fangen. »Toby. Hast du ihn kennengelernt?«

»Noch nicht. Ich denke, sie wartet ab, bis ...« Ihr Taktgefühl hielt sie vom Weiterreden ab, doch sie hätte sich nicht den Kopf zerbrechen müssen. *Bis sie sicher ist, dass die Sache ernst wird*, dachte ich.

Was nie passieren würde, denn schon morgen wäre Casanova verschwunden, und der Schmerz über die Trennung würde in dem Grauen verblassen, den Verlust ihres Zuhauses und das rätselhafte Verschwinden des Vaters ihrer Kinder zu bewältigen.

»Ich lasse dich mal zurück ins Trockene gehen. Soll ich Leo und Harry später für dich von der Schule abholen?«, bot Alison an.

»Danke, aber das ist nicht nötig. Ich bringe sie zu meiner Mum – hier ist es ein bisschen zu chaotisch.« In weiser Voraussicht erwähnte ich nicht, dass ich sie für den morgigen Tag in der Schule befreit hatte. Für die Mütter der Trinity Avenue war ein versäumter Tag in der Grundschule gleichbedeutend, als würde man ihren Nachkommen jegliche Aussicht auf Oxbridge nehmen.

»Nun, dann viel Glück. Ich hoffe, es klappt«, sagte Alison.

Ich hatte das (vielleicht fälschliche) Gefühl, dass sie mit »es« mehr meinte als nur die Renovierung, und einen Moment lang gab ich mich der Fantasie hin, wie die Dinge sich in einer Parallelgeschichte hätten entwickeln können. Es gab Menschen wie sie und meine Mutter und vielleicht auch Fis Eltern, die eine Versöhnung befürwortet hätten – oder zumindest nicht aktiv dagegen gewesen wären. Hätte ich Ruhe bewahrt und die Sache ausgesessen, dann hätte ich Fi gezeigt, dass ich mich ändern kann ...

Längst bis auf die Haut durchnässt, ging ich zurück ins Haus und kümmerte mich darum, dass die letzten Habseligkeiten aus ihrem Schlafzimmer eingepackt und wegtransportiert wurden.

»Fionas Geschichte« > 02:44:36

Es war ein ganz normales Dirty Weekend in Winchester, wenn auch mitten in der Woche: Sex und Zimmerservice, nur unterbrochen von einem Besuch der Kathedrale und Spaziergängen durch die altertümlichen Gassen, die Gedanken halbwegs bei Jane Austen und halbwegs bei meinem Begleiter.

Ich war versucht, Toby von den verschreibungspflichtigen Medikamenten zu erzählen, aber ich rief mir in Erinnerung, dass Bram ein Anrecht auf Privatsphäre hatte und dass dies ohnehin nicht der rechte Zeitpunkt war, Toby von meinen Sorgen über die psychische Gesundheit des Mannes zu erzählen, der ihn tätlich angegriffen hatte.

Bei meinem Telefonat mit den Jungs am Donnerstag nach der Schule dachte ich mir nichts dabei, als Harry mir erklärte, er habe ein Geheimnis.

»Ein gutes oder ein schlechtes Geheimnis?«
»Ein gutes Geheimnis. Eine Überraschung.«
»Eine Überraschung für Leo?«
»Nein, nicht für Leo, für dich!«
»Ich bin ganz Ohr.«
»Daddy will ...«
»Nichts verraten!«, sagte ich lachend, aber Bram hatte ihm bereits das Handy weggerissen.

Natürlich hatte er das. In meiner Naivität hatte ich auf eine Art »Willkommen Zuhause«-Kuchen getippt – Bram zeigte überraschenden Enthusiasmus, was das Backen betraf –, wahrscheinlich mit blauem Zuckerguss und Maltesers oder, falls das nicht möglich war, mit einem Porträt, das einer von ihnen in der Schule für mich gemalt hatte, ein Strichmännchen mit Ohren bis zu den Schultern.

Ich hielt das Hüten eines Geheimnisses für einen Akt des Vertrauens, nicht für einen des Missbrauchs.

Bram, Word-Dokument

Selbst für all jene, die ihre Familie nicht den Wölfen vorwerfen wollen, hat das Abholen kleiner Kinder von der Schule eine besondere bittersüße Note.

Einmal besprach ich das mit Fi, und sie meinte, sie kenne nicht nur das Gefühl, sondern sie spürte es sogar noch stärker als ich. (Sie sagt das ständig: Es ist nicht, als hätten Mütter das Monopol auf elterliche Aufopferung – sie *spüren es einfach nur stärker.*) Sie sagte, es läge daran, dass kleine Kinder so bedingungslos glücklich sind, einen am Schultor zu sehen, und dennoch weiß man nur zu gut, auch während sie sich einem in die Arme werfen und nach Aufmerksamkeit heischen, dass es ihnen eines Tages – vielleicht nicht dieses Jahr oder nächstes, aber definitiv früher, als einem lieb ist – peinlich sein wird, einen dort zu sehen. Oder dass sie mit Wut oder Besorgnis reagieren, denn warum sollte man kommen, wo es einem doch ausdrücklich verboten ist, außer es gäbe schlechte Nachrichten?

Sie behauptete, zumindest sei es kein abruptes oder heimtückisches Ende, sondern eine schrittweise Abnabelung: Jeden Tag brauchen sie dich ein Stückchen weniger, bis zu dem Moment, wenn sie ganz ohne dich auskommen.

Wäre Mike doch nur später und nicht so früh auf der Bildfläche erschienen. Wäre er aufgetaucht, wenn meine Söhne mich nicht mehr brauchten, wenn ein Abschied nicht das schlimmste aller Verbrechen war.

Auf dem Weg im Bus zu meiner Mutter schoss ich ein Foto von ihnen und dann noch ein zweites mit mir zwischen ihnen. Obwohl ich die SIM-Karte zerstören würde, hatte ich geplant, mein Handy für Musik und den kleinen Schatz an Bildern der Jungen zu behalten. Als ich das Foto machte und Harry zu einem Lächeln überredete, das Leo mir gehorsam schenkte, fiel mir eine junge Frau auf, die uns von der anderen Seite des Gangs beobachtete und sich zweifellos dachte: »Ich hoffe, *ich* habe irgendwann mal einen Ehemann wie ihn, einen tollen Vater.«

Sei auf der Hut, was du dir wünschst, Kleine.

Ich konnte nicht lang bei meiner Mutter bleiben, weil ich mich um achtzehn Uhr mit den Putzkräften im Haus traf. Da die Jungs glaubten, mich bald wiederzusehen, stürzten sie davon und stießen ein leises Stöhnen aus, als ich sie für eine letzte Umarmung zurückpfiff.

»Kommt her. Ich möchte euch noch etwas sagen.«

Sie warteten, auch wenn sie mir nur mit halbem Ohr zuhörten.

»Ich liebe euch, und das werde ich immer tun. Das dürft ihr nie vergessen, ja?«

Dann gab ich jedem von ihnen einen Kuss. Sie waren verwundert, abgelenkt, obwohl das Wort »vergessen« zumindest bei Harry eine Assoziation hervorrief: »Dad, ich habe meine Fibel vergessen! Ich muss jeden Abend zwei Wörter von meiner Liste lernen, *ohne Ausnahme*.«

Ich küsste ihn noch einmal. »Ich suche sie für dich raus, und du kannst es am Wochenende nachholen. Okay? Und wenn nicht, sag einfach, es täte dir leid, und richte Mrs Carver aus, dass es meine Schuld ist.«

Ich wusste, dass er das niemals tun würde. Er würde mich niemals absichtlich in Schwierigkeiten bringen.

»Können wir jetzt gehen?«, fragte Leo beim Klappern der Keksdose, die in der Küche von seiner Großmutter geöffnet wurde.

Und dann war sie im Flur bei uns, die offene Blechdose in ihre Richtung gestreckt, und die beiden drehten sich von mir weg, und ich formte mit dem Mund mein letztes *Auf Wiedersehen* und schloss die Tür, und das war's.

Das letzte Mal, dass ich meine Söhne gesehen habe.

Als ich zurück nach Alder Rise fuhr, weigerte sich mein Gehirn, das zu verarbeiten, was es wirklich bedeutete. Andernfalls wäre ich nicht in der Lage gewesen, den Rest der Dinge zu erledigen, die noch vor mir lagen.

Eigentlich wollte ich in der Wohnung schlafen, aber ich übernachtete in einem Schlafsack in Leos Zimmer. Ich verspürte den irrationalen Wunsch, es vor Eindringlingen zu beschützen, aber natürlich kam niemand – zumindest nicht bis zum folgenden Tag, als die gesetzlich Rechtmäßigen kamen. (Im Lauf der nächsten Tage und Wochen würden sie ihren Teil des Kummers abbekommen, nahm ich an. Ich wusste um Welleneffekte, auch wenn ich kein Mitleid für den äußersten Rand meiner Ringe aufbringen konnte.)

Ich zog keine Befriedigung daraus, eine Runde durch die leeren Zimmer zu machen, musste mich der Realität stellen, dass ich alles verloren hatte. Wenn überhaupt, dann war das Übernachten im Haus eine Bestrafung. Vielleicht hoffte ich, im Schlafsack auf dem Boden an gebrochenem Herzen zu sterben.

Genug im Selbstmitleid zerflossen.

Um zehn rief ich meine Mutter an, um nachzufragen, ob die Jungen schon im Bett waren.

»Du hast sie gerade verpasst«, sagte sie. »Sie durften länger wach bleiben, weil sie morgen früh nicht aufstehen müssen, aber sie schlafen jetzt.«

»Danke dir. Danke für alles, Mum. Es tut mir leid, dass ich das nicht so oft gesagt habe, wie ich es hätte tun sollen.«

»Red keinen Unsinn«, erwiderte sie.

Ich legte auf und dachte mir, dass in diesen letzten Worten ein Fünkchen Trost steckte.

Wie verabschiedet man sich von seiner Mutter?

Die Antwort lautet: Gar nicht. Alles andere ist grausam.

46

»Fionas Geschichte« > 02:45:48

Das letzte Mal, dass ich Bram mit eigenen Augen gesehen habe? Das muss an dem letzten Sonntag gewesen sein, Sonntag, dem achten, bei der Übergabe der Jungs mittags in der Trinity Avenue. War etwas anders an ihm, irgendwas an seinem Verhalten, das auf einen Verrat hindeutete – Verrat auf einem ganz neuen Level?

Nein. Tut mir leid. Er brachte mich kurz auf den neuesten Stand, was die Jungs betraf, und fragte mich, wie es mir geht. Mir fiel auf, dass er Toby mit keiner Silbe erwähnte, und das war mir recht. Selbst jetzt, wo ich versuche, aus jedem kleinen Detail etwas Bedeutendes zu machen, gelingt es mir nicht. Es regnete, und er hatte keinen Regenschirm dabei? Das könnte man wohl als eine Metapher erachten.

Er war einfach nur Bram, oder zumindest die Person, zu der Bram geworden war. Als er aufbrach, überkam mich dasselbe Gefühl, das mich jeden Sonntag beschlich und wahrscheinlich noch lange Zeit beschlichen hätte, wäre uns der Himmel nicht auf den Kopf gefallen: Fassungslosigkeit, dass er uns das hatte antun können, Traurigkeit, dass er nicht mehr an meiner Seite war.

Ein wöchentliches Intermezzo irrationaler Gefühle, wie ich gestehen muss. Aber ich wäre kein Mensch, hätte es mich emotional nicht ein wenig mitgenommen.

Bram, Word-Dokument

Von Fi hatte ich mich auf meine ganz eigene Art verabschiedet – sprich: ohne ihr Wissen. (Typisch für mich, denken Sie jetzt wahrscheinlich.) Es war Dienstag, der zehnte, und ich wusste aus der Tagebuch-App, dass sie tat, was sie an einem Dienstag gewöhnlich tat, nämlich mit dem Achtzehn-dreißig-Zug von Victoria im Bahnhof Alder Rise ankommen und direkt nach Hause gehen, wo ihre Mutter die Jungen abgefüttert und bei ihren letzten Schlachten als Schiedsrichterin fungiert hatte. Sie tauchte aus der Unterführung am Rand der Pendlerschar auf, kratzte sich an der rechten Augenbraue und richtete den Schulterriemen ihrer Laptoptasche. Sie bemerkte mich nicht, spürte nicht, wie ich ihr die Hauptstraße hinauf folgte (wo sie das Two Brewers keines einzigen Blicks würdigte). An der Ecke zur Trinity Avenue blieb sie kurz stehen und drehte den Kopf. Es war kein Bild, das »besonders« war: Es gab keine Brise, die ihre Kleidung flattern ließ, keinen plötzlichen Lichtstrahl, der ihre Silhouette dank eines glücklichen Zufalls unvergesslich machte. Nichts an ihrem Gesichtsausdruck oder ihrer Haltung verriet die Gefühle, die sie, wie sie mir einmal anvertraut hatte, beim Heimkommen nach der Arbeit verspürte: Eine allgemein freudige Erregung, die Jungen zu sehen, eine spezifische Sorge, dass sie sich in den Haaren liegen könnten und der anstrengende Teil des Tages erst anfing, obwohl sie eigentlich eine Auszeit bräuchte.

Sie verhielt sich genauso, wie sie sich an jedem x-beliebigen Tag um diese Uhrzeit verhalten hätte. Eine Frau mit der einen Hälfte ihres Lebens hinter sich und der anderen noch vor sich.

Was – ich weiß – ein unpassender Zeitpunkt war, sie im Stich zu lassen.

Vor Sonnenaufgang kehrte ich ein letztes Mal in die Wohnung zurück. Ich legte die Schlüssel auf die Küchenarbeitsfläche, zusammen mit den Details zum Self-Storage-Lagerraum und Harrys Fibel, die ich in allerletzter Sekunde aus einer der Kisten ausgegraben hatte.

Kein Zettel, kein Brief.

Alles erledigt, schrieb ich Mike.

Wie üblich antwortete er postwendend.

- *Sobald ich die Bestätigung erhalte, dass das Geld angekommen ist, wird Wendy neues etc. pp zur Wohnung bringen. Cheers.*

Cheers? Was für ein Arsch! Ich löschte die Nachricht und steckte das Prepaid-Handy ein, dann holte ich meine längst gepackte Reisetasche und verließ die Wohnung. Ich nahm ein Taxi vom Bahnhof nach Battersea, wo ich den Fahrer warten ließ, während ich ein Kuvert mit zwei Schlüsselsets für das Haus in der Trinity Avenue in den Briefkasten von Challoner's einwarf (meinen und die Ersatzschlüssel, die Kirsty für uns aufbewahrte, nicht jedoch Fis oder die ihrer Mutter – die hatte ich nicht in die Finger bekommen). Ich bat den Fahrer, mich zum Bahnhof London Victoria zu bringen, und schrieb meiner Mutter von unterwegs, dass sie den Jungen einen Guten-Morgen-Kuss von mir geben und ihnen einen wunderschönen Tag wünschen solle. Ich hatte sie bereits instruiert, dass sie Fi später anrufen sollte, um mit ihr die Übergabe am Samstagmorgen auszumachen.

In der Straße vor der Victoria Station pulte ich die SIM-Karte aus meinem offiziellen Handy und warf sie in einen Gully, dann steckte ich das Telefon wieder in die Tasche. Ich achtete darauf, das Prepaid-Handy eingeschaltet zu lassen, damit es die unzähligen weiteren Nachrichten empfangen konnte, die Mike mir gewiss im Lauf des Tages schreiben würde, stellte es auf lautlos und versenkte es im nächsten Mülleimer.

Im Bahnhof suchte ich nach einem Geldautomaten und leerte mein Konto bis zum letzten Penny, bevor ich ein Ticket in bar kaufte und den nächsten Gatwick-Express nahm. Es war früh am Morgen, halb acht, und die ankommende Menschenflut schwoll bereits an. Fi wäre höchstwahrscheinlich noch nicht wach, selbst wenn der Scharlatan im Bett neben ihr bereits sein Handy checkte, gierig auf die Bestätigung seines beträchtlichen Geldsegens wartend.

»Fionas Geschichte« > 02:46:45

»Du schaust die ganze Zeit auf dein Handy«, sagte ich zu Toby am Frühstückstisch des Hotels. »Erwartest du einen Anruf?«

»Nur eine E-Mail, die etwas für heute Abend bestätigt.«

An diesem Abend hatte er eine wichtige Veranstaltung, ein Vorabtreffen des Komitees vor der Veröffentlichung der ersten Ergebnisse ihres Berichts in der darauffolgenden Woche. Verkehrsexperten und Honoratioren aus Singapur, Stockholm und Mailand wären anwesend, ebenso wie Regierungsbeamte. Obwohl er nach dem Mittagessen aus Winchester abreisen müsste, hatte er arrangiert, dass ich das Zimmer behalten und so spät, wie ich wollte, zurück nach London fahren könnte.

Himmel, was für eine leichtgläubige Närrin ich gewesen war! Ich erinnere mich ganz genau, wie ich dort am Frühstückstisch saß, während er zur Toilette ging, das Handy anstarrte, das mit dem Bildschirm nach unten neben seinem Cappuccino lag, und bewusst die Erinnerung an Pollys Vorschlag beiseiteschob, »nach der Wahrheit zu suchen«.

Das ist das Problem, wenn man sich absichtlich von den Zynikern des Lebens abwendet: Man beraubt sich ihrer guten Ratschläge.

Bram, Word-Dokument

In Gatwick kaufte ich in bar einen Hin- und Rückflug nach Genf. (Mein Gedankengang: Ein Hin- und Rückflug ist weniger verdächtig als ein einfacher Flug. Andererseits, ist bar nicht verdächtiger als eine Kreditkarte? Dann: Nichts davon ist verdächtig. Millionen Menschen fliegen jede Woche von hier weg, und das Flughafenpersonal hat bei Reisenden schon jedes noch so absonderliche Verhalten erlebt. *Reiß dich zusammen, Bram!*)

Ich benutzte den Check-in-Automaten, gelangte problemlos durch die Passkontrolle und tauschte mein restliches Bargeld in einen Mix aus Schweizer Franken und Euros ein.

Ohne Zeit für Selbstzweifel setzte ich meinen Weg zum Gate fort.

»Fionas Geschichte« > 02:47:37

Wie sich herausstellte, war ich diejenige, die den lästigen Anruf von der Arbeit bekam, als wir nach dem Frühstück zurück auf unserem Zimmer waren und gerade ein paar Dinge für eine geführte Tour im Winchester College zusammensuchten.

»Wo sind die Unterlagen für die Grafiker?«, fragte Clara, und das Maß an Panik in ihrer Stimme legte nahe, dass sie schon seit geraumer Zeit angewachsen war.

Ich runzelte die Stirn. »Hast du sie ihnen denn gestern nicht geschickt?«

»Nein, sie hatten um ein persönliches Treffen gebeten, und wir haben es auf heute Nachmittag gelegt. Aber die Unterlagen sind nicht auf dem Server. Ich habe schon die IT drauf angesetzt, doch sie können sie nirgends finden.«

Mich anzurufen war offensichtlich ihre letzte Hoffnung. Ich wusste genau, was hier los war. In meiner Abwesenheit hatte sie ihre Chance gewittert, die Arbeit als ihre eigene auszugeben. (Ja, ärgerlich, aber wenn man gute Arbeit leistet, muss man sich nicht bedroht fühlen.)

»Keine Sorge ... sie sind zu Hause auf meiner Festplatte. Ich werde versuchen, jemanden zu bitten, sie dir zu schicken.«

»Wir brauchen sie wirklich noch am Vormittag, Fi. Spätestens früher Nachmittag. Das Treffen ist um drei.«

»Um drei?« Ein verrückter Termin für eine Besprechung, so spät an einem Freitag. Ich wies sie nicht darauf hin, dass sie das Fehlen der Datei ziemlich spät bemerkte – ganz zu schweigen davon, dass sie ihre Präsentation nicht vorbereitet hatte. Ich hatte seit Dienstagabend nicht mehr daran gearbeitet.

»Ich rufe dich gleich zurück. Währenddessen kannst du dich ja noch mal auf die Jagd machen. Vielleicht habe ich einen anderen Dateinamen benutzt.«

»Was ist los?«, fragte Toby und blickte von seinem eigenen Handy hoch.

»Nur eine Präsentation, die ich wohl vergessen habe, vor meiner Abreise auf dem Arbeitsserver abzulegen. Sie ist auf meinem Laptop zu Hause. Clara ist es gerade erst aufgefallen.«

»Hat das nicht Zeit bis Montag?«

»Nein, sie braucht sie heute. Keine Sorge – meine Nachbarin Kirsty hat einen Schlüssel fürs Haus, also werde ich sie bitten, die Datei zu suchen. Ich weiß nur gerade nicht, wo ich den Laptop zuletzt hatte. Vielleicht im Schlafzimmer ...«

»Warum fragst du nicht Bram?«, schlug Toby vor. »Hast du nicht gesagt, er arbeitet heute zu Hause, damit er die Jungs von der Schule abholen kann?«

»Stimmt.« Ich verwarf jeden unbehaglichen Gedanken an das letzte Mal, als ihm Zutritt zu meinem Schlafzimmer gewährt worden war, und wählte seine Nummer. »Wie sonderbar. Es heißt, sein Handy sei außer Betrieb.«

»Wirklich? Das ist nicht sonderlich hilfreich.«

»Ich versuch es bei Kirsty. Andernfalls müsste ich ein bisschen früher nach Hause fahren.«

Bestürzt beobachtete Toby, wie ich in meinen Kontakten nach Kirstys Nummer scrollte. Es war schmeichelhaft, wie sehr ihm am Herzen lag, dass ich blieb, er unsere gemeinsame Zeit bis aufs Letzte auskosten wollte. Es gab viele Dinge, die ich in dieser frischen Beziehung genoss, aber das, was mir an jenem Morgen in den Sinn kam, war Kontrolle. Ein Gleichgewicht. *Ich* war diejenige, die diesen Urlaub vorzeitig abbrach. *Ich* war diejenige, die entschied, was an erster Stelle stand – in diesem Fall meine Verantwortung meinen Kolleginnen gegenüber. Und ja, mir kam *auch* in den Sinn, dass ich diejenige war, die einen Seitensprung begangen hatte, aber es war nicht so, als hätten wir uns ewige Treue geschworen, oder? Der Punkt ist: Es war alles ein herrlicher Gegensatz zu der Unsicherheit, die ich während der letzten zwei Jahre mit Bram verspürt hatte. Es stimmte mich optimistisch, was unsere Zukunft betraf, und regelrecht hoffnungsvoll, dass wir uns tatsächlich irgendwann ewige Treue schwören könnten.

»Kirsty? Hallo, Schätzchen. Bist du zufällig zu Hause? Könntest du mir einen Gefallen tun und mit dem Ersatzschlüssel rasch zu mir rüberhüpfen? Ich bräuchte ... oh, wirklich? Okay. Kein Problem. Dann bis später.« Mit einem Stirnrunzeln wandte ich mich zu Toby. »Sie sagt, Bram hätte sie Anfang der Woche um den

Schlüssel gebeten. Anscheinend hat er seinen verloren. *Mir* hat er das nicht gesagt – was für eine Überraschung!«

»Blödmann«, erwiderte Toby mitfühlend.

»Ich weiß. Das sind genau die Dinge, die mich wahnsinnig machen. Ich weiß auch, dass *er* es war, der die Autoschlüssel verloren hat.« Bei der Erinnerung an die Antidepressiva hielt ich mich mit weiterer Kritik zurück. Vielleicht hatten die Medikamente Brams Gedächtnis beeinträchtigt. (Nun, wenn er bei meiner Rückkehr am Nachmittag zu Hause wäre, wäre es die perfekte Gelegenheit, das Thema anzusprechen.) »Es tut mir leid, aber wie es aussieht, bleibt mir wohl nichts anderes übrig, als vorzeitig aufzubrechen und meiner Kollegin aus der Patsche zu helfen.«

»Bist du sicher, dass der Laptop nicht in der Wohnung ist?«, fragte Toby.

»Das macht doch keinen Unterschied!« Seit der körperlichen Attacke war mir aufgefallen, dass er sich häufig nach den logistischen Feinheiten des Nestmodells erkundigte, wahrscheinlich aus Angst vor einem erneuten Zusammentreffen mit dem Neandertaler-Ex. »Du musst mich nicht begleiten. Wenn dir nicht nach der College-Tour ist, haben wir noch den Tisch fürs Mittagessen gebucht – du könntest trotzdem hingehen. Und wärst rechtzeitig für dein Geschäftsessen zurück.«

Er überraschte mich, indem er das Zimmer durchschritt und mich küsste. »Bleib wenigstens noch ein bisschen«, murmelte er, seine Finger in meinem Haar.

»Es ist schon zehn. Ich kann wirklich nicht.«

»Komm schon. Was sind schon zwanzig Minuten?«

Als ich schließlich abreiste – das Taxi, das mich zum Bahnhof bringen sollte, wartete bereits –, küsste er mich noch einmal so leidenschaftlich, dass der Taxifahrer den Blick abwandte.

»Wie lange braucht der Zug?«, fragte er, als er mich schließlich freigab.

»Ich steige in Clapham Junction nach Alder Rise um, also sollte ich Clara die Datei gegen eins schicken können, was ihr noch genügend Luft bis zur Präsentation verschafft. Ich schätze, ich sollte dankbar sein, dass sie es erst jetzt bemerkt hat und nicht schon früher. Es waren tolle Tage, Toby. Ehrlich. Das sollten wir wiederholen.«

»Auf jeden Fall«, stimmte er zu. »Schreib mir, sobald du gut zu Hause angekommen bist.«

Wirklich, es war süß, wie niedergeschlagen er aussah.

Die Götter waren mir gewogen, und das Umsteigen verlief reibungslos, sodass ich vor halb eins in Alder Rise ankam. Ich schrieb Bram, um ihn von meinem Kommen zu unterrichten, doch die Nachricht konnte nicht verschickt werden, da sein Handy immer noch außer Betrieb war. Das war nicht ideal, hätte die Schule ihn erreichen müssen, aber das spielte keine Rolle – ich war zurück in Alder Rise, trug wieder die Verantwortung.

Mit einem Lächeln im Gesicht bog ich in die Trinity Avenue ein. Das Sonnenlicht war ungewöhnlich grell und golden für Januar. Herrlich, wirklich herrlich. Den Blick auf den Lieferwagen gerichtet, der halb auf der Straße geparkt war, dachte ich: *Ich muss mich irren, aber es sieht wirklich so aus, als würde jemand in mein Haus einziehen.*

#OpferFiona
@Leah_Walker: Na endlich …

47

Freitag, 13. Januar 2017

London, 19:00 Uhr

Sie sind nicht mehr in ihrem Haus (Berichtigung: dem Haus der Vaughans), sondern bei Merle. Sie haben endlich mit Graham Jenson gesprochen und ihm die Situation erklärt, obwohl Fi zu aufgewühlt war, um die Sachlage vernünftig vorzutragen, und als Merle das Gespräch auf laut schaltete, klangen ihre Anschuldigungen über Identitätsdiebstahl und Betrug selbst für Fi an den Haaren herbeigezogen.

»Ich bin das schon mit der Anwältin der Käufer und mit Mrs Lawson persönlich durchgegangen«, sagte Jenson, »und ich habe ihnen erklärt, dass kein Fehler meinerseits vorliegt. Abgesehen davon kann ich die Angelegenheit nicht am Telefon besprechen. Immerhin bin ich meinen Klienten zur Verschwiegenheit verpflichtet.« Er stimmte jedoch einem Treffen am Montagmorgen zu.

Sie hatten die letzte Stunde damit verbracht, sämtliche Krankenhäuser in Südlondon und dann im gesamten Stadtgebiet anzurufen, hatten aber kein Glück – was, wie sie sich immer wieder in Erinnerung riefen, gute Nachrichten waren, wirklich gute Nachrichten.

Und jetzt haben sie sich zwei große Drinks eingegossen und

sind ins Wohnzimmer gegangen, das zur Straße zeigt. Es ist etwas unordentlich, so wie es meistens bei Merle ist. Tannennadeln liegen an den Fußleisten, die letzten Überreste von Weihnachten, die bisher nicht weggesaugt worden sind, und Fi bückt sich, um eine aufzuheben und sie sich ins Fleisch ihres Zeigefingers zu stechen. Es fühlt sich überaus wichtig an, das Quellen ihres eigenen Bluts zu sehen, nur einen einzigen Tropfen, um sich zu beweisen, dass sie immer noch am Leben ist und das hier wirklich passiert. Doch die Nadel biegt sich, bevor sie die Haut durchstechen kann.

Seit dem Vortrag der Polizeibeamtin letzten September, als diese speziellen UV-Stifte verteilt worden waren (sie hätte ihre benutzen sollen, um das Haus an sich zu markieren), war sie nicht mehr hier gewesen. Die Frauen der Trinity Avenue hatten sich für so clever gehalten, indem sie sich über Cyberkriminalität informierten und sich versprachen, einander vor Einbrechern und Trickbetrügern zu beschützen. Es war ihnen nicht in den Sinn gekommen, dass der Feind im Innern lauern könnte. »Dich scheint das nicht sonderlich zu interessieren«, hatte sie sich bei Bram beschwert, als er Carys' Leid einfach abgetan hatte. Das Wörtchen »Ironie« war nicht stark genug.

»Soll ich Alison anrufen, damit sie rüberkommt? Rog kann bei den Kindern bleiben«, schlägt Merle vor, aber Fi winkt ab. Sie hat nicht die Kraft, ihre Katastrophe ein weiteres Mal zu erzählen oder sich die Entschuldigungen der armen Alison anzuhören – denn sie hatte Merle gebeichtet, dass sie Bram tags zuvor gesehen hatte, wie er all ihre Sachen wegbrachte, wobei er ihr dieselbe Lüge wie Tina von der Renovierung aufgetischt hatte. Er hatte sie alle zum Narren gehalten, jede Einzelne von ihnen.

Es ist schwer genug, erneut mit Tina zu reden, was sie als Nächstes tut. »Du hattest Bram also angeboten, dass Leo und

Harry auch heute bei dir übernachten können?« Das ist hilfreich. Sie wäre nicht in der Lage, die Jungen zu sehen, und hält sich allein mit der Hoffnung aufrecht, dass zumindest der Schlaf ihrer Kinder ungestört ist. »Wir hinken hier leider dem Zeitplan ein bisschen hinterher.«

»Aber du freust dich?«, ruft Tina begierig. »Ist Bram bei dir?«

»Ich weiß nicht, wo er gerade steckt«, sagt Fi wahrheitsgemäß.

»Wann können wir nach Hause?«, fragt Leo, als er an sie weitergereicht wird.

»Wahrscheinlich morgen.«

»Werden wir rechtzeitig zum Schwimmen da sein?«

»Nein, ich glaube, die Stunde ist abgesagt worden. Du und Harry, ihr macht euch einfach einen entspannten Vormittag.«

Sie denkt sich bereits: *Eine Lüge nach der anderen.*

»Ich fühle mich echt schlecht«, sagt sie zu Merle. »Das mit dem Wodka funktioniert nicht.«

»Du bist erschöpft«, erwidert Merle, und sie sieht ebenfalls hundemüde aus. »Es kommt mir wie hundert Tage vor, komprimiert in einen einzigen. Schlaf wird dir guttun.«

Fi kichert freudlos. »Es ist ausgeschlossen, dass ich heute schlafen kann.«

»In dem Punkt kann ich dir helfen.« Merle erinnert sich an ihre Schlaftabletten und holt sie von oben. »Sie sind von letztem Jahr, als ich eine Weile unter Schlafstörungen gelitten habe, aber sie sind noch nicht abgelaufen. Die nächsten Wochen wirst du sie vielleicht brauchen. Nimm sie, nur für alle Fälle.«

»Danke.«

Da hören sie in der Straße das Kreischen von Bremsen, ein Auto, das mit heulendem Motor einparkt, und dann das lautstarke Zuknallen einer Autotür.

»Was soll das Geschrei?« Merle geht ans Fenster. »Ich glaube, da ist jemand bei deinem Haus, Fi. Verdammt, ich hoffe schwer, es ist Bram.«

Bestimmt nicht, denkt Fi, aber sie zeigt guten Willen und folgt Merle zur Haustür. Sie ist froh, es getan zu haben: Als sie die Nachtluft einsaugt und die beißende Kälte ihre Lunge flutet, überkommen sie die körperlichen Schmerzen, nach denen sie sich gesehnt hat. Es ist dunkel in der Straße, nächtlicher Frost bildet sich bereits auf den Frontscheiben, und als sie nach links spähen, über den Vorgarten der Hamiltons zu ihrem Haus (Berichtigung: dem der Vaughans) hallt eine männliche Stimme durch die Stille, spröde und feindselig:

»Wo zum Teufel steckt Bram? Ohne eine Antwort verschwinde ich nicht von hier!«

David Vaughan erscheint auf dem Gartenweg. »Und wer genau sind Sie?«

»Das spielt keine Rolle ... Ich muss sofort mit ihm sprechen!«

»Willkommen im Club«, sagt David mit einem verbitterten Lachen.

Es dauert einen Moment, bis Fi die zweite Gestalt erkennt, die andere Stimme. »Das ist Toby«, erklärt sie Merle verwirrt. »Der Typ, den ich date. Wir waren ein paar Tage zusammen weg. Ich hätte ihm eigentlich eine Nachricht schreiben sollen, sobald ich zurück bin – er muss sich Sorgen gemacht haben und hergefahren sein, um nachzuschauen, ob es mir gutgeht.«

Oder hatte sie ihm *doch* geschrieben und während dieser verwirrenden Stunden im Haus einen Notruf geschickt? Das ist gut möglich: Ganze Erinnerungsbrocken fehlen ihr. Es waren die schwersten Stunden ihres Lebens und zugleich die widersprüchlichsten.

»Ich gehe und hole ihn«, sagt Merle. »Du wartest hier in der Wärme.«

Ohne Mantel hastet sie hinaus in die Kälte, lässt Fi auf der Türschwelle allein zurück. »Hallo, kann ich helfen? Bram ist nicht hier, aber Fi, wenn Sie also hereinkommen wollen?«

Als Toby auf dem Absatz kehrtmacht, zieht David sich zurück, seine Dankbarkeit selbst aus der Entfernung greifbar. Er hat die Nase voll vom heutigen Tag – so viel steht fest.

Zurück in Merles Hausflur, sackt Fi wie bei einem Frontalzusammenstoß gegen Toby. Es kümmert sie nicht, ob es falsch ist, ihr Bedürfnis nach Trost, nach einer unkomplizierten, starken männlichen Schulter offen zu zeigen.

»Toby, es ist so schrecklich, das Allerallerschlimmste ist passiert! Ich habe mein Haus verloren.«

»Das wissen wir noch nicht mit absoluter Sicherheit, Schätzchen«, sagt Merle, und ihre Finger tätscheln Fis Oberarm.

»Doch, das wissen wir. Im Grundbuchamt ist das Haus schon umgeschrieben worden. Ich habe es verloren.«

»Wo steckt er?«, knurrt Toby und entwindet sich ihrer Umklammerung. Sein Blick sucht den Hausflur ab, die Türen, die davon abgehen, als erwarte er, Bram zusammengekauert im Schatten zu sehen.

»Er ist verschwunden«, erklärt Fi. »Den Jungs geht's aber gut... dem Himmel sei Dank. Das ist das Wichtigste, nicht wahr?«

»Natürlich«, sagt Merle beschwichtigend. »Niemand ist gestorben. Es ist ein schreckliches Durcheinander – irgendjemand hat irgendwie richtig Mist gebaut –, aber das bekommen wir wieder hin. Möchten Sie einen Drink, Toby? Wodka?«

»Danke.«

Merle bringt ihm ein Glas, schenkt Fi nach, und die beiden erzählen ihm, was sie über den Hausverkauf wissen: Brams *Open House,* die Frau, die sich als Mrs Lawson ausgegeben und sich beschwert hat, dass die Zahlung der Vaughans noch nicht angekommen ist, die Fehlbuchung, die Graham Jenson bestreitet, die Fi jedoch womöglich die Zeit verschaffen wird, ihren Anspruch auf das Geld geltend zu machen, das Gerangel, um die Krise zu entschärfen, die sich nach dem Wochenende fortsetzen wird.

»Das Geld ist also nicht auf einem deiner Konten?«, fragt Toby.

»Nein, das habe ich sofort überprüft. Kein einziger Penny. Der Anwalt wollte die Kontonummer nicht preisgeben, die er benutzt hat, aber es ist möglich, dass es Brams persönliches Konto war. Darauf habe ich keinen Zugriff.«

»Zumindest wurden die Hypothek und sämtliche Verkaufsgebühren separat beglichen«, ruft Merle ihr ins Gedächtnis. »In diesem Punkt gibt es kein Missverständnis, was schon mal etwas ist.«

Fi schaudert. Verrückt, wie diese Andeutung sein mag, könnte es *tatsächlich* noch schlimmer sein. Sie könnte das Haus verloren haben und mit einem riesigen Schuldenberg dastehen.

»Vielleicht ist das jetzt zu naheliegend«, sagt Merle, »aber glaubt ihr nicht, Bram könnte in der Wohnung sein? Es heißt doch, man sieht den Wald vor lauter Bäumen nicht, und in diesem Stadium kommt die Polizei gewiss noch nicht vorbei und tritt Türen ein. Es war schwierig genug, sie überhaupt zum Herkommen zu bewegen, damit sie die erforderlichen Schritte in die Wege leiten«, erklärt sie Toby.

»Er ist definitiv nicht in der Wohnung«, sagt Toby. »Dort habe ich nachgesehen, bevor ich hergefahren bin.«

»Wirklich?«, fragt Fi überrascht.

»Er könnte dort sein, aber hat vielleicht nicht aufgemacht«, gibt Merle zu bedenken. Ihre ernste, aber sanfte Autorität lässt Toby im Vergleich grob erscheinen. Fi spürt, dass seine Wut Merle aus der Fassung bringt. Sie wusste nicht, dass Fis neuer Partner ein solcher Hitzkopf ist.

»Ich habe bei einem Nachbarn geklingelt, damit er mich ins Gebäude lässt«, erwidert er, »und ich bin hoch zur Tür. Niemand hat aufgemacht, und das Licht war aus. Er ist definitiv nicht da.«

»Ich gehe sowieso bald rüber«, sagt Fi. »Ich schätze, ich muss heute Nacht dort schlafen.«

Da mischt Merle sich ein. »Fi, ich denke wirklich, du solltest hierbleiben. Du hattest schon genug für einen Tag, das du verdauen musst. Robbie und Daisy schlafen drüben bei Alison, also werden sie erst morgen zurück sein. Wir sind ganz allein hier. Morgen früh können wir noch einmal alle Krankenhäuser abtelefonieren, eine Liste für Montag erstellen und besprechen, wie du die Sache mit den Jungs angehst. Dann, wenn du gefasst und ausgeruht bist, kannst du zu Tina fahren.«

»Wer ist Tina?«, fragt Toby.

»Brams Mutter.«

»Glaubst du, er könnte dort sein, Fi? Lass uns hinfahren!«

»Nein, dort ist er auf gar keinen Fall«, widerspricht sie. »Tina ist überzeugt, dass er *hier* ist.« Bei dem Gedanken an die Jungen sammelt sie sich. »Ich werde bis morgen warten, bevor ich sie abhole – du hast recht, Merle. Und ich muss allein fahren, Toby. Nichts für ungut, aber die Jungen kennen dich nicht, und jetzt ist nicht der richtige Zeitpunkt, dass sie neue Menschen kennenlernen. Sie werden ihre Familie brauchen.«

»Fi, wenn du sie siehst, würde ich nicht erwähnen, dass Bram vermisst wird«, sagt Merle. »Solange wir nicht alle Fakten kennen, willst du sie gewiss nicht beunruhigen.«

»Wissen Sie etwas, was wir nicht wissen, Merle?«, fragt Toby, und sein Misstrauen ihr gegenüber steht ihm mitten auf die Stirn geschrieben.

»Natürlich nicht«, erwidert Merle gelassen. »Aber er ist ihr

Vater. Sie würden sich schreckliche Sorgen machen, sollten sie glauben, irgendetwas könnte ihm zugestoßen sein.«

»Ich werde nichts sagen«, verspricht Fi. »Auch nicht zu Tina. Aber ich denke, ich werde heute Nacht lieber in der Wohnung schlafen. Um neue Kleidung zu holen und nachzusehen, ob Bram zumindest einen Teil unserer Sachen dort gelassen hat.«

»Gut.« Toby ist bereits auf den Beinen, um das Kommando zu übernehmen. Die Schlüssel zu seinem Toyota hat er schon in der Hand. »Ich setze dich dort ab.«

Merle beäugt sein leeres Wodkaglas.

»Ich hatte nur den einen«, beschwichtigt er sie. »Ich kann fahren.«

Merle folgt ihnen zur Tür. »Ruf mich an, wenn du irgendwas brauchst«, sagt sie zu Fi. Sie drückt sie und fügt dann mit Nachdruck hinzu: »Egal, was.«

Lyon, 20:00 Uhr

In Lyon geht er vom Bahnhof geradewegs zur ersten Bar, die er findet, und bestellt sich ein Bier. Er ist dort nicht der einzige Reisende, und die Atmosphäre ist unpersönlich, aber das ist in Ordnung – er ist nicht auf der Suche nach neuen Freunden. Das Bier kommt schnell, die Rechnung liegt gleich mit dabei. Als er seine ersten Euros aus der Geldbörse holt, fällt ihm das gefaltete Blatt Papier auf, das Mike ihm durch die Tür in der Trinity Avenue geschoben hatte, und er fühlt sich auf sonderbare Weise getröstet, dass es in seinem Besitz ist.

Ihm fällt auf, dass sich während der Zugfahrt, dem Übergang von einem Land ins andere, etwas verändert hat. Ein Schössling sprießt in ihm, aber er sucht nicht nach Licht, sondern nach dem dunkelsten Teil von ihm. Dieser schlechte Trieb lässt ihn ruhiger werden, was irgendwie ironisch ist.

Er braucht ein anderes Adjektiv für »ironisch«, denkt er, ein stärkeres, aussagekräftigeres. Was würde Fi sagen? Vielleicht »pervers«. Nein, nicht pervers. Vorherbestimmt. *Verloren*.

Er klappt das Portemonnaie zu, leert sein Bier und verlässt die Bar.

48

»Fionas Geschichte« > 02:53:34

Ganz ehrlich, es gibt keinen Grund, mich zu bemitleiden. Ich will das nicht. Ich bin in dieser Sache nicht die, die am härtesten bestraft wurde – oder am meisten verloren hat. Ja, ich habe mein Haus verloren, und meine Kinder den Kontakt zu ihrem Vater. Wir leiden, aber unterm Strich gibt es da eine Familie, die ein Kind zu betrauern hat: die kleine Ellie Rutherford, die bei einem Autounfall in Thornton Heath starb, einem Unfall, in den Bram womöglich verwickelt war.

Die Polizei zumindest ist davon überzeugt. Etwa eine Woche, bevor Bram spurlos verschwand, fanden sie unseren Wagen in einer kleinen Seitenstraße in Streatham. Es gab keine Spur eines Diebstahls oder von unrechtmäßiger Benutzung, keine forensischen Treffer bei irgendeinem ihrer bekannten Kleinkriminellen, weshalb sie ihre Aufmerksamkeit auf die Besitzer des Wagens lenkten, insbesondere denjenigen, dessen Fahrverbot nahelegte, dass er einen guten Grund hätte, den Tatort eines Unfalls zu verlassen, ob er nun direkt involviert gewesen war oder nicht.

Sie hatten ihn schon einmal befragt – nicht, dass er es für nötig befunden hätte, *mir* davon zu erzählen – und hatten den Eindruck, er verheimliche ihnen etwas, vielleicht etwas, das mit dem verlorenen Schlüssel zu tun hatte, aber die Überwachungskamera am Bahnhof Alder Rise vom Morgen des sechzehnten Septembers zeigte ihn deutlich zwischen den wartenden Pendlern auf dem Bahnsteig, und sie legten seinen Namen zu den Akten. Andere Spuren waren plausibler. Doch dann sprachen sie mit der Personalabteilung seines Arbeitgebers über seine Anwesenheit bei der Vertriebskonferenz und erfuhren, dass er ihnen erst *nach* diesem Datum von seinem Führerscheinentzug erzählt hatte. Direkt am nächsten Arbeitstag, um genau zu sein: Was für ein Zufall. Sie entschieden, ihn noch einmal zu befragen, nachdem er von seinem »Urlaub« zurückgekehrt war, was er ganz offensichtlich nie tat. Dann, etwa eine Woche nach seinem Verschwinden, wurde ihnen ein anonymer Tipp zugespielt, ein Foto von unserem Auto auf der Silver Road, geschossen just an dem Tag, als der Unfall stattgefunden hatte, mit einem dunkelhaarigen männlichen Fahrer am Steuer. Ihr Gesichtserkennungsprogramm identifizierte den Mann als Bram.

Laut der Polizei war Folgendes passiert: Mit seinem aggressiven Fahrstil hatte er den Wagen des Opfers irgendwie von der Straße gedrängt und im Anschluss unser Haus heimlich zum Verkauf angeboten, um seine Flucht zu finanzieren. Der Umstand, dass er ohne Führerschein Auto gefahren war, untermauerte nur seinen schlechten Charakter.

Es beschämt mich, dass ich mir mehr den Kopf darüber zerbrach, dass unser Versicherungsanspruch abgelehnt worden war und welchen Einfluss dies auf unsere Finanzen haben würde, während eine Familie trauerte. Die Eltern dieses Mädchens würden tausend neue Autos oder tausend Millionen Pfund teure Häuser eintauschen, um sie zurückzubekommen! Genau wie ich es in ihrer Situation tun würde. Letztlich ist das Einzige, was zählt, die Umstände zu ermitteln, wie Ellie gestorben ist, das Einzige, weshalb man Tränen vergießen sollte.

Natürlich leichter gesagt als getan, wenn das eigene Leben ein einziger Scherbenhaufen ist.

Wie viel wissen die Jungs? Zu diesem Zeitpunkt sehr wenig. Ich habe ihnen erzählt, Bram arbeite im Ausland und dass, wenn jemand das Gegenteil behauptet, sie weggehen und an etwas anderes denken sollen. Sie besuchen immer noch die Alder Rise Grundschule, aber wir wohnen bei meinen Eltern in Kingston, und das lange Pendeln ist auf die Dauer nicht zu stemmen. Sobald das hier auf Sendung geht, werden sie die Schule gewechselt haben. Jeder in Alder Rise wird dann über Bram tratschen – vielleicht aber auch die Menschen in ihrer neuen Nachbarschaft. Im Grunde ist der Verlust von Privatsphäre der Preis, den ich zahle, um diese Geschichte an die Öffentlichkeit zu bringen und anderen unschuldigen Eigenheimbesitzern zu helfen, nicht auf einen Betrug dieses Ausmaßes hereinzufallen.

Ich kündigte die Baby-Deco-Wohnung zum nächstmöglichen Termin, und der Vermieter war sehr verständnisvoll. Nein, ich wurde von der Polizei gebeten, nichts darüber zu erzählen, was dort am Tag nach dem Hausverkauf vorgefallen war. Ihrer Aufforderung werde ich strikt nachkommen – oje, wahrscheinlich habe ich schon Details verraten, die die Polizei zum jetzigen Zeitpunkt noch geheim halten will. Ich will keine Anzeige wegen Behinderung der Polizei erhalten. Und ich bin überzeugt, dass wir ihnen beim Fortgang der Ermittlungen vertrauen müssen.

Ich habe genauso wenig Ahnung wie Sie, ob dies hier jemals vor Gericht landen und sie mein Alter Ego finden werden – diese zweite Fiona Lawson. Weder der Makler noch der Anwalt hatten ihre Telefonnummer, nur die von Bram, und die Adresse und das Geburtsdatum, das sie angegeben hatte, waren natürlich meine. Wir wissen, dass sie meinen Pass benutzt hat, um sich auszuweisen, und dass sie und Bram gemeinsam zu einem Termin kamen und sich als uns ausgaben. Ihr Äußeres und ihre Unterschrift waren wohl glaubwürdig genug. Nein, es ist schwer vorstellbar, dass sie sich in naher Zukunft melden und sich einer Anklage wegen Verschwörung zum gemeinschaftlichen Betrug stellen wird. Ich meine, würden Sie das tun?

Was das Geld betrifft, bleibt das ein undurchsichtiges Durcheinander. Graham Jenson und seine Kollegen bei Dixon Boyle streiten weiterhin jegliches Fehlverhalten ihrerseits ab, und sie besitzen E-Mails und Telefonprotokolle, mit denen sie beweisen können, dass ihnen die Bankverbindung des Empfängerkontos von Bram höchstpersönlich übermittelt wurde. Der Verkaufserlös landete pflichtgemäß auf einem Konto einer großen englischen Bank, das unter unserem gemeinsamen Namen geführt wurde: So weit, so einfach (wenn man über den Umstand hinwegsieht, dass ich nichts von der Eröffnung des besagten Kontos wusste). Doch nach wenigen Stunden wurde dieselbe Summe auf ein Offshore-Konto transferiert. Nicht so einfach. Man hört immer wieder von anonymen Konten im Nahen Osten und Gott weiß, wo sonst noch – Drittstaaten, die kein Auslieferungsabkommen mit Großbritannien abgeschlossen haben.

Wissen Sie, was mich an der ganzen Sache am meisten ärgert? Er hätte das Geld nicht aus Gründen der Steuerhinterziehung im Ausland verstecken müssen – bei diesem Verkauf fallen überhaupt keine Steuern an. Es ging allein darum, es vor mir zu verstecken.

Wie dem auch sei, die Polizei ist zuversichtlich, zumindest *etwas* für mich sicherzustellen. Doch meine Anwältin ist zurückhaltender. Sie sagt, die Ermittlungsbehörde für Wirtschaftskriminalität hätten größere Fische am Haken. Viel größere.

David und Lucy Vaughan wohnen immer noch im Haus. Rechtlich gesehen gehört es ihnen. Jeder benutzt diesen Ausdruck. Sie sind die »gesetzlichen« Besitzer, als wären wir alle übereingekommen, ich sei die moralische, die spirituelle Besitzerin. Sie werden wohl nichts dagegen haben, wenn ich Ihnen sage, dass sie mir das Angebot gemacht haben, ich könne es jederzeit zum aktuellen Marktwert zurückkaufen, sollte ich jemals dazu in der Lage sein – obwohl wir alle wissen, dass das niemals passieren wird. Bei allem, was hier los ist, kann ich von Glück reden, meinen Job nicht verloren zu haben.

Toby? Nein, den sehe ich nicht mehr, ganz zu schweigen davon, jemals mit ihm zusammenzuziehen. Ich bin froh, dass Ihre Zuhörer nicht sehen können, wie ich erröte, denn es wird Sie nicht überraschen, dass ich ihn seit dem Tag des Diebstahls nicht mehr zu Gesicht bekommen habe. Ich schätze, ich war für ihn weniger attraktiv, sobald ihm dämmerte, dass ich mein großes Haus in der Trinity Avenue verloren habe.

Was soll ich sagen? Gentlemen ziehen Hausbesitzerinnen vor!

Na klar, ich spiele die Sache jetzt herunter. Das ist eine ganz natürliche Bewältigungsstrategie. Ich habe Ihnen schon gesagt, dass ich ihm allmählich vertraut habe, mir einredete, ich könnte ihn lieben. Alles, was ich mit Sicherheit weiß, ist, dass wir uns an jenem Freitag mit seinem Versprechen verabschiedeten, er würde sich am Wochenende bei mir melden, aber dieser Anruf kam nie. Sein Handy ist wie das von Bram seitdem außer Betrieb. Zumindest ist sein Verschwinden im Gegensatz zu dem von Bram erklärbar – stellen Sie sich vor, ich hätte auch für ihn eine Vermisstenanzeige aufgeben müssen! Die Polizei würde annehmen, ich wäre eine Art schwarze Witwe.

»Wahrscheinlich verbringt er gerade etwas Quality Time mit seiner Frau«, sagte Polly, als ich ihr davon erzählte. »Hast du versucht, sein Bild bei Google hochzuladen, um zu sehen, ob es einen Treffer gibt?«

Ich musste zugeben, dass ich kein Foto besaß, es also nicht einmal versuchen konnte.

»Er wollte nicht, dass du ein Foto von ihm machst, nicht wahr? Oh, Fi, wie konntest du nur all diese offensichtlichen Anzeichen in den Wind schlagen? Weißt du, was ich glaube? Ich glaube, seine Frau war schwanger, und du warst seine Mutterschutz-Affäre. Und ich wette, er hat überhaupt nicht für irgendeine Expertenkommission im Verkehrsministerium gearbeitet. Ich wette, er war Autoverkäufer. Nein, *Verkehrspolizist*.«

Zumindest rieb sie mir kein »Ich hab's dir doch gleich gesagt« unter die Nase, jedenfalls nicht in diesem Wortlaut – obwohl dieser Schlusssatz so gut wie jeder andere wäre, um meine Geschichte zu beenden.

Denn das hier ist das Ende. Es gibt nichts mehr zu erzählen.

#OpferFiona

@deadheadmel: Ich glaub's nicht, das war's?

@IngridF2015 @deadheadmel: Wie sie schon sagte, es ist eine laufende Ermittlung.

@richieschambers @deadheadmel @IngridF2015: Ich schätze, es wird noch einen zweiten Teil geben.

@deadheadmel @IngridF2015: Wo steckt er jetzt nur? Na los, folgt dem Chat @BramLawson!!

@pseudobram @deadheadmel @IngridF2015: Ich bin genau hier, Ladys! Und zische meine dritte Flasche Rotwein.

@deadheadmel @pseudobram @IngridF2015: Ha, schon der erste Fake-Account. Wie lustig!

Bram, Word-Dokument

Ich verabschiede mich heute mit Zahlen, nicht mit Buchstaben – mit der Bestätigung, dass ich das Geld zurücküberwiesen habe. Sie werden es auf dem Konto finden, auf das die Anwälte es zuallererst transferiert hatten, ein ganz normales Sparkonto, online eröffnet mit den erforderlichen Identitätsnachweisen, die ich mir mühelos aus Fis Unterlagen in der Trinity Avenue »ausgeliehen« habe. Der Zugriff ist für beide Kontobesitzer separat möglich, was die Sache hoffentlich erleichtern wird.

Sie müssen nicht wissen, wo es die letzten paar Wochen gelegen hat, nur, dass ich es irgendwohin überwiesen habe, wo es für *ihn* unauffindbar war. Für ihn und seine Komplizin. Doch mit diesem Geständnis, dieser *Warnung* vertraue ich darauf, dass Sie es für Fi und die Jungen sicher verwahren.

Sie haben gewiss längst die Schlussfolgerung gezogen, dass ich die Betrüger hintergangen habe. Der entscheidende Akt des falschen Spiels fand statt, als ich zwischen London und Genf im Flugzeug saß, aber ich wusste erst ein paar Tage später mit Gewissheit, dass mir der Coup gelungen war, als ich ein Internet-Café hier in Lyon fand und überzeugt war, dass es keine Kameras oder ungewöhnlich neugierige Mitarbeiter gab, und ich höchstwahrscheinlich fünfzehn Minuten online riskieren konnte.

Das war wohl mein finaler Moment irdischer Freude, als ich zum letzten (Entschuldigung, zum vorletzten) Mal das Internet benutzte und sah, dass das Geld da war – ganz definitiv – auf einem anonymen Offshore-Konto, außer Reichweite der britischen Regierung. Außer Reichweite ihrer gierigen Tentakel, wie Mike es formuliert hatte. Außer Reichweite von *ihm*.

Knapp unter eins Komma sechs Millionen Pfund. Es hört sich nach nicht viel an, nicht wahr, nach alldem hier?

Erst vor relativ Kurzem habe ich entschieden, dass zwei Mikes dieses Spiel spielen können. Es war nach Weihnachten, als mir klar wurde, dass Fi mich nie retten, *uns* nie retten, das schreckliche Chaos nie beseitigen würde können, das ich unserer Familie angetan hatte. Dass sie mich nie erlösen und die Qualen beenden würde können, die in meinem Kopf saßen. Das war immer nur ein frommer Wunsch gewesen.

Sie hatte mich wirklich abgeschrieben.

Durch einen Mittelsmann, den Sie niemals auf einer klassischen Suchmaschine finden werden, kaufte ich mir einen gefälschten Pass und ließ dann Graham Jenson die arglosen Details dieses neuen Bankkontos zukommen. Die Stärke von Mikes Plan – die Legitimation, die ihm meine Beteiligung verschaffte – war gleichzeitig seine größte Schwäche. Ich brauchte nicht die Hilfe von Phishing-Mails, um die Details zu »korrigieren« – ich konnte Jenson einfach selbst schreiben. Natürlich konnte ich nicht den E-Mail-Account benutzen, auf den auch Mike und Wendy Zugriff hatten, weshalb ich die neuen Anweisungen von meiner Arbeits-E-Mail verschickte.

Dixon, Boyle & Co. waren allerdings nicht annähernd so schlampig, wie ich gehofft hatte, und Jensons Praktikantin Rachel rief mich an, um wegen der plötzlichen Änderung der Kontodaten nachzufragen. Natürlich versicherte ich ihr, dass die Anweisung tatsächlich von mir stammte und mein E-Mail-Account nicht von Betrügern gehackt worden war.

»Wir müssen sehr vorsichtig sein«, erklärte sie. »Wir haben gerade erst ein Warnschreiben von der Anwaltskammer in Bezug auf Kriminelle bekommen, die E-Mails zwischen Anwälten und ihren Klienten abfangen. Kürzlich gab es sogar einen Fall, wo sie die Niederlassung eines Immobilienanwalts getürkt haben.«

»Unglaublich«, erwiderte ich. »Danke, dass Sie so gründlich sind.«

Mikes Niederlage erfüllt mich mit Freude – ich weiß, schäbig, schal, aber trotzdem wahre Freude: die Vorstellung, wie er seinen Flug nach Dubai storniert – *alles* storniert –, Tag um Tag seinen Kontostand prüft, auf die eins Komma sechs Millionen Pfund wartet, die nie kommen werden. Drohungen ausstößt, mit seiner Komplizin bespricht, mit welcher Folter sie mich quälen werden, sobald sie mich endlich in die Finger bekommen.

Doch das wird nicht passieren. Ich verschwinde von der Bildfläche. Seine Textnachrichten werden sich anhäufen, ohne jemals ihr Ziel zu erreichen; seine E-Mails werden sich stapeln, ohne je gelesen zu werden.

Solange die Jungs nur kurz weinen.

Denn in ein paar Stunden bin ich völlig von der Bildfläche verschwunden, für immer. Wenn Sie wissen, was ich meine.

Vielleicht war es tatsächlich falsch, es eine göttliche Offenbarung zu nennen. Die Entscheidung, sich das Leben zu nehmen, kommt einem nicht wie eine Erleuchtung. Mit Suizid kenne ich mich ein bisschen aus, einschließlich der Tatsache, dass es die Todesursache Nummer eins unter jungen Männern in Großbritannien ist. Unbehandelte Depressionen, Alkohol und Drogenprobleme … ich muss Ihnen nichts erzählen. Es ist nicht so, als hätte ich nicht gerade hundert Seiten darauf verwendet, Ihnen den Kontext *meiner* Entscheidung zu erklären.

Ich glaube wirklich, dass es in mir gesteckt hat, schlummernd, während meiner ganzen Ehe, meines ganzen Lebens – oder zumindest, seit mein Vater gestorben ist. Es war nicht nur das Trinken, das es vertuscht (oder zum Ausdruck gebracht) hat, sondern auch der Sex, die Risikobereitschaft, die Schlägereien, die

Leichtsinnigkeit. War das alles nicht bloß eine Selbstzerstörung auf Raten?

Ein langsamer Tod.

Bei dem Kurs, den ich vor ein paar Jahren wegen mehrfacher Geschwindigkeitsübertretung besucht hatte, gab es eine Übung, bei der unser Dozent durch den Raum ging und uns bat, mit einem Wort zu sagen, warum wir zu schnell gefahren waren.

»Ignoranz.«

»Unpünktlichkeit.«

»Ungeduld.«

»Selbstüberschätzung.«

»Gewohnheit.«

So ging es immer weiter, all die vorhersehbaren Übeltäter, bis ein Typ sagte: »Ich hab meinen Bruder gejagt«, und wir uns alle kaputtlachten.

Dann war ich an der Reihe. Ich hätte mir etwas aus den Fingern saugen können (»ehrenhafte Ausreden« schienen gut zu ziehen, selbst wenn es mehrere Wörter waren: zum Beispiel seine hochschwangere Frau ins Krankenhaus gebracht zu haben oder ein Kind, dem etwas in der Kehle steckte). Oder ich könnte die Wahrheit sagen.

»Bram?«, fragte der Kursleiter, der darauf Wert legte, meinen Namen von meinem Namensschild abzulesen, um der Sache einen Hauch von Feierlichkeit zu verleihen. »Warum, glauben Sie, sind *Sie* zu schnell gefahren?«

Ich konnte die Wahrheit in einem Wort sagen, und es ist dasselbe, das ich jetzt benutzen werde, um das hier zu erklären, mein Ende:

»Schmerz.«

49

Februar 2017

London

Es war ein langer Tag, aber die Produzentin und die Redakteurin von *Das Opfer* waren ein Vorbild an Professionalität, und Fi verlässt das Studio in Farringdon mit einem Gefühl der Befriedigung, dass dem Guten Genüge getan wurde. Außerdem mit einem Gefühl der Befreiung, auch wenn ausgerechnet sie weiß, dass Freiheit nur eine Illusion ist.

In einem Café in der Greville Street neben der U-Bahn-Station Farringdon wartet Merle. Es ist eines dieser übertrieben coolen Hipster-Cafés mit Glühbirnen, die nackt an Kabeln hängen, und Stühlen, eigentlich reif für den Sperrmüll. Bei jedem Kaffee ist ein Herz in den Schaum gezeichnet, und auf der Untertasse liegt eine schokoladenüberzogene Edamamebohne.

»Ist heute etwa Valentinstag?«, fragt Fi und zerstört ihr Liebesherz mit der Rückseite ihres Löffels.

»Der ist längst vorbei«, erwidert Merle. Wie Fi trägt sie Schwarz. Das tun sie bei jedem Treffen, als trauerten die beiden nicht nur um einen einzelnen Menschen, sondern um eine Weltanschauung oder einen Daseinszustand. Privilegien vielleicht oder Kontrolle. »Was hat Adrian mir gleich noch mal geschenkt? O ja, das hätte ich fast vergessen.« Sie späht an ihrem Körper hinab, dem sich wölbenden Babybauch, und unvermittelt muss Fi an die arme Lucy Vaughan denken, wie sie an jenem Tag im Haus Merles rotes Umstandsoberteil betrachtet und sich offensichtlich gefragt hatte, ob sie ihr gratulieren sollte.

Merle überprüft, dass niemand in Hörweite ist. »Und, wie ist es gelaufen?«

Fi nickt. »Wirklich gut. Wenn auch kräftezehrend. Ich fühle mich, als könnte ich eine Woche durchschlafen.«

Merle greift nach ihrer Hand. In letzter Zeit tun sie das häufiger, die Hand der anderen in schwesterlicher Zuneigung nehmen. »Gut gemacht, Schätzchen. Sich über einen so langen Zeitraum zu konzentrieren *ist* aufreibend. Weißt du, wann die Sendung ausgestrahlt wird?«

»In der ersten Märzwoche, hat die Produzentin gesagt. Sie haben einen wirklich schnellen Produktionsdurchlauf.«

»Sie haben keine zu eigenartigen Fragen gestellt?«

»Doch, schon, aber ich habe mich natürlich strikt an den Hausverkauf gehalten. Ich habe gesagt, die Polizei hätte mir geraten, keine anderen Informationen preiszugeben.«

»Was vollkommen der Wahrheit entspricht. Ausgezeichnet. Sieh nur, was ich gefunden habe.« Merle hat auf ihrem Handy die Seite einer Vermissten-Website geöffnet. Mit Daumen und Zeigefinger vergrößert sie ein Gesicht, das Fi so vertraut ist wie ihr eigenes:

Abraham Lawson
(bekannt als Bram)

Am 16. Januar 2017 als vermisst gemeldet, nachdem am Wochenende zuvor eine Straftat in Mr Lawsons Haus in Alder Rise, South London, stattfand. Zum letzten Mal gesehen am Donnerstag, dem 12. Januar, als er sich mit Nachbarn und einem Mitarbeiter eines Self-Storage-Lagerhauses in Beckenham unterhielt.

Falls Sie den Aufenthaltsort dieses Mannes kennen, melden Sie sich bitte unter folgender Telefonnummer bei der Metropolitan Police.

»Interessant, dass sie nicht erwähnen, um welches Verbrechen es sich gehandelt hat«, sagt Merle.

»Vielleicht ist das üblich, ihr normales Standardprozedere.« Fi seufzt. »Aber sobald dieses Interview auf Sendung geht, wird jeder wissen, was er getan hat.«

»Dir ist bewusst, dass *er* es hören könnte? *Das Opfer* kannst du dir von überall auf der Welt herunterladen.«

»Das hat die Produzentin auch gesagt. Es ist schon ein paarmal vorgekommen, dass der Angeklagte sich gemeldet hat, um die Anschuldigungen abzustreiten. Anscheinend sehr hilfreich für die Polizei.«

»Nun, falls er tatsächlich Kontakt aufnehmen sollte, stünde immer noch sein Wort gegen deins.«

»So ist es doch schon immer gewesen, oder?«, sagt Fi. »All die gemeinsamen Jahre, sein Wort gegen meins.«

»Das nennt man wohl Ehe«, erwidert Merle mit dem Hauch ihres alten Lächelns, scherzhaft, sarkastisch.

»Ich habe heute Morgen mit der Polizei gesprochen«, berichtet Fi ihrer Freundin. »Vor dem Interview. Sie haben mir etwas Interessantes erzählt.«

»O ja?«

»Sie haben ein Handy gefunden, von dem sie annehmen, dass es Bram gehört hat. Darauf befinden sich die Telefonnummern des Maklers von Challoner's und dem Anwalt, plus ein Suchverlauf zur Silver Road. Natürlich werden sie auch sämtliche anderen

Nummern überprüfen. Aber das Wichtigste ist, dass dieses Handy zweifelsfrei zu *unserer* Adresse zurückverfolgt werden konnte. Es war mit dem Spezialstift markiert worden.«

»Die Stifte, die sie damals verteilt haben? Mit der Tinte, die unter UV-Lampen sichtbar wird?« Merle starrt sie an, ein Lächeln stiehlt sich in ihr Gesicht. »Das ist ein erstaunliches Beweisstück. Dann ist es also *definitiv* Brams Handy.«

»Auf jeden Fall. Harry ist überall im Haus rumgelaufen und hat alles beschriftet, was nicht niet- und nagelfest war. Bram muss es in seiner Tasche gehabt haben, oder es lag herum oder was auch immer.«

»Wo haben sie es gefunden? In der Wohnung?«

»Nein, sie sind bei einem Kleinkriminellen darübergestolpert. Er hatte einen Haufen gestohlener Handys bei sich zu Hause und behauptete, das von Bram in einem Mülleimer in Victoria gefunden zu haben.«

»Wow.« Merle stößt einen lauten Atemzug aus. »Das war's also. Er wird sofort verhaftet werden, sobald er auftaucht. Wo zum Teufel steckt er? Glaubst du, er ist noch in London?«

»Das frage ich mich selbst die ganze Zeit«, erwidert Fi. »Eins steht aber fest: Er wird nie wieder nach Alder Rise zurückkehren.«

»Aber *du* schon, nicht wahr? Sobald sie das Geld finden.«

»*Falls* das jemals passieren sollte. Und wie es aussieht, werden sämtliche Konten, die mit der Sache zu tun haben, während der Ermittlungen eingefroren, vielleicht für viele Jahre. Und dann sind da all die Kosten.«

»Aber danach kommst du vielleicht zurück in die Trinity Avenue?«

Wieder berühren sich ihre Hände. »Das kann ich mir kaum vorstellen«, sagt Fi. »Die Immobilienpreise werden bis dahin noch weiter steigen.« Es folgt ein bittersüßer Moment, in dem sie in die

Vergangenheit zurückversetzt wird, zu einfacheren Zeiten, als sie und Merle und Alison und die anderen Frauen der Trinity Avenue sich über Hauspreise unterhielten, wie ihre Grundstücke sie gerettet, sie verführt und Besitz von ihnen ergriffen hatten. »Es wird lang dauern, bis ich wieder etwas kaufe, Merle, aber das ist nicht schlimm. Das ist nur eine belanglose Nebensache. Die Jungs sind das Wichtigste. Sie sind alles, was zählt.«

»Natürlich. Fi, hast du …« Merle kommt ins Stocken. Es ist ein seltener Moment des Selbstzweifels. »Ich muss dich etwas fragen: Hast du mich während des Interviews erwähnt? Muss ich Vorbereitungen treffen, sobald die Sache ausgestrahlt wird? Sämtliche Frauen bei mir in der Arbeit hören den Podcast an.«

»Natürlich nicht«, beteuert Fi. »Das eine oder andere Gespräch in Kent, solches Zeug, aber nichts anderes.«

Sie bezahlen ihren Kaffee und gehen gemeinsam zum Bahnhof. An der Absperrung zum Regionalzug, den Merle nach Alder Rise nehmen wird, verabschieden sie sich mit einer Umarmung. Die Erkenntnis, dass Fi einen anderen Heimweg nehmen wird, erst die U-Bahn nach Waterloo, dann den Zug nach Kingston, ist immer noch sonderbar.

»Wir kommen euch bald besuchen«, verspricht sie. »Ich habe Leo und Harry vom Baby erzählt, und sie sind ganz aus dem Häuschen.«

»Das ist süß«, erwidert Merle. »Gib ihnen einen Kuss von mir. Es hört sich an, als hättest du dich heute tapfer geschlagen, Fi. Ich bin wirklich stolz auf dich.«

Fi beobachtet, wie ihre Freundin sich einen Weg in Richtung Treppe zum Bahnsteig bahnt, ihre Bewegungen, genau wie ihr Verstand, geschmeidig und elegant. Es erfüllt sie mit Freude, dass Merle stolz auf sie ist. Sie ist selbst stolz auf sich, auch wenn es ein wenig anmaßend klingt. Ja, es war schmerzhaft, die Ereignisse der vergangenen sechs Monate noch einmal durchleben zu müssen, aber es war auch, wie Merle sie ermahnt hatte, ein notwendiger Präventivschlag.

Man sagt, jedes Geständnis diene nur einem selbst, nicht wahr? Nun, ihres bildete keine Ausnahme. Und Hand aufs Herz, bei dem Interview kann sie sich nur an ein paar wenige Sätze erinnern, die glatt gelogen waren.

Manchmal wundert sie sich, warum es Merle war, die sie in jener Nacht anrief, und nicht Alison. Es konnte nicht nur allein daran gelegen haben, dass Fi sie tagsüber gesehen und ihre Hilfe im Kampf gegen die Vaughans angenommen hatte, sie gemeinsam Anwälte und die Polizei und Krankenhäuser angerufen hatten. Oder dass sie beim Abschied zu Fi gesagt hatte: »Ruf mich an, wenn du irgendwas brauchst. Egal, was.«

Ich stehe in deiner Schuld.

Hatte sie das wirklich ganz leise, im Flüsterton hinzugefügt, oder hatten Fis Ohren es in der Brise heraufbeschworen?

Denn Merle stand wirklich in ihrer Schuld. Und jetzt hatte sie diese Schuld mit Zins und Zinseszins zurückgezahlt. Nach all den chaotischen Stunden, als Fis Verstand benebelt und nutzlos gewesen war, hatte Merles mit klarem Scharfsinn gearbeitet.

Es war Merles Idee gewesen, sich an die Macher von *Das Opfer* zu wenden. Die Polizei hatte nur im Schneckentempo Fortschritte gemacht, um den Beweis zu liefern, dass der Betrug mit dem Unfall und anderen Verbrechen zusammenhing, und ihre Fragen an Fi hatten so wenig an den Tag gebracht, dass sie fast verrückt geworden war. Allmählich glaubte sie, die Beamten würden Wichtiges vor ihr zurückhalten und sie in falscher Sicherheit wiegen, bevor sie sich aus dem Hinterhalt auf sie stürzten.

»Wir müssen für klare Verhältnisse sorgen«, sagte Merle. »Was du wusstest und wann. Wir müssen dich als die Geschädigte hinstellen, bevor jemand auf andere Ideen kommen könnte.«

Für Fi war die Vorstellung erschreckend gewesen. »Warum sollte ich so viel Aufmerksamkeit auf mich ziehen? Diese Geschichten bei *Das Opfer* werden sogar in der *Mail* besprochen, landen überall im Internet.«

»Ganz genau. Warum solltest du Aufmerksamkeit auf dich ziehen, wenn du auch nur die geringste Schuld trägst? Das ist Dienst an der Allgemeinheit, im Grunde ein Akt der Nächstenliebe.«

Merle ist eine geborene Strategin.

Es gibt ein Spiel, das Fi spielt, wenn sie nicht schlafen kann: Sie versucht, sich an den letzten Moment der Unschuld, der Unwissenheit zu erinnern –, denn letztlich ist es ein und dasselbe. Der Tag steht zweifelsohne fest: natürlich Freitag, der dreizehnte Januar, als sie Lucy Vaughan in ihrem Haus vorfand – ihre Möbel, ihre Habseligkeiten, ihre *Rechte*, ersetzt durch die einer Fremden. Aber wann genau an diesem Tag? Weder als sie von Challoner's Open-House-Besichtigung hörte, noch als sich herauskristallisierte, dass Bram eine Komplizin hatte – noch nicht einmal, als David die Überschreibung des Grundbuchs von den Lawsons an die Vaughans verkündete. Nein, es war am Abend gewesen, in Merles Haus, nachdem Toby gekommen war und er sie gehalten, getröstet, ihrer Geschichte gelauscht hatte, sie alle drei Bram verflucht und lebhaft diskutiert hatten, wo er stecken könnte. Im Lauf des Nachmittags hatte sich das letzte bisschen Zugehörigkeitsgefühl, das sie noch für ihn empfunden hatte, in Luft aufgelöst. Aber Toby war da gewesen. Toby war ihr Fels in der Brandung.

Sie hatte vergessen, dass sich Felsen im Lauf vieler Jahre bilden, nicht in wenigen Monaten.

Als sie an jenem Abend Merles Haus verließ: Wahrscheinlich war das der Moment. Als sie den Pfad entlangschritt und sich verbot, sich noch einmal zu ihrem geliebten Grundstück umzudrehen, um keinesfalls das Licht zu sehen, das für die neuen Besitzer durch antike Glasscheiben funkelte.

Ja, sie war immer noch unwissend, immer noch unschuldig gewesen, als sie Toby zu seinem Auto folgte. Sie war wie die Ente in Leos altem Lieblingsbuch *Die Geschichte von Jemima Pratschel-Watschel*, die dem Fuchs in seine Küche folgte und in ihrer Leichtgläubigkeit die Kräuter mitbrachte, die für ihre eigene Füllung gebraucht wurden.

50

Freitag, 13. Januar 2017

London, 20:30 Uhr

Sie sitzt in Tobys Toyota auf dem Beifahrersitz, und sie haben die Kreuzung zur Hauptstraße erreicht, aber aus irgendeinem Grund biegt er nach links ab – nicht rechts –, was nicht der Weg um den Park herum zum Baby Deco ist.

»Und, wo glaubst du, steckt er?«, fragt Toby, sein Tonfall so angespannt, dass sie erschrocken aufblickt. Sein Kiefer ist verkrampft, seine Schultern hochgezogen. Wie Merle lässt er der Wut freien Lauf, die sie noch nicht verspürt. Sie will seine linke Hand mit ihrer rechten umfassen, die Finger mit seinen verschränken, aber seine beiden Hände sind mit dem Lenkrad beschäftigt.

»Er könnte überall und nirgends sein«, erwidert sie. »Er wird wissen, dass die Polizei ihn sprechen will. Zumindest werden sie das wollen, sobald sie den Beweis für sein kriminelles Verhalten haben.« Sie erinnert sich an die Zurückhaltung der zwei Beamten, wie sie sich kaum dazu durchringen konnten, ihr zuzustimmen, dass hier irgendein Verbrechen stattgefunden hatte. Und der Anwalt, Graham Jenson, beharrte nachdrücklich darauf, dass er die Anweisungen seines Mandanten peinlich genau befolgt hatte. Bei dieser Angelegenheit wird nichts auf die Schnelle geregelt werden, und es gibt keinerlei Garantie auf Gerechtigkeit.

»Es wird Beweise geben, na klar«, sagt Toby mit einer Überzeugung, die an Boshaftigkeit grenzt. »Keine Sorge.«

Ihr Verstand hinkt hinterher, ihre Auffassungsgabe arbeitet verzögert, und ihre Gedanken kreisen immer noch um das Warum. Wenn Bram auf die Schnelle Geld brauchte, warum hatte er sich dann nicht an sie gewandt? Warum hatte er ihr nicht die Chance gegeben, dass sie ihm seinen Anteil des Hauses ausbezahlt? Und selbst als er den Entschluss fasste, auf eigene Faust zu handeln, wäre es dann nicht leichter gewesen, eine zweite Hypothek aufzunehmen und das Geld einfach einzustreichen, ohne gleich das ganze Haus zu verkaufen?

Die entgegenkommenden Scheinwerfer sind unnatürlich grell in der Dunkelheit, als wäre die Luft reiner als gewöhnlich, und Fi starrt in das blendende Licht. Im Auto sind weder Musik noch das Radio eingeschaltet, und sie kann Toby neben sich atmen hören.

Sie erinnert sich an sein Arbeitstreffen, sein Gespräch mit Honoratioren aus dem Ausland. »Solltest du nicht bei diesem Umtrunk sein? Mit den Leuten aus Singapur?«

Er gibt keine Antwort, sondern wiederholt einfach seine frühere Frage: »Wo könnte er sonst noch sein?«

»Das habe ich dir doch schon gesagt, ich habe nicht den blassesten Schimmer. Wohin fährst du? Bringst du mich denn nicht zur Wohnung?«

»Gleich. *Denk nach*, Fi!«

Erst jetzt bemerkt sie, dass er die Straßen von Alder Rise und der näheren Umgebung abfährt, systematisch nach Bram sucht. »Hier draußen ist er nicht – so viel steht fest. Toby, ich weiß, du willst nur helfen, und dafür bin ich dir sehr dankbar, aber ich will einfach in die Wohnung und mich ein paar Stunden ausruhen. Mein Kopf bringt mich um.«

»*Dein* Kopf.« Er kichert hässlich. »Nun, in *dem* Fall ...«

Sie runzelt die Stirn. Irgendetwas stimmt hier nicht. Schon zuvor in Merles Haus hatte etwas nicht gestimmt, wird ihr nun schlagartig klar. Es ist, als würde er nicht ihretwegen vor Wut kochen, sondern seinetwegen.

Sie spult die Zeit in Gedanken zurück. »Woher wusstest du, dass etwas nicht in Ordnung ist? Okay, ich habe dir keine Nachricht geschrieben, dass ich sicher zurück bin, aber das ist keine große Sache. Definitiv nicht genug, um dein Arbeitstreffen sausen zu lassen und hierherzukommen.« Um zum Haus zu fahren und nach *Bram* zu suchen, nicht nach ihr. *Wo zum Teufel steckt Bram?* »Was ist hier los, Toby?«

Er seufzt, ist viel zu ungeduldig, um eine Erklärung zu liefern, und scannt die vorbeigehenden Fußgänger mit routiniertem Blick.

Es dauert nicht lang, selbst für ein pulverisiertes Gehirn, die einzig vorstellbare Verbindung zu finden. »Hat es mit deiner Arbeit zu tun? Kennst du Bram irgendwie beruflich?«

Er antwortet nicht, seine Lippen sind fest verschlossen. Aus ihrem Gedächtnis fischt sie das Bild der einzigen Gelegenheit heraus, an der die zwei Männer sich begegnet waren, als Bram so bedrohlich, so unentschuldbar bedrohlich, und Toby so kontrolliert gewesen war. War er ein bisschen *zu* kontrolliert gewesen? Wie jemand, der *psychologisch geschult* ist?

»Du arbeitest nicht für diese Expertenkommission, nicht wahr? Du arbeitest für die Polizei. Du ermittelst gegen ihn. Die ganze Zeit über hast du gegen ihn ermittelt. Ist das der Grund, weshalb du mit mir ausgegangen bist? Um besser an ihn heranzukommen?« Sie errötet, ohne zu wissen, ob die Hitze von Schock oder Scham herrührt. »Hat es mit der Haussache zu tun? Arbeitest du fürs Betrugsdezernat?« Während ihr Gehirn in alle Richtungen feuert, wird ihre Stimme immer lauter. »Hättest du das nicht verhindern können? Bevor die Verträge ausgetauscht wurden? *Warum hast du das zugelassen?*«

»Hör auf, Fragen zu stellen«, faucht Toby sie an. »Verdammt noch mal, halt einfach mal die Klappe! Du gehst mir gehörig auf die Nerven mit deinem Gejammer!«

Sie keucht auf, versinkt in ihrem Sitz, als wäre sie gewaltsam nach hinten geschleudert worden, doch ihre verängstigte Reaktion hilft nicht, seine Wut zu lindern.

»Im Ernst, du spuckst eine Frage nach der anderen aus und wartest keine Antwort ab. Beruhig dich, Fi!«

Sie wimmert. »Ich kann nicht glauben, dass du so mit mir redest. Du bist derjenige, der …«

»*Hör mir einfach zu*. Wenn du wissen willst, was los ist, verrat ich's dir, aber du musst die Klappe halten und mich ausreden lassen.« Er zögert, die Augen in die Ferne gerichtet, obwohl sie angehalten haben und keinen Zentimeter vorankommen, in einer Autoschlange vor einer roten Ampel warten. »Ich arbeite nicht fürs Betrugsdezernat, ich bin kein Detective, habe nichts mit der Regierung oder irgendeiner anderen Organisation am Hut. Es gibt keine Honoratioren, die in der Stadt mit einem beschissenen Glas Champagner auf mich warten!«

»Aber du hast gesagt, deine Arbeit würde sich mit Verkehrsstaus beschäftigen. Du hast gesagt …«

»Verflucht noch mal, dafür habe ich keine Zeit.« Feixend dreht er sich zu ihr. »Hör mir jetzt ganz genau zu: *Ich habe es mir ausgedacht*. Jedes Wort, das ich gesagt habe, stammt aus einem Artikel im *Standard*. Ich konnte nicht fassen, dass du mir geglaubt hast. Ich meine, wie einfältig bist du? Kein Wunder, dass du so über den Tisch gezogen wurdest. Und dieses ganze komische Nestmodellding – was für eine Vollidiotin würde so etwas mit einem Kerl wie *ihm* machen? Es war nicht mal seine Idee … es war deine!«

Ein Zittern setzt in ihren Armen ein, Tränen steigen ihr in die Augen. Auf einmal ist er ein vollkommen anderer Mensch: durchtrieben und bedrohlich, voller Hass.

Er ist nicht auf der Seite, von der sie glaubte, er sei es.

Und jetzt hat er die Ampel hinter sich gelassen und biegt von der Hauptstraße in eine Seitengasse ein, wo er, weit weg von jeder Straßenlaterne, anhält. Sie kennt die Straße nicht, hat längst die Orientierung verloren, und da ist keinerlei Verkehr, niemand, der zu Fuß unterwegs ist. Die erleuchteten Fenster der Häuser sind ein Stück von der Straße zurückgesetzt. O Gott! Ihr Blick tastet die Knöpfe vor ihr ab, sucht nach der Entriegelung.

»Nun denn«, sagt Toby, löst den Sicherheitsgurt und beugt sich zu ihr, »auch wenn ich vor Mitgefühl für dich fast umkomme, muss ich jetzt wissen, wo dein Ehemann steckt. Alles andere interessiert mich nicht. Verstanden?«

Sie ist sicher, den richtigen Hebel erspäht zu haben, dort unten beim Schaltknüppel. Wenn sie ihn mit der rechten Hand erreicht, bevor sie die Autotür mit der linken öffnet ...

Doch dann trifft sie ein Gedanke, der sie an Ort und Stelle erstarren lässt, der schlimmste Gedanke von allen: »Bist du ... Bist du in diesen Hausbetrug verwickelt?«

Toby wirft die rechte Hand in die Luft, sein Gesicht ist aufs Neue erzürnt, und sie weicht erschrocken zurück. »Ich bin derjenige, der betrogen wurde! Wo ist das Geld?« Die Hand landet auf ihrer linken Schulter, presst sie schmerzhaft in den Sitz. »Er hat es dir verraten, nicht wahr? Er hat versucht, es für dich und deine verdammten Blagen zu verstecken. Triffst du dich irgendwo mit ihm? Wo? *Wo?*«

Entsetzt starrt sie ihn an. »Ich weiß von überhaupt nichts! Der Anwalt meinte, der Verkauf wäre genauso durchgegangen, wie es ausgemacht war. Er hat gesagt ...«

»Schwachsinn!« Seine Stimme explodiert in dem verriegelten Wagen. »Wir haben mit ihm gesprochen, und sie hatten in letzter Minute die Anweisung, ein anderes Konto zu nehmen. Wo zum Teufel ist es? Welche anderen Konten habt ihr zwei sonst noch?«

Sie hatte geglaubt, jedes Tröpfchen Adrenalin aufgebraucht zu haben, doch ein Ventil öffnet sich jäh, und sie schießt vor, um es mit ihm aufzunehmen. »Es *gibt* keine anderen Konten, Toby. Woher um alles in der Welt soll ich wissen, wo das Geld ist, wenn ich erst heute von diesem ganzen Chaos erfahren habe? Und falls du wirklich in diese Sache verwickelt bist, kannst du doch nicht ernsthaft erwartet haben, eine derart gewaltige Summe auf deinem Konto zu haben und das Geld einfach mir nichts, dir nichts ausgeben zu können. Das Finanzamt würde sicherlich wissen wollen, woher es stammt, die Polizei wahrscheinlich auch. Es hätte niemals funktioniert – das Geld wäre auf jeden Fall beschlagnahmt worden. Und das wird es immer noch – die Hälfte der Summe gehört mir, nicht ihm!«

Bei ihren Worten schnaubt Toby höhnisch. »Hätte er das richtige Konto benutzt, dann hätte man es niemals zurückverfolgen können. Wir finden ihn, und dann bekommen wir das Geld.«

»Wir? Meinst du …?«

»Nicht du«, unterbricht er sie scharf.

Die falsche Mrs Lawson. Die Betrügerin.

»Wer ist diese Frau?«, fragt sie nachdrücklich.

»Das geht dich nichts an.«

»Das soll mich nichts angehen? Es ist mein Haus, Toby!«

»Nicht mehr, Süße.«

»Wer ist sie? Wie heißt sie?«

»Fiona Lawson«, erwidert er mit einem feixenden Grinsen. »Zugegeben, eine etwas jüngere, hübschere Version. Nichts für ungut. Frag Bram … Er ist derjenige, der mit ihr gevögelt hat.«

Endlich lässt er ihre Schulter los, und Fi kann wieder frei atmen. Das Hämmern ihres Herzens ist lauter als ihre Stimmen.

»Wie hat das angefangen? Woher kennst du Bram? Sag schon, Toby ... das schuldest du mir!« Sie bricht in Tränen aus, und er beäugt sie verächtlich. Ihr ist bewusst, dass ihre Zurschaustellung von Gefühlen ihn anwidert. *Das schuldest du mir*: so schwach und erbärmlich und typisch Frau.

»Er hat ein anderes Auto von der Straße gedrängt, und es gab einen Unfall. Eigentlich hätte er nicht fahren dürfen – er hatte keinen Führerschein. Da war ein Kind in dem Auto, das gestorben ist.«

»*Was?*« Sämtliche Luft ist aus ihrer Lunge entwichen. »Meinst du diesen Unfall in Thornton Heath?« Der, von dem sie gelesen hatte, der, zu dem der Detective ermittelte – er war extra zu ihr nach Haus gekommen. Hätte sie es für nötig befunden, *ihm* ein paar Fragen zu stellen, wäre sie dann jetzt hier? »Du meinst, du warst dort? Du hast es beobachtet? Du hast das mit dem Fahrverbot herausgefunden und ihn erpresst?«

»Korrekt.« Toby zuckt mit den Schultern. »Wie sich herausgestellt hat, war das ein Glückstreffer. Er hat den Gedanken an den Knast mehr gehasst, als er seine Frau und seine Kinder geliebt hat. Was soll ich sagen? Wir alle haben unsere Achillesferse.«

Fi schüttelt den Kopf. »Das ist nicht wahr. Auf gar keinen Fall. Vielleicht hat es so angefangen, weil er Angst hatte, im Gefängnis zu landen, aber er hätte es niemals so weit kommen lassen.«

»Doch, das hätte er, wenn er dachte, zehn oder vielleicht fünfzehn Jahre zu bekommen. Er ist ein ziemlich übler Bursche laut den Akten, hatte eine Verurteilung wegen Körperverletzung ... wusstest du das?«

»Unsinn!«, schreit sie.

»Er hat einen Typen vor einem Pub krankenhausreif geprügelt. Erst vor ein paar Jahren.«

»Das glaube ich dir nicht!«

»Ja, das kann ich nachvollziehen. Die Sache ist nur die, die Polizei gibt einen Scheiß drauf, was *du* glaubst. Es ist eine Vorstrafe wegen Körperverletzung, nicht wahr? Nachdem das Kind gestorben ist, muss er mit der Höchststrafe rechnen.«

Fi spürt, wie ihre Atemzüge flacher werden. »Selbst so hätte er das niemals gemacht. Er würde seine Jungen nicht im Stich lassen. Ihr müsst ... Ihr müsst ihn *gebrochen* haben.«

Er beäugt sie mit echter Neugierde. »Dafür hat er uns nicht gebraucht. Er ist ein Loser. Es liegt in seinem Blut – du wusstest das.«

Angewidert starrt sie ihn an. Bis zu diesem Moment hatte sie angenommen, dass nur ein einziger weiterer Mensch die Wahrheit über Brams Vater kannte, und das war dessen Witwe Tina. Zwischen den beiden Frauen war es niemals zur Sprache gekommen, und nur ein einziges Mal, ganz am Anfang, hatten sie und Bram darüber gesprochen.

»Wie kannst du so herzlos sein?«, flüstert sie. »Er war ein Kind, als sein Vater gestorben ist. Es hat ihn zerstört.«

»Buuhuu. Ein paar von uns hat es noch schlimmer getroffen. Du hättest sehen sollen, wie *mein* Alter drauf war.«

Fi atmet ein. Es gibt keinen Weg durch diese Unterhaltung, keinen Pfad, der zu Vernunft oder Verständnis führt. »Was auch immer bei diesem Unfall passiert ist, er hätte nie absichtlich jemanden verletzt. Das hier hat er nicht verdient.«

»Oh, Fi, bist du wirklich die Richtige, die entscheiden kann, was dieser Wichser verdient?«

Sie keucht auf. »Nenn ihn nicht so!«

Er lacht, und darin liegt Gehässigkeit, ein Hauch von Sadismus. »Weißt du eigentlich, wie oft du über ihn gesprochen hast? Du hast nichts auf ihn kommen lassen. Nur *du* durftest Kritik an ihm üben, und das auf diese selbstgerechte Art. Es war erbärmlich, dass du nicht über ihn hinweggekommen bist. Und uns ständig verglichen hast.«

»Ich habe euch nie verglichen!«

»Keine Sorge, Süße ... du hast meine Gefühle nicht verletzt.«

Sie hat aufgehört zu zittern, aufgehört zu weinen, und ist jetzt ganz ruhig, überwältigt von einer Energie, die ihr neu ist – die Antwort auf seine Herabwürdigung, tiefer als eine Kampf-oder-Flucht-Reaktion. Etwas aus der Seele, nicht aus dem Verstand. »In Winchester, da dachte ich, wir würden uns ...«

»Was? Ineinander *verlieben*?«, feixt er höhnisch.

»Empfindest du denn überhaupt nichts für mich?«

»Ganz ehrlich?«

»Ja.«

Tobys Mund bewegt sich grausam, bevor er ihr antwortet. »Nicht das Geringste. Du warst nur Mittel zum Zweck, um ihn bei der Stange zu halten. Ihm zu zeigen, dass ich alle Trümpfe in der Hand habe. Eigentlich hatte ich angenommen, er würde an dem Abend, als er mich im Haus gesehen hat, alles verraten.«

Doch er hat nichts gesagt, denkt sie. Er hat mich in den Klauen dieses Monsters gelassen – wo sie womöglich der einzige Mensch gewesen wäre, der *ihn* hätte retten können.

»Was ist mit deiner Exfrau? Und Charlie und Jess? Gibt es die überhaupt?«

»Wer sind Charlie und Jess?«, sagt er. Er greift nach dem Schlüssel in der Zündung, dreht ihn. »Wenn du hier keinen nützlichen Beitrag leisten kannst, hau ab! Ich muss weitersuchen.«

»Du wolltest mich zur ...«

»Ich bin nicht Uber, verdammt noch mal. Raus aus meinem Auto! Du bist offensichtlich zu gar nichts zu gebrauchen.«

Sie taumelt ins Freie, ihre Taschen an sich gepresst, und spürt, wie ihr die Tür aus den Händen gerissen wird, als er sie mit aller Gewalt zuschlägt. Es folgt das leise Klicken der Türverriegelung, und im nächsten Moment rast der Toyota mit atemberaubendem Tempo vom Bürgersteig weg. Die Straße ist auf beiden Seiten mit Autos zugeparkt, was kaum genug Platz lässt, dass sein Wagen zwischen ihnen hindurchpasst. Wenn ihm jetzt ein anderer Fahrer entgegenkäme, würde er sie beide umbringen.

Lyon, 21:30 Uhr

Er hat sich in einem Zimmer einer weiteren unscheinbaren Hotelkette eingerichtet, dem zweiten innerhalb von zwölf Stunden. Morgen wird er sich etwas Dauerhafteres suchen. Auf dem Schreibtisch liegt das übliche Sammelsurium an Broschüren mit den hiesigen Sehenswürdigkeiten und Unterkünften, außerdem ein Stadtplan, was er beides genau studiert. Er entscheidet sich für ein Aparthotel in der Rue du Dauphiné, das mit günstigen Wochenpreisen für Raucherappartements lockt, die mit Küchenzeile, Putzservice und kostenlosem WLAN ausgestattet sind.

Er wird kein WLAN benötigen.

Er reißt die Seite aus der Broschüre und steckt sie für den morgigen Tag in seine Geldbörse. Masochismus oder vielleicht sogar Sentimentalität zwingt ihn, Mikes Ausdruck aus demselben Fach zu ziehen. Er hält inne, bevor er ihn auseinanderfaltet, zögert ein zweites Mal, bevor er die Überschrift liest:

Todesfälle in Gefängnissen, 1978, England und Wales

Auf der Liste stehen ungefähr sechzig Namen. Eine trostlose Aufzählung von Menschenseelen. Sein Blick findet den einen, den er ungefähr ein Dutzend Zeilen weiter unten wiedererkennt, und nimmt die Fakten in sich auf:

Name: Lawson, R.
Geschlecht: männlich
Alter: 34
Todestag: 24.07.1978
Haftanstalt: Brixton
Todesursache: Selbst herbeigeführte Strangulation

Die Gefängnisleitung hatte seiner Mutter einen Brief weitergeleitet, den Bram zwar niemals zu Gesicht bekommen, den man aber für seine jungen Ohren zusammengefasst hatte. »Er hielt es für das Beste für uns. Er war überzeugt, es wäre leichter für dich, wenn er nicht mehr da ist, um noch mehr Schande über dich zu bringen.«

Im Geheimen, ohne es seiner Mutter oder später Fi zu erzählen, hatte er so viel über den Vorfall recherchiert wie nur irgend möglich. In den 1970ern hatte es in britischen Gefängnissen einen Anstieg an Suiziden gegeben, eine überproportionale Zunahme im Vergleich zur Zahl an Häftlingen, was der Überbelegung, aber auch psychischen Problemen wie Depressionen und Angststörungen zugeschrieben wurde – Faktoren, die seitdem noch viel schlimmer geworden waren. Es war nicht einfach gewesen, Einzelheiten über seinen Vater herauszufinden, aber er hatte jemanden aufgespürt, der zur selben Zeit in Brixton eingesessen und den Zellennachbarn seines Vaters gekannt hatte. Lawson war von seinem Haftantritt an angespannt gewesen und hatte Schwierigkeiten, sich anzupassen, erinnerte er sich. Es hatte einen Mithäftling gegeben, einen Bekannten des älteren Mannes, den Brams Vater verletzt hatte, was zu andauernden Schikanen führte. (»Er ist fast jeden Tag vermöbelt worden.«) Er hatte die Wärter angefleht, verlegt zu werden, doch seiner Bitte war nie nachgekommen worden. Er hatte sich nachts mit einem Bettlaken erhängt und keinen Puls mehr gehabt, als man ihn am nächsten Morgen fand und abschnitt.

Bram verspürt nun einen stechenden Schmerz mitten in der Magengegend, gefolgt von dem einen Gefühl, nach dem er sich den ganzen Tag gesehnt hat – schon länger, seit Wochen, Monaten, Jahren: die Erkenntnis, dass der Schlusspunkt, den er für sich gewählt hat, die absolut richtige Entscheidung ist.

Nicht nur für ihn, sondern für sie alle.

51

Freitag, 13. Januar 2017

London, 21:30 Uhr

Die Temperatur ist gefallen, und es ist jetzt bitterkalt. Wut dient nur bedingt als Wärmedämmung, und Fi fischt in ihren Manteltaschen nach den Handschuhen und der Mütze, die sie in Winchester getragen hat. Vor dem Anziehen presst sie sich die Kleidungsstücke ins Gesicht und atmet den Geruch des gestrigen Tages ein, der Kathedrale und der uralten Kopfsteinpflastergässchen. Eines Lebensstils – eines Lebens, das vorbei ist.

Es dauert einen Moment, bis sie die Orientierung wiederfindet. An der Hauptstraße gibt es eine Bushaltestelle, und ihr wird klar, dass sie mehrere Haltestellen südlich von Alder Rise ist, laut Plan in den nächsten fünfzehn Minuten allerdings kein Bus vorbeikommen wird. Ihre Gedanken fahren Karussell. Wäre sie schneller, wenn sie zu Fuß geht? Oder auf ein Taxi wartet? Kann sie sich eines leisten, nun, wo alles verloren ist? Wo ist das Geld? Was hat Bram getan? Was hat Toby vor? Wird er umkehren, zu ihr zurückfahren und einen Teil der Gewalt an ihr auslassen, die im Wagen regelrecht greifbar gewesen war?

Sie marschiert los. Als sie Baby Deco erreicht, ist das Gebäude vom Freitagnachttrubel hell erleuchtet, voller Menschen, deren Leben sich durch das anstehende Wochenende verbessert hat – eine lächerliche Vorstellung, hätte sie Fi nicht zum Weinen gebracht. Sie nimmt die Treppe zum zweiten Stock. Sie bewegt sich sonderbar, träge, und das Licht schaltet sich aus, bevor sie ihre Tür erreicht. Zu jedem anderen Zeitpunkt hätten die Dunkelheit und die dumpfe Stille des Treppenhauses sie beunruhigt, aber heute Abend begrüßt sie es als das, was es ist – ein Hinauszögern der forschenden Blicke, der Bloßstellung.

Als sie die Tür zur Wohnung aufschließt, taumelt sie postwendend wieder zurück. Das gesamte Apartment, einschließlich der Küchenzeile, die direkt an die Tür grenzt, ist mit großen Umzugskartons vollgestellt, eine deckenhohe Wand aus hellem Braun, unterbrochen vom Blau eines Firmenlogos. Die Glastür zum Balkon ist nur durch eine unterbrochene Linie zu sehen, durch einen breiten Spalt, der frei gelassen wurde, um einen Zugang zum Bad zu ermöglichen. Das Bett muss unter den Kartons versteckt sein, während die zwei grauen Sessel zuvorkommenderweise in den Küchenbereich geschoben sind.

Ihre Finger gleiten forschend über die Gegenstände auf der Küchenarbeitsplatte, als könnte sie ihren Augen nicht mehr trauen: Brams Schlüssel für die Wohnung; ein gelbes Formular in DIN-A4, das sich als die bereits bezahlte Rechnung einer Self-Storage-Firma in Beckenham herausstellt, in der wohl ihre Möbel eingelagert sind; außerdem Harrys kleine blaue Fibel, auf die sie sich keinen Reim machen kann. Was ist Bram durch den Kopf gegangen, fragt sie sich, als er seine Familie in diesem Ausmaß hintergangen hat und dennoch daran dachte, ein Schulbuch herauszusuchen? Wann hat er das letzte Mal mit den Jungen gesprochen? Hat er sie womöglich auf das Trauma vorbereitet? Hat er es *wirklich* übers Herz gebracht, sich von ihnen zu verabschieden, und das für immer?

Es gibt weder einen Brief noch irgendwelche Bankverbindungen, aber das hat sie auch nicht erwartet. Das ist kein Rätsel, das Bram sich zu ihrer Belustigung ausgedacht hat. Es ist der letzte Akt eines verzweifelten Mannes.

Ohne zu wissen, was sie als Nächstes tun soll, öffnet sie den Umzugskarton, der genau vor ihr steht, und wirft einen Blick hinein. Nippes, Fotografien, Bücher: alles aus dem Wohnzimmer der Trinity Avenue. Die nächsten drei sind voller Bücher aus demselben Zimmer. Im fünften gibt es Zeug aus dem Arbeitszimmer, einschließlich wichtiger Unterlagen und Dokumente aus dem Aktenschrank, ein Glücksfund zu diesem frühen Zeitpunkt – wenn denn überhaupt irgendetwas in diesen diabolischen Tagen als Glück gewertet werden kann –, denn für ihren Termin mit dem Anwalt am Montag wird sie Finanzunterlagen brauchen. Sobald sie sich – mithilfe ihrer Eltern – wieder gesammelt hat, wird sie die Verträge benötigen, um ihre Besitzrechte am Haus zu beweisen. Sie beginnt den Umzugskarton zu durchforsten und legt alles Nützliche beiseite, einschließlich der blauen Plastikmappe mit den Pässen der Familie. Sie ist fassungslos, als sie den von Bram entdeckt, unberührt und intakt – so fassungslos, dass sie sich einen Moment hinsetzen muss, um über die Sache nachzudenken.

Er hält sich also noch in Großbritannien auf. Obwohl die Erschöpfung unbarmherzig an ihr zerrt, scheint ihr Verstand zu wissen, dass britische Einwohner selbst für Frankreich oder Irland einen Pass brauchen. Natürlich könnte er sich auch einen gefälschten besorgt haben. Wenn er ein Haus stehlen kann (streng genommen ein halbes Haus), kann er sich auch illegal einen neuen Pass besorgen. Die kriminelle Unterwelt ist offensichtlich sein Tor zur Welt, und Toby sein ehemaliger Reisekompagnon.

Beim Gedanken an Toby steigt siedende Wut in ihr auf, was zumindest neuen Elan fürs weitere Ausräumen in ihr entfesselt. Küchenutensilien, Kleidung, Schuhe, Spielzeug ... und so geht es immer weiter. Nach einer guten Stunde legt sie eine Pause ein, um etwas zu essen und zu trinken zu finden. Der Kühlschrank ist leer, es gibt nicht einmal Milch oder Wasser, nur eine Flasche Rotwein im Flaschenregal auf der Arbeitsfläche, weshalb sie es im oberen Regal des Küchenschranks probiert, wo sie Nudeln und andere Lebensmittel lagern. Instantnudeln wären in Ordnung, oder eine Suppe.

Im nächsten Moment finden ihre Finger etwas Dünnes aus Plastik. Hinter dem Vorrat an Dosentomaten, Crackern und Teebeuteln liegt ein Handy, ein ramponiert aussehendes Sony samt Ladegerät, das Bram gehören muss, da es definitiv nicht ihres ist. Das Telefon ist tot, weshalb sie es in die nächste Steckdose stöpselt, die Cracker isst und ein Glas Wasser trinkt, während sie darauf wartet, dass es zum Leben erwacht.

Als es endlich reagiert, stellt sie fest, dass sie einen Homescreen anstarrt, bei dem weder eine PIN überwunden werden muss noch Inhalte geschützt sind. Keine Fotos, keine E-Mails, kein Internetverlauf. Nur zwei Textnachrichten von einer unbekannten Nummer. Die erste, vom letzten Oktober und geöffnet, liest sich wie folgt: *Oh-oh, sieht so aus, als würde jemand sein Gedächtnis wiederfinden ...* samt einem Link zu einem Artikel über den Unfall in Thornton Heath:

Verkehrsrowdy laut Opfer für Silver-Road-Unfall verantwortlich

Sie weiß, wer die Nachrichte geschickt haben muss, noch bevor sie sich an die grotesken Worte im Auto erinnert – »*Er hat ein anderes Auto abgedrängt ... Das Kind ist gestorben*« – und noch bevor sie die zweite Nachricht öffnet, die heute gesendet wurde und bis jetzt ungelesen war:

- *Verdammt, was ist mit deinen Handys los? Kriege keine Antwort von der üblichen Nummer. Fi ist auf dem Weg zurück nach London. Ruf mich asap an!*

Ihre Wut ist wie eine Sturmflut zurück.
»*Du bist offensichtlich zu gar nichts zu gebrauchen …*«
»*Eine jüngere, hübschere Version …*«
»*Was für eine Vollidiotin …?*«
Fast augenblicklich ertönt ein Warnsignal, und Fi erkennt, dass sie *ihm* mit dem Öffnen der letzten Nachricht ihre Gegenwart – oder die von Bram – verraten hat.

- *Ich weiß, dass du da bist. Riesenproblem, Anwalt hat auf falsches Konto überwiesen. Weißt du was davon?*

Atemlos wartet sie auf die nächste Nachricht:

- *Kein Geld, kein Pass. Du kennst den Deal. Du hast bis Montagmorgen, um die Sache zu klären, sonst gehen die Beweise an die Polizei.*

»*Kein Geld, kein Pass.*« Und dennoch ist Brams Pass hier, in der Wohnung. Von ihrem Platz aus kann sie die Mappe sehen. Sie hatte also recht – es muss einen Ersatz geben, beschafft von Toby und zurückgehalten, bis er die Überweisung bekommen hat. Wie gerissen er ist – oder sich dafür *hält*. Und dennoch steht er jetzt mit leeren Händen da, denn irgendwie hat Bram gesiegt, über sie alle. Und entweder hat er vergessen, dass dieses zweite Handy existiert, oder er hat es absichtlich zurückgelassen. Soll sie es entsorgen? Was erwartet er von ihr?
Dann kommt ihr ein Gedanke, den sie nie zuvor für mög-

lich gehalten hätte: Das könnte nicht ... Das könnte nicht Brams Rache sein, weil sie Toby ihm vorgezogen hat?

Aber nein: Bram muss klar gewesen sein, dass Tobys Interesse an ihr nur vorgetäuscht war. Voller Scham erinnert sie sich an ihre eigene Eitelkeit an jenem Abend, als Bram in der Trinity Avenue Toby begegnet war: Ihre gesamte feministische Überzeugung, ihr Stolz auf ihre Unabhängigkeit, alles wie weggewischt von der Begeisterung einer Steinzeitfrau über zwei Jäger und Sammler, die sich ihretwegen stritten.

Was, wie sich nun herausstellt, die beiden überhaupt nicht getan haben.

Wie erbärmlich sie ist. Obdachlos und ruiniert und entwürdigt.

Als ihr Blick sich auf die Flasche Wein senkt, klingelt das Telefon erneut.

Lyon, 22:30 Uhr

Er glaubt nie wieder schlafen zu können, aber im Grunde verliert er früh das Bewusstsein und fällt in dieser ersten Nacht in Lyon in einen tiefen und festen Schlaf, aus dem er nur zweimal kurz an die Oberfläche gerissen wird. Das erste Mal ist die Erbse unter seiner Matratze ein Handy. Genau genommen das dritte Handy – das Sony, das Mike ihm als Ersatz für das zerschmetterte Samsung ins Büro gebracht hatte. Er erinnert sich, dass er es nie benutzt hat, aber wo hat er es gelassen? Im Büro? In der Wohnung?

Besteht die Möglichkeit, dass es Mike zu ihm hierher führen könnte? Nein. Seine Recherche zu Genf und Lyon hatte er in dem Internetcafé in Croydon getätigt, und die Telefonate mit Mike gingen vom Prepaid-Handy aus, das jetzt am Boden eines Mülleimers in Victoria liegt.

Er schließt die Augen.

Und öffnet sie wieder. Da war diese eine Textnachricht, nicht wahr? Ein Link zu einem Zeitungsartikel über die Ermittlungen in der Silver Road. Ist es möglich, dass dieser die Polizei zu Mike führen könnte?

Sehr wahrscheinlich. Aber vielleicht wäre das gar nicht so schlimm.

London, 22:30 Uhr

Sie weist fünf Anrufe von ihm ab, bevor sie ihm selbst eine Nachricht schickt:

- Nur mit der Ruhe. Ich bin in der Wohnung.
- *Flachwichser. Wo ist das Geld?*
- Ich habe es, keine Sorge. Zahlendreher bei der Kontonummer. Kommen Sie zur Wohnung, und ich überweise es, während Sie hier sind.
- *Wohnung ist nicht sicher. Fi war im Haus, hat die Polizei gerufen.*
- Hier ist die Luft rein. So spät wird die Polizei nicht mehr auftauchen.
- *Sicher?*
- Kommen Sie her, wenn Sie das Geld wollen. Ihre Entscheidung.

Er muss wie ein Verrückter gefahren sein, denn wenige Minuten später ist er schon da. Als Fi auf die Gegensprechanlage drückt, blafft er hinein, ohne eine Begrüßung abzuwarten. »Mike hier. Lassen Sie mich rein!«

»*Mike?*« Demnach war bei Toby alles fake gewesen, selbst der Name, den er ihr aufgetischt hatte.

»*Ich meine, wie einfältig bist du?*«

»*Hör mir jetzt ganz genau zu: Ich habe es mir ausgedacht.*«

Sie drückt auf den Türöffner.

Erstaunlicherweise – wenn man bedenkt, was alles an diesem Tag passiert ist – verspürt sie beim Anblick seines überraschten Gesichtsausdrucks, als er sich der geöffneten Tür nähert und sie dort stehen sieht, ein Gefühl von etwas, das regelrecht an Frohlocken heranreicht.

»Was zum Teufel tust *du* hier?«

»Ich habe dir doch gesagt, dass ich herkomme. Das ist das einzige Zuhause, das mir geblieben ist, schon vergessen?« Ihr Tonfall ist so barsch wie nur irgend möglich, aber nichts, was sie zu sagen hat, könnte ihn verletzen. Er sieht in ihr nur ein Hindernis, das beseitigt werden muss. »Ich suche nach Bram«, fügt sie hinzu. »Genau wie du, schätze ich, denn du bist sicherlich nicht zurückgekommen, um mir einen Antrag zu machen.«

Oder, Mike?

Verächtlich verzieht er die Lippen. »Wo steckt er?«

»Er hat mir gerade geschrieben, dass er in zehn Minuten hier sein wird.«

Da fällt ihr siedend heiß ein, dass sie vergessen hat, Brams Handy auf lautlos zu stellen. Sie hat es unter ihrer Tasche auf der Küchenzeile versteckt – neben dem Messer, das sie, nur für alle Fälle, aus der Schublade geholt hat. Nur für den Fall, dass der Dreckskerl ihr etwas antun will.

Doch sie kann nicht nach dem Handy greifen, wo er genau vor ihr steht.

»Mir hat er geschrieben, er wäre schon hier«, entgegnet Toby. Mike.

»Er muss uns von unterwegs geschrieben haben. Immerhin benutzt er öffentliche Verkehrsmittel, schon vergessen?«

»Verdammt noch mal!« Längst auf hundertachtzig, sieht er sich nach etwas um, auf das er einschlagen kann. »Nun, du wirst warten müssen, bis ich mit ihm fertig bin. Ihr könnt ja auf dem Weg ins Krankenhaus ein Pläuschchen halten, hm?«

Wie konnte sie diesen Mann jemals attraktiv gefunden haben? Er ist ein Unmensch, ein widerliches, hässliches Monster. »Ich habe alle Zeit der Welt. Setz dich.« Mit einer einladenden Handbewegung zeigt sie auf die Sessel, nebeneinander geschoben in ihrem erbärmlichen, provisorischen Wohnzimmer. »Willst du was trinken?«, fragt sie und umklammert die Flasche Rotwein, die sie bereits angefangen hat.

»Gibt's Wodka?«

»Ich habe nur das.«

»Na schön.«

Ihr Glas ist bereits voll. Sie schenkt ihm ein neues ein und reicht es ihm. Diesen Akt der Gastfreundschaft kann sie nicht mit den Dutzend anderen in Einklang bringen, als er sie hier während ihrer Beziehung besucht hatte. Die Gespräche und das Flirten und der Sex: das war mit einem anderen Mann gewesen. Einem Mann, der als unkomplizierter und beherrschter Widersacher einem bekanntermaßen unkontrollierten Ex die Stirn bot. War es die unterdrückte Aggression gewesen, die sie gespürt und auf die sie reagiert hatte? Wie verhielt er sich bei Frauen, wenn er keine Hintergedanken hegte, keinen teuflischen Plan, der darauf aus war, sich ihr Vertrauen zu erschleichen? Unangenehm, vermutet sie. Gewalttätig.

Er kippt den Wein in ungeduldigen Schlucken hinunter, wobei

er sich beschwert, dass er scheiße schmeckt, hört aber nicht auf zu trinken. Sie schenkt ihm ein zweites und ein drittes Glas ein, während sie weiter an ihrem eigenen nippt.

»Die zehn Minuten sind längst um«, meckert er, dann trifft ihn ein Geistesblitz. »Was meintest du mit ›unterwegs‹? Woher kommt er?«

Fi zuckt mit den Schultern. Sie hat jetzt keine Angst mehr vor ihm. »Keine Ahnung ... das hat er in seiner Nachricht nicht geschrieben ... aber offensichtlich gab es eine Verzögerung.«

»Zeig mir die Nachricht, die er dir geschickt hat!« Er erhebt sich leicht taumelnd, und sie springt auf die Beine, um ihm den Weg an ihr vorbei zu ihrer Tasche zu versperren.

»Komm ja nicht näher!«

Er wirft ihr einen verächtlichen Blick zu, bevor er nach seinem Mantel greift und in den Taschen nach seinem eigenen Handy kramt. Während er auf die Ziffern einhämmert, schafft Fi es im allerletzten Moment, sich Brams Handy zu schnappen und auszuschalten, bevor er sie erneut mustert. Eine Sekunde langsamer, und sie hätte sich verraten.

»Er hat es ausgeschaltet«, murmelt er. »Keine Ahnung, was zum Teufel er glaubt, mit uns spielen zu können.«

»Er wird bald kommen.«

»Du bist auf einmal so vertrauensselig«, höhnt er. »Hast du etwa vergessen, dass er dich aufs Kreuz gelegt und dir jeden Penny geklaut hat, den du besitzt?«

Sie hält seinem Blick stand, ihre Miene so feindselig, so aufgebracht, dass sich ihr Gesicht nicht mehr wie ihr eigenes anfühlt. »Hör mal, wenn es dir nichts ausmacht, würde ich lieber nicht mehr reden, bis er kommt.«

Er starrt sie finster an, schnappt sich sein Glas und schenkt sich den Rest des Weins ein. »Damit würdest du mir einen Gefallen tun. Du langweilst mich nämlich eh zu Tode. Fette, alte Mrs Selbstgefällig – ich weiß nicht, wie Bram es all die Jahre mit dir aushalten konnte. Kein Wunder, dass er fremdgevögelt hat. Ich hätte dasselbe getan. Zum Beispiel mit deiner sexy Nachbarin – wie heißt sie gleich noch mal?« Er nimmt einen der Sessel und platziert ihn genau gegenüber dem anderen, als wollte er sie einladen, sich zu setzen und sich einen weiteren Schwall Beschimpfungen anzuhören.

Ich hasse dich, denkt sie. *Ich kann keine Sekunde länger in deiner Nähe sein.*

»Ich gehe aufs Klo«, sagt sie. »Ich werde dort drinnen warten.«

Sie sperrt die Badezimmertür hinter sich zu, lässt sich auf den Boden gleiten und sitzt da, das Kinn auf die Knie gestützt. Sie zittert so heftig, dass ihre Zähne klappern, und sie beißt die Kiefer aufeinander, um das Geräusch zu unterbinden.

Schließlich greift sie nach der Schnur, um das Licht zu löschen, steckt sich die Finger in die Ohren und schließt die Augen.

Lyon, nach Mitternacht

Das zweite Mal, als er aufwacht, ist es Mike, den er sieht, genau wie es Mike ist, der ihn im Lauf der folgenden Wochen noch öfter wecken wird. Wenn er irgendetwas aus seinem eigenen Untergang gelernt hat, dann, dass er diesen Mann nicht unterschätzen darf. Immerhin hat er ihn in Höchstform erlebt, tonangebend, obenauf. Wie wird er reagieren, sobald er herausfindet, dass er hintergangen wurde? Wird er versuchen, Fi etwas anzutun? »*Sie wird leiden.*« Wird er Leo oder Harry entführen und ihm wie ein vermummter Radikaler via Youtube eine Nachricht zukommen lassen – »Gib mir mein Geld, und ich lasse ihn laufen« –, ein Messer an der Kehle des heißgeliebten Jungen?

Nein, er muss Vertrauen in die Polizei haben. In dem Moment, in dem der Immobilienbetrug auffliegt, wird Fi sich an die Behörden wenden und kann von ihnen Schutz erbitten. Mike würde das Risiko nicht eingehen.

Wie dem auch sei, er ist ein Spieler, ein Gauner. Er wird gegen die eine oder andere Wand treten und dann ohne viel Federlesens zu seiner nächsten Chance weiterziehen.

52

Samstag, 14. Januar 2017

London, 03:00 Uhr

Obwohl ihre Ohren wehtun, schaffen ihre Finger es nicht mehr, sie zu versiegeln, und sie hört auf der anderen Wandseite grässliche Gurgelgeräusche. Es ist ein Monster, das sich räuspert und sie gleich fressen will! Nein, das ist nur eine Kindergeschichte, die, die Harry so mag, mit dem gierigen Schaf, das die Welt verschlingt. »*Ich habe immer noch Hunger!*«

Anfangs kann sie sich ihren steifen Körper nicht erklären, ihre gekrümmte Haltung auf einer kalten, harten Oberfläche. Ist sie eingenickt? Ihre Hand gleitet über Kacheln, erforscht ihre Umgebung und stößt auf eine Wand aus glattem Plastik: ein Duschvorhang. Sie befindet sich auf dem Badezimmerboden, in der Wohnung.

Nein, keine Geschichte.

Sie stemmt sich in eine Sitzposition, mit dem Rücken gegen den Vorhang. Benommen zählt sie bis zehn, zwanzig, fünfzig, bevor sie den Versuch unternimmt, aufzustehen. Ihre Beine sind eingeschlafen, knicken unter ihr ein, und Halt suchend greift sie nach der Türklinke. Schließlich findet sie die Schnur für die Lampe und zieht daran – das grelle Licht lässt sie zusammenzucken –, bevor sie so leise wie nur irgend möglich die Tür entriegelt und öffnet.

Im Wohnraum ist es still. Während sie durch die Kartonberge schleicht, überholen sie Lichtpartikel, die vom Badezimmer in Richtung Küchenzeile schweben. Auf der Arbeitsplatte kann sie ihre Handtasche ausmachen, eine Flasche mit dem Rest Rotwein, ein gelbes Blatt Papier, eine kleine blaue Fibel.

Gleich am Anfang des Durchgangs sieht sie ihn. Er sitzt immer noch da, die Beine weit ausgestreckt, aber sein Kopf ist nach hinten geneigt, sein Gesicht zeigt gen Decke. Sie macht einen Schritt auf ihn zu. Seine Augen sind geschlossen. Seine Schädelknochen zeichnen sich unter seiner Haut ab, Wangen und Kehle sind mit einem Meer aus Stoppeln überzogen. An Kinn und Hals klebt verkrustetes Erbrochenes, schmutzig rosafarbene Tropfen gerinnen auf dem Sessel. Die Geräusche, die sie gehört hat, stammten davon, dass er erstickt ist – höchstwahrscheinlich im Schlaf, ohne das Bewusstsein wiederzuerlangen, denn es gibt keine Spuren, dass er aufgewacht ist und irgendeinen Versuch unternommen hat, sich zu retten.

Ebenso wie *sie* nichts unternommen hatte.

Er ist tot, natürlich ist er das. Aber sie kann sich nicht durchringen, ihn zu berühren.

Ihr Herz beginnt, gegen ihre Brust zu hämmern, ihre Hände zucken und krampfen. Ein Bild vom letzten Abend, das keine Halluzination gewesen sein kann, steigt in ihr hoch. Darin hat sie Merles Schlaftabletten aus ihrer Tasche genommen und sie in die Weinflasche gekrümelt. In dem Bild wirkt sie fast geistesabwesend, genau wie dann, wenn sie auf Rocky aufpasst und ihm das entzündungshemmende Mittel gegen seine Arthritis gibt. Nur eine halbe Tablette, in zwei Teile gebrochen.

Aber sie war nicht geistesabwesend gewesen, nicht wahr? Sie war hochkonzentriert gewesen, fast schon im Rausch. In der Packung waren sechs Tabletten, und sie hatte sie nicht nur alle hergenommen, sondern sich auch noch entschieden, sie könnten womöglich nicht ausreichen. Sie ging zurück zu ihrer Tasche und nahm die eine Schachtel Antidepressiva heraus, die sie am Mittwochmorgen aus Brams Tüte eingesteckt hatte. Eigentlich hatte sie die Medikamente nicht behalten wollen, aber nachdem sie gegoogelt und gelesen und sich Sorgen gemacht hatte, war sie spät dran gewesen, und sie musste immer noch nach Hause, sich duschen und anziehen und rechtzeitig für ihren Zug nach Waterloo den Bahnhof erreichen, um Toby zu treffen, und sie hatte die Pillen einfach gedankenlos in ihre Tasche gestopft.

Und so hatte sie ein paar davon ebenfalls in den Wein gebröselt.

Ich habe ihn getötet, und es war vorsätzlich. Ich habe ihn vergiftet.

Aber nein, das kann nicht sein! Wie hätte sie wissen können, dass er den Großteil der Flasche austrinkt? Woher sollte sie wissen, dass er *überhaupt* davon trinken würde? Von dem Schock war sie wie betäubt gewesen, ihre Taten reflexhaft, unwillkürlich, fast wie in Trance.

Außer dass sie sich selbst ein Glas Wein eingegossen hatte, bevor sie die Pillen hineingegeben hatte, nicht wahr? Weil sie Alkohol gebraucht hatte, oder aus arglistiger Täuschung? Wenn *sie* schon trank, dann wäre es wahrscheinlicher, dass er ein Glas annahm, und weniger wahrscheinlich, dass er ein Verbrechen wittern würde.

Allerdings trug sie Gummihandschuhe, als sie die Pillen aus der Blisterverpackung drückte, nicht wahr?

Ich bin eine Mörderin. Sie presst sich die Hand auf den Mund, um einen Schwall Erbrochenes aufzuhalten. Schluckt.

Ihr Handy ist in ihrer Tasche. Sie holt den Ziffernblock aufs Display, und ihre Finger schweben über der 9, bevor sie aufkeucht und erstarrt. Die Polizei kann gerichtlich Telefonverbindungen anfordern, nachprüfen, wo Anrufe getätigt wurden. Es gab diese eine Episode bei *Das Opfer*, bei der die ganze Sache allein wegen Mobilfunkmasten aufgelöst worden war. Sie hatte auch in der Zeitung gelesen, dass die Polizei Notrufnummern auf einen Umkreis von dreißig Metern eingrenzen kann. Sie benutzen digitalisierte Kartierungstechnologien und ein nationales Koordinatensystem.

Sie blinzelt. Ihr Gehirn arbeitet wohl schon wieder besser, wenn sie sich an so etwas erinnern kann. Und jetzt will es, dass sie sich umdreht und das abscheuliche Etwas, das immer noch dort sitzt, genauer in Augenschein nimmt.

Nicht.

Nachdenken.

Los.

Abhauen.

Sie schnappt sich ihre Handtasche und verlässt die Wohnung, rast den Gang entlang und die Treppe nach unten, durch die Eingangshalle hinaus in den eiskalten Nebel. Durch die düsteren Straßen zu laufen, beruhigt sie. Die Welt ist still, die Nebelschwaden freundlich, nicht unheimlich, als respektierten die Straßen ihr Bedürfnis nach Anonymität. Sie meidet die Hauptstraße um den nördlichen Teil des Parks und schlägt stattdessen den Umweg nach Süden über die Alder Rise Road und zurück über Wyndham Gardens in die Trinity Avenue ein.

Bei Nummer 87 läutet sie, nur ein einziges Mal, und ballt dann die Hände zu Fäusten, um es nicht immer und immer wieder zu tun.

Schließlich ertönt eine Stimme: »Wer ist da?«, und sie sinkt in die Hocke, um durch den Briefschlitz zu rufen: »Merle, ich bin's. Bist du immer noch allein? Kann ich reinkommen?«

»Fi!« Die Tür öffnet sich, und Hitze schlägt ihr entgegen. Merle ist da, verschlafen und zerknautscht in einem himmelblauen Pyjama, barfuß. »Ich dachte, du wärst in der Wohnung. Ist bei dir alles in Ordnung?«

Sag es sofort, oder du wirst es nie mehr rausbekommen.

»Ich glaube, ich habe ihn umgebracht«, sagt sie.

Merles Gesicht zuckt vor Angst. Ihre Hand gleitet zu ihrem Bauch. »Wen? Bram?«

»Toby. Aber in Wirklichkeit heißt er Mike.«

Es folgt ein übelkeitserregender Moment, als sie befürchtet, es könnte in die andere Richtung umschlagen, und Merle würde sich gegen sie entscheiden. Und sie würde es akzeptieren, sie würde nicht davonlaufen.

»Schnell, komm rein!« Merle zieht sie über die Schwelle, schließt die Tür. Im Flur stehen sie einander gegenüber und starren sich an. Der unschuldige Schreck im Gesicht ihrer Freundin ist etwas, das Fi selbst nie wieder ausdrücken wird, zumindest nicht ohne eine oscarreife Schauspielleistung. »Du meinst den Typen von gestern Abend? Du hast doch gesagt, er wäre dein Freund ... Ich verstehe das nicht.«

»Er hat das Haus gestohlen, Merle. Zusammen mit Bram. Er hat Bram dazu gezwungen.«

»Wovon redest du denn?«

»Er hat es mir im Auto gesagt. Er hat ihn erpresst.« Nun, wo sie es laut ausspricht, wird ihr die Boshaftigkeit wieder bewusst, und sie spürt, wie das Gefühl von Ungerechtigkeit in ihr anschwillt, bis es sie fast zerfetzt. »Er hat mich aus dem Auto geworfen. Er meinte, ich sei dumm und nutzlos. Er ist nur mit mir nach Winchester gefahren, weil ... Oh Gott! Ich habe meine Tasche in der Wohnung vergessen!«

Merle berührt den Riemen von Fis Handtasche, die in ihrer Armbeuge hängt. »Nein, die ist hier ... schau!«

»Ich meine die Reisetasche. Ich muss noch mal zurück. Ich muss sie holen!«

»Atme tief ein«, sagt Merle sanft. »Komm und setz dich!«

Sie setzen sich nebeneinander auf die Treppe. Merle ist eine Heizung, ihr Gesicht gerötet, ihr Atem heiß. »Fang bitte von vorne an. Was ist passiert, nachdem du aus dem Auto gestiegen bist?«

»Ich bin zur Wohnung gelaufen und habe ihm eine Nachricht geschrieben.«

»Von deinem Handy aus?«

»Nein, von Brams Handy. Da war eins in der Wohnung, ein altes – er muss es vergessen haben. Bram in die Finger zu bekommen war alles, was ihn interessiert hat. Bram muss das Geld haben.«

»Wo ist er jetzt? Toby? Mike?«

»Immer noch dort. In der Wohnung.«

»Was hast du getan, Fi?«

Sie saugt warme Luft in ihre Lungen. »Ich habe ihm die Schlaftabletten verabreicht.«

»Die, die ich dir gestern Abend gegeben habe? *Alle?*«

»Ja. Und auch noch andere Pillen. Brams Medikamente. Es muss eine Überdosis gewesen sein. Er ist nicht aufgewacht, als er sich übergeben hat, und er ist erstickt.«

Merles Kehle zieht sich zusammen. »Hast du es gesehen?«

»Nein, ich war im Bad. Ich hatte Angst … Ich hatte mich dort eingeschlossen. Ich saß einfach zitternd im Dunkeln, und dann wurde es ganz leise, und ich muss eingenickt sein. Erst Stunden später bin ich wieder aufgewacht und habe ihn gefunden.«

»Und er atmet definitiv nicht mehr?«

»Ich glaube nicht.«

Merle bleibt ganz ruhig. »Hattest du vor, ihn umzubringen, Fi?«

»Nein. Keine Ahnung. Wahrscheinlich schon, aber jetzt, heute Morgen, erkenne ich mich in dieser Person nicht mehr wieder.«

»Du musst ausgetickt sein. Gestern bist du unter Schock gestanden – das kann ich bezeugen. Es muss eine Art dissoziative Amnesie gewesen sein – so nennt man das doch, oder? Dann ist die Zurechnungsfähigkeit vermindert.«

Fi beginnt zu weinen. »Merle, ich kann das nicht. Ich kann nicht zur Polizei gehen.«

Mit einem Mal ist Merle ganz still und entscheidet sich an diesem Scheideweg bewusst für eine Richtung, bevor sie sich von der Treppenstufe erhebt. Sie eilt nach oben, taucht in Jeans und Pullover wieder auf und schlüpft dann noch in Stiefel und einen langen schwarzen Mantel, eine graue Strickmütze tief in die Stirn gezogen. Sie schiebt auch Fis Mütze nach unten, fast bis zu den Augen, und wischt ihr mit den Fingern die Tränen weg.

»Wir müssen hin, Fi«, sagt sie. »Ich muss ihn selbst sehen.«

53

Samstag, 14. Januar 2017

London, 04:00 Uhr

Draußen auf der Trinity Avenue ist es immer noch dunkel und neblig – dieselben Schwaden, die die Fenster verhüllen, an denen sie vorbeikommen, müssen auch sie unsichtbar machen. Merle hat gesagt, sie dürfen keinen Ton von sich geben, Fi solle an nichts denken, nur ihren Verstand leeren und sich auf ihre Schritte und das Atmen konzentrieren.

Erst als sie sich Baby Deco nähern, spricht Merle wieder: »Gibt es hier eine Überwachungskamera?«

»Ich glaube nicht.«

»Gut. Auf dem Weg hierher habe ich die Augen offen gehalten, und ich denke nicht, dass ich eine gesehen habe – hier ist reines Wohngebiet. Plus der Nebel. Schalt aber kein Licht ein, nur für alle Fälle.«

Auf der Treppe kann Fi ihre Beine nicht spüren, als würde sie schweben. Lautlos gleiten ihre Füße über den mit Teppich ausgelegten Gang, kein Atemzug scheint ihren Körper zu füllen oder zu verlassen. Als sie die Wohnung betreten, schlägt ihnen der Geruch von Erbrochenem und Wein entgegen, und er ist genau vor ihnen, immer noch im Sessel sitzend, mit dem Hals nach hinten geneigt, als wäre er abgeknickt. Ihr alles überlagerndes

Gefühl ist Scham. Scham, dass er ihr Freund war, Scham, dass er sie hintergangen und gedemütigt hat. Dank ihm wirkt das Apartment dreckig.

»O Gott!«, flüstert Merle. »Ich dachte, du wärst vielleicht, keine Ahnung ...«

Verwirrt oder durcheinander, meint sie. Immer noch in diesem dissoziativen Zustand. Nicht sie selbst, sondern eine unheimliche, andere Fi. Aber nein, das hier ist der Tod, und *sie* hat ihn verursacht. Sie muss jetzt die Konsequenzen tragen – Konsequenzen, die den Verlust ihres Zuhauses unbedeutend aussehen lassen.

Die Jungen. Was wird mit ihnen passieren? Ein Elternteil vermisst, der andere im Gefängnis.

»Was soll ich nur tun, Merle?« Ihre Stimme ist ein dünnes, erbärmliches Jammern.

Merle sieht sie an, und Fi kommt es vor, als habe sich seit gestern nichts in ihren Augen verändert: *Fi* ist immer noch das Opfer, die Geschädigte. »Das weiß ich noch nicht. Lass mich kurz nachdenken. Erzähl mir, warum er Mike heißt und nicht Toby.« Während Fi ihr alles ausführlich erklärt, nimmt Merle den Mantel, der auf einer geöffneten Umzugskiste neben der Küche abgelegt war, und unterbricht sie mit der Frage: »Gehört der ihm?«

»Ja.«

Merles Finger verschwinden in den Falten des Stoffs und tauchen mit einer braunen Ledergeldbörse wieder auf. »Michael Fuller. Okay. Das ist gut, glaube ich.«

»Warum soll das gut sein?«, fragt Fi.

»Weil du ihn Toby genannt hast. Höchstwahrscheinlich hast du niemandem von einem Mike oder Michael erzählt, oder?«

»Nein. Ich habe erst gestern Nacht erfahren, dass das sein richtiger Name ist.«

Merle durchsucht weiter die Geldbörse. »Und wenn ich mich

recht erinnere, hat Alison gesagt, du hättest seine Familie noch nicht getroffen. Stimmt das?«

»Ja. Oder Freunde.«

Merle blickt hoch. »Keinen einzigen? Keinen Kollegen oder Nachbarn? Kinder?«

»Niemanden. Wir haben unsere Leben nicht so vermischt.« Weil ein *Wir* nicht existiert hat. Sie hat nicht den blassesten Schimmer, wer Toby – Michael Fuller – ist. Wer er *war*. Denn er ist kein Mensch mehr – nur noch eine *sterbliche Hülle*. Als Fi ihren Würgereiz niederkämpft, sieht Merle sonderbar ermutigt aus.

»Ich würde sagen, das ist ein echter Glücksfall«, erwidert sie und legt die Geldbörse auf die Küchenarbeitsplatte, bevor sie die Manteltaschen nach weiteren Hinweisen durchsucht. Autoschlüssel. Nicorette-Kaugummis. Zwei Handys. Beide aufgeladen, beide mit Bildschirmen, für deren Entsperrung ein Sicherheitscode nötig ist, den die Frauen unmöglich erraten können. »Welches benutzt er, wenn er dich anruft?«, murmelt sie, ebenso zu sich selbst wie zu Fi.

»Keine Ahnung, aber wenn ich ihn von meinem anrufe, wird es klingeln, und wir wissen es«, schlägt Fi vor.

»Nein!« Merle packt sie am Arm. »Keine Anrufe von deinem Handy, solange du hier bist, okay?«

Fi nickt. Merles Auftreten ist gebieterisch, autoritär, und Fi überkommt das kindische Bedürfnis, ihr gefallen zu wollen. »Und wenn ich die Nummer anrufe, die ich von *Brams* Telefon habe? Mit dem ich ihm die Nachricht geschrieben habe? Dann können wir doch annehmen, dass er das andere für mich benutzt hat.«

Es ist, als hätte er längst keinen Namen mehr. Fi kann sich nicht durchringen, ihn auszusprechen, als würde sie damit seine Lebenskraft wieder entfachen.

Merle zögert, bevor sie laut nachdenkt: »Soweit wir wissen, könnte er deine Nummer auf beiden Handys haben. Wir werden sie einfach beide loswerden und hoffen, dass man sie nicht nachverfolgen kann. Dieser Mann ist ein Krimineller, nicht wahr? Er benutzt Decknamen. Jemand wie er wird keinen Sinn für Familie haben, oder? Wird es aber nicht sonderbar aussehen? Er ist hergekommen, weil Bram ihm geschrieben hat, also wo ist das Handy, auf dem ihm die Nachricht geschickt wurde? Trotzdem, es könnte hundert Gründe geben, warum er sein Handy auf dem Weg hierher entsorgt hat.« In einer der Schubladen findet sie eine Plastiktüte, steckt die beiden Handys hinein und zieht dann Fi in den Gang zwischen die Umzugskartons, als wollte sie ihnen beiden den Blick auf den toten Mann ersparen. Sie spricht in kurzen, klaren Sätzen: »Hör mir zu, Fi! Weiß sonst noch jemand, dass du heute Nacht hergekommen bist?«

»Nein. Nur er.«

»Hast du jemanden angerufen, als du hier warst? Vielleicht Brams Mutter? Um mit den Jungen zu reden?«

»Nein, das habe ich am Abend bei dir getan. Wie schon gesagt, ich habe *ihm* geschrieben, aber mit Brams Handy.«

»Bist du im Internet gewesen?«

»Nein.«

»Wo ist dein Laptop? Den hast du hier nicht benutzt, oder?«

»Nein. Ich weiß nicht, wo Bram ihn verstaut hat. Schätzungsweise in einem dieser Umzugskartons. Ich habe ihn nicht mehr benutzt, seit ich nach Winchester gefahren bin. Am Dienstagabend.«

»Gut.« Merle geht rückwärts aus dem Gang und scannt mit den Augen die Küchenarbeitsplatte, bevor sie die Weinflasche und die Gläser mit einem Geschirrtuch abwischt. Dasselbe tut sie mit der weggeworfenen Schachtel von Brams Pillen. Ohne weitere Erklärung reicht Fi ihr ein Messer, das Merle säubert und in die Besteckschublade zurücklegt.

»Noch etwas? Wo ist das Handy, von dem du die Nachricht abgeschickt hast?«

Auch dieses wird abgewischt. Fi fragt sich, ob es Tobys Telefonen in den Beutel folgen wird, doch stattdessen legt Merle es auf das gelbe Blatt Papier.

»Warum lässt du es zurück? Das ist doch das Telefon, das ich benutzt habe!«

»Ganz genau. Hör mir zu, Fi! Es gibt einen einzigen Ausweg aus der Sache. Die Polizei findet ihn. Vielleicht sogar du oder wir beide gemeinsam – das ist noch besser! Nachher, okay? Wir finden seine Leiche und rufen die Polizei und werden sagen, dass wir ihn von gestern Abend kennen, dass er auf seiner Suche nach Bram in der Trinity Avenue eine Szene gemacht hat. Wir haben uns mit ihm ein paar Minuten bei mir unterhalten, aber er wurde aggressiv, und wir haben ihn gebeten, das Haus zu verlassen. Davor haben wir ihn noch nie gesehen. Verstehst du, worauf ich hinauswill?«

Ein sich langsam ausbreitendes Gefühl bemächtigt sich ihres Magens und ihrer Brust: Es dauert ein paar Sekunden, bevor sie erkennt, dass es Hoffnung ist. »Du meinst, Bram ist zurückgekommen und hat die Nachricht geschrieben? Bram hat ihm die Pillen gegeben?«

»Ja, oder ihn in einem derart erbärmlichen Zustand zurückgelassen, dass er selbst eine Überdosis genommen hat. Das weiß ich nicht – ich war nicht hier. Genauso wenig wie du. Es sind Brams Pillen, nicht deine.«

Fi starrt sie an, während ihr Gehirn durch Bilder der letzten Stunden blättert. »Aber die Schlaftabletten, Merle. O Gott, hattest du für die ein Rezept?«

»Ja. Aber: na und?« Merle ist hochkonzentriert. »Es gibt keine Schachtel mit meinem Namen drauf. Wenn es hart auf hart kommt, werde ich sagen, ich hätte sie Bram gegeben. Vor ein paar

Wochen – ich erinnere mich nicht mehr an den genauen Tag, aber ich weiß noch, dass er über Schlafstörungen geklagt hat. Er hat mir nicht gesagt, dass er noch weitere verschreibungspflichtige Medikamente einnimmt, andernfalls hätte ich sie ihm niemals gegeben.«

Fi starrt sie an, kann nur mühsam mit ihr mithalten. »Danke.«

»Der Punkt ist der, du hast den Wein oder die Pillen nicht angerührt. Und dass auf allem anderen in diesem Apartment deine Fingerabdrücke zu finden sind, liegt schlicht und ergreifend daran, dass du die Hälfte der Zeit hier wohnst. Dieses Zeug gehört dir.«

»Ich habe Handschuhe getragen, als ich die Pillen zerbröselt und durch den Flaschenhals geschoben habe«, erklärt Fi.

»Gut.«

»Aber ich habe ein paar Kartons durchwühlt, ohne Handschuhe zu tragen, und sie stehen erst seit Dienstag hier. Das ist nicht schlimm, oder? Ich musste Unterlagen wegen des Hauses suchen, um sie der Polizei und den Anwälten zu zeigen.«

»Ganz genau. Es ist normal, nach wichtigen Dingen zu suchen, die Bram ohne deine Einwilligung eingepackt hat. Du wirst vielleicht auch Sachen für die Jungs brauchen. Aber das tust du, wenn du später zurückkommst, in Ordnung? *Das* ist der Moment, an dem du Dinge berührt hast. Gestern hast du bei mir übernachtet. Dann habe ich dich heute Morgen zu Brams Mutter gefahren, um die Jungs abzuholen, was ich um, sagen wir mal, acht Uhr tun werde? Neun? Lass uns zurück in die Trinity Avenue gehen, bis es an der Zeit ist, loszufahren.«

»Ich kann die Jungs nicht hierherbringen«, protestiert Fi entsetzt.

»Natürlich nicht«, stimmt Merle ihr zu. »Wir fahren einfach direkt weiter zu deinen Eltern. Du wirst ihnen vom Haus erzählen, ihren Ratschlag einholen wollen, nicht wahr? Konzentrier dich darauf. Hier bist du seit ... seit wann nicht mehr gewesen?«

»Seit Mittwoch. Ich habe ein paar Schuhe geholt.«

»Gut. Adrian kommt heute zurück, also kann er auf Robbie und Daisy aufpassen, wenn ich herkomme, um mich hier mit dir zu treffen. Was für eine glückliche Fügung, dass ich gestern Abend zu müde war, um noch mit ihm zu telefonieren. Sollen wir jetzt gehen? Fi?«

Gehen? Fi bleibt wie angewurzelt stehen, starrt *ihn* einfach nur an. Kühlt er wirklich gerade aus und wird steif, existiert den ersten Tag als ein Ding, eine Daseinsform, die für immer ihr Leben ausgehaucht hat? Wie kann es nur sein, dass es so leicht vonstattenging? Wie konnte er den Wein mit all den vielen aufgelösten Pillen trinken? Hat er nicht bitter geschmeckt? *Vergiftet?*

Ihr Herz setzt aus. »Ich habe die Medikamente gegoogelt. Auf meinem Handy, als ich am Mittwoch hier war.«

Merle runzelt die Stirn. »Okay. Nun ja, nur weil du die Packung gesehen hast und wissen wolltest, was es ist, bedeutet das nicht zwangsläufig, dass du sie mitgenommen hast. Mach es nicht unnötig kompliziert, Fi. Halt es so einfach wie irgend möglich.«

»Ja.«

Wie unbeirrbar Merle ist. Sie hat alle Antworten parat, alle Unwägbarkeiten. Sie ist Fis Retterin in der Not, ihr allwissender Engel.

Aber da ist noch etwas. »Lucy hat Brams Pillen gesehen. Heute, in der Küche. Sie sind mir aus der Tasche gefallen.«

»Hast du ihr gesagt, dass sie von Bram sind?«

»Nein, sie dachte, es wären meine ... Sie hat das ständig wiederholt, obwohl ich ihr gesagt habe, dass sie nicht mir gehören.«

»Gut. Hattest du in letzter Zeit andere verschreibungspflichtige Medikamente?«

»Nein.«

»Sonst jemand in deiner Familie?«

»Nur Leo. Er hat diese Tabletten gegen seine Allergie. Es ist eine Folgeverordnung – wir benutzen sie nur bei Bedarf. Aber wir haben uns schon seit einer Ewigkeit keine neuen mehr geholt.«

»Das spielt keine Rolle. Haben sie dieselbe Verpackung wie die von Bram?«

»Vielleicht eine leicht andere Farbe. Ich erinnere mich nicht.«

»Zeig sie mir«, erwidert Merle.

»Das kann ich nicht – ich weiß nicht, wo sie sind.« Fi hört die Panik in ihrer Stimme, das Gefühl der Rettung schlüpft durch ihre Finger. »Sie waren im Haus, im Badezimmerschrank.«

Gemeinsam mustern sie die Unmenge an identisch aussehenden Umzugskartons, keine einzige beschriftet.

»Das ist nicht alles«, sagt Fi. »Es gibt noch mehr in der Lagerhalle.«

»Dann müssen wir suchen.« Selbst Merles Seufzen ist kurz, effizient. »Und zwar leise. Wir können uns nicht erlauben, dass irgendjemand hier im Haus uns herumpoltern hört.«

Es dauert über eine Stunde, um die Kartons mit den Dingen aus dem großen Badezimmer zu finden, aber zumindest sind auch Leos Tabletten darunter. Es gibt eine halb aufgebrauchte Blisterpackung und eine unberührte Schachtel. Fi steckt sie in ihre Handtasche. »Ich habe immer eine Packung dabei, für den Fall, dass Leo unterwegs Symptome entwickelt«, erklärt sie Merle.

»Ausgezeichnet.«

Schließlich verlassen sie die Wohnung, Fi mit ihrer Reisetasche, die Plastiktüte mit Tobys Handys in Merles Manteltasche. Der Nebel hat sich gelichtet, doch der Morgen fühlt sich immer noch freundlich an, ihnen wohlgesinnt, und liefert sie im Schutz der Düsternis in der Trinity Avenue ab. Auf dem Rückweg wird das

Drehbuch weitergeschrieben, und Merle spricht in leisem Tonfall, kaum mehr als ein Murmeln.

»Hat euch jemals irgendein Nachbar im Wohnblock zusammen gesehen?«

»Ich glaube nicht. Ich begegne fast nie jemandem, auch wenn ich allein bin. Wenn er gekommen ist, habe ich ihm aufgemacht, und normalerweise sind wir getrennt los, also hat jeder, der ihn gesehen hat, nicht zwangsläufig wissen können, dass er mich besucht hat und nicht Bram.«

»Und als er gestern bei uns zu Hause aufgetaucht ist, meinte er, er wäre bereits bei der Wohnung gewesen, nicht wahr? Ein Nachbar musste ihn reinlassen, und dann hat er an die Tür gehämmert. Ich wette, er hat sich ziemlich ätzend aufgeführt und keinen Hehl daraus gemacht, dass er wütend auf Bram war.«

Sie haben Merles Haus fast erreicht, kommen gerade an dem von Fi – dem der Vaughans – vorbei, und aus den Augenwinkeln kann sie nur Stille ausmachen. Unvermittelt erstarrt sie mitten in der Bewegung und packt Merle am Arm. »Die Vaughans, Merle! Die Vaughans haben ihn gesehen!«

»Geh weiter!«, zischt Merle. »Ja, das haben sie, aber er war auf der Suche nach Bram, nicht nach dir. Erinnerst du dich? Er hat nach Bram gerufen, und David meinte etwas in der Art: ›Willkommen im Club.‹ Dann bin ich raus und habe ihn hereingebeten. Also haben die Vaughans keinen Grund, anzunehmen, er hätte etwas mit dir zu tun. Vielleicht haben sie gesehen, wie du mit ihm weggegangen bist, aber das bezweifle ich – sie kamen aus der Küche. Außerdem können wir das sowieso abstreiten.«

Sie müssen nicht lang warten, bis es an der Zeit ist, dass Merle sich ihre Autoschlüssel schnappt und Fi Tina schreibt, und dann gehen sie denselben Weg noch einmal zurück in Richtung Wyndham Gardens, wo Merles Range Rover geparkt ist.

»Also gut, erzähl mir, was später passieren wird.«

Fi trägt ihren Plan auswendig vor: »Du rufst mich um vier Uhr an und schlägst vor, dass wir zur Wohnung fahren und nachschauen, ob Bram irgendwelche Unterlagen vom Haus zurückgelassen hat, irgendwelche Beweise, die uns bei der Polizei und dem Anwalt am Montag helfen könnten. Wir finden die Leiche gemeinsam und sagen, dass wir glauben, es könnte derselbe Mann sein, der abends zuvor in der Trinity Avenue aufgetaucht ist und Bram gesucht hat. Wir haben in seinem Portemonnaie nach seinem Ausweis gesucht.«

»Perfekt. Sie werden den Wein sehen, Brams Handy überprüfen und anfangen, wegen des Hausbetrugs ihre eigenen Schlüsse zu ziehen.«

Der Nebel ist in Nieselregen übergegangen, und die Scheibenwischer schwingen hin und her über die Windschutzscheibe. »Und wie soll ich erklären, dass der Mann, den ich gedatet habe, verschwunden ist?«, fragt Fi.

Merle späht in den Rückspiegel. »Nichts leichter als das. Er hat sich aus dem Staub gemacht, als ihm klar wurde, dass du das Haus verloren hast. War nur an deinem Geld interessiert.«

»Ich glaube, er könnte verheiratet gewesen sein«, erwidert Fi. »Er hat mich nie zu sich nach Hause eingeladen oder mir auch nur seine vollständige Adresse genannt. Meine Schwester war von Anfang an misstrauisch.«

»Exakt. Du wärst glücklich, wenn die Polizei ihn aufspüren könnte, aber ehrlich gesagt, ist es die kleinste deiner Sorgen angesichts des Umstands, dass dein Exmann gerade jemanden umgebracht und dein Haus gestohlen hat.«

Je mehr sie ins Detail gehen, desto besser wird ihr Plan. Er ist selbsterklärend, trägt eine innere Logik.

Dann erinnert sich Fi an Alison. »Oh, Alison.«

»Was ist mit ihr?«

»Sie hat ihn gesehen. Sie hat Toby an dem Abend gesehen, als wir uns kennengelernt haben.«

In der Bar im La Mouette, vor all den Monaten.

»*Nun, du hast wirklich einen Typ Mann.*«

»Alison wird nichts sagen«, widerspricht Merle. »Wahrscheinlich wird sie nicht mal befragt werden. Und wenn doch, wie lang ist das jetzt her?«

»September.«

Als alles begann. Ihr neues Leben.

»Also ewig her. Sie hatte ein paar Cocktails. Die Bar ist dunkel, ein Gewusel an Menschen. Das wird uns nicht den Hals brechen, Fi. Wenn es hart auf hart kommt, würde sie nicht gegen ihre beste Freundin aussagen. Ich zumindest würde das nicht.«

Es folgt eine rote Ampel nach der anderen. Der Motor schaltet sich ein und aus. Anhalten, losfahren, anhalten, losfahren. Frage, Antwort, Frage, Antwort.

Fi sinkt in ihrem Sitz zusammen, wünscht sich, sie wäre unsichtbar, ein Geist, der nur von der Frau neben ihr gesehen wird. »Merle, du willst das wirklich alles tun?«

Rote Ampel. Der Motor erstirbt.

»Auf jeden Fall«, erwidert Merle.

»Warum?«

»Komm schon, Fi. Du weißt, warum.« Sie wirft ihr von der Seite ein Lächeln zu, schief, ein bisschen traurig. »Ich hätte niemals geglaubt, dass *das* der Grund ist, weshalb du wieder mit mir sprichst, aber egal.«

Die Ampel springt auf Gelb um. Der Motor heult auf.

Fi weiß, warum.

54

Samstag, 14. Januar 2017

London, 08:00 Uhr

Es war nicht leicht, in einer so geschlossenen Community mit einer Freundin und Nachbarin zu leben, die sie auf das Tiefste verletzt hatte. Das reflexartige Verlangen, sie zu bestrafen, verebbte rasch, aber es ließ Fi mit etwas noch Trostloserem und Quälenderem zurück: ein doppelter Verlust. Bram *und* Merle. Und der Umstand, dass das Leben in Alder Rise einem Dorf glich, machte alles nur noch schmerzhafter, denn jetzt gab es Gruppen an Menschen, die es wussten, Menschen, die es nicht wussten, und Menschen, bei denen sie nicht sicher war, ob sie es wussten.

Kent war eine besonders unangenehme Erfahrung gewesen. Sie hatte lange darüber nachgedacht, einen Rückzieher zu machen, aber letzten Endes wollte sie Leo und Harry nicht enttäuschen – oder die anderen Kinder. Sie waren eine eingeschworene Gemeinschaft. Indem sie das Wochenende überlebte (es, wenn sie ehrlich war, sogar halbwegs genoss), wurde sie sich der Bedeutung des äußeren Scheins im nachbarschaftlichen Miteinander bewusst, der Bedeutung eines persönlichen Opfers. Das größtmögliche Glück für die größtmögliche Anzahl an Menschen.

Wenige Tage nach der Spielhaus-Sache traf ein Bittschreiben

ein. Handgeschrieben und per Hand eingeworfen, leise durch den Briefschlitz geschoben, um keinesfalls Lärm zu machen.

»Da ist eine Karte für dich, Mami«, sagte Harry zu ihr. »Obwohl du gar nicht Geburtstag hast.«

»Manchmal schicken Leute Karten aus anderen Gründen«, erwiderte sie.

Sie las das Schreiben nur ein einziges Mal, bevor sie es vernichtete, weshalb sie sich jetzt nur bruchstückhaft erinnerte:

»*Verrückt und verachtenswert ...*«

»*Ich werde mir nie verzeihen ...*«

»*Gibt es irgendeine Möglichkeit, dass wir höflich miteinander umgehen können, den Kindern zuliebe ...?*«

»*Du sollst wissen, dass ich alles tun würde, um es zurückzuzahlen ...*«

Das Wort »zurückzahlen« war ihr bitter aufgestoßen. Als hätte Fi ihr etwas ausgeliehen, es ihr freiwillig gegeben. Als hätte sie ihr die schriftliche Erlaubnis erteilt, mit Bram zu schlafen, etwa im Sinne von: »Der Abend deiner Wahl, liebste Freundin, wo auch immer es dir genehm ist. Ich lasse euch dann gern allein.«

Auf eine sonderbare Weise kann sie sich gut vorstellen, wie Bram den Abend auf diese Art interpretieren würde. Er hat ein Händchen dafür, seine eigenen Missgeschicke einfach umzudeuten.

Aber nicht Merle. Problemlöserin der Extraklasse, starke und temperamentvolle Trinity-Avenue-Ehefrau und Mutter.

»*Was auch immer*«, schrieb sie, »*ich werde es tun.*«

Erst nachdem Merle den Wagen auf dem Weg zu Tinas Wohnung angehalten hatte, um die Handys zu entsorgen, fragt Fi ein zweites Mal nach dem *Warum*. Sie stehen auf dem Parkplatz des Crystal Palace Parks, und Merle ist gerade mit leeren Händen vom

See zurückgekommen, als es Fi dämmert, dass sie ihre Komplizin vielleicht nie wiedersehen wird – zumindest nicht, bis sie auf der Anklage- beziehungsweise Zeugenbank erscheinen.

»Das habe ich dir doch schon gesagt«, flüstert Merle. Nicht ungeduldig, sondern allein auf die anstehenden Aufgaben konzentriert. »Du weißt, warum.«

»Nein, ich meine du und er. Ihr kanntet euch schon so lang. Das war das einzige Mal, oder?«

Jetzt erst kann Merle ihr folgen. »Ja. Ja, natürlich.«

»Wer hat den ersten Schritt gemacht? War das er?«

Ein Zögern. »Nein, das war ich. Das ist die Wahrheit. Er hat mich nicht zu sich eingeladen. Er hatte mich nicht erwartet. Er hatte keine andere Wahl, als mich ins Haus zu bitten.«

Fi begegnet ihrem Blick. »Er hatte aber die Wahl, mit dir zu vögeln oder nicht.«

Merle zuckt nicht zusammen. »Da bin ich mir nicht so sicher, Fi. Ich hatte eine Mission.«

»Warum? Warum hast du das nur getan?« Sie kann nicht behaupten, dass es untypisch für Merle war, denn ihren eigentlichen Charakter hatte sie bis gestern, vor diesem Morgen, nicht gekannt. »Du *wusstest*, wie sehr mich die Sache damals getroffen hat. Du hast mich getröstet. Du hast mir den Rat gegeben, ihm noch eine zweite Chance zu geben.«

»Ich weiß«, sagt Merle mit leiser Stimme. »Es gibt keine Entschuldigung. Keine Rechtfertigung. Ich kann es selbst nicht fassen.«

Man musste ihr zugutehalten, dass sie nicht versuchte, es kleinzureden. Sex, Ehebruch, die Institution der Ehe: Deren Bedeutung ist jetzt bis hin zur völligen Belanglosigkeit geschmälert – wie könnte das auch anders sein? –, aber Fi muss es dennoch wissen. Sie muss es verstehen.

»War da immer eine Anziehung zwischen euch?«

Eine Pause. Merles Finger umklammern den Rand des Ledersitzes. »Ich glaube schon, ja. Aber keiner von uns hätte dem je nachgegeben.«

»Warum dann an diesem Abend? Wenn ihr es so viele Jahre unterdrücken konntet? Was war diese *Mission*?«

Jetzt berühren Merles Finger ihren Mund, als wollte sie ihre eigenen Worte überwachen. Das Auto ist hermetisch versiegelt und steht still da. Beide Frauen spüren, dass seine Atmosphäre nichts als die Wahrheit duldet. »An jenem Abend hatte ich eine Babysitterin engagiert – ich wollte Adrian im La Mouette treffen. Ein verspätetes Abendessen zum Hochzeitstag. Wir haben damals eine schwere Zeit durchgemacht – wahrscheinlich habe ich dir von unserer Krise erzählt. Ich hatte mir schon ein paar Drinks an der Bar genehmigt, als er mir schrieb, dass er nicht kommen könnte. Es war eine dieser kurzen Nachrichten, nicht einmal eine Entschuldigung, nur ›Ich schaffe es nicht – muss länger arbeiten.‹ Ich war so wütend auf ihn, wie gleichgültig er war, ohne jeden Gedanken an den Aufwand mit der Babysitterin und dass ich mir schier ein Bein ausgerissen habe, nur um das mit den Kindern zu regeln und selbst aus der Haustür zu kommen, ganz zu schweigen davon, schick angezogen und in der Stimmung, eine Erwachsene, eine *Ehefrau* zu sein. Es war, als wäre diese eine Absage ein Sinnbild aller Absagen, aller Versäumnisse. Ich erinnere mich, wie ich wutschnaubend dort gesessen und buchstäblich die Scheidung geplant habe. Da war ein Typ an der Bar, und ich habe versucht, mit ihm zu flirten, und er hat mich einfach abblitzen lassen – er war nicht einmal versucht.« Bei der Erinnerung errötet sie. »Es war so demütigend. Es fühlte sich wie der demütigendste Moment meines Lebens an. Wie ein Wendepunkt.«

Merle atmet ein, starrt durch die Windschutzscheibe ins Grün dahinter. »Also bin ich zurück nach Hause spaziert und fühlte mich so todesmutig. Ich war nicht ganz bei Sinnen – anders kann ich es nicht beschreiben. Da war wohl schätzungsweise auch etwas Hormonelles im Gang. Es kam mir vor, als würde mein Leben auf das Ende zugehen, verstehst du, an Tempo aufnehmen, unaufhaltsam wie eine Lawine, und ich musste … *etwas* musste passieren, damit ich mich lebendig fühle. Selbst wenn das Einzige, was mir einfiel, völlig selbstzerstörerisch war. *Dich* zerstörte. Euch beide. Auch Leo und Harry. O mein Gott! Und so bin ich an meiner Tür vorbeimarschiert und rüber zu deiner.«

Fi lässt sich ihre Worte durch den Kopf gehen. Wenn sie es richtig verstand, war es der unbedeutende Moment einer Ehekrise, ein Aufbäumen von Midlife-Hormonen, die diese Apokalypse in Gang gesetzt hatte. Würde es sich anders anfühlen, wenn es etwas erkennbar Bedeutsameres gewesen wäre? Die Diagnose einer unheilbaren Krankheit, der Verlust eines Elternteils, ein folgenschwerer Karriereknick? Es ist unmöglich, keine Parallele zwischen Merles Verbrechen und ihrem eigenen zu ziehen, nicht zuletzt, weil sie eine gemeinsame Ursache eint: Demütigung.

»Fette, alte Mrs Selbstgefällig – ich weiß nicht, wie Bram es all die Jahre mit dir aushalten konnte. Kein Wunder, dass er fremdgevögelt hat …«

Als er ihr das an den Kopf warf, war immer noch Zeit gewesen, es sein zu lassen. Sie hätte den Wein in die Spüle schütten können. Stattdessen hat sie ihn abgefüllt. Sie hat einen Menschen getötet.

Ich habe ihn getötet!

Eine Minute sitzen sie schweigend da.

»Merle?«

»Ja?«

Emotionen steigen wie Flüssigkeit in Fi empor, und sie muss schlucken, bevor sie antwortet: »Hiermit will ich klarstellen: Sollte mir die Polizei auf die Schliche kommen, sollte es irgendeinen forensischen Beweis geben, den ich keinesfalls abstreiten kann, werde ich dich da raushalten. Du hast keine Rolle bei alldem gespielt. Du bist heute Nacht nicht mit mir in die Wohnung gekommen. Ich bin bei dir aufgetaucht und habe dich gebeten, mich zu Tina zu fahren. Das war's. Du hattest nicht den blassesten Schimmer, was ich getan habe.«

Merle schüttelt den Kopf. »Dazu wird es nicht kommen.«

»Aber wenn doch, wenn ich verhaftet werde, wirst du dich dann um Leo und Harry kümmern? Ich meine, meine Eltern werden sie bei sich aufnehmen, und sie werden die besten Pflegeeltern sein, die ich mir wünschen könnte, aber wirst du die Freundschaft aufrechterhalten? Auch für sie da sein? Sie werden eine weitere Familie brauchen, die sich wie *ihre* anfühlt. Nicht auf der Stelle – ich weiß, du wirst mit deinem Baby beschäftigt sein –, aber später. Ich könnte jahrelang weg sein.«

Merle strafft ihre bebenden Schultern, richtet den Sicherheitsgurt über ihrem Babybauch und lässt den Motor an. »Natürlich werde ich das.«

Nach dem Kent-Wochenende hatte Fi es natürlich geahnt – die flapsige Ausrede für ihre Abstinenz – und war am folgenden Sonntag im Fitnessstudio an Merle herangetreten. Sie hatten jetzt beide ihre eigenen Kurse: Pilates für Fi, Yoga für Merle.

Schon bald würde sie zum Schwangerschaftsyoga wechseln.

»Fi?« Merle erschrak bei ihrem Näherkommen. »Ich hatte nicht gedacht …«

Nicht gedacht, dass Fi sie außerhalb der Gruppe, außerhalb des Abholens und Bringens der Kinder ansprechen würde, wo sie übereingekommen waren, den Schein der Höflichkeit zu wahren.

»Ich habe eine Frage«, sagte Fi.

Merle wartete ab. Zwei Frauen, die zum Yogakurs wollten, grüßten sie, traten bei ihrem erschrockenen Gesichtsausdruck dann jedoch rasch den Rückzug an.

»Ist es von Bram?«

Fi erkannte, dass Merle in Betracht zog, die Schwangerschaft an sich zu leugnen, sich dann jedoch entschied, dass es sinnlos war. Ein neues Leben konnte man nur für eine gewisse Zeit abstreiten, und in ihrem Yoga-Outfit zeigte es sich sowieso schon.

»Nein«, erwiderte Merle schließlich. »Es ist von Adrian. Es kommt im Mai.«

»Schwörst du, dass das die Wahrheit ist?«

»Ich schwöre es.«

»Dann werde ich dich nie wieder fragen«, sagte Fi schlicht.

Nicht einmal, wenn das Baby im April kommt, nicht im Mai?, dachte sie im Weggehen. Vielleicht. Sie würde die Sache ganz gewiss im Auge behalten.

Aber bis dahin könnte alles Mögliche passieren.

Lyon, 02:00 Uhr

Er hat seinen letzten Umzug über die Bühne gebracht und ist in das Aparthotel umgesiedelt. Im Grunde weist seine neue Behausung gewisse Ähnlichkeiten mit dem Apartment in Baby Deco auf: strapazierfähig und neutral, konzipiert mit einem Gefühl, dass schlichter Minimalismus ebenso viel Respekt verdient wie Luxus – Himmel, daraus könnte man sogar eine Tugend machen! Ja, perfekt für Custers letztes Gefecht auf verlorenem Posten, und eine anständige Bleibe für einen Schriftsteller, außerdem: wohlig warm und schalldicht, und es gibt eine Nespresso-Maschine mit einer Auswahl an Kapseln und ein paar dieser einzeln verpackten Teebeutel, die Franzosen so lieben. Einen Kühlschrank für sein Bier. Der beruhigende Hauch vom Zigarettenrauch früherer Gäste in der Luft.

Das Wichtigste ist, dass er das Informationsblatt mit dem WLAN-Passwort zerrissen hat und dass er überzeugt ist, von seiner Willenskraft nicht im Stich gelassen zu werden. Ansonsten wäre er nur versucht, den Ermittlungsstand zum Autounfall zu googeln, die Bausteine seines alten Lebens. Fi zu e-mailen und ihr alles wegen des Gelds zu erklären, sie anzuflehen, ihm zu verzeihen, ihr vielleicht sogar Ratschläge zu geben, wie sie das Familienleben wieder aufbauen könnte, das er zerstört hat.

Unverzeihlich – so hatte Merle es genannt. Ein weiterer Mann, der Unverzeihliches getan hat.

Er findet es interessant, dass selbst jetzt, wo die gesamte Geschichte bald erzählt sein wird – die Schwerpunkte und Nuancen allein von ihm gesetzt –, sie kaum Platz darin finden wird (er hat bereits entschieden, ihr ein Pseudonym zu geben). Letztlich war sie bedeutungslos, spielte nicht die geringste Rolle. Anscheinend hatte Fi es vorgezogen, der Kinderfreundschaft zuliebe (Leo und Robbie waren schon immer unzertrennlich gewesen), der Harmonie in der Nachbarschaft zuliebe, dem Umstand zuliebe, weiterhin in dem Haus wohnen zu bleiben, alles unter den Teppich zu kehren. Nach ihrer Trennung hatte sie Merle mit keiner Silbe mehr erwähnt, und wenn sie bei dem einen schuldigen Teil eine solche stoische Zurückhaltung an den Tag legen konnte, dann wahrscheinlich auch bei dem zweiten. Und sie ist mit nach Kent gefahren, nicht wahr? Niemand ist mit Stichwunden zurückgekehrt.

Es wird eine Weile dauern, bis Merle die Neuigkeit vom Hausverlust erreichen wird, aber sobald es passiert, wird sie gewiss keine Schadenfreude verspüren. Bei ihrer Eskapade im Spielhaus ging es nie darum, dass sie etwas begehrte, was Fi hatte, denn sie hatte all diese Dinge selbst – im Grunde sogar mehr, immerhin war *ihr* Ehemann stets treu gewesen, auch wenn er Brams Meinung nach manchmal nicht recht zu schätzen wusste, was er hatte. Nein, für sie war es an diesem Abend allein darum gegangen, etwas Unbesonnenes zu tun, einen Moment der Krise heraufzubeschwören. Um ihrem Blut zu beweisen, dass es immer noch einen Grund zum Zirkulieren gab, selbst wenn der Körper, durch den es floss, schneller alterte, als einem lieb war. Um sich zu vergewissern, dass man jemand anderem immer etwas zu geben hat.

Das war der Unterschied zwischen Merle und ihm. Sie war überzeugt, das Leben derjenigen um sie herum besser zu machen, während ihm dieser Glaube völlig abhandengekommen war.

Oder zumindest hatte er das kleine bisschen Glauben verloren, das er vielleicht einmal an sich selbst gehabt hatte.

55

Samstag, 14. Januar 2017

London, 17:30 Uhr

Der schlimmste Moment, denkt sie, der emotionalste Moment von allen ist der, als sie und Merle erneut durch die Tür der Wohnung treten. Er ist sogar noch schlimmer als der, als Harry sie gefragt hat, ob sie sich über Daddys Überraschung gefreut hat, und unerschütterliches Vertrauen wie Sonnenstrahlen von ihm ausgingen. Die felsenfeste Überzeugung, dass es seinem Vater gelungen ist, seine Mutter glücklich zu machen.

»Hat er die richtige Farbe ausgesucht? Ist sie rechtzeitig getrocknet? Warst du *wirklich* überrascht?«

Sie kann nichts weiter tun, als ihn zu umarmen, ihm zu beteuern, dass alles wunderbar ist und nichts weiter zählt, als dass sie hier bei ihm und seinem Bruder ist. Denn sie hat sie vermisst, und die zwei haben *keinen* Betrüger zum Vater und *keine* Mörderin zur Mutter.

Sie konnte die beiden ohne große Mühe von Tina lösen und blieb nur kurz, um nicht der Versuchung zu erliegen, mit den Neuigkeiten über Brams Verschwinden und den mutmaßlichen Betrug herauszuplatzen. Als bedrückendste Belastung fürchtete sie das Zusammensein mit ihren Eltern am restlichen Tag, ganz zu schweigen von dem Umstand, dass die beiden, wenn Merles

Plan funktionieren sollte, als Zeugen aufgerufen werden würden, um für Fis Seelenzustand in der Zeit nach einem Verbrechen zu bürgen.

Doch wie sich herausstellte, sind die Auswirkungen eines schweren Traumas dieselben, egal, woher sie rühren. Den Verstand zu verlieren, weil man jemanden umgebracht hat, unterscheidet sich nicht wesentlich davon, den Verstand zu verlieren, weil der Ehemann einem das Zuhause gestohlen und sich aus dem Staub gemacht hat. Wenn überhaupt, dann ist der Umstand, dass sie die Verwirrung und Wut ihrer Eltern über den Hausverkauf kanalisieren muss, eine willkommene Konzentrationsübung; ihre Überfürsorglichkeit den Jungen gegenüber eine Mahnung, was die Behörden von ihrem Auftritt erwarten werden. Sie kommen überein, dass Leo und Harry vorläufig in Kingston wohnen sollen, mit einer Notlüge über Verzögerungen bei den Renovierungsarbeiten als Erklärung, dass eine Rückkehr in ihr Haus unmöglich sei. Die beiden waren noch nie in der Wohnung, und sie jetzt dorthin zu bringen, wäre zu aufwühlend für sie.

(Gelinde gesagt.)

Ganz genau, wie Merle sie angewiesen hat, duscht sie, steckt sowohl die Kleidung, die sie am Vortag getragen hatte, als auch die vom Urlaub mit Toby in die Waschmaschine, dann schlüpft sie in die Jeans und den Pullover, die Merle ihr geliehen hat. Um sechzehn Uhr, wie zuvor besprochen, ruft Merle an, und Fi erklärt ihren Eltern, dass sie zurück zur Wohnung muss. »Merle meint, Bram könnte einen Teil unserer Sachen in der Wohnung gelagert haben, und ich glaube, sie hat recht. Ich muss unsere Hypotheken- und Bankunterlagen finden, um mich auf das Gespräch mit einem Anwalt vorzubereiten.«

Das Wiederauftauchen von Merle in Fis Leben wird mit hochgezogenen Augenbrauen quittiert, aber ohne gesonderte Befragung: Außergewöhnliche Zeiten verlangen nach außergewöhnlichen Maßnahmen, so lautet die Botschaft. Was – oder wer auch immer – ihr hilft, dieses heillose Durcheinander zu entwirren, ist willkommen. Ihre Mutter bietet Fi an, sie zur Wohnung zu kutschieren, eine Fahrt, die durch den Regen und den samstäglichen Verkehr schmerzhaft in die Länge gezogen wird, und als sie schließlich vor Baby Deco anhalten, wartet Merle bereits auf sie.

»Soll ich mit reinkommen und dir helfen?«, fragt ihre Mutter, nachdem sie den Motor ausgeschaltet hat.

»Nein, nein, du fährst zurück zu den Jungs. Danke, Mum. Vielen, vielen Dank.« Am liebsten hätte Fi noch mehr gesagt, hätte ihr gesagt: »Kümmere dich um Leo und Harry, denn ich könnte in ein paar Stunden verhaftet werden.«

»Alles wird gut ausgehen«, sagt Merle, während sie auf den Aufzug warten – jetzt gibt es keinen Grund mehr, durch unbeleuchtete Treppenhäuser zu schleichen. »Adrian ist gerade vom Skifahren zurückgekommen. Er ist mit den Kindern zu Hause. Ich habe ihn eingeweiht – wegen Bram und dem Haus, meine ich. Er ist völlig außer sich, wie du dir vorstellen kannst. Und übrigens, Alison hat mir eine Empfehlung für einen Anwalt gegeben. Sie und Rog sind der Ansicht, wir sollten nicht persönlich mit diesem Jenson kommunizieren, da seine Loyalität seinem Mandanten gilt, nicht uns.«

Uns. Wir. Es liegt deutlich in Merles Worten, in ihrer Art: diese bedingungslose Treue.

»Dass du sie wiedergesehen hast, hat ... hat nichts an deiner Meinung geändert? Du willst mir immer noch helfen?« Die Sätze platzen schwallartig aus Fi heraus. »Das würde ich nämlich verstehen.« Wer würde in das hier verwickelt werden wollen – und wenn er noch so von Schuldgefühlen zerfressen ist? »Du hast mir schon genug geholfen, Merle. Du musst dich auf dich und dein Baby konzentrieren.«

»Der Aufzug ist da«, erwidert Merle entschlossen.

In der Wohnung hat sich nichts an dem Schauplatz verändert, den sie am Morgen verlassen haben, abgesehen vielleicht von dem Geruch, der intensiver geworden ist, penetranter. Es muss das Erbrochene sein ... außer bei *ihm* hat bereits die Verwesung eingesetzt. Ist das möglich?

Fi beäugt die Leiche, als wäre es das erste Mal. Es löst in ihr nicht das aus, was es laut dem, was sie über Leichen gelesen hat, in ihr wecken sollte: dieses tiefgründige Gefühl von Abschied, von einer leeren Hülle, einer gestohlenen Seele.

Vielleicht liegt es daran, dass er nie eine Seele hatte.

Merle tritt einen Schritt vor und denkt laut nach: »Was würden wir als Erstes tun, wenn wir ihn jetzt so vorfinden? Eine von uns muss seinen Puls fühlen. Lass das besser mich machen. Du bist immer noch zu durcheinander von dem, was gestern mit dem Haus passiert ist.« Mit den Fingerspitzen berührt sie ihn an Hals und Handgelenk. »Niemand wird wohl von uns erwarten, dass wir eine Reanimation oder etwas in der Art versuchen würden, oder? Ich denke, ich würde mich übergeben, wenn ich meinen Mund auf seinen presse.«

Fi bleibt zurück, vermeidet es, ihm ins Gesicht zu sehen. »Ist er kalt?«, fragt sie zitternd.

Merle nimmt ihre Hand und legt sie ihm auf die Haut. »Ja, aber ich glaube, er ist wärmer als du. Spürst du die Heizung in diesem Gebäude denn nicht? Es ist schrecklich stickig. Ich werde mal versuchen, mir einen Weg zur Balkontür zu bahnen und etwas frische Luft hereinzulassen. Sonst muss ich mich übergeben.«

»Sei vorsichtig!«, mahnt Fi. Während Merle sich durch die Türme aus Kartons quetscht, taucht Fi ihre eiskalten Finger unter den Heißwasserhahn im Badezimmer. Die Mörderin im Spiegel würdigt sie keines Blickes.

Als sie zurückkehrt, ist es Merle gelungen, die Balkontür zu öffnen, und sie hat ihr Handy in der Hand. »Na schön. Soll ich anrufen oder lieber du?«

Fi will es selbst übernehmen. Ihre Hand zittert, als sie das Telefon nimmt, ihre Stimme ist stumpf vor Schock. »Hallo? Bitte, jemand muss in meine Wohnung kommen ... Hier ist ein Mann ... Meine Freundin und ich sind gerade hereingekommen, und da liegt jemand. Wir glauben, es ist jemand, den mein Exmann kennt. Wir glauben, er ist tot.«

»Gut«, lobt Merle, als sie das Telefonat beendet. »Das klang genau richtig.«

Es liegt daran, dass sie nicht geschauspielert hat. Das ist die unbeabsichtigte Schönheit ihres gemeinsamen Plans: Nichts davon muss erfunden werden. Das Gefühl, dass sie gleich schluchzen oder sich übergeben oder lautstark weinen muss, bis ihr jemand eine Spritze in den Arm jagt und die Welt in Finsternis hüllt: Das ist alles real.

Lyon, 18:30 Uhr

Es ist jetzt Abend, und er raucht eine Zigarette, fühlt sich endlich bereit, mit dem Schreiben anzufangen. Er ist kein begnadeter Schriftsteller und schätzt, dass es wohl Wochen, vielleicht sogar einen ganzen Monat dauern wird. Sobald er fertig ist, wird er seine restlichen Antidepressiva plus jedes Medikament, das er verschreibungsfrei am Schalter einer französischen Apotheke bekommt, mischen und eine Handvoll nach der anderen mit dem stärksten Wodka schlucken, den er auftreiben kann. Und er wird sterben. Er wird an den Ort gehen, an den er Ellie Rutherford geschickt hat.

Er schreibt: *Lassen Sie mich jeden Zweifel sofort ausräumen und seien Sie versichert, dass dies ein Abschiedsbrief ist* ... Und unvermittelt versteht er, warum er es tut, warum er das Unausweichliche hinauszögert. Er will diese letzten Wochen mit ihnen, mit Leo und Harry und Fi verbringen. Über sie zu schreiben ist zwar nicht dasselbe, als wäre er in Fleisch und Blut bei ihnen, im Haus, doch es ist dennoch gemeinsame Zeit, nicht wahr?

Zumindest das kann er ihnen schenken, wenn auch sonst nichts.

London, 18:00 Uhr

Während sie warten, holen sie die Unterlagen heraus, die Fi nachts zuvor ausgegraben hatte, und durchwühlen noch weitere Umzugskartons, um den Rest zusammenzusammeln, den sie womöglich brauchen, um die Ermittlungen zu Brams Betrug einzuleiten.

»Würden wir das tun?«, fragt Fi Merle. »Wären wir nicht zu geschockt von dem, was wir hier vorgefunden haben, um Akten herauszusuchen?«

Merle denkt kurz nach. »Vielleicht, aber das Apartment wird gesperrt werden, weshalb das jetzt deine einzige Chance ist, die Pässe und Finanzunterlagen zu holen. Wie gesagt, vielleicht müssen wir erklären, warum deine Fingerabdrücke an ein paar der Kisten sind.«

Fi nickt. »Glaubst du, sie werden mit Sirene kommen?«

»Ja, ich schätze, als Erstes wird ein Krankenwagen geschickt. Sie werden uns nicht blind glauben, dass er tot ist. Wir sind keine

Profis. Sie werden nachprüfen wollen, ob man ihn nicht wiederbeleben kann. Dann schicken sie die Forensiker.«

»Du hast die Handys wirklich entsorgt?«

»Ja. Ich habe sie so weit wie möglich in den See geworfen. Niemand hat mich gesehen – da bin ich sicher. Wenn sich herausstellt, dass uns doch jemand auf dem Parkplatz beobachtet hat, dann haben wir nur angehalten, weil mir übel war, okay? Das kommt in letzter Zeit häufiger vor.«

Immerhin war sie schwanger – schwanger und dennoch entschlossen, das hier durchzuziehen. Es gibt Sühne, und dann *das*.

Bei dem fernen Gellen einer Sirene schlängeln sie sich ein weiteres Mal durch die Kartonschlucht, um auf dem Balkon zu warten. Die Straße unter ihnen glänzt vor Regen und spiegelt in grellen Blitzen die Farben der vorbeirauschenden Autoscheinwerfer wider. Der Geruch ist unerwartet frisch und belebend, als stünde der nahe Park an der Schwelle zum Frühling, als wäre das Schlimmste längst vorbei.

Das erste Fahrzeug, ein Krankenwagen, fährt bei Rot über die Kreuzung und nähert sich Baby Deco auf der Fahrspur an der Hausseite, während der entgegenkommende Verkehr anhält und wartet.

»Letzte Chance, deine Meinung zu ändern«, sagt Merle.

Fi weiß, dass keine Antwort nötig ist. Es ist eine Illusion, dass sie es sich jetzt noch anders überlegen kann. Sie wissen beide, dass nur ein einziges Narrativ vor ihnen liegt. Und es ist ein gutes. Das Entscheidende ist: Solange keine Verbindung zwischen dem Toby, mit dem Fi ausgegangen ist, und dem Mike, der leblos in ihrer Wohnung liegt, hergestellt wird, stehen die Chancen nicht schlecht, dass sie damit durchkommen. Freiheit – wenn auch nicht für Bram, dann für sie und ihre Söhne.

Als die Sanitäter aus ihrem Wagen steigen, treten Fi und Merle zurück in die Wohnung. Merle stellt sich vor die Gegensprechanlage, noch bevor es läutet, wie eine Dirigentin, die die Verantwortung für ihre Bühne übernimmt.

»Bereit?«, fragt sie, und ihre Finger schweben über dem Schalter.

»Bereit«, sagt Fi.

Es klingelt.

56

4. März 2017

Lyon

Alle Pillen liegen bereits parat, als er die letzte Zeile schreibt. Seiner amateurhaften Meinung nach genug, um ein Pferd zu töten. Es ist weniger grausig, als auf einen Erhängten zu stoßen.

»Er war überzeugt, es wäre leichter für dich, wenn er nicht mehr da ist, um noch mehr Schande über dich zu bringen.«

Er hat weder eine Nachricht hinterlassen noch irgendeine Vorsichtsmaßnahme getroffen, um Rücksicht auf die arme Putzkraft zu nehmen, die ihn höchstwahrscheinlich bei ihrer nächsten Schicht in zwei Tagen finden wird. Viel zu spät, um seinen Magen leer zu pumpen und ihn zu retten.

Die letzten Worte sind geschrieben. Eine Geschichte über sein Punkteabbauseminar: Nicht gerade das, was ihm als Schluss vorgeschwebt war, als er mit Schreiben angefangen hatte, aber es ist eine ebenso aufschlussreiche Episode wie jede andere. Es ist zwischen den Zeilen zu lesen. Seine Worte zeigen dem Leser, mit wem sie es zu tun haben.

Außerdem natürlich die Kontoverbindung. Zweifellos wird es Verzögerungen geben, aber er vertraut darauf, dass die Polizei und die Anwälte zu dem Schluss kommen, dass das Geld rechtmäßig Fi gehört und sie bald Zugriff darauf erhält.

Der Datei gibt er den Namen »Zu Händen von Detective Sergeant Joanne McGowan, Metropolitan Police«, macht eine Kopie auf den USB-Memory-Stick und schaltet den Laptop aus. Natürlich könnte er jetzt bedenkenlos das WLAN benutzen – kein Polizeibeamter der Welt wäre schnell genug hier, um ihn aufzuhalten –, aber nach sechs Wochen ohne Internet hat er kein Interesse mehr, wieder neue Verbindung mit der Welt herzustellen. Außerdem hat er Lust auf etwas frische Luft, auf einen letzten Spaziergang.

Auf dem Weg zum Internet-Café überlegt er, wie lustig es wäre, wenn es jetzt geschlossen wäre und er sich gezwungen sähe, ein neues zu suchen, was ihn zurück in Kontakt mit der Menschheit brächte und ihm, wenn es der Zufall wollte, eine letzte Chance aufs Leben gäbe.

Doch es ist geöffnet.

Er sitzt keine fünf Minuten am Computer. Die E-Mail-Adresse hatte er sich notiert und auswendig gelernt, bevor er London verlassen hatte, aber zur Sicherheit setzt er die allgemeine Kontaktadresse der Serious Collisions Investigation Unit in Catford in Kopie. Beim Warten, dass das Dokument hochgeladen wird, ruft er sich in Erinnerung, dass er eine Entscheidung treffen muss, welche Musik er hören will, während er das Bewusstsein verliert. Im Grunde müsste es ein Requiem oder vielleicht eine Oper sein, aber in seiner Sammlung hat er keine.

Vielleicht Pink Floyd.

Zweifellos ist es verlogen, aber er glaubt wirklich, dass dies sein letztes Geschenk an Fi ist. Nicht nur, indem er den Weg aufzeigt, wie sie sich den Erlös vom Haus zurückholen kann, sondern auch, indem er Mike entlarvt: seine kriminellen Handlungen, wie er Bram erpresst und Fi getäuscht hat. Insbesondere die Täuschung Fis. Denn die Polizei muss wissen, dass sie sich nur auf diesen bösen Menschen eingelassen hat, weil er sie gezielt ins Visier genommen hatte – sie selbst hat nichts Unrechtes getan. Das hat sie noch nie, und das wird sie auch nie.

Sobald die Polizei weiß, dass Mike Toby ist und Toby Mike, müssen sie nur Fi fragen, wie und wo er zu finden ist, und dann sind sie und die Jungen in Sicherheit.

Schließlich, als er sieht, dass das Dokument erfolgreich angehängt wurde, drückt er auf SENDEN.

Dank

Die Fremden in meinem Haus wurde teilweise noch ohne Vertrag geschrieben, was, wie Schriftsteller*innen wissen, eine finanziell klamme und zugleich aufregende Arbeitsphase mit sich bringt, während der es im Grunde nur einen einzigen Menschen gibt, der auf deiner Seite ist – deine Agentin. Deshalb von ganzem Herzen ein riesiges Dankeschön an Sheila Crowley: Ich werde Ihre Aufmunterung und Unterstützung in einer Zeit, als Sie viel, viel wichtigere Dinge um die Ohren hatten, nie vergessen.

Mein Dank geht auch an das Team Crowley bei Curtis Brown (UK): Becky Ritchie, Abbie Greaves und Tessa Feggans. Außerdem bei CB: Luke Speed, Irene Magrelli, Alice Lutyens und Katie McGowan.

Deborah und Gelfman Schneider habe ich für ihre USA-Kompetenz zu danken. Die Zusammenarbeit mit ihnen war die reinste Freude, und möge sie noch lange währen.

Ein besonderes Dankeschön geht an Danielle Perez bei Berkley für ihr außergewöhnliches Geschick und ihre Geduld beim Bearbeiten dieses Buchs. Danielle, wir wissen beide, wie sehr Sie es verbessert haben, und ich könnte Ihnen nicht dankbarer sein. Ihr unerschütterlicher Glaube an das Buch und Ihr Rühren der Werbetrommel in den USA bedeuten mir unglaublich viel.

Ich danke auch dem Rest des erstklassigen Teams bei Berkley, einschließlich Sarah Blumenstock, Jennifer Snyder und Katie Anderson, die den wunderschönen Umschlag gestaltet haben (mit einer besonderen Erwähnung von Alana Colucci für ihre ersten Entwürfe).

Bei Simon & Schuster UK: Ich bin überglücklich, wieder mit der legendären Belletristiklektorin Jo Dickinson zusammengeführt worden zu sein und zum ersten Mal mit einem Team zu arbeiten, das ich seit Jahren aus der Ferne bewundere: Gill Richardson, Laura Gough, Dawn Burnett, Hayley McMullen, Dom Brendon, Jess Barratt, Rich Vliestra, Joe Roche, Emma Capron, Maisie Lawrence, Tristan Hanks, Pip Watkins und Suzanne King. Zu guter Letzt möchte ich mich bei Sara-Jade Virtue bedanken, der dieses Buch gewidmet ist. Seit über zehn Jahren bist du eine großartige Freundin und meine tatkräftigste Unterstützerin, und ich kann immer noch nicht glauben, dass wir *endlich* zusammenarbeiten.

Ein Dankeschön geht an John Candlish, sowohl für sein Rechtswissen als auch für die wunderbaren Buchempfehlungen, die mich von Immobilienbetrug auf andere Gedanken brachten. Und dem Rest meiner Familie und Freunde, die meinem Ächzen und Stöhnen mit unbewegten Gesichtern zugehört haben, als wären Bücher Blutdiamanten, und als würde ich eines Tages nicht mehr lebend aus der Mine herauskommen. Aus Angst, jemanden zu vergessen und mehr Schaden als Nutzen anzurichten, werde ich niemanden auflisten – abgesehen von Mats und Jo, was längst Tradition ist.

Louise Candlish

Liebe deine Nachbarn wie dich selbst

Thriller

416 Seiten, btb 71994
Deutsch von Beate Brammertz

Hinter der Idylle lauert das Verbrechen

Lowland Way im Süden Londons: ein Vorortparadies. Gepflegte Häuser. Freundliche Menschen. Spielende Kinder auf der Straße. Bis im Haus Nr. 1 neue Nachbarn einziehen.
Sie halten sich nicht an Regeln, ihre Musik ist zu laut, sie parken falsch – und überhaupt!
Dann erschüttert ein schreckliches Verbrechen das Viertel. Und für die Anwohner ist die Sache sonnenklar: Die haben es getan. Die haben ein Leben auf dem Gewissen. Es gibt nur ein Problem. Die Polizei glaubt ihnen nicht …

»Einer dieser Thriller, die Sie nicht aus der Hand legen können.«
Cosmopolitan

»Grandios erzählt und unglaublich spannend.«
The Washington Post

btb